新中国文学
经典丛书 精选本

孟繁华 主编

作家出版社

出版说明

中国当代文学经过70多年的探索、创作，逐渐形成了具有中国特色和经验的文学世界。这个世界丰富、绚丽、迷人，不仅从一些方面表达了当代中国的思想、情感和精神面貌，而且已经成为世界文学重要的组成部分。为了展示中国文学的巨大成就，进一步树立文化自信和文学自信，我们特别策划了这套具有一定规模的"新中国文学经典丛书·精选本"。

丛书共计十二卷，包含小说（中短篇）、诗歌、散文、报告文学、戏剧五个文学门类，其中短篇小说两卷、中篇小说六卷、诗歌一卷、散文一卷、报告文学一卷、戏剧一卷。在时间上，所选均是1949年新中国成立之后所发表或出版的优秀文学作品。在版式编排上，统一按照当前规范要求，采用简体字横排方式，字词用法也遵照当前最新标准规范。

丛书邀请著名评论家孟繁华担任主编。入选丛书的作品经过了专家论证委员会的认真评审，专家评审从文学性、思想性、时代性等多方面进行综合考察，选取了各个时期、各个体裁最具代表性的作家作品。正是这些作家作品，构筑了中国当代文学最为坚实和亮丽的文学大厦，在一定意义上，它们就是一部特殊形态的中国当代文学史，代表了新中国文学70多年所取得的不凡成就。

文学是时代的一面镜子，通过这套大型丛书，读者一方面可以了解和领略中国当代文学的发展历程和高端成就，满足精神文化发展的需求；也可以更好地了解新中国成立70多年来我们党和人民所走过的光辉道路，了解我们的祖国所发生的翻天覆地的变化。鉴古知今，面向未来，更好地投身于实现中华民族伟大复兴中国梦的新征程中去。

需要特别说明的是，尽管在篇目的遴选上，我们经过了认真的论证和反复的研究，但关于作品优劣的认定和选择的标准见仁见智，正所谓一千个读者眼中有一千个哈姆雷特，每个人心中都有自己认为优秀的作品。因此，这套书仅仅代表的是面对新中国70多年文学成就的一种眼光、一个角度。同时，由于丛书体量有限，遗珠之憾在所难免，恳请读者朋友理解并谅解，同时更盼批评指正。

作家出版社
2023年1月

目录

秋天的愤怒

张　炜

一

初秋的暮色中，一对年轻的夫妇坐在一棵很老很老的柳树下，男的在吸烟，女的提起水罐往一个粗瓷碗里倒水。他们都三十四五岁。男的摘下斗笠，露出了又短又黑的头发。他长了一副英俊的脸庞，很宽的额头，很挺的鼻子；眼睛深陷，可是大而明亮；眼角和前额上有几道深深的皱纹，单从这几条皱纹上看，也许他的年龄更大一些。他一定是个高个子，因为支在地上的两条腿显得很长。他身边的女人穿了一件很薄很薄的、粉红色的衣服。她此刻端起碗来，像个小猫一样轻轻地吮吸着水，还不时用黑黑的眼睛瞟一下男人。比起他来，她显得那么娇小。她搬弄水罐时不得不挪动一下两只脚，她的身子已经有些笨重了。这时她问道：

"李芒，你就爱皱眉头。你心里又活动什么了？"

李芒淡淡地笑了笑，算是回答。他把烟灰磕到裸露着的粗大的树根上。他手中摆弄着的是一个足有拳头大小的梨木烟斗，用得久了，它的颜色黑中透红。这个烟斗好像不该是他使用似的。

大柳树的四周是一片黄烟棵子。烟叶儿在徐缓的风中微微掀动，像一群待飞的大鸟活动着它们的翅膀。暮色映着这片烟田，烟叶儿闪着红色、紫色。烟田这时倒有些像玫瑰园。烟田也很漂亮啊！它的气味又辛辣又清香，和田野傍晚时分飘起的水汽掺和到一起，很好闻。风有时大起来，烟叶就晃动得厉害一些。一片厚重的叶儿在风中笨模笨样地扭动，说明它很健壮。这片烟田的烟棵子一般高，都很健壮。老柳树立在烟田中间，静静地低垂下它巨大的树冠。它好像在俯视这些烟棵子，俯视这片守候了几十年的田野。

"你看看吧小织，你看看！"李芒用烟斗指着树桩根部的一个窟窿，有些吃惊地说。

小织费力地伏下身子，望着那枯朽的洞洞。原来木头当心又有很大一片枯死了，用不了多久整个根部就会枯透。她张开很小的、布满了茧子的手掌量了量，说："没枯的那面只有三指宽了。"

"它快死了。"

小织仍旧伏着望那个树洞。她说："也不一定。你看见河边上那棵老树了吗？也枯成这样。不过它靠半边儿树皮又活了好几年呢！"

"它快死了。"李芒像没听到她在说什么一样，又说了一遍，一边戴上斗笠。

他站直身子，把斗笠往上推一下，看着眼前的这片烟田。那双有些深陷的，但是十分漂亮的眼睛里，这会儿闪射着明亮的光彩。他的目光在烟垄上移动，鼻孔一下下翕动着……这样看了一会儿，他又给烟斗装满了烟末。他吸得十分香甜。当他握烟斗的手有一次抹到嘴巴上时，一股辛辣味儿使他吐了起来。两只手上涂满了烟叶的绿汁，一层层绿汁干在手掌上，竟成了一个个小粉块儿。他咬住烟斗，用力地搓着，拍打着手掌。

一股绿色的粉末儿混合到他喷出的白色烟气里。……这一天做得可真不少，他和小织从天蒙蒙亮蹲到烟垄里，扳着烟冒杈，直做到这个时候，没顾上吸烟。大梨木烟斗装在口袋里，他弯下身子做活时老要硌他的腰。最后一把冒杈儿抛到地垄上了，他才长长地舒一口气，坐到老柳树下。欠的烟都要补上，他开始用力地、惬意地吸那个大梨木烟斗。

小织在柳树下收拾了一下她的头发，提上水罐说："今夜咱们就赶回去吧。"

"一定赶回去！"

李芒的语气非常坚定。他说着，瞥了一眼西方的天色。太阳就要沉下去了……老柳树上死去的干枝条不断地落下来，撒在他们的头上。李芒把这些细小的枝条折碎了，抛在树根部的那个大窟窿里。多粗的树，他和小织两人才合抱得过来。树皮乌黑，裂开了无数的纹路，看上去就像鳞一样。风吹过来，枝丫发出一种苍老的、微弱的声音。

本来他们守在玉德爷爷的身边，守了好多天。

玉德是小织的爷爷，一连几天昏迷在医院的床上。守在床边的除了他们小两口，还有小织的父亲肖万昌。一家人围在床边，谁也不说话，只静静地看着床上的玉德爷爷。

一个午夜里，玉德爷爷突然从床上醒过来了。老人转脸看看四周，又看看儿子、孙女和孙女婿，雪白的胡子就愤怒地抖动起来。他问：

"一家子人都来了？"

大家不解地对视着，还没来得及答话，老人又吼了：

"谁在家照管烟田？那些烟杈子，一夜能蹿二寸长！一家子人还守在这里！……"

"爷爷……"李芒叫着。

"还守在这里！"老人只冲着他一个人吼叫了。

李芒声音怯怯地说："天明、天明了，我和小织就赶回去做活……"

"这就给我回去！快走！"玉德爷爷的眼睛死盯住李芒的脸，一动不动。

李芒犹豫了一会儿，终于扯起小织的手，站了起来。他们往门口走去……肖万昌在他们背后喊道："腊子要是回来了，让他赶紧来看爷爷！"他们没有回头，一直走出门去了。

腊子是小织的弟弟，原来在龙口电厂上班，现正跟人合伙贩鱼，有时几个星期不回家。眼下正是捕鱼的旺季，他能回来吗？李芒知道，肖万昌是喊给玉德爷爷听的……

晚风渐渐平息了。原野上无限宁静。最后一束霞光也暗淡下来，天要黑了。一只乌鸦飞到老柳树上，又飞走了。

老柳树死去的干枝条还在往下撒落。

"弄不好，它挨不过这个秋天去……"李芒抬头看一眼老树密密的枝丫。

小织不作声。她正想床上喘息的爷爷。她挽着男人的胳膊说："走吧，快走吧……"

两个人正要挪动步子，烟田的小土埂子上匆匆忙忙地走来了一个人。小织抬头望了一眼，接着就怔住了！她惊讶地喊了起来……

那不是爸爸肖万昌吗？他怎么回来了？怎么没有守在玉德爷爷身边？

二

玉德爷爷死了。

四十多年前，有一个壮年汉子分到了一块土地，就在地的当中植了一棵柳树。他很早听说柳木埋在土里耐烂，心想多少年之后，他要用这棵柳树为自己做一具棺材。中国农民之怪异在他身上得到了多么有趣的表现：一个壮年汉子，首先想到的竟是自己的最后归宿。

今天这个汉子倒下了，他的柳树却还在他的田里喘息。

如今实行火葬，不能够携带着一棵大树离开人间了，他就把它留给了儿孙们。

有意思的是，树木栽在自己田里，后来土地入社，风风雨雨几十年，这棵树竟然也长起来了。再后来，土地实行承包了，这棵树就在儿子和孙女婿两块承包地之间了。老人做主，硬让儿子和孙女婿两家联合经营这片土地。这样，那棵大柳树又在土地的中间了。

悲哀的气氛笼罩了这片土地，笼罩了两个家庭。玉德爷爷八十五岁了，他走得不算匆忙。可是他对于这两个不同的家庭实在是太重要了。无论是昨天还是今天，他都给后辈人的生活增添了极其重要的东西，成了他们的生活中不可或缺的人物。他虽然病的时间很长了，但他的过世还是让儿孙们感到突然和惊愕……

三天后的一个夜晚，李芒和小织久久地坐在灶间里，没有一丝睡意。李芒一直吸烟，三天来的大半时间他就这样坐在灶间的一个草墩上。他不说话，有时眉头轻轻皱一下。第二天的上午，曾经有人哑着嗓子在窗外喊他："李芒，别忘了去烟地扳杈子啊……"李芒听出是岳父肖万昌的声音，一声也没有吭……桌上的台灯闪着微绿的光。正照在一本翻开的诗集上。李芒走过去，合上那本小书，然后又重新坐下来吸他的烟斗。

小织轻声喊道："李芒!"

李芒就像没有听见一样。

"你心里又活动什么了，李芒?"小织紧挨着他坐下，把头靠在他粗壮的胳膊上，黑黑的眼睛望着台灯后面那片暗影眨动着。

李芒沉着地磕着烟斗。他说："小织，我这几天老想一个心事，就是跟你爸分开干——我们自己种自己的烟田吧。"

小织并不感到惊讶。她轻轻地咬着嘴唇，低下头去。

李芒的大手抚摸着她的头发。这头发真柔和、滑润啊! 他又按了按她的圆圆的、软软的肩膀。突然他觉出这肩膀在颤，于是就扳起了她的脸来看——她的眼睛有些红，已经流泪了，泪珠挂在眼睫毛上。

"爷爷刚去世，你就……这样!"小织难过地责备男人。

"爷爷去世了，咱才能这样。"李芒执拗地说了一句。

"这样爸爸不难过吗?"

"肖万昌不会难过。他会有新帮手的——他是村支书，做了这么多年的干部，还愁找不到搭伙的人吗?"李芒自信地摇摇头，"不会难过的。爷爷一过世，你看有多少人趁这机会往他家送东西! 乡政府的，还有县上的干部，都来了。我还替爷爷难过呢……"

小织不吱声了。

"我琢磨，咱和肖万昌的联合是到了头了。"李芒站起来，在屋子里踱了一步。

"是和爸爸联合……"小织纠正他。

"随便叫什么吧……我是说，我得当面和他谈开。"

"一点也不能凑合了吗?"

"一点也不能了。"

"非分开不可吗?"

"非分开不可!"

"……"

小织站起来，往前走了一步，似乎要去抓男人的胳膊，但她的手抖了一下，在离他胳膊很近的地方停住了……她欲言又止，有些伤心地坐下来。停了会儿她说：

"我知道，你嫌和他在一块儿吃亏……"

没等她说完，李芒就愤怒地看了她一眼。他盯着她，嘴巴有些颤抖。他把那双黑黑的胳膊按在她的肩膀上，身子弓得很低，脸都快要碰在她的脸上了。他像在仔细地端详着她："小织，你真是这样看我吗？真的吗？"

"啊啊，啊！啊！……"小织又激动又慌乱地抱住了他的胳膊。她连连摇着头，说："不，不！我不过是说气话啊……李芒，你知道我心里明白你——你当然是为了别的才要和他分开；为了别的，另一些要紧事儿，不过我也说不清……"

李芒有些感激地望着自己的妻子。他望着黑漆漆的窗外，喃喃地说：

"连我自己也说不清。我不过是越来越觉得要和他分开，非分开不可；好像有个声音老在我心底喊：分开吧！分开吧！……你看看，就是这样……"

小织低声说："我能明白。"

"你想的我都能明白。"停了一会儿她又说。

李芒的目光仍然在望着窗外。夜已经深了，星星很亮，整个村子都很静。几声不安的鸟鸣从原野上传来，可以听出那是十分孤寂的声音。也可以想见它们在模糊的夜色里一荡一荡地飞着，像被什么可怕的东西追逐着一样，禁不住要呼喊起来……李芒又想到了他那片可爱的烟田，再有不久烟叶儿就要变得厚实了，接着烟田的活儿要变得更累了。像每年的这时候一样，一天的绝大部分时间都要花在田里了，割烟、上烟吊子、看护烟叶子……他也想到了那棵老柳树，想到它根部那个枯朽的洞，心里沉甸甸的。他盯着夜空说："和肖万昌分开吧。这是早晚要做的事。我下了决心了。"

"可是，"小织仰起脸说，"村里人会怎么说？他们不会说咱是过河拆桥吧？……"

"他为咱搭过桥吗？任别人说去。"

小织喘息着："可他到底还是爸爸啊！李芒，我求求你，再忍耐些，还是一块儿种下去吧……"

李芒捧起她的脸看着，替她擦去泪花说："睡吧小织，不说这个了，看看，这让你多难过。我就先不跟他谈开。不过分开干是一定的。跟他谈开很容易，说服你倒不容易。我得等你下了决心再跟他谈。好吧，睡觉吧。"

他们睡觉去了。

三

"我想这个小家伙生下来，模样一定会像你。"小织坐在烟垄上，吃着一个发青的苹果说。

李芒笑着问："为什么就一定会像我？"

"村里人说，女的怕男的，生下的孩子就像男的……"她吃完一个苹果，把果核儿投到很远的地方。

李芒笑起来："没有道理，没有道理。再说你从来就不怕我啊！"

"可我发觉有时候不知不觉就跟着你走下去了，哪怕前边是泥湾、是坑……这真怪哩，你知道这挺怪。我常想这些，李芒。在南山的时候，在东北的林子里，我就这样寻思过。"

小织说着，慢慢严肃起来。她的嘴唇那么小巧地抿着，有几个小小的棱角显得很清楚。她脸部的皮肤很细腻，李芒对这点儿从来就很自豪。

他的目光从她的脸上移开，也慢慢严肃起来。她的话当然让他想到好多事情。都是些严肃的事情啊！他从来不愿想这些事情，想它们太累。他和眼前这个可爱的妻子曾经手挽手地涉过芦青河；往西，穿过密林，不为人知地走了几百里；又折向南，入山。他们在山里生活，还曾经有过一个孩子，但不幸流产了。现在小织怀着的是他们的第二个孩子……入山是被迫的。后来他们在山里待不下去了，又回到胶东西北部小平原上，是秘密地回来的，只停留了一夜，便从龙口港坐船，去了东北。那是一种流浪生活。今天想这种生活，也有一种心理上的疲惫感。李芒怕自己奇怪的思路就这样想下去，这时故意把脸仰起来，看这片烟田了。

这片使他一直牵肠挂肚的烟叶，长得不错。烟叶都很肥、很醇。他不信有谁搞烟田的本事如今能超过他，这片烟田简直可以拿到国际上去较量一下了。他是全村里第一个做起黄烟专业户来的，做得很美，也很苦。肥厚的烟叶在风中扭动，撩拨人心。庄稼人经不起它的撩拨，有人身上终于燥热起来，要把这片烟田铲除掉。他们扛着铁锹跑过来，嘴里骂着："奶奶的！……"后来不知怎么就被阻止了，想铲除烟田的人翻着白眼，坐到他们自己的地上去了。李芒当时觉得很伤心，也觉得很有趣。他这时看着这烟田，奇怪的思路就又转到这上边了。幸好这会儿岳父肖万昌从田埂上走来了，肩上扛着半块黄豆饼，李芒的目光移到了他的身上。

肖万昌热汗涔涔地走过来，放了豆饼坐下，用一块雪白的手绢擦脸。擦过了脸，他掏出一包果脯递给了女儿。

李芒看了看他，没有说什么。

小织吃着，一边对付起那块豆饼来。她用一块石头把它砸成两半，观察着新茬上的颜色。

肖万昌五十多岁的样子，并不显老。他在这个村子做了三十多年干部，经他的手做成的大小事情数不清，因而他很自信。他坐在那里，那表情就很自信。他穿了件深蓝色的衬衫，衬衫下部又很利落地扎在一条灰裤子里，显得干练、富有生气。衬衫的小口袋上卡了一支钢笔，手腕上，则是一块锈了壳子，但牌子很过硬的手表。头发花白了，发式与一般人不同，是乡下人望而生畏的背头，并且梳理得一丝不乱。而且他并未因这穿戴和发式惹人反感，相反，看上去，他像是深沉稳重的、可以信任的。他跟人说话时，并不看着对方，而是望着旁边的什么，好像他对自己所说的话也并不十分在意，只是高兴了，随便谈一点而已。在任何时候，他的目光都不咄咄逼人。这会儿，他专心地卷好一支喇叭烟，仔细地研究着他新做成的这支烟，跟李芒说话了：

"你看看这种饼行不行？这种饼追肥用比花生饼好多了。我跟乡里榨油厂讲妥，如果相中了，就跟他们订下三年合同。这半块饼是样品……"

他的声音淡淡的，讲的却是大事情：跟一家榨油厂订一个买饼的三年合同！

"饼很好，李芒，你看……"小织递过去一块。

李芒看也不看那饼。他看着脚下的土，也用淡淡的语气说道："老柳树下面枯了一个窟窿，它快死了……"

"如果相中了，就跟他们订个三年合同。"肖万昌吸着烟，又说了一句。

李芒掏出他那个硕大的烟斗，放在手里摆弄着说："老柳树正好长在地界上。它的那边是你的地，这一边是我们的地。"

肖万昌的目光这会儿迅速地从一旁收到李芒的脸上。

李芒也看了他一眼说："我是说，这豆饼合同先不要订了吧！"

"怎么？"

"看看形势怎么发展吧。"

肖万昌笑了："形势？哼哼，形势不会变的，专业户还要大发展哩！我忘了告诉你：县里通知我去参加专业户代表会呢！明天我去开会。"

李芒摇摇头："我不是指这个'形势'。"

"那是什么'形势'？"

李芒朝小织苦笑了一下，玩笑似的随口答道："国际形势。"

肖万昌的神色有些茫然，但马上又恢复了那种淡然的表情。他一时弄不明白的东西也不想去明白它，这时有些疲倦地站起来，拍打了一下裤子上的尘土说："我要去队部开会了。烟垄还要耘一遍，隔一垄耘一垄……"

他刚要走，一个老头子急匆匆地跑过来，原来是"老獾头"。他喘着粗气把肖万昌拦住了："哎呀呀，肖书记，找你半天啊……我是来求个情的，先莫派小儿子出民工了，你知道剩下我们俩老的和闺女，快忙秋了，老婆子又有病……"

老獾头说一句一哈气，脖子上松弛的皮肉一动一动。

肖万昌就像没有看见他面前还有什么别的人一样，仍然神色淡淡地望着一个烟棵子说："烟垄还要耘一遍，隔一垄耘一垄……"他说着就绕开老头子往前走去了。老獾头略一停，然后也跟上他出了烟田。

李芒看着他们的背影，沉默着。

小织说："李芒，刚才你差一点就跟爸爸挑明了。"

李芒笑了笑："就差那么'一点儿'了。"

"你可先不要急着挑明啊，你答应过我！"小织极其认真地说。

李芒点点头："放心吧，没有和你商量好，我不会正式和他分开的。"

小织有些欣慰地看了他一眼。

李芒望着天边的一块云彩，突然想起了一个要紧事儿。他说："忘了跟他要来通知看看，通知上正式让谁去开会？等会儿我去要来看看。"

小织责备说："你也太认真了。谁去不一样？"

"如果是通知我的，为什么他要去？以前就出过这种事儿。"李芒看着烟田，一字一顿地说道，"我也要寻机会出去开会。出头露面的事不能让他一个人全占了！……"

小织长长地舒了一口气。她又用那双柔和的眼睛看李芒了。她发现李芒的衣服又被汗水浸湿了，后背那块儿有些泛黄。她想回家后该给他换洗了。她一动不动地盯着他那两道眉毛，嘴唇轻轻动了动。她终于又问：

"李芒，咱真要和他分开吗？"

李芒点点头。

"我老想，咱是不是对过去的事情记得太深了……是吧？"她有些胆怯地问。

李芒摇摇头，又点点头："我才不会忘记过去的事情哩！可我也不全是为了过去的事情……反正，原因好多，好多好多，我自己也有些讲不清了。我只是觉得……"

他说到这儿顿住了。小织问下去："觉得怎么？"

"觉得到底也没法儿凑合！……"

小织叹息着。她像恳求似的、语气极其柔和地说："李芒，过去的事情已经随着过去一块儿埋进土里了。不是吗？你太倔强！太倔强！……"

"才没有埋进土里呢！你只要留神看一看，就知道还没有埋。咱不能自己骗自己……"李芒执拗地说。他两道犀利的目光一碰到小织的脸上，又立刻变得柔和了。他说："小织，我有好多话要跟你说，又好像什么都用不着说。你的话让我想起了好多事情，好多好多，都是些我不愿去想的事儿！……"

四

十几年前，他们曾经手挽手地涉过芦青河；往西，穿过密林，不为人知地走了几百里；又折向南，入山。

在大山里面，李芒找到了他的一个朋友。朋友以介绍副业师傅为名，把他和她介绍到了一个又小又穷的山村里。这么年轻的两个师傅，山民们看了很惊奇，也很喜欢。可就是没有住的地方：这是二十岁左右的一对子，给他们太窄巴的地方不行。他们一年、也许是两年的时间，就会添出一口来。后来有人想起有幢房子闹过鬼，倒是又空闲又宽敞。

李芒问："怎么个闹法？"

村领导说："房子三间。最东边一间盛了干草，'大跃进'那年里面吊死一个人，以后常年锁着。到了半夜的时候，锁着的门就响，锁、铁环子，都咔嚓嚓响……"

"就是咔嚓嚓响吗？"

"就是这么响。"

"没出来过什么东西吗？"

村领导摇摇头："没有。"

"那就住在那里吧。"李芒这样说。他想，只是咔嚓嚓响，危害不着他们的生活。这使他想起自己村里那个老寡妇：每到夜深的时候就哭，开始人们听了都害怕，后来也就不怕了……

他们把用来居住的正间和西间认真地裱糊了一番。在土炕的围墙上，还贴了粉红花纸。这一天他们一生也不会忘记。他们忘不了那么疲乏地走了几百里路，路的两旁那么荒凉，颜色单调，山的岩石是铁样的青灰色。他们躲闪着行人，躲闪着田野里的歌声。他们好不容易翻过了最后的一座山，接近了朋友，接近了他们将要落脚的这个山村。于是世界的颜色开始变换了，变为嫩绿和浅黄，变为石竹花的那种红色，又变为土炕围墙上的那种透着暖意的粉红色。

天色将晚，粉红色被霞光映成了大红色。小织的脸也红了。

她穿了件学生蓝制服。这衣服剪裁得特别合身。头发黑亮而柔软，用橡皮筋在脑后扎成两个弯弯的毛刷刷。此刻，这两个毛刷刷安静地垂着，末梢儿往里曲着，像小猫那两只永远握不紧的拳头。她安详而羞涩地坐在炕沿上，手里掐弄着她的淡黄色的小手帕，脸像被染过了一样，脸上有一层非常细小、非常规整、又淡又匀的白绒毛。这使她显得很稚嫩。她刚刚才十九岁。十九岁的姑娘就跟上一个男子跑出来了，她多有激情啊！此刻，她把一切都压抑在心底，不动声色，微微抿着嘴角。红红的嘴唇，下唇翻得略重一些，显得有些顽皮。她不看站在屋子里的李芒，她看到的只是环绕她的一片粉红色。她很自信地等待着，她什么都能等得到：幸福、焦虑、喜悦、烦闷、惆怅。一个有过这种等待的人才知道她此时的心绪是多么美好、多么丰富而奇特。她实在是一个勇敢的人，在周围的一片凝固的空气里，在一个板着没有血色的面孔的世界里，她不是表现了可嘉的勇气吗？这勇气谁给的她也不知道，大概是站在一边的这个好棒的小伙子吧。

这个小伙子可不简单。可这个小伙子的爷爷是地主。

当时他没有上高中的权利。上高中的学生都是贫农和下中农推荐的。这个小伙子从小长得挺拔，像个运动员似的。人们以为他特别需要在农村里锻炼和改造，就让他扛麦包、抬大筐什么的。抬来扛去，他并没有弯腰缩背，也没有长成一个短粗胖子。他悄悄藏起了对这种劳动的厌烦和焦躁，质朴可爱。第三年，上高中可以推荐和考试相结合了，他幸运地上了学。

他做了学校运动员，穿着漂亮的运动衫。有一次他在一个运动会的比赛场上推铅球，铅球落下时，有个特别灵巧的女学生激动不安地走过去插了个小铁旗子。女学生插下的这个小铁旗子再也没有谁超过，她很自豪。

后来他们一同毕业回村了。她穿了件洗得发白的黄军衣，也背了个同样颜色的挎包。他看到她常常想：这样的姑娘真不多见啊！

再后来他们就好起来了……

天色越来越暗淡了，霞光一束束从窗上收走。小织还是默默地坐在炕沿上。她突然说：

"李芒，咱走了多远，怎么一点也不累？"

李芒说："我刚才还累，现在不累了。"

"半夜的时候，等着闹鬼吧。"小织说。

李芒不答话。他找了个红色的粉笔，在那个锁起的门上画了一个大大的×。他说："把这个鬼枪毙了吧！"

小织笑了，笑得没有声音。

停了会儿她说："今夜就睡在这儿吗？"

"可不是就睡在这里呗。"李芒咬了咬嘴唇。

小织流出了泪花。她说："可是，可是……"

李芒想安慰他的新娘子，可是找不到合适的话。

小织一个人哭着，哭过之后更美丽了。她像个小孩子那样大仰着脸儿看他。他看到了她那齐整整的一溜儿眼睫毛。她说："李芒，你不知道我有多么害怕……"

"谁不害怕？我也害怕，可是……"

李芒鼓励着她。他这声音若断若续，表现了他那颤颤的幸福的心情。

天黑了。他们点起了一根蜡烛。

"这个大山里的村子我以前想也没想过……啊啊……闹鬼的屋子……啊啊……小织！你睡着了吗？啊！啊……"

五

他们现在需要熟悉一下这一座座的大山了。以前他们对山很陌生。山嘛，石头嘛，树木和绿草长在缝隙里。他们现在登在山的半腰上，有些惊恐地看着那一块块凸出的怪石，那一道道幽黑深邃的沟壑。阳光在山上攀缘着，做着各种奇怪的脸色。它看着石英石，目光立刻放出了光彩；山林密不透风，闪着一片墨绿的、诱人的颜色，它望着山林的叶子，显出很神秘的样子；一块块铁色的巨石从稀薄的土层里探露出来，满身粘着点点银白色，它看到那些点子就惊讶地睁大了眼睛。银白的斑点闪射出锐利的光箭，太阳眯起眼睛了；红秆儿草在石头脚下、在大树的身旁扭动着腰身，漂亮吗？它吸引了两个登山的人。它的叶儿也开始变红了，尖儿红得最厉害。登山的人捏住它的叶子，像是揪住了山里姑娘的裙子。啊啊，它是山里姑娘呀！他们不断结识着山上的一切，也不断地告别它们。他们终于和阳光一起，攀到了山顶上。

原来周围都是山。

一片淡灰色的雾，还有一片微蓝色的雾，浮在了一架架山的尖顶上。模模糊糊的峰刃，模模糊糊的树林。鸟鸣在草丛里、在山涧里、在树丫里、在一片雾气里。它们彼此呼应，彼此安慰。它们也不明白山，不明白它们赖以生存的山是属于谁的。可是它们一声声叫着。他们觉得山影就如同它们的叫声那般纷乱，又好似在这叫声里一层层漾开去，山峦像水的波涌一样啊！原来世上有这么多的山，原来阳光常常被山遮住。他们甜蜜地安睡过的那个小村庄就在山的脚下，那么小、那么稚嫩孱弱，此刻也在安睡着。它可怜巴巴的，他们都有点可怜这个小村庄了，在心里为它鸣不平。

他们觉得，山下这个不起眼的小山村可是不平凡的。他们就是刚刚从它温柔的怀抱里走出来，身上还带有它的体温。他们觉得那些永生难忘的巨大幸福就是它给予的，并亲眼看到朝霞从村子里升起，染红了他们的窗棂，又染红了他们自己。希望洒在一条条肮脏窄巴的街道上，谁说人间无希望。人们啊！请回忆你的那种时刻，回忆朝霞染红窗棂的时刻，回忆幸福，回忆生活，回忆昨天的震颤和那仅有的一丝忧虑。小山村、小山村，避难所、避难所；邻居的一只母鸡咯咯叫着，围墙上探出的果枝上挂着两个鲜红的苹果。生活就从这里开始吗？生活能从这里开始吗？他们依偎着，问自己，也问这间闹鬼的屋子。

他们攀登得有些累，就坐在了一块大石头上。李芒脱下鞋子，倒出里面的一颗小石子。他说："以后就得在这山沟里爬了，爬来爬去。"

小织说："有人背着枪追我们，再宽的路咱跑起来也累；爬在山上，藏在山上，山上真好啊！"

"山上真好！"

"你说我爸爸他们会找到山里来吗？"

"谁知道呢。让他们进山就迷路才好哩！"

小织笑了。

李芒也笑了，是一种冷笑。他一想起小织的爸爸就冷笑起来……此时此刻，他是个胜利者。他的敌手是无比强大的，强大到全村里没人能够战胜，可是他似乎是胜利了。他好像早就预料到了这个结局，并且用这个结局鼓励着自己。"一个狠家伙！……"他冷笑着在心里骂了一句。他想，这会儿那个家伙不知在做些什么呢，会气得跳起来吗？生活老要让他做个倒霉鬼，他偏不做，拼力挣脱着，最后……他现在是坐在一座大山之巅了，和心爱的人一起眺望着、俯视着。

他说："咱们以后得想法为山里人做些事情。"

"做好多好多事情——咱一辈子住在大山里……"

"我就怕做不好。我们能帮他们做什么？他们还以为咱俩全是些手艺人，会做好多事情呢！"李芒为难地绞拧起眉头。他望着小织，发现她正安详地看着前方，那神情可爱极了。他立刻又后悔起来。他觉得不该说刚才那些丧气的话——小织对山里生活正充满了希望呢！他于是说："从头开始吧！什么手艺都是人学的！难就难吧，也会挺有意思。"

小织不说话，只看着李芒。她觉得他的肩膀很宽、很健美；好粗壮的胳膊啊，这个家伙长了这么吓人的胳膊。她一点也不怀疑他会做成好多事情。她觉得十分自豪。

李芒说："除了为山里人做事情，我还要读点书。也许我也能写一本书，你信吧？你点头了，嘿嘿，你什么都信。真的，我也许会写出一本书来……还有咱们那间闹鬼的屋子，我要好好整整它，用泥和石板垒个书架子，屋前边再栽上些花……"

"李芒！……"小织听到这里，激动得再也听不下去了。她吻着李芒，又把头埋在他的胸脯上喘息着。她仰起脸看着李芒说："做什么我都和你在一块儿，咱们会过得挺好的……不过，在这儿住得久了我会想家——你可不要误解啊，我不是想我爸。我想的是熟人、庄稼、海滩，还想芦青河。我想咱们那块好地方……"

李芒不吱声了。他也在想自己出生的地方。在那片土地上，爷爷死了，父亲死了，母亲也死了。母亲曾经告诉过他：爷爷攒了一大笔钱，让年纪老大的父亲到青岛去念洋书。几年洋书念下来，父亲也就不愿回来了。幸亏后来得了肺病，父亲怕死在外边，就带着几驮子书回到河边来，从此再也没有离开，直到死了，葬在祖坟地里……李芒现在没有一个亲人了，可是他和小织一样，也深深眷恋着那个地方。到底凭什么要剥夺他们生活在那儿的权利呢？他的几辈人不是都生在那儿，最后又埋在了那儿吗？李芒紧紧地握着拳头，一声不吭。

他想起了他和小织的同学、好朋友袁光。袁光三岁那年，父亲成了"反革命"，从城里领着袁光和姐姐回乡下来了。袁光上初中时父亲死了，袁光一滴泪水也没有掉。为什么要哭他呢？不就是因为他的缘故，袁光才受尽了歧视，也许连高中也不能上呢！后来初中毕业，袁光真的回家下田了。他在全校学习是最好的，他对那些能够继续升学的同学羡慕死了。他和李芒一块儿到海滩上挖渠、修树、种花生，结下了很深的友谊。李芒后来上了高中，就再也没有见到他。毕业第二年上，李芒过河去找袁光，找到了一个衣衫褴褛、面黄肌瘦的小老头模样的袁光。他的生活李芒完全想象得出来。他已经二十七八岁了，还没有娶上媳妇……最后一次见他是在河边的一块土豆地里，他担了两个大粪桶，右眼不知怎么肿胀得睁不开了，只睁着一只眼睛跟李芒说话……

如今袁光在做些什么呢？

"给袁光写封信吧……"小织突然咕哝了一句。

李芒惊奇地看了她一眼：她怎么知道我心里在想袁光呢？他感激地握着她的一双手，摇摇头说："不，不能写。不能让河边的人知道我们现在在哪里……"

有一只漂亮的山鸡站在不远处的一块石头上啼叫。李芒惊喜地指给小织看，小织刚转过头去，它就飞走了……李芒却发现了它站立过的石头是雪白的、莹光闪亮的！他赶忙奔了过去。

他记起县城的楼房上、墙皮上就粘满了这种闪亮的白石子！一个念头在他的脑际飞快闪过：可不可以满山找来这样的石块儿，碾成小碎块块卖给城里人盖楼房呢？

"小织！"他一下子站起来，喊了她一声。

六

李芒这天果然起早去跟肖万昌要开会的通知看了。肖万昌正耐心地照着镜子刮脸，头也不转地说："通知就在桌子上，你看吧……"

通知上果真只写了肖万昌一个人的名字。

李芒说："这是专业户代表会，怎么只有你一个人的名呢？我可是最早做黄烟专业户的。你开会时捎一句话给发通知的人，告诉他们不要故意漏掉我李芒的名字！"

脖子上的毛发很难对付，肖万昌这会儿刮得特别细心。他一下一下刮着，刮完了又用心地抚摸了一会儿，转着脸庞照着镜子。他揩着刀片说："我一准把话捎到就是了。"

李芒转身走出了肖万昌的屋子。

他想尽快离开这里。他觉得站在屋里和肖万昌说话的时候，正有一双沉沉的目光在一旁望着。走出门来，后背上好像还负着这双目光。走着走着，他猛然回头去寻找，后边什么也没有。他心里明白：这双眼睛是看不见的，这是玉德爷爷的一双眼睛啊！

他很清楚地察觉到，玉德爷爷那双衰老的、有些混浊的眼睛此刻已经愤怒了。老人分明在责备这个孙女婿，恶狠狠地盯着他。那双目光分明在怒斥说：忘恩负义的东西！我刚闭了眼，你就要和我儿子分开干，你是个败家子！……李芒步子沉重地踏上了田埂，又望见了那棵老柳树。他痛苦地闭了闭眼睛。他在心里呼喊着："玉德爷爷啊！我李芒今生不会忘了您的恩德，小织也会永远记着您……如果我们有什么地方违背了您的意愿，那也是实在没有办法的事。我们请求您老人家原谅，我们是您的孩子……"

前边不远的烟垄里，小织正在做活。那翠绿的烟棵子间，她的粉红衣服一闪一闪的。李芒大着步子走过去，默默地站在一边看着。她并没有发现李芒，只顾着扳着冒杈。肥嫩的冒杈怎么也扳不完，烟棵长得越壮，冒杈子越难对付。她的小巴掌握到冒杈上，就像攥住了一个小麻雀似的。小麻雀紧紧地伏到烟秆上，她就灵巧地一扭把它给扭下来了。绿色的汁水染了她的手背，她擦汗水的时候，额头就沾满了绿色。当她又一次抬头擦汗时，发现了李芒站在一边，就有些羞涩地笑了一笑。她问：

"犟汉子，到底看了通知吗？"

李芒点点头。他蹲下来，用两手捂着额头，一声也不吭。小织推了他一下，他也没有抬头。

"跟爸爸吵了吗？"

他摇摇头。

"你病了吗？"

李芒还是摇头。停了一会儿，他咕哝说："小织，我们把那棵老柳树伐了吧！"

小织惊愕地望着他。

"我一看见它，就想起玉德爷爷。好像它就是玉德爷爷似的，蹲在田里，喘着粗气……咱老得在它的监视下做活儿……"李芒有些急促地说。

小织慢慢地搓扭着手掌，望了一眼老柳树。她说："想着爷爷也好！想着玉德爷爷，你就不会硬跟爸爸闹着分开了。"

李芒站起来昂起头望着她说："一定要分开。这是早晚的事情。"

"你真是个犟汉！咱和爸爸联合了这几年，不是挺好的吗？你呀！"

"挺好？肖万昌在烟田里腰也不弯一下，他让儿子腊子贩鱼挣钱去，这么大一片烟田，全靠玉德爷爷和我们两个！……"李芒的胸脯一起一伏，一双愤怒的眼睛紧盯着小织。他大声嚷起来："这是欺侮人！压榨人！……"

小织的眼睛涌出泪花来，也迎着他嚷道："可他是支书啊！他要为村里忙别的事情……我们家买化肥、柴油，卖烟叶这些事，不都是亏了他吗？李芒，你该想想这些！……"

"我全想过，一样一样全想过。你以为我要和他分手，光是因为他不做活吗？因为害怕吃亏吗？不是！你也知道不是！要下决心分手，就得打谱不做这个专业户，狠下心做个穷光蛋！这个鬼联合本来就不该有。我早跟你说过，分开是注定了的。我心底老喊：分开吧，快分开吧！……看看，你多么不理解我啊！"

李芒很痛苦地摇着头，又蹲下了。

小织有些委屈地看着他，再也不作声了。

他们一边有人粗粗地喘着气，抬头一望，原来早有一个人抱着膀子站在那儿，嘻嘻笑着。

他叫荒荒，是村里的一条"光棍儿"。这时他嬉笑着问："小两口打架了？"他的一双眼睛诡秘地闪动着，松弛的皮肉在嘴角画出两个大弧。

"有事情吗，荒荒？"李芒问。

荒荒把身上发黑的汗背心扯一扯说："怎么没有事情？来就有事情。我是做代表来了。"

"什么代表？"

"群众代表。"

"到底干什么啊？"李芒不解了。

荒荒挠一挠蓬乱的头发，所答非所问地说："如今这个世道嘛，有本事的人都发家了。发家嘛，咱不眼馋，谁叫人家有本事呢？不过，哼哼，发了横财、黑心财的，从理论上讲也不算好事情……"

李芒用心地听着，还是抓不住他的"要义"，只是觉得"从理论上讲"几个字用得可笑。

荒荒说了一会儿，见对方并未明了，就咳了一声说："干脆直着说吧！我是代表大伙儿跟你来谈判的！"

李芒不解地看看他，又看看小织。

荒荒说："今年的化肥分来不少，可是摊到各家各户就那么一点点。后来才知道肖万昌书记给你们自己留了一手儿。俺是来跟你商量一下，借几百斤先用一用。"

李芒有些吃惊："荒荒，这许是误传吧？我们哪有那么多化肥？"

小织也不解地望着荒荒。

荒荒哈哈大笑："是呀，这么多东西放在自己家多显眼！得找一个好地方，再封起来，哼，这样儿——明白了吧？"荒荒用手做成抹泥板的样子，在空中抹了一下。

李芒站了起来。

荒荒像公鸡一样将头伸到李芒跟前，又奇怪地摇了一下说："怎么，不知道？真不知道你就跟上我去看看！嘿嘿，其实你心里早明白，你们是一家子人……"

李芒不耐烦地摆手打断他的话，跟上他走了。

在一座孤零零的老屋子跟前聚集了一帮子人。老屋子是一个老寡妇的。老寡妇死了，这屋子就一直闲置着，如今重新砌了门，挂了一把很大的锁……荒荒得意地朝人们挤着眼，说："总算把'驸马'请来了！"

"驸马"两个字深深地刺疼了李芒。还没等他说什么，人群就哄笑起来。他们主动给李芒和荒荒闪开一条通道。

荒荒大摇大摆地走在通道上，头颅高昂，像个将军一样。他走到门口，用手敲了敲那把大锁说："看见了吧？我跟你说的那些好东西都在这里边了……"

李芒端详着这座老屋。他透过缝隙往里看着，虽然黑洞洞的什么也看不见，但他想肖万昌完全做得出这种事情。他此刻明白为什么这么多人聚在这里了。

荒荒笑眯眯地对李芒说:"看见了吧? 有人手里握的铁钎子有多长! 有这东西撬门最好使,不过要糟蹋一个锁扣子,不符合节约的方针……"

人群又笑了。大家很欣赏荒荒的幽默。

"所以说,还是请你回家取个钥匙来。钥匙这东西,又不伤和气,又不伤锁扣……"荒荒说着话,扳着手指头,极力显得有条理。

李芒很快打断他的话,面向大家说:"这是肖万昌一个人干的事,我真的不知道。要撬门,我赞成,我手里没有钥匙。"

人们互相对看着。

李芒对荒荒催促说:"撬吧!"

七

"我们要和他分开的事,也许他早就有预料。"李芒从大队部回来后,这样对小织说。

小织问:"为什么?"

"他这个人机灵得很,早就嗅出味儿来了,知道终有一天我会跟他分开。他偷偷积下那么多化肥,从来没跟我们说。今年秋天的化肥多么紧,他一个人就积那么多。其实三分之一就足够他用的,他就这么个贪婪性儿,不知道这是在积民怨! 大伙儿要给他撬门……"

"撬了吗?"

"没有。他们怕肖万昌,知道他开会去了,就来找我,到时候就说是我同意了的。谁知我赞成他们撬门,他们反倒害怕了……"

小织长长地舒了一口气。

"荒荒当着大家的面跟我叫'驸马',说明群众早把他看成土皇帝了。你不让我跟他分开,就是说还要我给他当'驸马'! 从大队部回来的路上我就想:一定把他们喊的话告诉你……"

李芒有些冲动地望着他的妻子,声音颤颤地说着。

小织抬头望着大片的烟田,咬着嘴唇。她说:"我知道你还会说什么。你说出来的、没说出来的,我全能明白。我知道他和咱不是一路的人，可我常想，咱和他积了这么多年的怨气，过去了的就让它过去吧！咱现在的日子不是已经过得挺好了吗？烟田的肥料不用咱操心，烟叶从来都是卖高价钱，这些不全都靠他吗？将来孩子生下来，他能没有姥爷吗？李芒！你是太偏了啊，你想得太多了、太细了！你就不会忍着点儿……"

李芒的目光长久地停留在她笨重的身子上。他说："是啊，比起那几年到处流浪来，现在怎么能说是过得不好？我们有了这么大一片地，又成了全县有名的专业户。可这是和当年把我们逼跑的那个人联合的，是这样成了专业户的！你不觉得这种好日子里面也掺和了好多屈辱吗？"

肖万昌开会回来，很快知道了老屋门前闹的这场事。他让民兵连长请来那些人，和他们一块儿站到老屋门前，微笑着问："你们说这里面有多少化肥？"

大家感到莫名其妙，没人作答。

荒荒见肖万昌用眼盯他，就往人身后挤了挤。

肖万昌说："荒荒，你来估估，我看你是好眼力。"

民兵连长在一边笑着。

荒荒见肖万昌很和蔼，就朝身边的人扮个鬼脸，说："少说也有一千斤！"

"多说呢？"

"两千斤！"

肖万昌笑了。他把手按到荒荒的肩膀上说："你还是没有估准——你估得太少！我这里面存有化肥两吨，整整四千斤！"他说着，不知从哪儿取出一支粉笔头儿，回身在铁门上写了：内存化肥两吨。

人群里发出吸气声。

肖万昌又说："话不说不明，我今天就是跟大家说明一下情况的。不错，这里面的化肥有上级分配的一份儿，那是保证重点专业户的，比大家也多不了多少，也不过几百斤。其他的就是我自己找门路买来的了，与分配的化肥没有关系。有人说我偷着藏下来，一个'偷'字把我这个党支书说得挺窝囊。化肥又不是抢来的，不过是借这么一块地方放一放，偷着藏？用不着吧！"

没人吱一声。民兵连长还在笑。

肖万昌停了一瞬，又接着说："要搞化肥，这我支持！开动脑筋，前门后门（说实话，我这些化肥不少就是走后门来的），都不妨搞搞看，都到了什么时候了，还像小孩子一样事事找保姆！我可做不了这么多人的'保姆'。我听说有人带铁钎子搞化肥来了——这个法子可使不得。撬门破锁犯法哩！我在这里劝大家一句：犯法的事还是不做的好！……"

肖万昌说完，开朗地大笑起来，满脸堆上了和善的皱纹。

荒荒用眼睛瞟着肖万昌，重新挤到人群里去了。

"赶空儿我还要给大家传达一下会议上的精神哩……"肖万昌卷好一支喇叭烟吸着，眯起了眼睛，"会上，张县长接见了全县的专业户代表，一个一个鼓励，拉着手问还有什么困难。大家都笑着说没有困难。我们是老朋友了，'文革'那年他在我家藏过好几个月，我可从来不和他客气！我说：'我自己倒是没有困难！俺村里还有个荒荒，快四十了没有娶上媳妇，裤子后腚上老是破个洞，你管不管？'……"

他大笑起来。

有的人跟着笑起来，更多的人却陷入了长久的沉默……

肖万昌离开大队部，到他的承包田里来了。他见李芒和小织在耪烟垄，就要过小织的耪锄耪起来。他左右开弓，耪地的姿势很好看，但总也不能和李芒耪得一样快。他只好耪窄窄的一溜儿，一边耪一边和李芒说话："我看今年的烟长得比去年要好！一张烟叶子就是一块钱的人民币……开会时见到烟厂的王会计，我跟他讲，秋后收烟可要瞪起眼睛来！……"

李芒打断他的话说："今年的烟劲道大。这从烟叶那些黄疤上看得出来。有人爱吸便宜烟，就得小心呛嘴巴！"

肖万昌摇摇头："嘿嘿，这地方的人什么烟没吸过？劲道越大越好，呛不着。劲道大过瘾哩！"

"长期过烟瘾，嘴巴里该生口疮了！"李芒又说。

"口疮又算个什么！"

"不能吸烟了。"

"照吸就是。"

"小心烂嘴巴。"

肖万昌停了耘锄，看着一旁坐着的小织，哼哼地笑起来。只有将牙齿咬在一起才能发出这种笑声。小织低着头，声音非常轻微地叫了一声："爸……"

"什么事？"肖万昌很警觉地睁大了眼睛。

"你看别人的烟棵子又黄又小，可不该扣留他们的化肥。榨油厂也不卖豆饼给他们了，说要等着和你订合同。天这么旱，要浇地就得自己出柴油，他们也没有柴油。听说荒荒的烟叶早得打蔫了……谁都指靠着烟田过日子，你该为他们想一想办法，你办法总是多的……"

小织这样说着，眼睛却一直盯在李芒身上。

肖万昌听完女儿的话，长长地叹了一口气。他皱了皱眉头，然后重新低头耘起烟田来，自语般地说道："我为这个村子奔忙三十多年了。我现在该为自己家里做点事情了……"这样说着，心里却在苦笑。是啊，三十多年！这期间有多少坎儿，政治运动、家族矛盾、村仇械斗，无数的难题交织在一块儿，他每次都在风口浪尖上。但他很快就老练了。四十岁以后，他遇到事情就从来没有惊慌失措过。整个村庄仿佛就是一个巨大的轮子，他认为它需要旋转一下了，就伸出手指轻轻一拨。平时他总是大背着手，他特别愿哼古戏里诸葛亮的那句唱词："我本是……散淡的人哪！"

耘锄的一个尖齿刺进烟秸里去了。他哼哼地笑着，把尖齿儿慢慢退出来……

八

刮了一夜大风。

这种风是让人厌恶的。很多烟叶儿给刮折了，没有刮折的也扭向一边，像一个人为抵挡风沙的袭击把手臂蒙在头上一样。所有的人家都到烟田里捡拾折下的烟叶，集中到一处去晾晒，准备将来有机会再把这些不成熟的劣叶子卖出去。这种风每年秋天都有，今年刮得早了点，损失也就不大。如果在烟叶收获的前几天，烟叶儿上足了"烟"，刮起大风来，不但会刮折烟叶，还会刮走烟叶上的"烟"！

风中掺了雨，所以人们活动在烟田里，衣服都湿透了。

李芒和小织很早就到田里了。他们把折掉的烟叶抱到老柳树下，堆了很高的一垛……老柳树被风雨抽打了一夜，大清早还在呻吟。它的叶子不断飘落下来，枝条也从身上脱落着。它的裂缝经了雨水，干朽的木头胀起来，发出老人干咳似的声音。有一块干树皮被水汽滋润得脱离了树干，掉在李芒的肩膀上。李芒吸着他的大烟斗，端详着这块老树皮，觉得它像一块炮弹皮一样。

小织有滋有味地吃着刚刚变红的山楂，一把一把从衣兜里掏出来。李芒看看她手里的山楂，口水就要流出来。可她偏偏要把山楂送他的脸前——她吃着山楂，抬头四下里张望着。四周的烟田中，都有人影在活动。远处被雾气罩住，什么也看不清，只听得见那一声声咳嗽和叹气声，还有那奇奇怪怪的、听不清词儿的村里人的歌唱。烟农们对风的恶作剧说不上是高兴是悲哀，因为每年都有这样的风，吹折了这么多的叶子，像要代替他们辛劳的手去收获似的。雾海静静的，没有什么波涌；多少人在这早雾里钻烟垄、在田埂上奔跑。雾气漫开了多远呢？在辽阔的芦青河两岸，在整个的海滩平原上，都蒙上了这么迷迷茫茫的一层吗？这雾气将烟草的气味、牛羊的鸣叫、村里人的呼喊和咒骂、芦青河的奔流声、海潮的轰响以及泥土细微的声息都融合在一起了……小织的目光从远处收回来，又落在自己的烟垄上。她看着看着，目光就凝住了！

她发现整整两座屋基那么大的一片土地上，烟棵子都倒伏着。她惊呼了一声，扯着李芒的手奔了过去。

原来是一片烟棵子被人砍倒了！不成熟的、稚嫩的烟秸被齐齐斩断，断口处渗出清清的水珠，像泪滴一样……

"谁的心这么狠啊！多么坏啊……"小织心痛地用手抚着砍倒的烟棵子。

李芒默默地吸着烟斗。

"怎么办啊，李芒，多好的烟叶……"小织蹲了下来。

李芒还是一动不动地吸烟。

他透过袅袅烟雾，好像看到了一张瘦削、黝黑、又愤怒又丑陋的烟农的脸。这张脸又熟悉又陌生，上面沾满了发黑的烟汁。那人握了把镰刀，穿过他自己那一片又黄又瘦的烟田，来到了一片黑乌乌的好烟棵子跟前，咬了咬牙关，恶狠狠地砍伐起来。他砍得好惬意、好解恨，直到砍了好大的一片，他有些疲累时，这才跺一跺脚，往地上吐一口唾沫离开了……

李芒从地上扶起小织，拂去她头发上的几颗水珠说："我们回到老柳树那儿吧……"

小织不动，只是盯着地上的烟棵子。

这时有两个人吆吆喝喝地走过来了，是肖万昌和民兵连长。肖万昌大概早已发现了这个情况，特意找了人来的。肖万昌的头发还像往日一样，梳理得一丝不乱；他今天穿了件深棕色衬衫，仍旧扎在半新的灰制服裤里。他说话的声音很大，但并不激动，脸上还带有淡淡的笑意。他对民兵连长说："破破这个案子吧，待会儿你请海边派出所的人也来。你协助他们……"

民兵连长心不在焉地看了李芒和小织一眼，笑了笑。

李芒默默地吸着他的烟斗，和小织一块儿离开了。他的大黑烟斗不离嘴巴，也不怎么说话，只在磕烟斗的时候深深地看一眼小织……

三天内没有什么消息。

邻地的人远远地向这边张望，可是像怕沾了什么晦气似的，并不到近前来看。腊子回家来了，他听说了这个事，骑着他的轻骑到烟田里来了。他穿着紫格子衣服，戴了墨色眼镜，将轻骑骑得很快，到了烟田里却猛地刹车。他并未下来，摘下眼镜望了望被砍倒的烟棵子，骂了一句什么，就离开了……海边派出所的一个胖子也来了一趟，他将两手掐在腰上，掀起了后衣襟，使所有见过他的人，都同时看到了贴在他后屁股上的小皮套子枪。烟农们开始伸舌头了，吸冷气了，发出咝咝的声音。

第六天上，半下午时分，肖万昌、胖子、民兵连长和荒荒四人到田里来了。他们后边不远，跟上来一些小伙子、妇女和娃娃，邻近地里人见了，知道案子破了，也放下手里的活计走过来。李芒和小织也走到那片砍倒的烟棵子前。

海边派出所的胖子看着地上的烟棵子，掏出一个小本子不时记上两笔。肖万昌卷好两支喇叭烟，分给民兵连长一支。荒荒想抽烟了，从衣服的里层摸索出一个又短又小的竹子烟斗，用两根手指夹着吸起来。

"用什么工具作的案？"胖子问。

"告诉多少遍也记不住，用老镰！"荒荒有些不耐烦。

把镰刀叫成"老镰"，惹得四周的人一阵大笑。

"什么用意呢——为什么砍？"胖子又问。

"什么用意，没什么用意，砍他娘的就是！"

荒荒说着，把小竹烟斗放在鞋底上磕起来。他的鞋子很怪：底子约莫一寸厚；帮子上缝了各种颜色的补丁，圆乎乎像个大彩球。大家又笑了。可能是笑鞋子。

肖万昌在一旁不慌不忙地说开了："唉唉，庄稼人就是没有法制观念！你恨我，可以指出我的错误，怎么能破坏农作物呢？犯了法，谁也没有办法……"

荒荒听了，用小烟斗指着肖万昌说："不用说了，我知道你，你他妈的最不是东西。老寡妇让你这伙人气死了，又占人家老屋藏东西……"

他的话刚停，民兵连长就笑眯眯地凑近了他，用烟头儿往他手心里一触。荒荒毫无准备，疼得跳了起来。

派出所的胖子正低头记着什么，一抬头见荒荒在跳，就迅速地从皮包里摸出了一副手铐，跑上去卡住了荒荒的两只手。

大家都不笑了。

胖子手里捻动着一杆紫红色的圆珠笔，两眼盯住荒荒的眉心说："拘留你！"荒荒的眉心上有一块疤，大家都看到了。

李芒把一切都看在眼里，这时走上前去问荒荒："荒荒，真是你砍的吗？"

荒荒摇头大笑。

"荒荒！别让人讹了你……"李芒喊着，愤怒地推开了那个笑眯眯的民兵连长：他笑着抱了荒荒的胳膊，正用指甲掐荒荒的肉呢。

荒荒仍旧大笑："哈哈，'驸马'，这回抓了我你该高兴了吧？留下你自己发财吧！哈哈……"

荒荒被押走了。人群先是随着荒荒移动着，最后又散开在田野上……

李芒蹲在砍倒的烟棵子旁，默默地吸烟。吸了没有几口，他突然站了起来，噗的一声抛了烟斗。

"李芒！……"小织喊了一声，紧紧地抓住了他的胳膊。

李芒望着远去的人群，慢慢蹲下来。不知过了多长时间，他才拾起烟斗，和小织默默地走回家去了。

李芒仰躺在炕上，不说一句话，目光一动不动地看着天花板。

小织用手试了试他的额头，说："李芒，你病了吗？"

李芒摇摇头。

小织坐在他的身边，看着他。

"小织，"李芒望了望她的脸，"从明天开始，由我们替荒荒扳冒权、耘烟田吧。"

"也怪可怜人的。不过他也太坏了，砍了咱那么大一片烟……"小织说。

李芒看着天花板："他没有办法，我们有时也没有办法嘛！他算被逼到数上了。他要报复，就用上了那把镰刀……想想吧，小织，他穷得没有第二双鞋子，一点点指望就全在烟田上了。可他没有肥料，也没有水。什么权力全在肖万昌他们手里。招工、分红、参军、出夫……娶媳妇有时也得受他们干涉，荒荒的媳妇不是肖万昌给搅散了吗？他什么办法也没有，只好用镰刀撒撒气……我眼看着荒荒被抓走了，恨不得去把他夺回来！我心里明白：荒荒是因为砍了我们的烟棵才被抓的！我们倒和肖万昌搅在了一块儿！让大伙儿去恨我们吧！没人再会瞧得起我们……"

李芒激动起来，从炕上跳了下来。

小织呆呆地望着他。

"我们被逼得无家可归，到处流浪才学到了一点过日子的本事，学会了种烟的技术！可我们只有技术，没有肥料，没有水，没有公平合理收购烟叶的地方。没有这些你怎么能富起来！咱就这么和肖万昌联合了，成了全县最有名的黄烟专业户！……多大的屈辱啊！多少人在烟田里急得团团转，我们倒心安理得地做起专业户！小织，我们对不起乡亲们，对不起荒荒！也对不起我们自己！"

李芒愤怒地挥动着拳头，在屋里走着。他连连说着："不能再忍了！不能这样下去了！赶紧让这种鬼联合散伙，立刻就应该去告诉他！"他的脸膛变成紫红色，全身颤抖，碰倒了凳子，就要迈出屋门。

小织紧紧地抱住了他的胳膊。她叫着："李芒！李芒！"

"我们在和什么鬼人联合！我们这个不干不净的专业户啊……"李芒几乎要吼叫起来。

小织有些害怕，她抽搐起来……她从他的衣兜里摸出那个大烟斗，给他装了烟，塞到了他的手里。"李芒！"她叫着，"冷静一下吧，李芒！你答应过我，要等我同意了那天才……才正式和他分开。这样，你今天这样怒冲冲的，会把事情弄坏……啊，李芒！你听见了吗？李芒！啊啊，李芒……"

李芒握烟斗的手颤抖着，颤抖着，终于慢慢举起来，将它送到嘴巴上……

九

小织的手指也不知是怎么长成的，又细又圆，那么光润，那么软！用它拿苹果、搬凳子、捏钢笔……它触摸过的东西都变得比原来美好了。李芒曾经不眨眼地看它弹拨过一个琴：它按在丝弦上，黄色的丝弦弯下来，它也弯下来；丝弦颤动着，它也颤动着。当它在丝弦上揉动时，指尖就微微发红了，像害羞似的；它用力弹了一下弦，弦要激动地跳起来，它却异常机敏地、有几分顽皮地先一步从弦上跳开了。指甲又硬又亮，闪着莹光，像十枚小小的铜片。小铜片打在弦上，当然是金属的声音。几根丝弦，有粗有细，它不冷淡任何一根弦，去抚摸，去揉动。它的温柔全在弦的身上了，丝弦叙述着各种感触，委婉的语气也像是模仿着它。有时它全从弦上移开，与弦相距一寸，像是默默地对视，又像是在轻轻地喘息。这安静的几秒钟里，空气凝住了。它重新按在弦上时，是几根手指轮换地触摸，显得小心翼翼，像是怕惊醒了对方的熟睡，又像是蹑手蹑脚地行走。丝弦终于没有被惊醒，熟睡过去，发出轻微而均匀的鼾声。于是它离去了，指尖勾起，恋恋不舍地从弦上移开……

一个男子这样细致地研究一个姑娘的手，他自己也感到有些难为情。可是没有办法，这双眼睛特别执拗。李芒有时故意把脸转向一边，但眼睛仍要去寻找那双手。

　　那双手曾捏紧了一个做标记用的小铁旗子，插在一个铅球砸出的印痕上。那个铅球就是李芒掷出去的，她惊羡地看了他一眼。他也同时看清了她是肖万昌的女儿，于是深深地吃了一惊。

　　他当时看到的是一个娴静的姑娘。她穿了件洗得发白的黄军衣，一条学生蓝制服裤。与上衣不同，这是笔挺的、使下肢显得特别修长的新裤子。衣服特别合身，恰好衬托出她的丰满与娇小。她的脸色很红，猛然一看还以为她正害羞呢。像一株秀美的香椿树，挺拔地长在屋前的空地上，并没有因为水肥充足就痴憨地疯长起来。它矜持得很呢，将雨露闪烁在叶子上；叶梗儿发红，像永远披了霞光。她的确使人想起这样的一株香椿树。

　　毕业了，她和他都回村了。她依然常常穿着那身泛白的军衣。那个年代军衣时髦得很，她开始是赶这个时髦的；后来谁都发现军衣使她更加漂亮了，她实在需要这样的一件衣服……肖万昌安排女儿做了大队广播员。她可以不下田，这就招来了村里人暗暗的怨恨。可是她的甜润的声音慢慢使人喜欢起来，人们都在心里问：有这样一个广播员有什么不好？年轻人很寂寞，从学校回到田野很寂寞。李芒和小织每天要参加夜校，他们就在这时组织了一个文艺宣传队。

　　排练节目时，李芒常常看小织弹琴。

　　宣传队要到造田工地上演出，工地上的先进人物，无一例外地都要编进节目里。只有李芒和小织两个人是高中生，节目也就靠他们编了。他们常常编到深夜，一点也不累。他们编了快板、数来宝，自己先要说一遍。李芒能将数来宝最末一段的最末一句罗列上七八个形容词而且押韵，这使小织觉得新奇而痛快。她腼腆、内向，极度兴奋时往往垂下眼睑，摆弄她那支铝杆儿镀金笔。她那两只柔软的、可爱的、未被粗重的东西磨损过的手掌不时去翻动一下纸页，李芒把她弄乱的纸页再理整齐。他总是微微含笑，表现了一个男子的沉着和自信。他和她很少说话，因为有些更细微的东西，有些还嫌模糊的感觉，语言反而说不清。他们两人都自觉地在一种氛围里大致沉默着。夜色真美好，月亮姗姗来迟了。窗外不安分的鸟儿叫一声，风懒懒地摇动着树梢。他们疲倦时走出屋来，伸一伸腰，踩一踩湿漉漉的青草。小织脑后那两个弯弯的毛刷刷在月色里显得特别可笑，揪一下多好，可是没人敢揪。它就那么骄傲地摇摆、颤动吧！它就那么高高地翘着吧！暂时没有人理睬，没有人去过问……

这里是一所学校，就处在村子的西北角上，离村子有半里之遥。校舍在一片稀疏的树林里，夜晚有一个老人在睡觉。此刻老人早就睡着了。

他们走出屋子时，听到的是校舍四周各种奇奇怪怪的夜之声息。虫鸣、蛇走、刺猬咳嗽，一只大乌鸦在远处落下。村子里狗吠了，小孩子在哭泣，有位老人悲伤地号啕，这声音真正打破了一片静寂，使月色也变得凄凉了……他们这时候就默默地望向那黑乎乎的村子，猜测着，忧虑着，用目光询问：又是谁家的老人遭到了不幸？在这样的夜晚里，在这样的月色里，什么事情都会发生啊……

老人的哭声越来越大了，狗吠得更急了。他们终于听出是那个老寡妇在哭。两个人都长叹起来……老寡妇只守着一个傻女过活。傻女疯起来的时候就满街乱跑，老寡妇就不吃不喝地跟上她。有一回老寡妇追傻女追到一片蓖麻林里，出来的时候也变傻了：抓扯着自己的头发嚷叫着，说治保主任在蓖麻林里糟蹋傻女了，不一会儿又说是民兵连长。她说的那个治保主任死了快两年了，这显然是疯话。大家寻到蓖麻林里，什么也没有看到，都说老寡妇是疯了……

她从那开始就常常抓着自己的头发哭喊了。

两个年轻人站在惨白的月色里，觉得一阵阵发冷……

李芒说："我记得傻女上小学时一点也不傻。她是后来才傻的……"小织回忆着，点点头，"大概是十四五岁时……"

两个人不再说话，往前走着。李芒走着走着突然站住了，眼望着远处的树影说："有一回傻女在巷子口遇到我，笑着，一点也看不出傻来。这样站了一会儿，她突然尖声大叫起来，用手去扯自己的头发，转身就跑了。我正发怔，觉得后面有什么人，回头一看，见民兵连长在我身后站着！原来傻女是看见他了……"

小织惊讶地望着李芒。

"你看，傻女见了民兵连长就疯！……"

宣传队排练时，村里的好多人都要迎着琴声赶来观望。民兵连长也背着枪赶来了，他还兼任着治保主任。他笑眯眯地看着好多人伏在明亮的窗前往里张望，第二天就禁止了"随随便便看排练"。他一个人来，有时也陪伴支书肖万昌。当肖万昌不来的时候，他就找一个角落坐下，长久地盯着小织。肖万昌如果来到这里，总是显得十分庄重。他不声不响地坐下，先点燃一支烟。有一个漂亮的女儿活动在这里，他显得十分得意。在这里，他的脸上流露得最多的神情，就是一个支书的威严和一个父亲的慈爱。偶尔他也站起来，问一下文艺节目中的某个问题，那时人们就会知道，支书关心的主要是政治，他要在政治上把关的。这时候民兵连长坐在他的背后，微笑着，不时地递给支书一支烟或是小声地解释几句什么。支书点着头，显出十分满意的样子。民兵连长跟支书说完话，就专心地研究几个女演员了。他看得最多的是小织，但偶尔也警觉地扫一眼李芒。

有一次民兵连长一个人来了。他站到小织的身后看她弹琴，突然脸上消失了微笑。小织只顾弹着，当她黑亮的、柔软的头发落到琴上时，她就甩一甩头。她想不到他站得那么近，有几根发丝碰了他的脸。他的脸有些灰黄，有着三十多岁的人不该有的深皱。他有些惊讶地张开了嘴巴，露出了被烟草染黑的牙齿，发出一声很难听的呵气声。他伸手搓了一下脸，嫌热似的退开一步说："小织会弹！"……临走时他对小织说："明天，不一定排练了，李芒要去队部开个会。"

"开什么会?"小织冷冷地问。

"他是'可以教育好的子女'，不开会还行? 这是治保会的制度。"

从此，李芒就常常被叫到民兵连部开会了。这里集中了二三十个年轻人，民兵连长和他们对坐着，一个人吸烟微笑。他说："先学习'老三篇'吧，待会儿再谈。"他有时也请肖万昌来讲讲话。肖万昌常讲的就是："重在政治表现。到底是不是可以教育好，就看你们自己了。嗯?"他走后民兵连长就发挥起来，有时扳着手指告诉他们哪个国才是"第三世界"。他讲累了就直眼瞅着一个女青年，嘴里又发出不易听见的呵气声。李芒在一边暗暗想：民兵连长的腮帮上，就短那么狠狠的一拳头！

他从民兵连部出来，再晚也要到学校那儿看一看。这种带有侮辱意味的会，使他沮丧极了。好比一个急需新鲜空气的人被强迫关进一间发霉的屋子里一样，一经解放，就马上奔到旷敞的原野了。他急于听一听那儿的歌声，那儿的欢笑。

那儿有歌声吗？

太晚了，没有歌声了。只有一个人在树下等他归来，这就是小织。

十

她在等待一个不幸的人，因而常常显得急躁和焦虑。她的性格就是这样的温柔多情、这样的容易体贴别人。她的眼睛特别看不得苦难，却偏偏生在一个有很多苦难的时代里。如果她不是肖万昌的女儿，不是这方土地上一个权威人物的骨肉，她很可能在等待别人的时候就遭到了罪恶的袭击。她站在那儿，比起身旁粗大的梧桐树来，越发显得弱小了。月亮出来后，照着她的旧军衣，照着她亭亭的身姿。她周身无时无刻不散发出一种青春的、让人爱恋的气息。秋天了，她已经在衣服里边加了一件秋衫，她对气候变化特别敏感。劳动还没有去磨损她，她躲在一个安静的角落里闪动着好看的睫毛，有些惊讶。她慢慢就不会惊讶了，慢慢就看到她等待着的这个人有多么不幸，以后的夜晚会变得多么凄冷。

李芒多么感激她啊。每当他从民兵连部出来，踏上通往学校的小路时，他就急于看到那个站在树下的身影了。排练的时候，他又被渐渐地溶解在歌声里了。李芒后来发觉大家唱歌的时候，常常要寻空儿看他一眼，那目光里多少掺杂了一些同情和怜悯。这就使他特别受不了。他有时故意放高了声音歌唱，每一个动作也用力一些，来向伙伴们证明，他是多么不在乎去开那个会。可是这样一来他的动作常常就变得过于夸张了、不自然了。小织禁不住要问他："李芒，你的手，就是表现打锤子的动作，还要扬那么高吗？"李芒的脸马上红起来了……

后来，小织在父亲面前为李芒求情，请他不要再让李芒去开那种倒霉的会了。肖万昌吸着烟，好长时间没有说话，只是不时地看一眼女儿。他说："你可得跟李芒离远一些。他是什么人你该知道，你好像对他不错……"小织的脸红了。她想说点什么，可父亲的眼睛一动不动地盯着她："你自己揣摩吧。你不是个笨孩子，我知道你不会自己去毁自己……"肖万昌的语气严厉起来。她抬头看了看，见他的脸色不知什么时候变得铁青。小织有些吃惊。她想争辩什么，但她什么话也说不出，只噙着泪水离开了。

李芒仍旧要去开会，民兵连长仍旧来看排练。当李芒缓缓地离开宣传队，朝着大队部走去的时候，小织总要呆呆地目送他远去。小织想他那沉重的步履，是被难以负起的重压拖累的。

李芒越来越消瘦，嗓子也常常嘶哑。他决心离开宣传队，跟小织告别说："小织！……你不知道，不知道我一次次被叫走时，我想些什么……我想起了我小时候戴的那条红领巾，鲜红鲜红的……可是……"李芒说着，眼里涌出了泪水……

小织紧紧地握住了他的手，摇动着说："我明白！我知道！李芒……"

小织决心要让李芒留在宣传队里，留在这个暂时用歌声编织起篱笆的小花园里，无论如何也要让他留下！宣传队的伙伴们无数次地安慰他、劝阻他，紧紧地拥抱他……

李芒后来终于留下来了，所有的伙伴都高兴得不知怎么才好，大家兴奋极了。

这天晚上，他们没有排练以往的节目，而是各自选择了自己喜欢的歌子，不停地唱起来。多么痛快！多么舒畅！就好像欢迎一个从远方归来的好朋友似的，大家围着李芒，眼睛里闪着比往日更明亮的光泽。也巧得很，这晚上李芒和小织的同学袁光从河西找他们玩来了！这使李芒和小织十分高兴。三个同学见面了，彼此都激动起来。袁光白天在生产队里劳动，只有夜晚才有时间出来玩。他大概很久没有经过这样热闹的场面了，看着大家唱歌，满脸通红，鼻尖上渗出了愉快的小汗珠。袁光的头发又长又乱，这使他自己都有点不好意思了。后来他小声告诉说：他要早些赶回去了，因为他出来时找治保会请过假……他说这话时，见李芒垂下了头，也就闭上了嘴巴，站起身来。

李芒和小织去送袁光了。

一天的星星。他们踏上海滩，穿行在稀疏的小树林里。他们默默地穿行在稀疏的小树林里。一天的星星。友谊分别记在三个人的心底，他们仰脸看那星星。夜露有时洒在他们的眼睛里……袁光踏上了芦青河的小桥，向两个好朋友无声地笑了。

袁光走了，月亮升起来了。他们又踏着月光穿行在稀疏的小树林里……白白的沙子在脚下嚓嚓响着，无数的叶片在四周闪动着绿色。小织的泛白的军衣上沾着露滴，她的两个毛刷刷辫也沾上露滴了。她的前面几尺远的地方，走着高高细细的李芒。在这月色苍茫的大海滩上，她跟上李芒往前走去，就像跟在了一位兄长的身后，心里那么温煦和安逸。她很羡慕李芒那挺拔的、青春勃发的身姿，也羡慕他那透着男性的力度、男性的自信的宽厚的臂膀。她呼唤他："李芒！你走那么快，你走得真快呀……"

她的声音慢慢弱下来，"真快呀"三个字几乎要听不清了。李芒于是就放慢了脚步。他像是极不习惯于这种行走的速度似的，只得走走停停。小织简直就不像赶路了，她的步子十分缓慢，一双大大的眼睛四下里观望着。后来，她就倚着一棵青杨树站住了。李芒也走回到树下来。他听见了她的均匀的呼吸，看了看她那个很严肃的样子，觉得她多么好、又多么可笑啊。李芒没有吱声。

"李芒，我不会老待在宣传队里的……"小织说。

李芒不解地看了她一眼。

"你想想，我爸爸会让我待在村里吗？不用多久，他就会把我弄到哪个工厂、机关里去了……"小织轻声说。

"他一定会。"李芒说。

"我就那样走了吗？"

"可不是就那样走了！"

"就那样离开宣传队了吗？"

"可不是就那样……离开了！"李芒的声音变得很粗重。

小织垂下了头，两个小毛刷刷往上仰着、微微颤着。李芒看了看它，心中有些闷热。他又把目光移向黄蒙蒙的前方了……小织仰起脸来问："你喜欢一个人待在这片海滩上吗？"

李芒笑着："你喜欢一个人待在海滩上。"

小织又问："你喜欢有一个人和你一块儿待在海滩上吗?"

李芒笑着："你喜欢有个人和你一块儿站着。"

"你把铅球推那么远……什么胳膊!"小织笑眯眯地看着他。

他有些冲动地猛击了一下青杨树。青杨树周身震动，几滴露水落下来，有只鸟儿也飞了。他大口地呼吸着，他觉得身上很燥。这个夜晚明亮、安静，没有一点儿风。远处的林木高高簇起，月色下看去像一道山崖。他此刻倒真想让前边有座起伏的山岭，他们一起攀登上去。他看看小织：她就站在身边，那么娇小的一个姑娘。她是依偎在这棵大树上了，用那个很小的小巴掌抚摸着光滑冰凉的树皮。她比他小那么多，他看她需要低下头来呢。他抿了抿嘴角，轻轻地咳了一声。他想唱一支歌儿，他突然觉得大海滩上的林木、沙土、夜飞的鸟儿、小蚂蚱、飘飘落下的叶片、溅起的露水……一切的一切，都融化在他要唱的这支歌里了。没有什么痛苦了，没有什么焦虑了，没有什么不安了。眼前的树木仿佛退远了，又慢慢消逝在远方，化作一片朦胧的月色。大海滩像被一层雪粉轻轻覆盖，反射出淡淡的光来;大海滩毛茸茸的、粉丹丹的、热烘烘的。大海滩像个红眼儿白毛的小兔子了!你想去捕捉它，把它举在手上。哦哦，一天的星星!星星用热切的眼睛望着海滩上的一切，眨着，又睁得老大，雪亮亮的眼睛啊。星星眼里的世界会是这样的吧：只有一个温柔的大海滩，只有一棵大树，只有两个人。两个人隔着一棵树。红眼睛的小兔子，小兔子伸出通红的小舌头去舔闪着露珠的树叶儿。它喝足了水，就睡着了。它的鼾声那么轻微、均匀。它紧紧依偎着一棵高大的青杨树……李芒的心噗噗地跳起来，他把手压到了身后去，轻声呼唤："小织!小织你一声也不吭……你睡着了吗?小织……"

"我没有睡着。李芒，李芒……"

"我们离开青杨树吧，我们往前走吧!"

他们走去了。微微的风吹起来了，吹来一种淡淡的香味。慢慢地，林木更稀疏了，开阔的草地袒露出来了。月光在平展展的草的尖叶上滚动跳荡，小野菊特别显眼。离开草叶一寸高的地方好像有什么在飞速流动，看得人眼睛发花。他们仔细看了看，看出是闪亮的甜草叶儿在风中扫动，月光在上面走来又走去，真像是流动着什么!李芒说："小织，你看，我好像第一次发现这个地方似的……多好的一片小草原！"小织重复着他的话："多好的一片小草原！"……踏在了小草原上，野菊的香味变得扑鼻了。他们在这片开阔的草地上坐下来了。小织小心地捏了捏李芒支在地上的一只胳膊说："像铁一样……"李芒就用这只胳膊把她揽到身边说："像铁一样……"小织呼吸的声音又粗又急，发出一种哭泣似的声音，挣脱着，奋力挣脱。因为"像铁一样"，她终于挣脱不掉，于是就把头伏到他的宽厚的胸脯上了。他试图将她的头扶起来，可是怎么也不能。他抱着她，唯一的担心就是怕她笑自己那颗咚咚乱跳的心。他终于可以去攥她脑后的两个毛刷刷了，小心翼翼地伸出手去。他发觉她的头发很滑，很滑很滑的。他声音颤颤地说："一切的一切，什么，所有的什么东西，我都不怕了……小织，啊啊！小织……我听不见你喘气了。哦哦，你真要睡过去了……小织，你没有睡过去啊，你的眼睛睁这么大。你看见什么了？你知道吗？你听见吗？我什么都不怕了……我想告诉你的就是这个。小织，啊啊！我又听不见你喘气了。哦哦，哦……小织！"

小织的头埋在他的胸脯上。她闭着眼睛，一片黑色没有边缘。她什么也感觉不到了，似乎也听不到李芒在说些什么。一股热流从她的心房流出来，涌遍了全身。她觉得她是伏在一片黑色的、温暖的波涛上了，正随着海的浪涌漂去了。海浪抚摸着她，把她的毛刷刷辫拆开了，把她黑色的头发溶化进水流里去。远处的浪涛巨雷般轰响，震动着她的心，她勇敢地向着那雷鸣游去。阳光在黑色的波涌上闪耀，金色的水珠跳荡起来。一片大海变绿了，翠绿翠绿，波涛也在平息，渐渐地，大海又像绿丝绒那样光滑了，细小的皱褶活动着，变幻着。她在这绿丝绒上惬意地、尽情地舒展，她玩得都有些眩晕了！……突然她又听到雷鸣似的浪涛在轰响了，她好奇地将头埋下去、埋下去。她听得更清晰了："轰——隆！轰——隆！……"她用手去抚摸，后来，她的手就被更大的一双手给捉住了……

李芒捉着她的手，一动不动地握着。他昂起头来，默默地注视着前方。

那还是茫茫的月色，还是丛林，黑乎乎的丛林……小织问："李芒，你怎么了？你在想什么呀？"

李芒喃喃地说："我在想我自己、想傻女和袁光……"

小织沉默了。停了不知多长时间，小织才轻声问："我们该回去了吧？"

李芒点点头："该回去了！"

十一

严寒来到了。芦青河又结了白色的冰层。后来冰层加厚，过河不一定走小桥了，可以大摇大摆地从冰上踏过，一些来不及收获的蒲苇就冻在冰里半截，寒风又把它们从冰面上斩为两段。

每年最寒冷的时候，学大寨总要掀起一个高潮。为了造田，"跟荒滩要粮"，需要砍掉大海滩上一片片林木，然后将白沙子下面丈把深的黑泥翻上来：这叫"大翻"。大翻是当时最苦的活儿了，人们要翻一个冬春，脚上一直穿着生猪皮包裹茅草做成的鞋子。几乎每年都有人在大翻中受伤，不是被塌下的土块砸坏了腰腿，就是被锹镐碰了哪儿；也有人被崩下的冻土块埋住，永远不再活过来……这年的"大翻队"又成立了，李芒理所当然地被招到大翻队里。

他的手掌很快就挤出几个血泡。后来血泡没有了，磨出了一层铁样的老皮。他从来没有被碰伤过，一双灵活的眼睛警觉得很，总是一次次化险为夷。民兵连长做了"大翻总指挥"，他捎着枪，将一个琥珀色烟嘴咬在嘴角上，在丈把深的泥沟岸上笑眯眯地走着，见了沟下的李芒，就蹲下来欣赏一会儿。

李芒默默地瞥他一眼，咬了咬牙关。

民兵连长笑着："喂！伙计，上来喝口水吧？"

他明明知道李芒上不来：只有统一休息时才放下长木梯让大家爬上来，平时大小便也都在下边了，要喝水，也是随便找个水洼子伏上去……他是逗着李芒玩儿。

这天晚上，民兵连长又来宣传队里看排练了。他就站在一边看小织弹琴，有时还眯起眼睛倾听。有一次他被一阵特别委婉的琴声引得睁开了眼睛，接着就紧紧地咬住了烟嘴。他看到小织一边弹琴，一边看着李芒，那目光热烈中透出无限的柔情！他的烟嘴越咬越紧，后来就是这么硬咬着走出屋去……

第二天早上，李芒很早就来到大翻工地上。工地上没有人，李芒正想找个背风的泥堆歇一会儿，突然从泥堆后面跑出一个老婆婆来。原来是老寡妇，她正从翻开的泥沙中寻找铲断的树根，准备做烧柴……李芒就帮她找起来，一会儿就弄了一大捆。

老寡妇坐在柴捆上，像是一时不想走了，眼神僵直地望着他。望了一会儿，她竟然朝着他的脸伸出手来。李芒的心咚咚跳着，但没有逃开，而是往前走了一步。她终于能够摸到他的脸了，就一下一下地抚摸起来。李芒看着她的有了笑意的眼睛，看着她的头发，不知怎么想起了傻女和蓖麻林。一个念头越来越强烈，他突然想起要弄明白蓖麻林里的秘密！他像自语似的，喃喃地说道："蓖麻林……蓖麻林……"

老寡妇的手像被什么烫了似的，从李芒的脸上倏地抽回来，大声呼喊起死去的治保主任和民兵连长的小名来，竟然呼个不停……人慢慢多了，围了上来。

李芒和老寡妇被围在中间。他十分后悔，不该提蓖麻林……老寡妇喊着，比画着，突然向外冲过去。大家一看，原来民兵连长就站在人群后面，不知怎么就被她发现了。民兵连长跳着，慌慌张张地跑着，躲闪着追上来的老寡妇……

大家喝起彩来，一边大笑，一边给老寡妇加油……

上工的时候，民兵连长阴着脸，一直蹲在李芒的那一段沟岸上。他徐徐地吐着烟雾，看着下面的李芒整得满脸泥浆……看了一会儿，他突然咯嘣一声将烟嘴咬住了。他笑着对李芒说："你到东边那条沟里翻去，你的个子高。"说完就让人放了木梯。

李芒踏上岸来。他端详了一会儿东边这条沟，立即惊得怔住了！

这是一条特别狭深的沟，往下看黑森森的。沟的一边已经弯曲了。弯曲来自巨大的挤压力：离边沿一米多远处，已隐约可辨一条断裂痕了。不难判断，这条冻土沟在一两个小时内，也许更早一些，就会坍塌掉！如果不是他发觉了，那么用不了多一会儿就会被活活埋掉！他深深地吸了一口冷气，仰面望了望蓝蓝的天空……

这一天，小织刚踏进家门，肖万昌就用冷冷的目光盯住她。这样过了有五分钟，小织觉得自己的手有些颤。父亲淡淡地说了一句："说说你和李芒的事吧。"小织猛地抬起头来，咬了咬嘴唇。"说说吧！"他的声音突然变得又粗又硬。小织还是不吱声。肖万昌等待了一会儿，声音又软下来："你不说我也知道。我就你这么一个闺女，你是父亲的心尖儿肉……我交个底给你吧：你要找上李芒，除非日头从西边出来！你自己思量去吧！"他说着，终于火气又涌上来，最后几个字是从牙缝里一个一个挤出来的。小织还是第一回见到父亲激动成这样，她又一次感到了惊讶，但更多的是气愤。一种受辱的感觉从心底泛起，她有好多话，但她一个字也没有说，转身跑出了屋……

李芒更频繁地被叫去开会。

宣传队很快就被迫解散了。但小织仍像过去一样，站在树下默默地等他归来。李芒从民兵连部出来，总是急急地奔向学校。他是奔向一束阳光去了……在路边的这棵树下，他们谈了那么多。当李芒告诉了她冻土沟的事情时，她惊恐得好长时间没有说出话来……

不知从什么时候起，人们听不到老寡妇的哭声了。后来才知道是傻女突然失踪，老寡妇病倒了。不久，她就死了。

她死的那天晚上，老屋门前围了很多的人。不懂事的孩子哈哈笑着，打闹着。邻居的几个老婆婆偷偷地在角落里烧纸，弓着腰在地上画着什么。她们的背影使几个围看的妇女哭起来，哭声越来越大，后来男人们也哭起来了。

哭声惊天动地！李芒和小织睁着泪眼，惊讶地看着。他们从来没有见过这么多的人一块儿哭泣……

他们再也看不下去，从老屋门前离开了。李芒反反复复地想着不久前在大翻工地上，老寡妇追逐民兵连长的事；想起傻女见到民兵连长时的那一声尖叫……他走着走着突然站住了。

他说："民兵连长一准跟傻女的事有关……蓖麻林，老寡妇喊的蓖麻林不是疯话！"

"那治保主任呢？他死了好几年了！"

"……"李芒答不上来。他说："老寡妇死了，蓖麻林里的秘密也给带走了。要找到傻女就好了。这一家子人惨极了，等于被推到了那条冻土沟里……"

"傻女不知道还活着没有，她一个人跑到哪儿去了？"小织哀叹着，嗓子哽住了。

李芒说："我有时真不知道这一辈子怎么活到底。肯定很难，到处都是那条冻土沟。我有时想：真不如像傻女一样跑走，跑得没有影儿，跑到天边上去！傻女一点也不傻呀！"

小织用她小小的巴掌握起李芒的手，轻轻地摩擦着。她小声呼唤着："李芒！……"

李芒望着天上的星星，又低下头来看小织那滑润的头发……他说："那天晚上坐在草地上，你记得我说过一句话吗？我说过'我今后什么也不怕了'，这是真的。我到现在也这样想。可是，你能跟着我吗？这样我也把你领到那条沟边上了，这不是更惨吗？……"

"李芒！李芒！……"小织连声叫喊着，用手掩住了他的嘴巴……

他们一起向前走去……

在小路边上，多了一截干朽的木桩，立在那儿，黑森森的怪吓人。当李芒和小织试着走近它时，它的顶部突然闪亮了一个红点儿——原来是一个人默默地站在那儿吸烟！小织惊叫了一声，攥住李芒的手就跑。他们跑开一段路之后站住了，听着身后的声音：那个人在咳嗽。

第二天晚上，李芒又被叫去开会了。当他走出民兵连部，走到那棵树下、走到小织身边时，突然从一旁的树丛里蹦出三个持枪的人来。还没容李芒和小织叫出声来，就有两个大白布套子分别把他们套住了。一个人呼喊着："抓流氓抓流氓！小地主崽儿耍流氓！哦吼……！"

李芒马上听出是民兵连长的声音。他极力想撑破这个袋子，可是怎么也不能。他在袋子中闻到一股香味儿，接着用手摸到了一截粉丝。他终于明白了自己是被装在一个装龙口粉丝用的大帆布包里！他们可真会想坏点子啊！……民兵连长又喊开了："绳子缠上，绳子缠上！"话音刚落，李芒觉得有五六道绳子勒上布袋，并渐渐勒紧，有一条绳子正勒过他的咽喉，他感到一阵窒息，脑海中立刻闪过那条即将坍塌的冻土沟的影子……他呼叫着，奋力挣扎，尽量让绳子的位置离开咽喉远一点。他同时也听到小织反抗的声音，听到民兵连长的嬉笑："嘿嘿，小织呀，莫害怕，我是你大哥，大哥把你抱回家去……哎哟，有一百斤？……"小织怒斥着、叫骂着，但这声音和民兵连长的嬉笑掺在一起，渐渐远了……

李芒被几个民兵轮换扛到了一个地方，接着被抛到了一个又深又硬的坑里。他的头被重重地磕了一下，立即昏了过去。

醒来时，他身上的套子已经被解开了。原来他被抛在了一个废弃不用的水泥氨水库里！一股残存的氨味儿直刺他的脑门，身前身后、墙壁上，留着一些唾液和血痕，这里不知关过多少人呢！……小木门响着，接着民兵连长和肖万昌走了进来。李芒盯着这两个人，一声不吭。

肖万昌的头发有些乱，满脸倦意。他吸着烟，咳了几声。

李芒突然想起了那个夜晚小路边上的半截朽木桩，想起了那几声咳嗽。这咳的声音是一样的。

"……看来治安工作真要抓一抓喽。嗯?"肖万昌在和民兵连长说话。

民兵连长笑眯眯地指了指李芒："这不捕获了吗?"

李芒冷笑着："你们比法西斯还有办法。可你们扼杀不了我们的爱情!"

肖万昌由于气闷而喘息起来，用手指着李芒说："你算个什么东西!你这个小地主崽子大白天做梦!你挠痒痒到我头上来了……好，好，你等着吧!"他骂着、咳着，身子摇晃得很厉害。停了一会儿，他的火气才消下来，对民兵连长交代了几句，急匆匆地离开了。

送走肖万昌，民兵连长就转了回来。他一进门就狞笑着嚷："芒兄弟口福不浅啊，我就没有这口福。你这回就是死了也值了。肖支书到底有钱，把个闺女养这么白嫩……"

没容他住口，李芒就给了他的下颌骨那儿一拳。这一拳打得没有节制，使民兵连长的头先往一旁猛地一甩，接着整个身子也倒下来……

小织一直躺在玉德爷爷的怀里。

她从被裹绑着送回家来以后，一直没有流泪。她听着父亲的斥骂，紧紧地咬着嘴唇。她第一次知道父亲也会这样凶狠地骂人。肖万昌在屋里暴跳着，大嚷大叫："你要和他好得成，除非把我杀了!你干脆死了这条心，我早跟你说过!……李芒那小子也活得不耐烦，看我这回怎么把他送到公安局里去！臭流氓！"

玉德爷爷抱紧孙女，一边怒喝着儿子："出去！你给我出去！没完了？"……肖万昌走了，他还是紧紧地抱着孙女。

玉德爷爷就是这样把她抱大的。小织的母亲死得早，玉德爷爷就老是把小织带在身边。今天的小织已经完全是个大姑娘了，他抱起她来还像过去一样妥帖自然。小织没有流泪，他却用粗粗的手掌擦了几下她的眼睛。肖万昌出去之后，他哈着气对小织说：

"孩子哟哟！咱可不能跟李家结亲！你还小，不省事，你不知道，过去河边上这些地全是他们李家的。我这胳膊，看见这块疤了吧？就是李家的狗咬的……"

玉德爷爷挽起了衣袖，让孙女看他胳膊上的疤。

小织摇着头说："爷爷，李芒的爷爷、父亲不是全死了吗？他不是个孤儿吗？"

"不能跟李家结亲……"玉德爷爷摇着头。

"爷爷，李芒不是个好孩子吗？你不是也夸过他吗？"

玉德爷爷点着头："那倒是。"

"爷爷！"小织从老人的怀里挣脱出来，执拗地说，"我就和李芒好了，他到哪儿我跟到哪儿，我一辈子都和他在一块儿了。硬把我们分开，我会活不下去！……"

老人摇着头，叹着气，重新把小织紧紧地抱在怀里。

"爷爷，我们快去救出李芒吧！他们要把他送到公安局，现在不知怎么折磨他呢，那个民兵连长比狼还狠！……爷爷！"

玉德爷爷默不作声，一双深陷的眼睛望着漆黑的窗户。

起风了，街上的树木发出尖厉的叫声。小织恳求着爷爷，这时突然从老人怀里跳下来说："你听啊爷爷！你听！他们在抽他，打他，他在喊——你听啊！你的心比石头还硬……"

老人打开窗户，倾听着。还是只有风声。

"爷爷！快走啊爷爷……"小织摇晃着他。

玉德爷爷的胡子抖了抖，沉着嗓子喝了一声："织子！"……小织坐了下来。老人轻轻地关了窗户，又从屋角找来一根铁钎，掖在了宽大的衣襟下边，然后靠在椅背上睡着了。

　　刚过午夜，玉德爷爷就醒来了。他扯上孙女的手往外走去。他们撬开了氨水库的小木门。李芒已经被打昏几次了，搀出门来，当看清了来的是玉德爷爷的时候，立刻给老人跪下了。

　　李芒决定连夜逃走。当小织告诉他要和他一块儿离开这里时，他的一汪泪水再也忍不住了！没法儿跟谁告别，没法儿跟老爷爷告别！他们抹去了泪花，转过几条村巷，就隐没在一片夜色里了。

　　在村边上，他们久久地呆立着。

　　整个村落死死地沉睡着，只偶尔有狗吠一声。天空有淡淡的云，星星忽闪忽隐。冷风从不远的海上吹来，吹起了他们的衣角。

　　他们踏上了河桥。过河，入林，开始了不为人知的逃亡。他们要走几百里，再折向南，入山。

十二

　　李芒怎么也弄不明白这几句话："用小树叶遮住眼睛，然后，不发一言。"他吸着大烟斗，一双手在诗集上摩挲着，显出很有兴味的样子。直接的、表面的意思他是明白的，他只是害怕还有什么寓意、什么象征，等等。他知道那些诗人的狡猾，知道诗人就是些善于埋藏东西的人。他吸着烟，看着这一行一行的、印得很规矩的文字，常常感到一阵阵惊讶。他品着烟，咀嚼着诗行，总能从里边掘出什么新鲜东西来。在南山和东北的时候，他试着写过一些东西，都写得很糟。但他也养成了读东西的兴趣。他每逢在生活中遇到难题，每逢激动起来，就习惯于翻开一本诗集、一本书。这能使他平静下来。更奇怪的是有时这书也能给他一些新奇的想法，使他这样做而不那样做。

　　小织伏在一边的缝纫机上做针线，她有些黄瘦了。这主要是因为她到了一个特别时期，她坐在那儿真有些笨呢！也可能李芒的执拗使她吃了些苦头，她几天来老要劝阻、说服她的丈夫。

　　这个家已经是很温暖、很幸福的了。几乎不缺任何东西，电视、录音机、电冰箱……什么都有。特别安慰着她、使她自豪的是，他们家比别人家多了一个大书架子，这当然是因为有李芒的缘故。此刻的李芒坐在桌子旁，一声不吭地读他的书，慢吞吞地吐着烟。橘黄色的台灯光圈罩在他的身上，他屈起身子，一条腿放到了椅子上。这个家真是很安逸了呢……自从和父亲联合做了专业户以后，一切似乎都很顺利。父亲做了好多别人没有力量做的事情，比如黄烟的收购、追肥、浇水，有他也就有了诸多的方便。如果他们这个联合的黄烟专业户破裂了，那么在她和李芒这方面，肯定立即就会招来好多不便。也许他们再也不可能有这样安逸的日子了。他们需要为烟田去苦苦奔波了，也许最终还需要去经受失败的打击……

她很担心。她寻思事情从来就比李芒缜密。她担心的是经济上的损失；但最担心的，似乎还不是这些。她不赞成和父亲决裂，还有别的原因。到底因为些什么，她自己也讲不清，比如，因为他是父亲，等等。她自己也讲不清。她只是觉得处在她这样位置上的人，今天有责任去阻止丈夫……有时候，面对一个慷慨陈词或者咄咄逼人的李芒，她也有些胆怯了。她又开始担心另一些事情：我错了吗？是我在害李芒、害这个家吗？

"用小树叶遮住眼睛，然后，不发一言。"李芒握着大烟斗，咕哝着离开了桌子。

"不发一言。"李芒走过来，看着小织说。

小织把连在针上的线剪断，抬头微笑着看他。

"荒荒给抓走已经三天了。"李芒突然说道。

小织眨着她黑亮的眼睛，好像说：三天了吗？

"三天了，也没有什么动静。"

小织点点头。

"大伙儿把荒荒忘了。"

"大家都在忙烟田，顾不上他了。"

"他算个什么。光棍汉，不一定什么时候就死了。"

小织咬了咬嘴唇。

"所以就把他抓起来！用铐子铐住！"

"他们会打他吗？"小织担心地问。

"不打他太便宜了。他也很壮，打得皮开肉绽也没事。"

"那些人多狠啊……"小织难过地望了望窗外。

"最狠的还要算你爸爸，他抓荒荒不用自己动手。"

小织垂下了头。

"看看那个民兵连长吧！老是笑眯眯地把人往那条又深又窄的冻土沟里推……他如今还是跟在你爸爸身后。"

"爸爸跟他是不一样的……"小织说。

"怎么能一样呢？像一个大扁瓜：肖万昌是瓤，民兵连长是皮……"

小织的脸不知怎么有些红了。她说："……你真会比喻。"

"反正这样说你就明白了……我就是这个意思。"

"不过荒荒也真的犯法了……"

"是啊。把一个人硬往山涧里逼，他掉下去了，怨谁呢？是他自己一脚踩空了！"

小织不说话了。

"荒荒为化肥的事情来找咱，他说是'做代表来了'。他不知道他砍烟田，也是做代表来了！"

小织有些不解地看了李芒一眼。

"他代表了好多人的一种情绪！"

"你是说大家都仇视……他?!"

"是仇视。"

"仇视……"

"能不仇视他吗？他把人往狠里治，又叫人说不出什么。好多法儿都是使绝了的。像集体办那些工副业，篷布厂、小橡胶厂，都承包给他身边那几个人了。承包额定那么低，谁承包谁发大财！这些人就得供养他，是他让他们发财的，这些工厂简直成了肖万昌几个人的'钱柜子'了……像这样的事有多少！谁心里都明白，都有一笔账，可不敢说。荒荒是个不知深浅的人，就站出来动了镰刀，结果给逮起来了……"

小织吸了一口冷气。

"他给逮起来了，"李芒继续说着，在屋里踱着步子，"倒没有人出来说话。他们都弯下腰，钻到烟垄里去做活了……'用小树叶遮住眼睛，然后，不发一言'！……"李芒说着激动起来，使劲地搓起了手掌。他感叹着，突然坐在了小织的身边，握起了小织的手，有些急促地叫着：

"小织！……"

小织仰脸倾听着。

"我……唉！我有好多好多的话、好多好多的想法要跟你说。可这都是一眨眼的工夫涌出来的一些念头，又说不清。也不光是为了说服你，你用不着拿这种眼神看着我；我是要急着告诉你一些想法……我闲下来时就想好多事情，好多好多。我在想我们的日子、我自己的日子，想我们从河边到南山、到东北，再到河边这一段弯弯扭扭的路。我想人有时候也真是奇怪：转了一圈儿又回来了！……离开河边时，我们是穷光蛋；回到河边后，我们成了全县有名的专业户，有了这点儿家当，有了个暖烘烘的小家庭。离开河边时，我刚刚从那条黑森森的冻土沟里爬出来，后脊梁上还有民兵连长用烟头触上的痕子。再回到河边后，我身上的皮脱了几层，烟疤也快长得没有了……"

李芒说着，眼睛里慢慢闪射出了冷峻的光芒。他痛苦地摇着头，慢慢松开了妻子的小手掌。

"我帮荒荒去扳冒权了，我不歇气地做了一大，比在自己的地里卖力气多了。也怪，我倒觉得荒荒的地才是自己的地，用力地做呀，汗水把全身衣服都湿透了！更怪的是，我还有一种赎罪的滋味儿……"

小织惊诧地看了丈夫一眼。

"真有这种滋味儿。……从荒荒的地里出来，我第一眼看到的就是那棵老柳树！它一动不动，我没看见一个树叶在飘动。我又想到了玉德爷爷……树的那一边儿是肖万昌的地，这一边儿是我们的责任田，老柳树的根就扎在这两块地里。老柳树的根一准很长很长了，就像又粗又长的缝衣线一样，硬是把两片地缝到一起去了，缝得好牢绷。我闭上眼睛想这树根的模样儿，我差不多看到它穿在土里的样子。很多条根，上上下下、长长短短地扎在土里；可是这些根开始变了颜色，慢慢松脱、抓不住泥土了……我是说，这些'缝衣线'快要断开了。它一准要断开。我从荒荒地里出来时，第一眼看到老柳树时就想了这些……"

"缝衣线断开了，缝在一起的布就要裂开了……"小织喃喃地说。

"世上没有不断的缝衣线，没有……"李芒看了妻子一眼，转身到桌子跟前吸烟去了。他转动着那个大烟斗，又自语似的咕哝道："用小树叶遮住眼睛，然后，不发一言！"……

十三

腊子贩鱼挣了一笔好钱。他驾着轻骑跑回家来，想好好松闲一番，肖万昌那张不露声色的脸上有了明显的笑容，他一连两天没有出门，和他的小腊子一块儿玩。

他很喜欢小腊子。吃饭的时候，他常引诱小腊子喝上一盅酒，并亲自为之斟酒：两个手指捏住精巧的小酒壶，在空中扬一道弧线，那细细的酒流儿跌到杯子里，正好刚刚满平！这个手艺是他几十年的工夫练出来的，就在这个四尺长、三尺宽的小方桌上，他和县长、公社书记、派出所所长、场长、厂长、银行会计、退休干部、经理、警察、矿长、捕捞员、船老大、养蜂人、工程师、说古书的、省里来的巡视员、要饭的、武装部的、码头客运班长、耍把戏的、税务员、县委组织部部长以及部长的亲家、烧砖专业户……和各色各样人物喝过酒。他没有老婆了，可是他会做一手好菜。烧鲅鱼、海参汤、焖海狗鳝、焖鲍鱼，这是海味儿。他还能采来田埂上、沟渠里、野地里的小蓟、马齿苋、灰菜、苦苦菜、地瓜叶、榆树串、洋槐花，或放进开水里烫一烫用作料拌成凉菜；或做成饭团、饼馅、包子馅。吃的人都很高兴，都留下了深刻的印象，赞不绝口。喝的酒也很杂，红、白颜色的，黄色的，黑色的；茅台喝完了，空瓶儿用来盛酱油；如果是很便宜的瓜干酒，他一定在里面泡上橘子皮、何首乌、枸杞豆、沙参，等等，做成药酒。药酒无价……他真正为之牵肠挂肚的人，实在只有腊子一个。在雨天里，如果他一个人睡在炕上，听着外面淅淅沥沥的雨声，有着说不出的孤寂感。他想象着腊子在雨天的夜晚里会做些什么：此刻他大概躺在鱼铺里，身上盖着一块帆布睡着了吧？但愿不是跑在通往南山的路上，轻骑和身上都溅满了稀泥浆……他有时也会想起小织。想起她的时候，他就极力去想些别的，来赶跑她的影子。因为她的背后，总是有着另一个影子！老婆子死去之后，这座屋就显得空荡荡的了。后来这屋子又改建了，添了耳房，造了厨房和卫生间，地面上改为水磨石地板；去年，天花板又改为泡沫压塑的。他去城里张县长家串门之后，回来又在门前的水泥台阶上放了一个棕垫子。一切很好，开始好起来了。腊子住在耳房里，录音机的声音被他放得很大，不断发出一种嗡咚嗡咚的声音。有时录音机里放出女人的尖叫声，他这时就会站在门口，吸上一支喇叭烟，用手梳理一下光滑的背头。腊子在女人的尖叫声里弓着腰走出来，斜叼着一支烟，看也不看父亲，到耳房与正房之间的夹道里去了。那里有他的金鱼缸，缸里漂着水草、水葫芦。有时民兵连长也钻到耳房里，腊子出来时，他就跟在后面，手里提着什么，两个人显得很繁忙的样子……肖万昌很惬意，他这时候总是感到充实而满足。这时候也才明白：腊子活活像他，太像他了！这才是他喜欢的主要原因呢！

　　几年来，肖万昌已经学会了放松自己。他无论在外面多么紧张，脚一踏上这座房子的台阶，立刻就会舒一口气。他脱去外衣，在椅子上或沙发上坐下来，开始慢悠悠地吸烟、呷热茶了。有时他叼着烟，拿着水杯走出屋子，给院子里的几盆花松松土、施施肥。花肥不是什么鸡蛋壳子、豆渣渣之类，而是装在塑料袋子里的一些灰色粉末，袋子上的彩色商标十分漂亮。他做着活儿，有时轻轻地咳一声。院子里很静，没有人来找他。村里人都知道支书有个习惯，特别厌恶有人上门来找，他办事情，要求到大队部里说去……邻村的一些支部书记有时来这里拜访他。他们的穿着常常使他觉得可笑。他笑他们不下雨也穿上长筒胶靴，并且将裤脚掖进筒子里去。他知道墨黑锃亮的胶皮子对他们产生了吸引力。他笑他们戴一个黄帽子，这么不伦不类。黄帽子早时兴过了，他们就不知道。他们之中有人披着衣服，这衣服一定是新的，并且掐着腰走进门，用两个胳膊的拐肘将衣服撑起来——他特别笑这个姿势。他们留下来吃饭，喊着说："大鱼！大肉！老肖啊，就看你舍不舍得了！"肖万昌微笑着，不置可否。他挽着衣袖，到厨房里去了。他们很快就跟进去，看他做饭。他端出一盆活着的小泥鳅，一块很大的鲜嫩豆腐。他把它们一块儿放进锅里，让一群泥鳅在锅底的水中尽情游戏——他们看傻了眼，互相瞅着、伸着舌头。肖万昌在灶里放了一把火，锅里的小泥鳅乱窜起来。水的边缘上冒白汽了，泥鳅往锅底里聚拢、散开，然后疯狂地扭动，一会儿就全扎进那块豆腐里了……豆腐炖熟了，切成片片，每个片片上都有灰点儿，那是小泥鳅的横断面儿！肖万昌烧了一个很漂亮的汤菜！他说："这叫泥鳅拱豆腐！"……他可瞧不起这些客人。他见过大世面。他到省城里开过会，跟大干部们握过手、同桌吃过饭。他什么没有见过？他们说不出地崇拜他，有什么事情也愿意跟他谈。他说："唔唔，我可当不了这么多村的书记啊……"他吸着烟，轻轻地咳。他们觉得他咳的声音也很有讲究……

眼下，这座屋子里只有他和小腊子，他有说不出的高兴。做了几十年的村干部，养成了吃狗肉的习惯。这几年没有狗了，他也暂时把它的滋味忘却了。有一天他突然想起那个美味来，竟然是火烧火燎地急躁起来。民兵连长从邻村弄来一条叫"大花"的肥狗，他就养到了院子里。今天，他要和腊子一块儿享受这个美味了。他十分愉快。

宰狗是个难题。肖万昌决定亲自动手，可是小腊子偏要"过过瘾"。大花在院里待了几天，已经和肖万昌有些熟了，它开始用舌头舔新主人的手了。肖万昌常常取一块馒头抛起来，看着它跳起来用嘴巴接住。它的胖胖的前爪又白又圆，很笨的样子。肖万昌有一次试着按它几下，觉得热乎乎的、软绵绵的；它友好而愉快地抬动着，故意送到他的面前来让他按。他却在它上面磕下一截儿红色的烟火，大花哭叫着蹦开了，站在远远的地方看着他……今儿早上，腊子决心将大花乱棍击死。他看过一个武打片，很赏识上面一个黑汉的棍术。他将棍子立在身侧，先朝大花推一下手掌，然后就舞将起来。大花原认为腊子是要跟它游戏，高兴地叫着，将两腿按到地上，跃动、展扑，有时腾空而起，从腊子的耳畔蹿过，顺便咬一下腊子的胳膊。但它并不真咬，只是轻轻一含，给他留下一个可笑的、杏子大小的湿印子。它得到的是愉快，一展技艺的愉快。它的勇敢和敏捷第一次让这所院落的主人知晓，两个人暗暗吃惊……可是腊子一棍子击中了它的后腿，那么狠、那么痛，它尖叫一声，跛着腿跳开了，哭叫着，迷惑地看着小腊子和那条又粗又长的棍子。它终于明白了这里面暗藏杀机！

小腊子呼叫着，它却再也不回来了。肖万昌站在一边吸烟，这时责备地看了儿子一眼。他把烟蒂踩灭，然后高高扬起右手喊道："大花！"他微笑着，和蔼、亲切，像有什么事情要恳求大花。他呼唤着："来呀！来呀！好大花！……"大花还在冤屈地哭着。它仇恨地望着腊子，有些警惕地弓着身子，慢慢向肖万昌走来……肖万昌用手抚摸着它的头颅，给它擦去眼角的一点眼屎，又刮了一下它那黑亮可笑的鼻子……他的右手插进衣兜里，一丝丝地掏出一条尼龙绳。大花看到了绳子，警告地"呜——"了一声。肖万昌立刻抖索着绳子，在它眼前晃来晃去，嘴里接着也哼起来："割上了二尺，红头绳呀，给我大花扎起来呀，哎咳咳——"他哼着，慢慢给大花捆扎起来。捆了腿，捆了脖子，捆了腰。大花舔着他的手。他到后来把大花推倒了，恶狠狠地喊了一声："小腊子，动手吧！"……

中午时分，狗肉就熟了。

肖万昌和小腊子坐在院子里的一个石桌旁，将酒斟好。父亲在喝酒之前微笑着看了一会儿儿子。儿子伸手去取他的杯子，正在这时，有人敲门。

这是最令人讨厌的事情！肖万昌恼怒地看了一眼院门。他端坐了一刻，并没有动。门板继续响，很有节奏，力度适当，不像村里人，也不像是邻村的支书们。他拍打了一下手掌，去开门了。

进来的是李芒。

肖万昌像是高兴极了，请李芒快吃狗肉。蒜泥、葱片、酱盅！小腊子！大家全在一块儿了！中午的太阳被大梧桐遮住了！李芒说已经吃过饭了，他摇摇头，又摇摇头，坐到石桌一侧的一个大草墩子上。

李芒当然是有事情来的。可是他看着这对父子吃狗肉，竟然暗暗惊讶起来，一时也忘了说他的事情了。

肖万昌和腊子吃起来了。肖万昌将腿、臀部分让给儿子。他专吃蹄子、肋骨和脖根、脑袋。一条很细的脖骨，他横着端起来，像吹口琴一样放在嘴上，咬着、吮着、轻轻移动；骨节处一个个凸起，他像对待不同的音阶一样，不断停顿、停顿，细细地吸、磨，用牙齿揉动，又突然迅速地推开，滑到另一个骨节上；由粗到细地来一遍，再由细到粗地来一遍；有时这条软软的骨头在嘴里滑动，有时是一下一下跳跃；剩下脖根的一块红肉，却丝毫未动，由于整条脖骨的肉都快光了，它就显得特别肥硕诱人了。这时候，也是最后了，它终于被塞进嘴巴里：轻轻地旋转，旋转，拉出来就是光洁的一条净骨了！……狗的脑壳肉被他用两个手指剥光了，露出白圆的骨头。他笑眯眯地把它往石桌上方推一推，然后取过一个早就备好的方铁块儿，啪地敲开了。他把开裂的脑骨捧起来，又用三根指头捏住一转，像欣赏一个咧嘴儿的石榴。他先取一块里面的东西品了一下，然后迎着太阳细细地看着，两眼放出尖尖的、有些骇人的光亮。他立刻把它放到石桌上，用手去抠、去抹、去摇晃震荡，到了他认为可以吃了的时候，他就把嘴对在了上面，接着眼睛也眯了起来。这样低着头约有三四分钟，才将两手伸出来捧住那个光光的骨壳儿，慢慢地仰起、仰起，轻轻地转动他的头颅。最后狗的脑壳放到了石桌上。终于是空空的了。脑壳儿很像一个被取了仁儿的核桃，那些很曲折很细微的沟沟道道由于被取走了核儿而变得光洁起来。他盯了一眼空脑壳儿，拿起酒杯一饮而尽。

李芒看着他吃东西，真是惊讶。他第一次见肖万昌吃一个动物。

肖万昌揩着手，把身子转向李芒。李芒也记起了他要来做些什么，这时就说：

"我是来和你商量个事情的。"

"唔唔。"肖万昌又用心卷他的烟了。

"烟田太忙了，我和小织做不完。小织也不应该做那么多了。腊子和你要到烟田里做活。"

"我的公事太多，这个你知道。腊子过去在电厂里上班，他恋着贩鱼才回来的，你只当着他还在电厂就是了。"

"你的公事多，不过你也别忘了，你还和另一户人家联合承包了一块烟田呢！"

肖万昌点点头："我和我闺女家承包的。"

李芒把腿叉开，一下下磕着烟灰说："你闺女单立门户了。她现在过得也很富裕，用不着给谁去做长工。他们松闲了，只要高兴，大白天还可以躺在沙发上看电视。这个你还不明白吗？"

肖万昌看了腊子一眼，像自语般地回答说："明白了。"

十四

　　荒荒离开了他的土地，他的土地并没有荒芜。冒杈被及时扳掉，肥水也上得很足。这片烟苗由瘦小泛黄变为肥胖油绿了。每天的一大早，都有一个人在田里弯腰忙着，露水把他的周身都打湿了。人们都站在田埂上向这方张望，满脸的迷惑……没有人明白这是为什么：荒荒砍了这个人的烟棵，这个人反过来倒要替荒荒做活！

　　肖万昌扛着锄头来到大柳树下，四下里张望着。当他看到李芒在荒荒的田里做活时，嘴里发出了"咦"的一声。他放下锄头，就到荒荒的地里去了。

　　这是个很清明的早晨。太阳就要出来了，东方一片橘红。河边上度过了一个水汽充盈的夜晚，所有的烟棵子上都挂满了晶莹的露珠。露珠上映着早霞的颜色，有的甩进土里，有的甩到种烟人的身上。李芒的眼睫上、眉毛上，都落着露珠。他那么专心地看着烟棵子，每个烟叶根部冒出的小杈子，都逃不过他的眼睛。肖万昌就站在烟垄的另一边，李芒却没有留意。肖万昌在一声不吭地端详着他。

　　李芒的前额上有几道深深的皱纹，两颊却还像十八九岁的小伙子那样放着光泽。他的眼角上，如果仔细些看，也会看出几条皱褶。也许有什么可怕的智谋藏在那双深陷的眼底！这双眼睛总是闪着沉着的、机警的光芒。那几条皱纹表明了他的成熟、老练。他的手，指头长而有力，巴掌是阔大的、结实的；每一个关节都那么灵活、有力量。这双手向烟杈子伸去时，又稳又轻，指顶儿颤也不颤，似乎是慢条斯理地伸了过去，只轻轻地一抹，那肥胖的杈子就折到泥土上去了。他的脚轻易不动一下，除了非迈出不可，它总是坚实地踏在地上。地上留下的脚印又深又大，有一个青蛙跌进去，蹦了两下才跃出来。整个的他都显出一种自信、忍耐、不轻易冲动和非常执拗的个性。他的沉默使人感觉到他的矜持和傲慢、他的男子汉的庄重和深厚。一个人站在五六米以内来注视他，像被什么看不见的射线击中一般，肉体的某一部分会微微震颤，引起一种无可名状的威慑感……

肖万昌看着他，几乎是在这一瞬间修正完成了原有的设想。他一直在这个归来的大汉（他内心里很少想到这是自己的女婿）身上试探着、寻找着什么东西。他觉得这个大汉归来之后，变得陌生了。很清楚，他不那么容易制服了（实际上他从来也未被真正地制服过）。但肖万昌决不退却，就像老虎生来就是肉食动物一样，他生来就是要制服别人的。他在寻找时机，寻找角度。也许是他自己太犹豫了、太软弱了，他倒越来越感觉到了对方的凌厉的攻势、咄咄逼人的锋芒。他仍在犹豫、仍在彷徨，他曾经彻夜不眠。他表面上却不动声色。他像一头巨兽雄踞在一座山岭上一样，在这片土地上从容而得意地生息了几十年。他微笑着，梳理着一丝不乱的背头，心中却在盘算，是否迎击过去，迅速地咬住对方的咽喉，厮扭到一起？他仍在犹豫，仍在彷徨。他似乎感到那种硬性厮扭有多么危险……这会儿他端详着李芒，一个信念更加坚定了。

他喊了李芒一声。

李芒抬起头来，看了一眼肖万昌，然后舒展了一下身子。他取出大烟斗，见对方亮出一块卷烟纸，就顺手捏过去一撮烟末。

两个人吸着烟。

肖万昌头也不抬地说："芒子！我老在找个机会，跟你好好说些事情……"

引起李芒注意的，只有"芒子"两个字。他仰头看了看肖万昌，发觉"岳父大人"的眼睛那么慈祥。他不言语，长长地吸一口烟。

"我有很多话跟你、跟织子说。说什么呢？直截了当讲吧：说说我们这一大家子人……你可能打断我的话：说这是两家子。不错，两家子，户口本子上这么写着。可是我在心里始终是看成一家子的……"

肖万昌眯了眯眼，顿住了话头。睁大眼睛重新盯着李芒，提高了声音说："这里我要解释一下'始终'两个字——从什么时候'始终'了呢？从你和织子结婚那天起吗？不！那样说是骗人喽。那时候我恨你，恨到骨头。我'左'得厉害，那个时代就是这样！我能不恨你吗？……可是从你和织子打东北回来、特别是联合承包烟田以后，我确实是把你们当成家里人了……"

李芒大约觉得烟的味道很好，微微含笑，轻轻地咂着。

"想想吧，本是一家子人，其中你两个却逃到东北去了！我当然后悔不迭。我的岁数也这么大了，我的老伴儿早过世了，我盼个安定日子、团圆家庭。老父亲也刚刚过世。老人家心里也这么想的，所以他才做着主，把我们两家子的地合到一块儿种。如果我有什么薄情的地方，我也对不住老人！我也常常盘算烟田的事情，是盘算卖个好价钱，想法子让它水足肥足。我从来不算计你吃亏我吃亏！我倒是常想：芒子不容易啊！芒子照管这么大一片烟田！有时你的话伤了我——比如你说什么'不做长工'、要开会通知看……我就想：芒子年轻哩！火气旺哩！芒子做活累得心焦！……我想得心里发热。就是这样！这样！嗯！……"

肖万昌被烟呛住了，大咳起来。他用手捶打胸部，使劲地弓着腰。

李芒收起了烟斗。他蹲在离肖万昌很近的地方，把手捏在下巴上，说："你到底是个大度的人。"

肖万昌叹息着摇摇头："唉唉，上了年纪的人了。"

"我没上年纪。我这个人记仇。"

肖万昌脸上的肌肉动了一下。

"我老记着过去的事情。"

"我说过嘛，那个时代！"

李芒摇摇头。他拧起了眉毛，用尖利利的眼睛盯住肖万昌。他突然问："傻女到底是怎么傻的？还有蓖麻林里的事，你当时真的一点也不知道吗？"

肖万昌一愣，大声接应："我怎么知道！你问到哪里去了？"

李芒用更大的声音说道："你是支书！你管辖的这个村里出了家破人亡的事，你有责任！"

肖万昌磨动着牙齿，痛苦地摇着头。

李芒又说："傻女不能白疯，老寡妇死了也合不上眼！这个事没有完结，全村人都会记着傻女……傻女还会找到！"

肖万昌一声不吭。

李芒大口呼吸着，又问："我再问你，废氨水库墙壁上那些血印子是怎么来的？里面关过多少人？你一个农村支书有什么权关这些人？"

肖万昌抖着手掌，仍在摇头。

李芒站了起来，用手指着脚下的泥土说："我还要问你，荒荒和民兵连长哪个该抓？今天你总该清楚民兵连长了，为什么还要大家白白养着他？还有集体办那些工副业，承包额为什么那么低？……我早就要寻机会问问你，看看你怎么回答。如果有时间我还会问得更多。"

肖万昌苦笑着，痛苦不堪的样子。

李芒重新蹲下吸他的大烟斗了。他盯着脚下的泥土，自语般地咕哝道："我是个记仇的人。我不光记着那个'时代'，我还记着一些人……"

肖万昌茫然地站起身来，重新咳嗽起来。他四下里张望着，突然惊呼道：

"咦！荒荒……放回来了！"

十五

李芒惊异地站起来。他看到荒荒了！

荒荒顺着一条田埂，跌跌撞撞地走过来。他几乎没有抬头，只顾低头走着。直到走近自己的地边上，他才抬起头来，他一眼就看到了肖万昌和李芒，立刻停住了脚步。这样呆立了足有两三分钟，这才缓缓地走到田里来。

"荒荒！"李芒呼喊着他。

他像是没有听见一样，老远就冲着肖万昌笑起来："嘿嘿，嘿嘿嘿……"他笑着，站到了两个人之间，把手插到了蓬乱的头发里。他有些结巴地叫着："肖、肖书记！李芒、李芒兄弟！嘿嘿嘿……"

"放回来了？"肖万昌问。

荒荒点点头："宽大回来了……"

"年纪轻轻，要务正。今后可要吸取教训，老实守法……嗯?"

"那可是对……荒荒不敢了！"荒荒说。

李芒端详着他，一直没有吱声。这时问了句："他们打你了吧？"

"打？打我？……"荒荒看一眼肖万昌，又看一眼李芒，反复看着，很像摇头。

"打人了吗？"肖万昌声音粗粗地问道。

荒荒连连摆手:"没有没有! 没打没打! 主要是'触及灵魂'——这里!"他说着,用手一捅脑壳。

肖万昌满意地看着荒荒,说一声"嗯",深深地瞥了一眼旁边的李芒,走出了荒荒的烟田……

李芒久久地盯着肖万昌的背影。他发觉这个往日总是挺得很直的后背,今天仿佛是驼下去一些,有什么沉重的东西压在了上面……他把目光转向荒荒。他心中正暗暗惊讶:这个荒荒变得那么规矩! 这个荒荒一下子失去了挥镰大汉的雄姿! 他点了点头,没有说什么。他绝不相信那个胖子会轻松地让这个人出来。

荒荒说:"芒兄弟,你不知道,咱可见了些世面。"

"什么世面?"

"海边所里的人都有小盒子枪……我也要来玩了玩,一扳机子,'啪、啪、啪!'……"

这真是谎话。李芒老想笑。

"还有'电棍'。朝你一指,你就倒! 朝什么一指,什么都倒! ……"

"朝大烟囱一指,它也倒吗?"李芒插了一句。

"也会倒。"荒荒坚定不移地说道。

李芒苦笑着,低下了头,停了一瞬,他突然抬起头说:

"荒荒! 做人得讲点骨气,得给咱庄里人长脸。你哩? 我听人讲,那些人揍你,你给人家磕了头! ……"

荒荒的大眼虎生生地瞪圆了,大叫着:"胡扯! 他们揍我,我给了他们一脚! 那么多人揪我的头发,打耳光子,我没吭一声! 哼! ……"

李芒想:到底说实话了。他轻轻将了一下荒荒的裤管,看到一条条血印子从大腿处爬下来……他的手颤抖了。荒荒想挣脱他,但后来索性蹲下来。他对李芒小声说:"这都是外伤。内伤你看得见? 我全身的骨头都疼……你可不要告诉肖书记! 民兵连长好几次去所里,说是想我了,去看看我,一凑近了就用烟头触我的皮肉! ……嗬咦,你千万莫跟别人说:他们告诉我,外人知道了打人的事,就再抓我进去! 千万莫说啊! 你知道了,那可是你自己用手扒拉裤子看见的……"

李芒沉默了。他装了又满又实的一锅烟末,慢慢地吸着。

这时候荒荒突然发现了地上扳掉的烟冒权，立刻用警惕的眼睛盯着李芒。

"你，你在我烟田里做活吗？这可是我的烟田！"

李芒点点头。

"可我还回来啊！我回来了！"

荒荒大声喊着，跺着脚。李芒一愣，接着说："还能让烟田荒了吗？我是闲着没事来替你做做。你回来，就接着做吧……"

荒荒的身子摇晃了一下，呆呆地站在了那儿……

李芒又要说什么，突然发现有一个老头儿背着一大卷东西站在田埂上向这边张望。老人也许刚刚看清了李芒，就走了过来。李芒赶忙站了起来。

老人走近了，李芒看出是老獾头。

"有什么事吗，老伯？"李芒上前扶了老人一下。

老獾头一动不动地直眼看着李芒，使劲地抿着满是深皱的嘴角……这样看了一会儿，老人长叹一声说："唉唉，唉！老天不长眼哪！肖支书不开恩，我那个小子最后还是出夫去了。才干了几天，就不小心砍伤了脚。走时我嘱咐他：不要挂家不要挂家。他不听，干着活也走神儿……唉唉，我去看看他，送些干粮。芒子啊，得到这信儿的时候，也正好挨到我浇地了。我跟管机器的讲好了，我回来就交柴油。我求你跟肖书记讲讲，批个柴油条子给我……"

李芒点着头："你放心吧老伯！我替你交柴油！"

"好孩子啊！心软的孩子……"老獾头擦着鼻子，又转向一旁的荒荒说，"芒子肯帮忙了！唉唉，庄稼人哪里弄柴油去……我得去跟我儿子说：你做活要专心，家里有芒子帮忙哩！"

老獾头擦着鼻子，再三感谢，往大路上走去。

荒荒一直在原地呆站着。

李芒指指他扳着的权子说："荒荒，你回来了，你就接着做吧！我要回自己的烟田去了，你有事情，就喊我好了。"

"芒兄弟……"

"有事吗？"

"芒兄弟……"

李芒不解地望着他。

荒荒上前半步，嗫嚅说："你这个人……不是'驸马'！"

李芒心中立刻涌起一股滚烫的热流，但他没有做声。他只是低着头，默默地走出了荒荒的土地。

小织在老柳树下歇息着等他。

老柳树下，落了那么多的干枯枝条。它已经毫无生气，一树叶片，都开始枯黄了。枝丫一条条皱着皮肤，没有绿气了，没有活动的力量了，只是垂着。风从树上吹过，老柳树并不搭言，像一个老人甘于寂寞地蹲在屋角上，打发着并不多了的时光。有一只小麻雀落在树丫上，开始吵叫着、蹦跳着，后来便悄悄飞开了，连头也不回。螳螂从高高的树桩上爬下来，有些灰溜溜的样子；它在干硬的泥土上徘徊了一会儿，便昂首阔步地向绿野里奔去了……

"李芒，我老远就听到了你和爸爸大声说什么。我听不清，又怕你两个打起来……"小织有些焦急地对走来的李芒说。

"打不起来。"李芒用手收拢一些干树条子坐了，轻松地说，"他哪是对手。他自己清清楚楚，他才不愿打架呢。十几年前就不是这样了，那时候他的筋骨还硬，你得远远躲着……"

小织难过地垂下头来说："李芒，我知道他不是很好的人。可我想他这么大年纪了，你说话的口气还是让我难过。我真有点不知怎么才好了……就该这样下去吗？我真不知道……"

"你去看看荒荒腿上的伤就知道了！你去听听老獾头哀求什么吧！听听看看你就知道了。他这么大年纪了，可是牙上还有尖尖，还会撕咬人！你看看荒荒的腿！……有时我就想，他怎么会这个样儿？他从什么时候变成了这个样儿？想来想去也想不通。再想一想，也就更复杂了，什么我都说不清了！……"

李芒沉思着，发出一阵阵的叹息。

小织抬头远望着，看着荒荒弓着腰在他田里做活了。她看到的是一个蓬头垢面的荒荒、一个一瘸一拐的身影。她"啧啧"了两声，也叹起气来。

李芒说："马上和肖万昌分开，这已经是不能犹豫的事情了。前天我看到他和小腊子吃狗肉，心里就是这样想的。咱们一丝一毫也不能有什么别的指望，人哪能靠忍耐过日子，我看他吃狗肉时就是这么想的。"

"他吃狗肉又怎么了？"小织有些不解地问。

"我也说不出怎样。反正我当时看着，就这样想了。我觉得这是一个又馋又贪、有大心计的人。跟他相处不能分一点儿心，不能不警觉，更不能软骨头，你要是往后退，他会一丝一丝往上顶，像滑过来一样，没声没响地就逼到你跟前来了，又快又猛地突然就伸出手来，直冲着你的喉咙！那时候你再想办法挣脱吧，你会觉得给什么缠住了身子，滚动也不行，呼叫也不行，求饶也不行，什么都晚了……他的经验也真多，还都是结结实实的，所以他没有失败过。我暗地里做过一个总结。我跟他交手刚开始的时候，就是十几年前那会儿，我好比被困在一个有野物的大山里了。我又要对付他，又要对付狼虫虎豹，他们全是一伙儿。后来他把一条条长腿爪儿（就像海蜇生那东西！）伸出来缚住了我的身子，我就拼命挣脱，到底没等被消化完就逃开了……后来我们从东北回来了，不知不觉他的长腿爪儿又缚到我们身上了。可是今天我们是在平地上了，没有那么多狼虫虎豹了；这也容易松劲儿，失了警惕性儿。你知道那长腿爪儿里会分泌出一种液汁来，无声无响地把你给麻醉了，你就再也逃不掉！你就得活活被消化了！……现在，这长腿爪儿还搭在我们身上，已经开始分泌液汁了。我的总结就是这样。我们怎样逃到南山，怎样逃到东北，怎样跟他联合的，我从头至尾地想了一遍。我想这不该忘记，这应该来一个总结。从老寡妇，再到袁光，到荒荒，到老獾头，到你我……这要好好去想，反反复复地想，想得再苦也要去想，去总结。要咬紧牙关，挺着，站稳，保住那么一股劲儿，一步也不往后退！……"

李芒说得很慢、很沉着，但他的声音极有力量。小织不眨眼地看着她的李芒，脸色一会儿红，一会儿又苍白起来。她的嘴角有些颤抖了，一双小手掌激动地在身上抹着。她抬头望着远方，她的眼睛迷蒙了……

十六

石头的美丽，并没有多少人像他和她感觉那么深刻。

白石头、绿石头、红石头、花石头……五色斑斓，绚丽迷人。真不知道这一架架的大山上，还生出了这么新奇的东西！李芒和小织把它们背回了村子里，放在了他们那个无比温暖的、闹鬼的屋子里。他们堆积着希望，堆积得实在太多，就和村里人一起，将它们碾成了各种各样的小块块。

村里人看着这些彩色的小石块儿就笑。他们不信会有谁买这种东西，虽然它们着实好看。但他们喜欢这两个年轻的副业师傅，也信服他们。

李芒把各种石子装在小布袋里，作为样品，带上去县城碰运气了。临离开山村的时候，小织和山民们在村口上给他送别，看着他慢慢走远了，消失在山坳里……李芒心里兴奋得很，也不安得很。他真高兴啊，这种石头或许会改变山里人的命运、改变他和小织的命运呢！他最担心的是根本就没有人要这种石头，白白欢喜一场——那样，他只好和小织重新去流浪了；他还担心小织一个人会害怕，那毕竟是个闹鬼的屋子啊！……

到了城里，他宿在车马店里。亮天后，他跑了几个建筑工地，都见到了这种石头，有的散放着，有的装在包里。李芒可高兴了！他想有人要这种石头是确定无疑的了，剩下的问题就是赶紧找到买主……他问了那么多人，最后有人笑吟吟地买了他一小袋，说是拿回去商量一下，让他等候消息。他在车马店里忐忑不安地睡了一夜，第二天赶紧去听消息。结果是对方提出买几百吨！价钱怎么样？他不知道。他去问了一下工地上的人，才知道价钱也不错。他问那人是什么单位，人家告诉他是"龙口玻璃厂"，买这种石头用来造高级酒杯！……李芒兴冲冲地往回返了。

从此，山民们从田里回来，就忙着碾石头了。李芒还是到各处去推销。碾的白石头、绿石头、红石头，堆成了一个个彩色的小山。早晨，露水把这些小山染洗得多么鲜亮！嗬，多漂亮啊，多迷人啊。李芒用白粉子在石碾屋的外墙上写了：石粉厂。

山民们终于有了点钱。村子里也终于有人站出来批判这是"资本主义"。但钱是好东西，刚刚有一点，大家还没有喜欢够，就不睬是什么主义，继续让石碾子撒欢……大家也感激两个师傅，给他们白馍馍吃，给他们送去辣椒、松蘑菇、鲜黄花菜，等等。他们实在不敢收下这些东西！他们感激山民们还来不及呢——山民们给了他们这样温暖的一个小窝儿。

他们幸福极了。结合的幸福、创造的幸福、助人的幸福，全汇聚在一起了。他们几乎被这种巨大的幸福给压倒了，啊啊，幸福一下子来得也太多了……小织对李芒说："李芒，啊，李芒！我们一辈子就住在这个闹鬼的屋子里吧！我们还要什么？什么都有了，啊！李芒！你说话啊李芒！……"李芒点点头，但目光只望着一个方向出神。小织推了推他，他才转过脸来……他嘴唇颤抖着："小织！我在想我这个人太坏、太卑劣，我多么爱你，像你爱我一样！可我有时候倒生出这样的念头：和你结婚是对肖万昌的报复！这念头多么可恶……"小织怔怔地望着李芒，接着眼里流下了两行泪水。她哭着，没有一点声息，停了一会儿，又谅解地握住了李芒的手……李芒沉默着，又接着喃喃地说："我真想玉德爷爷啊，想他们，也想芦青河……"说到玉德爷爷，两个人再不做声了。

这个夜晚，屋子里第一次闹起鬼来：锁着的那个房门响起来，锁扣儿咔嚓嚓地响！两个人不由得想起了多少年前吊死在里面的那个人，害怕了，头发也像要竖起来。他们不由得偎在了一起，紧紧靠着炕角的墙壁……时钟嗒嗒走着，门扣儿咔嚓嚓响。正是夜半，风刮着窗纸，破了的窗洞上，泻进黄色的、冰凉的月光。他们偎着、偎着，出了一身汗水。就这样停了一会儿，李芒突然跳下炕去，不顾小织的阻拦，用一根铁棍撬开了那个房门！他们用灯照亮了这间屋子，满是乱草、废弃不用的农具等。李芒用铁棍打着，用力挥舞，像个武士一般，大声呼喊着。终于有几个野物（山猫等）跳腾起来，从窗洞上蹿了出去。这就是闹了多少年的那个鬼了！两个人舒了一口气，相视而笑了……

有一天李芒从县城回来，脸色就沉下来，一直不愿说话。小织叫着，摇晃着他的肩膀，他也不回答……他就这样坐在那儿，夜深了也不想睡觉。小织说："李芒！有什么事情你瞒了我！你听到什么了吗？你遇到熟人了吗？"李芒低着头，沉吟道："我好像遇见了傻女……"

"真的?!"小织欢叫出来。

"在一个小河汊上，她披头散发，用手捞青苔……我喊了她一声，她肩膀一抖，爬起来就跑。我看那身影很像。我追呀追呀，她绕着山根跑，一会儿就没了影儿。我在心里祷告：傻女活着，傻女还会回来……"

小织用手捧住了脸，抽泣起来。

"你还想着袁光吗?"

"袁光又怎么了?"小织几乎要跳起来了。

"他自杀了……跳了芦青河……"

小织摇着李芒的手:"袁光?!……"

李芒点点头。

小织"啊"了一声,一下子跌坐在了炕上……李芒讲述着,声音十分低缓,而且常常要莫名其妙地中断下来。

……袁光读初中的时候,就是全班的"老头儿"。他快要三十岁了,可还没有媳妇。没有谁会嫁给一个"反革命"的儿子。袁光负责给全村的厕所淘粪,但他放下粪勺的时候,总是用香皂把身上洗干净,换上唯一的一件没有补丁的衣服。有一次,一个媒人从袁光家里出来,正碰上一个村干部,村干部对媒人说:"贫农的孩子还没全娶上媳妇哩,你穷忙活什么!……"后来就没有一个媒人到袁光家了。袁光见了本村姑娘投来的新奇的、怜悯的目光,就有些畏缩地转过脸去。后来他就总是穿着那件又臭又破、沾了不少粪汁的衣服了,拖拖拉拉地在街上走着。他的姐姐每逢这时候就喊他回家。他回家后,她就关严了院门,伏在炕沿上尽情地哭一场……

姐姐三十多岁了还没有出嫁。她细高身材,洁白的皮肤,一双美丽的、抑郁的眼睛,很清高的样子。她虽然比袁光大不了几岁,可她觉得对袁光负有母亲般的责任……村支书的一个侄子刚刚十八九岁,竟然趁在场院看电影的机会,对她小声哝了一句令人惊愕的下流话。第二天就有人替支书侄子提媒来了,说:"跟了吧!跟了吧!他又不嫌你大,不嫌你这样那样……他叔又是支书……"媒人走了,她冷静地理了一下鬓角的头发,一动不动地盯着窗外的一片浮云。

几天之后,姐姐突然对袁光说:"我要去找南村的'三叉'了!"

三叉是一个四十多岁的男人,腰有毛病,小时候玩雷管只剩下了三根手指,就落下了三叉这个外号。他娶不上媳妇,他父母几年前就说要为儿子"换亲":谁家有闺女给三叉,就把三叉的妹妹给那家做媳妇。一年前他们曾来袁光家提过换亲的事,被袁光斥退了……这会儿袁光盯着姐姐的眼睛,知道她是下了决心了。他知道怎么也拗不过姐姐,不过他还是发誓：宁可去死，也不让姐姐跟三叉！

姐姐没说什么。她把家里的瓷碗一个一个擦得锃亮，又洗过了所有的衣服被子，把碎布片和破棉絮小心地捆好……一切做过之后，她就失踪了。袁光跟治保会请了假，然后就四处寻找。找到三叉的家里，三叉两手按着腰出来说："没有没有，不信你来家里看！"果然里边没有姐姐，但袁光看到了一个长着一对杏眼的姑娘，正赤着脚站在灶间里捣蒜，见到袁光时走了神，一撮蒜泥从石臼里溅出来……

五天之后，姐姐突然出现在家里。她像所有出了嫁的姑娘一样，拐肘上挂了个红包袱。她说："我早是'三叉'的人了。那天是'三叉'把我藏起来了，我让他这么做的……"袁光磨动着牙齿，没有说话，这样停了有五六分钟，他突然向着姐姐跪倒了。姐姐说："准备你的终身大事吧！原先跟'三叉'家讲好的，什么时候喊，她什么时候来……"

袁光要积点钱结婚了。家里有一头母猪，可当时母猪不准随便宰杀或买卖。焦急之下，袁光就在一个夜晚，偷偷地把它杀掉了。可他没法儿让猪一声不叫，它的一声尖叫惊动了民兵，接着他就被喊到大队部了。身背一串子弹袋子、手里握一把上了油的刺刀的支书侄子围着他转着，不时鼻子里发出一声："哼！"……支书来了，粗着嗓子说："这不是阶级敌人破坏'大养其猪'又是什么！"几个人合计了一下，当即决定：批斗！批斗之后让他披上亲手剥下的那张母猪皮，到三叉那个村游街去，要自己敲锣！支书宣布完了决定又瞥侄子一眼，盯在袁光脸上说："不识抬举的东西！"

袁光不同意到三叉村里游街——他怕那个捣蒜的姑娘看见，更怕姐姐见了心碎啊！他苦苦地哀求，最后都跪了下来："让我到别处游吧，游一年也行，只是不到那个村……"支书冷笑着："单让你去那个村游！"……袁光不再做声。他闭了一会儿眼睛，然后站起来，站得笔直，一字一字说："好吧，我，去游！"……

他去游了，游了整整一天，喊哑了嗓子……回来时，他没有再进自己的家门，而是迎着血红的晚霞走向田野，走向了他的芦青河！……

李芒讲完了，抬起头看着小织。他发现小织的泪水已经不流了。他愤恨地望向窗外，紧紧地咬着嘴唇。"又一个人，给推到了那条冻土沟里!"李芒自语道。

"袁光,我总以为回家的时候还要一起玩、一起唱歌……我们那天晚上送你时你还记得吗?……"小织像对着窗外的什么人说话一样,并没有回头……

这个夜晚,起了大风。风声吹得人心里发瘆,他们怎么也无法睡去……风慢慢怒吼起来。

风怒吼着。李芒轻手轻脚地穿好衣服。他把一个什么东西掖进了腰里,就小心地出了屋门……遍地月光,风妄图把地上的月光掠起来。他四下里张望着,出了街巷,一个人往北走去。风真大啊,简直就不像秋风,寒冷直扎到他的心里去。他咬着牙关往前走去,尽量不让身子打战。他听到了什么波涛声,低头一看,脚下就是芦青河堤。他来到家乡的小平原了,他顺着河堤奔跑起来,当见到小木桥的时候,就小心翼翼地踩了上去……

他摸到了自己的村边上。他的第一个想法就是看看傻女回来了没有——他想她也会像他这样,趁一个夜晚回家来吧!他寻找着,终于又看到熟悉的街巷,找到了那个老屋。大概是看过了大山吧,这个房门看起来这么矮小!他低着头进了屋子,四下里看着:炕上只有一半破草席子,空空的,什么也没有。他有些失望地要走出门去,突然发现门后边藏着一个人,正用力地侧着身子站在那儿,这时候狞笑起来,缓缓地转过身来:民兵连长!"嘻嘻,我就是在等你……好哇!"说着,他从身后亮出一支枪来。李芒全身的怒火都燃烧起来,奋力一脚踢掉了他的枪,顺手又给了他脸上狠狠的一拳!民兵连长被击倒在地上,恐怖地看着李芒;突然,他又笑了。李芒正有些迷惑,民兵连长就地滚了一下,往巷口跑去……李芒追赶着,拼力追上去。就要赶上了的时候,巷口蹿出一个人来,挡住了李芒!

这个人又粗又高,轻轻地咳嗽着。李芒揉了揉眼睛,认出是肖万昌!肖万昌嗓音压得很低说:

"回来了吗?"

"回来了。"

"嗯。"肖万昌背着手,慢慢凑近了。

李芒逼视着他问："傻女哪儿去了？袁光怎么死的?"

"傻女不知哪儿去了，袁光？我不认识这个人。"

"哼！肖万昌，我今天就是跟你讨还这两个人的！你必须打开那个废氨水库让我看看！……"

肖万昌哼哼地笑着，转到了李芒的背后。突然他将手指摸到了李芒的咽喉上，用力一勒！一阵火辣辣的疼痛，一阵窒息！李芒挣脱着，然后反手扭住他肥胖的身子。两个身子缠到一起，在地上滚动着。李芒感到肖万昌的手指老要抠进他的肋骨里，这手指像钢钩一般有力。他的坚韧的皮肤终于被抠破，这手指又抠向肋骨间的肌肉。李芒几次要昏迷过去，但他硬挺着、硬挺着。好不容易才翻到肖万昌的身子上边，可那两根手指还扎在他的肌肉里。鲜血流进地上的沙土里，沙土变为稀泥巴。他忍着疼举起拳头，狠狠击在肖万昌的太阳穴上！拳头立刻疼得像要裂开，原来肖万昌在太阳穴和脑门上包了一层铜皮！肖万昌冷笑起来，用膝去顶他的肚子。这提醒了李芒！他立刻左右开弓挥起老拳，照着对方的肚子、肋骨、两腿，频频击去。肖万昌滚动、躲闪，不愧有些招数。但最后还是大口喘息了。他滚到墙根，两手插进了衣服里。李芒警觉地站住了，他清楚地看到了肖万昌的两眼突然间放出了两道杀气！正在他犹豫的时候，肖万昌已经亮出了刀子，并且马上就往前逼近了。李芒又看见了那条又深又窄的冻土沟了，不过他并没有颤抖，而是敏捷地跳了过去。肖万昌的刀子在他脖子的咽喉处缠绕，已经擦破了皮。李芒猛然间记起了什么，从自己的腰里抽出了远行防身的一截铁棍：铁棍横着飞舞，打飞了刀子，打在了肖万昌的头上！他连连呐喊，锐不可当，愤怒四溅，想着袁光的眼睛，盯着肖万昌这双阴险的眼睛，最后狠狠地一棍！肖万昌倒下了，脑袋碎了，眼睛翻着死去了！……李芒扔了铁棍，惊呼着：

"小织，我杀死了肖万昌！我杀死了你爸爸！……"

"小织，我杀人了啊……"

"小织，你在哪里啊……"

"小织！小织！小织……"

他呼喊着，终于有人回应了：

"李芒！我在这里！你怎么了？你怎么了？你做梦了吗？"是他的小织的声音。他同时也突然明白过来，他是做了一个噩梦。他有些丧气地坐了起来，两手抱住了膝盖。过了好长时间，他才喃喃地说："小织，我梦见杀死了你爸爸！"

……

噩梦是不祥的。一天的下午，小织在街口上发现了一个收酒瓶子的人很面熟。那个人穿了一件雨衣，脸被帽子遮去大半，老是远远地注视小织。小织终于认出那个人是民兵连长身边的一个民兵！她的胸口扑扑地跳起来，立即跑去找李芒了……李芒明白这里是再也住不下去了。必须马上逃开！他对小织说："走！今晚就走！"

李芒去找了他的朋友，又跟村里人交代了石粉厂的事情，暗示了他可能要出趟远门。他跟小织一边收拾东西一边盘算到哪里去。后来他想到好多人都到东北当"盲流"去了，于是一咬牙关，决定就到东北去！……小织收拾着东西，泪水怎么也忍不住。她想，她今生也不会忘掉山民们，忘不掉这个给了他们希望的小山村，更忘不掉这个闹鬼的屋子！……再见了！南山！再见了！闹鬼的小屋！

他们离家、离芦青河越来越远了！

十七

东北是一片辽阔、宽容的土地。李芒和小织在这里遇到那么多从家乡逃出来的汉子。他们之中，有的做了挖煤的，有的钻进深林里伐木，有的跟当地人一起种参。"盲流"之多，说明了苦难之多。人们从不同的方向会聚到这块陌生的大地上寻找生存的希望来了。这里也并非就没有苦难，只是旷阔的疆域很快就将它溶解、稀释罢了。人们在这生疏的、粗犷的、无比辽远又无比野性的山岭和丛林、荒地间，奋力开拓着新的生活。这里也有最著名的城市，像哈尔滨、长春、齐齐哈尔、吉林，等等，大半不是"盲流"们流连的地方。他们的好运气不在这里。他们从龙口、烟台等水路而来，或沿铁路走一个弧线，然后直插北疆。旅顺白玉山上的高塔，市内的中苏友好纪念铜塔；哈尔滨的松花江，美丽的太阳岛；长春宽阔的斯大林大街……他们往往来不及瞥一眼，就匆匆上路了。他们和一部分当地人一起去翻黑土地，撬岩石块，甚至将腿上缠裹了皮条子去挖参娃。能使用的工具都使用过了，或长或短，或轻或重，用它来敲击那扇幸福之门……

李芒和小织倒是吃尽了苦头。李芒在鹤岗煤矿挖过煤，一次冒顶把他赶离了这个行当。后来他又试着刷线布，种植向日葵、亚麻和甜菜，试着采松子、猎貂獭。他先后到过五大连池，到过张广才岭和老爷岭……一场大病差点儿使他没有走出老爷岭。小织哀求他说："李芒！我们往南走吧……"她只知道他们的家乡在南边。李芒听从了她的劝告，到了吉林，到了通化，到了长白山。最后，李芒在一个叫"露水河林场"的附近，跟一位关东老大爷学种黄烟了。

关东老大爷叫"莫合"，李芒永远也无法搞明白这名字的含义，问他为什么叫"莫合"，他吸着一个大黑烟斗说："就是'莫合'嘛！"……莫合老爷爷种了一辈子烟，有无数的绝技。他用小刀子，可以割出比别人多两片的顶叶烟；他的烟田，绝少出现黄叶病和烂秸病；无论什么时候看他的烟棵子，都是齐齐的一般高。特别令人羡慕的，是他能在烟田种出各种味道的烟叶：酒味儿、糖味儿、果子味儿的……

李芒和小织像服侍亲爷爷一样服侍他，他也把身上的本事全拿出来……夜晚，李芒就和小织读书。他们找来各种各样的书来读，有时一直读到拂晓。这种生活充实而安定，他们又感到幸福从闹鬼的屋子跑到这边的大山里了。有时小织对李芒说："我们还缺什么？什么也不缺了……李芒，你不觉得幸福吗？……"

李芒找来一沓子纸，没事的时候就写起来。他对小织说："我在南山的时候跟你说什么了来？我说我要写一本书！现在，我就试着写那书了……我要写傻女，写袁光……"

小织说："袁光不在了。傻女也不知道怎么样了……"

"她会活着。我总想有一天她会回到芦青河边上……从那一回遇到捞青苔的姑娘以后，我老做傻女回来的梦。我出门的时候从来没有忘记打听傻女。我还记得老寡妇在大翻工地上用手摸我脸的情景，我一想起来就忍不住要流泪。老人的话没人信了，大伙儿都说她是疯了。她大概是把傻女的事情托付给我了。我一定找到傻女！我一定弄清蓖麻林里发生了什么事！就是傻女不在了，我也不会泄气。千年的枯树还会发芽呢，是谁逼疯了两个人？说不定突然就有什么兆头生出来，让人一清二白了呢！……"

李芒说这些的时候，小织定神地望着他。她在心里说：啊啊！这就是男人哪！这就是丈夫哪！我的男人，我的丈夫！……

李芒跟莫合爷爷学种烟，也学会了吸烟。老爷爷吸烟的技术才叫高呢，他能将烟品出几十种味儿来，底叶、中叶、顶叶，他一吸就知道；就是同一片叶子，叶尖和叶根、叶边和叶梗的味道他也分得出来。他还能将烟秸上的一截儿烟骨（烟骨的味道是极香的，可惜没劲道！）配上几片顶烟，做成又香又醇的"混子烟"；能将底烟、顶烟、辣嘴的蛤蟆烟按比例配好，做成奇怪滋味的"大全烟"；马粪施肥的烟、豆饼施肥的烟、草木灰施肥的烟以及施了化肥、人粪、芝麻饼、棉籽、死猫烂狗、兔羊粪的，都要分开，以免"混味儿"。李芒和小织常要暗暗发笑：那是多么细微的分类！那能有不同的味儿吗？想是这样想，但他们总是极其尊重莫合爷爷的意见和经验，其中包括一些明显的谬误和纯属个人怪癖的东西……

这样不知不觉中时光在飞快流逝。李芒写成了一大本子东西，小织看了，觉得十分失望：他完全没有写东西的才华，尽管他已经读了那么多书。李芒也看着不顺眼起来，后来干脆一个人偷偷把它烧成了一块灰，埋到了喂草木灰的烟棵子下。

中秋的时候，陆续收烟了。他们将烟叶割上一截儿烟骨，用绳子编成一排一排（这叫"烟吊儿"），挂到木架子上晒干、过露水。被露水洗过几场的烟叶又黄又红，味道也醇厚了……这时候的活儿特别忙，常常要挑灯割烟、上烟吊儿。三个人就在烟田里坐着干活儿，头顶上是一片星星。莫合爷爷讲着老山里的故事，讲着长白山上的天池，天池里爬出的水妖……露水简直就像一场小雨，半夜活儿做下来，衣服几乎能拧出水来！……

烟叶收完时，李芒要去吉林。在路上，他遇到了一个芦青河边上的老乡。一路下来，李芒才知道他的家乡有很多变化。开始包田了，日子可以过得很红火……这勾起了他的乡思。他回来后，怎么也睡不着了。他在想救了他一条性命的玉德爷爷，想那片土地，想海滩平原上的熟人了！被日常生活暂时淹没了的乡思像喷泉一样喷发着，又像烈焰一样燎着他的胸扉！他当晚就决定：回老家去！他先一个人回老家去看一看！……

李芒一个人回到芦青河边的村子里了。村里人像看到了一位天外来客一样，惊奇得了不得。玉德爷爷像怕他重新跑掉一样，紧紧握住他的胳膊，老泪不停地流着，接着又号啕大哭起来。他说："我的孩子啊！你可回来了！可回来了……我想小织子、想你啊，我这几年老是做你俩的梦……"肖万昌见到李芒似乎并不惊奇，他的第一句话就是："你把我闺女给弄到哪儿去了？"……

玉德爷爷让李芒快些领小织子回来，说再要不回来，他想孙女也想死了。肖万昌说："回来看看可以，住下来不走可不行。我没有这样的女婿！再说，他和小织的户口也销掉了，上边有规定，回来的'盲流'一律不给落户……"玉德爷爷一听急了，跺着脚说："你这心比石头还硬！生米做成了熟饭，再说又这么多年了，你还不要他们！"肖万昌说："就是我要他们，也落不下户！"

玉德爷爷还要说什么，李芒对他说："爷爷，我不是回来给谁做女婿来的，我是回自己的老家来的。我马上回去带小织，来看您老人家，然后就侍候着您，不走了！……"

玉德爷爷感动得不知如何是好。他伸手拍打着李芒，嘴里咕哝着："孩子啊，落叶归根，吵架归吵架，还是一家子人，还是得回家，啊？……"

李芒回东北的前一天，玉德爷爷又求儿子，让两个孩子回来落户，肖万昌还是不依。玉德爷爷骂着："冤家，还要我给你下跪吗？"说着，扑通一声给儿子肖万昌跪倒了……肖万昌惊慌地扶起老人，一声也不吭了……

李芒返回东北了。他要和小织回到芦青河边了！

怎么跟莫合爷爷告别呢？怎么和这个搭在林中空地上的茅草屋告别呢？怎么和这个亲手绑扎起来的烟架子告别呢？

人生活在这个世界上，就得忍受一次又一次的告别，就得经历那最终的告别……

莫合爷爷不言不语地和两个年轻人分手了。他们临走给老人蒸了一大锅面饼，洗净了他所有的衣服鞋袜。老人送给他们的，就是那个大黑烟斗……

他们回到老家，很快就分到了一块土地。不久，他们就种出了方圆几十里最棒的烟田。玉德爷爷再也不愿离开他们了，成天在田里帮他们打冒杈、整烟地垄子。

一天晚上，老人突然提出说："万昌的地和这块界临，怎么不合起来种烟呢？一家人还分来分去吗？"

李芒坚决地摇头说："不！爷爷，不能合！"

"什么不能！你知道为合这地，我跟儿子费了多少口舌。'家不和，外人欺'，孩子，一家子做片大烟田多美气！我从年轻时就盼着自家有这么大的一片地啊……"老人说得很严厉，也很动感情。

李芒还是摇着头。他有多少话要跟老人说啊。但他相信什么都说不清楚。他只是预感到跟肖万昌的真正合作是不可能的，也是没有前途的……他摇着头。

老爷爷火了！他骂着："小冤家！还得我给你两个跪下吗？你和万昌还能再吵吗？一家子人还能再分开吗？……"老人气得全身都颤抖了。小织赶紧扶住了他，说："爷爷！爷爷决定吧，我们都听爷爷的！"……

十八

小织几乎一夜未眠。李芒在大柳树下的那一番话，几乎使她不安了一天。夜里，她恍恍惚惚的，一会儿在海滩的那片小草原上，一会儿又在南山；一会儿在闹鬼的屋子里，一会儿又在满是血迹的废氨水库里。她一闭上眼睛，就好像看到荒荒在抢一把镰刀，莫合爷爷捏着他的大烟斗，傻女一把一把揪着自己的头发，老獾头在儿子身旁跪着包脚；好像看到了五彩颜色的石子、五大连池、甜菜地、老爷岭；看到山民们喜悦的脸色，那个收酒瓶子的人，肖万昌和民兵连长相互借火抽烟……她好不容易才睡过去，又忽然听到袁光的姐姐在窗外喊她：

"小织！小织！……"

"啊，我们在这里！在这里！袁光，袁光！……"

小织猛然从炕上爬起来，就要奔下去开门。李芒拦住了她说："怎么了小织？你怎么了？"

"袁光和姐姐一块儿来了，就站在窗外，你快给他们去开门啊！原来袁光没有死，他是和姐姐一块儿逃走了啊……袁光！……"

小织呼叫着。李芒费力地解释她这是幻觉，她才安静下来……这时候天已拂晓，李芒穿好了衣服说：

"我要替老獾头交柴油去，原来讲好了的。"

小织说："替他多交一些，交两次的油吧，好吗？"

李芒正要走出门去，这时听了她的话，就站住了脚步。他久久地、深情地望着她……

霞光映红了窗子时，李芒从外面回来了。他带回了一张报纸，递给小织说："你看看第二版上，有新闻！……"

小织接过来一看，原来是肖万昌上报了！这是一个记者在专业户代表会上的采访，上面还配有一幅大照片：肖万昌正微笑着站在麦克风前讲话。文章说肖万昌是发家致富的带头人，是海滩小平原上新时期的先进人物，是新生产力的代表者。文章中还举出一系列数字，说他第一个成为黄烟专业户，第一个与人联合承包；而后，收入多少现金，带动多少人做了专业户，多少人有了电视机、录音机、洗衣机……

李芒说："他哪次运动都上报纸广播，如今又赶了这个浪头！因为他踩在别人的头顶上，所以从远处看，第一眼看到的就是他。他反过来，又正好可以用这张报去吓唬老百姓，使他更能舒舒服服地踩下去。这个事实有多么残酷！"

小织看着报纸上的父亲笑微微的样子说："明明是我们先种了黄烟的，可他……"

"就是这种倒霉的联合使他钻了空子！小织，想想吧，咱是嫉恨他出名吗？是嫌自己风头出小了吗？当然不是！我们难过的是被他逼得到处流浪（还有更多的人被他这样的人逼迫、践踏！），在流浪中学了一点点本事，一点手艺，倒被他反过来给利用了！他利用这个欺骗人！只要有他当道，村里人就别想真富起来，他应该受罚，可他没有！他继续作威作福。咱跟他的这种联合，真是耻辱！真是犯罪！"

李芒的脸涨得赤红，直眼盯着小织。

小织一点点地把那张报纸折好，放到桌子上。她伸手到他的衣兜里取出那个大烟斗，装满了烟，塞到他的手上……她低声地、像是规劝而不像埋怨："李芒！看看你自己吧，看看你这个爱发火的样子……"

李芒吸着烟，长长地叹了一口气说："日子过久了，都是这么一年年过下来的，慢慢就迟钝了。世上的人差不多都习惯于跟坏东西平安相处。就这么忍耐着啊，忍耐着，一天天地挨。小织，你看看，咱不是这么一天天地挨吗？挨也苦，不挨也苦，犹豫来犹豫去的……还记得那条又深又窄的冻土沟吗？！远远地躲着它，就是躲不开。它藏在黑影里，出现在你眼前，逼着你往里走。最好的办法是把那条沟填成平地、铺成路……肖万昌这样的人，说到底是村里的灾星。可有人还把他们当成这里的顶梁柱！只要有他们，河边人的日子就没有奔头！……"

小织说："从爷爷过世后，我的心就没有安下来过。我想得和你一样苦啊，李芒！我知道：再要不分开，你也把自己折磨出病来了……你的每一句话我都记住了，我都在想。这几天，我又常常想起袁光。有时候半夜里，你睡去了，我一个人坐起来看……我想咱家里该有一个客人，该有袁光。他死得真惨。他在河边上来回走动的时候会想些什么？……"

"他一定是想到这个世界上一点让人恋的地方也没有了。"李芒握着大烟斗，又在屋子中间走动起来，"他还那么年轻，人活在世上能受到的屈辱差不多他都受到了。瞻前顾后，他可能想不出路来。他死得一定很痛苦，他本来会游泳……"

"他是不是缚了什么东西，缚住了自己的脚跳进去的？"小织惊讶地叫起来。

"很可能是。你知道他的水性多好。"李芒在桌前坐下来，随手翻动了一下那本诗集，"'用小树叶遮住眼睛，然后，不发一言'……我在莫合爷爷的小茅屋里写那本书，就琢磨过他怎样跳河……我为了合情理，把他这样的人都写成了孤儿。其实现在想想完全用不着！他们有父母，可父母自身也难保。没有敢保护他们的，他们这类人（当然包括我！）是这世上真正的'孤儿'……我这样写道:'那些人面兽心的恶人,已经从一般的政治偏见堕落为无聊时的任意捉弄、残酷欺凌!我不知道这些孤儿是用什么方式活过来的,今天又怎样了。我甚至想走遍祖国大地,用个小本子记录下他们所有的生活……'"

李芒说着说着又激动起来了。小织温煦的目光看了看他,他才慢慢平静下来。停了会儿,他用平和的语气说:

"我这个人爱冲动。不过我要跟肖万昌决裂,这却是反反复复想过了的……"

"你能保证这回就不是冲动吗?"

"不是冲动,是实实在在的愤怒。"

"好多困难和麻烦,也都想过了吗?"

"想过了。"

小织一双闪着热情和光彩的眼睛久久地望着李芒,然后说了句:

"那么,今天就和他决裂吧!……"

……

李芒和小织走到了霞光映照的田野上。他们是来寻找肖万昌的,刚刚从他锁起的大门前走过来……田野上没有肖万昌。他们就来到了自己的田里,准备做着活等他。他们来到田里,首先就发现了一个奇怪的事情:老柳树死了!

本来这也在预料之中,但没想到它恰恰会在今天死去。它的最后一片绿叶也干枯了,折断的枝丫落了一地;根部的大窟窿朽得更深了,树桩在风中摇动时,它就发出吱嘎嘎的声音。它不定什么时候就倒下了。如今它是停止喘息了。

李芒和小织默默地看着老柳树,去抚摸它干硬的糙皮……

半下午时分,肖万昌在田埂上出现了。

李芒和小织把他喊到了老柳树下。李芒的第一句话就是:"我们已经找了你快一天了。我们是要去告诉你:咱们把土地分开吧,就从今天开始分开!"

肖万昌淡淡地"唔"了一声,他用手梳理了一下背头,又看了一眼死去的老柳树,问小织说:

"你也同意吗?"

小织点点头。

"那就分开吧。嗯,这样也好。做长辈的也不能老为你们操心啊。嗯,也好!……"肖万昌蹲在树下说。

李芒冷冷地看着他。

"不过一家人硬是分开,也不是什么好事情!我还是有些不放心的地方,比如给烟田上肥上水、烟叶收购这些事,有好多麻烦哩!还有,你们也毕竟和别人有些不同,我指的是李芒的出身,不怕人家挑毛病吗?"肖万昌说这话时,眼睛紧盯住地上的一块石头,几乎是一个字一个字吐出来的,发音很重。

李芒笑笑说:"你会在这些地方用用功夫。这是威胁。你有什么本事就做去,威胁我们可不怕。开始会苦得很,村里大多数人种烟不是也很苦吗?我们会咬着牙关挺过去。无论如何,不准备再凑合下去了……"

"我也早看出你有这个打算。你自己也说过,你是个记仇的人。不过我今天可要警告你:你复仇算错了日子!"肖万昌说着,突然像个老熊一样,威严地从树下站了起来。

李芒也站起来。他说道:"你害怕记仇,你当然喜欢别人一下子把什么都全忘掉,你好从头把事情再做一遍,你这不是算错了日了吗?"

"我有过过失。可是账也算不到我身上,那时候就是那么个时代,我不那样也没有办法!……"肖万昌的声音不知怎么又低缓下来。

李芒高高的身躯摇了一下,站到了肖万昌的跟前。他的头略低一下,盯着对方皱纹密密的脸看了一瞬。他的像铁钩似的大手指抚摸着自己满是胡楂儿的下巴,嘴里轻轻哼了一声。他把目光收回来,看了一眼他的妻子,然后掏出大烟斗吹了两下,点上烟末吸起来。他吐出浓浓的一口烟雾,这才说道:"我可琢磨过你这个人。你是个老农村干部了,你已经不是农民。你留了背头,到现在还知道把裤子压上一条线。你是个沉得住气的人,从来不发火喊叫。你一辈子养成了你那套对付人的法儿。不过,你到底还算个笨人、算个俗气人。我心里有数,你这样的人更容易走到残忍的路上去。你就很残忍。你喜欢看着别人趴在地上挣扎。你说就那么个时代,就得那样对待我们,那我问你:荒荒和老獾头他们呢?

老寡妇呢？他们祖宗三代可都是贫农！你同样要欺压他们，看他们挣扎！很清楚，你总是在寻找那些没力气的人下手。哪个时代里都有你这样的人，你这样的人就靠这个过活！……"

肖万昌的脸色终于涨红起来。他有些恐惧地看了看李芒的两只大手，扭过身子说："你等着吧，你等着。我不在这里听你这一套了……"他瞥了一眼远处的人们，就要昂着身子走开。

李芒挡住他说："你急个什么？今天这是干什么？这是一个联合要分开！我还没有说完！"他的两眼闪射着尖利利、虎生生的光，一只大手握着大烟斗，在胸前活动着。肖万昌退回一步，终于站住了。

"李芒！"小织在一旁喊了一声。

李芒吸起烟来。他继续以沉稳的语气说下去："你可不是个简单的人。你见过世面，知道深浅，要办成一件大事也很省力。比如抓荒荒，你连一句话也不用说，就有人替你做。我说过你是个沉得住气的人。你交往了不少有权有势的人，可是你也能和要饭的人坐下喝酒！你沉得住气，有时眼光也不短。不过我比你还沉得住气，我看得透你。这就好比两人斗拳，你忒厉害，可我比你还厉害。我就决定和你分开了。"

李芒不慌不忙地说完，然后就专心地吸他的大烟斗了。

肖万昌终于从对方的沉稳受到启示。他也卷了支喇叭烟吸上，用手梳理着背头。他盯着死去的老柳树，苦笑了一下……

接下去，肖万昌再也没有吱声。

小织蹲在一旁，不知什么时候哭了。她一句话也不说，只是含着热泪，钦敬地看着她的愤怒的丈夫。

十九

肖万昌走了。小织和李芒还站在他们的田里……这时李芒对小织说："小织，你先回家去吧，你先走吧，我要一个人走一走。我太激动了，啊！小织……"小织点了点头。

李芒沿着田埂往西走去。晚霞映红了他的面庞。

一片美丽的暮色笼罩了深秋的田野。一望无际的烟叶儿在晚风里、在橘红的光色里摇摆着。这海滩平原整个儿都像在燃烧，火苗儿不停地燎着、跳跃着。烟叶儿的背面泛着微微的银白色，在一片红光中闪烁不停，很像剧烈的火焰中爆出的白亮的光点。烟农们就在这原野上活动着，有的蹲在一个地方不动，有的三五成群聚在一块儿。他们像是挑着柴火到处点燃的人，又像是凑近了火堆取暖、吸着烟玩耍的人。这景色延伸到远方、再远方，消失在太阳的底下。这很像登了高山上，看山下浓密无边的丛林，也很像面对着平平的大湖瀚海。统一的，没有边际的，引人沉思的；思绪可以随着它延伸再延伸，直到水天交融、天壤接合的地方才缓缓郁郁地折回来。暮气慢慢有了，不知是从天空上垂下来的，还是从泥土里升腾出来的，反正是低低地挂在树梢上，成一绺，成一片，沉默着。各种各样的声音都开始收缩溶解，又渐渐细碎成一些屑末，在傍晚的田野上飞荡着。一株株老树仁立在田埂路边上，像白发的老人遥望着收获的田野、呼唤着忘归的儿子；鸟雀一群群落到它的身上，又跳跳跃跃地离开，扑到泥土上，像是它撒出的一把把种子。一条黄黑色的狗飞一般在田间小路上奔跑，又突然地立住，从烟棵子间露出那神气的头颅；当它重新走去时，步子又变得那么迟缓、懒散。它有时低着头嗅一嗅泥土，后来就一直嗅着走下去，只翘着那个卷起来的、像绒球儿一样的漂亮尾巴……

李芒一直向西走去，最后在不知不觉中踏上了芦青河堤。哦哦，芦青河无声无息地流着，有时就是这样的默默无闻。如果不是这高大的河堤，不是堤岸这浓匝匝的林带，人们简直就会把它忽略掉。到了水旺的季节，河水已经涨到了堤腰，近岸那些芦苇蒲草只露个梢头了。又平又宽的水面上，几乎没有了波纹。它就这样安静地伏在土地上，美丽而温顺。李芒禁不住脱下衣服来，用一根柳条束好，跳入了水中。晒了一天的河水简直不像秋水，暖暖的，滑滑的，他两手合并伸出，像条鱼一样向前滑去。舒畅极了，他荡起无数的波纹！这样游了一会儿，他又抡开胳膊大幅度击水游动，全身觉得热乎乎的，痛快得很。大约很久没有跳进这河水里了，他心里有一种说不出的感觉。河是某种分界线，河的那一岸，就是外乡；河的这一岸，好像就是真正的家乡了。他从童年起学会了跨越这条河，无数次地踏响了河上的小木桥。小木桥是柳木做的，木板的边缘上生满了青苔。老远的就可以听到它在呻吟——当浪头拍击它的时候，当行人踩着它的时候。一年又一年，不知多少人从它身上踏过来踏过去。两岸的人背负的重量太大了，它的腰弹动着，原想尽力地挺起来，但最终还是弯下来。它屏住呼吸坚持着、坚持着，像不可折服的样子。行人走过去了，它才直起腰来喘一口气，接着便是呻吟、便是叹气……堤岸上的林木在风中响着，有时像一种奇怪的琴声，有时像童年的欢笑。劲风中，它的叶子和细小的枝丫都指向一个方向，树干却是一根根直立着。秋天，它的颜色变得墨绿了，深沉了，和河水浑然一色了。接上去的冬天，它也就严肃起来了，不苟言笑；残酷的北风强迫它发言，它就发出一种尖厉的、不叫人喜欢的啸叫。堤岸的长长的斜坡上，那么多青草。草棵都结了种子，准备繁殖了。草棵的根部新生出嫩绿的长叶来，像细长的麦叶或者那种柔韧的蓑衣草。看上去它极柔软。秋天用严霜迎接冬天，严霜也就洗红了这秋草。到了合适的季节，当你在河上展望堤坝的时候，你注意的，首先不是林木、不是蒲苇，也不是那些散开着的星星点点的花儿，而是嫣红的草棵！它不像红叶树那样红，不像枫，不像石榴花和美人蕉花的颜色；它是暗红、有些紫的那种红；更要紧的是，它的红叶儿能爽爽地披散下来，你看着它的薄薄的、湿润的红叶儿，老想去抚摸一下。在那肃气正浓的季节里，正有一种你自己都不易察觉的同情心在搏动，这时恰好转移到这艳色的小草上……李芒尽情地击水，不时仰起头呼吸着水面上清鲜润湿的空气。啊啊，在这个秋天里，在这个忙得直不起腰、被某种东西压得喘不过气来的秋天，他终于迎来了这个下午、迎来了这个傍晚。多少年来，他从未觉得这样轻松。他要好好亲近一下这河水、这田野。他觉得他能看到很远很远的地方，无论暮色有多么浓重。

太阳落下去了。太阳在整个白天里都使河水闪着亮、放出光辉，使田埂和小路上的沙粒都清晰可辨，使烟秸上爬着的绿虫暴露在一片光斑里……现在它故意让大地陷入一种朦胧里。灰蒙蒙的颜色里，从土地里生出的稼禾和林木，看上去都黑簇簇的。一片连着一片的烟棵也模糊了，绿色的那一边完全淹没在渐浓的夜色里，就像一张纸浸到了黑色的水里，天空的星星不知不觉地密起来，像一些小灯在偷偷地点燃……李芒不知不觉地走到了海滩的丛林里，是河边的一条黑泥路把他领到这里来的。地上的草棵子绊着他的脚，他感觉到已经有露珠儿溅出来。前面是黑漆漆的灌木丛、马尾蒿，是夜间才出来活动的小动物的咕咕声：它们召唤他了，问候他了。他笑了，舒适地伸了一个懒腰。他向着一片夜色高声大笑起来："哈哈哈！哈哈哈哈……"笑声在沙滩上飞去，飞得很远很远；在很远的地方，又隐隐约约传来同样的笑声。李芒自己都感觉得出他笑得有多响亮，这声音真正发自一个强健的、成熟的、有火气与胆量的男性。他相信在这笑声里，大海滩上的鬼蜮（传说中这里可有这东西！）会退走或伏下，任何想算计他、加害于他的东西都会逃遁。他笑得太坦荡、太豪迈了。

他已经很久没有这样轻松悠闲地来大海滩上了，尤其是没有一个人走上夜间的丛林。这片给了他的童年无限欢乐的丛林，辽远深邃，带着一点儿神秘。除了临海的一面，他从没有摸到它两端的边缘。这林子大半是稀稀拉拉的，可密的地方，又几乎插不进脚去，远远望着只是黑乎乎一片，像从天边压过来的一大团乌云；这林子大多是细矮的杂树棵子，可有时你又会碰到一片齐整而挺拔的杨树、柏树或者橡树。李芒记得这些粗大的树木给他的深刻难忘的印象，给他的惊喜与愉悦。那还是有些闷热的季节（夏天吗？秋大吗？），当他背着一捆人人的刺蓬菜走在沙滩上，流着汗水，突然遇到这么一片有着广阔阴凉的大树林时，他几乎要欢叫起来……他倚在菜捆上歇息了，斜着他的童年的明亮的眼睛，看大杨树那淡绿的、光滑的树皮。树皮上的各种痕迹纹路引起他各种的幻觉和想象。它们有的最像眼睛，而且是很漂亮的眼睛；它瞪得很大、很单纯热情，对他充满了友情。它们有的像一把镰刀，刀面儿很窄，刃儿很薄；他总想它是多锋利的一把刀，而且一定是无锈无裂纹无豁牙的好刀子。它们也有的像一个大大的惊叹号或者问号。每逢看到这里，他就全身一振，更加睁大了眼睛。树木有意无意地询问人间的秘密，并且又肯定地来一个叹号，像是自信地预言了什么，判定了什么……他有些迷惑，也感到有趣，懒懒地掮起菜捆重新走去。他要穿越大杨树林。他故意低着头，不看那眼睛、那镰刀、那费解的叹号与问号。可是他要跨出这片林子的时候，忍不住又要抬头再望一眼——他看了林边的最后一棵树，他在树干上看到了一个醒目的句号！他想：句号，画在林子的边上。他笑了……童年真有趣！

　　风全息了。大海滩上真暗：这是失去一个太阳，又暂时没有一个月亮的缘故。黑暗、静谧、温暖，是最适合一个人默默地倾听的时候了。你不必声响，只需使用你的听觉器官。这样沉默一会儿，必定会发觉一些细小的、轻微的响动，还会听到更远处的、在夜幕的另一面传来的声音。这些细碎的响动是一丝丝地放大了的、清晰了的。如果你开始去想象，就会仿佛看到：在那些黑影子覆盖下的树隙里、沙窝里、荆棵子里，正有各种不同的生灵睁圆了眼睛窥探着，然后伸出它们的可贵的小前爪，试探般地踩到有些温热的沙土上；接着，它们轻松地转动几下头颅，灵活地拂动几下尾巴，整个身子向前倾斜、再倾斜，直到重心完全移动到前爪上时，才一个猛跃，奔驰而去了……东南西北都有野物在喘息、在交谈、在追逐，最后它们总是把争夺吵闹的声音弄得很大……天空被忽略了：多少明亮的星星！多少上帝的眼睛！天空没有乌云，苍穹的颜色却不是蓝的，也不是黑的；这时候的天空最难判定颜色，它有点紫，也有点蓝，当然也有点黑。白天的天空被说成是蓝蓝的，其实它多少有点绿、有点灰。真正的蓝天只在月光明媚的夜晚！纯洁的月光驱赶了一切芜杂、一切似是而非的东西，只让苍穹保持了它可爱的蓝色！哦哦，星光闪烁，多明净的天幕啊，多让人沉思遐想的夜晚啊！

　　李芒迈着他的坚实而沉稳的步子走在大海滩上，他微微含笑地看着身边黑乎乎的灌木和草棵。四周都是这莽莽苍苍的一片，看不到一条小路在分割它、在标划它的界限。这是真正的旷畅渺远、无所收束；只有这里的夜晚才使李芒胸襟开阔，身心振奋。他真想去拥抱这片海滩、这个夜晚。他的脑海里涌现出各种各样的想法，他怎么也没法儿抑制住自己的激动。这激动里面有些说得清，有些说不清。仿佛一个人精疲力竭地攀登一座高山、踏上了峰巅时的感觉，又仿佛一个人奋力地横渡一条宽河、胜利在望时的感觉。他绝对没法儿使自己待在一间屋子里，他必须使自己到一个广大的世界里去，好像那里才无拘无束，他的思绪才可以尽意飞翔。黑色将一切都染成一个颜色，淳朴而厚重，绿的叶子、白的沙土、棕色的树干，都化为一种凝重的色彩了。偶尔有鸟雀在陌生的远处鸣叫一声，显得平淡微弱，也很快散开在黑夜里了。海潮的声音没有尽头，总是平平的、没有曲折的调子，仿佛是这海滩上特有的夜歌。这里的一切都使人感到安逸而兴奋，生活中间的恐惧在一瞬间退到夜幕的背后去了，剩下的是一个人显露个性的勇气，是一种跃跃欲试的心绪。每个人都可以面向一片茫茫夜色倾吐心曲，都可以沉湎，可以幻想，可以憧憬，可以狂想。世界比原来设想的要大，力量比已经证明的要多。无休止地安慰自己、鼓励自己、娇惯自己，自己相信他属于这片温暖的夜色了……

李芒回过身去，倾听自己村庄的声音。看不见什么痕迹，但可以听到人们生活的声息。他想一定是有人在烟田里摸黑做什么，这儿的人常常半夜了还要守着他的烟棵子。有人跟自己的狗和猪说话，后来跟锅灶、跟锹柄也说，再后来跟烟棵子也说。跟烟棵子说话时一边扳着冒杈，就像跟娃娃说话时一边梳理他的头发一样。说啊说啊，无休无止，这就组成了村庄的声音、生活的声音。他自然地想起了小织，想他的妻子会一个人默默地走回家去，生起炉子，做一顿香甜的饭菜放在那儿等他回去。她不会急得出来喊他，她知道他该松弛一下了。她会在等他的时候把窗子擦净，把书架擦净。她再没有那么多忧虑了，她已经忧虑过了，她现在更多的是喜悦、是轻松。她以前好像不是一个主妇似的，她从今晚起要做一个主妇了。她比过去更能感到她要做母亲。她虽然早已有了母亲的温柔、母亲的贤良，可她做母亲的精神上的准备未必充分。她能使儿子降生在一片真正属于她自己的土地上吗？能吗？忐忑不安，忧心忡忡，患了一种少妇病……李芒仿佛看到小织在微笑，于是他自己也笑了。这时他突然想去看看那片小草原了：嘿，小草原！

可惜看不清路径，这很难找到那片可以入诗入画的小草原。就在他有些忧虑的时候，他发现那个月亮已经在贴着一片林梢往上攀缘了。他的心像被一把欢快的小锤子敲击了一下，兴奋地跳动着。他找那片小草原去了……大海滩慢慢笼罩在一片熟悉的月光里了，沙粒慢慢又看得清了，树叶儿又变绿了。眼前的一切都在迅速地展开着层次，或退远，或凑近；或者是从草丛里挺出一枝野菊在微笑，或者是小径旁的枯树在愁蹙。大鸟儿嘎嘎嘎地叫着，在它的声音里，好像一切又开始从沉睡中缓缓地睁开了眼睛。一丛丛的洋槐、小叶杨、沙枣棵、紫穗槐、橡墩子……在它们的背后，那片小草原在月光里打着哈欠。李芒奔跑着，举起了两只臂膀，有力地挥动着……他卧倒在这片柔软的草地上了。这真是一片神奇的草地，在最寒冷的时候，这里也有温暖。阳光有时只照耀着这人间一隅，使人暖洋洋的。草尖上散发着熏人的香气。他躺在上面，竟然睡了过去！他发出了均匀的鼾声。

　　醒来时，月亮已经升得老高了。李芒觉得睡了一个好觉，解除了一个秋天的疲乏。他伸展着腰身，活动着腿脚，准备回家了……已快到中秋节了，月亮很亮。他身旁的树叶上，露滴闪着银白的光，叶子背面的毛茸茸也看得清。有一个蝈蝈在树丫上爬着，爬到顶端，身子奇怪地一跌，就折向另一个枝丫了……会鸣叫的东西都大声地鸣叫，一阵微风吹起来了。李芒从这风中马上就嗅到了烟叶儿的香气！啊，烟田再上最后一遍水，就该着收割了。到了中秋节的时候，家家都在压得弯弯的烟架旁摆上酒桌儿。他有些沉醉地仰起脸来，又一次仰望着布满星星的天空。多美好的天空啊，多美好的原野！多美好的树木、烟棵子、小蝈蝈！多美好的夜露、沙子、绿色的树叶儿！多美好的小路径、河堤、木桥！多美好的虫鸣、鸟鸣、村庄的声音！多美好的乡亲、姑娘、小孩子！多美好的小织和小织正孕育着的孩子……一切都需要温暖、亲近和守护，一切都需要和他们在一起。

　　"李芒，你再勇敢一些、年轻一些、强壮一些吧！"
　　他在心里对自己喊道。

二十

　　李芒与他的岳父肖万昌分开了烟田，这事马上就家喻户晓了。
　　当李芒和小织走上田埂的时候，很多人都用迷惑不解的目光端详他们。李芒不做声，只吸着他的大烟斗，一下一下地做着活儿。
　　另一边肖万昌的田里，很快就有了小腊子。李芒见了，心里有些痛快。他想：小腊子啊，你学学种烟吧，这是庄稼人该会的本事；你一支接一支地吸烟，就该知道烟叶是怎么长出来的；轻骑你已经玩得很熟了，自己家的烟田倒没有踩上几个脚印。小织常把水果什么的抛给弟弟，小腊子每一次都接得很准……荒荒有时候从地里走过来，跟李芒说上一会儿话。李芒常要手把手地教他做活儿，告诉他耘土时锄子该离烟根多远、耘多么深；旱地怎么耘、湿土怎么耘；施肥后怎么耘、什么时间耘、烟叶儿受病了怎么耘——荒荒又高兴又惊奇地拍着膝盖说："芒兄弟，怪不得你的烟长这么好，光是耘地就有这么多讲究！"他笑着，挠着头。停了一会儿，他突然又严肃起来了，问：

"芒兄弟！听人说吸烟多了会长癌那玩意儿，怎么咱这儿的没有一个得的？"

李芒苦笑着摇摇头，真不知道怎么回答。他说："荒荒！咱正讲种烟，你又扯到那上边了……"他接着又给荒荒讲割烟顶：怎样选割烟刀，为什么刀子要一头尖一头偏；几个叶片割顶好，什么时辰割适宜……荒荒哈哈大笑说："有一手！有一手！……"这时小织正在离他们十几步远的地方做活，荒荒瞥了一眼，低声对李芒说："你媳妇……真俊哪！"……

这天上午李芒正浇烟，可是浇了不到一半的时候，突然水就从放水道上退回去了！李芒焦急地去找开机器的人，那人说："还能总给你一家子用水吗？天这么旱！"

"可你也得给我浇完哪！"

"给你浇完别人就浇不完了！"

"我不是交足了柴油吗？"

开机器的人戴了一顶黄帽子，这时把帽子可笑地捋到了后脑壳上，掐着腰说："你以为有钱、有柴油就有了一切吗？"

李芒立刻陷入了迷茫，不解地问道："有了新规定吗？"

那人嘻嘻笑着，斜叼上一支烟说：

"如果贫下中农不要你那几个臭钱呢？"

李芒琢磨着"臭钱"这两个字，不由得笑了。他很可怜眼前这个人。他打趣地问道：

"贫下中农不要'臭钱'，要不要浇水的规定呀？"

"再'规定'，也得先满足贫下中农，嗯！"

他的一个"嗯"字，使李芒觉得特别可笑。那一个字，那一种语气，相当于说："就是这样子！""你看着办吧！"或者是："你能把我怎么的？"
"你有本事，你就试试看！"真是以一当十、当百，"嗯"字是个好东西。
李芒知道他是跟肖万昌学的。这样想着的时候，那人又说话了：

"真他妈的怪事，革命这些年，又让地主富农兴盛起来了！"

他一边说一边转身走开了，摇头晃脑的。

李芒真想追上去狠揍他一顿。李芒看了看他那个细细的脖颈，心想用手卡住一拧是再合适不过的了，该好好问问他，谁是地主、谁是富农。……但看到他那个瘦干干的样子，想起他家里那个寒酸样子（没有媳妇，只有半截席子）也就作罢了。

可这会儿邻地里的荒荒斜穿着田埂拦住了开机器的人。他大概也听到几句这边的争执，这时喊着："二秃子（那人头上有一块秃斑）！你凭什么给芒兄弟关了机器！狗仗人势……"

二秃子直着脖子说："多管闲事！"

"我他妈的就要管！我他妈的今儿个是'做代表'来了……"

二秃子乜斜着他说："怎么，腚上的伤长好了吗？"

这下子大大地损伤了荒荒的自尊心，他弯腰就抄起一块大土疙瘩……二秃子奔跑起来，但大土疙瘩还是砸在了他的屁股上……

李芒怕耽搁了烟田浇水（这最后的一次水是多么重要！），到外村出高价雇来一台抽水机。可是抽水机正要往机井上放的时候，民兵连长嘴里咬着一个琥珀色烟嘴出现了，身边还跟着两个持枪的民兵。他笑眯眯地对李芒说：

"这是不允许的。"

"闲置的机井为什么不准用？"李芒愤怒地盯着他说。

"水源是统一的。你抽了水，别的井水还旺吗？"

他身边的两个民兵微笑着，点着头。

李芒直觉得一对拳头热得发痒。他掏出了大黑烟斗，慢慢地吸起来，一边端详着面前这三个人。

这时候有几个正在地里忙活的人围了上来，明白了什么事之后，讪笑着走开了，一边走一边说："人家就是有钱，能雇来一台机器！可好日子也不能都让一个人过了呀……"

李芒全听清了。他觉得心上有些发冷。

"有机器也转不动喽，没有老丈人做靠山喽！嘻嘻……"

几个人议论着往前走去，铁锹碰得叮当响。李芒盯着他们的背影，咬了咬牙关，徐徐地吐出一大口烟……他站出来，磕了磕烟斗，一句话也没说，就走开了。

民兵连长几个人惊愕地对看着。

李芒一个人径直往镇上走去。他没有告诉小织，他觉得有些话已经完全没有必要在烟田里说了。他要去找镇委。

一位三十岁左右的姓梁的书记热情地接待了他，并且用本子记下了他的每一句话。梁书记送他出来时说："我们对那里的情况已经了解了一些，放心地做你的专业户吧，有些东西，我指那些充满希望的事业，是不可逆转的！"这个梁书记热情、干练，少有的文静，这引起了李芒的极大兴趣。他和这个书记分手时，才知道两年前从政的他是一位师范学院毕业生，刚接任镇上书记三天。

当天下午，梁书记就骑了一辆摩托车来了。他兴致勃勃地看了李芒和小织的家、他们的烟田，然后神情肃穆地望了望西边的天色，推上车子找肖万昌去了。

肖万昌在几秒钟内就弄明白了对方为何而来，然后笑着说：

"梁书记！你可能不知道，李芒是我的女婿。我不好过分地偏爱他，为了工作，有时就难免委屈他一点……"

谁知这个梁书记用手利落地一挥打断了他的话，很和气地说："镇委也了解一些你的情况，这个以后再谈、专门谈。我现在要跟你说的是：不要利用群众的一些不健康的东西，比如农民意识、平均主义、政治偏见等等，去损伤李芒同志。你和李芒有矛盾、怨恨——这是明摆着的事。但你是村的支书，要执行有关农村政策。你必须马上去亲自解除对李芒的一些刁难，毫不犹豫地给他供水……"

肖万昌有些不知所措。但他很快又微笑起来。他大概在笑这个新书记的"学生腔"吧。

梁书记另有什么事情，又简单谈了几句，就急匆匆地跨上摩托走了……

中午时分，李芒和小织正在家里吃饭，二秃子就在窗外喊："李芒，给你浇地了！还浇不浇了？嗯？……"

　　……直到深夜，烟田才浇完。李芒和小织很疲乏地回到了家里。可是李芒不愿休息，一个人在桌前坐下，吸着烟斗，翻弄着一本诗集。小织说："李芒！快休息吧，烟田也浇了，我爸爸他们不是让步了吗？"李芒像没有听见。他认真地看起来，微皱着眉头。就这样看了一会儿，他抬头望了一眼小织，随手打开了电视机，这时候当然没有什么节目，他又随手关上了……他在屋里走动着，一手握着烟斗，一手伸在衣服下面。小织问："李芒！你不舒服吗？你怎么了？"李芒摇摇头："没。我不过感到很累，非常非常累……我心里很累。我睡不着。你快休息吧……"

　　小织用温柔的眼睛望着他。这双美丽的眼睛常在这样的时刻安慰着他、温暖着他，也询问着他。

　　他终于坐下来，和小织坐在一起说："你不知道，从烟田往回走的这段路上，我突然后悔起来，我想起了莫合爷爷。我后悔不该离开他。我真想那段日子……"

　　"别这样说！不能说后悔……李芒！"小织叫着他。

　　"肖万昌他们再刁难、迫害我们，我都不怕。可是，二秃子，还有村里那些人的话，让我受不了。他们多少年前就受肖万昌的捉弄、欺骗，到现在还过得那么苦！我们不是为了和他们在一块儿才和肖万昌决裂的吗？断了我们的水源，硬要把一地好烟棵子给旱死！这就是肖万昌使出的第一个毒招。村里那些人呢，倒糊里糊涂跟着起哄、感到快意！……我好像从来没有这样失望过、这样难受过。真的，关到氨水库里那会儿也没有。从烟田回来时，我觉得两条腿那么沉……"

　　小织默默地听着，紧紧地握住了李芒的大手。她低下头来，发现这双大手不知什么时候已经裂开了两道口子，虽已愈合，却留下了硬硬的疤痕；两个手掌都被铁皮样的硬茧壳包住，十个指头的骨节都已经变形，由于烟汁的长期浸染，这双手已经是永远也脱不去的鳖色了……她心里一酸，两眼涌满了泪水。她害怕眼泪淌到这双手上，赶紧偷偷地抹去了……她抬头盯着他的眼睛说：

　　"李芒！我全都能理解你现在的心情。可我觉得你太急躁了，总想着什么都应该再好一些。是啊，他们真让人不高兴。可是我们只要这么做下去，他们会变的。我们真心希望他们好起来，他们会慢慢看到我们的心……李芒！我也完全相信你，我们一定会比现在更富裕、更好！我们大家都会好起来！李芒！啊！李芒，你听见了吗？是这样吗？……"

李芒激动地说："小织！你真好。我不该说那么多丧气的话。你多么好啊，小织！……"

二十一

中秋节到了。烟田开始收获了。海滩小平原几天来就喜气洋洋的。这里的人们极其重视这个节日，从来就把这个日子看得很重。大家把酒桌搬到院子里，在月亮的照耀下喝酒。虽然大家不怎么抬头看那月亮，可是皎洁的月光使所有人都高兴一些。

喝过了酒，大家四处凑着玩。荒荒带领了好多人来李芒家看彩色电视。李芒和小织不知怎样才好，倒水、拿烟、抓瓜子和糖果。他两人高兴极了。乡亲们有的坐在沙发上，有的坐在木椅上、折叠椅上。荒荒用力地在沙发上颤动着身子说："嘿嘿！这东西好！……"

人们走了之后，李芒和小织要花费好长时间打扫烟蒂和瓜子皮……可他们心里兴冲冲的。这是一个真正的节日！往常，人们总把他们当成肖万昌的一家子，多少有些敬畏，很少来看电视。他们现在高兴极了！他们真感谢荒荒！……

过了节日，人们就动手搭晒烟叶的架子了。

人们搭了各种各样的架子，各自根据自己的设想、自己的美学观点……搭烟架子可有大讲究！李芒每看到一个不成功的架子就停下来，帮他们重新搭一种架子——这是他在莫合爷爷那儿学到的：先立两根大柱，柱间搁一道"大梁"，然后在大梁两侧立些细木条框架，最后在立柱的根部绑几根撑木。这样的架子，烟吊子可长可短，只要活动一下撑木就行；烟吊子可疏可密，可根据阳光、露水的大小加以移动；来了风雨，可以将烟吊子并到大梁两侧，从大梁上搭几条苇席。真是方便极了！巧妙极了！……人们学会了搭这种架子，都很敬佩李芒。老獾头伸着拇指说："芒子是个'金孩儿'呀！"他跟最好的后生才叫"金孩儿"！

荒荒因为太笨，不得不请李芒从头至尾帮他做。他们正做的时候，民兵连长领着两个持枪民兵溜达过来了。因为没有人理他们，他们就立在一旁吸烟，互相之间交谈。这个说："哼哼，架子搭得再好有什么用？来了贼，哼哼……"另一个说："今年可不比往年，贼可多！……"民兵连长嘻嘻地接上说："咱们是负责治安保卫的，不过咱们只为贫下中农做保卫……"一边的两个民兵大笑起来，一边笑，一边用眼瞟着李芒。

这显然是一种威胁。话的表面意思是不给李芒这样的人保卫丰收果实，实际上却在暗示他的烟叶有可能遭到抢劫！……李芒用力地煞着架上的绳子，冷笑着看了他们一眼，对荒荒说："我今年准备一根铁棍子，哪个贼不怕碎脑壳，就来好了！"

荒荒一直仇恨地盯着民兵连长，对李芒的话并没有听到耳朵里去。

烟厂每年在中秋节前后都要下来看看烟叶的收获情况，挨门挨户地登记一下，做一下烟叶的估产和预购。这一天，烟厂的王会计领着两个工作人员，由肖万昌陪伴着，一块一块烟田看过了，做了登记。到太阳落山时，他们也没有来李芒的烟田。李芒问了一下，他们早已走了。除了他的烟田未看之外，还有少数几家的，也没有看。荒荒又急又恨地来找李芒，骂着肖万昌和王会计。李芒安慰着他，说等到了正式收购时再看他们怎么办。如果烟厂不要，我们可以约同一些人去和采购站订合同，去镇上集市自销……荒荒这才安下心来，回到自己田里割烟叶去了。

烟田里最繁忙，也是最愉快的日子来到了！人们白天晚上都在烟田里收获烟叶。夜晚，田野上有一堆一堆的火焰，那是割烟的人用来煮东西吃、用来照明的。他们在闪闪跳跳的橘红色火焰下挥着割烟刀，特别来劲儿。烟叶长得真棒，又肥又大的叶子铺到地上，像铺床的绿布单，老要引逗种烟人躺到上面去……李芒和小织割着烟，身上被露水打湿了。他们觉得这是坐在长白山下的烟田里，这是坐在莫合爷爷的身边了。李芒有滋有味地吸他的大烟斗，一边做活一边和小织说话。他们有时仰脸看天：可不要在这时候下雨呀！还好，天空没有一丝云彩，到处都是星星……

肖万昌的烟田里也亮着火，可坐在火边的人不是肖万昌自己，也不是小腊子了，而是村里的另两个人：老獾头和他的姑娘！李芒看到了，走过去问了一下，才知道他们和肖万昌开始联合了。这父女两人似乎十分高兴，女儿笑眯眯地说："芒哥，和万昌叔联合好哩！"李芒问："怎么好法？"她说："不要操别的心，只要用力做就行了！"她的父亲点着头、咳嗽着："是啊！是啊！庄稼人不能惜力啊！吭吭！吭吭！……"李芒默默地走开了。

李芒和小织割着烟，不时地望一眼邻地里的火堆……李芒说："你听见老獾头咳嗽吗？"

小织点点头。

"他一夜里就这么咳嗽……"

小织说："他有七十岁了吧？"

"大概有了。"李芒停了手里的割烟刀，又吸起烟来。他低下头来说："我看他都捏不住刀子了，刀子直打战。我担心哪一下刀子会割了他的手。那把刀子倒是锋快！不知怎么，我盯着他的刀子，想起了一个捡破烂的老头儿……"李芒慢慢地划着火柴，点上熄灭了的烟斗，"老头儿也有七十多岁，一只眼睛瞎了，穿着一条破棉裤，用一根火麻绳吊着。他靠捡破烂、白菜帮过活……我看了后，就忘不掉。我难过得要命，老想他的儿子哪儿去了？他没有儿子吗？谁来帮帮他才好……"

"老獾头儿子的脚好了吗？什么时候出夫回来就好了。"小织说。

李芒望着远处一簇簇的火焰，自语般地说："一个联合刚刚垮了，又一个联合开始了。聪明人不是可以从这里面看出好多东西吗？……"

小织沉思着。突然她激动地握住了李芒的手，低声说："芒！他（她）在动！啊啊，在动……"

小织的脸通红通红……李芒终于明白过来！他的脸也变得绯红了。他有些口吃地说："这真是……啊，嗯，很不安分的……一个、一个毛小子！啊啊！……"李芒站起来，兴奋异常地走动着。

"再有不久，我们就有孩子了！"

"我要把他抱到烟田上来，首先让他认识烟叶儿。我要让他识字：土地，责任田，割烟……"

"他会有福。但愿他别受我们这些折磨……"小织幸福地喘息着。

"一定不会！我们在他刚懂事时就要告诉他：这一辈子，直到永远永远，决不跟那些坏东西妥协！决不！要把他也培养成一个倔汉子，告诉他：决不！决不！……"李芒叉开长腿站在小织的面前，盯着她的眼睛说道。他握烟斗的手已经颤抖起来了。

"决不！决不！"小织重复着。

两人重新坐下来割烟。李芒说："只要村子还掌握在肖万昌和民兵连长他们手里，这里的人就别想过上好日子。他们已经有了很多经验、很多办法。我们不能只是防守，我们还要大胆地攻一攻。我们忍啊忍啊，已经忍到了一个好时候！……我从镇上的梁书记身上，就生出一些新指望来……"

"你准备怎么办呢？"

李芒沉思了半晌说："我老是忘不掉那片蓖麻林。我越来越觉得老寡妇生前一下一下摸我的脸，那是把傻女的事托付给我了……我准备做两件事：一是登报找傻女；二是把村里的事情写成一份材料，当面交给县长，不，当面交给法院和……"

……

夜晚，当大家把最后的一个烟吊子挂到架子上时，都舒心地伸个懒腰，到李芒家里看彩电来了……李芒和大家一块儿吸烟，一块儿议论着烟田、化肥、浇水，议论着烟叶的收购，议论着民兵连长和他身边背枪的人，议论那个壁上有血迹的废氨水库，也议论承包出去的集体小工厂（这实际上是肖万昌他们的钱柜子！）……

当电视上接连播放广告的时候，大家都打起哈欠来。李芒已经读过一次他写的材料，经过了两次修改，这会儿就从头读起来。大家每听到肖万昌三个字，就再也不言语，只是互相盯视着，吸着烟。

这份材料没法写得更短。因为要使人们明白一个人，就不得不简单追溯他的历史。有很多事例。有欺压，有凌辱，有血泪。材料指出，这里的权力掌握在一个愚昧、狡猾、早已蜕化变质却又似乎总有道理的人的手里；这里的权力已经相当集中，并且更为严重的是，它阻挠农民的解放，毁坏农民的幸福，已成为农村的新的桎梏！……

李芒读得非常激动，声音越来越高。材料在列举了大量事实之后，以简短的一句话结束：

我检举肖万昌。

烟农们不吱一声，只屏住了呼吸听着。

二十二

人们不完全理解那句话的意义，可是有人从此就常常学说那句话了。他们说着，还打趣地哈哈笑着。

肖万昌极为恼火。

一个早上，肖万昌正背着手往大队部走去，路上遇到一群孩子在滚打玻璃球儿玩，就站在一旁看起来。孩子们并没有发现他站在那儿，玩得很用心。他们将玻璃球瞄准了弹击，每逢击中了，就痛快地大喊一声："我检举肖万昌！"……肖万昌听着，一下一下地梳理着背头，最后终于忍耐不住，抓住一个小孩子的胳膊就是一抢！小孩子哭起来，旁边的哄一声散去……肖万昌一动不动地盯着抓在手里的孩子，看着他号哭。这孩子哭着哭着突然止住了声音，只是迎着他的目光看过来，紧紧地咬着牙齿。肖万昌竟然觉得不能与他对视，手腕一松，让他跑开了……

这一天大雾。

肖万昌要送小腊子去龙口电厂重新上班了。小腊子玩够了轻骑，也挣了一笔钱，再也不愿做鱼贩子了。但他旷工已经多半年，怕这样去会遇到麻烦，就让爸爸和他一起去。他相信爸爸走到哪里，都是一路绿灯的……他估计得不错。

从电厂回来，肖万昌觉得雾气越发变浓了。走在田野上，看不见活动的人影，只听见嘈杂的人声。他径直往自己的田里走去，他要催促老獾头父女两人早些编完烟吊子。

一团团的浓雾，像白烟一样在土埂上流动。肖万昌跺着脚，震动着地皮。他一路迈着大步走下来，觉得这两腿真是有力量。他想这全是得益于一种安定的、优越的乡间生活了。没人更多地体味到他那个院子里的好处。他从心里可怜那些城里的中下层干部：过一种清清淡淡、规规矩矩的生活，而且神经老是紧张着！而自己呢？自己就是一个轮子的主人：让它转就转，不让它转，它就纹丝不动……正这样想着，突然听到雾气里传来一种声音：

"我……检举肖……万昌！……"

这是一种苍老、混浊又有些嘶哑的声音。它在雾气里鸣响着，震动着，像是从苍穹里传播下来的一样。

肖万昌打了个寒战。

他咬着牙，蹑手蹑脚地向前走去。他决心要找到这个藏在雾气里呼叫的人，他要看看这个人！

雾气从眼前慢慢退去……他终于看到了一个老头子半蹲半跪地伏在潮湿的泥土上。这个人满头白发，眯着一双长长的眼睛；他的前额上，无数的深皱中，夹着一条发亮的伤疤——他正是老獾头。他的身边堆了小山似的烟叶，一双手像两把黑色的铁钩子，正紧紧地钩住了未完成的一个烟吊子，每编上一束烟叶，他嘴里就这么呼叫一声……

就在肖万昌向自己的烟田里走去时，李芒已经乘车出了县城，又沿着河堤向自己的村庄走来。

他在东方冒红的时候就乘车进城了。在那个大办公室里，他郑重地把一份反复修改核实的材料交给了他们。当时他很激动，所以现在走在河堤上，他已经记不清楚在当时都说了些什么话。他只记得那个人几乎和梁书记同样年轻。临别时，那个人用一种奇怪的眼神看着他，然后伸出手来挠了挠头发……

河道里传来一阵阵的水声。雾气遮住了水流、蒲苇，遮住了一片嫩绿，遮住了河边上壮观的秋色。一切都被雾气搞得单调了，没有生气了。可是这水声，这哗哗的水声，又告诉人们这雾气里，这脚下，正有一条奔流不停的大河。

李芒此刻多想好好看一眼这条河！他还是第一遭从上游的河堤上走下来这么远……家乡的河啊，家乡的一股水流，一股绿色透明的液体！你滋润了海滩小平原，你使一地的庄稼油绿油绿；你不断洗去尘埃、洗去血迹，使小平原美丽而整洁。李芒和小织是踏过你的小桥逃向远方的，傻女大概也是从你的小桥上跑走的；还有老獾头出夫的儿子，一些乡亲们，也都是踏弯了小桥，走到更远更远的地方去的；至于李芒的好朋友袁光，是永远地睡在你的怀抱里了……

李芒走着，终于又听到不远处传来的田野里的声音了。他一下子就分辨出这是人们在烟田里劳动的声音。"噗噗"，那是人们在刨烟秸子；"吱吱"，那是烟吊子压着烟架发出的声响；"哧哧"，那是烟刀削烟骨；"咚咚"，那是刀子碰撞着割烟垫板……还有呼喊声，叫骂声，男男女女的嬉笑声。李芒听着听着，突然想到了小织：一个娇小而美丽的、略显臃肿却依然机敏的女子，一个非常非常可爱的少妇，正温和地、羞涩地、不亢不卑又略有矜持地走在刨过烟根的疏松的土地上……他不走了，只是伫立在高高的河堤上，久久地张望着传来一片声响的那个方向。

那里是白雾，一片片、一团团的白雾。

他慢慢地掏出了大黑烟斗，先是轻轻一吹，然后装满了烟末，点上吸起来。他在心里说："她是我那个对手的女儿，真漂亮！她能跟了我过日子，可真不容易啊……她什么时候也不会离开我，并且马上会生出一个小孩儿。我早说过：和她在一起就什么也不怕了。现在看这是一点也不错。过日子真难，有时老要哭出来；可是只要想想她，一切又都不算什么了！我一定好好去爱护她。我永远爱她，嗯。我一定永远爱她，嗯……"

他长长地吸了一口，把烟末磕掉。

《当代》1985年4期

叔叔的故事

王安忆

　　我终于要来讲一个故事了。这是一个人家的故事，关于我的父兄。这是一个拼凑的故事，有许多空白的地方需要想象和推理，否则就难以通顺。我所掌握的讲故事的材料不多且还真伪难辨。一部分来自传闻和他本人的叙述，两者都可能含有失真与虚构的成分；还有一部分是我亲眼目睹，但这部分材料既少又不贴近，还由于我与他相隔的年龄的界线，使我缺乏经验去正确理解并加以使用。于是，这便是一个充满主观色彩的故事，一反我以往客观写实的特长；这还是一个充满议论的故事，一反我向来注重细节的倾向。我选择了一个我不胜任的故事来讲，甚至不顾失败的命运，因为讲故事的欲望是那么强烈，而除了这个不胜任的故事，我没有其他故事好讲。或者说，假如不将这个故事讲完，我就没法讲其他的故事。而且，我还很惊异，在这个故事之前，我居然已经讲过那许多的故事，那许多的故事如放在以后来讲，将是另一番面目了。

　　有一天，在我们这些靠讲故事度日的人中间，开始传播他最近的警句。在我们这些以语言为生产的劳动者的生活里，警句的意义是极大的，好比商品生产中的资本，可产生剩余价值，又可投放市场和扩大再生产。所以，传播并接受某人的警句，是我们工作的重要组成部分。他的警句是：

　　"原先我以为自己是幸运者，如今却发现不是。"

　　恰巧在这一天里，因为一些极个人的事故，我心里也升起了一个近似的思想，即：

"我一直以为自己是快乐的孩子，却忽然明白其实不是。"

他的警句和我的思想接上了火，我的思想里有一种优美的忧伤，而我又要保护我个人的故事，不想将其公布于众，因为这是与情爱有些关系的。所以我就决定讲他的故事，而寄托自己的思想，这是一种自私的、近乎偷窃的行为，可是讲故事的愿望多么强烈！我们这些人的生活方式，就是将真实的变成虚拟的存在，而后驻足其间，将虚拟的再度变为另一种真实。现在，故事可以开始了……

他与我并无血缘关系，甚至连朋友都谈不上，所以称之为父兄，因为他是属我父兄那一辈的人。像他这类人，年长的可做我们的父亲，年幼的可做我们的兄长，为了叙述的方便，我就称他为叔叔。他们那类人倒霉的时候，我只有三岁，而当我开始接受初级教育的时候，他们中间近半数的人已经摘去那顶倒霉的右派帽子，只留下了一些阴影，尾巴似的拖在他们身后。等那阴影驱散，云开日出，他们那类人往往成为英雄的时候，我已经是个成熟的青年了。这便是我与叔叔在时间上的关系。他们那类人倒霉的真相，有的已大白于天下，有的至今还是个不幸的谜，有的很冤枉，有的很荒唐，也有的很活该。叔叔是因为一篇校刊上的文章，以一头小驴子的第一人称，描写农民走上合作化道路的过程；以小驴子从过不惯集体生活、自私自利而变为热爱集体大公无私，来反映从个体农民到公社社员的成长过程。叔叔所以采用这样的拟人化的手法，是因为他刚读过一本借来的《伊索寓言》，这篇文章被指责为污蔑农民是没有自觉性的驴子，并借驴子之口攻击合作化运动。我曾在三个不同的场合听到或读到叔叔复述这篇文章，其时，叔叔已成为一名讲故事的专家，叙述这样一篇小东西完全不在话下。第一次是在一个全国性作家大会的小组上发言，叔叔以他自己的经验来批判极"左"路线是多么有害，他说他其实是热心地真诚地赞颂合作化运动，好心却变成驴肝肺，他说他愿意滚钉板来证明他的忠诚，多年的劳改生活充满了赎罪与乞求新生的心情，犹如炼狱一般。他的苦难经历深深吸引了像我们这样的青年，我们则以我们插队的经历去吸引下一批青年，当我们被上一代的经验哺育长大后再操起批判的武器，来做一次伟大的背叛，就像猫和虎的中国童话。叔叔很认真地叙述他这一篇致命的文章，作了许多注释，生怕我们不懂也怕我们看轻了它。这篇文章有一种刻骨的天真烂漫，令我们微笑不已。第二遍听到这篇文章是在某个刊物举行的笔会上，一日傍晚，参加笔会的人们走在夕照下的海滩，叔叔以自嘲的口吻告诉我们这个几乎置他于死地的小文章，他嘲讽当年政治运动的荒诞不经，多少纯洁青年的命运被这荒唐历史的演绎而摆布，一个偶然的行为却可成为决定生死的事故，这便是宿命吧！他三言两语地说完文章，那文章显得既简练又富含义，展露了一个青年早期的文章才华。这篇文章第三次出现是叔叔发表于某杂志的文学小传里，这一回已是一篇真正的《伊索寓言》，对当时的世事，充满了具有先知意味的讽刺，作为处女作排列在叔叔的写作历程里，使叔叔的文学生涯一开始便充满了大祸临头的灾难意味。后来我还听别人第四次说起过叔叔的文章。那是一个老奸巨猾的家伙，在改革开放的时代里，他到处声称自己是一名"漏网"的右派，所以没有戴帽完全是出于侥幸、偶然和不公平。他说他其实是一个真正的右派，叔叔则是个假的。在叔叔的档案袋里，装满痛哭流涕卑躬屈膝追悔莫及的检查，他又顺便提到叔叔的文章，说那文笔糟得呀！不如小学三年级的学生。所以成了右派，完全是为了凑数。这真正是个错划右派啊！他脸上布满了痛心的表情。这是叔叔顶顶走红的时候，几乎成为我们这些人的精神领袖，所有的人全都分成两大派，一是崇拜他的人，二是中伤他的人。所以，此人提供的情况立即被排出考虑的范围。我只需从叔叔三次叙述中挑选一次，作为我讲叔叔的故事的材料；或者是将三次结合起来，这符合我们一贯遵循的创造典型人物的原则。我想：我选择第一次叙述中的那一个真诚的纯朴的青年，作为叔叔的原型；我选择第二次叙述中的那一个具有宏观能力且带宿命意味的世界观，作为叔叔的思想；我再选择第三次叙述中的那篇才华横溢的文章，作为情节发生的动机，这便奠定了叔叔是一个文学家的天才命运的基石。现在，叔叔是一个什么样的人，大致可以确定了。

叔叔就这样成为一名年轻的右派。当时，他年轻得还没来得及谈恋爱，所以他和别的故事里的右派所不同的是，他没有女朋友，因此就没有人与他联手演出伤感的离别剧。他背了一个简单的铺盖卷，去了青海。去青海的这段路程，我们可从许多右派的回忆录里获得印象：大雪苍茫，车在暗夜里行驶，几临深渊而悬崖刹车，当车从峭壁下驶过时，宛如一只白色的虫蚁在千沟万壑里爬行。在他身边，有一个老人，教授模样，慈爱地问他有多大年龄，又说他和他第三个儿子一般大。当别的右派在熟睡的时候，这老人给他讲了一个俄罗斯童话，关于喝鲜血而活三十年的鹰和吃死尸则活三百年的乌鸦。当鹰尝了一口死尸的腐肉之后，腾空飞起说道：我宁可喝鲜血活三十年，也不愿吃死尸而活三百年！老人的童话在这雪夜行驶的货车里产生出奇异的效果，青年右派虽然还不能理解童话的含义，可是却被这忧伤又激昂的气氛感动了。后来，那老人与他分在农场的两个大队里，他们就再也没有见过面。这一个夜晚就像是一个梦境，却留给青年一个童话。从此这个童话就存在于他的心间，供他总结并使用其中的含义。他认为这童话是教导人们要有意义地活着，要健康的人生而摒弃腐朽的人生。他引申到他的错误，心想自己险些误入腐朽的人生，于是努力忏悔，恨不得脱胎换骨。可是后来在一个新的历史时期里，他开始怀疑道：什么是腐朽的人生？什么又是健康的人生呢？他想他那赎罪的半生经验是决称不上健康的，他想他半生的经验全是为了向人们证明他是个诚实的青年，这种证明消耗了他整个青年时期，这有什么意义呢？再后来，他又想他的半生不是平淡度过，而是获得了宝贵的丰富的经验，这些经验于他日后成为一个大作家无疑是重要的财富，于是，叔叔心里充满了鹰的骄傲。

但是，当我认识叔叔之后，才知道他做右派时，去的并不是青海，而是遣返回乡，到了苏北地区的一个小镇的学校里。开头的几年是做校工。看门，打铃，扫院子，起茅厕，种学校后面的几亩菜地，还喂了一口肥猪，后来摘了帽子，便开始教书。在他成为一个传奇人物的时候，那些去青海的故事是极易产生并流传的。而所以会有那则出神入化的俄罗斯童话，大约是因为叔叔那一代是在苏俄文学的影响下成长起来的，《三套马车》永远是他们审美的背景。假如要编一个叔叔的夜晚，大风雪是少不了的，驿道是少不了的，如再要讲一个童话，那就只能是鹰和乌鸦的童话了。

　　叔叔当年所在的小镇与我后来插队的农村，地理上属于一个区域，行政上却跨了两个省份。我们的麦地连着他们的麦地，当他们的孩子入侵到我们湖里割猪草时，我们常常笑话他们有些字的发音，比如将"鞋子"说成"孩子"。当一个女孩丢了她的鞋子时，她便大叫着："我的孩子，我的孩子！"这样的趣事一个后晌便传遍了我们的村庄。我们和他们还因为争夺土地发生械斗。我是后来才知道叔叔所在的小镇就在我们邻近的，这就给我今天讲故事提供了揣测的依据。

　　我想，当叔叔来到那小镇不久，一场大饥荒便席卷了中国的大地。在我们村庄里，关于这场饥饿的故事流传了很多年，并且将一直流传下去。有一些人饿死了，又有一些人撑死了。这些撑死的人是在长期的饥饿之后忽然得到吃的，便暴食而死。这些吃的都是偷窃而来，或是仓库里隔年的种子，或是地里半熟的果实，假如被守仓库或看青的人逮住，便会挨打并游乡。撑死比饿死更加悲惨，他们大张着两眼，浑身抽搐，叫道"渴啊，渴"的。这时候可万万不能给他喝水，开始时并不知道，只当喝水就能救他，不想喝了水便死。后来就不给水喝了，可不喝水也是死。那时候，我是城市里一个六岁的孩子。我记得我们城市流传着抢劫的可怕传说。于是我们便不在街上吃东西，而是带回家来吃。回家的道路总是路途迢迢和险象环生，我们紧紧拉着爸爸妈妈的大手，急急地回家。那时候，我是个幸福的孩子，我无忧无虑，我还没上小学，少先队员是我羡慕的榜样，我的命运的重闸扛在爸爸妈妈的肩上，要过很久，我的幸福才会打折扣。下乡的时候，我们跑前跑后，走东串西，要求老乡给我们忆苦思甜，他们不说则已，一说便是一九六〇年的大饥荒。这场饥荒割断了我们村庄的历史，为我们村庄留下了一群纪念碑似的坟头。每到清明时分，坟头上便顶了一块碗大的新土，就像我们城市里的一种点心，叫定胜糕。不过，叔叔毕竟是吃商品粮的居民，每月的定额基本保证供给。饿是人人必受的刑罚。镇上没有人饿死，死的是那些逃荒路过的外乡人。在很长一段时期里镇上没有猫也没有狗，都被杀吃了。镇上和周围的树皮也被放学的孩子剥光了，野菜挑完了。后来，据叔叔自己说，这一段日子倒并不难过，那时候的人都讲政策，对人也尊重，见一个右派，至多淡漠一些，倒也平安无事。至于饥饿，由于信念的支持和赎罪的心情，这一场折磨于他几乎成了安慰。他说：他像个自虐狂或者苦行僧一样。随了饥饿一阵阵袭来，便觉得自己逐渐地纯洁了。他是第一批摘帽的幸运的右派，当他第一天走上讲台，孩子们随了班长的口令全体起立，他觉得孩子们是在安慰他并且原谅他。这是我从叔叔的一篇小说中读到的，权且借来作为我故事的补充。

这时候，我该是上小学了，当老师走进教室，便随了班长的口令起立，桌椅板凳稀里哗啦一阵响。同学们私底下流传，说我们校里有一名右派，这是一个很高级的机密。谁也不知道右派是谁。我们起先怀疑一名图画老师，因为他脸色阴沉，不苟言笑，看人的目光充满敌意。后来我们又疑心一名校工，因他对谁都点头哈腰，笑容可掬，似乎向人们请罪。再后来，我们认定是一位自然老师，她对同学凶恶无情，将粉笔头做子弹，射击同学的头颅。我们觉得黑暗处有一双罪人的眼睛，注视着我们，使我们紧张不安。右派是我们时代最大的敌人，反革命和地主已在我们出生前被消灭干净，只留在我们某一篇课文上以及一些反特电影里。最后，终于有人透露出来，右派是一位音乐老师。她雍容华贵，总是衣冠楚楚，弹了一手好钢琴，态度高傲，在学校里独往独来，没有一位同事与她做朋友。她和小学教育事业格格不入，她和社会格格不入，她为什么成了右派？后来我想，大约是她不服从大学分配。因为其时我恰好知道，我家楼上那一位深居简出的社会青年，由于不服从大学分配而成了右派。关于右派的经验就这样越积越多。这些右派都无痛心悔改的表现，至少表面上看起来我行我素。而我的故事需要有一个忏悔的过程，我不愿意我的故事太平庸，所以，我就直接从叔叔自己的小说里摘录了那样的情节——"当孩子们随了班长的口令全体起立，他觉得孩子们是在一齐安慰他并且原谅他。"

在我插队的地方，人们对老师是很尊重的，养是父母教是先生的古训流传至今。于是，先生便是和父母一样重要的人了。学生为老师干活是天经地义的事。老师那里还会成为一个文化的中心，晚上，凡是崇尚知识的青年都喜欢聚集在老师的屋里。后来，我们知识青年下乡了，我们那里便成了又一个中心，并且具有取代学校老师的趋势。我想：叔叔的学校当是一所公社中学，除了镇上的孩子们，还有四周农村的孩子来读书，他们一般是干部和家境较好的孩子。他们因为没有粮票，也没有足够的细粮好到食堂去换饭票，往往都是带馍。他们都有一个布口袋，装着芋干面或秫秫面贴的馍馍。他们多数是早上来，晚上走，每天要步行几十里的路程。只有镇上的或者特别富有的孩子才住校，到了晚上，这部分住校的学生往往就到单身老师的宿舍里聚会。就是这些学生中的一个，后来成了叔叔的妻子。

一个偏僻小镇的女学生，爱上了一个摘帽右派、一个来自城市的老师，是有许多可歌可泣的诗篇可作。其中含有一个朴素的自然人与一个文化的社会人的情爱关系；又有一个自由民与一个流放犯的情爱关系，就像旧俄时代十二月党人和妻子的故事；还有一个根深蒂固的家庭与一个漂泊的外乡人的情爱关系。这三重关系绞合在一起，可写出深刻的人性与广阔的社会背景，既有待定的现实性又有永恒的人类性。这样的故事，叔叔已经写过了，而且不止一篇。这些篇章感动人心，脍炙人口，流传极广，使叔叔极负盛名，引起许多爱好文学或者不怎么爱好文学的青年的崇拜。

关于叔叔的婚姻，是人们最感兴趣的题目，于是便也是流言最多的一个题目了。有人说那女学生痴情到了万般无奈，深夜敲门，而叔叔由于右派的阴影，只得压抑人性，将其拒绝，内心却痛苦得不行。那女学生坚定不移，不顾家人的阻挠，心诚石开，终于做成了这桩好事。有人说事情恰好倒过来，是那老师天天要学生去屋里补课，大冷的天，学生握不住笔，他就替学生暖手；另有一个版本是说老师要教学生二胡，帮助学生纠正指法。最客观的一种说法是：那女孩并不是叔叔的学生，而是学生的姐姐。学生跟老师学二胡，学出了感情。便为姐姐作伐，成全一段姻缘。那学生姐弟二人跟寡母生活，日子过得很艰难，能有一个挣工资的男人进门，显出了那学生的谋略与远见。在那镇上，那年头，大约是一九六三年吧，右派是怎么回事清楚的人不多，更何况是摘了帽的，就跟没事人一样。结了婚后，老师成了皇上，过着衣来伸手饭来张口的生活。这种传说貌似客观，却含有一段隐隐的恶意，它是企图抹杀叔叔这一经历中的所有色彩，使之平淡无光，与叔叔小说里的描写拉开了距离。后来，当叔叔离婚的事件闹得沸沸扬扬的时候，我曾有机会亲耳聆听叔叔本人的叙述。

外面传说叔叔离婚的最直接原因，是第三者插足，可是等到他离婚之后并没有结婚，这种诋毁便不击自败，烟消云灭了。由于叔叔小说中，对一位青年右派的爱情过于出色的描写，所有的人都认为这非他本人经历莫属。将小说中的主人公与作者合二为一，是当今读者最热衷的事情。于是所有的人都认定了那段浪漫的爱情故事，一定要叔叔担任男主角，并且不许卸装闭幕。叔叔或者继续演出这段乱世情史，满足观众的需要，或者就将以前的成功的戏剧一并粉碎，破坏观众的欣赏。叔叔先是选择前一种做法，因不堪重负，败下阵来，最后做了一个逃兵，招来人们的怨恨。一种受了欺骗的情绪在群众中可怕地蔓延，似乎货物出门便百事不管，挣了名声就卸了责任，有一种过河拆桥的不仁义的味道。然而，失望的情绪转眼被好奇心理取代。离婚是最富吸引力的新闻。叔叔的知名度再一次增长，一夜之间，谱写了明星轶事。这时候，叔叔又参加了一个笔会。那时候，笔会非常多的，开完了这个开那个，笔会已成为我们生活的一部分，大家见面，免不了要问起此事，尤其是一批女性，她们心里暗暗地期望能够进入叔叔新的浪漫剧中，即使是担任一个配角。这些女性的年龄层次从十八岁到四十五岁，囊括了整整两代人。叔叔说他的婚姻是特定历史条件的产物，带有时代的烙印，作为审美也许有欣赏的价值，现实中却有无数的困难。他说在他无家可归的日子里，妻子收留了他，以她的情爱哺育了他孱弱的身心。如今他健壮了，便要离家远行，这确有一股忘恩负义、背信弃义的味道，可是使生命力衰竭则是更大的不道德和不人性。我们就问他妻子对离婚的态度，我们习惯以叔叔小说中女主角的名字称呼叔叔的妻子。叔叔回答，她只说：人在危难时，就当拉一把，人有了高远的去处，则当松开手。他妻子的回答使我们叹服不已，人人脸上都有愧色。我们相信叔叔是经过了痛苦的思想斗争才跨出这一步的，我们也相信叔叔的婚姻至少在那时候是美好的。没有一件事情是永恒的，都是阶段性的，尤其是爱情。所以，我想，事情确是如叔叔小说中所描写的那样了。但是，离婚的理由却不是那样简单，这理由甚至超出了叔叔自己的理解。所以被我知道是因为一个心理的契机。这是一个心理的原因，在整个故事中起着承前启后的作用，而现在仅仅是开头。

在叔叔结婚的第二个春天，便有了一个儿子。这一段日子是叔叔平静美满的时光，其实却是灾难来临前令人陶醉的假象。叔叔在屋前种了喇叭花，屋后种了一小片油菜，油菜花开的季节，就飞来此地罕见的淡白的粉蝶。在这段日子里还发生过一个不小的事件，最后所以没有酿成大祸，全归于妻子对叔叔绝对的信赖和博大的胸怀，可是这却为以后的灾难埋下了伏笔。这个事件的材料，来源于一年之后的"文化大革命"中叔叔铺天盖地的大字报以及揭发材料，还有叔叔档案袋中一小份思想认识，是被那位"漏网右派"捅出来的。他到处讲右派的坏话，分明是吃不到葡萄便说葡萄酸。但由于工作的关系，他却能接触第一手资料，所以有时候我也用得着他。这是叔叔绝口不提的事件，也从没在小说中写过。或许这仅仅是一个污蔑和谣言，属于"文化大革命"中许许多多莫须有的事件之一。可是它对于我的故事非常重要，如果没有它的话，我的故事便失去了发展的动机。因此，我必须使用这个也许是无中生有的材料。它是一件委琐的小事，于叔叔伟大壮烈的苦难有腐蚀的作用。可它却使痛苦与灾难变得真实和具体，不仅仅是一种风格化的装饰。它像一枚钉子那样，将痛苦敲进人的身体，使之刻骨铭心。

我想，那是在一个夏天的夜晚，蛐蛐儿在墙角里歌唱。叔叔对妻子说：我要去学校一趟。然后就走了。他去学校是因为他的一件什么东西忘在了办公室里，这件东西一定是非常重要的，否则他就不必要晚上去拿，而等不及到明天早上。不过，他并没有和妻子说这些，他只说：我要去学校一趟。然后他就走了。学校离家不远，隔了一条常年干涸的小河，再走过一条小路，路两边的人家，院子里种了向日葵。这正是向日葵结籽的季节。这是暑假的第一周或者是第二周，校园里静悄悄的，蛐蛐儿的歌唱更加宏大和响亮。当叔叔穿过白杨树影里的操场的时候，那气氛一定是非常静谧的。这气氛里有一种力量打动了叔叔的心，使他走进办公室之后没有立即去找他特地来取的东西，而是从墙上拿下一把二胡，开始拉一首忧伤的曲子。住在学校附近的人都听到了这琴声，他们说：听，先生又在拉琴了。先生拉了一段就不再拉了。这时月亮也升起了，将小河里的积水照得一片一片晶亮。忽然间，这静谧被打破了，空气里起了一团骚动，人人都有些不安，觉着在这镇上的某一处，正发生着一件不寻常的事情。人们从屋里走到门外，望着月光如洗的地面，等待着即将发生或者已经发生的事情走过他们的门口。有性急的人已经离开家门，四下里跑了几步。这个小镇在它长久的静谧中培养了一种超然的警觉，它能辨别出每一丝不寻常的气息。这时候，从学校的方向，传来一声尖锐的狗吠。人们顿时紧张起来，血液涌上心头，不出所料，果然出事了。小镇上的居民对于非常事件的预感从来不会有错。有人低低地呼唤一声，然后一齐朝狗吠的方向奔跑过去，沓沓的脚步声好像镇上突然聚集起一支军队。男人们在奔跑，女人抱着孩子站在门口，目送他们远行。这样的小镇是不可侵略的，这里万众一心、草木皆兵。沓沓的脚步声朝了学校的方向过去，学校的门开了，月光如镜的操场上霎时间站满了人。在重重包围的中心，站了叔叔，叔叔的衣领已被撕碎，脸颊上留有巴掌的印痕。他的胳膊一左一右被两个男人揪住，那两个男人还在朝他脸上吐唾沫。叔叔的脸色苍白，眼神慌乱，他的膝头打着战，他想说话却说不出声。那一大一小两个男人押着他朝前走，人群让出一条道路，组成人墙，挟持着他们通过。叔叔神志有些糊涂，他不知道这是要往哪里去。由于被那么多人注视而感到窘迫，他便微微红了脸，露出一丝羞怯的笑容，于是招来人们愤怒的辱骂：瞧这婊孙，还有脸笑。操他八辈子的祖宗啊！不知是哪个孩子带的头，孩子们开始朝他扔石块。石块如雨点一般朝他飞来，他不由埋下了头。可是一阵屈辱袭来，他又奋力昂起了头，就有石块击中了他的额角，流下了鲜血。鲜血使他的脸看上去可怕又可怜，人群沉默了一刻。人们认得押他的两个男人是他一个学生的父亲和哥哥，这学生是这小镇上一枝花的人物，照规矩已是待嫁的年纪，所以还来上学全因为娇宠任性，要找个有趣的玩处。这时，女学生已经不知去向，这晚上所发生的事情则一清二白，小镇居民的想象力是非凡的。老师被押到校门口，徒然地在原地转了一个圈，因为学生的父兄这时也有些糊涂，不知应当何去何从。就在他们困惑的时候，人群中突然钻出一个人，扑上前去，伸手便在那父亲脸上掴了两掌，骂着：你个婊孙养的老不死的！

出场的是老师的妻子。老师的妻子掴完学生的父亲的嘴巴，又一头撞在学生的哥哥的胸上。两人不由松了手，她便将老师拉到身边，以极迅速的动作扯下老师的一片衣襟，裹住老师头上的伤口，转眼间，老师便成了一名挂花的英雄。老师的妻子双脚一跺地，连珠炮般地说道：你还当你养了个贞女，你原是养了个婊子，勾引男人是她的一手绝活，难道你们还不知道？她又很刻毒地说：你若不知道，为什么也不打听打听，这里的男人可都知道你闺女！

她是送上门的货，她是烂了帮的鞋，她是臊狐子投的胎，她是窑子里下的种！老师妻子的咒骂可说是骇世惊俗，震天撼地。她不怕如此糟蹋一个没过门的闺女伤了阴德，世上最恶毒最肮脏的字眼从她嘴里源源而出，滔滔不绝。她的声音又脆又亮，每一句都有石板钉钉儿的效果。这样的咒骂进行了三天三夜，她堵到那学生门上去骂，在赶集的日子里站在人最多的街口去骂。她以她语言的强悍击败了对方，扭转了局势，拯救了叔叔，却也种下了祸根。

那天晚上究竟发生了什么？知道真相的人有这么一些：老师，学生，老师的妻子，学生的父亲和哥哥。可是出于各自的原因，谁都不说，都隐瞒了实情。而到了日后，这事情再一次爆发，则是由另一些人，出于另一种用心而一手挑起的了。人们虽然有无数种猜测，可是老师妻子的恶言恶语压制了他们的口舌，他们只敢在私底下窃窃而语，绝不敢进行传播。老师妻子的恶语似乎能置人于死地，谁也不敢以身相试。人们想，这是一户外来的人家，无根无襻，于是也不怕得罪祖宗，也不怕来世里上刀山下火海，就什么事都干得出来了。这一场风暴在那时是抑制下去了，那个夜晚留在人们记忆中，神秘而不可测。老师和学生两个家庭，共同地守护着这一个秘密，谁也不泄露一点。后来所揭露出的所谓的真相，其实都是当事人被逼不过做的假供，以及旁人欲加之罪何患无辞的杜撰。

然而不管怎么说，叔叔那一晚是大大地丢了丑，在很长的日子里，他抬不起头，他行动举止有一点委琐，言语总是嗫嚅着，不清楚也不果断。从此，他再不拉二胡了，在放学以后的时间里，再也不去学校。他下了班就直接回了家，抱着孩子。人们走过他家，有时候就看见他抱了孩子坐在门口的板凳上。他还变得有些怕老婆，唯唯诺诺的，被老婆使唤着，还被老婆的母亲使唤着。他每个月的工资，一分不剩地全交到这母女二人的手中，他甚至戒了烟，也不常喝酒。他身上总是穿着那几件旧的衣裳，很少添鞋袜。他还变得有些邋遢。有时候，他的妻子会当了人面数落他，说他马虎，凡事都不在意，不换衣服。其实新衣服就在柜子里，却不爱换，只爱看书。在那些日子里，看书成了叔叔唯一的嗜好。他的妻弟，也就是他过去的学生，在县里读高中，每个周末回来，都从图书馆给他借来书。读书的时候，叔叔的心境是平静和愉快的。当他在灯下静静读书的时候，他妻子的心境也是平静和愉快的，一针针唑啦啦地纳着鞋底，看着他魁伟的背影猫似的伏在桌上，感到彻心的安慰。她想她降住了一条龙，喜气洋洋的。她温柔地想：我要待你好，我要一辈子、一辈子、一辈子地待你好！这样的夜晚总是很缠绵，直到东方欲晓。这样的日子平静地过去了一年光景，与以后的灾难的日子相比，这称得上是幸福的生活了。

　　关于叔叔和妻子的关系，我已进入了主观臆想的线路。这几乎和所有人的想象都不一样，和叔叔自己从小说及平时言谈中透露出的信息也很不一样。没有人能提供我可靠的材料，夫妻间的私事只有他们自己知道，且谁也不会作真实的表达。这一段材料的空缺只有靠我的想象去填补。我填补的方法大致是这样：在两个基本属实的已知情节之间，设计一个最合理因而也最简捷的过渡，好比在两点之间最紧密的联结是一条直线。困难在于要准确判断已知情节本质的内涵和走向，这是设计简捷合理过渡的重要前提和根据。但是，偏差是难免的，尤其当我使用的材料都是那么模棱两可，歧义丛生。那天晚上的事件一定有着深不可测或者平白可话的原委，要从一个小镇上简单又微妙的人事关系中去揣度个中原委并非不可能，可是事情已过去这么长久，人们的印象与认识又都充满谬误，外查内调的时代也已过去，我坐在我的书桌前讲故事，有一些来龙去脉便只得省略了。而我已经完成了开头的段落，讲到了这里，回头的道路是没有的，我只有沿了我的想象继往开来，将故事进行到底。

就这样，叔叔有一度成了妻子的大宝宝。在这家庭中，除了上班挣工资这一桩事，没有别的需要负责。他的一切，除了思想而外，全由妻子负责管理。他每日下午回到家，就抱了大宝——大宝是他们儿子的名字——他抱了大宝坐在门口，喇叭花开了一度又一度。他和大宝两个坐在黄昏的喇叭花下，两人都不说话，静悄悄的。他没什么要和儿子说的，儿子视他也如陌路人一般。等屋里两个女人弄好晚饭，天色便也黑了。晚饭以后，妻子就将窗前的书桌整理一下，对叔叔说：看书吧！叔叔就坐到书桌前看书了。日子就这样一天一天地过去，在几百上千个这样的日子里，会有那么一天，当叔叔的妻子对他说：看书吧！叔叔突然地勃然大怒。他抬起胳膊将桌子上的书扫到地上，又一脚将桌前的椅子踢翻，咬牙切齿道：看书，看书，看你妈的书！看他横眉瞪眼的样子，似乎面前的书桌不是书桌，而是牢笼了。开始，叔叔的妻子惊呆了，吓坏了，因为她没有想到叔叔还会有这么大的火气，且又发作得很突兀，便不知说什么好。可是她仅仅怔了一会儿工夫，就镇定下来。她不由得怒从中来，她将大宝朝床上一推，站到叔叔跟前，说：你有什么话尽管直接说，用不着这样指着桑树骂槐树；这个家有什么亏待你的地方，你如不满意尽可以走；烧给你吃，做给你穿，我兄弟借书给你看，我妈这么大岁数给你带孩子，你有什么不满意的？你摆什么款儿？你拿上你的东西走好了，现在就走！叔叔没有说话，像一头累苦了的牛似的呼哧呼哧喘着，两只手捏成了拳，关节捏得发白。叔叔是个敏感的人，他从这话里一定听出了两重意思：一重是他是这个家庭的受惠者，这个家庭收容了他；二是如他要离开这个家，他所能带走的仅是他自己的东西，也就是说，这个家里没有一点属他所有的东西。这一刻里，叔叔所受的震动是极大的，因他已经沉溺在这小家庭中很久，将鹰和乌鸦的童话埋在了心底，日常生活的温暖剥蚀了他的理想，使他越来越深地蜷缩进这避风的港湾。而在这一刻里，他发现了事实的真相，他发现他原来是一个一无所有的人，寄居在人家的屋檐下。他就站在那里无声地哭泣起来。像他这样一个身材魁伟的男人，一旦哭泣起来，可使人肝肠寸断，心如刀绞。他的流泪好比是流血一般，如不是真的心痛，是绝不能哭的。叔叔的妻子被他的眼泪弄得心痛万分，由于心痛又更加气恼，她说：你哭算什么本事。我也会哭的！说罢真的泪如泉涌。孩子缩在墙角却不哭也不闹，静静地烦闷地看着这个场面。他脸上时常有这种烦闷的表情。叔叔哭了一会儿，就弯腰把扫在地上的书本拾起来，一本一本地摞在桌上。然后，他就坐下来看书了。叔叔的妻子便也不再多话，退回到床沿坐下，做她的针线活。她做着做着，就抬起脸望一望叔叔的背影，心里想道，他在想什么呢？她第一次关心叔叔心里想的东西，微微有点不安。在那时候，她就已经敏感到叔叔的思想于她生活的威胁。这一晚上其余的时间里，叔叔都沉默着，很晚很晚还不上床。她没有催促他睡觉，他也没在惯常的规定时间里睡觉。他的灯在这沉寂的小镇上亮了很久，在天亮之前格外黑暗的时间里，人们以为这是一颗启明星。这是在很多很多正常的日子里一个稍稍特殊的日子，可是这绝不妨碍叔叔和妻子这一段生活总体上算得幸福，就如叔叔小说中所描写的那一个青年右派的婚姻一样。

　　还应当设想一下叔叔和孩子大宝的关系，这于故事的发展和结束有着至关重要的意义。孩子出生时，叔叔正在教室里上课，当人们来叫他，他告了假走在回家的路上，他对自己说，假如在路上遇到一个女孩，那就是生女儿；假如遇到的是个男孩，则生儿子。他不知为什么心里暗暗企盼遇到个女孩。在这条短短的回家路途中，他的美梦已经做开了头，他想他的女儿应当有一双什么样的眼睛、一张什么样的嘴，应当扎什么样的小辫，应当穿什么样的鞋袜。后来，当西方各种各样的心理学传到中国，中国也开始建设自己的有东方特色的心理学科的时候，人们分析说，这类现象其实是一种隐秘情结的下意识反映。他所设想的女儿的形象其实正是他梦中的爱人。所以，后来，当他得知落地的婴儿是个男孩的时候，他不由得生出一种失恋的心情，深深地失望了。从此，他对这个男性婴儿总有一种生分甚至敌意的感觉，好像一个外人侵入了他家，并且将他的家人驱赶了出去。这样，他和儿子的那种长久的疏远的感情便在此得到了解释。这时候，正当他走在路上等待一个女孩出现，来到跟前的却是一只肮脏的老羊，长长短短的毛上沾了一些野草的草籽，散发出腥臭气味，把他的好梦打断了。孩子是在日落的时分降生的。后来，叔叔曾经回想并考察那孩子降生的时刻，不知是凶是吉：火红的硕大的日头冉冉而下，一个男孩呱呱落地了。这情景有一种壮丽的令人心颤的含意，在后来的回想中，叔叔曾经饱含了热泪，可在当时，他只是想：是男孩还是女孩？人们欢天喜地地向他报告一个男孩的诞生的喜讯，他却在悼念他失去的那个女孩。那女孩在他回家的途中已孕育成熟，却夭折了。他甚至有些悲哀，望着那啼哭不止的男孩，他想：这婴儿和他有什么关系呢？由于他从开始就没有认同这个孩子，所以后来就一直视他为路人。当这孩子长到会说话的时候，他听这孩子的口音是与他妻子、岳母及妻弟一样的本地人口音，与他的口音绝不相同，他便更生出了排斥的心情。他本来给这孩子起了一个特殊的名字，可是妻子和妻子的母亲却另外起了小名，"大宝""大宝"地叫个不休，原来的名字倒忘了。他想，大宝是谁家的孩子？他不知道大宝是谁。

大宝最绚烂的时刻，随了他的降生而逝去，后面全是暗淡的路程，这大约就是他降生的那一幅日落景象的启示。这是叔叔后来多次回想与思考的果实，那是在他已经成为一名著名的作家的日子里，他和大宝及大宝的母亲分开生活了。当他自以为已经安全，不必担心大宝对他的侵入，他与大宝的关系再不须负起亲情和责任的重担，在他们父子解约的日子里，他以一个思想家和艺术家的兴趣和心情，才去想大宝的诞生和道路。可是大宝却将发起第二次侵略，这第二次侵略将严重损害叔叔的人生。

如不是后来的变故，也许叔叔还会有一个女孩，这女孩也许会缓解他与大宝紧张的关系。可是因为后来的事情，这女孩始终没有来临。后来的事情便是人人皆知的"文化大革命"。"革命"使沉睡很多年的小镇苏醒过来。小镇上的每一天，都像过节一般，免费观看喜剧和悲剧。剧中凡是倒霉的角色，大家就都推举与他们关系疏离的外乡人来担任。在这些戏剧中，最吸引人们的自然是那些带有猥亵意味的隐私性质的情节。叔叔是个极好的人选，在运动开始不久，他便被推上了舞台。在批判摘帽右派的幌子下，对两年前那件奇异的往事进行了追究。叔叔被隔离在学校茶炉旁边堆煤的小屋里，接受审查和批判，不许家人探望，学校和镇上的造反派一起组成调查组，重新审理这件案件。他们寻找当时住在学校附近的人谈话，寻找叔叔的家人谈话。一定要他们回想两年前的那个夜晚，那个夜晚在人们的回想里显得越来越不寻常。他们还不远万里，跑去找那个事发一年后嫁到新疆建设兵团的女学生外调。无奈那女学生拒不见面，经再三请求见了面后又拒不回答问题。无奈她丈夫是兵团现正掌权的干部，就不便逼得过紧。女学生已做了母亲，身上又怀了一个，脸上布满了褐色的孕斑，憔悴不堪，见了家乡来的人便流泪不止，使他们不免也鼻酸起来。两年前的事件就像一个谜，令人百思不得其解。他们悻悻然又怅怅然地回到小镇，在各方面收罗来的零星材料的基础上，开动了想象力，竟完成了这样一个故事。

他们说：这其实是一件阴谋，策划者是叔叔和他的妻子。他们陷害那女学生是为达到将她赶出家乡的目的。因为叔叔原先就与这学生有一段瓜葛，凡是在校的老师同学其实早就有所察觉。这段瓜葛继续到他结婚以后，还若即若离，藕断丝连。叔叔的妻子看在眼里，记在心里。那一晚上，叔叔说他要去学校一趟。她其实是知道他别有用心，却只装作不知道，也不多问。等他走后有半晌工夫，她来到那学生家中，说找学生找个东西，明日一早就要用。学生的母亲说，让她兄弟去找她回家。叔叔的妻子就说：要找到她，累她上我家来一趟，我家有奶孩子不等在这里了，说罢转身走了。她兄弟原以为妹妹是在要好的姐妹家玩耍，可找了几家都说没有见着，这一来就有些疑惑，因在平时他妹妹确有一些不好的传闻，家里人也关上门揍过几回。这样，他就回到家中，把情形一说，他父亲便和他再一次出门找了。当他们几乎找遍了镇上的大沟小坎，终于找到学校里来的时候，就发现了最最不忍卒睹的一幕。不料叔叔的妻子先声夺人，使得形势大变。以此来看，叔叔是个十恶不赦的摧残女学生的流氓右派，而叔叔的妻子则是一个包庇者和帮凶，必须共同批判。那次批判会是小镇盛大的节日，学校的操场人山人海，水泄不通，有一些人是从邻近的乡镇赶来。人们在操场上等待了很长时间，开幕不断推迟。到了一点推两点，到了两点推三点，人们耐心而焦躁地等待着，这一刻终于来到了。那是叔叔和妻子在分别半年之后第一次见面。他们分别时是盛暑，现在已是严冬。他们两人从左右两侧被推上学校昔日的领操台。他们被人按低了脑袋，互相只看得见膝盖以下的部分，叔叔没穿袜子只穿了单鞋的双脚，长满了冻疮，又红又肿。当他们有时被揪了头发抬起脑袋回答问题时，却又避开去看对方。他们感到羞愧难当，他们不曾想到做人还会有这一课，他们想：做人有什么意思呢？有一刻，会场非常安静，能听见鸟在天空清脆的啁啾。

这是惊心动魄的一幕，当丑闻在光天化日之下被揭露的时候，冬天的阳光有些苍白，寒气渐渐袭人。高音喇叭在人们空旷的头顶上回荡，人们耐心地聆听着，长久地踮起脚尖或伸长脖子望那对男女。他俩成了人海中的两只漂浮的虫蚁，被捉在这一具土台上示众。这一幕场景来源于叔叔的传闻。有了解叔叔过去的人，眼见叔叔成了明星之后，出于感慨或是羡忌，就将这一幕景象一传十、十传百地传开，在叔叔背后唧唧哝哝，窃窃私语。在传播的过程中难免走样，会有一些加油加酱，会增添一些有助于流传的刺激性成分，就像文艺作品的商品化倾向。而由于这一场面的丑陋、残酷与痛心，从未有人胆敢去问叔叔，当面向他核实。人们所认识的叔叔魁伟而尊严，拥有崇高的痛苦，无法与这委琐羞辱的伤害联系起来，在他眼前，有一丝联想都是不应该的。而我固执地选用了这一个以讹传讹的流言，为的是这提供给叔叔后来的离婚一个最有说服力且最深刻的理由，这理由就是，他要将这小镇从他历史上一笔勾销，而妻子是这历史的一个旁证，他必须消灭这旁证。这小镇将他一生的尊严都亵渎了。有了这小镇，他再也无法像人那样做人了。这一段做狗做猫做虫蚁的历史，将他一整个人的历史都破坏殆尽，为他的一生敲了丧钟，他决不允许它的存在。

所以，在那一刻里，当高压电流在空中湍湍而过，当鸟的啁啾清脆婉转，叔叔便丧失了神志。他茫然地只来得及想一下：这是在做什么哪！便成了一根没有意志没有思想的木头。他站在那里，听着人海低沉的呼啸，肩背上挨着老拳，他甚至还微笑了一下。紧接着，他觉得腿弯处遭到突兀而有力的一击，他扑通一声，趴在了地上。这时候，他却被唤醒了，听见有人声嘶力竭地喊他的名字，是他妻子在叫。他这才发现自己的额头在往下滴血，殷红的血在灰色的沙土上很快地积起了一摊。妻子以惊人的力量挣脱了两个男人长大的臂膀，趴到了他跟前。他抬起眼睛看着妻子。叔叔的眼睛这时候分外明亮，他又微笑了一下。他想：他们这会儿聚首啦！在孤苦的囚禁中，叔叔无数遍地憧憬过和妻子聚首的情景，他想起妻子对他的般般好处，想到过去的时光是多么美妙。然而，在这一刻里，他只想着赶紧和妻子分开。他觉着，这样的夫妻相会太令人难堪，无法忍受。他拧过脸不去看她，脸上却挂着那个无名的微笑。他很感激那两条大汉，他们立即从他身上一左一右拉开了妻子，他这才轻松下来。妻子的哭骂声从很远的地方传来。这女人是比叔叔更能引起人残酷虐待的欲望的，即立即挨了揍。她是那样暴跳如雷，骂不绝口，拼力挣扎，人群中掀起波涛般的骚动，唏嘘一片。一幕戏剧到了最最激动人心的高潮处，太阳也就下山了。

妻子对叔叔的忠诚，在这一事件中，证明是不容怀疑的。本来造反派是要争取她同盟的，可她毫不考虑便大骂出口。将她押上历史舞台，实是出于不得已，造反派们这样想。她将叔叔视作自己的生命。在对叔叔的爱的面前，她的自尊心、她的羞耻感全部迟钝了，只有这爱是灵敏的、活泼的、力量无穷的。这是她与叔叔不相同的地方，叔叔视光荣如自己的生命。

这场悲天撼地的戏剧结束在日暮时分，半月以后，叔叔便被放回了家。在那最最激动人心的演出之后，所有的场景都变得平淡无奇。叔叔这一个角色算是告一段落。而整个小镇在那惊世骇俗的场面之后，也平静下来，过了一段无风无浪的日子。

经历了这些之后，叔叔和妻子的关系会获得什么变化呢？人们认为叔叔和妻子的感情增进了，他们成了一对真正相濡以沫的患难夫妻。所以，当叔叔日后要求离婚的时候，遭到了白眼。叔叔成了背信弃义的典范，所有的人都在骂他忘本。故事如果这样发展，难免落入俗套，成了一个道德训诫的故事。这样的故事，我想应当留给别人去讲，我要讲的故事是关于叔叔的痛苦方面，或者快乐方面的经验。因我以为人性最崇高的境界是欢乐的境界，快乐是比欢乐低一个级别。快乐还含有人感官方面的愉悦，但已经相当接近欢乐的最高境界了。欢乐是人的灵魂所能获得的最高愉悦，灵魂在最终获得愉悦的路途中，要经历些什么呢？历代的哲人相继歌颂欢乐，于是作为欢乐对立面的痛苦便也成为世世代代永远不衰的主题。痛苦由于是与欢乐对峙，因而也是一个崇高的境界。我却不知道像我们这些错过了古典主义和浪漫主义时期的末代子孙，是否有资格和可能接触痛苦与欢乐这样崇高的题材。人类的文明已创造出上万种互相践踏和自我践踏的刑罚；在伟大的历史记载中，个人的命运只是短暂的瞬间，草芥不如。我们的痛苦是那么卑微，那么毫无价值，简直称不上是痛苦，我们的快乐则只是苟且偷欢、过眼烟云，简直也算不上快乐。我们是委琐而卑贱的，我们自相残杀，将白刃与红刃见于鸡毛蒜皮的琐屑摩擦之中，我们有无脸面写痛苦和快乐的故事？所以，也许我关于叔叔的故事，从根本立意上就是不存在的。我苦心经营一个不存在的故事，是为了什么？故事其实全都起源于那一天的一个突然的认识，一个人造成了我心如刀绞的经历，我想：我一直以为自己是快乐的孩子，却忽然明白其实不是。从此，我常常在想"快乐"这一个力所难及的事情。然后，我就向叔叔借来一个故事。从现实出发，我只选用"快乐"这一个稍稍低级的题目，使我不致彻底失败。这是我第二次在叙述故事的起源，以后还将有第三次的叙述。

从我叙述的初衷出发，在经历了那一场患难后，叔叔觉得这婚姻和爱情不堪忍受。他觉得婚姻非但没有像通常所说的那样分担他身受的屈辱和不幸，反而加剧了这屈辱和不幸，并且使这屈辱具有了形式的外壳，永久地保存下来，没有遗忘的可能了。可是这只是叔叔灵魂上的看法，他的肉身上，却有许多有求于婚姻的地方，比如安全感，比如温饱，比如性欲。而且，为了使自己忽略灵魂的抵触，叔叔有意无意地夸大、强调、扩张他肉身的需要，使这需要成为第一位的，与生存联系起来。这是一个灵魂的休息的时期，叔叔变成了一个肉欲主义者，他变得贪得无厌。他学会了喝劣质的白酒，用报纸边缘卷粗劣的烟丝吸，到了夜里就力大无穷，花样百出，使得妻子彻夜无法安眠。他甚至学会了本地男人特有的传统本领，就是打老婆。开始，他是在自己屋子里打，关了门，不许老婆哭叫出声。后来，越演越烈，他们开始打到院子里来了。再后来，就打上了街。当人们看见叔叔手里握着一根拨火棍，满街撵着哭嗷嗷的女人，就好像撵着一头不肯回窝的母猪，这时候，人们便从心底里认同了叔叔，把叔叔看作小镇上正式的居民。他们用他们那种亲昵而不无猥亵的语言议论和嘲笑叔叔，原先一个城市文化人在他们心目中那种又敬畏又排斥的地位，如今荡然无存。叔叔还学会了骂仗，这往往用于和他岳母之间。当他岳母刻毒地骂他"右派分子"或者"流氓分子"的时候，他便更为刻毒地骂岳母是"克夫命"和"绝子命"。有时候，他喝了酒，就骂骂咧咧的，说他们母女三代都是他养活着，几乎将他的血榨干了；他说他的婚姻简直就是一口陷阱，或者是一个圈套，他是永无翻身之日了；他还说他女人将他当作囚徒，为了他们的生计而使他失去自由。叔叔渐渐有些胡作非为，飞扬跋扈。他在家的时候，家里的气氛就分外紧张，大人孩子噤若寒蝉。也有他喝了酒反比较清醒的时候，这时候，他就捶打自己的脑袋和胸膛，骂自己不是人，没有本事和社会抗衡、与命运斗争，只能来欺侮女人；他是个窝囊废，孬种；他不再说这家庭榨他的血汗，反骂自己害了这家庭，使他们蒙受了羞耻和苦难。女人忍不住去劝他，他倒又变了脸，狰狞可怖，他使得凶悍的女人见他都怕了三分。这是他在家里的表现，到了学校则又变了一个人似的。他随和，谦虚，很好说话；如有人当面说了令他难堪的话，他也装作听不见或听不懂；他还很会附和别人的意见，人们无论说什么，他总说"对，对，对"的。在后来的每一次运动的浪潮中，比如"清理阶级队伍"，比如"一打三反"，比如"揪出5·16"，他的问题总要被旧话重提，再来一番批斗，可是这已远远不能刺激小镇的居民了，甚至对叔叔也没有强烈的刺激作用了。他走过糟蹋他的大字报前心里很平静，还有心情去欣赏上面的漫画。叔叔已变得麻木不仁，并且得过且过。

叔叔曾在小说中写过一个青年右派的自杀，他写他自杀的方法是利用煤气，最后煤气从门缝和窗缝弥漫出来，唤来了人们。这透露出一个信息，暗示我这是一次想象的自杀事件。因为在内地小镇生活了许多年的叔叔，对煤气一无经验。即便是在他曾经生活过若干年的那座中型城市，使用煤气也是近十年之内的事情。煤气自杀是一种都市化工业化的自杀方式，带有蒸汽机时代的特征。我估计这是叔叔从旧俄时期的小说，比如陀思妥耶夫斯基的小说中得来的自杀经验；还有就是那些后来公布于众的发生于中国大城市的悲惨事件，有一个著名的诗人死于煤气，还有一个才华横溢的钢琴家死于煤气，这大约也给叔叔以启发。在叔叔那样的小镇上，人们用于自杀的方式往往是跳井或者喝"一〇五九"之类的农药，像恬然长逝于有毒的烟雾之中这样优美的叫后人痛心的死法是绝少的。从中我得出两点结论：一是叔叔确想过自杀这一回事，二是叔叔向往的自杀是一个美丽的自杀。接下来的问题是，叔叔是当时想过自杀，还是后来；假如是当时想过的，又是什么原因使他放弃了这个念头？我想，在那灾难的日子里，想到死是很自然的事，所以我们不应当排斥叔叔是想过自杀这一桩事的。但是从叔叔所描写的自杀形式上看，则又感觉到叔叔与自杀这一件事的距离。叔叔是站在一个审美的立场上来写这一个自杀的事件，这又不是当事人的态度了。叔叔将那个青年右派的自杀写得那样飘洒，使他能够从中得到两种享受：一是殉身者自我表现的满足，一是旁观者欣赏的满足。这是真正临了自杀的人难以顾及的效果。所以，我们现在至少可以断定，如小说中那个自杀事件，并不来自叔叔的经验。那么，叔叔自己的关于自杀的经验是什么呢？没有关于叔叔自杀的传闻。因此，至少是叔叔没有明显的自杀行为。叔叔本人没有提供给我们这方面的任何材料。于是我想，叔叔在当时，没有强烈的自杀念头。这判断还根据这样一个事实，那就是叔叔当时的处境还没有到达绝境。叔叔没有将自己那颗敏感、娇嫩、高傲、易受伤害的灵魂逼到绝路上，他让它中途就开溜了，而人的肉体可说百折不挠。抛开灵魂不说，叔叔肉体的待遇还可说比较好的，至少温饱无忧，至少性欲得到满足，再进一步，叔叔苦闷的心情也最终在打老婆骂岳母的活动中得到了有效的发泄。这说明叔叔具有比较强的自我调节能力。叔叔有极自觉的生活意识。他在灵魂上将自己放逐了。他没有灵魂的羁绊，保存了肉身，以待日后东山再起，魂兮归来。叔叔潜意识里，其实一直不相信灾难会是永恒；叔叔在潜意识里一直等待着苦尽甘来、祸福轮回，否极泰来的辩证思想根植于叔叔的世界观中。这就是支撑叔叔活下来的最重要条件。当然，还有一种可能，那就是叔叔确曾发生过未遂的自杀事件，却被他深深地缄默掉了，因为这事件没有美感，因为这事件腐蚀了崇高的情感。叔叔的审美从本质上说，是一位古典浪漫主义者的。

那么就让我们尊重事实，就是说，叔叔没有自杀，他想：只要活下去，总归有希望。他想：总有一天，我会来拯救灵魂。他还想：他妈的好死不如赖活着。鹰和乌鸦的童话他压根儿忘了，或许，鹰和乌鸦的童话压根儿不是发生在他初当右派的年代，而是在远远的以后，我们同样没有根据说鹰和乌鸦的童话是发生在以前。所有会摧毁叔叔活下去的信念和勇气的童话，叔叔都下意识地回避，所有会唤醒叔叔骄傲和脆弱的灵魂的故事，叔叔全都装作听不见。生的意志是很顽强的。他使自己麻木，迟钝，粗粝，像动物一样，对生存持极低的要求。所有敏感，骄傲，灵魂不肯妥协和圆通的人都自杀了。那个岁月里，自杀的人成千上万。我就是在那个成千上万个人自杀的日子里，离开我所生长的城市，来到和叔叔的麦地接壤的那个邻近的省份里插队的。在我身后的城市的街道上，沾染着自杀者的斑斑血迹。我有个亲戚住在十层的高楼上，他们的顶楼成了自杀者的悲恸之地。有许多人从很远的地方来到这里，为避免怀疑，就不乘坐电梯，徒步走上十层的高楼，气喘未定便纵身跳下。下面是熙熙攘攘的人群，这城市里最著名的百货公司就在这里。那么多人死在闹市的中心。我想，如不是自杀的决心已定，他们是无法跨出这最后一步的。在他们跳下的那个位置上，可居高临下地看见这个城市浩如烟海的屋顶，人们在屋顶上做着各种活动，洗衣、做饭、浇花、放鸽子——当鸽子的哨音在云层里缭绕时，这些自杀者会想什么呢？他们是怎样克服自己的动摇的？他们曾动摇了吗？他们将自己逼上了绝路，一点后路都不留给自己了吗？在许多人自杀的日子里，叔叔活了下来。

就这样，叔叔活到了"文化大革命"结束。有关流氓的问题平反了，有关右派的问题改正了。叔叔开始写作一些散文和小说，起先是在地区的报刊上登载，后来登在了省里的文艺刊物，再后来，发表在北京的刊物上了。这是一篇影响极大的小说，关于一个青年右派。一些刊物转载了这篇小说，另一些刊物评论了这篇小说。叔叔为这篇小说所写的创作谈，远远超过了这篇小说的字数。叔叔继这篇小说之后，又写作了许多小说。许多刊物的编辑，来到这偏僻的小镇上，来向叔叔约稿。这小镇上从来没有来过县级以上的干部，这小镇的邮政事业也因此繁荣起来，来自北京的信件源源不断飞来。叔叔也开始越来越频繁地上外面开会去了。第一次开会是在一九八〇年的年底，冬天的时分，叔叔去北京开会。他背了一个简单的挎包，乘长途车到县里搭火车，乘火车到省城去和省代表队集合。这是一个全国性的会议，是文坛的一次盛大的集会。这是叔叔第一次走到外面的世界去。他在这个小镇过了那么长久的幽禁一般的生活，他将第一次知道外面的世界是怎么样的。叔叔成了这次集会的明星一样的人物。许多同行、编辑和记者在休会的时间里慕名来到他的房间，和他聊天，一聊就聊到天明。后来，休会的时间显得不够用了，他们就在开会的时间留在房间里聊。来客中有一些年轻的女性，是最为他吸引的。她们大都天真无邪，涉世很浅，他所描述的生活与经历，于她们像是天方夜谭。她们的头脑又都很好，领悟力极强，凡事只需一点即通，言语也都极其机智新颖，可起到激发叔叔灵感的作用。五天的会期转眼间便过去，叔叔随了省代表队回到省城，再回到县城，然后一个人走在回家的途中，有一些凄凉的心情是很难免的。但对于潜心创作小说，这却是极适宜的心情。从此以后，叔叔的生活就变成了相得益彰的两部分：一是在小镇上的工作和写作，这是寂寞与安静的一部分；二是出门开会，开会总是热闹而喧哗，聚集起许多光荣与显赫，这既能补充思想、开阔眼界，也使得小镇上的生活有了补偿和安慰。同时，也正是因为那些寂寞的劳动，才换来了喧哗热闹来作回报。叔叔很快在这两种生活中找到了平衡的节奏，摆正了自己的位置。这一段时间，叔叔写得又多又好，几乎每一篇都能打响，引起社会的反响。叔叔的痛苦的经验，他虚度的青春，他无谓消耗掉的热情，现在全成了小说的题材。由于写小说这一门工作，他的人生竟一点没有浪费，每一点每一滴都有用处。小说究竟是什么啊？叔叔有时候想。有了它多么好啊！它为叔叔开辟了一个新的世界，在这个世界里，叔叔可以重新创造他的人生。在这个世界里，时间和空间都可听凭人的意志重塑，一切经验都可以修正，可将美丽的崇高的保存下来，而将丑陋的卑琐的统统消灭，可使毁灭了的得到新生。这个世界安慰着叔叔，它使叔叔获得一种可能，那就是做一个新的人。叔叔厌弃他的旧人，他的旧人像一座山压得他喘不过气；他的旧人还像乌云笼罩，使他见不到阳光。他要重写他的历史。小说使得叔叔的妄想成为可能，这大概也就是叔叔让那个青年右派自杀的真相。

众所周知，小说中那个青年右派在煤气呈淡绿色的烟雾中丧生之后，有一段关于灵魂的著名描写："灵魂扶摇直上，像鸟儿似的，望着大地，想：人世间多么龌龊啊！想罢之后，便唱着歌儿飞走了。这歌儿是青年右派一生中从未唱过也未听过的快乐的歌儿。"我想，叔叔在此将自己处决了。所以，叔叔的新生是从一个青年右派的死亡开始的。

我是和叔叔在同一历史时期成长起来的另一代写小说的人。我和叔叔的区别在于：当叔叔遭到生活变故的时候，他的信仰、理想、世界观都已完成，而我们则是在完成信仰、理想、世界观之前就遭到了翻天覆地的突变。所以叔叔是有信仰、有理想、有世界观的，而我们没有。因为叔叔有这一切，所以当这一切粉碎的同时，必定会再产生一系列新的品种，就像物质不灭的定律，就像去年的花草凋谢了、腐朽了，却做了来年花草繁荣的养料。而我们，本来没有，现在没有，将来也不会有。因为叔叔有他对世界的基本看法垫底，当他面临一种新的不同的看法的时候，他便也面临着接受还是拒绝这两种选择。他要为这选择找到理论与实际的依据，他还必须在他感情和理智的具有分歧的倾向下进行选择，选择的对与否将在很长的时间里伤他的脑筋，动摇他的固有观念。这种选择往往包含着抛弃这一桩苦事。他还难免会有患得患失的心理，唯恐选择的这一样东西其实并不对他合适，而旧有的已经失不再来了。是保守还是进取，将成为他苦苦思索的题目。而我们呢？接受什么只是听凭感觉，对自己的选择并不准备负什么责任，选择和放弃于我们都是即兴的表现。我们在一个文化荒芜的时代里长成，然后就来到一个八面来风的日子。二十世纪包括十九世纪末期的一百来年的思想，最最精粹的果实以及残羹剩饭，在同一个时刻里向我们奔涌而来。我们选择的高低往往听凭于我们的天赋和运气。可是，在表面上，我们呈现出日新月异的气象，并且似乎总是走在时代最新潮流的前列。这使得叔叔那一类人会产生一种落伍的危机感，他们往往是以导师般的姿态来掩饰这种感觉，就像我们，总是用现代派的旗帜来掩盖我们底蕴的空虚。我们这两代人在当面互相夸赞之后，是互相的藐视，这妨碍了我们的交流和互助。他们在肯定我们的成绩时，有时候会说我们遇到了好时候，言外之意是他们没有及时地遇到好时候，而我们的成绩只是倚仗了好时候罢了。我们占了年龄上的便宜，有时候对他们态度宽大，说一些崇拜他们经验的好话，弦外之音则是除了经验而外他们并不比我们多出什么。我们心里其实是不承认他们精神领袖的地位，在我们看来，精神应是共和制的，没有什么领袖不领袖。他们的作品在我们看来，总是思想太多，似乎小说只是个盛器。他们总是被思想所累，样样无聊的事物都要被赋上思想，然后才有所作为。我们认为天地间一切既然发生了，就必有发生的理由与后果，所以，每一桩事都有意义，不必苦心经营地将它们归类。认为所有的事物都有含义是我们一种极端的看法，另外还有一种相反的极端看法，则是一切都无意义，意义在于视者自己，一切存在只是我们个人意识的载体或寄存处而已。这是两种好逸恶劳，不肯动脑筋，不愿劳动的对世界的看法。而叔叔他们则在这两者之间。他们首先承认事物客观的意义，再求于人的主观发现。他们自找麻烦，选择这种耗时又耗力的观念，还使得下一代对他们议论纷起，认为他们强加于人。他们背负着思想的苦役。我们主观主义地认为，他们的受苦有一部分是因为他们选择了错误的思想方式，活得不够洒脱。那时候，我们还没有意识到，人所受到的制约是多么不可违抗，若说是人选择了思想方式，不如说是思想方式选择了人。我们以为什么都可随心所欲，做游戏也可不遵守规则。小说这世界给予我们的是一个假象，我们以为现实也如小说一样，可以任意指点江山；我们以为现实和小说一样，也是一种高智力的游戏。小说给予我们和叔叔的迷惑是一样的，它骗取了我们的信任，以为自己生活在自己编造的故事里。这一个虚拟的世界蒙骗了我们两代人，还将蒙骗更多代的人。

叔叔在"文革"以后的故事就是在此基础上发生的。我虽然是采用了顺叙的手法，其实质却是倒叙。我是在了解了故事结局之后，才开始选择故事的材料，组织故事，设计叔叔的心理动机。所以，我现在就可以断定叔叔"文革"后的故事的性质。在当时，我们一无了解，我们将它看作另一桩故事。"文革"结束的时候，叔叔正好四十岁。四十岁的男人正在当年，成熟却依然青春勃发。叔叔留了络腮胡子，眼角和额头有刀刻似的皱纹，这使得二十多岁三十多岁的男性在他面前成了儿童。后来，络腮胡子风行不衰，不知道这除了重映三十年代美国西部片的原因外，是否还有叔叔的一部分功劳。叔叔说话有低沉的喉音，语调有几分温柔，会用俄语唱俄罗斯民歌，具有西伯利亚茫茫草原的风味，虽然谁也没有去过西伯利亚。叔叔的形象和声音有一种受难的表情，这是他的真正魅力所在，所有的白面小生在此魅力之光的照耀下都显得轻佻、浅薄，好像一块一口一个的甜点心。叔叔的身材高大伟岸，如一个体力劳动者的身体，却有思想累累的头脑。叔叔后来从小镇调到了省里做职业作家，在他的家属没有调进省城时，他自己住一间小屋。许多女人从很远的地方乘了火车或者轮船来到这小屋，叔叔只得在门上贴了谢客和探访规定的条子，就是这样，也阻挡不了源源而来的人流。

现在的事情，越来越接近于叔叔的隐私了。可是因为这于叔叔的故事非常重要，难以回避。要把这一个故事说得清楚、完整、合乎逻辑，成了我这一阶段生活的唯一目标。我想没有一个别的故事，可以像叔叔的故事这样表达我目前的心情了，我在许多故事里选择了很久，叔叔的故事胜过了一切。

我想，和叔叔有亲密关系的女人有两人。一个是某刊物的编辑，比叔叔小一岁，人们有时候叫她大姐、大姐的。她除了编辑小说之外，还写一些散文，文字相当优美。她消瘦，苍白，稍有一点病态，使她看上去楚楚动人。她是在一个离婚率很高的城市里，不久前，她也离了婚，过着单身女人的生活。她和叔叔的交往形式主要是书信，每年有两度或三度，叔叔去看望她。他下了火车，先在她家附近找一个招待所住下，然后打电话给她，两人说好一个地方，就在那里见面。每一回见面，都可给他们双方留下很长久的回忆，所以，除了书信而外，他们的交往还在回忆中进行。叔叔和大姐的关系，有一种冰清玉洁的味道，他们从一开始起，互相就建立了默契，决不亵渎他们间美好的关系。他们甚至从没有过性的接触，但是在情感与思想上相互介入得极其深刻。他们还从不互相点穿他们之间的关系，说话也从不涉及对方的家庭和婚姻，这是他们的禁区，稍一涉及便会有世俗与不洁的气息。有一回，叔叔喝了些酒，就有些话多，他对在座的我们说过这样的话，他说：他对女人有爱和喜欢两种，他爱的女人，是不会有性的要求；但对喜欢的女人，则有此要求。而后，他又补充一句道：女人是不配爱的。我想，大姐是世上极少数的他爱的女人。叔叔喜欢的女人则非常多，其中有和叔叔保持了不寻常的亲密关系的那个叫作小米的姑娘。她是作协机关的打字员，当作协开会的时候，就做些会务方面的工作。她仅十九岁，是那种活泼可爱甜蜜娇憨类型的女孩。她使叔叔想起了多年前诞生于他的想象且又夭折的女儿，就好像在向叔叔还愿似的，出现在叔叔的生活里。只要叔叔给她办公室打个电话，当天晚上她便来到叔叔的小屋里。这样的时候或是叔叔情绪好，或是情绪不好，或是东西写得不顺利，或是写顺利却又写累了。叔叔要她来，往往是为了做那样的事。做过之后，叔叔却心疼得唏嘘不已，将她抱在怀里，哄她，唱歌给她听讲故事给她听，唱着说着，思绪就飞远了，好像是在唱给说给很远处的另一个人听。在另一种时候，叔叔就会赶小米走路，无论小米是多么兴致勃勃。这或也是叔叔情绪好，或情绪不好，或东西写得不顺利，或写顺利却又写累了。但无论叔叔是怎样无情无义，当下一次叔叔要小米再来的时候，小米还会再来，并不摆一点架子。大姐从不向叔叔问及小米，虽然她无法不知道小米，叔叔和小米的事搞得很是沸沸扬扬。而小米时常问叔叔，为什么定期要到那个城市去，是不是那里有一个女人，小米发誓她决不吃醋，要叔叔把这个女人说出来。叔叔微笑不语，然后就狼一样将小米抓进怀里，不让她再多话。叔叔从来不给大姐买什么，却时常给小米买。小米常常在街上看见一件衣服或者一双鞋，是她喜欢的，就跑到叔叔这里来，说那里有一件衣服怎么怎么，有一双鞋又怎么怎么。叔叔问价钱，把钱给了她，她便立即转身去买。买来后穿给叔叔看，叔叔有时说好，有时说不好。下次小米来报告衣服和鞋的情况，他依然给钱。大姐在叔叔心中是很圣洁的，他对她摆脱不了一种仰视的心情，大姐对他的情感被他视作珍宝一般，使他的人格增添了价值。见不到大姐时他非常想她。一旦在了她眼前，他又紧张，有一种自惭形秽的感觉。他一举一动就都小心翼翼的，唯恐有哪一点闪失而使大姐对他失望，他不舍得使大姐对他的情感遭到损失。离开大姐时，他忍不住会松一口气。假如这一回同大姐的相处比较圆满，他表现得也比较出色，那么他就会心情愉快地度过这一段和大姐分离的日子；否则，他便垂头丧气，好像打输了仗的败兵一般。他在小米面前，则能够尽情地享受他的成就感。小米对他的依赖，无论是肉体上还是物质上，都令他心醉。小米对他召之即来、挥之即去的服从，使他认识到自己一个男人的价值。在小米身上，集中地体现了他的能力、魅力，以及生命力；而在大姐身上体现的则是他的思想和智慧的力量。这也是使叔叔与她们保持了亲密关系的根本原因。如没有她们两个人的存在，叔叔的价值就没有了载体似的，无法实现了。从这个意义上说，"文革"以后的叔叔是大姐和小米共同创造的。大姐和小米共同创造的这一个叔叔要比小镇上那个叔叔成功多了。叔叔的离婚事件，就是发生在这个时候。

　　叔叔的离婚事件，在当时几乎成为一件桃色新闻。原先人们私底下议论着的叔叔和大姐、小米的关系，忽然之间暴露在光天化日之下。所有的人都在街头巷尾讨论这事，并且猜测叔叔离了婚后是和大姐结婚，还是和小米结婚。叔叔原来以为他和她们，尤其是和大姐的关系保护得很好，没料想原来人人皆知。当他辗转听见人们对他和大姐的议论时，几乎心痛如绞。他觉得他和她苦心保护的一件珍品，被粗暴地打碎了。他好像看见黑暗里大姐的一双幽怨的眼睛，注视着他，然后泯灭了。小米则抱有和叔叔结婚的期望，她问叔叔：你离婚为了我吗？叔叔想说什么，却又觉得对她说什么她也未必懂，就苦笑着说：

这不是一回事，小米；这是两回事，小米。他把小米搂在怀里，轻轻摇着，像摇一个心爱的婴儿。这时候，叔叔感到了孤独，他想：有谁能说清呢？他为了什么离婚？为了想通他为什么离婚这个问题，他不得不将他过去四十年的生活重又拾起想了一遍。这一个夜晚，他久久不能入眠，往事如同隔世。一幕一幕在他眼前演出的，好像是别人的故事。那个人是我吗？叔叔不断地问自己。其中有一些令人心悸的篇章，叔叔想回过头去不看，可是不成。这种回顾往事的活动，一夜间就耗尽了叔叔的心血，平添了白发。从此他再不做这样的回想，他要把往事全部埋葬，妻子便做了陪葬品。所以，他更加只有离婚这条路可走了。而他苦就苦在，他不能将这些对人说，即使是大姐，也不行。这不是他对大姐的理解力有所怀疑，而是因为他不能让大姐和过去四十年里的那个叔叔认识，他不能让任何人和那个叔叔认识，和那个叔叔认识的任何人他都要消灭，杀人灭口似的，连他自己也要消灭。消灭自己是多么困难。他在他一个人的深夜里，吞噬着四十来年的自己，一点一点地，这是一个秘密的工作，谁也帮不了他。

妻子说，其实她早想到有这一天的，因她早看出他是虎落平川。可她就是要降伏他这头虎呢，要是只猫又有什么意思？说到这里，她骄傲地笑了一下。这一笑不由使叔叔对妻子刮目相看，觉得十多年的相处都不如这一瞬间了解这个女人。妻子继续说：所以，她不拦他。然后她就说了叔叔后来告诉我们的那句话：人落难时，当拉人一把；人往好处走时，则当松开手。但是，她有个条件——叔叔便抢在前边说，他早准备给她和大宝一笔钱，虽然，这话听起来他有些卑鄙了，但这也是事到如今他为他们母子唯一可做的事了。妻子听了一笑，说她要提的倒恰恰不是钱的事情，钱的事情可以放在以后再说，但她要提的也是他可做的事，只要他愿意。叔叔问，那是什么事呢？妻子说，当年因为他的事，可说是天翻地覆，说到这里，她停了一下，才又接着说：可不是天翻地覆？这些年总算安静下来，却再要离婚。人家早就等着看热闹，看不着急得眼红呢！这一下可不又要天翻地覆了？所以他要把他们母子调到省上去，离开这个是非之地，到那时，她立即和他离，如他不相信，现在就可以立下字据，签字画押。这样做也是为了大宝的前程，从此可做省城的居民，不必窝在这龟孙地方了。叔叔听了这话不由怔住了，妻子说得有理有节，不容他反驳，可这正是触及了叔叔的难言之隐。他调到省城已有三年，其间调动家属的机会虽说不多，却也并非绝无仅有，他总是一拖再拖。这三年内，他甚至没让妻子儿子上过省城一次。这时候，他慢慢地镇定下来，想象着和旧日妻子生活在同一个城市里的情景，发现这要求是万万不可答应的，宁可不离婚。他态度很坚决地说：这怕是难了，因为离婚的事现已众所周知，上级自然不会再给家属户口，这样的户口每年是有一定的名额，只会少不会多。妻子轻轻一笑，说：就说现在不离了呢？你那支笔，能把死的写成活的，活的又写成死的，改一改口，谁能不信？叔叔不说话了，临到走的时候，妻子又说道：这是为你儿子，离婚离得了女人，离得了儿子吗？这句话在当时，叔叔义愤填膺的时候，并没有完全听懂，只当是一句要挟的话。几年以后，他才又重新想起了女人的这句话，感慨万千。这时，叔叔拿了自己的东西，气恨恨地走了。这一次关于离婚的谈判没有成功。之后有三个月的僵持时间。在这三个月的僵持时间里，叔叔想过起诉的方法，可他一想到出庭的场面，就立即放弃了这个念头。他只有耐心地等待。可他没有心思写作，整天和小米在一起，事到如今，他也不顾忌外界的舆论了。到了往年应去看望大姐的日子，他却犹豫了许久，决定不去，可临了还是买了张退票登上了火车。随了火车逐渐接近大姐的城市，他的决心逐渐动摇。下了车后，他又在大姐家附近，他常住的那家招待所门前徘徊了许久。最后他没有订房间，决定当晚就回去，借了服务台的电话把大姐约在了一家个体户餐馆里。他们吃了一顿晚饭，然后就分了手。两人都没提及叔叔正在进行的离婚，只说了些无聊的闲话。当她对他说"保重"这两个字的时候，叔叔明白这是最后的晚餐了。他们间的纯洁关系被舆论扼杀了。这些舆论使得他们神圣的情感变得无聊而低级，抹杀了其特殊的性质，如同这时文坛上愈演愈烈的所有男欢女爱的奇闻轶事一样。大姐是最容不得庸俗的，他和大姐的关系也是最最容不得庸俗的。僵持了三个月后，他又回家一次。这一回，妻子退了一步，说她的户口可以留在镇上，反正她这一辈子早被人说够了，再说也没什么可说的了，可是他必得将孩子的户口办到省上去，儿子可以只在名义上算成跟他生活，实际上一分生活费也不要他出，但是，他必须带儿子上省城。最后，她又说：你撇得掉女人，撇得掉儿子吗？这句话也是在后来使叔叔感慨万千的。

在叔叔的离婚事件僵持的时间里，叔叔几乎没有写什么文字。由于这段时间持续得较长，所以人们注意到了叔叔这段沉寂的时期。人们怀了兴奋的心情，等待着叔叔新的作品，心想这大约是一篇和婚姻有关的东西。但在停笔一年半之后，叔叔写的第一部作品是出访西欧某国的游记。游记写得有些乏味，其间没有奇遇，也没有新鲜的发现，只是泛泛地描写了一些旅游和参观项目，以及一些欢迎或欢送的仪式，还有一些当地的人物。叔叔向来深刻的思想在这里一无用武之地，文字也显得贫乏无力。其实游记这一类东西，就是将平日的所思所想，装进所见所闻，再以其时其地的心情打一个包装。而这与叔叔整个生涯毫不相关的景物，只在匆匆一瞥之间，能激发起叔叔多少心情呢？离婚这一桩事，耗去了叔叔的时间和情感，而出国访问，除了刺激一下叔叔的好奇心和虚荣心外，并没有向他提供多少经验，甚至还抵不上一次国内的深入的旅行。从叔叔的游记里，我感觉到这次远行并没有构成叔叔的人生经历，叔叔的所见所闻，有些像拉洋片，在眼前历历走过，并没有激荡起叔叔多少感情。我想，是因为第一，叔叔不懂外语，无法和人直接交谈，通过翻译只能得到些外交辞令和导游手册语言；第二，叔叔长期生活在一个封闭的国家里的一个封闭的小镇，对西欧某国在思想和情感上都一无准备，产生不了共鸣；第三，叔叔是作为一个代表团的成员出访，行动无法自己选择。这样，叔叔写这些游记似乎仅仅是为了告诉人们，他最近去了一趟西欧某国，还有就是告诉人们，他写了这些游记。然而，这时期叔叔的重要经历——离婚，却没有留下记载。我的这些关于离婚的叙述，是根据事情的结局反推而至的。

叔叔在这段时间里，除了和他的代表团团员在一起，就只和小米在一起。小米劝他：让儿子来省城就来省城吧！叔叔就说：你不懂，小米；怎么和你说呢？小米。后来，叔叔和妻子达成的协议是：将儿子户口调到省城，但他仍然在原地读完最后一年高中，然后高考，有本事，他考进省城大学，如考不上大学，在找到工作之前，依然留在家里跟母亲生活。叔叔说，他无法照顾孩子。就这样，叔叔终于离婚了。叔叔离婚后没有和小米结婚，也没有和任何人结婚，这才使得叔叔的离婚事件带有了心理学的神秘色彩。

叔叔最后一次从那个小镇回来，期待了长久的事情一旦解决了，他反有些怅然。一件负了很久的重荷突然卸了下来，难免有一种丢失了什么的错觉。但叔叔总的心情是轻松的，他花了时间，将新分给他的三室一厅的房子装修了，在书房的墙上挂了他从各地带来的纪念品，比如甘南的牛角、内蒙古的马刀、陕北的布老虎、贵州的蜡染壁毯，看起来就好像一个民俗博物馆。这时节，比叔叔年轻的一代作家正兴起寻根的热潮，试图从民间的艺术里找到中国文学的表现形式，这大约是拉丁美洲文学大爆炸以及美国的南方文学带给我们的影响和启发。我们步行或者骑车来到最偏僻的农村，收集农民的谚语、民歌、传说，听年逾古稀的老人讲村庄的历史。我们追寻中国文化最原初的面貌；追寻几千年来为中国士大夫排斥了的文化自然状态；追寻几千年来为政治和权力使用而狭隘萎缩的中国文化的原始生命力。这追寻是出于新文学运动迅疾发展所带来的能源危机：思想、故事和语言在很短的时期内全被用尽了，于是我们不得不进行新的开发。这种严肃的文学运动很快被世俗化，使得民俗成为一种时尚。叔叔在这方面往往能做到先发制人。由于他的社会经验永远比我们丰富，有时候他参加我们的讨论，往往能占据中心的地位。他善听又善辩，总是使人折服，可是结束后，我们却发现，这讨论已被叔叔引导到另一个方向，距离初衷很远。因从本质上，叔叔是与这场运动隔膜的。中国几十年的政治生活充满在他个人的遭际和命运里，使叔叔对世界的看法总是持一种现实的政治态度。国家与政权概括了整个世界，是人类活动的大背景，人们的行为模式是社会生活的代表。文化的意识总使他感到抽象，艺术在他看来，也具有实际的政治的功用。寻根运动只在某一点上与他合拍，那就是他可为政治在文化中找到更深一层的解释。任何事情，叔叔都要求得到解释，解释不清的事情叔叔绝不承认，他认为世界是可知的，不可知的观点总被他排斥。叔叔把寻根作为对世界的一种新的解释方法，而我们则以寻根来追索世界的原来面目。这就是叔叔这代人，这就是叔叔。在我们成熟起来的日子里，叔叔与我们拉开了距离，产生了差异，叔叔的危机感就是从这时候开始的。

产生这危机感的背景基本由三件事情组成，一是叔叔作为中国作家代表团团员，出访西欧某国，这使叔叔的社会地位和荣誉感上升一级；二是叔叔终于完成离婚这件大事，与过去的生活一刀两断，从而可以一无羁绊地开始新生活；三是文坛上兴起寻根运动，这运动发端于比叔叔年轻一辈的人们。俗话说月满则亏，叔叔觉得自己如今就是在这个当口了。叔叔的危机感表现在当讨论寻根这个问题时，叔叔太过急于掌握主动，太急于发言，参与意识过强。在这段时期里，叔叔的写作又搁浅了，他在他极似民俗博物馆的书房里坐着，每天早起都想：我要写东西了，却始终写不出什么东西。他对世界的看法使他有些惭愧，好像落伍了似的。可是要改变这看法，是一个巨大的工程。因叔叔不是一个轻易改变自己的人，何况，于任何人，成立对世界的看法都是一项基本建设，有些人一生都没有进行建设，比如我们，或者说世界是世界存在的样子，或者说，世界是我们看见的样子。我们在这两面幌子下逃避劳动，狡狯地不肯说出一句具体的判断，为日后的撤退和转移留下了退路。叔叔却没有退路。除此以外，还有一个迹象表明了叔叔的危机感，那就是，叔叔来抢我们的女孩了！

这时候叙述叔叔的故事，有过去所没有的方便之处。因为叔叔已成了众人瞩目的明星，他的生活一半趋于公开化，几乎难以保护隐私，几乎一举一动都可在日报或晚报上找到踪迹。材料不再像前阶段那样匮乏，需借助不负责任的流言。但困难则在于这个众目睽睽之下的叔叔是不是真实，真实的程度如何。所以我们必须分析那些现成的材料，做各种推测与猜度。

现在，叔叔来抢我们的女孩了。我们这些人中的相当一部分，在婚姻以外，还有着关系亲密的女孩。我们和这些女孩保持着情歌里所唱的哥哥和妹妹的关系，亲热的行为也是不可少的。但我们绝不使这种关系危及我们的婚姻家庭。这种没有受到琐碎生活侵蚀的纯洁的关系可以激发我们的想象力，安慰我们因为社会职责而疲劳不堪的身心。在性的问题上，我们绝对强调自觉自愿，在彼此都有热切渴望的前提下才可进行，如有一方抱了吃亏思想，就难以达到这种快乐销魂的境界。我们总是好离好散，尽可能不弄得凄凄婉婉、黯然神伤。我们认识到一切过程都不可能成为永恒，就像生命那样。但是，在此过程中，我们也注入了真情，绝不允许卑鄙的玩弄的倾向。这样的关系往往发生和建立在出版社组织的笔会上，因此这些关系往往跨越省市和地区。笔会是人生中难得一度的偷闲机会，在这样的时候，我们把所有的事情都搁置脑后，并从各人所处的社会关系中解脱出来，暂时地成立了一个小社会，重新组合人际关系。笔会的生活是一种戏剧化文学化的生活，它有模糊人虚实感觉的作用。它使虚拟的世界现实化，又使现实的世界虚拟化，它是我们在那些年里生活的象征。那些年里，笔会特别地频繁，由于小说事业和出版事业的蓬勃发展，出版社们就频频举办笔会，以报偿小说家们的劳动。我们一旦写累了，便从信兜里翻出一张请柬，同家人说：我去开笔会了。笔会使我们的生活丰富多彩，歌舞升平。在那么一段时间里，我们竟完全忘了，这个世界上还有饥饿和霸权。而我想，叔叔应当是没有忘记的，他应当有提醒我们的责任。可是在这段日子里，人们实在高兴得太过，人们的欲望太多地得到了满足，被刺激了生长，于是就有些欲望无边。叔叔非但没有尽到兄长的提醒的职责，还来抢我们的女孩。

在我们中间有一个青年，他很爱一个女孩。这女孩长得不怎么样，但是气质迷人。这个青年爱她已爱入骨髓，却迟迟不敢举步，这非常违反他平时的穷追猛打的龙虎精神，对这女孩的爱情将他变成了另一个人。当他渐渐接近目标，胜利在望的时候，那女孩却投入了叔叔的怀抱。人们都知道叔叔还有小米，两人一个不娶一个不嫁地过了若干年，小米和叔叔的关系已经刻骨铭心。叔叔对这女孩采用了快速战的打法，有一次，身边没有人的时候，叔叔忽然从后面紧紧抱住了女孩的肩膀，将下巴抵在女孩的发上。后来，女孩回到青年身边时，说：叔叔突如其来的行为，使她以为叔叔爱她爱得很深，很强烈，不可遏制，这使她感动，并使她的虚荣心得到极大满足。要知道，女孩要别人爱她是要个没够的。青年说：我是多么爱你啊！女孩很伤感地看了他一眼，说，她以为被一个成年男人所爱，是一种独特的经历，她为独特性所吸引。有一次，叔叔家电梯停电，胆小如鼠的她竟走上十二层黑暗的楼梯去看他，可是叔叔没在家。后来，女孩知道了叔叔有许多女孩，进攻的方式几乎同出一辙，专是乘其不备，从后面紧紧抱住女孩的肩膀，这女孩的经验就变得一般化了。她夸大了这从背后猝然拥抱的动作的含义，叔叔是没有责任的。这期间，叔叔已成为征服女孩的能手。他在女孩方面的故事越传越盛，战绩辉煌。在他面前，我们不禁充满了失败感。他以一个成年男人的经验和魅力击败了我们，他好像是一个现代的普罗米修斯，他崇高的苦难是他的宝贵的财富，供他作出不同凡响的小说，还供他俘虏女孩。个个女孩都爱戴受过苦难的男人，就像喜欢在传奇中扮演女主角。但时间渐进，这种掠夺的故事演出多了，使我们感觉到，叔叔这样做的兴趣似乎并不在女孩们身上，倒是在我们这些青年身上，他似乎是在同我们做一种较量，这较量是什么呢？

有一天，我发现了这较量是什么了。这是一个偶然的发现。那是在一个夏季，我们应邀去一个靠海的城市开笔会，我们每天下海游泳。我不知道为什么在笔会开头的游泳的日子里我没有发现，却发现于笔会最后的一个下海的黄昏里。大约是黄昏的光线的作用，或是黄昏的气氛的影响，在我们下海的那时刻里，叔叔走在我的前边。在大海面前，我们变成了孩子，一齐向海水的深处走去。沙滩温柔地摩擦我们的脚心，海水一层一层覆盖了我们的脚背，有人忽然唱起了弄潮的歌，一呼百应。这一刻确有些激动人心，我们不由整齐了脚步，奋力跋涉在涌动的海水里，朝深处走去。就在这时候，我发现叔叔老了。我看见叔叔手臂上松弛的肌肉，看见叔叔臃肿的腹部，看见叔叔颈后开始堆叠起一些肥肉，叔叔的皮肤渐渐失去了光泽。在这一刻里，我为叔叔感到悲哀了。我忽然之间想通了一个问题，那就是叔叔在同我们较量什么。

叔叔终于获得了新生，可是他发现时间不多了，他心里起了恐慌，觉得时间已不足以使他从头开始他的人生，时间已不足以容他再塑造一个自己，他只得加快步伐，一日等于二十年！我不知道他有没有被我们中的青年击败的经验，如有一次，就将激起他一百次的反攻。我还想，叔叔在性上有没有失败的经历。我回忆着所有的关于叔叔的传说，我猜想叔叔一定有过至少是一次失败的经验。因为有了这一次失败，他必须用一百次胜利去挽回，他必须加倍表现他攻无不克的旺盛战斗力。我还从概率的概念推测出叔叔至少有过一次的失败的经验，因为百战百胜的情形是非常难得的。我想象这次失败的经验是发生在他和大姐或者小米之间，因为只有在与他有亲密关系的女人间发生这种事，才有可能为他严守秘密。

　　我想，叔叔最后一次去看大姐，并不是像我们原先以为的那样，当天晚上就走上了归途。其实叔叔是在大姐那里度过了一夜，这是他在大姐那里度过的第一夜和最后一夜。后来，叔叔回想这一夜，才明白，其实那是他生命的十字路口，几乎是决定命运的前夜。假如事情不是这样发生，而是那样发生的话，叔叔的生活或许就是另一番情景了。那天，他们在街口个体户小饭馆吃晚饭。开始，他们只是说一些平常的话。叔叔本来确实想好不对大姐提一句关于离婚的事情，大姐也是这么准备的。可是，事情却不像他们想的那样简单，他们之间的关系也不像他们所设计的那样宁静致远。叔叔和大姐面对面坐着，围着一盏火锅，火光映着大姐苍白的脸庞。小馆里没有别人，因为那是一个下雪的夜晚，人们都在自己家吃火锅，只有他们来到这小馆里吃火锅。叔叔忽然感到一阵揪心的疼痛，这种揪心的疼痛发源于"文革"中的日子。他觉得他有些不行了，那些日子里他的烦恼和委屈一下子涌上了心头，他想他那么压抑地孤独地过了这么些日子，现在还不能说吗？他如不说出来他就过不去这个夜晚了。可是要说却又不知从何说起，事情是那么复杂，那么混乱，那么琐碎又卑微，他忽然鼻子一酸，落下泪来。只这一落泪，大姐便什么都明白了似的。她一言不发，只见眼泪一颗一颗落在了面前的葡萄酒杯里。这样，他的眼泪就更汹涌了。叔叔知道，大姐是最能理解自己的人，因此，大姐便也成了他最看重的人。正因为大姐是他最看重的，他便也最不能在大姐面前和盘托出，他必得在他看重的大姐面前伪装。他晓得大姐是最纯洁的，他就不能将自己肮脏的那部分显露出来；他晓得大姐是最高尚的，他就不能将自己卑微的那部分显露出来；他晓得大姐是最骄傲的，他就不能将自己屈辱的部分显露出来。他不得不在大姐面前左藏右躲，努力使自己美好一些，可以接近大姐、爱大姐，并被大姐爱。这样，他本想和大姐近的，结果反倒远了，结果，最能理解他的大姐反成了与他最最陌生的人。他心里其实苦得要命，却又说不出来。大姐心里想的是：叔叔把她当作了女神，岂不知她是活生生的一个女人，她的一个又一个苦苦思念的长夜，叔叔是否知道呢？叔叔在她这里享受精神的亲爱，又在小米那里——大姐经常想小米这个人——在小米那里享受肌肤之亲，却不知对于女人，尤其是对于大姐那样的女人，这两者必须是一体的。而由于叔叔对她情感的圣洁，竟使叔叔这个最爱她的人，成了最不能爱她的人了。他们的这一个晚上，就好像都知道彼此心里在想什么似的，等火锅里的水干了，嗞嗞响着的时候，两人一同站起。大姐在前面走，叔叔跟在后面，两人一径来到了大姐的家里。大姐家的墙是洁白的，大姐家的床单是洁白的，大姐家里瓶中插的花是洁白的；叔叔觉得自己很龌龊，他站在洁白如雪洞的屋中，不知做什么好。后来，他们经过宽衣洗澡等手续，终于躺在了床上。叔叔的心像擂鼓似的，浑身颤抖。他变得非常笨拙和鲁莽，撕破了大姐洁白的内衣。他激动得厉害，并且充满了犯罪般的不安。可是，到了那关键的一刻，他却忽然心静如止。他陡然地做出冲动的样子，却一事无成。他听见大姐在他身底嘤嘤的哭泣声，简直无地自容。他一身冷汗接着一身热汗，很快就虚脱了。可是心里还无比歉疚地想道：我把大姐的床单弄脏了。黎明前最黑暗的时候，叔叔走出了大姐的家，蹑着手脚走下伸手不见五指的楼梯，叔叔的骄傲和自尊荡然无存。他自卑得痛心，他想他连个男人都做不成啦！假如这天晚上，叔叔获得成功，他也许会娶大姐做妻子的。大姐是唯一能做叔叔妻子的人。可是这是个失败的夜晚，决定了叔叔和大姐各自东西的命运。

从此，叔叔便到处尝试他做男人的功能，他获得了一次证明不够，获得了十次证明不够，一百次证明还不够，要多少次证明才可推翻和大姐的那一夜晚的经验呢？他一定要克服他这可怕的自卑，这自卑是他历史的遗迹，他负了这沉重的遗迹，如何走向新生呢？从这一点上，他妒忌相对来说历史遗迹要轻松一些的我们。而我们中间有些人又轻佻又狂妄，这无疑更加刺激了叔叔，他就来抢夺我们的女孩了。

然而，也许和大姐的最后的会面并没有发生这样不同凡响的事情，仅仅是如我们原先所叙述的那样，各自分手。事情是发生在叔叔和小米之间。在叔叔漫长的离婚过程中，小米是他唯一的寄托和安慰，他们几乎夜夜一起，通宵达旦。小米在和叔叔的接触中，从女孩成长为女人，她身体结实，精力旺盛，反应灵敏，魅力无穷，令叔叔神魂颠倒，不能自已。有时候，叔叔看着小米，会叹一口气，忧愁地说：小米，你越来越年轻，我却越来越老，怎么办呢？话是这般说，叔叔心里是不认为自己老的。叔叔力大无穷，敏捷过人，与小米旗鼓相当，不相上下，但终于有一夜，叔叔败下阵来了。小米说：没什么，那是因为次数太多的缘故。可是，这并不能安慰叔叔。小米说，没什么，这是经常会发生的事情。这也不能安慰叔叔。叔叔从此再不说自己越来越老这样的话了。有一段时间，他还出现了虐待小米的倾向。他恨小米，觉得是小米造成了他的失败。他想，他们以后不再是平手了，而是有了胜负的记录。他好像是有意要小米受伤似的，去和别的女孩要好，并且专找那些十分年轻的。叔叔很少有碰壁的时候，年轻的女孩都富有历险精神，并且以活得洒脱为理想。她们充分认识到生命很短促，青春更短促，应当过得轻松自由。和叔叔来上那么一段，可以增添春春的色彩。这是一个推翻一切准则的短暂的自由时代，我们没有法度，没有宗教，只有前辈们痛苦的经验警诫着我们，使我们格外地向往快乐。就这样，我们的女孩就和叔叔做成了快乐的伙伴。叔叔和我们的女孩在一起，有时候会有幻觉，他想：他其实是和她们一样的男孩，有着同样的快乐的理由。他们到舞厅去跳舞，到卡拉OK去唱歌，他们做着青春的游戏。逐渐地，叔叔离不开我们的女孩了，他需要这些年轻快活的灵魂的陪伴，就像禾苗需要雨露。其中不乏一些快活的技巧还不到家的女孩，她们渐渐地就动了真情。她们不明智地要从叔叔这里得到允诺，要做她们的前辈——叔叔的贤良的妻子。这给叔叔出了难题。他见不得她们伤心难过，心疼得厉害。因她们统统使他想起他那天折在想象中的女儿，世上没有一个父亲忍心伤害自己的独生女。可她们的要求实在是他力所难及，婚姻这桩事太过庄严神圣，是一道人生的难题，和他们玩耍的快乐气氛很不相符。其中有一个女孩，亲家不成便成仇家，她眼里流泪心里流血地书写了几十份控诉信，寄往叔叔的单位以及他经常发表作品的杂志社出版社，信中说，叔叔把她快乐的机会全部毁灭了。和叔叔好过的女孩都有曾经沧海难为水的心情，将来很难再有幸福的婚姻。和叔叔短促的接触，使叔叔的魅力得以集中表现而光辉灿烂，如同月亮将星光遮暗。叔叔又魁伟又细腻，又粗犷又温柔，又深沉又幽默。于是叔叔便造就了许多独身的女人，怀了一个梦想的男人度着寂寞的时光。

经历了一个低潮，叔叔的创作再一次进入活跃时期，我们从一些过早撰写的名人年表和作家辞典中可以看到这个记载。叔叔写作的手法有了很大的变化，反映了我们这个时代多姿多彩的文化背景。几乎一百年的西方文化在十年内涌进我们的中国，通过饥不择食的选择和粗通文理的翻译。那些新型的名词和概念折磨着我们的翻译家们，他们绞尽脑汁，挖空心思造出新的汉语词汇。翻译这个行当成了英语盛行的当今世界一个普及性的事业。初通外语的人们捧着一大堆字典，做着打通两种文化的工程。谬误重重。批判现实主义还未成为人人面对的现实就已被冲击到历史的角落，被各种各样新型的主义替代。在这样的历史条件之下，叔叔的小说出现了崭新的面貌。叔叔的小说不再是过去的故事，而是现在的故事，他以黑色幽默的态度及时空交错的手法描写一个纷繁的大千世界，人人在渺小的舞台上演出各自的悲喜剧，人人都非常地严肃和认真，总起来看却可笑无比。叔叔对世界有了一种新的宏观看法，他似乎不再被他个人的遭际所缠绕，而是脱出身来，如一名国际人或宇宙人那样审视世界，一切都是那么无谓和无聊，有一种世纪末的绝望情绪。读者们拍手欢迎叔叔的重新出场，他的沉寂太长久，已使人们等得不耐烦。而叔叔的再次来到已成了一个新人，使人们无比惊喜。这时候，叔叔充分显示出他作为一个作家的才华，他挥洒自如，如天马行空。众生百态，全由他描写得淋漓尽致且游刃有余。他随心所欲，却点石成金。一旦开了头，叔叔便一发不可收，作品源源而出，涉及各种领域。叔叔好像一个世界霸主，将未开发的地区全抢先占为他的领土。

叔叔的世界观经历了一次转变和完成。这一次的转变和完成和以往有些两样，似乎是受命于叔叔的小说。当叔叔在他的书桌前坐下的时候，他的思想还没形成，随了他小说的逐步推进，他对世界的看法才逐步明晰和完整。在最后的时刻，叔叔非常欣喜地发现，他对世界的看法原来是这样崭新而高超。他想：这便是一个真正的作家的思想历程，世界观的形成不仅来自人生活的经验，还来自审美的进步和选择。艺术的审美活动已成为生活的方式啦！叔叔欣喜万分地想道。他不仅是一个由生活经验塑造的艺术家，也是由艺术创造构成生活经验的人。叔叔觉得他终于做成了一个新人、一个艺术家。过去的苦难全是为了这个艺术的目的在做准备，犹如一种素养的训练。从此，现实的生活不再是真实的，而是在为小说创造素材，艺术才是全部的真实的生活。叔叔沉浸在他的小说世界里，观望着现实世界，好像上帝俯视苍生。

这样，叔叔就非常成功地完成了两个世界的转换。就是说：原先小说是一个想象的世界，叔叔可在小说的世界里满足他心情上的某种需要；如今现实则变成虚拟的世界，为小说的现实提供依据和准备。从此后，叔叔庇身于小说中的生活就变得非常安全，他不会再遇到什么实际的侵害，所有实际的侵害会被他当作养料一般，丰富他的小说世界。由于这安全的地位，他便对现实的世界生出超然物外的心情。什么样不合理的事情，都被他窥察到了合理的因素；什么样痛苦的事情都被他觑破了没有价值之处；残酷的事情被他视作历史前进的动力；美丽的事物则被他预言了凋零的命运以推断其腐朽的本质。样样事物都被他看到了反面，再由此推出发展的逻辑。叔叔变得越来越冷峻，不动声色，任何事物都被他看得很彻底，已经到了境界。叔叔在精神上终于脱俗，他不再担心平凡的生活对他会有所侵害，所以他在行为上反比往常更具世俗化的倾向，也不再讳言他身上所隐藏的平常人的素质。他有时候会和我们一起谈女人的事情，口气中不无猥亵。他还相当露骨地表示他对金钱的兴趣，告诉我们他心底里的一些卑鄙的念头。有人说叔叔又坦诚又勇敢，有人则说叔叔是地地道道的无耻。无论是坦诚还是无耻，都是需要本钱的，叔叔已有足够的脱俗的本钱而去做一些俗事了。

　　大姐已成为叔叔的过去。大姐去美国了。她初恋的情人是一个发迹的商人，几经坎坷后，又与她重叙旧情。人们说大姐是为了女儿的前途而出国的。大姐出国的消息传来的那一天，叔叔黯然神伤了一个晚上。我猜想，这是叔叔与大姐分手后传来的大姐的第一个消息，也是最后一个消息了。从此，大姐就将在叔叔生活中销声匿迹，叔叔难免有些感慨。这时候，唯一可能理解叔叔的人也走了，人们理解叔叔的可能几乎没有了，理解叔叔从此后只可能等待一个契机，这个契机什么时候才能来临呢？就这样，叔叔生命中刻骨铭心的事物全部埋葬了。所有的知情者都退场了。小米也成为叔叔的过去。小米结婚了，在她结婚前，已有一段和叔叔疏离的时期。她不能忍受叔叔和那么多女孩有那样的关系。虽然她也知道大姐，可是她觉得她和大姐是可以共存的。大姐占有叔叔的那部分恰是她小米无法占有也自知无能力占有的，而她占有的那部分则是大姐无法占有或者不屑占有的。大姐不会侵略她，她也不会侵略大姐。小米心里暗暗对大姐怀了尊敬。可是其他那些女孩就与大姐不同了。当小米斥责叔叔的时候，叔叔说：那是不同的，小米；那是两样的，小米。他还不怕小米听不懂地、很深刻地说：他和小米相处的是他最独特最个人的部分，是一个谁也进入不了的部分，而与其他人，则是使用他最一般化、最社会化、最普遍化的部分。他的话，小米不能说完全不懂或不相信，可是她受不了叔叔和别的女孩做爱情景的想象，这种想象折磨着她。当小米终于一去不回的时候，叔叔感到了孤独。有一天，他被人发现在一个小馆里喝酒。那是个陌生的小馆，不是叔叔时常光顾的那些，又离叔叔的住处很远。叔叔为什么一个人到这里来？唯一的解释就是叔叔不愿意被人发现。人们还注意到，在这次独斟独饮之后，叔叔又有较长一个时期没有和女孩们往来。他过着清心寡欲的生活，有时和我们，有时是他自己，度过夜晚的时光。我们猜想所有的女孩全像是小米的附丽一样，一旦没了小米，她们便也无所依存了。小米对于叔叔已是唯一习惯的事情。人总是需要和一些习惯的事情在一起，这可使人有安全和稳定的心情。现在，小米这一桩最后的习惯退出了叔叔的生活，叔叔的生活里再没有一桩习惯的东西了。叔叔有时候早上睁开眼睛，他须想一想才明白，自己是睡在自己的家里。

小米离开之后的消沉的时期，很快就过去了。叔叔有意寻找一个能够替代小米的女孩。可是叔叔很快发现，寻找小米那样的女孩的时期已经不复存在。他总是非常容易对一个女孩熟悉，继而厌倦，然后就去找下一个，再重复一次从熟悉到厌倦的过程。这种周期眼见得越来越短，于是，寻找小米那样的女孩便也越来越不可能了。叔叔回想当初与小米要好时的情景：那时候，自己尚有婚姻在身，名声也远不如现在，同小米的一切都须掩掩藏藏，心理压力颇大。此外，自己一个乡巴佬，刚进省城，周游的范围较现在狭隘得多，选择的机会很少，倒反碰上了小米，两人立即如火如荼，并维持了这样长久。叔叔现在是一个自由身，选择的范围开拓得极大，与人交往便有些蜻蜓点水似的，难以深入，深入了会浪费时间，耽误了选择似的。叔叔有意纠正自己这种心态，回到与小米要好时的情景，可惜时光不能倒流。

大姐和小米的回忆是叔叔历史中那个古典浪漫主义时代的遗迹。与她们在一起的快乐时光，有时在回想中温暖与激动着叔叔的心。而她们各自的离去，以及离去前后的情景，使叔叔还保留有心痛的感觉。如今的叔叔已不再会激动与痛苦，悲恸只是一个文学的概念。这是叔叔成为一个彻底的纯粹的作家的标志。他在小说中体验和创造人生，他现实的人生舞台已不再上演悲喜剧了。这是一个短暂的自由的日子，给予人们许多随心所欲的妄想。待这日子过去，叔叔才可明白，他做一名彻底的纯粹的作家原来是一个妄想，是一场漫长的白日梦。到了那时，他会想：我原来是想从现实中逃跑啊！这段日子里，企图从现实中逃跑的人其实很多，很多人不以为这是逃跑，而以为这是进攻。这一场胜利大逃亡确实有一种进攻的假象，迷惑了许多像我这样的人。摆弄文字的成功感使我们以为，做什么都可能成功，小说中的自由被我们扩张到整个人生。我们将这世界看成了由文字摆成的一盘棋，可由我们愉快地游戏。我们甚至将爱情和政治这两件严肃的人命攸关的大事来做游戏。由于人生成了一场游戏，我们便又感到虚空，不明白为什么而生。但不明白只是有时候倏忽而过的思想。由于我们正当年轻，很有希望，生活中还有许多有待争取的具体目标，比如房子，比如职业的调整，比如经济方面的困难，比如和父母的代沟问题，非要争个谁是谁非，比如某一个女孩终于打入了我们修炼不深的情感。所以我们只是在虚无主义的深渊的边缘危险地行走，虚无主义以它的神秘莫测吸引着我们的美感。而头脑其实非常现实的我们，谁也不愿以身尝试。我们是彻底根除了浪漫主义的一代，实用主义是我们致命的救药，我们不会沉入的。我们中的极个别人才会在火车来临的时候躺在铁轨上，用生命去写最后一行诗，据说这还包含了一些债务的原因。也正是由于我们的安全有了保证，我们才发动或者投入这一场游戏事业。我们以人生宏观上是游戏、微观上是严酷斗争来解释我们行为上的矛盾之处，并且言行结合得很好。因为我们压根儿没有建设过信仰，在我们成长的时期就遇到了残酷的生存问题，实利是我们行动的目标，不需要任何理论的指导。我们是初步具备游戏素质的一代或者半代。这游戏对于叔叔则是危险的，因为叔叔是将游戏当作了他的信仰。叔叔是无法没有信仰的，没有信仰就失去了生命的意义。当他失去了一桩信仰时必须寻找另一桩信仰；当他接受一种行为原则时必须将它放在信仰的宝座上，然后再经历争夺宝座的战争。游戏态度本不足以成为信仰，它是人们逃脱责任的盾牌。叔叔这一个半路出家的、已过了最佳学习时期的游戏家，他便真正面临了虚无主义的黑暗深渊。叔叔游戏起来不是像我们这样有所保留，只将没有价值的东西，或者与己无关的利益作为代价。叔叔做不到这样内外有别、轻重有别。叔叔做游戏的态度太认真，也太积极了，这便是我们的看法。我们当时就预感到叔叔为他的游戏牺牲了太多的东西。游戏本来是和牺牲这类崇高的概念没有关系的，它只和快活有关系。

这样，叔叔早晨醒来的时候，他就想一想：这是在什么地方？地道的游戏家是从来不想这类问题的。然后，他又想：他今天应当做什么？这是两个时常会来困扰他的问题，使他陷入茫然，但时间不会太久，游戏的精神很快就来拯救他，替他解围。他就想：管它在什么地方；管它做什么事情！已经没有一件责任来规定叔叔的作息时间了，他的懈怠和紧张都不会影响什么人了。叔叔只在小说中才可建设一种生死攸关的人际关系，这类人际关系于叔叔只是文学的概念了。这时候，叔叔的小说被翻译成许多种文字，在许多国家重要或不重要的出版社出版。时常有国外的学术界、艺术界、出版社来邀请叔叔去做访问和演说。出国对于叔叔已是平常的事情。他穿着夹克衫和旅游鞋，背着背囊，从一个国家的机场飞到另一个国家的机场。他虽语言不通，可由于旅行的经验也行动自如。这样的时候，叔叔便成了一个国际人，他开始站在国际的立场上分析中国的问题，他甚至站在宇宙的立场上分析国际的问题。所有的这些国内国外的问题全在他的俯视之下。这给他的小说带来了人类的背景。这背景产生于他的旅行中的见识，而与人生经验无关。旅行构成不了叔叔的人生经验。在异国他只是一个观光客，一无生存的任务，便只有在人家生活的边缘走过。他在大学的教室、书店的厅堂和人家的客厅里讲着中国的问题，回答对中国有兴趣的人们各类问题，好像一个中国问题的专家。由于他对所去访问的国度没有生活的经验，于是也产生不了问题，当人们说：您也可以向我们提问时，他便傻了眼，支支吾吾的。出国的日子倒更像是在国内，充满了关于中国的内容。他对国外的了解来自走马观花和道听途说，组成他思想的国际背景显得材料不足，叔叔便靠阅读和召集留学生对话来作补充。这些世界旅行其实是消耗了叔叔获得人生经验的时间，叔叔作为一个观光客的旅行其实造成了他人生里的空白。这些越来越频繁的空白分割了叔叔的人生，使他的人生断断续续、零零碎碎。它们使叔叔人生中有一部分时间做了旁观者，而叔叔对这段旁观者部分的时间却给予了莫大的重视和期望，将其余部分反倒忽略了。按我们的话，叔叔是以积极认真的态度，过一种虚无的生活。我们尽管对叔叔的出国旅行作此种批判，这却不妨碍我们积极地要求也来一次或几次出国旅行，因为旅行是人生一大乐事，尤其是公费国际旅行。

在这种国际旅行中，叔叔有否发生过情爱的故事，是我们经常议论的话题。在叔叔所写的观光文章中，有过几位使叔叔怀有亲切心情的女性。她们中有一位是中国台湾的作家，一位是中国香港的作家，另两位是从事汉学研究的德国人和美国人。这些女性全是能够操纵汉语的，从而也可使我们想象，如不是语言的问题，叔叔是可获得更多的情爱的机会与可能。语言的问题使叔叔情爱的范围缩小了。叔叔以他热情的笔调描写这些女性，以及他和这些女性间的友爱关系，怎样地你来我往，情意绵绵。在这些公开的友爱之下，是否还会有一桩刻骨铭心的国际恋爱呢？我们曾问过叔叔。叔叔既没有说有，也没有说没有。他的态度模棱两可。然后他就向我们讲述以上那几位女性的故事，以此说明，他与她们的情谊其实已很深了。然而，这些交往总给人萍水相逢的飘浮之感。我想，假如我一定要讲述一个国际恋爱的故事，这便是故事的基础了。

现在，我要来讲一个想象的故事了，这是关于叔叔和一个外国人的情爱的波折。我将根据我已有的叔叔的材料，尽可能合理地想象这个故事，使其不致离题太远。关于叔叔的叙述到了这里，我非常需要这一个想象的故事，否则，叔叔的故事就不完整了，对于我们讲故事的人来说，无疑是个很大的遗憾和失职。我决定让那个德国女孩来充当这个角色，因为这个故事我用以强调的是民族的隔离感以及民族的孤独感，日耳曼民族将比美洲新大陆的移民更好地担任这个任务。我想象这女孩有一副很纯粹的日耳曼血统的形象：皮肤白净，金发碧眼，神情严肃，她是某大学研究院的学生，正攻读博士，论文是关于中国古代哲学家朱熹或者柳宗元的。她虽专业于中国古代哲学，对中国当代文学也颇有兴趣，翻译过一些文学作品。在叔叔旅行德国的日子，正逢假期，她就为叔叔做陪同和翻译。她以德国人惯有的严谨认真的工作作风，博得了叔叔的好感。在那些座谈会和报告会上，叔叔机智幽默又锐利的言辞也使得这个女孩十分兴奋，这对她从书本上得来的温良敦厚的中国人印象是一个生动活泼的补充。叔叔的言辞也激发了女孩的灵感，使她甚至重新领会到她本国语言中的机智、幽默及锐利。她非常迅速地将叔叔的语言翻译成她的语言，这时的感觉就好像她也进入了一种美妙的创作状态。叔叔虽然不懂德语，可是那些热烈的反应却正是他所预期的，因此，他猜出女孩的翻译非常出色。这些报告会总是使他兴奋不已，每每结束了还会谈论很久。每一次报告会上，叔叔穿了黑色的西装，女孩则是一袭白裙，端坐在讲台，给人们美好的感受。他们配合默契，各自发挥都很自如充分，获得了极大的成功。工作之余，他们也会谈论一些个人的事情，叔叔告诉女孩在中国的"文化大革命"中，人们悲惨的遭际，以及今天的思考与反省。女孩听得非常认真，严肃的神情中没有一丝轻佻的惊诧和浅薄的怜悯，有的只是对一个民族身受的灾难的尊敬和理解。然后，她说，在她的祖国德国，也曾经有过这样残酷的历史，那就是希特勒的时期。虽然那是在她出生之前，可是她的父辈都是亲身经历。她说她从未听过父辈们讲述二次大战中的遭际，这是他们的痛处，他们用四十年的时间去治疗它却也无法彻底痊愈。女孩的话使叔叔深受触动，他想：德国人的痛感是要比他本民族更为强烈，许多中国人将自己的伤疤视作光荣，这是一种什么民族习性呢？他将这个意思说了出来，女孩则认为是她的民族勇敢不够。两人讨论了很久，你驳斥我，我驳斥你，然后渐渐达到一致。这时候，叔叔和女孩都有一种感动的心情，他们觉得他们接触到了一个深刻的问题，并且在这问题上达到互相的理解。当时，他们都还没有意识到，其实他们对彼此理解的要求都是不高的：他们作为操纵两种语言的人，能够交流就已惊喜万分了。他们都没有意识到：他们为了对方听懂，是在用孩子一般的简单幼稚的语言交流。他们尽可能将各种复杂的思想简化，简化到可以用儿童语言交流为止。可是，在当时，他们的感动也是真实的。他们无形中将这种理解上升到了很高的境界。他们觉得，他们不仅是个人对个人的对话，而且是代表了两个多灾多难的民族的对话。这一次对话，无疑是加深了他们间的友谊。当他们离开了一个城市，去另一个城市进行旅行演说时，他们已成为好朋友了。他们各自背一个背囊，手里则提了西装的袋子，登上火车。叔叔心里不免会有一种登上国际舞台的心情，他想他的生活已是一种国际化的生活了，在这种生活中，他多么自如啊！他望着他的德国伴侣，尤其觉得骄傲。他觉得这一个德国女孩的友谊和理解就像一架桥梁，沟通了他和世界民族的关系。他已经融入了人类，而不再是一个经过长期隔离而离群索居的孤独的中国人。而叔叔也很明白这样的道理，就是人类性和民族性的对立统一关系，于是叔叔反比以往更坚持他作为一个中国人的某些特性，比如：喜欢喝茶，喜欢中国菜，喜欢中国诗词，弘扬老庄的哲学，他随身总带有一些中国民歌的录音带，汽车一上高速公路，他便插入一盘，顿时，中国的歌声响起在异国的土地上。

这一天，由于叔叔要看看托马斯·曼生活过的地方，他们从汉堡到吕贝卡，又从吕贝卡去了海边小镇特拉沃明德。这是一个阴郁的黄昏，游人们都回家了。风呼啸着，海水显得非常苍凉。他们决定在特拉沃明德过夜，明天一早再驱车赶回汉堡。他们找了一家旅馆，要了两个单人房间。这是一个家庭旅馆，共有三层，底层是客厅，由于天气寒冷，壁炉里生着火，火光映着炉前波斯花样的地毯。他们懒得出去吃饭，就让房东做了些汤，吃了些面包和炸土豆条，然后就坐在炉前地毯上烤火。这里的黄昏特别长久，暮色总是那么明亮。客人们都去那游乐场玩耍了，房东也不在，客厅里只他们两个。窗外听得见风声和海浪的呼啸声，屋内却很温暖。叔叔忽然想到：我这是在哪里啊！他觉得像一个梦境，又像一幅图画。他们随便地扯了些闲话，两人都有些疲倦似的，谈话中的停顿很多。火光映着德国女孩细腻的脸颊，使她的表情柔和了许多。她穿了一件粉色的羊毛衫，脱鞋着一双白线袜，蜷腿坐在地毯上，背后靠了一个软垫。叔叔看了她一会儿，便想要去吻她。在叔叔产生接吻这个念头之前，他们也有过类似拥抱这样的行动，所以叔叔才会有接吻这样的念头。而其时，叔叔只是想接吻还是有更进一步的想法，接吻仅仅是开端的仪式，大约连叔叔自己也不甚清楚的。再则，叔叔想接吻是出于感情难以抑制的冲动，还是一种行为的有意味的选择，这也是连叔叔自己也不便向自己承认的。但是，叔叔这时候确实有了一个接吻的念头，叔叔当时并不知道这个念头会给他带来什么样的后果。他心里怀着悬念，便有些迫不及待了。他本来是坐在女孩的对面，即壁炉的另一侧，这时候，他便将自己的位置挪了过去，到了女孩的身边。他坐定后，先将手围住女孩的肩膀，如同他有时候所做的那样。女孩没有动，只是注视着火光出神。叔叔看着她垂着一颗红珠子耳环的耳垂，好像是在酝酿胸中的激情似的，他还看着她卷曲的金发，凌乱地贴在脸颊上。然后，叔叔就用围着她肩膀的手抚过她的脸颊，让她和自己脸对着脸。女孩眼睛里闪过一丝惊惶与困惑的表情，但她立即以坚决的态度挣脱了叔叔的手，并且要站起来离去。其实，叔叔本可以拍拍她的肩膀，让她过去。这并没什么了不起的，不过是一场逢场作戏而已，其中并无多么重要的、要不得的内容。可是她的拒绝却使叔叔感到了难堪，几乎无地自容。这一刻里，叔叔甚至后悔了，他想，他是多么愚蠢和冒失啊！同时，一种背水一战的乡情攫住了他，他想，他反正是丢人了，于是，便一不做二不休地抱住了女孩。叔叔的动作由于紧张笨拙而非常生硬，大大地过了火，这使女孩以为面临了极大的危险，她奋力要推开叔叔，却推不开。女孩恐惧万端，却又无比高傲，她大声嚷了起来。情急中，她嚷的是德语，叔叔一句也听不懂。到了此时，其实还是有退路的，叔叔可以戏谑地、调侃地、像一个长者对幼者地，在女孩脸上亲一下，然后放开了她，就完了，事情就有收场了。可是，叔叔心里却充满了绝望，他觉着他完蛋了。他好像一个亡命徒似的，什么都不顾了。忽然间，对这女孩充满了刻骨的仇恨。由于这女孩固执的不服从，叔叔竟劈脸给了她一巴掌，紧接着，叔叔脸上也挨了狠狠的以牙还牙的一巴掌。女孩用德语说着些什么，他一句不懂。他看见这女孩忽然变成了一个陌生人，一个陌生的、高傲的、冷漠的外国人，他们之间丝毫不了解。叔叔不禁困惑地想：他们是怎样到得一处来的呢？女孩趁机抽出了身子，跳在一边，瞪着叔叔。叔叔看见了她的眼睛，她的眼睛里已没有恐惧的神情，却充满了厌恶和鄙夷的表情。叔叔突然破口大骂起来，他不知不觉中骂的全是他曾经生活过的那小镇里的粗话俚话，是那女孩从未学习过的，也是一句不懂。她狐疑地看着叔叔，觉得他也变成了一个陌生人，一个陌生的、粗鄙的、丑陋的中国人。叔叔使尽最刻毒的咒骂女人的话骂着，骂了个痛快淋漓。那女孩一扭头，跑上了楼梯，将卧室门摔了砰的一声响。叔叔还不饶不休地骂着，他好久没有这样骂人了，骂人的日子已经过去很远，恍如隔世。这时候，叔叔有一种时光倒流的感觉，他觉着自己好像又回到了很久的过去，重又变成那个小镇上的倒霉的自暴自弃的自己。他骂了好久才住口，站起身走过客厅，去到厨房，从冰箱里摸了一罐啤酒，再又回到客厅。他走起路来有些摇晃，酒醉了似的，脚底下被什么绊了一下，就跌倒了。他顺势躺在地上，脑后枕着垫子，两条腿伸开着，躺了个大字形。他一口一口地喝着啤酒，一会儿就喝完了一罐，头便有些昏沉。

然后，他非常野蛮地，用脚指头撬开了电视，嘈杂的声音顿时充满在安静的房子里，他什么也看不懂，却还哈哈地笑着。他有些装疯似的，心里却很明白，他觉得自己无可救药了，一无希望了，希望不知在什么地方被戳破了，希望原来像个气球一戳就破，希望原来是个纸老虎，不堪一击！这是个无比黑暗的波罗的海的晚上，一个跨国界的波罗的海沿岸的情爱故事粉碎了，叔叔的梦幻破灭了。后来，叔叔躺在地毯上呼呼大睡过去。当他醒来时，天已黑了，客厅里没有开灯，电视已关了，角落的沙发上坐了一个白发苍苍却雍容华贵的老太太。她一动不动地坐着，叔叔想，她是在赌场里输了钱吗？然后又睡着了。他乏得很厉害，好像几百年没有睡过觉了似的。再一次醒来，他便嗅到了早餐室里飘来咖啡的香味。他这才起身上楼回到自己的房里，他的行李和刚到时的那样静静地立在房间中央，阳光照进窗户，他看见了海边沙滩上五颜六色的空着的帐篷。海边空无一人，旅游者还在路上呢！他头痛欲裂，想不起昨晚上发生过什么。

这是一个可怕的夜晚，这个可怕的夜晚是用来启醒叔叔，告诉他：他其实是不幸的！可是这夜晚转瞬即逝了，没有成功。然而，这毕竟是一个序曲，或者说是引子。在距此不远的日子里，叔叔终究要明白他命运的真实面目了。叔叔明白他命运的真实面目的日子不远了，即将来临了。我已经将这个过程叙述得太久，有些失去耐心，这日子终于要来临啦！这最终的日子也是由一个孩子带来的，但这是一个中国孩子，一个男孩子，他的名字叫大宝。这时候，我才发现，我们几乎要把大宝遗忘了。在到此为止的叙述中，大宝总共才出现过寥寥几回：一是他的不被叔叔欢迎的出生；二是在叔叔的离婚事件中，他作为一项补偿条件为叔叔勉强接受；等到他第三次出现时，他已是一名青年了。

大宝没有考上大学。叔叔通过熟人给他找了份临时工的活儿干，说好干长了可以转正式工。铁矿离省城还有一小时的火车路程，矿上有集体宿舍。叔叔这么安排是因为既对大宝尽了责任，大宝也不会妨碍他的生活。大宝是个沉默寡言的孩子，听凭父亲和母亲这样安排他的归宿问题，他不说一句反对的意见。他到了铁矿之后，从不和父亲联络。节假的日子，他也不往省城父亲处去，而是回小镇去看母亲。好像是有意避开父亲，他甚至不到省城搭火车，宁可乘长途车到另一个城市搭车。叔叔也好像有意避开大宝似的，过去有些时候还去铁矿走走，因为他是那边一本文艺杂志的顾问，如今却也一次不去了。渐渐地，他们父子就断了音信，他不知道大宝在那里做什么工作、工作得如何、有无转正的希望，内心也并不想知道，知道了又如何？知道一切都好，没什么；倘若不那么好，他又能做什么？因此倒不如不知道的好。他也不常和人提起儿子，当叔叔的离婚事件过去之后，人们多半记不起叔叔还有一个叫作大宝的儿子，以为叔叔是一个无牵无挂的单身汉。做一个无牵无挂的单身汉已成为时尚，我们中间的某些人，为此而不结婚、不成家，甚至也不工作，只写小说。他们不愿意在现实生活里肩负一点责任，责任使他们沉重，并且有失去自由的危险。而小说这一桩事，既可使他们在模拟中享受起伏跌宕的人生，又不必负责任，可避免伤筋动骨。但叔叔这一个无牵无挂的单身汉和他们是有着本质的区别。叔叔并不是像他们那样没有责任心，恰恰是相反，叔叔有着太重的责任心，他将责任这一桩事看得太重要，他将许多是他的或不是他的责任都揽到自己身上，以致彻底地被责任压倒、击垮。当他退下责任的舞台时，他感到怅然若失，于是，他便需要在一种模拟活动中承担责任，这模拟活动便是小说。因此，叔叔的无牵无挂之中有着一重失败的经验，而我们中的某些人却没有。但是，叔叔和我们都没有充分意识到这区别，互相以为是做了同一战壕里的战友，找到了知音。所以，在内心里，叔叔是喜欢人们认为他是个无牵无挂的单身汉的。也因为这样，叔叔就愈加不提儿子大宝，也愈加不想儿子大宝了。大宝在叔叔的生活里又一次销声匿迹，保证了叔叔的自由。叔叔渐渐地，真的把大宝忘了。他似乎真的是想不起自己有大宝这一个儿子了。他过着他的自由自在的生活，写着那些超脱于个人经验之上、俯瞰苍生的小说。有许多女孩以她们纯洁的爱情陪伴着叔叔，使叔叔不致彻底地孤单。他平均每年有一个季度的时间在国外度过，有此喧腾的生活做背景，写作的寂寞便也释解了许多。可是，就在这时候，在叔叔已经形成他崭新的生活方式的时候，在叔叔于他新型的生活方式中已找到节奏并适应的时候，在叔叔以为万事如意、高枕无忧的时候，却发生了一件事。

大宝得了肝炎，被矿山解除了临时工合同。他并没有告诉父亲，自己扛了铺盖回了母亲那里。叔叔是从大宝母亲的来信中得知这事的，他接信后就寄了一笔钱去，说给大宝养病，然后就再没有信来，叔叔以为这事就这样过去了，再没别的事了。他一点没有去想，大宝的病好了之后的事情，或者大宝的病好不了之后的事情。大约是半年之后，大宝突然地出现在他的门前了。当叔叔看到这一个瘦弱的、脸色干枯、神情委顿的青年站在他门前时，竟没有很快认出他来。他想：这是哪里来的文学青年呢？文学青年是叔叔这些年里所接触的唯一类型的青年，这类青年总是以学生和读者以及崇拜者的面目出现在叔叔的生活里，使叔叔以为所有的青年都很爱戴他。他看见一个青年站在门前，刚想问他从哪里来，那青年却递上来一封信。他认出了他前妻的弟弟的字迹，也就是他昔日的学生的字迹，凡是叔叔前妻的信，都是由他代笔的。他这才认出了大宝，脑子里却恍恍的，好像做梦似的。但是，有一个感觉则从这时便平地而起，伴随着以后的日子，这是一种不吉祥的感觉，一种灾祸的预感，这预感告诉他：他的好日子已经过到头了。他接过了信，嘴里却反复地说："进来，进来，进来。"大宝经他反复邀请，才迟疑地举步。然后他又说："坐，坐，坐。"大宝也是经反复邀请，才将半个屁股搁在椅子上，然后慢慢地转动头看父亲的房间。这是他第一次来到父亲的家，父亲的家看上去有点古怪，有一半东西是他看不懂的，那都是父亲从国外带来的日用品或者摆设。比如像大棒槌似的日本木头娃娃，比如没有写钟点的挂钟。父亲床上用的被褥不知怎么是粉红的，枕头、床单都缀有半尺长的花边，看上去花团锦簇，好像新嫁娘的床。大宝对了那床看了很久。后来，大宝对他父亲的仇恨，其实，都是从这一刻里由这张床引起的。这一年，大宝已经二十一岁了，在矿上做工时，耳朵里常听进一些关于男女间情事的粗话。所以，这时候，他心里想，父亲在这样的床上做什么呢？这时候，叔叔已经读完了信，他反复将这信读了两遍，才明白信里的意思，这意思是：大宝的病已好了一大半，让他回到父亲处再养养，同时，也帮大宝再找个省力的工作，因得过这场病后，做工是做不动了。叔叔将信搁在桌上，他感到头很痛，这是比他平时起床时间提早了两个小时的时间。他用两个大拇指按摩着太阳穴，按摩了很长时间。等他放下胳膊时，看见了大宝迅速逃开的眼睛，这使他产生一丝不快的心情，他觉得大宝在窥视他。他还看出了大宝有一种委琐的神情。他就像大宝刚出生的时候那样，又一次想道：这孩子与我有什么关系呢？然后，他对大宝说：你休息一会儿，我先洗个澡，我们去吃早饭。大宝听见洗澡间里响起了水声，这水声不知怎么会使他产生一些猥亵的联想，他想：为什么要早上洗澡呢？

　　关于叔叔和大宝见面的情节，是由我根据后来发生的事情，想象而成的。后来发生的事情提供了很大的想象的余地，足够很多人编很多故事。我的故事马上就要接近最重要，也是最高潮的段落，所有的准备都按我预先的布置做好了。这故事看起来不像叔叔的故事，倒像我策划的一个阴谋，这个阴谋就是叔叔的命运的真实面目。叔叔走出了很远，最终却还是堕入了他命运的真相的陷阱。为了逃避厄运的阴影，叔叔做了偌多的努力。所有的人，包括叔叔自己，都以为叔叔是个幸运的人。命运为了模糊叔叔的视听，造成误会，不惜给予了叔叔偌多年的幸运。这样做又好像是蓄意要在叔叔最不防备、最最大意、最最歌舞升平的时候，给予致命的一击。那偌多的幸运，不过是苟且偷欢，不过是一段插曲。可这一段插曲是多么激动人心，令人鼓舞，使人陶醉。最近的哲学要我们相信瞬间的意义，告诉我们历史由瞬间组成，每一个瞬间都是真实的，我们只需尽情享受这片刻的快乐和含义。可是叔叔这一代人已将瞬间与瞬间联成因果的锁链，拆链子的工作是应由另一代人来完成的。叔叔已无法面对独立的瞬间，叔叔的不幸的瞬间有着巨大的覆盖力，它将所有快乐的瞬间覆盖。因为不幸的瞬间是命运，是宿命，是逻辑；而幸运的瞬间是沙上的城堡，是海市蜃楼，是逻辑里美丽的歧义。叔叔终于说：原先我以为自己是幸运者，如今却发现不是。发现不是的这一天我们马上就要接近了，但我们还须耐心，其间还有一些来源于想象和推理的细节。这是我们编故事的人最容易激动又最容易性急的时候了。而我一直以为自己是快乐的孩子，却忽然明白其实不是的，这一日情景陡地回到眼前，我重又经历了心如刀绞的日子。这痛楚使我体验到了叔叔的痛楚，叔叔的故事从我的故事上历历地走过，使我的个人情感的无聊的故事有了意义，这就是我们讲故事的人通常所要做的。

现在，我故事使用材料的选择范围越来越窄，许多种可能和机会都排除了。故事已经到了这样的地步，它自己已具备了发展的动力，不允许任何犹豫不定和模棱两可，它只有一种选择了，无论对与错，它已别无选择。

现在，大宝和叔叔坐在了一家新开的餐馆里喝广式早茶了。叔叔总是对大宝说"请"啊"请"的，使得大宝拘束不安，每件点心，只略动动筷子便停下了。叔叔想到他的肝病还没有全好，也就不硬劝了。吃到快结束的时候，叔叔问大宝对今后有什么打算，大宝低了一会儿头，才说：就按母亲信上说的办。叔叔又问，大宝自己的意思是想做个什么工作呢？大宝先不说，后来经不起叔叔再三问，才说：要能到父亲单位里谋个坐机关的事就好了。这回他虽然没提母亲的名义，叔叔却听出这明显是他母亲教导的口吻，就说：本机关是不好说了，这样的单位，连大学毕业生都难进来啊！不料大宝却紧接着说：大学毕业算得上什么？像父亲这样的身份，一旦开口人家万难回绝的。大宝的话使叔叔很吃惊，他没想到表面木讷委顿的儿子有这样敏捷的应对，说话又很世故。更使他意外的是，儿子虽说多年不照面，看来对他却还是相当注意的。叔叔心里像梗了一件东西，很不舒服。停了一会儿，才回答说：正是这样，自己就不能轻易开口而使别人为难了。这一回，大宝没再说什么，可是叔叔却从他脸上看出一丝不相信什么的表情。然后他就叫服务员过来结账，说，走吧。走出餐厅，他把钥匙交给儿子，说他要去单位开会，请大宝自己回家去休息吧！父子二人在街上分了手，各自朝各自的地方走去。这天上午，叔叔到单位的时候，人们刚刚来上班。见他来，纷纷问他是不是有什么事情。因为他平时是不来机关的，甚至有的领工资的日子，他也不来，而是在下一个领工资的日子里，一起领走。他的信件在传达室里专门放一个格子，直到放满，便用尼龙纸绳捆扎一下，请人骑车送到他家。所以，这时候叔叔突然到了机关，人们就很新鲜。叔叔坐在那里和大家聊了一会儿天，就说要走，他没有告诉别人关于儿子的事情。他到传达室将自己的信件取走，然后就到了街上。他先在街上很自信地走了一会儿，接着就犹豫起来，他想不出他应当去什么地方。有一时，他恼怒地想到：儿子把他从自己家里赶出来了，他倒变得无家可归了。然后，他就往我们的一个朋友家中来了。应当说，这朋友见叔叔突然上门是很奇怪的。因为平时都是我们上叔叔家去，如要上我们这些人家里来，一定是事先邀请的。所以他第一句话就是：有什么事吗？叔叔被他问得有些难堪，但很快就镇定下来，微笑着说：没事就不能来吗？我们那位朋友这时刚从被窝里爬出来，邋邋遢遢的，很狼狈。房间里没开窗，一股烟味和脚汗味，十分难闻。叔叔只得坐在满地烟蒂当中的一张破椅子上，等待他到洗手间梳洗。他一个人坐在这乱糟糟的房间里，心里感到非常委屈，他想：一觉醒来他成了一个无家可归的人了。等那朋友从洗手间出来，叔叔就说：咱们上谁谁家去吧。这也是我们中间的一个朋友。于是，叔叔就坐在那朋友的自行车后架上，去往另一个朋友家。就这样，一共召集起有男男女女的五个人，时间已到中午，叔叔就提议去吃火锅。我们这一行人是打家劫舍惯了的，听有人要请客，一个个都很踊跃。到了餐厅，叔叔对大家说：你们点菜，我去一下厕所。其实叔叔并没有去厕所，而是悄悄去打了个电话，告诉大宝他的会半天开不完，下午还要接着开，中午不回家吃饭；他呢，可以到楼下街口铺子里吃，也可以自己做着吃，冰箱里有鸡蛋什么的。电话里只听大宝嗯了一声，就挂了。这顿午饭，我们直吃到下午三点，我们谈论的话题主要是艺术的形式的问题，我们的谈论一直横跨了从文艺复兴至今天的五六个世纪。当时，我们谁也没有注意到叔叔的表情有什么特异之处。他和平时一样地吃、一样地喝，一样地发表具有总结意义的观点，当我们欲罢不能的时候，也如往常那样，提出见好就收，大家便起身散席。就在出餐厅的路上，叔叔却又提议去谁家喝咖啡。过后，我们回想这天，才发现叔叔确是没有地方可去的样子，和平日里谁想留他谁也留不住的情况判若两人。这天，我们就到了我们中间某一个住房比较宽敞的朋友家中，冲了咖啡，还去买了烧鸡大肠什么的，一聊聊到了晚上十一点。这是非常痛快的一天，过后，谁也记不得事情是怎么发起的，我们只有经过慢慢地回忆、调查，才想起事情的起源。下午四点多钟的时候，叔叔倚在沙发上睡着了，打起了响亮的鼾。主人给他盖了一条毛毯，依然大声聊我们的，却并没有把叔叔吵醒。他这一觉直睡到了六点，天已黑了，因为这是一个昼短的冬日。叔叔躺在人家的破沙发上，睁开眼睛，看着窗外深蓝色的天空，有一会儿心里非常静谧。房间里烟雾腾腾，暖意融融，争吵声此起彼伏。叔叔静静地看着我们，觉得这一个时刻又平和又安宁。

夜里十一点钟，叔叔终于一个人走在回家的路上。他流浪的一天过去了，他终于要回家了。这时候，他想起了大宝，他想起大宝在他的家里等他呢！这一晚，他们怎么睡呢？难道他们父子就睡在一张床上？不行！叔叔断然否定了这个方案。他是无论如何不能和大宝睡一张床的。当然，他和谁也是无论如何不能睡一张床的。他在心里又补充了一句。这时候，他才开始认真考虑如何来安排大宝。一旦想起必须要为大宝在省城找工作，他便觉得一阵心烦，他决定还是去和铁矿商量，给大宝安排一个轻松的工作。他回到家里时，大宝还没有睡，给他开了门，然后便闪在了一边。他说，大宝，你睡客厅的沙发上吧。大宝没吭气，他就抱给大宝枕头被子。他又说，大宝，你去洗洗吧。大宝就说，你先洗。他没再推让，洗过之后径直上了床，进卧室门时，他考虑了一下，是否要锁门。他想他如不锁门会睡不好，可是又觉得要锁了门，就太见生分了。所以他就没锁。他躺进被窝之后，才发现自己这一天过得又疲乏又紧张，浑身骨头酸痛。他还觉得这夜晚的时间非常宝贵，他可以不与大宝相对，他可以一人独处了。他生怕很快就会天亮，感到夜晚的时间已经不多了。想到这里，他又是一阵紧张和烦恼。他听见大宝进了洗澡间，有放水的声音。大宝在洗澡间里待了很久才出来。第二天早晨，叔叔上厕所时，闻到厕所里有劣等香烟的气味。这一晚上，他们父子在一个屋顶下，相安无事地度过了。

第二天早上，叔叔把他昨天考虑的结果告诉了大宝，意思是还让他回铁矿上去，当然，这回要找一个轻快的事做。不料大宝很坚决地说，他不去矿上。叔叔不由一怔，停了一会儿，又说：铁矿是个大企业，国家级的，将来转正的可能性会比较大。可大宝还是说：他不去矿上。叔叔有点恼怒，就问为什么不去。大宝说，好马不吃回头草。叔叔不觉又好笑起来，说，这算是个什么理由！可是大宝很坚决。叔叔这才无比惊愕地发现，大宝是有自己的意志的，尽管这意志很荒唐，带了一股乡里人短见识的冥顽不化。这使叔叔明白无论怎么多说都是无效的。他有些气急败坏，一甩手就走出了家门，在街上闲逛着。其实，叔叔本来并不是一定要大宝回铁矿的，这也不是他想叫大宝回就能回得了的，这只是许多种尝试中的第一种尝试，叔叔本不必过于坚持。可是一经大宝这样固执地回绝，叔叔忽然就觉得大宝是非去铁矿不可了；叔叔觉得假如大宝不去铁矿，就再没有第二条出路了；大宝没有出路，他便只能在街上游荡，他也就没有出路了。一时间，铁矿成了叔叔和大宝两代人的出路，大宝不去铁矿，他们两代人的生活就都给毁了。他气恨恨地在街上走着，同时还思量着，要去哪里。他想着想着，就走到我们中间的另一个朋友家里。后来我们曾经设想，假如这天我们那朋友没有出门，而是在家，留住叔叔，再像前一天那样度过很快乐的一天，直到晚上，也许叔叔的火气平息了，思想也转变了，事情就会是另一个样子。可是，偏偏我们这位朋友一大早就出门了。他从来是傍晚才起来，才开始一天的生活的。可是这一天他偏偏一大早就出门了，为了一件极无聊的事，去买一件T恤衫。他不知怎么想起来要去买一件T恤衫，其实，这远远不是穿T恤衫的季节。叔叔碰了锁，只得又回到街上。碰锁使他非常沮丧，他想，他的生活全叫大宝搅乱了；他想，由于大宝的到来，他只能过这样狼狈的生活，这样颠沛流离的生活。他忽然就转过身，往回走去。他一进门就对大宝说：你还是要去矿上。大宝还是说不去。叔叔再没料到大宝是那样难打发，他心里充斥了一种失败感，并且击败他的对手是他根本没放在眼里的一个对手，这使他又平添了一层怒气。他对大宝说：他是不求人的，为了大宝已经破了例，大宝不应当再有过分的要求；他本来也并没有欠下他什么，是他自己没考上大学才招来这一连串的麻烦；他对他的责任尽到此也尽得足够了，他不应当再妨碍他了；而他现在已经很妨碍他了，他没法在家里写作了；单位里分他这套房子，不仅为了他的生活，也为了他的工作；可是，他现在无法工作了。叔叔忽然变得非常琐碎、非常啰唆，娘儿们似的。他喋喋不休地说着这些，一直说了很长时间。然后，大宝就站起身走了出去。这一天，是大宝在街上度过的。可是这并没有换来叔叔的平静，他反而更气恼了。他正吵得起劲时，对手却忽然跑了，这使他一肚子火气没了地方发泄。他手插在裤兜里，在三间房里走来走去，好像一头困兽。他想：大宝你走了，还能不来了吗？他想：大宝你有种一去不来了倒也好了！他还想：大宝你要不来了，我算服你了！这天他在家里没有写一个字，情绪非常糟糕。到了下午，他所喜爱的一个女孩来看他，可是，他的心情是那么糟糕，什么事也没干成。那女孩走了以后，叔叔想，他还能干成什么事呢？这时发现大宝已经将他生活的基础颠覆了，他想：大宝一个青年如何会有这么大的破坏力呢？他想，大宝的事情一定要尽快解决，这是刻不容缓的。于是，他便等待大宝回来，好与他再进行一轮争执。可是大宝却迟迟不归。叔叔的等待便越来越焦躁了。他想：大宝你以缺席不到庭来与我抗争啊？夜里十二点以后，大宝才回来，叔叔已经睡了。大宝看见叔叔留给他的字条，上面写着：大宝你必须去铁矿，这是我唯一能为你做的，否则你就回你母亲那里去！大宝将字条团了，然后就也睡了。这一晚，他们父子在一个屋顶下，又相安无事地度过了。

第三天，叔叔和大宝都没吃早饭，他们直到中午才起床，叔叔正在心里紧张地筹划怎样再一次对大宝开口，不料大宝却先对他说话了，他向叔叔要几块零花钱。他的要求使叔叔明显感觉到挑战的意味，他冷冷地说：要钱做什么？买烟？当时大宝没再说话，叔叔也没有掏出一分钱给他。两人各在一间屋里，一直到天黑，两人在厨房里又碰到了。大宝还是说，要几块零花钱。叔叔发现大宝的执拗，叔叔的执拗也上来了，他说没有。两人草草弄了些饭吃，又各自到了一间屋里，此后就再没说话。第三天也过去了。

我们是在事情发生以后再去设想大宝的心情的。如同后来大宝自己说的那样：他原本是不愿意来父亲处的，他和父亲毫不亲近，父亲又是个"大名人"——这是大宝的原话；可是母亲却一定要大宝去省城，并且，为了怕大宝退回来，她采取了断大宝后路的办法，她不给大宝一块钱，只让大宝去向父亲要。她深知大宝是个懦弱的孩子，不这样的话也许他第二天就跑了回来。大宝便是在背水一战的处境底下来到父亲这里的。在他举手敲父亲家门之前，他已在火车站停留了三个小时。火车是半夜到的，他想半夜里去敲父亲的门是很不合适的，于是他就坐着等待早晨的到来。等待天亮的时候，他心里茫茫然的，对此行的前景一无所料。他想不出父亲会怎么对待自己，他也想不出人怎么还会有个父亲，如果没有父亲的话，母亲就不会把他赶出来了。他想他所以被母亲这样赶出来就是因为有个父亲的缘故。而他又惯于服从母亲。他知道这世上唯有母亲一个人疼他。父亲呢？有和没有是一样的。所以他不能反对母亲，也所以，他没看见父亲的时候对父亲已有了成见。天亮之后，他慢慢地走在街上，拖延着要去见父亲的时间。他想这城市那么大，大得大而无当，和他有什么关系呢？他所以要到这大得骇人的城市来，全是为了找他的父亲。他一时上觉得自己孤苦得要命，就像一个无家可归的流浪儿，非要去找他父亲不行了。和父亲见面的一刻使他又难堪又紧张。这一天吃过早茶后，父亲让他自己回家，其实他已经忘了家是在哪里，而且地址又留在家里，没在身上。由于紧张，他甚至忘记了来时的道路。可是他没有向父亲开口，他只是凭着模糊的记忆瞎走。父亲住的那片单元房子，是有几十幢楼，面目划一地站成几排。他走错了许多回，用钥匙去开人家的门，冒着被人当作小偷抓走的危险。后来，他终于找到了父亲的家，走进房间，人几乎虚脱。他一个人在父亲的家里待了一天，没有吃没有喝。虽然父亲中午来过一个电话，让他出去吃或者在家自己做。出去吃他没有钱，在家吃他不会弄煤气，也不知锅碗瓢勺的位置，父亲的东西他都不敢随便碰。而且他也并不觉得饿，他只想吸烟。烟卷是大宝唯一的伙伴。他也记不起究竟是什么时候结交的这位伙伴，有了它，大宝就有了安慰、有了指靠，做什么心里都有了底似的。在家时，母亲不让吸，他就偷偷吸。后来到了矿上，没人管束了，而且矿上没一个人不吸烟的，他也就放开了吸，瘾就大了。再回到家里，瞒也瞒不住。反正母亲面前他就不吸，等到了母亲背后他再吸。而母亲见了他手指上蜡黄的烟油印，也知他戒不了，便睁眼闭眼由他去了。渐渐地，他没饭可以，没烟却不行了。这一天他就是凭了吸烟度过的。夜里，他在父亲的沙发上几乎一宿没睡，他想这才只一天，往后的日子怎么过呢？

父亲究竟打算怎么安置他，怎么打发他。他又想到自己的病，心想年纪轻轻的有了这病，要养过来还好，养不过来呢？照这样在父亲家，熬也要熬死了，还养什么病呢？他越想越绝望，躺在窄窄的沙发上，翻身都不敢，怕把父亲的沙发压陷了，就这样到了天明。这已是两个夜晚没有好好睡了。第二天一早，父亲就说让他回铁矿的话，回铁矿违背了大宝做人的原则。他虽然二十年来卑微得像根路边的野草，可也是有原则的，这原则也是轻易不可违背的。当父亲出去一趟再又回来，再一次要他去铁矿时，他内心可说有一些悲愤交加了。他想他母亲非要他来找这个他不情愿来找的父亲；他父亲非要他去他不情愿去的铁矿，他简直没有路可走了。后来，他到了街上，在街上胡乱走了一遭，最后又来到了火车站。他非常想回母亲那里，却没有钱，他烟也断顿了。脑子昏昏沉沉的不好使，且又饥肠辘辘。他心里开始恨父亲了，他想他父亲一人住了三间屋，睡那样新嫁娘睡的床，用的使的都是那样高级，连名都叫不上来。他想他父亲过得这么好，他却只能坐在火车站里，大宝不禁流泪了。就这样，大宝在火车站里度过了他挨饿的第二天。到了第三天，大宝有些支持不住了，他的身心都已临了崩溃的边缘。他迫切需要烟卷，以保持镇定。生性怯懦的大宝便向父亲开口要钱了。在他心里，隐隐的还有一个更加怯懦的念头，那就是假如父亲给了他钱，他也许就妥协，同意回铁矿去。他在心里暗暗地用烟卷和原则做了交易。可是父亲一口拒绝了这桩买卖，连商量的余地也没有留下，大宝真正绝望了。这是大宝在父亲家里度过的第三天。

第四天上午，刚吃过早饭，就听见有人敲门。大宝本不打算去开门的，因为他晓得来人不会是找他，可是叔叔刚进了厕所，门又敲了一阵，大宝只得去开门了，却见门口站了一个女孩，很苗条的身材，脸白白的，眼黑黑的。大宝低下了头，不敢看她。她好奇地看看大宝，自己进来了，从大宝身边过去时，肩膀轻轻地擦了一下大宝胸脯的地方。那女孩自己就跑进了叔叔的卧室，对了大镜子左顾右盼地照着。大宝坐在对面的客厅里，从半开的门缝里觑着她。过了一会儿，叔叔从厕所出来了，进了卧室，把门关上了，大宝就什么也看不见了。叔叔的房门整整一上午都关着，里面偶尔传出说话声和笑声。大宝坐在房门外面的客厅里，坐了整整一个上午。我想，这一个叔叔所喜爱的女孩在这一个时候到来，对以后发生的事情是应当负一定的责任的。这在某一程度上刺激了大宝，使大宝的情绪狂躁起来，已经长大的、在矿里听了许多男女间的下流故事的大宝，对卧室里的情景一定产生了许多猜测。从这些猜测出发，大宝还会产生出许多疑问。他想：父亲却和一个与自己一般大小的女孩关上房门做那样的事。他想：那女孩是谁家的女孩呢？他接着还会想：他大宝至今还没沾过女孩的边呢！他们父子两代人的生活真是有天壤之别啊！到了中午时，父亲的房门终于开了，那女孩走出来了，走过客厅时，瞥了大宝一眼。大宝看出这眼睛里有一层轻蔑他的意思，使他自惭形秽。此后一整个下午，他都是在这自惭形秽的情绪里度过的。父亲的一切都使他自惭形秽，他觉得自己像个叫花子似的，在这里坐了一天又一天，坐了一夜又一夜，依然没有钱买烟。大宝的情绪开始变得骚动不安起来，而叔叔却一无觉察。

叔叔决定采取冷战的办法使大宝屈服。他想如若他让了一次步，就会有第二次让步，他会步步妥协，而大宝则步步进逼。他已逐渐镇定下来，并且有了耐心，决定打一场持久战，他决定在这房子里如从前那样生活，有没有大宝都一个样。他照常读书、写作、接待女孩，只有这样，他才可能最后赢得这场旷日持久的战斗。每当他从自己房间出来，看见客厅里坐着大宝，就觉得这大宝不是大宝，而是他过去的女人，用来要挟他的一个武器，一个象征物。他过去的女人，竟企图用他过去的生活遗迹来要挟他，他必不能让她得逞。所以他就更做得潇洒，进进出出，有时还吹着口哨。他一点没有发现，危险正在悄悄地逼近他，他已经危机四伏了，而他一点察觉也没有，兀自走来走去的。

叔叔有意冷落大宝的战术已被大宝体察到了。他激动不安地想：他为什么不来与我说话？他什么时候再来与我说话呢？他等待父亲来与他说话，等待使他骚乱不已，他手脚冰凉，微微哆嗦着。他好像一头落入陷阱的小兽，没有人来救他。有一两次叔叔进屋没有把门关严，他从门缝里看见叔叔倚在那张粉红色、荷叶边垂地的新嫁娘的床上，悠然自得地看一本书。狂躁的情绪逐渐地高涨起来，他觉得这父亲不再是父亲，而是他大宝的克星，他大宝的克星在奚落他呢！他大宝二十多年的一生就是受奚落的一生，至今还没有得到一点补偿。危险来临了，大宝对这危险是有预感的，可惜他的头脑还不能够破译这危险的预感。他手脚打着战，脸上却露出了奇怪的笑容。

如果大宝的母亲在场，她便会发现这父子俩全都有在绝望的时刻露出微笑的特征。这不知来自一种什么意义的遗传，在这样的时刻，他们父子竟有着惊人相似的面容。

这时候，没有人意识到危险的来临。他们甚至还在一起吃了一顿午饭和一顿晚饭。然后，天就黑了。叔叔打开了电视机，他们父子一人坐了一个角落地看电视。电视的节目演了一个又一个，大宝忽而又焦急地想：他什么时候与我说工作的事情呢？他觉得他挨不到明天了，因为今天与明天之间，还隔了一个迢迢的黑夜，他挨不过去了。可他又不能自己先说，大宝觉得自己是抢不了父亲先的，他只有等待。当电视最后的节目演完，屏幕上出现了"再见"的字样，叔叔懒洋洋地站起身，关了电视，往自己房间去了。大宝绝望地想道：他再不会与自己说工作的事情了，他想他的等待再不会有结果，而最后一个机会也过去了。最后刺激大宝对父亲的仇恨的，是叔叔在洗脸间里的刷牙声。牙刷在丰富的泡沫中清脆地响着，响的时间非常之久。大宝站起身，走到厨房，拧亮电灯，四下里看着，许久他也没有明白他是在找什么。后来，当他的眼睛无意地落在了他要找的那东西的上面，他才明白。他将他要找的东西握在手里，掖在衣服底下，回到了他日夜栖身的客厅沙发上，然后关了灯。

大宝躺在黑暗中，等待叔叔睡着。他以为他已经等待了很长的时间，他以为黑夜已经在他的等待中过去了大半，黎明的时刻即将来临，他以为这正是人人进入梦乡的万籁俱寂的时刻了，他悄悄地站了起来，手里紧握着那东西，那东西已被他的身体暖成温热的了。他的心里忽然变得轻松了，甚至有几分愉快，长久的等待终于要实现了似的。他轻轻地走过走廊，来到了叔叔的卧室门口。他停了停，然后脱了鞋，这样可以使脚步轻得像猫一样。他推开了门，却被门内的光亮眩了眼睛。他没想到这时屋里还大亮着灯，他父亲正站在床边，整理着枕头，准备上床，当他回过头，略有些惊愕地张了嘴，看着大宝时，他口腔里牙膏的清凉的气息，散发在了空气里。大宝朝着叔叔举起了手里的东西，那是一把刀，不锈钢的刀面在电灯下闪着洁白的光芒。叔叔怒吼道：流氓！随着这一声怒吼，大宝的头脑似乎一下子清醒了，他刹那间明白了，他从小到大所吃的一切苦头，其实全都源于这个男人。他所以这样不幸福，他所以这样压抑，这样走投无路，全都源于这个男人。这个男人现在好了，可他却还在受苦，他多么苦闷啊！他的没有工作、没有前途、没有买烟的钱，他失去了健康的身体，全源于这个男人。他把刀向这个男人挥去，这个男人避开了，并用一只手握住了他的手腕。

叔叔握到了大宝的手腕，心里升起了一个念头：这个孩子竟要杀他了。叔叔看见了这个孩子因仇恨而血红血红的眼睛，他想：很多孩子爱戴他，以见他一面为荣幸，这个孩子却要杀他。叔叔看见了这孩子的瘦脸，抽搐扯斜了他的眼睛，两个巨大的鼻孔一张一翕着，嘴里吐出难嗅的腐臭的气息，他无比痛心地想道：这就是他的儿子，他的儿子多么丑陋啊！而这丑陋却是他熟悉的，刻骨铭心地熟悉的，他好像看见了这丑陋的面孔后面的自己的影子，看见了这张丑陋的面孔就好像看见了叔叔自己。叔叔不忍卒睹地移开了目光，为了把全身的力量都聚集在手腕上，而咬紧了牙关。

大宝为了挣脱手腕而扭曲了身体，他的手腕在父亲的大手里蛇一般地扭动，那把切西瓜的大刀便甩过来甩过去，闪烁着光芒。他们僵持了很久，双方都消耗了体力和耐心。疲惫的感觉似乎更加激怒了大宝，他狂暴地挣扎着，叔叔一个不防备，竟被他挣开了手去，随后他便不顾一切地朝叔叔横劈一下，竖劈一下，有一下劈到了叔叔的手臂，流血了，血滴在地毯上，转眼变成酱油般的褐色斑点。滴血的时刻忽然使叔叔想起大宝出生的场面：一轮火红的落日冉冉而下，血色溶溶，男孩呱呱落地。血液冲上叔叔的头脑，叔叔怒火冲天。他有些奋不顾身，大抡着手臂朝大宝揍去，大宝头上脸上挨了重重的几下，鼻子流血了。叔叔凛然的气势压倒了大宝，大宝的狂暴由于发泄渐渐平息，他软了下来，刀掉在地上，然后他就咧着嘴哭了，鼻血流进了嘴里。

叔叔像个英雄一般，撕下一只睡衣的袖子，包扎好手臂上的伤口，大宝的哭声使他厌恶又怜悯。伤了一条手臂的叔叔极有骑士风范，可是他刹那间想起：他打败的是他的儿子。于是便颓唐了下来。将儿子打败的父亲还会有什么希望可言？叔叔问着自己。这难道就是他的儿子吗？他问自己。大宝蜷缩在地上，鼻涕、鼻血，还有眼泪，污浊了面前的地毯。叔叔忽然看见了昔日的自己，昔日的自己历历地从眼前走过，他想：他人生中所有的卑贱、下流、委琐、屈辱的场面，全集中于这个大宝身上。这个大宝现在盯上了他，他逃不过去了，他躲得了初一躲不了十五！这一夜，叔叔猝然地老了许多，添了许多白发。他在往事中度过了这一夜，往事不堪回首，回忆使他心力交瘁。叔叔不止一遍地想：他再也不会快乐了。他曾经有过狗一般的生涯，他还能如人那样骄傲地生活吗？他想这一段猪狗和虫蚁般的生涯是无法销毁了，这生涯变成了个活物，正缩在他的屋角，这就是大宝。黎明的时刻到来得无比缓慢，叔叔想他自己是不是过于认真，应当有些游戏精神，可是，谁来陪我做游戏呢？

　　这一个夜晚，我们都在各自家中睡觉，睡眠很香甜，睡梦中日转星移。我们各人都遇到了各人的问题，有的是编故事方面的，有的是情爱方面的，我们都受了些挫折。在白天里，我们受挫折；黑夜里，我们睡觉。我们甚至模糊挫折和顺利的界限，使之容易承受。我们将这两个截然相反的概念换过来换过去，为了使黑暗在睡眠中安然度过。我们这样做不是出于经验的教训，而只是懒惰。可是叔叔度不过这黑夜了，叔叔无论怎样跋涉都度不过这黑夜了。叔叔是这世界上最后一名认真的知识分子，救救孩子的任务落在叔叔的肩上。

　　叔叔一夜间变得白发苍苍，他想，他再不能快乐了；他想，快乐，是几代人、几十代人的事情，他是没有希望了。被践踏过的灵魂是无法快乐的，更何况，他的被践踏的命运延续到了孩子身上。那一个父与子厮杀的场面永远地停留在了叔叔的眼前，悲惨绝伦。孩子不让你快乐，你就能快乐了吗？叔叔对自己说：孩子不答应让你们快乐，你们就没有权利快乐！叔叔对自己说：孩子在哭泣呢！叔叔几十年的历史在孩子的哭泣声中历历地走过，他恨孩子！可是孩子活得比他更长久。

我们是在这个夜晚过去很久以后，才隐约地知道。对此叔叔缄口无言，可是俗话说世上没有不透风的墙，渐渐地，我们就知道了。我们大家一起来设想这个场面，你一言、我一语的，将它设想成哈姆雷特风格的雄伟的图画，我们说这是一场惊心动魄的悲剧。我们已经习惯了以审美态度来对待世界和人，世界和人都是为我们的审美而存在，提供我们讲故事的材料。生命于我们只是体验，于是，一切难题都迎刃而解，什么都难不倒我们。我们干什么都是为了尝尝味道，将人生当作了一席盛餐。我们的人生又颇似一场演习，练习弹的烟雾弥漫天地，我们冲锋陷阵，摇旗呐喊，却绝对安全。这种模拟战争使我们大大享受了牺牲和光荣的快感，丰富了我们的体验。然而，我们并不知道，我们的战斗力，我们的反应的敏锐性，我们的临场判断力，在这种模拟战争中悄悄地削弱。当危险真正来临时，我们一无所知。我们还根据我们的意愿想象这世界，我们的意愿往往是出于一种审美的要求。叔叔的那一个真刀真枪的夜晚久久不为我们理解，与我们隔离得很远。但是，叔叔的关于他发现了命运真相的新的警句在我们中间流传。有一天，在我的生活里，发生了一点事故，这事故改变了我对自己命运的看法，心情与叔叔不谋而合。这事故虽然不大，于我却超出了体验的范围，它构成了我个人经验的一部分，使我觉得我以往的生活的不真实。

　　为什么这事故能抵制我一贯的游戏精神，而在心里激起真实的反应？那大约是因为这事故是真正与我个人发生关系的，而以往的事故只是与别人有关。我们是非常自私的一代，只有自我才在我们心中。我们的游戏精神其实是建立在个人主义基础上，无论是救孩子还是救大人，都不可使我们激起责任心而认真对待。只有我们真正的自己遇到了事故，哪怕是极小的事故，才可触动我们，而这时候，我们又变得非常脆弱，不堪一击，我们缺少实践锻炼的承受力已经退化得很厉害。这世界上真正与我们发生关系的事故是多么少，别人爱我们，我们却不爱别人；别人恨我们，我们却不恨别人。而我恰巧地，侥幸而不幸地遇上了一件。在这时节，叔叔的故事吸引了我，我觉得我的个人事故为我解释叔叔的故事，提供了心理的根据；还因为叔叔的故事比我的事故意义更深刻、更远大，它使我的事故也有了崇高的历史的象征，这可使我承受我的事故的时候，产生骄傲的心情，满足我演一出古典悲剧的虚荣心。我们讲故事的人，就是靠这个过活的。我们讲故事的人，总是摆脱不了那个虚拟世界的吸引，虚拟世界总是在向我们招手。我们总是追求深刻，对浅薄深恶痛绝，可是又没有勇气过深刻的生活，深刻的生活于我们太过严肃、太过沉重，我们承受不起。但是我们可以编深刻的故事，我们竞赛似的，比谁的故事更深刻。好比曾经沧海难为水似的，有了深刻的故事以后我们再难满足讲述浅薄的故事。就这样，我选择了叔叔的故事。

　　叔叔的故事的结尾是：叔叔再不会快乐了！

《收获》1990年5期

透明的红萝卜

莫　言

一

　　秋天的一个早晨，潮气很重，杂草上、瓦片上都凝结着一层透明的露水。槐树上已经有了浅黄色的叶片，挂在槐树上的红锈斑斑的铁钟也被露水打得湿漉漉的。队长披着夹袄，一手里拃着一块高粱面饼子，一手里捏着一棵剥皮的大葱，慢吞吞地朝着钟下走。走到钟下时，手里的东西全没了，只有两个腮帮子像秋田里搬运粮草的老田鼠一样饱满地鼓着。他拉动钟绳，钟锤撞击钟壁，"嘡嘡嘡"响成一片。老老少少的人从胡同里涌出来，汇集到钟下，眼巴巴地望着队长，像一群木偶。队长用力把食物吞咽下去，抬起袖子擦擦被络腮胡子包围着的嘴。人们一齐瞅着队长的嘴，只听到那张嘴一张开——那张嘴一张开就骂："他娘的腿！公社里这些狗娘养的，今日抽两个瓦工，明日调两个木工，几个劳力全被他们给零打碎敲了。小石匠，公社要加宽村后的滞洪闸，每个生产队里抽调一个石匠，一个小工，只好你去了。"队长对着一个高个子宽肩膀的小伙子说。

　　小石匠长得很潇洒，眉毛黑黑的，牙齿是白的，一白一黑，衬托得满面英姿。他把脑袋轻轻摇了一下，一绺滑到额头上的头发轻轻地甩上去，他稍微有点口吃地问队长去当小工的人是谁，队长怕冷似的把膀子抱起来，双眼像风车一样旋转着，嘴里嘟嘟地说："按说去个妇女好，可妇女要拾棉花，去个男劳力又屈了料。"最后，他的目光停在墙角上。墙角上站着一个十岁左右的男孩子。孩子赤着脚，光着脊梁，穿一条又肥又长的白底带绿条条的大裤头子，裤头上染着一块块的污渍，有的像青草的汁液，有的像干结的鼻血。裤头的下沿齐着膝盖。孩子的小腿上布满了闪亮的小疤点。

"黑孩儿，你这个小狗日的还活着？"队长看着孩子那凸起的瘦胸脯，说，"我寻思着你该去见阎王了。打摆子好了吗？"

孩子不说话，只是把两只又黑又亮的眼睛直盯着队长看。他的头很大，脖子细长，挑着这样一个大脑袋显得随时都有压折的危险。

"你是不是要干点活儿挣几个工分？你这个熊样子能干什么？放个屁都怕把你震倒。你跟上小石匠到滞洪闸上去当小工吧，怎么样？回家找把小锤子，就坐在那儿砸石头子儿，愿意动弹就多砸几块，不愿动弹就少砸几块，根据历史的经验，公社的差事都是糊弄洋鬼子的干活。"

孩子慢慢地蹭到小石匠身边，扯扯小石匠的衣角。小石匠友好地拍拍他的光葫芦头，说："回家跟你后娘要把锤子，我在桥头上等你。"

孩子向前跑了。有跑的动作，没有跑的速度，两只细胳膊带劲甩动着，像谷地里被风吹动着的稻草人。人们的目光都追着他，看着他光着的背，忽然都感到身上发冷。队长把夹袄使劲扯了扯，对着孩子喊："回家跟你后娘要件褂子穿着，嘿，你这个小可怜虫儿。"

他跷腿蹩脚地走进家门。一个挂着两条清鼻涕的小男孩正蹲在院子里和着尿泥，看着他来了，便扬起那张扁乎乎的脸，扎煞着手叫："可……可……抱……"黑孩弯腰从地上捡起一片浅红色的杏树叶儿，给后母生的弟弟把鼻涕擦了，又把粘着鼻涕的树叶像贴传单一样"吧唧"拍到墙上。对着弟弟摆摆手，他向屋里溜去，从墙角上找到一把铁柄羊角锤子，又悄悄地溜出来。小男孩又冲着他叫唤，他找了一根树枝，围着弟弟画了一个大大的圆圈，扔掉树枝，匆匆向村后跑去。他的村子后边是一条不算大也不算小的河，河上有一座九孔石桥。河堤上长满垂柳，由于夏天大水的浸泡，树干上生满了红色的须根。现在水退了，须根也干巴了，橘黄色的落叶随着河水缓缓地向前漂。几只鸭子在河边上游动着，不时把红色的嘴插到水草中，"呱唧呱唧"地搜索着，也不知吃到什么没有。

孩子跑上河堤，已经累得气喘吁吁，凸起的胸脯里像有只小母鸡在打鸣。

"黑孩!"小石匠站在桥头上大声喊他,"快点跑!"

黑孩用跑的姿势走到小石匠跟前,小石匠看了他一眼,问:"你不冷?"

黑孩怔怔地盯着小石匠,小石匠穿着一条劳动布的裤子,一件劳动布夹克式上装,上装里套一件火红色的运动衫,运动衫领子耀眼地翻出来,孩子盯着领口,像盯着一团火。

"看着我干什么?"小石匠轻轻拨拉了一下孩子的头,孩子的头像货郎鼓一样晃了晃。"你呀,"小石匠说,"生被你后娘给打傻了。"

小石匠吹着口哨,手指在黑孩头上轻轻地敲着鼓点,两人一起走上了九孔桥。黑孩很小心地走着,尽量使头处在最适宜小石匠敲打的位置上。小石匠的手指骨节粗大,坚硬得像小棒槌,敲在光头上很痛,黑孩忍着,一声不吭,只是把嘴角微微吊起来。小石匠的嘴非常灵巧,两片红润的嘴唇忽而嘬起,忽而张开,从他唇间流出百灵鸟的婉转啼声,响,脆,直冲到云霄里去。

过了桥上了对面的河堤,向西走半里路,就是滞洪闸。滞洪闸实际上也是一座桥,与桥不同的是它插上闸板能挡水,拔开闸板能放洪。河堤的慢坡上栽着一簇簇蓬松的紫穗槐。河堤里边是几十米宽的河滩地,河滩细软的沙土上,长着一些大水落后匆匆生出来的野草。河堤外边是辽阔的原野,连年放洪,水里挟带的沙土淤积起来,改良了板结的黑土,土地变得特别肥沃。今年洪水不大,没有危及河堤,滞洪闸没开闸滞洪,放洪区里种植了大片的孟加拉国黄麻。黄麻长得像原始森林一样茂密。正是清晨,还有些薄雾缭绕在黄麻梢头,远远看去,雾下的黄麻地像深邃的海洋。

小石匠和黑孩悠悠逛逛地走到滞洪闸上时,闸前的沙地上已集合了两堆人。一堆男,一堆女,像两个对垒的阵营。一个公社干部拿着一个小本子站在男人和女人之间说着什么,他的胳膊忽而扬起来,忽而垂下去。小石匠牵着黑孩,沿着闸头上的水泥台阶,走到公社干部面前。小石匠说:"刘副主任,我们村来了。"小石匠经常给公社出官差,刘副主任经常带领人马完成各类工程,彼此认识。黑孩看着刘副主任那宽阔的嘴巴。那构成嘴巴的两片紫色嘴唇碰撞着，发出一连串音节："小石匠，又是你这个滑头小子！你们村真他妈的会找人，派你这个笊篱捞不住的滑蛋来，够我淘的啦。小工呢？"

孩子感到小石匠的手指在自己头上敲了敲。

"这也算个人？"刘副主任捏着黑孩的脖子摇晃了几下，黑孩的脚跟几乎离了地皮，"派这么个小瘦猴来，你能拿动锤子吗？"刘副主任虎着脸问黑孩。

"行了，刘副主任，刘太阳。社会主义优越性嘛，人人都要吃饭。黑孩家三代贫农，社会主义不管他谁管他？何况他没有亲娘跟着后娘过日子，亲爹鬼迷心窍下了关东，一去三年没个影，不知是被熊瞎子舔了，还是被狼崽子啖了。你的阶级感情哪儿去了？"小石匠把黑孩从刘太阳副主任手里拽过来，半真半假地说。

黑孩被推搡得有点头晕。刚才靠近刘副主任时，他闻到了那张阔嘴里喷出了一股酒气，一闻到这种味儿他就恶心，后娘嘴里也有这种味。爹走了以后，后娘经常让他拿着地瓜干子到小卖铺里去换酒，后娘一喝就醉，喝醉了他就要挨打，挨拧，挨咬。

"小瘦猴！"刘副主任骂了黑孩一句，再也不管他，继续训起话来。

黑孩提着那把羊角铁锤，蔫儿吧唧地走上滞洪闸。滞洪闸有一百米长，十几米高，闸的北面是一个和闸身等长的方槽，方槽里还残留着夏天的雨水。孩子站在闸上，把着石栏杆，望着水底下的石头，几条黑色的瘦鱼在石缝里笨拙地游动。滞洪闸两头连接着高高的河堤，河堤也就是通往县城的道路。闸身有五米宽，两边各有一道半米高的石栏杆。前几年，有几个骑自行车的人被马车揉到闸下，有的摔断了腿，有的摔折了腰，有的摔死了。那时候他比现在当然还小，但比现在身上肉多，那时候父亲还没去关东，后娘也不喝酒。他跑到闸上来看热闹，他来得晚了点，摔到闸下的人已被拉走了，只有闸下的水槽里还有几团发红发浑的地方。他的鼻子很灵，嗅到了水里飘上来的血腥味……

他的手扶住冰凉的白石栏杆，羊角锤在栏杆上敲了一下，栏杆和锤子一齐响起来。倾听着羊角铁锤和白石栏杆的声音，往事便从眼前消散了。太阳很亮地照着闸外大片的黄麻，他看到那些薄雾匆匆忙忙地在黄麻里钻来钻去。黄麻太密了，下半部似乎还有间隙，上半部的枝叶挤在一起，湿漉漉，油亮亮。他继续往西看，看到黄麻地西边有一块地瓜地，地瓜叶子紫勾勾地亮。黑孩知道这种地瓜是新品种，蔓儿短，结瓜多，面大味道甜，白皮红瓤儿，煮熟了就爆炸。地瓜地的北边是一片菜园，社员的自留地统统归了公，队里只好种菜园。黑孩知道这块菜园和地瓜都是五里外的一个村庄的，这个村子挺富。菜园里有白菜，似乎还有萝卜。萝卜缨儿绿得发黑，长得很旺。菜园子中间有两间孤独的房屋，住着一个孤独的老头，孩子都知道。菜园的北边是一望无际的黄麻。菜园的西边又是一望无际的黄麻。三面黄麻一面堤，使地瓜地和菜地变成一个方方的大井。孩子想着，想着，那些紫色的叶片，绿色的叶片，在一瞬间变成井中水，紧跟着黄麻也变成了水，几只在黄麻梢头飞蹿的麻雀变成了绿色的翠鸟，在水面上捕食鱼虾……

刘副主任还在训话。他的话的大意是：为了农业学大寨，水利是农业的命脉，八字宪法水是一法，没有水的农业就像没有娘的孩子，有了娘，这个娘也没有奶子，有了奶子，这个奶子也是个瞎奶子，没有奶水，孩子活不了，活了也像那个瘦猴（刘副主任用手指指着闸上的黑孩。黑孩背对着人群，他脊梁上有两块大疤瘌，被阳光照得呼啦呼啦打闪电）。而且这个闸太窄，不安全，年年摔死人，公社革委会特别重视，认真研究后决定加宽这个滞洪闸。因此，调来了全公社各大队共合二百余名民工。第一阶段的任务是这样的，姑娘媳妇半老婆子加上那个瘦猴（他又指指闸上的孩子，阳光照着大疤瘌，像照着两面小镜子），把那五百方石头砸成柏子养心丸或者是鸡蛋黄那么大的石头子儿。石匠们要把所有的石料按照尺寸剥磨整齐。这两个是我们的铁匠（他指着两个棕色的人，这两个人一个高、一个低，一个老、一个少），负责修理石匠们秃了尖的钢钻子之类。吃饭嘛，离村近的回家吃，离村远的到前边村里吃，我们开了一个伙房。睡觉嘛，离村近的回家睡，离村远的睡桥洞（他指指滞洪闸下那几十个桥洞）。女的从东边向西睡，男的从西边向东睡。桥洞里铺着麦秸草，软得像钢丝床，舒服死你们这些狗日的。

"刘副主任，你也睡桥洞吗？"

"我是领导。我有自行车。我愿意在这儿睡不愿意在这儿睡是我的事，你别操心烂了肺。官长骑马士兵也骑马吗？狗日的，好好干，每天工分不少挣，还补你们一斤水利粮，两毛水利钱，谁不愿干就滚蛋。连小瘦猴也得一份钱粮，修完闸他保证要胖起来……"

刘副主任的话，黑孩一句也没听到。他的两根细胳膊拐在石栏杆上，双手夹住羊角锤。他听到黄麻地里响着鸟叫般的音乐和音乐般的秋虫鸣唱。逃逸的雾气碰撞着黄麻叶子和深红或是淡绿的茎秆，发出震耳欲聋的声响。蚂蚱扇动翅羽的声音像火车过铁桥。他在梦中见过一次火车，那是一个独眼的怪物，趴着跑，比马还快，要是站着跑呢？那次梦中，火车刚站起来，他就被后娘的扫炕笤帚打醒了。后娘让他去河里挑水。笤帚打在他屁股上，不痛，只有热乎乎的感觉。打屁股的声音好像在很远的地方有人用棍子抽一麻袋棉花。他把扁担钩儿挽上去一扣，水桶刚刚离开地皮。担着满满两桶水，他听到自己的骨头"咯嘣咯嘣"地响。肋条跟胯骨连在了一起。爬陡峭的河堤时，他双手扶着扁担，摇摇晃晃。上堤的小路被一棵棵柳树扭得弯弯曲曲。柳树干上像装了磁铁，把铁皮水桶吸得摇摇摆摆。树撞了桶，桶把水洒在小路上，很滑，他一脚踏上去，像踩着一块西瓜皮。不知道用什么姿势他趴下了，水像瀑布一样把他浇湿了。他的脸碰破了，鼻子尖成了一个平面，一根草梗在平面上印了一个小沟沟。几滴鼻血流到嘴里，他吐了一口，咽了一口。铁桶一路欢唱着滚到河里去了。他爬起来，去追赶铁桶。两个桶一个歪在河边的水草里，一个被河水载着向前漂。他沿着水边追上去，脚下长满了四个棱的他和一班孩子称之为"狗蛋子"的野草。尽管他用脚指头使劲扒着草根，还是滑到了河里。河水温暖，没到了他的肚脐。裤头湿了，漂起来，围在他的腰间，像一团海蜇皮。他忽忽隆隆蹚着水追上去，抓住水桶，逆着水往回走。他把两只胳膊扎煞开，一只手拖着桶，另一只手一下一下划着水。水很硬，顶得他趔趔趄趄。他把身体斜起来，弓着脖子往前用力。好像有一群鱼把他包围了，两条大腿之间有若干温柔的鱼嘴在吻他。他停下来，仔细体会着，但一停住，那种感觉顿时就消逝了。水面忽地一暗，好像鱼群惊惶散开。一走起来，愉快的感觉又出现了，好像鱼儿又聚拢过来。于是他再也不停，半闭着眼睛，向前走啊，走……

"黑孩!"

"黑孩!"

他猛然惊醒，眼睛大睁开，那些鱼儿又忽地消失了。羊角铁锤从他手中挣脱了，笔直地钻到闸下的绿水里，溅起了一朵白菊花一样的水花。

"这个小瘦猴，脑子肯定有毛病。"刘太阳上闸去，拧着黑孩的耳朵，大声说，"过去，跟那些娘儿们砸石子去，看你能不能从里边认个干娘。"

小石匠也走上来，摸摸黑孩凉森森的头皮，说："去吧，去摸上你的锤子来。砸几块算几块，砸够了就要要。"

"你敢偷奸耍滑我就割下你的耳朵下酒。"刘太阳张着大嘴说。

黑孩哆嗦了一下。他从栏杆空里钻出去，双手勾住最下边一根石杆，身子一下子挂在栏杆下边。

"你找死!"小石匠惊叫着，猫腰去扯孩子的手。黑孩往下一缩，身体贴在桥墩菱状突出的石棱上，轻巧地溜了下去。黑孩子贴在白桥墩上，像粉墙上一只壁虎。他哧溜到水槽里，把羊角锤摸上来，然后爬出水槽，钻进桥洞不见了。

"这小瘦猴!"刘太阳摸着下巴说，"他妈的这个小瘦猴!"

黑孩从桥洞里钻出来，畏畏缩缩地朝着那群女人走去。女人们正在笑骂着。话很脏，有几个姑娘夹杂在里边，想听又怕听，脸儿一个个红扑扑的像鸡冠子花。男孩黑黑地出现在她们面前时，她们的嘴一下子全封住了。愣了一会儿，有几个咬着耳朵低语，看着黑孩没反应，声音就渐渐大了起来。

"瞧瞧，这个可怜样儿! 都什么节气了，还让孩子光着。"

"不是自己腔里养出来的就是不行。"

"听说他后娘在家里干那行呢……"

黑孩转过身去，眼睛望着河水，不再看这些女人。河水一块红一块绿，河南岸的柳叶像蜻蜓一样飞舞着。

一个蒙着一条紫红色方头巾的姑娘站在黑孩背后，轻轻地问："哎，小孩，你是哪个村的?"

黑孩歪歪头，用眼角扫了姑娘一下。他看到姑娘的嘴上有一层细细的金黄色的茸毛，她的两眼很大，但由于眼睫毛太多，毛茸茸的，显出一副睡眼惺忪的样子。

"小孩，你叫什么名字？"

黑孩正和沙地上一棵老蒺藜作战，他用脚指头把一个个六个尖或是八个尖的蒺藜撕下来，用脚掌去踩。他的脚像骡马的硬蹄一样，蒺藜尖一根根断了，蒺藜一个个碎了。

姑娘愉快地笑起来："真有本事，小黑孩，你的脚像挂着铁掌一样。哎，你怎么不说话？"姑娘用两个手指戳着孩子的肩头说，"听到了没有，我问你话呢！"

黑孩感觉到那两个温暖的手指顺着他的肩头滑下去，停到他背上的伤疤上。

"哎，这，是怎么弄的？"

孩子的两个耳朵动了动。姑娘这才注意到他的两耳长得十分夸张。

"耳朵还会动，哟，小兔一样。"

黑孩感觉到那只手又移到他的耳朵上，两个指头在捻着他漂亮的耳垂。

"告诉我，黑孩，这些伤疤，"姑娘轻轻地扯着男孩的耳朵把他的身体调转过来，黑孩齐着姑娘的胸口，他不抬头，眼睛平视着，看见的是一些由红线交叉成的方格，有一条梢儿发黄的辫子躺在方格布上，"是狗咬的？生疮啦？上树拉的？你这个小可怜……"

黑孩感动地仰起脸来，望着姑娘浑圆的下巴。他的鼻子吸了一下。

"菊子，想认个干儿吗？"一个脸盘肥大的女人冲着姑娘喊。

黑孩的眼睛转了几下，眼白像灰蛾儿扑棱。

"对，我就叫菊子，前屯的，离这儿十里，你愿意说话就叫我菊子姐好啦。"姑娘对黑孩说。

"菊子，是不是看上他了？想招个小女婿吗？那可够你熬的，这只小鸭子上架要得几年哩……"

"臭老婆，张嘴就喷粪。"姑娘骂着那个胖女人。她把黑孩牵到像山岭一样的碎石堆前，找了一块平整的石头摆好，说："就坐在这儿吧，靠着我，慢慢砸。"她自己也找了一块光滑石头，给自己弄了个座位，靠着男孩坐下来。很快，滞洪闸前这一片沙地上，就响起了"噼噼啪啪"的敲打石头声。女人们以黑孩为话题议论着人世的艰难和造就这艰难的种种原因，这些"娘儿们哲学"里，永恒真理羼杂着胡说八道，菊子姑娘一点都没往耳里入，她很留意地观察着孩子。黑孩起初还以那双大眼睛的偶然一瞥来回答姑娘的关注，但很快就像入了定一样，眼睛大睁着，也不知他看着什么，姑娘紧张地看着他。他左手摸着石头块儿，右手举着羊角锤，每举一次都显得精疲力竭，锤子落下时好像猛抛重物一样失去控制。有时姑娘几乎要惊叫起来，但什么也没发生，羊角铁锤在空中划着曲里拐弯的轨迹，但总能落到石头上。

黑孩的眼睛本来是专注地看着石头的，但是他听到了河上传来了一种奇异的声音，很像鱼群在喋喋，声音细微，忽远忽近，他用力地捕捉着，眼睛与耳朵并用，他看到了河上有发亮的气体起伏上升，声音就藏在气体里，只要他看着那神奇的气体，美妙的声音就逃跑不了。他的脸色渐渐红润起来，嘴角上漾起动人的微笑。他早忘记了自己坐在什么地方干什么，仿佛一上一下举着的手臂是属于另一个人的。后来，他感到左手食指一阵麻木，左胳膊也不由自主地抽搐了一下。他的嘴里突然迸出了一个音节，像哀叫又像叹息。低头看时，发现食指指甲盖已经破成好几瓣，几股血从指甲破缝里渗出来。

"小黑孩，砸着手了是不？"姑娘耸身站起，两步跨到孩子面前蹲下，"亲娘哟，砸成了什么样子？哪里有像你这样干活的？人在这儿，心早飞到不知哪国去了。"

姑娘数落着黑孩。黑孩用右手抓起一把土按在砸破的手指上。

"黑孩，你昏了？土里什么脏东西都有！"姑娘拖起黑孩向河边走去，孩子的脚板很响地踩着油光光的河滩地。在水边上蹲下，姑娘抓住孩子的手浸到河水里。一股小小的黄浊流在孩子的手指前形成了。黄土冲光后，血丝又渗出来，像红线一样在水里抖动，孩子的指甲像砸碎的玉片。

"痛吗？"

他不吱声。这时候他的眼睛又盯住了水底的河虾，河虾身体透亮，两根长须冉冉飘动，十分优美。

姑娘掏出一条绣着月季花的手绢，把他的手指包起来。牵着他回到石堆旁，姑娘说："行了，坐着歇吧，没人管你，冒失鬼。"

女人们也都停下了手中的锤子，把湿漉漉的目光投过来，石堆旁一时很静。一群群绵羊般的白云从青蓝蓝的天上飞奔而过，投下一团团稍纵即逝的暗影，时断时续地笼罩着苍白的河滩和无可奈何的河水。女人们脸上都出现一种荒凉的表情，好像寸草不生的盐碱地。待了好长一会儿，她们才如梦初醒，重新砸起石子来，锤声寥落单调，透出了一股无可奈何的情绪。

黑孩默默地坐着，目不转睛地看着手绢上的红花儿。在红花旁边又有一朵花儿出现了，那是指甲里的血渗出来了。女人们很快又忘了他，"嘎嘎咕咕"地说笑起来。黑孩把伤手举起来放在嘴边，用牙齿咬开手绢的结儿，又用右手抓起一把土，按到伤指上。姑娘刚要开口说话，却发现他用牙齿和右手又把手绢扎好了。她长长地叹了一口气，举起锤子，沉重地打在一块酱红色的石片上。石片很坚硬，石棱儿像刀刃一样，石棱与锤棱相接，碰出了几个很大的火星，大白天也看得清。

中午，刘副主任骑着辆乌黑的自行车从黑孩和小石匠的村子里蹿出来。他站在滞洪闸上吹响了收工哨。他接着宣布，伙房已经开伙，离家五里以外的民工才有资格去吃饭。人们匆匆地收拾着工具。姑娘站起来。孩子站起来。

"黑孩，你离家几里？"

黑孩不理她，脑袋转动着，像在寻找什么。姑娘的头跟着黑孩的头转动，当黑孩的头不动了时，她也把头定住，眼睛向前望，正碰上小石匠活泼的眼睛，两人对视了几十秒钟。小石匠说："黑孩，走吧，回家吃饭，你不用瞪眼，瞪眼也是白瞪眼，咱俩离家不到二里，没有吃伙房的福分。"

"你们俩是一个村的？"姑娘问小石匠。

小石匠兴奋得口吃起来，他用手指指村子，说他和黑孩就是这村人，过了桥就到了家。姑娘和小石匠说了一些平常但很热乎的话。小石匠知道了姑娘家住前屯，可以吃伙房，可以睡桥洞。姑娘说，吃伙房愿意，睡桥洞不愿意。秋天里刮秋风，桥洞凉。姑娘还悄悄地问小石匠黑孩是不是哑巴。小石匠说绝对不是，这孩子可灵性哩，他四五岁时说起话来就像竹筒里晃豌豆，咯嘣咯嘣脆。可是后来，话越来越少，动不动就像尊小石像一样发呆，谁也不知道他寻思着什么。你看看他那双眼睛吧，黑洞洞的，一眼看不到底。姑娘说：看得出来这孩子灵性，不知为什么我很喜欢他，就像我的小弟弟一样。小石匠说：那是你人好心眼儿善良。

　　小石匠、姑娘、黑孩儿，不知不觉落到了最后边，他和她谈得很热乎，恨不得走一步退两步。黑孩跟在他俩身后，高抬腿、轻放脚，那神情和动作很像一只沿着墙边巡逻的小公猫。在九孔桥上，刚刚在紫穗槐树丛里耽误了时间的刘太阳骑着车子"嘎嘎啦啦"地赶上来，桥很窄，他不得不跳下车子。

　　"你们还在这儿磨蹭？黑猴，今天上午干得怎么样？噢，你的爪子怎么啦？"

　　"他的手让锤子打破了。"

　　"他妈的。小石匠，你今天中午就去找你们队长，让他趁早换人，出了人命我可担不起。"

　　"他这是工伤，你忍心撵他走？"姑娘大声说。

　　"刘副主任，咱俩多年的老交情了，你说，这么大个工地，还多这么个孩子？你让他瘸着只手到队里去干什么？"小石匠说。

　　"瘦猴儿，真你妈的，"刘太阳沉吟着说，"给你调个活儿吧，给铁匠炉拉风匣，怎么样？会不会？"

　　孩子求援似的看看小石匠，又看看姑娘。

　　"会拉，是不是，黑孩？"小石匠说。

　　姑娘也冲着他鼓励地点点头。

二

　　黑孩在铁匠炉上拉风箱拉到第五天，赤裸的身体变得像优质煤块一样乌黑发亮，他全身上下，只剩下牙齿和眼白还是白的。这样一来，他的眼睛就更加动人，当他闭紧嘴角看着谁的时候，谁的心就像被热铁烙着一样难受。他的鼻翼两侧的沟沟里落满煤屑，头发长出有半寸长了，半寸长的头发间也全是煤屑。现在，全工地的男人女人们都叫他"黑孩"，他谁也不理，连认真看你一眼也不。只有菊子姑娘和小石匠来跟他说话时，他才用眼睛回答他们。昨天中午，工地上的人们全去吃饭了，铁匠师傅的一把小锤和一个淬火用的新水桶被人偷走了。刘太阳在滞洪闸上大骂了半个小时。他分派给黑孩一个新任务：每天中午放工吃饭后，留在工地看守工具，午饭由铁匠师傅从伙房里带来。刘副主任说，便宜黑孩这个狗小子一顿午饭。

人全走了，喧闹了一上午的工地静得很。黑孩走出桥洞，在闸前的沙地上慢慢地踱步。他倒背着胳膊，双手捂着屁股，蹙着眉毛，额头上出现三道深深的皱纹。他翻来覆去地数着桥洞，从两片嘴唇间"叭儿叭儿"地吐出一个个小泡泡儿。在第七个桥墩前，他站住了，然后双腿夹住桥墩的菱状石棱，一耸一耸地往上爬。爬到半截时，他滑了下来，肚皮上擦破了一大块，渗出一层血珠来。他弯腰抓起一把土，按到肚子上。然后倒退几步，抬起手掌打着眼罩，看着桥墩与桥面相接处那道石缝，他放心了。

很快地他又走到了妇女们砸石子的地方，他曾经坐过的那块石头没有了。他很准地找到了菊子姑娘的座位，他认识她那把六棱石匠锤。他坐在姑娘的座位上，不断地扭动着身体，变换着姿势，一直等调整到眼睛跟第七个桥墩上那条石缝成一条直线时，才稳稳地坐住，双眼紧盯着石缝里那个东西……

那天中午，他早早地跑到滞洪闸下，在西边第一个桥洞里蹲下来。他眼睛一遍遍地抚摸红炉、铁钳、大锤、小锤、铁桶、煤铲，甚至每块煤，甚至每块煤渣。快到上工时间了，他右手拿起煤铲，捅开了压住火的红炉，左手用力一拉风箱，煤烟和着煤灰飞起来，眯了眼睛，他使劲揉着，眼眶处充血发了紫。风箱里新勒了鸡毛，很沉，他一只手拉起来有些吃力。右手食指被碰了一下。看手指时才想起那条包着伤指的手绢。手绢已经不白了，月季花还是鲜红的。他转了一个念头，走出桥洞，四下打量着。在第七个桥墩前，他解下手绢用口叼着，费力地爬上去，把手绢塞到石缝里……三捅两戳，火灭了。他的额上沁出一层汗珠。这时桥洞外响起踢踢踏踏的脚步声，他惶恐地倒退着，一直退到脊背贴着凉凉的石壁。黑孩看到一个短腿的青年弯着腰走进桥洞，那姿势好像要证明桥洞很低他很高。黑孩咧了咧嘴。短腿青年看着被捅灭的火炉和拉出半截的风箱，又看看紧贴石壁站着的他，骂一声："小狗崽子！你来折腾什么？火也捅灭了，风匣也拉歪了，欠揍的小混蛋。"黑孩听到头上响起一阵风声，感到有一个带棱角的巴掌在自己头皮上扇过去，紧接着听到一个脆响，像在地上摔死一只青蛙。

"滚出去砸你的石头子儿，小混蛋！"青年人骂着。

黑孩这才知道这就是小铁匠。小铁匠的脸上布满密集的粉刺疙瘩，鼻子像牛犊的鼻子一样，扁扁的，平平的，上边布满汗珠。黑孩看到小铁匠麻利地清理炉膛。又看着他从桥洞的角上抓过一把金黄的麦秸塞到炉膛里，点燃，轻轻地拉几下风箱，麦秸先冒出又轻又白的烟，紧跟着蹿出火苗。小铁匠铲了一铲湿漉漉的煤，薄薄地撒在正在燃烧的麦秸上，拉风箱的手一直不停。又撒了一层煤。又撒了一层煤。炉里蹿起焦黄的烟，烟里夹带着呛鼻子的煤味。小铁匠用铁铲尖儿把炉中煤一戳，几缕强劲有力的暗红色的火苗蹿了出来，煤着了。

黑孩兴奋地"噢"了一声。

"你还不滚，小混蛋！"

一个又高又瘦的老头子慢吞吞地走进桥洞，问小铁匠："不是压住火了吗？怎么又生？"他的语声沉闷，声音像是从胸膈以下发出来的。

"被这个小混蛋给捅灭了。"小铁匠抬起煤铲指指黑孩。

"你让他拉吧。"老头说。他把一块蛋黄色的油布围在腰间，把两块蛋黄色的油布绑在脚脖子上护住了脚面。油布上布满了火星烧成的洞洞眼眼。黑孩知道这就是老铁匠了。

"让他拉风匣，你专管打锤，这样你也轻松一点。"老铁匠说。

"让这么个毛孩子拉风匣？你看他瘦得那个猴样，在火炉边还不给烤成干柴棍儿！"小铁匠不满意地嘟哝着。

刘太阳一步闯进来，翻着眼皮说："怎么啦？不是你说的要个拉火的吗？"

"要拉火的不要他！刘副主任，你看看他瘦得那个样子，恐怕连他妈的煤铲都拿不动，你派他来干什么？臭杞摆碟——凑样数！"

"我知道你小子的鬼心眼子。你想要个大姑娘来给你拉火是不是？挑个最漂亮的，让那个蒙着紫红色方头巾的来？美得你这个臊包狗蛋！黑孩，拉风箱吧。"刘太阳冲着小铁匠说，"你他妈的好好教教他！"

黑孩畏畏缩缩地走到风箱前站定，目光却期待什么似的望着老铁匠的脸，孩子发现，老铁匠的脸色像炒焦了的小麦，鼻子尖像颗熟透了的山楂。他走上前来，教给黑孩一些烧火的要领。黑孩的耳朵抖动着，把老铁匠的话儿全听进去了。

刚开始拉火时，他手忙脚乱，满身都是汗水，火焰烤得他的皮肤像针尖刺着一样疼痛。老铁匠面部没有表情，僵硬犹如瓦片，连看也不看他一眼。黑孩咬着下嘴唇，不断地抬起黑胳膊擦着流到眼睛上边的汗水。他的鸡胸脯一起一伏，嘴和鼻孔像风箱一样"呼哧呼哧"喷着气。

小石匠送来磨秃的钢钻待修，看着黑孩那副样子，说："能不能挺住？挺不住就吱一声，还去砸你的石头子儿。"

黑孩连头都没抬。

"这偏种！"小石匠把钢钻扔在地上，走了。但很快他又折了回来，和菊子姑娘一起。菊子把方头巾扎在脖子上，整个脸显得更加完整。

桥洞里的小铁匠忽然感到眼前一亮，使劲咽了一口唾液，又用肥厚的舌头舔了舔干裂的嘴唇。他的两只眼睛不比黑孩的眼睛小，但右眼里有一个鸭蛋皮色的"萝卜花"遮盖了瞳孔。天长日久地用左眼看东西，养成了脑袋往右歪的习惯。他的头枕在右肩上，左眼里射出一道灼热的光，直盯着姑娘红扑扑的脸膛。十八磅的大铁锤头朝下站在他的两腿间，他手扶锤把子，像拄着一根拐棍。

炉中烟火升腾，黑烟夹带着火星直冲到桥面上，又愤怒地反扑下来。孩子的脸笼罩在烟雾里，他咳嗽着，胸脯里"咝咝"地响。老铁匠冷冷地看了黑孩一眼，从磨得油亮的皮口袋里掏出烟袋，慢吞吞地装上烟，就着炉火点燃，把两股白色烟喷进黑色烟里，鼻孔里两撮黑毛抖动着，他从烟雾里漠然地看了一眼桥洞口的小石匠和菊子，这才对黑孩说："少加煤，撒匀一点。"

孩子急促地拉着风箱，瘦身子前倾后仰，炉火照着他汗湿的胸脯，每一根肋巴条都清清楚楚。左胸脯的肋条缝中，他的心脏像只小耗子一样可怜巴巴地跳动着。老铁匠说："拉长一点，一下是一下。"

菊子姑娘看到黑孩的下唇流出深红的血，眼睛里顿时充满泪水。她喊道："黑孩，不给他们干了。走，回去跟我砸石子儿。"她走到风箱前，捏住了黑孩那两条干柴棍一样的细胳膊。黑孩拼命挣扎着，喉咙里呜呜地响着，像一条要咬人的小狗。他身体很轻，姑娘架着他的胳膊把他端出了桥洞，他粗糙的脚趾划着地面，地上的碎石片儿哗哗地响着。

"黑孩，咱不给他们干了，你顶不住烟熏火燎，你这么瘦，流光了汗，就烤成锅巴啦。还是跟姐姐去砸石子儿轻松。"一边说着，一边把他放下，用一只手拖着他往石堆那边走。她的胳膊粗壮有力，手很大很柔软，捏着黑孩的手腕，像捏着一条小山羊腿。黑孩打着坠，脚后跟哗哗啦啦犁着地上的碎石片。"小傻瓜，小拗种，好好跟我走。"姑娘停住脚，回头对他说着，手用力捏捏他的腕子，"看看你这小狗腿，我要一用劲，保准捏碎了，那么重的活你怎么干得了？"黑孩恨恨地盯了她一眼，猛地低下头，在姑娘胖胖的手腕上狠狠地咬了一口。她"哎哟"了一声，松开手，黑孩转身跑回了桥洞。

黑孩的牙齿十分锋利，姑娘的手腕上被咬出了两排深深的牙印。他的犬齿是两个锥牙儿，这两个锥牙在姑娘腕上钻出了两个流血的小洞。小石匠关切地走上前去，掏出一条皱巴巴的手绢要给姑娘包扎。她推开他，眼睛也不看他，弯腰从地上抓起一把土，按在伤口上。

"有病菌！"小石匠吃惊地叫喊。

姑娘走回乱石堆前，寻着自己的座位坐了下来，呆呆地瞅着河水上层出不穷的波纹，一块石头儿也不砸。

"看看，又傻了一个。"

"黑孩八成会使魔法。"

女人们咬着耳朵低语。

"黑孩，你给我滚出来，狗崽子，狗咬吕洞宾，不识好人心。"小石匠骂着往铁匠炉所在的桥洞里走。

一股脏乎乎、热烘烘的水泼出来，劈头盖脸蒙住了小石匠。小石匠对得正，桥洞里瞄得准，半桶水几乎没浪费一滴。他柔软的黄头发上，劳动布夹克衫上、大红运动衫翻领上，沾满了铁屑和煤灰，脏水像小溪一样从头往脚流。

"瞎了狗眼了！"小石匠大骂着冲进桥洞，"谁干的？说，谁干的？"

没有人搭理他。桥洞里黑烟散尽，炉火正旺，紫红色的老铁匠用一把长长的铁钳子把一根烧得发白透亮的钢钻子从炉里夹出来，钻子尖上"噼噼"地爆着耀眼的钢花。老铁匠把钻子放在铁砧上，用小叫锤敲了一下铁砧的边缘，铁砧清脆地回答着他。他的左手操着长把铁钳，铁钳夹着钻子，钻子按着他的意思翻滚着；右手的小叫锤很快地敲着钢钻。他的小锤敲到哪儿，独眼小铁匠的十八磅大铁锤就打到哪儿。老铁匠的小锤像鸡啄米一样迅疾，小铁匠的大锤一步不让，桥洞里生出习习热风。在惊心动魄的锻打声中，钢钻子火星四溅，火星溅到老铁匠和小铁匠围腰护脚的油布上，"嗞嗞"地冒着白色的烟。火星也飞到了黑孩裸露的皮肤上，他咧着嘴，龇出两排雪白的小狼牙齿。钢火在他肚皮上烫起几个大燎泡，他一点都没有痛的表情，眼睛里跳动着心荡神迷的火苗，两个瘦削的肩头耸起来，脖子使劲缩着，双臂交叠在胸前，手捂着下巴和嘴巴，挤得鼻子上满是皱纹。

秃钻子被打出了尖，颜色暗淡下来——先是殷红，继而是银白。地下落着一层灰白的铁屑，铁屑引燃了一根草梗，草梗悠闲地冒着袅袅的白烟。

"谁他妈的泼了我?"小石匠盯着小铁匠骂。

"老子泼的，怎么着?"小铁匠遍体放光，双手拄着锤把，优雅地歪着头，说。

"你瞎眼了吗?"

"瞎了一个。老爹泼水你走路，碰上了算你运气。"

"你讲理不讲?"

"这年头，拳头大就有理。"小铁匠捏起拳头，胳膊上的肉隆起来。

"来吧，独眼龙! 老子今天把你这只狗眼也打瞎。"小石匠怒气冲冲地靠了前，老铁匠好像无意地往前跨了一步，撞了他一下。小石匠猛然觉得老人那双深深地躯着的眼窝里射出了一股物质，好像暗示着什么，他顿时感到浑身肌肉松弛。老铁匠微微扬起脸，极随便地哼唱了一句说不出是什么味道的戏文或是歌词来：

恋着你刀马娴熟，通晓诗书，少年英武，跟着你闯荡江湖，风餐露宿，吃尽了世上千般苦。

老铁匠只唱了这一句，声音戛然而止，听得出他把一大截悲怆凄楚的尾音咽进了肚子。老铁匠又看了小石匠一眼，低下头去给刚打出尖的钻子淬火。淬火前，他捋起右手衣袖，把手伸进水桶里试着水温，他的小臂上有一个深紫色的伤疤，圆圆的，中间凸出，尽管这个伤疤不像一只眼睛，但小石匠却觉得这个紫疤像一只古怪的眼睛盯着自己。他撇了一下嘴，恍恍惚惚像中了魔怔，飘飘地出了桥洞，红炉这边，一下午没见到他的影子。

……孩子的眼睛酸了，头皮也晒得发烫。他从姑娘的座位上站起来，踱回到铁匠炉边。桥洞里很暗，他摸摸索索地坐在老铁匠的马扎上，什么都不想的时候，双手便火烧火燎地痛起来，他把手放在凉森森的石壁上，赶快去想过去的事情。

三天前，老铁匠请假回家拿棉衣和铺盖，他说人老了腿值钱，不愿天天往家跑，在红炉边絮个铺，冻不着的。（黑孩抬眼看看老铁匠的铺。桥洞的北边已经用闸板堵起来了。几缕亮光从板缝里漏进来，斜照着老铁匠那件油晃晃的棉袄和那条狗毛脱落的皮褥子。）老师傅回了家，小铁匠成了一洞之主。那天上午进桥洞来，他挺着胸，凸着肚，好颜好色地说：“黑孩，生火，老东西回家了，咱们俩干。”

黑孩看着他。

“瞪什么眼，兔崽子！你瞧不起老子是不？老子跟着老东西已经熬了整三年啦，他那点把戏我全知道。”小铁匠说。

黑孩懒洋洋地生起火来。小铁匠得意地哼着什么。他把几支头天没来得及修的钢钻插进炉膛烧着。黑孩把火拉得很旺，照着自己的黑脸透出红来。小铁匠忽然笑起来，说：“黑孩，你小子冒充老红军准行，浑身是疤。”

孩子使劲拉火。

“这几天怎么也不见你那个浪干娘来看你啦？你咬了她一口，把她得罪啦，狗儿子。她的胳膊什么味儿？是酸的还是甜的？你狗日的好口福。要是让我捞到她那条白嫩胳膊，我像吃黄瓜一样啃着吃了。”

黑孩提起长钳，夹起一根烧透了的钢钻扔到砧子上。

"哟，儿子，好快！"小铁匠抄起一把比大锤小比小锤大的中锤，一手掌钳，一手抢锤，狠狠地打起来。黑孩呆呆地看着。小铁匠一身好力气，铁锤耍得出神出鬼，打出的钢钻尖儿棱角分明，像支削好的铅笔。黑孩很悲哀地看着老铁匠那把小叫锤。小铁匠用铁钳夹着打好的钢钻到桶边淬火，他淬火的动作跟老铁匠一模一样。黑孩背过脸，又去看那把躺在砧子旁边的小叫锤，小叫锤的木把儿像老牛的角尖一样又光又滑。

小铁匠好马快刀，一会儿工夫就修好十几支钢钻。他得意地坐在师傅的马扎上卷烟。卷好烟，插进嘴。吩咐黑孩夹过一块通红的炭给他点着。

"儿子，看到了吧？没有老帮子我们照样干！"

小铁匠正得意着，刚才拿走钻子的石匠们找他来了。

"小铁匠，你淬的什么鸟火？不是崩头就是弯尖，这是剥石头，不是打豆腐。没有弯弯肚子，别吞镰头刀子。等你师傅回来吧，别拿着我们的钢钻练功夫。"

石匠们把那十几支坏钻子扔在地上，走了。小铁匠脸变了色，咋呼着黑孩拉火烧钻子。一会儿工夫他又把钻子打好，淬好，亲自抱着送到工地上。他前脚进了桥洞，石匠们后脚就跟来了。坏钻子扔在地上，脏话扔在小铁匠头上："去你娘的蛋，别要我们的大头了，看看你淬的火！全崩了你娘的尖啦！"

黑孩看看小铁匠，嘴角上漾出两道纹来，谁也不知道他是高兴还是难过。小铁匠把工具摔得"噼里啪啦"响，蹲到地上，呼呼地吐闷气。他抽了一支烟，那只独眼骨碌碌地转着，射出迷茫暴躁的光线，两条大蝌蚪一样的眉毛急遽地扭动着。他扔掉烟屁股，站起来，说：

"妈的，就不信羊不吃蒿子！黑孩，拉火再干！"

黑孩无精打采地拉着风箱，动作一下比一下迟缓。小铁匠催他，骂他，他连头都不抬。钻子又烧好了。小铁匠草草打了几锤，就急不可耐地到桶边淬火。这次他改变了方式，不是像老铁匠那样一点点地淬，而是把整个钻子一下插到水里。桶里的水吱吱地叫着，一股白气绞着麻花冲起来。小铁匠把钢钻提起来，举到眼前，歪着头察看花纹和颜色。看了一阵，他就把这支钻子放在砧子上，用锤轻轻一敲，钢钻断成两半。他沮丧地把锤子扔到地上，把那半截钻子用力甩到桥洞外边去。坏钻子躺在洞前石片上，怎么看都难受。

"去把那根钻子捡回来！"小铁匠怒冲冲地吩咐黑孩。黑孩的耳朵动了动，脚却没有动。他的屁股上挨了一脚，肩膀上被捅了一钳子，耳边响起打雷一样的吼声："去把钻子捡回来。"

黑孩垂着头走到钻子前，一点一点弯下腰去，伸手把钻子抓起来。他听到手里"嗞嗞啦啦"地响，像握着一只知了。鼻子里也嗅到炒猪肉的味道。钻子沉重地掉在地上。

小铁匠一愣，紧接着大笑起来："兔崽子，老子还忘了钻子是热的，烫熟了猪爪子，啃吧！"

黑孩走回桥洞，一眼也不看小铁匠，把烫熟了皮肉的手淹到水桶里泡了泡，又慢悠悠走出桥洞。他弯下腰去，仔细地端详着那半截钢钻子。钢钻是银灰色的，表面粗糙，有好多小颗粒。地上的湿土在钢钻下冒着白气，那白气很细，若有若无。他更低地俯下身去，屁股高高地翘起来，大裤头全褪到屁股上，露出比小腿颜色略浅的大腿。他的一只手捂在背上，一只手从肩前垂下去，慢慢地接近钢钻，水珠沿着指尖滴下去，钢钻哧啦一声响。水珠在钻子上跳动着，叫着，缩小着，变成一圈波纹，先扩大一下，立即收缩，终于消逝了。他的指尖已经感到了钢钻的灼热，这种灼热感一直传导到他心里去。

"你他妈的在那儿干什么，弯腰撅腚，冒充走资派吗？"小铁匠在桥洞里喊他。

他一把攥住钢钻，哆嗦着，左手使劲抓着屁股，不慌不忙走回来。小铁匠看到黑孩手里冒出黄烟，眼像风瘫病人一样斜着叫："扔、扔掉！"他的嗓子变了调，像猫叫一样，"扔掉呀，你这个小混蛋！"

黑孩在小铁匠面前蹲下，松开手，抖了两抖，钻子打了两滚儿躺在小铁匠脚前。然后就那么蹲着，仰望着小铁匠的脸。

小铁匠浑身哆嗦起来："别看我，狗小子，别看我。"他拧过脸去。黑孩站起来，走出桥洞……他记得他走出桥洞后望了一会儿西天，天上连一丝云彩也没有，只有半个又白又薄的月亮，像一块小小的云……

他想得很累，耳朵里有蜜蜂的叫声，从马扎子上起来，走到老铁匠的铺前躺下来。头枕着棉袄，眼皮不知不觉合上了。他感到有一个人在抚摸自己的脸，抚摸自己的手，痛，他忍着。有两滴沉甸甸的水珠落下来，一滴落在两片唇间，他咽下了；一滴打到鼻尖上，鼻子被砸得酸溜溜的。

"黑孩，黑孩，醒醒，吃饭啦。"

他觉得鼻子酸得厉害，匆忙爬起来，看着姑娘。有两股水儿想从眼窝里滚出来，他使劲憋住，终于让水儿流进喉咙。

"给你。"姑娘解开那条紫红色头巾。头巾里包着两个窝窝头。一个窝窝头的眼里塞着一根腌黄瓜，一个窝窝头眼里栽着一根大葱。一根长长的梢儿发黄的头发沾在窝窝头上。姑娘用两个指头拈起头发，轻轻一弹，头发落地时声音很响，黑孩听到了。

"吃吧，你这条小狗！"姑娘摸着他的脖子说。

黑孩咬葱咬黄瓜咬窝窝头，一边咀嚼一边看姑娘。

"手是怎么烫的？是不是独眼龙使坏？还咬我吗？看看你的狗牙多快。"

孩子的耳朵使劲呼扇着，左手举起窝窝头，右手举起大葱腌黄瓜，遮住了脸。

三

夜里，莫名其妙地下了一场雷阵雨。清晨上工时，人们看到工地上的石头子儿被洗得干干净净，沙地被拍打得平平整整。闸下水槽里的水增了两拃，水面蓝汪汪地映出天上残余的乌云。天气仿佛一下子冷了，秋风从桥洞里穿过来，和着海洋一样的黄麻地里的窸窣之声，使人感到从心里往外冷。老铁匠穿上了他那件亮甲似的棉袄，棉袄的扣子全掉光了，只好把两扇襟儿交错着掩起来，拦腰捆上一根红色胶皮电线。黑孩还是只穿一条大裤头子，光背赤足，但也看不出他有半点瑟缩。他原来扎腰的那根布条儿不知是扔了还是藏了，他腰里现在也扎着一截红胶皮电线。他的头发这几天像发疯一样地长，已经有二寸长，头发根根竖起，像刺猬的硬毛。民工们看着他赤脚踩着石头上积存的雨水走过工地，脸上都表现出怜悯加敬佩的表情来。

"冷不冷?"老铁匠低声问。

黑孩惶惑地望着老铁匠，好像根本不理解他问话的意思。"问你哩！冷吗?"老铁匠提高了声音。惶惑的神色从他眼里消失了，他垂下头，开始生火。他左手轻拉风箱，右手持煤铲，眼睛望着燃烧的麦秸草。老铁匠从草铺上拿起一件油腻腻的褂子给黑孩披上。黑孩扭动着身体，显出非常难受的样子。老铁匠一离开，他就把褂子脱下来，放回到铺上去。老铁匠摇摇头，蹲下去抽烟。

"黑孩，怪不得你死活不离开铁匠炉，原来是图着烤火暖和哩，妈的，人小心眼儿不少。"小铁匠打了一个百无聊赖的哈欠，说。

工地上响起哨子声，刘副主任说，全体集合。民工们集合到闸前向阳的地方，男人抱着膀子，女人纳着鞋底子。黑孩偷觑着第七个桥墩上的石缝，心里忐忑不安。刘副主任说，天就要冷，因此必须加班赶，争取结冰前浇完混凝土底槽。从今天起每晚七点到十点为加班时间，每人发给半斤粮，两毛钱。谁也没提什么意见。二百多张脸上各有表情。黑孩看到小石匠的白脸发红发紫，姑娘的红脸发灰发白。

当天晚上，滞洪闸工地上点亮了三盏汽灯。汽灯发着白炽刺眼的光，一盏照耀石匠们的工场，一盏照着妇女们砸石子儿的地方。妇女们多数有孩子和家务，半斤粮食两毛钱只好不挣。灯下只围着十几个姑娘。她们都离村较远，大着胆子挤在一个桥洞里睡觉，桥洞两头都堵上了闸板，只在正面留了个洞，钻进钻出。菊子姑娘有时钻桥洞，有时去村里睡（村里有她一个姨表姐，丈夫在县城当临时工，有时晚上不回家睡，表姐就约她去做伴）。第三盏汽灯放在铁匠炉的桥洞里，照着老年青年和少年。石匠工场上锤声叮当，钢钻子啃着石头，不时迸出红色的火星。石匠们干得还算卖劲，小石匠脱掉夹克衫，大红运动衣像火炬一样燃烧着。姑娘们围灯坐着，产生许多美妙联想。有时嘎嘎大笑，有时窃窃私语，砸石子的声音零零落落。在她们发出的各种声音的间隙里，充填着河上的流水声。菊子放下锤子，悄悄站起来，向河边走去。灯光把她的影子长长地投在沙地上。"当心被光棍子把你捉去。"一个姑娘在菊子身后说。

菊子很快走出灯光的圈子。这时她看到的灯光像几个白亮亮的小刺球，刺球儿伸到她面前停住了，刺尖儿是红的、软的。后来她又迎着灯光走上去。她忽然想去看看黑孩在干什么，便躲避着灯光，闪到第一个桥墩的暗影里。

她看到黑孩像个小精灵一样活动着，雪亮的灯光照着他赤裸的身体，像涂了一层釉彩。仿佛这皮肤是刷着铜色的陶瓷橡皮，既有弹性又有韧性，撕不烂也扎不透。黑孩似乎胖了一点点，肋条和皮肤之间疏远了一些。也难怪么，每天中午她都从伙房里给他捎来好吃的。黑孩很少回家吃饭，只是晚上回家睡觉，有时候可能连家也不回——姑娘有天早晨发现他从桥洞里钻出来，头发上顶着麦秸草。黑孩双手拉着风箱，动作轻柔舒展，好像不是他拉着风箱而是风箱拉着他。他的身体前倾后仰，脑袋像在舒缓的河水中漂动着的西瓜，两只黑眼睛里有两个亮点上下起伏着，如萤火虫优雅地飞动。

小铁匠在铁砧子旁边以他一贯的姿势立着，双手拄着锤柄，头歪着，眼睛瞪着，像一只深思熟虑的小公鸡。

老铁匠从炉子里把一支烧熟的大钢钻夹了出来，黑孩把另一支坏钻子捅到大钢钻腾出的位置上。烧透的钢钻白里透着绿。老铁匠把大钢钻放到铁砧上，用小叫锤敲敲砧子边，小铁匠懒洋洋地抄起大锤，像抢麻秆一样抢起来，大锤轻飘飘地落在钢钻子上，钢花立刻光彩夺目地向四面八方飞溅。钢花碰到石壁上，破碎成更多的小钢花落地，钢花碰到黑孩微微凸起的肚皮，软绵绵地弹回去，在空中划出一个个漂亮的半圆弧，坠落下去。钢花与黑孩肚皮相撞以及反弹后在空中飞行时，空气摩擦发热发声。打过第一锤，小铁匠如同梦中猛醒一般绷紧肌肉，他的动作越来越快，姑娘看到石壁上一个怪影在跳跃，耳边响彻"咣咣咣咣"的钢铁声。小铁匠塑铁成形的技术已经十分高超，老铁匠右手的小叫锤只剩下干敲砧子边的份儿。至于该打钢钻的什么地方，小铁匠是一目了然。老铁匠翻动钢钻，眼睛和意念刚刚到了钢钻的某个需要锻打的部位，小铁匠的重锤就敲上去了，甚至比他想的还要快。

姑娘目瞪口呆地欣赏着小铁匠的好手段，同时也忘不了看着黑孩和老铁匠。打得最精彩的时候，是黑孩最麻木的时候（他连眼睛都闭上了，呼吸和风箱同步），也是老铁匠最悲哀的时候，仿佛小铁匠不是打钢钻而是打他的尊严。

钢钻锻打成形，老铁匠背过身去淬火，他意味深长地看了小铁匠一眼，两个嘴角轻蔑地往下撇了撇。小铁匠直勾勾地看着师傅的动作。姑娘看到老铁匠伸出手试试桶里的水，把钻子举起来看了看，然后身体弯着像对虾，眼瞅着桶里的水，把钻子尖儿轻轻地、试试探探地触及水面，桶里水"咝咝"地响着，一股很细的蒸汽蹿上来，笼罩住老铁匠的红鼻子。一会儿，老铁匠把钢钻提起来举到眼前，像穿针引线一样瞄着钻子尖，好像那上边有美妙的画图，老头脸上神采飞扬，每条皱纹里都溢出欣悦。他好像得出一个满意答案似的点点头，把钻子全淹到水里，蒸汽轰然上升，桥洞里形成一个小小的蘑菇烟云。汽灯光变得红股股的，一切全都朦胧晃动。雾气散尽，桥洞里恢复平静，依然是黑孩梦幻般拉风箱，依然是小铁匠公鸡般冥思苦想，依然是老铁匠如枣者脸如漆者眼如屎壳郎者臂上疤痕。

老铁匠又提出一支烧熟的钢钻，下面是重复刚才的一切，一直到老铁匠要淬火时，情况才发生了一些变化。老铁匠伸手试水温。加凉水。满意神色。正当老铁匠要为手中的钻子淬火时，小铁匠耸身一跳到了桶边，非常迅速地把右手伸进了水桶。老铁匠连想都没想，就把钢钻戳到小伙子的右小臂上。一股烧焦皮肉的腥臭味儿从桥洞里飞出来，钻进姑娘的鼻孔。

小铁匠"嗷"地号叫一声，他直起腰，对着老铁匠恶狠狠地笑着，大声喊："师傅，三年啦！"

老铁匠把钢钻扔在桶里，桶里翻滚着热浪头，蒸汽又一次弥漫桥洞。姑娘看不清他们的脸子，只听到老铁匠在雾中说："记住吧！"

没等烟雾散尽她就跑了，她使劲儿捂住嘴，有一股苦涩的味儿在她胃里翻腾着。坐在石堆前，旁边一个姑娘调皮地问她："菊子，这一大会儿才回来，是跟着大青年钻黄麻地了吗？"她没有回嘴，听凭着那个姑娘奚落。她用两个手指捏着喉咙，极力不让自己发出声音。

收工的哨声响了。三个钟头里姑娘恍惚在梦幻中。"想汉子了吗？菊子？""走吧，菊子。"她们招呼着她。她坐着不动，看着灯光下憧憧的人影。

"菊子,"小石匠板板整整地站在她身后说,"你表姐让我捎信给你,让你今夜去做伴,咱们一道走吗?"

"走吗?你问谁呢?"

"你怎么啦?是不是冻病啦?"

"你说谁冻病啦?"

"说你哩!"

"别说我。"

"走吗?"

"走。"

石桥下水声响亮,她站住了。小石匠离她只有一步远。她回过头去,看到滞洪闸西边第一个桥洞还是灯火通明,其他两盏汽灯已经熄灭。她朝滞洪闸工地走去。

"找黑孩吗?"

"看看他。"

"我们一块去吧,这小混蛋,别迷迷糊糊掉下桥。"

菊子感觉到小石匠离自己很近了,似乎能听到他"怦怦"的心跳声。走着,走着。她的头一倾斜,立刻就碰到小石匠结实的肩膀,她又把身子往后一仰,一只粗壮的胳膊便把她揽住了。小石匠把自己一只大手捂在姑娘窝窝头一样的乳房上,轻轻地按摩着,她的心在乳房下像鸽子一样乱扑棱。脚不停地朝着闸下走,走进亮圈前,她把他的手从自己胸前移开。他通情达理地松开了她。

"黑孩!"她叫。

"黑孩!"他也叫。

小铁匠用左眼看着她和他,腮帮子抽动一下。老铁匠坐在自己的草铺上,双手端着烟袋,像端着一杆盒子炮。他打量了一下深红色的菊子和淡黄色的小石匠,疲惫而宽厚地说:"坐下等吧,他一会儿就来。"

……黑孩提着一只空水桶,沿着河堤往上爬。收工后,小铁匠伸着懒腰说:"饿死啦。黑孩,提上桶,去北边扒点地瓜,拔几个萝卜来,我们开夜餐。"

黑孩睡眼迷蒙地看看老铁匠。老铁匠坐在草铺上，像只羽毛凌乱的败阵公鸡。

"瞅什么？狗小子，老子让你去你尽管去。"小铁匠腰挺得笔直，脖子一抻一抻地说。他用眼扫了一下瘫坐在铺上的师傅。胳膊上的烫伤很痛，但手上愉快的感觉完全压倒了臂上的伤痛，那个温度可是绝对的舒适绝对的妙。

黑孩拎起一只空水桶，踢踢踏踏往外走。走出桥洞，仿佛"扑通"一声掉下了井，四周黑得使他的眼睛里不时迸出闪电一样的虚光，他胆怯地蹲下去，闭了一会儿眼睛，当他睁开眼睛时，天色变淡了，天空中的星光暖暖地照着他，也照着瓦灰色的大地……

河堤上的紫穗槐枝条交叉伸展着，他用一只手分拨着枝条，仄着肩膀往上走。他的手捋着湿漉漉的枝条和枝条顶端一串串结实饱满的树籽，微带苦涩的槐枝味儿直往他面上扑。他的脚忽然碰到一个软绵绵热乎乎的东西，脚下响起一声"唧喳"，没及他想起这是只花脸鹌鹑，这只花脸鹌鹑就蒙头转向地飞起来，像一块黑石头一样落到堤外的黄麻地里。他惋惜地用脚去摸花脸鹌鹑适才趴窝的地方，那儿很干燥，有一簇干草，草上还留着鸟儿的体温。站在河堤上，他听到姑娘和小石匠喊他。他拍了一下铁桶，姑娘和小石匠不叫了。这时他听到了前边的河水明亮地向前流动着，村子里不知哪棵树上有只猫头鹰凄厉地叫了一声。后娘一怕天打雷，二怕猫头鹰叫。他希望天天打雷，夜夜有猫头鹰在后娘窗前啼叫。槐枝上的露水把他的胳膊濡湿了，他在裤头上擦擦胳膊。穿过河堤上的路走下堤去。这时他的眼睛适应了黑暗，看东西非常清楚，连咖啡色的泥土和紫色的地瓜叶儿的细微色调差异也能分辨。他在地里蹲下，用手扒开瓜垄儿，把地瓜撕下来，"叮叮当当"地扔到桶里。扒了一会儿，他的手指上有什么东西掉下，打得地瓜叶儿哆嗦着响了一声。他用右手摸摸左手，才知道那个被打碎的指甲盖儿整个儿脱落了。水桶已经很重，他提着水桶往北走。在萝卜地里，他一个挨一个地拔了六个萝卜，把缨儿拧掉扔在地上，萝卜装进水桶……

"你把黑孩弄到哪儿去了？"小石匠焦急地问小铁匠。

"你急什么？又不是你儿子！"小铁匠说。

"黑孩呢？"姑娘两只眼盯着小铁匠一只眼问。

"等等，他扒地瓜去了。你别走，等着吃烤地瓜。"小铁匠温和地说。

"你让他去偷？"

"什么叫偷？只要不拿回家去就不算偷！"小铁匠理直气壮地说。

"你怎么不去扒？"

"我是他师傅。"

"狗屁！"

"狗屁就狗屁吧！"小铁匠眼睛一亮，对着桥洞外骂道，"黑孩，你他妈的去哪里扒地瓜？是不是到了阿尔巴尼亚？"

黑孩歪着肩膀，双手提着桶鼻子，趔趔趄趄地走进桥洞，他浑身沾满了泥土，像在地里打过滚一样。

"哟，我的儿，真够下狠的了，让你去扒几个，你扒来一桶！"小铁匠高声地埋怨着黑孩，说，"去，把萝卜拿到池子里洗洗吧。"

"算了，你别指使他了。"姑娘说，"你拉火烤地瓜，我去洗萝卜。"

小铁匠把地瓜转着圈子垒在炉火旁，轻松地拉着火。菊子把萝卜提回来，放在一块干净石头上。一个小萝卜滚下来，沾了一身铁屑停在小石匠脚前，他弯腰把它捡起来。

"拿来，我再去洗洗。"

"算了，光那五个大萝卜就尽够吃了。"小石匠说着，顺手把那个小萝卜放在铁砧子上。

黑孩走到风箱前，从小铁匠手里把风箱拉杆接过来。小铁匠看了姑娘一眼，对黑孩说："让你歇歇哩，狗日的。闲着手痒痒？好吧，给你，这可不怨我，慢着点拉，越慢越好，要不就烤煳了。"

小石匠和菊子并肩坐在桥洞的西边石壁前。小铁匠坐在黑孩后边。老铁匠面南坐在北边铺上，烟锅里的烟早烧透了，但他还是双手捧烟袋，双肘支在膝盖上。

夜已经很深了，黑孩温柔地拉着风箱，风箱吹出的风犹如婴孩的鼾声。河上传来的水声越加明亮起来，似乎它既有形状又有颜色，不但可闻，而且可见。河滩上影影绰绰，如有小兽在追逐，尖细的趾爪踩在细沙上，声音细微如同毫毛纤毫毕现，有一根根又细又长的银丝儿，刺透河的明亮音乐穿过来。闸北边的黄麻地里，"泼剌剌"一声响，麻秆儿碰撞着，摇晃着，好久才平静。全工地上只剩下这盏汽灯了，开初在那两盏汽灯周围寻找过光明的飞虫们，经过短暂的迷惘之后，一齐麇集到铁匠炉边来。为了追求光明，把汽灯的玻璃罩子撞得"哗哗啪啪"响。小石匠走到汽灯前，捏着汽杆，"噗唧噗唧"打气。汽灯玻璃罩破了一个洞，一只蝼蛄猛地撞进去，炽亮的石棉纱罩撞掉了，桥洞里一团黑暗。待了一会儿，才能彼此看清嘴脸。黑孩的风箱把炉火吹得如几片柔软的红绸布在抖动，桥洞里充溢着地瓜熟了的香味。小铁匠用铁钳把地瓜挨个翻动一遍。香味越来越浓，终于，他们手持地瓜红萝卜吃起来。扒掉皮的地瓜白气袅袅，他们一口凉，一口热，急一口，慢一口，咯咯吱吱，吸吸溜溜，鼻尖上吃出汗珠。小铁匠比别人多吃了一个萝卜两个地瓜。老铁匠一点也没吃，坐在那儿如同石雕。

"黑孩，回家吗?"姑娘问。

黑孩伸出舌头，舔掉唇上残留的地瓜渣儿，他的小肚子鼓鼓的。

"你后娘能给你留门吗?"小石匠说，"钻麦秸窝儿吗?"

黑孩咳嗽了一声。把一块地瓜皮扔到炉火里，拉了几下风箱，地瓜皮卷曲，燃烧，桥洞里一股焦煳味。

"烧什么你? 小杂种，"小铁匠说，"别回家，我收你当个干儿吧，又是干儿又是徒弟，跟着我闯荡江湖，保你吃香的喝辣的。"

小铁匠一语未了，桥洞里响起凄凉亢奋的歌唱声。小石匠浑身立时爆起一层幸福的鸡皮疙瘩，这歌词或是戏文他那天听过一个开头。

　　恋着你刀马娴熟，通晓诗书，少年英武，跟着你闯荡江湖，
风餐露宿，受尽了世上千般苦——

老头子把脊梁靠在闸板上，从板缝里吹进来的黄麻地里的风掠过他的头顶，他头顶上几根花白的毛发随着炉里跳动不止的煤火轻轻颤动。他的脸无限感慨，腮上很细的两根咬肌像两条蚯蚓一样蠕动着，双眼恰似两粒燃烧的炭火。

……你全不念三载共枕，如云如雨，一片恩情，当作粪土。奴为你夏夜打扇，冬夜暖足，怀中的香瓜，腹中的火炉……你骏马高官，良田万亩，丢弃奴家招赘相府，我我我我是苦命的奴呀……

姑娘的心高高悬着，嘴巴半张开，睫毛也不眨动一下地瞅着老铁匠微微仰起的表情无限丰富的脸和他细长的脖颈上那个像水银珠一样灵活地上下移动着的喉结。凄婉哀怨的旋律如同秋雨抽打着她心中的田地，她正要哭出来时，那旋律又变得昂扬壮丽浩渺无边，她的心像风中的柳条一样飘荡着，同时，有一种麻酥酥的感觉从脊椎里直冲到头顶，于是她的身体非常自然地歪在小石匠肩上，双手把玩着小石匠那只厚茧重重的大手，眼里泪光点点，身心沉浸在老铁匠的歌里，意里。老铁匠的瘦脸上焕发出夺目的光彩，她仿佛从那儿发现了自己像歌声一样的未来……

小石匠怜爱地用胳膊揽住姑娘，那只大手又轻轻地按在姑娘硬邦邦的乳房上。小铁匠坐在黑孩背后，但很快他就坐不住了，他听到老铁匠像头老驴一样叫着，声音刺耳、难听。一会儿，他连驴叫声也听不到了。他半蹲起来，歪着头，左眼几乎竖了起来，目光像一只爪子，在姑娘的脸上撕着，抓着。小石匠温存地把手按到姑娘胸脯上时，小铁匠的肚子里燃起了火，火苗子直冲到喉咙，又从鼻孔里、嘴巴里喷出来。他感到自己蹲在一根压缩的弹簧上，稍一松神就会被弹射到空中，与滞洪闸半米厚的钢筋混凝土桥面相撞，他忍着，咬着牙。

黑孩双手扶着风箱杆儿，炉中的火已经很弱了，一绺蓝色火苗和一绺黄色火苗在煤结上跳跃着，有时，火苗儿被气流托起来，离开炉面很高，在空中浮动着，人影一晃动，两个火苗又落下去。孩子目中无人，他试图用一只眼睛盯住一个火苗，让一只眼黄一只眼蓝，可总也办不到，他没法把双眼视线分开。于是他懊丧地从火上把目光移开，左右巡睃着，忽然定在了炉前的铁砧上。铁砧踞伏着，像只巨兽。他的嘴第一次大张着，发出一声感叹（感叹声淹没在老铁匠高亢的歌声里）。黑孩的眼睛原本大而亮，这时更变得如同电光源。他看到了一幅奇特美丽的图画：光滑的铁砧子，泛着青幽幽蓝幽幽的光。泛着青蓝幽幽光的铁砧子上，有一个金色的红萝卜。红萝卜的形状和大小都像一个大个阳梨，还拖着一条长尾巴，尾巴上的根根须须像金色的羊毛。红萝卜晶莹透明，玲珑剔透。透明的、金色的外壳里包孕着活泼的银色液体。红萝卜的线条流畅优美，从美丽的弧线上泛出一圈金色的光芒。光芒有长有短，长的如麦芒，短的如睫毛，全是金色。……老铁匠的歌唱被推出去很远很远，像一个小蝇子的嗡嗡声。他像个影子一样飘过风箱，站在铁砧前，伸出了沾满泥土煤屑、挨过砸伤烫伤的小手，小手抖抖索索……当黑孩的手就要捏住小萝卜时，小铁匠猛地蹿起来，他踢翻了一个水桶，水汩汩地流着，渍湿了老铁匠的草铺。他一把将那个萝卜抢过来，那只独眼充着血："狗日的！公狗！母狗！你也配吃萝卜？老子肚里着火，嗓里冒烟，正要它解渴！"小铁匠张开牙齿焦黑的大嘴就要啃那个萝卜。黑孩以少有的敏捷跳起来，两只细胳膊插进小铁匠的臂弯里，身体悬空一挂，又嘟噜滑下来，萝卜落到了地上。小铁匠对准黑孩的屁股踢了一脚，黑孩一头扎到姑娘怀里，小石匠大手一翻，稳稳地托住了他。

老铁匠停下了嘶哑的歌喉，慢慢地站起来。姑娘和小石匠也站起来。六只眼睛一起瞪着小铁匠。黑孩头很晕，眼前的一切都在转动。使劲晃晃头，他看到小铁匠又拿着萝卜往嘴里塞。他抓起一块煤渣投过去，煤渣擦着小铁匠腮边飞过，碰到闸板上，落在老铁匠铺上。

"日你娘，看我打死你！"小铁匠咆哮着。

小石匠跨前一步，说："你要欺负孩子？"

"把萝卜还给他！"姑娘说。

"还给他？老子偏不。"小铁匠冲出桥洞，扬起胳膊猛力一甩，萝卜带着飕飕的风声向前飞去，很久，河里传来了水面的破裂声。

黑孩的眼前出现了一道金色的长虹，他的身体软软地倒在小石匠和姑娘中间。

四

那个金色红萝卜砸在河面上，水花飞溅起来，萝卜漂了一会儿，便慢慢沉入水底。在水底下它慢慢滚动着，一层层黄沙很快就掩埋了它。

从萝卜砸破的河面上，升腾起沉甸甸的迷雾，凌晨时分，雾积满了河谷，河水在雾下伤感地呜咽着。几只早起的鸭子站在河边，忧悒地盯着滚动的雾。有一只大胆的鸭子耐不住了，蹒跚着朝河里走。在蓬生的水草前，浓雾像帐子一样挡住了它。它把脖子向左向右向前伸着，雾像海绵一样富于伸缩性，它只好退回来，"呷呷"地发着牢骚。后来，太阳钻出来了，河上的雾被剑一样的阳光劈开了一条条胡同和隧道，从胡同里，鸭子们望见一个高个子老头儿挑着一卷铺盖和几件沉甸甸的铁器，沿着河边往西走去了。老头的背驼得很厉害，担子沉重，把他的肩膀使劲压下去，脖子像天鹅一样伸出来。老头子走了，又来了一个光背赤脚的黑孩子。那只公鸭子跟它身边那只母鸭子交换了一个眼神，意思是说：记得吧？那次就是他，水桶撞翻柳树滚下河，人在堤上做狗趴，最后也下了河拖着桶残水，那只水桶差点没把麻鸭那个臊包砸死……母鸭子连忙回应：是呀是呀是呀，麻鸭那个讨厌家伙，天天追着我说下流话，砸死它倒利索……

黑孩在水边慢慢地走着，眼睛极力想穿透迷雾，他听到河对岸的鸭子在"呷呷呷呷，嘎嘎嘎嘎"地乱叫着。他蹲下去，大脑袋放在膝盖上，双手抱住凉森森的小腿。他感觉到太阳出来了，阳光晒着背，像在身后生着一个铁匠炉。夜里他没回家，猫在一个桥洞里睡了。公鸡啼鸣时他听到老铁匠在桥洞里很响地说了几句话，后来一切归于沉寂。他再也睡不着，便踏着冰凉的沙土来到河边。他看到了老铁匠伛偻的背影，正想追上去，不料脚下一滑，摔了一个屁股蹲，等他爬起来时，老铁匠已经消失在迷雾中了。现在他蹲着，看着阳光把河雾像切豆腐一样分割开，他望见了河对岸的鸭子，鸭子也用高贵的目光看着他。露出来的水面像银子一样耀眼，看不到河底，他非常失望。他听到工地上吵嚷起来，刘太阳副主任响亮地骂着："娘的，铁匠炉里出了鬼了，老混蛋连招呼都不打就卷了铺盖，小混蛋也没了影子，还有没有组织纪律性？"

"黑孩！"

"黑孩！"

"那不是黑孩吗？瞧，在水边蹲着。"

姑娘和小石匠跑过来，一人架着一只胳膊把他拉起来。

"小可怜，蹲在这儿干什么？"姑娘伸手摘掉他头顶上的麦秸草，说，"别蹲在这儿，怪冷的。"

"昨夜里还剩下些地瓜，让独眼龙给你烤烤。"

"老师傅走了。"姑娘沉重地说。

"走了。"

"怎么办？让他跟着独眼？要是独眼折磨他呢？"

"没事，这孩子没有吃不了的苦。再说，还有我们呢，谅他不敢太过火的。"

两个人架着黑孩往工地上走，黑孩一步一回头。

"傻蛋，走吧，走吧，河里有什么好看的？"小石匠捏捏黑孩的胳膊。

"我以为你狗日的让老猫叼了去了呢！"刘太阳冲着黑孩说。他又问小铁匠："怎么样你？把老头挤对走了，活儿可不准给我误了。淬不出钻子来我剜了你的独眼。"

小铁匠傲慢地笑笑，说："看好吧，刘头。不过，老头儿那份钱粮可得给我补贴上，要不我不干。"

"我要先看看你的活。中就中，不中你也滚他妈的蛋！"

"生火，干儿。"小铁匠命令黑孩。

整整一个上午，黑孩就像丢了魂一样，动作杂乱，活儿毛糙，有时，他把一大铲煤塞到炉里，使桥洞里黑烟滚滚；有时，他又把钢钻倒头儿插进炉膛，该烧的地方不烧，不该烧的地方反而烧化了。"狗日的，你的心到哪儿去啦？"小铁匠恼怒地骂着。他忙得满身是汗，绝技在身的兴奋劲儿从汗珠缝里不停地流溢出来。黑孩看到他在淬火前先把手插到桶里试试水温，手臂上被钢钻烫伤的地方缠着一道破布，似乎有一股臭鱼烂虾的味道从伤口里散出来。黑孩的眼里蒙着一层淡淡的云翳，情绪非常低落。九点钟以后，阳光异常美丽，阴暗的桥洞里，一道光线照着西壁，折射得满洞辉煌。小铁匠把钢钻淬好，亲自拿着送给石匠师傅去鉴定。黑孩扔下手中工具，蹑手蹑脚溜出桥洞，突然的光明也像突然的黑暗一样使他头晕眼花。略微迟疑了一下，他便飞跑起来，只用了十几秒钟，他就站在河水边缘上了。那些四个棱的狗蛋子草好奇地望着他，开着紫色花朵的水茇和擎着咖啡色头颅的香附草贪婪地嗅着他满身的煤烟味儿。

河上飘逸着水草的清香和鲢鱼的微腥，他的鼻翅扇动着，肺叶像活泼的斑鸠在展翅飞翔。河面上一片白，白里掺着黑和紫。他的眼睛生涩刺痛，但还是目不转睛，好像要看穿水面上漂着的这层水银般的亮色。后来，他双手提起裤头的下沿，试试探探下了水，跳舞般向前走。河水起初只淹到他的膝盖，很快淹到大腿，他把裤头使劲卷起来，两瓣葡萄色的小屁股露了出来。这时候他已经立在河的中央了，四周的光一齐往他身上扑，往他身上涂，往他眼里钻，把他的黑眼睛染成了坝上青香蕉一样的颜色。河水湍急，一股股水流撞着他的腿。他站在河的硬硬的沙底上，但一会儿，脚下的沙便被流水掏走了，他站在沙坑里，裤头全湿了，一半贴着大腿，一半在屁股后漂起来，裤头上的煤灰把一部分河水染黑了。沙土从脚下卷起来，抚摸着他的小腿，两颗琥珀色的水珠挂在他的腮上，他的嘴角使劲抽动着。他在河中走动起来，用脚试探着，摸索着，寻找着。

"黑孩！黑孩！"

他听到小铁匠在桥洞前喊叫着。

"黑孩，想死吗？"

他听到小铁匠到了水边，连头也不回，小铁匠只能看到他青色的背。

"上来呀！"小铁匠挖起一块泥巴，对准黑孩投过去，泥巴擦着他的头发梢子落到河水里，河面上荡开椭圆形的波纹。又一坨泥巴扔过来，正打着他的背，他往前扑了一下，嘴唇沾到河水。他转回身，"忽忽隆隆"地蹚着水往河边上走。黑孩遍身水珠儿，站在小铁匠面前。水珠儿从皮肤上往下滚动，一串一串的，"嘟噜噜"地响。大裤头子贴在身上，小鸡子像蚕蛹一样硬邦邦地翘着。小铁匠举起那只熊掌一样的大巴掌刚要扇下去，忽然觉得心脏让猫爪子给剐了一下子，黑孩的眼睛直盯着他的脸。

"快去拉火。师傅我淬出的钢钻，不比老家伙差。"他得意地拍拍黑孩的脖颈。

铁匠炉上暂时没有活儿，小铁匠把昨夜剩下的生地瓜放在炉边烤着。黄麻地里的风又轻轻地吹进来了。阳光很正地射进桥洞，小铁匠用铁钳翻动着烤出焦油的地瓜，嘴里得意地哼着："从北京到南京，没见过裤裆里拉电灯。黑孩，你见过裤裆里拉电灯吗？你干娘裤裆里拉电灯哩……"小铁匠忽然记起似的对黑孩说，"快点，拔两个萝卜去，拔回来赏你两个地瓜。"黑孩的眼睛猛然一亮，小铁匠从他肋条缝里看到他那颗小心儿使劲地跳了两下，正想说什么没及开口，孩子就像家兔一样跑走了。

黑孩爬上河堤时，听到菊子姑娘远远地叫了他一声。他回过头，阳光捂住了他的眼。他下了河堤，一头钻出黄麻地。黄麻是散种的，不成垄也不成行，种子多的地方黄麻秆儿细如手指、铅笔；种子少的地方，麻秆如镰柄、手臂。但全都是一样高矮。他站在大堤上望麻田时，如同望着微波荡漾的湖水。他用双手分拨着粗粗细细的麻秆往前走，麻秆上的硬刺儿扎着他的皮肤，成熟的麻叶纷纷落地。他很快就钻到了和萝卜地平行着的地方，拐了一个直角往西走。接近萝卜地时，他趴在地上，慢慢往外爬。很快他就看到了满地墨绿色的萝卜缨子。萝卜缨子的间隙里，阳光照着一片通红的萝卜头儿。他刚要钻出黄麻地，又悄悄地缩回来。一个老头正在萝卜垄里爬行着，一边爬一边从口袋里往外掏着麦粒，一穴一穴地点种在萝卜垄沟中间。骄傲的秋阳晒着他的背，他穿着一件白布褂儿，脊沟溻湿了，微风扬起灰尘，使汗溻的地方发了黄。黑孩又膝行着退了几米远，趴在地上，双手支起下巴，透过麻秆的间隙，望着那些萝卜。萝卜田里有无数的红眼睛望着他，那些萝卜缨子也在一瞬间变成了乌黑的头发，像飞鸟的尾羽一样耸动不止……

一个红脸膛汉子从地瓜地里大步走过来，站在老头背后，猛不丁地说："哎，老头，你说昨天夜里遭了贼？"

老头手忙脚乱地爬起来，垂着手回答："遭了，偷了六个萝卜，缨子留下了，地瓜八墩，蔓子留下了。"

"怕是让修闸的那些狗日的偷去了，加点小心，中饭晚点回去吃。"

"我听着啦，队长。"老头儿说。

黑孩和老头一起，目送着红脸汉子走上大堤，老头坐在萝卜地里，面对着孩子。黑孩又惶乱地往后退出一节，这时，密密麻麻的黄麻把他的视线遮住了。

"黑孩！"

"黑孩！"

姑娘和小石匠站在大堤上，对着黄麻地喊着。他们背对着正晌的太阳，阳光照着散工的人群。

"我看到他钻到黄麻地里，我还以为他去撒尿拉屎了呢！"姑娘说。

"独眼龙难道又欺负他了？"小石匠说。

"黑孩！"

"黑孩！"

姑娘和小石匠的男女声二重喊贴着黄麻梢头像燕子一样滑翔，正在黄麻梢头捕食灰色小蛾的家燕被惊吓得高飞，好一会儿才落下来。小铁匠站在桥洞前边，独眼望着这并膀站着的男女，感到肚子越胀越大。方才姑娘和小石匠来找黑孩，那语气那神态就像找他们的孩子。"等着吧，丫头养的你们！"他恨恨地低语着。

"黑孩！黑孩！"姑娘说，"他怕是钻到黄麻地里睡着了。"

"去看看吗？"小石匠乞求地看着姑娘。

"去吗？去吧。"

两个人拉着手下了堤，钻到黄麻地里。小铁匠尾追着冲上河堤，他看到黄麻叶子像波浪一样翻滚着，黄麻秆子"唰啦啦"地响着，一男一女的声音在喊叫黑孩，声音像从水里传上来的一样……

黑孩趴累了，舒了一口气，翻了一个身，仰面朝天躺起来。他的身下是干燥的沙土，沙上铺着一层薄薄的黄麻落叶。他后脑勺枕着双手，肚子很瘪地凹陷着，一个带着红点的黄叶飘飘地落下来，盖住了他满是煤灰的肚脐。他望着上方，看到一缕粗一缕细的蓝色光线从黄麻叶缝中透下来，黄麻叶片好像成群的金麻雀在飞舞。成群的金麻雀有时又像一簇簇的葫芦蛾，蛾翅上的斑点像小铁匠眼中那个棕色的萝卜花一样愉快地跳动。

"黑孩！"

"黑孩！"

熟悉的声音把他从梦幻中唤醒，他坐起来，用手臂摇了一下身边那棵粗大的黄麻。

"这孩子，睡着了吗？"

"不会的，我们这么大声喊。他肯定是溜回家去了。"

"这小东西……"

"这里真好……"

"是好……"

声音越来越低，像两只鱼儿在水面上吐水泡。黑孩身上像有细小的电流通过，他有点紧张，双膝跪着，扭动着耳朵，调整着视线，目光终于通过了无数障碍，看到了他的朋友被麻秆分割得影影绰绰的身躯。一时间极静了的黄麻地里掠过了一阵小风，风吹动了部分麻叶，麻秆儿全没动。又有几个叶片落下来，黑孩听到了它们振动空气的声音。他很惊异很新鲜地看到一条紫红色头巾轻飘飘地落到黄麻秆上，麻秆上的刺儿挂住了围巾，像挑着一面沉默的旗帜，那件红格儿上衣也落到地上。成片的黄麻像浪潮一样对着他涌过来。他慢慢地站起来，背过身，一直向前走，一种异样的感觉猛烈冲击着他。

五

一连十几天，姑娘和小石匠好像把黑孩忘记了，再也不结伴到桥洞里来看望他。每当中午和晚上，黑孩就听到黄麻地里响起百灵鸟婉转的歌唱声，他的脸上浮起冰冷的微笑，好像他知道这只鸟在叫着什么。小铁匠是比黑孩晚好几天才注意到百灵鸟的叫声的。他躲在桥洞里仔细观察着，终于发现了奥秘：只要百灵鸟叫起来，工地上就看不见小石匠的影子，菊子姑娘就坐立不安，眼睛四下打量，很快就会扔下锤子溜走。姑娘溜走后一会儿，百灵鸟就歇了歌喉。这时，小铁匠的脸色就变得更加难看，脾气变得更加暴躁。他开始喝起酒来。黑孩每天都要走过石桥到村里小卖部给他装一瓶地瓜烧酒。

这天晚上，月光皎皎如水，百灵鸟又叫起来了。黄麻地里的熏风像温柔的爱情扑向工地。小铁匠攥着酒瓶子，把半瓶烧酒一气灌下去，那只眼睛被烧得泪汪汪的。刘太阳副主任这些天回家娶儿媳妇去了，工地上人心涣散，加夜班的石匠们多半躺在桥洞里吸烟，没有钻子要修理，炉火半死不活地跳动着。

"黑孩……去，给老子拔几个萝卜来……"酒精烧着小铁匠的胃，他感到口中要喷火。

黑孩像木棍一样立在风箱边上，看着小铁匠。

"你，等着老子揍你吗？去……"

黑孩走进月光地，绕着月光下无限神秘的黄麻地，穿过花花绿绿的地瓜地，到了晃动着沙漠蜃景的萝卜地。等他提着一个萝卜走回桥洞时，小铁匠已经歪在草铺上呼呼地睡了。黑孩把萝卜放在铁砧子上，手颤抖着拨亮炉火，可再也弄不出那一蓝一黄升腾到空中的火苗，他变换着角度，瞅那个放在铁砧子上的萝卜，萝卜像蒙着一层暗红色的破布，难看极了，孩子沮丧地垂下头。

这天夜里，黑孩没有睡好。他躺在一个桥洞里，翻来覆去地打着滚。刘副主任不在，民工们全都跑回家去睡觉。桥洞里只剩下一层薄薄的麦秸草。月光斜斜地照进桥洞，桥洞里一片清冷光辉，河水声，黄麻声，小铁匠在最西边桥洞里发出的鼾声，以及其他一些莫名其妙的声音，一齐钻进了他的耳朵。石头上的麦草闪闪烁烁，直扎着他的眼睛。他把所有的麦秸草都收拢起来，堆成一个小草岭，然后钻进去，风还是能从草缝里钻进来，他使劲蜷缩着，不敢动了。他想让自己睡觉，可总是睡不着，他总是想着那个萝卜，那是个什么样的萝卜呀，金色的，透明。他一会儿好像站在河水中，一会儿又站在萝卜地里，他到处找呀，到处找……

第二天早晨，太阳还没出来，月亮还没完全失去光彩，成群的黑老鸹惊惶失措地叫着从工地上空掠过，滞洪闸上留下了它们脱落的肮脏羽毛。东边的地平线上，立着十几条大树一样的灰云，枝杈上挂满了破烂的布条。黑孩从桥洞里一钻出来就感到浑身发冷，像他前些日子打摆子时寒战上来一样滋味。刘副主任昨天回来了，检查了工地上的情况，他非常生气，大骂了所有的民工。所以今天人们来得都很早，干活也卖力，工地上的锤声像池塘里的蛙鸣连成一片。今天要修的钢钻很多，小铁匠的工作态度也非常认真，活儿干得又麻利又漂亮。来换钢钻的石匠们不断地夸奖他，说他的淬火功夫甚至超过了老铁匠，淬出的钢钻又快又韧，下下都咬石头。

太阳两竿子高的时候，小石匠送来两支钢钻待修。这是两支新钻，每支要值四五块钱。小铁匠瞥瞥神采焕发的小石匠，独眼里射出一道冷光，小石匠没觉察到小铁匠的表情，幸福的眼睛里看到的全是幸福。黑孩感到心里害怕，他看出小铁匠要捉弄小石匠了。小铁匠把那两支钢钻烧得像银子一样白，草草地在砧子上打出尖儿，然后一下子浸到水里去……

小石匠提着钢钻走了，小铁匠嘴上滑过一个得意的笑容，他对着黑孩眨眨眼，说："孙子，他妈的也配使老子淬出的钻子？儿子，你说他配吗？"黑孩缩在角落里，使劲儿打着哆嗦。一会儿，小石匠回到铁匠炉边，他把两支钻子扔到小铁匠跟前，骂道："独眼龙，你这是淬的什么火？"

"孙子，叫唤什么？"小铁匠说。

"睁开你那只独眼看看！"

"这是你的钻子不好。"

"放屁，你这是成心捉弄老子。"

"捉弄你又怎么着？爷儿们看着你就长气！"

"你、你，"小石匠气得脸色煞白，说，"有种你出来！"

"老子怕你不成！"小铁匠撕下腰间扎着的油布，光着背，像只棕熊一样踱过去。

小石匠站在闸前的沙地上，把夹克衫和红运动衣脱下来，只穿一件小背心。他身材高大，面孔像个书生，身体壮得像棵树。小铁匠脚上还扎着那两块防烫的油布，脚掌踩得地上尖利的石片欻欻地响，他的臂长腿短，上身的肌肉非常发达。

"文打还是武打？"小铁匠不屑一顾地说。

"随你的便。"小石匠也不屑一顾地说。

"你最好回家让你爹立个字据，打死了别让我赔儿子。"

"你最好回家先钉口棺材。"

骂着阵，两个人靠在了一起。黑孩远远地蹲着，一直没停地打着哆嗦。他看到，小铁匠和小石匠最初的交锋很像开玩笑。小石匠卷着舌头啐了小铁匠一脸唾沫，小铁匠扬起长臂，把拳头捅过去，小石匠一退，这一拳打空了。又啐。又一拳。又退。闪空。但小石匠的第三口唾沫没迸出唇，肩头上就被小铁匠猛捅了一拳，他的身体不由自主地转了一圈。

人们惊叫着围拢上来，高喊着："别打了，别打了。"但没有人上前拉架。后来，连喊声也没有了，大家都睁大眼，屏住气，看着这两个身段截然不同的小伙子比试力气。菊子姑娘脸色灰白，使劲地抓住她身边一个姑娘的肩头。当她的情人吃了小铁匠的铁拳时，她就低声呻吟着，眼睛像一朵盛开的墨菊。

决斗还难分高低，你打我一拳，我也打你一拳，小石匠个头高，拳头打得漂亮潇洒，但显然有点飘，有点花哨，力量不很足。小铁匠动作稍慢一点，但出拳凶狠扎实，被他蒙上一拳，小石匠就要转一个圈。后来，小铁匠头上挨了一拳，有点晕头转向，小石匠趁机上前，雨点般的拳头打得小铁匠的身体嘭嘭地响。小铁匠一猫腰，钻进了小石匠腋下，两只长臂像两条鳗鱼一样缠住了小石匠的腰，小石匠急忙夹住小铁匠的头，两个人前进，后退，后退，又前进，小石匠支持不住，仰面朝天摔在沙地上。

人群里爆发了一阵欢呼。

小铁匠站起来，吐吐口中的血沫子，歪着头，像只斗胜的公鸡。

小石匠爬起来，向着小铁匠扑过去，一白一黑两个身体又扭在一起。这次小石匠把身体伏得很低，保护着自己的下三路不让小铁匠得手，四只胳膊紧紧地纠缠着，有时候，小石匠把小铁匠撩起来，转着圈抡动，但并不能把小铁匠摔出去。小石匠气喘吁吁，满身都是汗水，小铁匠却连一个汗珠都没掉。小石匠体力不支，步伐错乱，眼前出现重影，稍一懈怠，手臂便被拨开，小铁匠抱住他的腰，箍得他出气不匀，他再次仰天倒地。

第三个回合小石匠败得更惨，小铁匠一个癞狗钻裆把他扛起来，摔出去足有两米远。

菊子姑娘哭着扑上去，扶起了小石匠。在菊子姑娘的哭声中，小铁匠脸上的喜色顿时消逝，换上了满面凄凉。他呆呆地站着。小石匠爬起来，拨开菊子的手，抓起一把沙土，对准小铁匠的脸打上去。沙土眯住了小铁匠的独眼，他像野兽一样嗥叫着，使劲搓着眼睛。小石匠趁机扑上去，卡着小铁匠的脖子把他按倒，拳头像擂鼓一样对着小铁匠的脑袋乱打……

　　这时候，从人们的腿缝里，钻出了一个黑色的影子。这是黑孩。他像只大鸟一样飞到小石匠背后，用他那两只鸡爪一样的黑手抓住小石匠的腮帮子使劲儿往后拉，小石匠龇着牙，咧着嘴，"嗖嗖"地叫着，又一次沉重地倒在沙地上。

　　小铁匠挣扎着坐起来，两只大手摸起地上的碎石片儿，向着四周抛撒。"畜生！狗！"骂声和着石头片儿，像冰雹一样横扫着周围的人群，人们慌乱地躲闪着。菊子姑娘突然惨叫了一声。小铁匠的手像死了一样停住了，他的独眼里的沙土已被泪水冲积到眼角上，露出了瞳孔。他蒙眬地看到菊子姑娘的右眼里插着一块白色的石片，好像眼里长出一朵银耳。她怪叫一声，捂着眼睛，躺在地上痛苦地扭动着。

　　黑孩听到姑娘的惨叫，便松开了自己的手。他的手指把小石匠的腮帮子抓出两排染着煤灰的血印。趁着人们慌乱的时候，他悄悄地跑回桥洞，蹲在最黑暗的角落上，牙齿"的的"地打着战，偷眼望着工地上乱纷纷的人群。

六

　　第二天，滞洪闸工地上小石匠和菊子姑娘的影子消失了，整个工地笼罩着沉闷压抑的气氛。太阳像抽疯般颤抖着，一股股肃杀的秋风把黄麻吹得像大海一样波浪起伏，一群群麻雀惊恐不安地在黄麻梢头噪叫着。风穿过桥洞，扬起尘土，把半边天都染黄了。一直到九点多钟，风才停住，太阳也慢慢恢复正常。

　　刚娶完儿媳妇回来的刘太阳副主任碰上了这些事，心里窝着一腔火，他站在铁匠炉前，把小铁匠骂得狗血淋头，并扬言要抠出他那只独眼给菊子姑娘补眼。小铁匠一声不吭，黑脸上的刺疙瘩一粒粒憋得通红，他大口喘着气，大口喝着酒。

　　石匠们不知被什么力量催动着，玩儿命地干活，钢钻子磨秃了一大批，堆在红炉旁等着修理。小铁匠像大虾一样蜷曲在草铺上，咕咕地灌着酒，桥洞里酒气扑鼻。

刘副主任发火了，用脚踹着小铁匠骂："你害怕了？装孙子了？躺着装死就没事了？滚起来修钻子，这样也许能将功补过。"

小铁匠把手中的酒瓶向上抛起来，酒瓶在桥面上砰然撞碎，碎玻璃掺着烧酒落了刘副主任一头。小铁匠跳起来，一路歪斜跑出去，喊着："老子怕什么，老子天都不怕，死都不怕，还怕什么？"他爬上滞洪闸，继续高叫着："我谁都不怕！"他的腿碰到了石栏杆，身子歪歪扭扭，桥下有人喊："小铁匠，当心掉下桥。""掉下桥？"他哈哈大笑起来，笑着攀上石栏杆，一松手，抖抖擞擞地站在石栏杆上。桥下的人都中了魔，入了定，呼吸也不敢用力。

小铁匠双臂扎煞开，一上一下起伏着，像两只羽毛丰满的翅膀。他在窄窄的石栏杆上走起来，身体晃来晃去。他慢走变成快走，快走变成小跑，桥下的人捂住眼睛，又松手露出眼睛。

小铁匠一起一伏晃晃悠悠地在石栏杆上跑着，栏杆下乌蓝的水里映出他变了形的身影。他从西头跑到东头，又从东头跑回来，一边跑一边唱起来："南京到北京，没见过裤裆里拉电灯，格里咙格里格咙，里格咙，里格咙，从南京到北京，没见过裤裆里打弹弓……"

几个大胆的石匠跑上闸去，把小铁匠拖了下来。他拼命挣扎着，骂着："别他妈的管我，老子是杂技英豪，那些大妞在电影上走绳子，老子在闸上走栏杆，你们说，谁他妈的厉害……"几个人累得气喘吁吁，总算把他弄回桥洞里。他像块泥巴一样瘫在铺上，嘴里吐着白沫，手撕着喉咙，哭叫着："亲娘哟，难受死了，黑孩，好徒弟，救救师傅吧，去拔个萝卜来……"

人们突然发现，黑孩穿上了一件包住屁股的大褂子，褂子是用崭新的、又厚又重的小帆布缝的。这种布非常结实，五年也穿不破。那条大裤头子在褂子下边露出很短的一截，好像褂子的一个花边。黑孩的脚上穿着一双崭新的回力球鞋，由于鞋子太大，只好紧紧地系住鞋带，球鞋变得像两条丑陋的胖头鲇鱼。

"黑孩，听到了吗？你师傅让你去干什么？"一个老石匠用烟袋杆子戳着黑孩的背说。

黑孩走出桥洞，爬上河堤，钻进黄麻地。黄麻地里已经有了一条依稀可辨的小径，麻秆儿都向两边分开。走着走着，他停住脚。这儿一片黄麻倒地、像有人打过滚。他用手背揉揉眼睛，抽泣了一声，继续向前走。走了一会儿，他趴下，爬进萝卜地。那个瘦老头不在，他直起腰，走到萝卜地中央，蹲下去，看到萝卜垄里点种的麦子已经钻出紫红的锥芽，他双膝跪地，拔出了一个萝卜，萝卜的细根与土壤分别时发出水泡破裂一样的声响。黑孩认真地听着这声响，一直追着它飞到天上去。天上纤云也无，明媚秀丽的秋阳一无遮拦地把光线投下来。黑孩把手中那个萝卜举起来，对着阳光察看。他希望还能看到那天晚上从铁砧上看到的奇异景象，他希望这个萝卜在阳光照耀下能像那个隐藏在河水中的萝卜一样晶莹剔透，泛出一圈金色的光芒。但是这个萝卜使他失望了。它不剔透也不玲珑，既没有金色光圈，更看不到金色光圈里包孕着的活泼的银色液体。他又拔出一个萝卜，又举到阳光下端详，他又失望了。以后的事情就变得很简单了。他膝行一步。拔两个萝卜。举起来看看。扔掉。又膝行一步，拔，举，看，扔……

看菜园的老头子眼睛像两滴混浊的水，他蹲在白菜地里捉拿钻心虫儿。捉一个用手指捏死，再捉一个还捏死。天近中午了，他站起来，想去叫醒正在看园屋子里睡觉的队长。队长夜里误了觉，白天村里不安宁，难以补觉，看园屋子里只能听到秋虫浅吟，正好睡觉。老头儿一直起腰，就听到脊椎骨"叭哽叭哽"响。他恍然看到阳光下的萝卜地一片通红，好像遍地是火苗子。老头打起眼罩，急步向前走，一直走到萝卜地里，他才看清那遍地通红的竟是拔出来的还没有完全长成的萝卜。

"作孽啊！"老头子大叫一声。他看到一个孩子正跪在那儿，举着一个大萝卜望太阳。孩子的眼睛是那么大，那么亮，看着就让人难受。但老头子还是不客气地抓住他，扯起来，拖到看园屋子里，叫醒了队长。

"队长，坏了，萝卜，让这个小熊给拔了一半。"

队长睡眼惺忪地跑到萝卜地里看了看，走回来时他满脸杀气。对着黑孩的屁股他狠踢了一脚，黑孩半天才爬起来。队长没等他清醒过来，又给了他一耳光子。

"小兔崽子，你是哪个村的？"

黑孩迷惘的眼睛里水光潋滟。

"谁让你来搞破坏？"

黑孩的眼睛清澈如水。

"你叫什么名字？"

黑孩的眼睛里满是惊恐。

"你爹叫什么名字？"

两行泪水从黑孩眼里流下来。

"他娘的，是个小哑巴。"

黑孩的嘴唇轻轻嚅动着。

"队长，行行好，放了他吧。"瘦老头说。

"放了他？"队长笑着说，"是要放了他。"

队长把黑孩的新褂子、新鞋子、大裤头子全剥下来，团成一堆，扔到墙角上，说："回家告诉你爹，让他来给你拿衣裳。滚吧！"

黑孩转身走了，起初他还好像害羞似的用手捂住小鸡儿，走了几步就松开了手。老头子看着这个一丝不挂的男孩，抽抽搭搭地哭起来。

黑孩钻进了黄麻地，像一条鱼儿游进了大海。扑簌簌黄麻叶儿抖，明晃晃秋天阳光照。

黑孩——黑孩——

《中国作家》1985年2期

爸爸爸

韩少功

一

他生下来时，闭着眼睛睡了两天两夜，不吃不喝，一个死人相，把亲人们吓坏了，直到第三天才哇地哭出一声来。能在地上爬来爬去的时候，就被寨子里的人逗来逗去，学着怎样做人。很快学会了两句话，一是"爸爸"，二是"×妈妈"。后一句粗野，但出自儿童，并无实在意义，完全可以把它当作一个符号，比方当作"×吗吗"也是可以的。三五年过去了，七八年也过去了，他还是只能说这两句话，而且眼目无神，行动呆滞，畸形的脑袋倒很大，像个倒竖的青皮葫芦，以脑袋自居，装着些古怪的物质。吃饱了的时候，他嘴角沾着一两颗残饭，胸前油水光光的一片，摇摇晃晃地四处访问，见人不分男女老幼，亲切地喊一声"爸爸"。要是你冲他瞪一眼，他也懂，朝你头顶上的某个位置眼皮一抢，翻上一个慢腾腾的白眼，咕噜一声"×吗吗"，掉头颠颠地跑开去。他抢眼皮是很费力的，似乎要靠胸腹和颈脖的充分准备，才能翻上一个白眼。掉头也很费力，软软的颈脖上，脑袋像个胡椒碾槌晃来晃去，须沿着一个大大的弧度，才能成功地把头稳稳地旋过去。跑起来更费力，深一脚浅一脚找不到重心，靠头和上身尽量前倾才能划开步子，目光扛着眉毛尽量往上顶，才能看清方向。一步步跨度很大，像在赛跑中慢慢地做最后冲线。

都需要一个名字，上红帖或墓碑。于是他就成了"丙崽"。

丙崽有很多"爸爸"，却没见过真实的爸爸。据说父亲不满意婆娘的丑陋，不满意她生下了这个孽障，很早就贩鸦片出山，再也没有回来。有人说他已经被土匪"裁"掉了，有人说他在岳州开了个豆腐坊，有人则说他拈花惹草，把几个钱都嫖光了，曾看见他在辰州街上讨饭。他是否存在，说不清楚，成了个不太重要的谜。

丙崽他娘种菜喂鸡，还是个接生婆。常有些妇女上门来，叽叽咕咕一阵，然后她带上剪刀什么的，跟着来人交头接耳地出门去。那把剪刀剪鞋样，剪酸菜，剪指甲，也剪出山寨一代人，一个未来。她剪下了不少活脱脱的生命，自己身上落下的这团肉却长不成个人样。她遍访草医，求神拜佛，对着木人或泥人磕头，还是没有使儿子学会第三句话。有人悄悄传说，多年前，有一次她在灶房里码柴，弄死了一只蜘蛛。蜘蛛绿眼赤身，有瓦罐大，织的网如一匹布，拿到火塘里一烧，臭满一山，三日不绝。那当然是蜘蛛精了，冒犯神明，现世报应，有什么奇怪的呢？

不知她听说过这些没有，反正她发过一次疯病，被人灌了一嘴大粪。病好了，还胖了些，胖得像个禾场磙子，腰间一轮轮肉往下垂。只是像儿子一样，间或也翻一个白眼。

母子住在寨口边一栋孤零零的木屋里，同别的人家一样，木柱木板都毫无必要地粗大厚重——这里的树很不值钱。门前常晾晒一些红红绿绿的小孩衣裤及被褥，上面有荷叶般的尿痕，当然是丙崽的成果了。丙崽在门前戳蚯蚓，搓鸡粪，玩腻了，就挂着鼻涕打望人影。碰到一些后生倒树归来或上山去"赶肉"，被那些红扑扑的脸所感动，就会友好地喊一声："爸爸——"

后生们哄然大笑。被他眼睛盯住了的后生，往往会红着脸，气呼呼地上前来，骂几句粗话，对他晃拳头。要不然，干脆在他的葫芦脑袋上敲一丁公。

有时，后生们也互相逗耍。某个后生上来笑嘻嘻地拉住他，指着另一位，哄着说："喊爸爸，快喊爸爸。"见他犹疑，或许还会塞一把红薯片子或炒板栗。当他照办之后，照例会有一阵开心的大笑，照例要挨丁公或耳光。如果愤怒地回敬一句"×吗吗"，昏天黑地中，头上和脸上就火辣辣地更痛了。

两句话似乎是有不同意义的，可对于他来说，效果都一样。

他会哭，哭起来了。

妈妈赶来，横眉横眼地把他拉走，有时还拍着巴掌，拍着大腿，蓬头散发地破口大骂。骂一句，在大腿弯子里抹一下，据说这样就能增强语言的恶毒。"黑天良的，遭瘟病的，要砍脑壳的！渠是一个宝（蠢）崽，你们欺侮一个宝崽，几多毒辣呀！老天爷你长眼呀，你视呀，要不是吾，这些家伙何事会从娘肚子里拱出来？他们吃谷米，还没长成个人样，就烂肝烂肺，欺侮吾娘崽呀！……"

她是山外嫁进来的，口音古怪，有点好笑。只要她不咒"背时鸟"——据说这是绝后的意思，后生们一般不会怎么计较，笑一笑，散开。

骂着，哭着，哭着又骂着，日子还热闹，似乎还值得边发牢骚边过下去。后生们一个个冒胡楂了，背也慢慢弯了，又一批挂鼻涕的奶崽长成后生了。丙崽还是只有背篓高，仍然穿着开裆的红花裤。母亲总说他只有"十三岁"，说了好几年，但他的相明显地老了，额上隐隐有了皱纹。

夜晚，她常常关起门来，把他稳在火塘边，坐在自己的膝下，膝抵膝地对他喃喃说话。说的词语，说的腔调，甚至说话时悠悠然摇晃着竹椅的模样，都像其他母亲对待自己的孩子："你这个奶崽，往后有什么用啊？你不听话啰，你教不变啰，吃饭吃得多，又不学好样啰。养你还不如养条狗，狗还可以守屋。养你还不如养头猪，猪还可以杀肉咧。呵呵呵，你这个奶崽，有什么用啊，眯眬大的用也没有，长了个鸡鸡，往后哪个媳妇愿意上门啰？……"

丙崽望着这个颇像妈妈的妈妈，望着那死鱼般眼睛里的光辉，舔舔嘴唇，觉得这些嗡嗡的声音一点也不新鲜，兴冲冲地顶撞："×吗吗。"

母亲也习惯了，不计较，还是悠悠然地前后摇着身子，竹椅吱吱呀呀地呻吟。

"你收了亲以后，还记得娘么？"

"×吗吗。"

"你生了娃崽以后，还记得娘么？"

"×吗吗。"

"你当了官以后，会把娘当狗屎嫌吧?"

"×吗吗。"

"一张嘴只晓得骂人，好厉害咧。"

丙崽娘笑了，眼小脖子粗。对于她来说，这种关起门来的模仿，是一种谁也无权夺去的享受。

二

寨子落在大山里，白云上，常常出门就一脚踏进云里。你一走，前面的云就退，后面的云就跟，白茫茫的云海总是不远不近地团团围着你，留给你脚下一块永远也走不完的小小孤岛，托你浮游。小岛上并不寂寞，有时可见树上一些铁甲子乌，黑如焦炭，小如拇指，叫得特别干脆洪亮，有金属的共鸣。它们好像从远古一直活到现在，从未变什么样。有时还可能见白云上飘来一片硕大的黑影，像打开了的两页书，粗看是鹰，细看是蝶，粗看是黑灰色的，细看才发现黑翅上有绿色、黄色、橘红色的纹络斑点，隐隐约约，似有非有，如同不能理解的文字。行人对这些看也不看，毫无兴趣，只是认真地赶路。要是觉得迷路了，赶紧撒尿，赶紧骂娘，据说这是对付"岔路鬼"的办法。

点点滴滴一泡热尿，落入白云中去了。云下面发生了一些什么事情，似与寨里的人没有多大关系。秦时设有"黔中郡"，汉时设过"武陵郡"，后来"改土归流"……这都是听一些进山来的牛皮商和鸦片贩子说的。说就说了，吃饭还是靠自己种粮。

种粮是实的，蛇虫瘴疟也是实在的。山中多蛇，粗如水桶，细如竹筷，常在路边草丛嗖嗖地一闪，对某个牛皮商的满心喜悦抽上黑黑的一鞭。据说蛇好淫，把它装在笼子里，遇见妇女，它就会在笼中上下顿跌，几乎气绝。取蛇胆也不易，击蛇头则胆入尾，击蛇尾则胆入头，耽搁久了，蛇胆化水也就没有用了。人们的办法是把草扎成妇人形，涂饰彩粉，引蛇抱缠游戏，再割其胸，取胆，蛇陶陶然竟毫无感觉。还有一种挑生虫，人染虫毒就会眼珠青黄，十指发黑，嚼生豆不腥，含黄连不苦，吃鱼会腹生活鱼，吃鸡会腹生活鸡。解毒的办法是赶快杀一头白牛，喝生牛血，还得对牛血学三声公鸡叫。至于满山蒙蒙密密的林木，同大家当然更有关系了。大雪封山时，寄命一塘火。大木无须砍劈，从门外直接插入火塘，一截截烧完为止。有一种楠木，很直，直到几丈或十几丈的树巅才散布枝叶。古代常有采官进山，催调徭役倒伐这种树，去给州府做殿廷的楹栋，支撑官僚们生前的威风。山民们则喜欢用它造船板，远远送下辰州、岳州，那些"下边人"拆散船板移作他用，琢磨成花窗或妆匣，叫它香楠。但出山有些危险。碰上祭谷的，可能取了你的人头；碰上剪径的，钩了你的船，抄了你的腰包。还有些妇人，用公鸡血引各种毒虫，掺和干制成粉，藏于指甲缝中，趁你不留意时往你茶杯中轻轻一弹，可叫你暴死。这叫"放蛊"，据说放蛊者由此而益寿延年。故青壮后生不敢轻易外出，外出也不敢随便饮水，视潭中有活鱼游动，才敢去捧上几口。有一次，两个汉子身上衣单，去一个石洞避风寒，摸索进去，发现洞底有一堆人的白骨，石壁上还有刀砍出来的一些花纹，如鸟兽，如地图，如蝌蚪文，全不可解。谁知道这是怎么回事呢？

加上大岭深坑，长树干不易运送，于是大部分树木都用不上，雄姿英发地长起来，争夺阳光雨雾，又默默老死山中。枝叶腐烂，年年厚积，软软地踏上去，冒出几注黑汁和几个水泡泡，用阴湿浓烈的腐臭，浸染着一代代山猪的嗥叫，也浸染着村村寨寨，所以它们变黑了。

这些村寨不知来自何处。有的说来自陕西，有的说来自广东，说不太清楚。他们的语言和山下的千家坪就很不相同。比如把"看"说成"视"，把"说"说成"话"，把"站立"说成"倚"，把"睡觉"说成"卧"，把指代近处的"他"换作"渠"，颇有点古风。人际称呼也有些特别的习惯，好像是很讲究大团结，故意混淆远近和亲疏，把父亲称为"叔叔"，把叔叔称为"爹爹"，把姐姐称为"哥哥"，把嫂嫂则称为"姐姐"，等等。爸爸一词，是人们从千家坪带进山来的，还并不怎么流行。所以照旧规矩，丙崽家那个跑到山外去杳无音信的人，应该是他的"叔叔"。

这与他没什么关系。

对祖先较为详细和权威的解释，是古歌里唱的。山里太阳落得早，夜晚长得无聊，大家就悠悠然坐人家，唱歌，摆古，说农事，说匪患，打瞌睡，毫无目的也行。坐得最多的地方，当然是那些灶台和茶柜都被山猪油抹得清清亮亮的殷实人家。壁上有时点着山猪油灯壳子，发出淡蓝色的光，幽幽可怖。有时则在铁丝的灯篮里烧松膏块，洒下赤铜色的光。碰到噼啪一炸，火光惶惶然一闪，灯篮就睡意浓浓地抽搐几下。火塘里总有烟火，冬天用火取暖，夏天用烟驱蚊。栋梁壁顶都被烟火熏得黑如墨炭，浑然一色中看不清什么线条和界线，散发出清冽戳鼻的烟味。还悬挂着一根根灰线子，火气一冲，就不时落下点点烟屑，上下飞舞，最后飘到人们的头上或肩上、膝头上，不被人们注意。

德龙最会唱歌了。他没有胡子，眉毛也淡，平时极风流，妇女们一提起他就含笑切齿咒骂。天生的娘娘腔，嗓音尖而细，憋住鼻孔一起调，一句句像刀子在你脑门顶里剜着，刮着，使你一身皮肉发紧，大家对他十分佩服：德龙的喉咙就真是个喉咙啊！

他玩着一条敲掉了毒牙的青蛇，跨进门来，嬉皮笑脸地被大家取笑，不须多劝，就会盯住木梁，捏捏喉头，认真地唱起来：

> 辰州县里好多房？
> 好多柱来好多梁？
> 鸡公岭上好多鸟？
> 好多窝来好多毛？

这类"十八扯"之外，最能博取笑声的是大胆的情歌，他也最愿意唱（这里不便引大胆的）：

> 思郎猛哎，
> 行路思来睡也思，
> 行路思郎留半路，
> 睡也思郎留半床唻。

如果寨里有红白喜事，或是逢年过节，那么照规矩，大家就得唱"简"，即唱古，唱死去的人。从父亲唱到祖父，从祖父唱到曾祖父，一直唱到姜凉。姜凉是我们的祖先，但姜凉没有府方生得早，府方又没有公牛生得早，公牛又没有优耐生得早。优耐是他爹妈生的，谁生下优耐他爹呢？那就是刑天——也许就是陶潜诗中那个"猛志固常在"的刑天吧。刑天刚生下来时天像白泥，地像黑泥，叠在一起，连老鼠也住不下，他举斧猛一砍，天地才分开。可是他用劲用得太猛了，把自己的头也砍掉了，于是以后以乳头为眼，以肚脐为嘴。他笑得地动山摇，还是舞着大斧，向上敲了三年，天才升上去；向下敲了三年，地才降下来。

刑天的后代是怎么到这里来的呢？——那是很早以前，五支奶和六支祖住在东海边上，子孙渐渐多了，家族渐渐大了，到处都住满了人，没有晒席大一块空地。五家嫂共一个春房，六家姑共一担水桶，这怎么活下去呢？于是在凤凰的提议下，大家带上犁耙，坐上枫木船和楠木船，向西山迁移。他们以凤凰为前导，找到了黄泱泱的金水河，金子再贵也是淘得尽的；他们找到了白花花的银水河，银子再贵也是挖得完的；最后才找到了青幽幽的稻米江。稻米江，稻米江，有稻米才能养育子孙。于是大家唱着笑着来了。

> 奶奶离东方兮队伍长，
> 公公离东方兮队伍长。
> 走走又走走兮高山头，
> 回头看家乡兮白云后。
> 行行又行行兮天坳口，
> 奶奶和公公兮真难受。
> 抬头望西方兮万重山，
> 越走路越远兮哪是头？
> ……

据说，曾经有个史官到过千家坪，说他们唱的根本不是事实。那人说，刑天的头是争夺帝位时被黄帝砍掉的。此地彭、李、麻、莫四大姓，原来住在云梦泽一带，也不是什么"东海边"。后因黄帝与炎帝大战，难民才沿着五溪向西南方向逃亡，进了夷蛮山地。奇怪的是，古歌里居然没有一点战争逼迫的影子。

鸡头寨的人不相信史官，更相信德龙——尽管对德龙的淡眉毛是看不上眼的。眉淡如水，是孤贫之相。

德龙唱了十几年，带着那条小青蛇出山去了。

他似乎就是丙崽的父亲。

三

丙崽喜欢看人，尤其对陌生的人感兴趣。碰上匠人进寨来了，他都会迎上去喊"爸爸"。要是对方不计较，丙崽娘就会眉开眼笑，半是害羞，半是得意，还有对儿子又原谅又责怪地呵斥："你乱喊什么？"

呵斥完了，她也笑。

窑匠来了，丙崽也要跟着上窑去看，但窑匠不让，因为有老规矩在。传说烧窑是三国时的诸葛亮南征时，路过这里，教给山民们的。所以现在窑匠来，先要挂一太极图，顶礼膜拜。点火也极有讲究，有阴火与阳火之分，用鹅毛扇轻轻扇起来——诸葛亮不就是用的鹅毛扇吗？

女人和小孩不能上窑，后生去担泥坯，也得禁污言秽语。这些规矩，使大家对窑匠颇感神秘。歇工时，后生就围着他，请他抽烟，恭敬地打听点山外的事。这其中，最为客气的可能要数石仁，他总会盛情邀请窑匠到他家去吃肉饭，去"卧夜"——当然是由于他在家里并不能做主。

石仁外号仁宝，算是老后生了，还没有婚娶。他常躲到林子里去，偷看女崽们笑笑闹闹地在溪边洗澡，被那些白色的影子弄得快快活活地心痛。但他眼睛不好，看不大清楚，作为补偿，就常常去看小女崽撒尿，看母狗和母牛的某个部位。有一次，他用木棍对一头母牛进行探究，被丙崽娘看见了。这婆娘爱好是非，回头就找这个嘀咕几句，找那个嘀咕几句，眉头跳跳的，见仁宝来了才镇定自若地走开。后来仁宝上山挖个笋子，刮点松膏，或是到牛栏房去加点草料，也总看见那婆娘探头探脑，装着在寻草药什么的，死鱼般的眼睛充满信心地往这边瞥一瞥。仁宝冒着火，却没理由发作，骂了阵无名娘，还是不解恨，只好在丙崽身上出气。见到他，见他娘不在面前，也没什么旁人，就狠狠地在他脸上扇耳光。

小老头被打惯了，经得打，嘴巴歪歪地扯了几下，没有痛苦的表情。

他再来几下，手指有些痛。

"×吗吗，×吗吗……"小老头这才感到形势不妙，稳稳地逃跑。

仁宝追上去，捏紧他的后颈皮，让他给自己磕了几个响头。前额上有几颗陷进皮肉的沙粒。

他哭起来，哭没有用。等那婆娘来了，他半个哑巴，说不清是谁打的。仁宝就这样报复了一次又一次，婆娘欠下的债，让小崽又一笔笔领回去，从无其他后果。

丙崽娘从果园子里回来，见丙崽哭，以为他被什么咬伤或刺伤了，没发现什么伤痕，便咬牙切齿："哭，哭死！走不稳，要出来野，摔痛了，怪哪个？"

碰到这种情况，丙崽会特别恼怒，眼睛翻成全白，额上青筋一根根暴出来，咬自己的手，揪自己的头发，疯了一样。旁人都说："唉，真是死了好。"

后来，不知为什么，仁宝同她又亲亲热热起来，开口"婶娘"，喊得特别甜，特别轻滑。帮她家舂个米，修个桶，都是挽起袖子，轰轰烈烈地干。对有关丙崽娘的闲言碎语，他也总是力表公允地去给以辩解和澄清。旁人自然有些疑惑。寡妇门前是非多，他们耳根不清静，被妇女们指指点点，也是难免的。

丙崽娘挤着笑眼看他，想为他说门亲。她常常出寨去接生，跑的地方多，同女人们熟，但说过好几家，未见得人家送八字红帖来。也不奇怪，这几年鸡头寨败了，单身后生岂止仁宝一个？仁宝由此悲观了几年，渐渐有了老相。听说有一种"花咒"——后生看中了哪位女子，只要取她一根头发，系在门前一片树叶上，当微风轻拂的时候，口念咒语七十二遍，就能把那女子迷住。仁宝也试过，没有效果。

他眼睛有点眯，没看清人的时候，一脸戳戳的怒气。看清了，就可能迅速地堆出微笑，顺着对方的言语，惊讶，愤慨，惋惜，或者有悲天悯人的庄严。随着他一个劲地点头，后颈上一点黑壳也有张有弛。他尤其喜欢接近一些平凡的人物：窑匠、界（锯）匠、商贩、读书人、阴阳先生等等。他同这些人说话，总是用官话。吹捧之后，巧妙地暗示自己也记得瓦岗寨的一条好汉乃至六条好汉。有时还从衣袋摸出一块纸片，出示上面的半边对联，谦虚谨慎地考一考外来人，看对方能否对得出下联，是否懂一点平仄。

自己也就有些地位了。

山下女崽多，他常下山，说是去会朋友，有时一连几天不见他的影子。不知他什么时候走的，什么时候回来的。菜园子都快荒了，草深得可以藏一头猪。从山下回来，他总带回一些新鲜玩意儿，一个玻璃瓶子，一盏破马灯，一条能长能短的松紧带子，一张旧报纸或一张不知是什么人的小照片。他踏着一双很不合脚的大皮鞋壳子，在石板路上嘎嘎咯咯地响，更有新派人物的气象。

仁宝的父亲仲满，是个裁缝，也不会做菜园，不会喂猪，对他那皮鞋壳子最感到戳眼。"畜生！三天两头颠下山，老子剁了你的脚！"

"剁死也好，来世投胎到千家坪去。"

"到千家坪，吃金子屙银子？"

"千家坪的王先生穿皮鞋，鞋底还钉了铁掌子，走起来当当地响，你视见过？"

仲满没见过什么钉铁掌的皮鞋，不敢吭声了，停了片刻才说："皮鞋子上不得坡，下不得河，不透气，穿起来脚臭，有什么稀奇？"

"铁掌子，我是说铁掌子。"

"只有骡马才钉掌子，你不做人，想做个畜生？"

仁宝觉得父亲侮辱了自己的同志，十分恼怒，狠狠地报复了一句："辣椒秧子都干死了！晓得么？"

啪——裁缝一只鞋摔过来，正打仁宝的脑袋。他不允许儿子这样不遵孝道。

"哼！"

仁宝怕，但坚强地不去摸脑袋，冲冲地走进另一间屋，继续戳他的旧马灯罩子。

听说他挨了打，后生们去问他，他总是否认，并且严肃地岔开话题："这鬼地方，太保守了。"

后生们不明白，保守是什么意思，于是新名词就更有价值，他也更有价值。人们常见他忙忙碌碌，很有把握地窝在自家小楼上，研究着什么。有时研究对联，有时研究松紧带子，有时研究烧石灰窑。有一回，还神秘地告诉后生们：他在千家坪学会了挖煤，现在他要在山里挖出金子来。金子！黄泱泱的金子哩！他真的提着山锄，在山里转了好几天。有几个想沾光的后生，偷偷地跟着看，看了几天，发现他并没有真正动手。

对付同伴们的疑惑，他宽容地笑一笑，然后拍拍对方的肩，贴心地做些勉励："就要开始了，听说没有？县里来了人，已经到了千家坪，真的。"或者说："就要开始啦，真的，明天就会落雪，秧都靠不住。"说完回头望一望什么，似乎总有个无形的人在跟着他。

有时甚至干脆只有一句："你等着吧，可能就在明天。"

这些话赫赫有威，使同伴们崇敬，但大家弄不懂其中深意。要开始，当然好，要开始什么呢？是要开始烧石灰窑，还是要开始挖金子？还是像他曾经说过的那样——开始下山去做上门女婿？不过众人觉得他穿着皮鞋壳子，总有沉思的表情，想必有些名堂。邀伴去犁田、倒树，干这一类庸俗的事，不敢叫他了。

今天开祠堂门商议祭谷神，他不以为然。他见过千家坪的人做阳春，那才叫真正的做家。哪像这鬼地方，一年一道犁，不开水圳也不铲倒墈，还想田里结谷？再说田里谷多谷少，也与他的雄图没有关系。不过他还是去看了看。他看到父亲也在香火前下拜，就冷笑。这像什么话呢？为什么不行帽檐礼？他在千家坪见过的。

他自信地对身边一个后生说："会开始的。"

"开始。"后生不解地点点头。

他觉得对方并非知音，没什么意思。于是目光往左边的女人们投过去。有个媳妇，晃着耳环，不停地用衣袖擦着汗珠。跪下去时没注意，侧边的裤缝张开了，露出了里面的白肉。仁宝眯着眼睛，看不太清楚，不过已经足够了，可以发挥想象了，似乎目光已像一条蛇，从那窄窄的缝里钻了进去，曲曲折折转了好几个弯，上下奔蹿，恢恢乎游刃有余。他在脑子里已经开始亲那位女人的肩膀，膝盖，乃至脚上每个指头，甚至舌尖有了点酸味咸味……

他想，他一定要去同那位媳妇谈一谈帽檐礼。

<h1 align="center">四</h1>

女人们爱坐人家，偷偷地沿着屋檐溜进东家或西家，凑在火塘边叽叽咕咕一阵，茶水喝干了几吊壶，尿桶里涨了好几寸，直说得个个面色发白，汗毛倒竖，才拿起竹篮或捣衣的木槌，罢休而去。她们早就在说，某某家的鸡叫起来像鸭，腊月里居然没下一场雪。丙崽娘去岭那边的鸡尾寨接生，还带回来一个消息，说鸡尾寨的三阿公坐在屋里被一条大蜈蚣咬死了，死了两天还没有人知道，结果有只脚被老鼠吃去了一半——好像都是些不祥之兆。

但后来又有人说，三阿公并没有死，前两天还看见他在坡上扳笋子。这样一说，三阿公又变得恍恍惚惚，有无都成为一个问题了。

像要印证这些兆头似的，后来一阵倒春寒，下了一阵冰雹，田里大部分秧苗都冻成了黑水，只剩下稀稀拉拉几根，像没有拔尽的鸡毛。几天后暴热，田里又多虫。

碰上寨子里这几年奶崽生得多，家家都觉得米柜太浅，一舀就见到底。有的开始借谷，一借就有了连锁反应，不管楼上有谷没谷的，都踊跃地借，以示自己也会盘算村邻。丙崽娘也借得要死要活的，其实心里并不很着急。这两年来她大模大样地积德，义务照看祠堂。怕老鼠啃了族谱，扰乱了祖宗的安宁，就养了一只猫。这只猫不能亏待，每年由公田出两担谷养着它。丙崽娘天天拿瓦罐盛着半罐饭，吆吆喝喝从一些门户前经过，说是去送猫食，其实一进祠堂，就自己吃了。靠这只猫，娘崽不也可以混个半饱么？大家似乎知道这个中机巧，有人在她背后指指点点。她横眉怒目，装着没听见就是。

一直借到寨子里人心惶惶，女人们又开始谈起祭谷神。丙崽娘有点兴高采烈，积极投入了这场对谷神的议论。得闲的时候，就带上针线鞋底，拉上丙崽，矮胖的身子左一顿，右一顿，屁股磨进一家家高大的门槛。对一些没听说过谷神的女崽，好谆谆教导：这可是个老规矩哪。要杀个男的，选头发最密的，分给狗吃。杀到哪一家，就叫哪一家"吃年成"……说得姑娘们睁大眼睛，互相挤靠得越来越紧，她又笑起来，神秘地压低声音："你屋里不会吃年成的，放心。你男人头发胡子都稀……不过，也不蛮稀。"或者说："你屋里不会吃年成的，放心。你竹哥太瘦了，没有几斤肉，不过……也不蛮瘦。嗯啦。"

她圆睁双眼，把一户户女人都安慰得心惊肉跳之后，才弯着一个指头，把碗里的茶叶扒起来，嚼得吱吱响，拉着丙崽起了身，严肃认真地告别："吾去视一下。"

"视一下"有很含混的意思，包括我去打听一下，我去说说情，有我做主，或者是我去看看我的鸡塒什么的，都通。但在女人们的恐慌中，这种含混也很温暖，似乎也值得寄予希望。

实在是看鸡塒去了。

鸡塒那边就是仁宝父子的家。丙崽娘看完鸡塒，总是朝那边望一眼。这一眼的意思也很模糊，似乎是招呼，似乎是警惕，似乎是窥探隐私，也似乎是不示弱地挑战。每天都这样偷偷地望几眼，叫仲裁缝心里发毛。

仲裁缝恨女人，更恨丙崽娘。说起来她还算他的弟媳，又与他打邻，地坪相连，树荫相接，要是拆了墙壁，大家会发现对方也不过是吃饭、睡觉、训儿子，没什么两样。但越接近就越看得清楚，看出些不一样来。丙崽娘常常挑起一竹篙女人的衣裤，显眼地晒在地坪里，正冲着裁缝的大门，使他一出门就觉得很晦气，这不是有辱斯文么？她还经常在地坪里摊晒一些胞衣，作为大补佳药拿去吃，或卖钱。那些婆娘腹中落下来的肉囊，有血腥气，在晒席上翻来滚去的，晒出一条条皱纹，像一个个鬼魂，令人须发倒竖。不过，这一切都不如她那眼光可恶。似乎是心不在焉地看一眼，有毫无理由的理由，有毫不关心的关心，像投来一条无形的毒蛇。

"妖怪！"有一天，仲裁缝在大门口怒骂起来。

地坪里没有他人，正架起一条腿剥脚皮的丙崽娘知道他是骂谁。哼了一声，又恨恨地剥下两大块茧皮。

就这样交了恶。但仲裁缝从没有拿丙崽复仇。有一回，小老头怯怯地来到他家门口，研究了一下他脸上的麻子。把绿色的一团鼻涕抹在条凳上的一段布料上。裁缝只是瞪了一眼，旋即把布料塞进火塘，烧了。

避女人与小子，乃有君子之风。仲裁缝算不算君子，不好说。但他在寨子里是个有"话份"的人。话份也是一个很含糊的概念，初到这里来的人许久还弄不明白。似乎有钱，有一门技术，有一把胡须，有一个很出息的儿子或女婿，就有了话份，后生们都以毕生精力来争取有话份。

有话份意味着有人来听你说话。仲裁缝粗通文墨，自婆娘早死之后，孤独度日，读了几本六叔留下来的没头没尾的线装页子，知道不少似真似假的旧事。晋公子重耳、吕洞宾、马伏波，还有他最为崇拜的贤相诸葛亮。有时也在火塘边把竹烟管喝得嗬啰啰地响，慢条斯理地向后生们讲上两段。三个字一顿，五个字一停，说话时总是开口半晌以后，再"哎"一声，再接上正文。目光茫茫然，像不是同听者讲话，是在同死去的先人讲话，后生们望着他脸上几颗冷峻的阴麻子，不敢催促他。

"汽车算个卵。"他说，"卧龙先生，造了木牛流马。只怪后人蠢了，就失传了。"

他还说："先人一个个身高八尺，力敌千钧。哪像现在，生出那号小杂种。"

大家知道他是说丙崽。

他越这样感慨，越觉得日子不顺心。摇着蒲扇，还是感到闷，鼻尖上直冒汗——呸！妖怪，先前哪有这么热呢？他恨椅子也太不合意，吱吱呀呀叫得很阴险——妖怪，如今的手艺也真是哄鬼啊，先前一张椅子从出嫁坐到外婆，还是紧紧实实的。想来想去，觉得没有了卧龙先生，世道怕是要败了，这鸡头寨怕是要绝了。

是要绝了么？

眼下，听人们都在议论要祭谷神，他坐在家里不知要做点什么才好。好像出了点问题，仔细思量，才知是肚子饿了。近来很少有人接他去做衣，得自己煮饭。即使接他去，人家的饭食也越来越软，这是他最不能忍受的。如果米饭不是粒粒如铁砂，他绝不摸筷子。

"仁拐子！"他叫喊。

没有人回答。

他又喊了一声，想了想，上楼去找。发现儿子的铺盖蚊帐，还有他的锈马灯壳子一类，都不翼而飞。只剩下一张空床，还有几个大瓦坛子，很久没有酸菜可装的，倒立在墙角，像几个囚犯在受大刑，永远倒栽在那里。还有一具棺木，不知是仁宝为谁准备的，横霸中央，呼呼大睡。

明白了什么，一句话也没说。

他看见墙边一只老鼠一晃，好像更明白了什么。妖怪！对了，就是这个妖怪！——他梦见过的，梦里的这只老鼠，还拱手而立，同情地冲他笑了笑。这畜生耳红足赤，眼睛也红鲜鲜的。在书上不是说过吗？那是偷吃胭脂所致。妖妇捕之可为媚药。仁拐子一定是被它媚去的，这个寨子也一定是被它败了的！

仲裁缝骂着娘，一铁尺打过去，吭地破了个坛子，老鼠尾巴又缩进壁缝去了。他跑到另一房间，撬破一个木柜，捅烂两只篾篓，还是没有胜利。咚咚咚地跑到楼下，凡可疑之处都给以惊天动地的检查。一瞬间，碗钵烂了，吊壶也倒了，桌椅板凳都苦苦地跪倒或趴下，或歪歪斜斜地艰难站立，他引火烧鼠洞，黑油油的帐子又接上了火，燎起热爆爆的一片金黄色光亮。

老鼠总算被他戳死了，大小六只，全被他斩首断肢，拿到火塘中烧出了一股奇臭。他听见地坪中有沉着的脚步声，回过头，又看见丙崽娘若无其事地朝这边看了一眼，更冒出一股无名火。咬咬牙，把老鼠的尸灰泡在水里，全都喝了下去。

他脸发黑，感到丹田之气已尽，默坐一阵之后，出了门。

公鸡正在叫午，寨里静得像没有人，像死了。对面是鸡公岭，鸡头峰下一片狰狞的石壁，斑斓石纹有的像刀枪，有的像旗鼓，有的像兜鍪铠甲，有的像战马长车，还有些石脉不知含了什么东西，呈棕红色，如淋漓鲜血，劈头劈脑地从山顶泻下来，一片惨烈的兵家气象。仲裁缝觉得，那是先人们在召唤自己。

路边瓜棚里，冒出一张老人的笑脸。

"仲老，吃了？"

"吃了。"他淡淡一笑。

"要祭谷神？"

"要祭的。"

"要谁的脑袋?"

"听说……摇签吧。"

"摇签?"

"你吃了?"

"吃了。"

"哦,吃了的。"

双方不再说话。

山上的树漫天生长。从茶子坡过去,大木就多了。有些树上扎了篾条,那都是寿木。寨里的人很小就要上山给自己看寿木的,看中了,留个记号,以后每年来看一两次。但仲裁缝很少进山,也一直没来选过寿木,而且憎恶这一根根居心不良的鸟树。君子坐有坐相,立有立相,死也要有个死相,死得不能倒威。说死就死,准备什么?他捏着弯刀来的,要选一块好位置,砍出一个尖尖的树桩,坐桩而死,死得慷慨。他见过这样死去的人,前些年马子洞龙拐子就是一个,他咳痰,咳得不耐烦,就去死。死后人们发现树桩前的地皮都被十指抓得坑坑洼洼的,起了一层浮土,可见死得惨烈,死得好。载上了族谱。

他选了一棵小松树,用裁缝的手,不熟练地砍削起来。

五

本来要拿丙崽的头祭谷神,杀个没有用的废物,也算成全了他。活着挨耳光,而且省得折磨他那位娘。不料正要动刀,天上响了一声雷,大家又犹疑起来:莫非神圣对这个瘦瘪瘪的祭品还不满意?

天意难测。于是备了一桌肉饭,请来一位巫师。巫师指点:年成不好,主要是叫鸡精在作怪——你们没看见对面的那鸡公岭么?鸡头峰正冲着寨里的两垄田,把谷子都吃进肚子里去啦。

人们立即商议着要炸鸡头。这事牵涉到鸡尾寨。鸡尾寨也是个大寨,几百号人口,在寨前的麻石大牌坊下进进出出,主要以种鸦片为业,比较富足。出了一些读书人,据说有的成了大文豪,有的在新疆带兵,回乡省亲都是坐八人大轿。过年，寨里家家宰牛，有牛叫，牛皮商也最喜欢往那里钻。寨前一口水井，一棵大樟树，常有些娃崽在树下用小石块玩开山棋，人们一直把树和井当作男女生殖器的象征，常常敬以香火，祈望寨子里发人。有一年寨子里一连几胎都生的女崽，还生了个什么葡萄胎，弄得空气十分紧张。查究了一段，有人说鸡头寨的一个什么后生路过这里时，曾上树摸鸟蛋，弄断了一根枝丫。

从此两寨结下了怨恨。后来又有人说，那是马子洞与鸡尾寨有世仇，暗中著事，移祸于它。这段公案查无实证，不了了之。官府鞭长莫及，也不来过问，只是有次要修官道，来山里催过一次徭役。

听说鸡头寨要炸鸡头，却是确凿的了。鸡尾寨果然更是群情激愤。他们的田土肥沃，就是靠鸡屁股拉屎，对炸鸡头岂能不管？在岭上吵了一架，双方还动起手脚来，鸡头寨的后生撤回去了。

寨里还是很安静。有鸡叫，有牛铃铛的声音，或某个屋顶下冒出一句女人骂男人的声音，只冒一下，就被巨大的沉默淹灭了。丙崽摇摇摆摆地敲着一面小铜锣，口袋里有红薯丝，掏出来一两根，就撒落了三四根，引来两条狗跟着他转。他对仲裁缝家的老黑狗会意地笑了一笑，又朝两棵芭蕉树哇地叫嚣了一声。近来他对祠堂有些好感了，大概没忘记那天准备砍他的头之前，他在那里吃过一餐肉饭。于是低压着头，朝那边一顿一顿地"冲线"。

几个娃崽在祠堂前玩耍，看见了他。

"视，宝崽来了。"

"他没有叔叔，是个野崽。"

"吾晓得，渠是蜘蛛变的。"

"根本不是，渠的妈妈是蜘蛛变的。"

"要渠磕头，好不好！"

"不！要渠吃牛屎！最臭最臭的，啊呀，臭死人！"

"哈哈！"

……

丙崽朝他们敲了一下锣，舔舔鼻涕，兴奋地招呼："爸爸……"

"哪个是你爸爸？呸！矮下来！"

娃崽们围上去，捏他的耳朵，让他跪在一堆牛屎前，鼻尖就要触到牛粪堆了。

幸好来了一群热热闹闹的大人，才使娃崽们的兴趣转移，遗憾地一哄而散。丙崽还在那里跪着，半天发现周围已没有人影，他爬起来朝四下看看，咕咕哝哝，阴险地把一个小娃崽的斗笠狠狠踩了几脚，再若无其事地跟上人群，看热闹。

大人们牵来了一头牛，牛身上的泥片已被洗刷干净了，须毛清晰，屁股头的胯骨显得十分突出。牛嘴总是湿腻腻的，一挪一磨，散出胃里翻出来的一种草料臭。但丙崽并不怕，对动物都不怕。

一个汉子提着大刀走过来，把刀插在地上，脱光上衣，大碗喝酒。那刀也令丙崽感到新奇。刀被磨洗过，刀口一道银光，柔顺而清凉，十分诱人。有凹纹的木柄被桐油擦得黄澄澄的，看来很合手，好像就要跳到你手上来，不用你费什么力，就会嚓地朝什么东西砍去。

汉子已经喝完酒了，啪的一声，随手把酒碗摔碎。拔起刀走过来，一跺脚，一声嘿，手起刀落，牛头就在地动山摇之间离开了牛身，像一块泥土慢慢垮下来，牛角戳地，戳出一个小土块。牛颈处像一个西瓜的剖面，皮层裹着鲜鲜的红肉。但没有头的牛身还稳稳地站了片刻。

娃崽们吓了一跳，他们不知道，这是一种战前的预测。当年马伏波将军南征时，每次战斗前都要砍牛头，如牛进，则预胜利，否则是失败。

"赢！"

"赢了！"

"杀他的××寨！"

牛往前倒了，汉子们欢呼起来。这突然的声音太响亮了。太有酒气了，丙崽吓得半边嘴唇向上跳了一下，咕咕哝哝。

他看见有一缕红红的东西，从大人们纷杂的腿缝中流出来，像一条赤蛇，弯弯曲曲地窜。蹲下去捏了捏，有些滑手。弄到衣上，倒很好看。不一会儿，满身满脸就全是牛血。大概牛血弄到嘴里有些腥，小老头翻了个白眼。

娃崽们望着他的脸，拍手笑起来。他不知道人们笑什么，也笑起来。

人影和人声更多了。丙崽娘也提了个篮子来，想看看牛肉怎么分。

听人家说，不出阵的没有肉吃，正噘着嘴巴生气。一眼瞥见丙崽这血污污的样子，更把脸盘气大了。"你要死！要死啊！"她上前揪住小老头的嘴巴，揪得眼皮直往下扯，黑眼珠转都转不过来，似乎还望着祠堂那边。

"×吗吗。"

"又要老子洗，又要老子洗，你这个催命鬼，要磨死我啊！"

"×吗吗。"

儿子骂亲娘，似乎是很好笑的事。于是有些后生拍手，喷酒气："丙崽，咒得好！""丙崽，再咒！""再咒！"……气得丙崽娘绷紧一脸横肉，半天都不正眼望人。

她把丙崽像提小狗一样提回家，当然少不了又是一顿好打。"死到外面去做么事？做么事！要打冤了，你上得阵？"

把丙崽一索子捆在椅子上，自己拿起三根香，掩门到祠堂里去了。

丙崽在椅子上睡了一觉。听见外面远远有锣声，接着是吹牛角号，接着就平静了。不知什么时候，外面又有嘈杂的脚步声，叫喊声，铁器碰撞的声音，然后又有女人的号哭……外面发生了什么事？

夜里，松明子闪闪烁烁，男女老幼，全都头缠白布，聚集在祠堂门内外，一眼看去，密密的白点，起起伏伏，飘移游动。女人们互相扶着，靠着，抱着，哭得捶胸顿足，天昏地暗，泪水湿了袖口和肩头。丙崽娘也陪着把眼圈哭红了，显得纯真了，有一张娃娃脸，不时用袖口去擦拭。她坐在二满家的媳妇旁边，缩缩鼻子，捉住对方的手，用外乡口音说："人生一世，草木一秋，去也就去了。你要往开处想。你还有后，吾呢，那死鬼不知是死是活，一个丙崽也做不得个正人用的，啊？"

她说得确实诚恳，但女人们还是哭。

"打冤总是要死人的，早死也是死，晚死也是死。早死早投胎，说不定投个富贵人家，还强了。"

女人们还是哭出各种怪腔调。

大概想到了什么伤心处，丙崽娘拍着双膝，也大哭起来。白布条在胸前滑上去，又滑下来。"吾那娘老子哎，你做的好事呀！你疼大姐，疼二姐，疼三姐，就是不疼吾呀！你做的好事呀，马桶脚盆都没有哇……"

这就不知道是什么意思了。

火光越烧越亮。人圈子中央，临时砌了个高高的锅台，架着一口大铁锅。锅口太高，看不见，只听见里面沸腾着，有咕咕嘟嘟的声音，腾腾热气，冲得屋梁上的蝙蝠四处乱窜。大人们都知道，那里煮了一头猪，还有冤家的一具尸体，都切成一块块，混成一锅。由一个汉子走上粗重的梯架，抄起长过扁担的大竹扦，往看不见的锅口里去戳，戳到什么就是什么，再分发给男女老幼。人人都无须知道吃的是什么，都得吃。不吃的话，就会有人把你架到铁锅前跪下，用竹扦戳你的嘴。

劈柴和松膏烧得啪啪作响，灶口的火气一浪浪袭来，把前排人的胯裆都烤热了，不由自主往后挪。油浸浸的长竹扦，映着火色，亮亮的。不时带出一点汁水来，也很亮，像零零星星落下一些火珠，落入暗处。一个赤着上身的大汉站起来，发疯般地大叫一声："怕死的倚开！老子一个人……"又被几双手拉扯下去了，每块白布下面都有一双眼睛，每双眼睛里都有火光在跳动。你最好不要看四壁和屋顶，不然你会发现那些比真人扩大了几倍及至十几倍的人影，一下被拉长了，一下又压瘪了，忽大忽小，轮廓随时扭曲成各种形状。

"德龙家的，过来！"

叫到丙崽娘的名字了。她哭得泪眼模糊的，还在连连拍膝。

"吾不要哇……"

"碗拿过来。"

"吃命哇……"

"丙崽，你吃。"

丙崽咬着开裆裤的背带，很不耐烦地被推到前面。他抓起一块什么肺，放到口中嚼了嚼，大概觉得味道不好，翻了个白眼，忧心忡忡地朝母亲怀里跑去了。

"你要吃。"有人叫他。

"你要吃！"很多人叫他。

一位老人，对他伸出寸多长的指甲，响亮地咳了一声，激动地教诲："同仇敌忾，生死相托，既是鸡头寨的儿孙，岂有不吃之理？"

"吃！"掌竹扦的那位，冲着他把碗递过去。于是，屋顶上有了一个无比巨大的手影。

六

仁宝以为那天一声炸雷，是冲着自己的什么淫邪念头来的。提心吊胆，卷起铺盖下山去了。一是躲雷威，二是想打打零工，找个机会再去做上门女婿。他听说前几天有一队枪兵从千家坪过，觉得太好了。嘿！这不就是要开始了么？可枪兵过就过了，既没有往鸡头寨去，也没邀他去畅谈一下什么，使他相当失望。倒是有一个担炭的从山里出来，说鸡头寨与鸡尾寨打冤了，还说马子溪漂下来了一具尸体，不知为什么脚朝上，吓死人……

仁宝想起鸡尾寨有他一位窑匠朋友，一位教书先生朋友，堪称莫逆，想回去劝劝乡亲们言和算了。同饮一溪水，动什么武呢？坐拢来吃餐肉饭不就行了？

仁宝回到家里，发现父亲重伤在床——那天他去坐桩，被一个砍柴的发现了，把他救回来的。

"不是渠不孝，仲爹何事会寻绝路？"

"坐桩没死，兴怕也会被气死。"

"崽大爷难做，没得办法。"

"你看渠个脸相，吊眉吊眼的，是个克爷娘的种。"

"娘故得那样早，兴怕……"

这些话，从耳后飘来，仁宝都听入耳了。他装着没听见，毫无意义地扫了扫地，又毫无意义地踩死了几只蚂蚁，把父亲的水烟筒抽了一阵，往祠堂去了。

祠堂门前一圈人，正在谈打冤的事。这似乎是端正形象的好机会。

"鸡头峰嘛，这个，当然啰，可以不炸的。"他显出知书识礼的公允，老腔老板地分析，"炸不掉，躲得开的。不过话说回来，说回来，××寨（他也学着把鸡尾寨改称××寨了）明火执仗打上门来，欺人太甚！小事就不要争了，不争——"闭眼拖起长长的尾音，接着恶狠狠地扫了众人一眼，"但我们要争口气！争个不受欺！"

打冤的正义性，被他用新的方式又豪迈地解说了一遍。众人没怎么在意他那番道理，只觉得那恶狠狠的扫视还是很感人的。他眯着眼睛，看出了这一点，更兴奋了。把衣襟嚓的一下撕开，抢起一把山铡，朝地上狠狠砸出一个洞，吼着："报仇！老子的命——就在今天了！"

他勇猛地扎了扎腰带，勇猛地在祠堂冲进冲出，又勇猛地上了一趟茅房，弄得众人都肃然。最后，发现今天没有吹牛角，并没有什么事可干，就回家熬苞谷粥去了。

总像要开始什么，他在寨内外转来转去，对着一棵树，或一块岩石，锁着眉头细心研究。弄得后生去守哨，都不敢叫他。转完了，他见人就做心情沉重的嘱托：

"金哥，以后家父，就拜托你了。我们从小就像嫡亲兄弟，不分彼此的。那次赶肉，要不是你，吾早就命归阴府了。你给吾的好处，吾都记得的……"

"二伯爷，腰子还阴痛么？你老要好好保重。有些事只怪吾，吾本来要给你砍一屋柴火。那次帮你垫楼板，也没垫得齐整。往后走，你要吃就吃点，要穿就穿点，身骨子不灵便，就莫下田了。侄儿无用，服侍你的日子不多了，这几句还是烦请你把它往心里去……"

"庆嫂子，有件事，实在想找你话一话。吾以前做了好些蠢事，你莫记恨。有次偷了你家两个菜瓜，给窑匠师傅吃了，你不晓得。现在吾想起来，吾今日特地来，说声得罪了，对不起。你要咒，就咒……"

"幺姐……你……你在洗么？这次……实在是没有办法了，你千万……莫难过。吾是个没用的人，文不得，武不得，几丘田都做不肥。不过人生一世，总是要死的。八尺男儿，报家报国，义不容辞。你说呢？好些事，眼下也没法讲了。反正只要你心里还有一个石仁哥，我去也就落心落意了。你千万……硬朗点，形势总会好的。吾这就告辞了……"

他很能克制悲伤，不时缩缩鼻子。

弄得大家都有点戚戚地悲伤了："石仁哥，你不要这样。"

"不，吾决心已定。"他低着头，望着路边一块破瓦片。

都不知道他要干什么，不知道他马上要干什么。听见他的皮鞋子还是在石阶上响来响去，发现他还没有去赴汤蹈火。好在山里的事情多，又是鸡上屋，又是牛吃谷，又是丙崽娘为丙崽的事同什么人吵架，众人也没顾上研究这位大忙人。甚至也慢慢习惯了。要是他不忙，众人还会觉得少了点什么，有什么地方不对劲了。

这天，他被仲裁缝骂出了门，抹抹脸，往祠堂踱去。那里正在写帖子告官。自古打冤都是不动朝，不告官的，如今找官府打交道，对文书款式都没有把握。几位老人想了想，记起仲裁缝说过的什么，对提笔的那位说："兴许，叫禀帖吧?"

人群中冒出仁宝一撮硬戳戳的头发，摇摇手："不是不是，叫报告。"

"禀帖吧?"

"是报告。"

"总要讲点礼性。"

"要讲礼性，报告就最礼性了。"仁宝宽容地一笑，"没错的，没错的。"

"你去问你叔叔。"

"他只懂些老皇历。"

"是禀帖。"

"你不看现在是什么时候?"

"报告? 听起来太戳气了。下边人用，下边人打个屁也是香的?"

"伯爷们，大哥们，听吾的，绝不会差。昨天落了场大雨，难道老规矩还能用? 我们这里也太保守了，真的。你们去千家坪视一视，既然人家都吃酱油，所以都作兴'报告'。你们晓不晓得? 松紧带子是什么东西做的? 是橡筋，这是个好东西。你们想想，还能写什么禀帖么? 正因为如此，我们就要赶紧决定下来，再不能犹犹豫豫了，所以你们视吧。"

众人被他"既然""因为""所以"了一番，似懂非懂，半天没答上话来。想想昨天确实落了雨，就在他"难道"般的严正感面前，勉强同意写成"报帖"。

接下去，又发生一些问题。老班子要用文言写，他主张要用白话；老班子主张用农历，他主张用什么公历；老班子主张在报告后面盖马蹄印，他说马蹄印太保守了，太土气了，免得外人笑话，应该以什么签名代替。他时而沉思，时而宽容，时而谦虚地点头附和——但附和之后又要"把话说回来"，介绍各种新章法，俨乎然一个通情达理的新党。

"仁麻拐，你耳朵里好多毛！"竹义家的大寨突然冒出一句。

仁宝自我解嘲地摆摆头，嘿嘿一笑，眼睛更眯了。他意会到不能太脱离群众，便把几皮黄烟叶掏出来，一皮皮分送给男人们，自己一点末屑也没剩。加上这点慷慨，今天的表现就十分完满了。

他摩拳擦掌，去给父亲寻草药。没留神，差点被坐在地上的丙崽绊倒。

丙崽是来看热闹的，没意思，就玩鸡粪，不时搔一搔头上的一个脓疮。整整半天，他很不高兴，没有喊一声"爸爸"。

七

连连失利，连连赔头，大家慌了，就乱想了，有个后生突然想起了一些古怪的事。他说那天要杀丙崽祭谷神，突然天降霹雳。后来宰牛占卜胜败，不灵；丙崽咒了句"×吗吗"，像是给了个坏兆头，却灵验了……这不十分可疑吗？

这一想，大家都觉得丙崽神秘，你看他只会说"爸爸"和"×吗吗"两句话，莫非就是阴阳二卦？

大家决定打一打这个活卦。于是连忙拆了张门板，把丙崽抬到祠堂前。

"丙相公。"

"丙大爷。"

"丙仙。"

汉子们伏拜在他面前，紧紧盯住他，一双双眼球顶得额头上皱纹叠着皱纹。

丙崽刚坐过门板，很快活，脸上笑得皱纹舒展，把停下来的门板踩了好半天，发现它不再动了，便翻了个白眼。

实在不好理解。

是不是他要吃了才显灵呢？有人给他弄来了一块粽粑，又使他兴奋起来。他掰了一块，没抓稳，掉了，其实就掉在他右脚边，但他眼睛和脑袋转起来都不灵活，轮着眼皮居然左边望了一下，这样吃下去。吃一半掉了一半，每掉一块，照例去找，照例找错了方向。发现了前几次掉的，捡起来就往嘴里塞。

他拍拍巴掌，听见了麻雀叫，仰头抡了个方向不够准确的白眼。最后，手指定了一个方向，咕哝一句："爸爸。"

"胜卦！"

汉子们欢呼着一跃而起。不过，丙崽的手指是什么意思呢？顺着他指的方向看去，那是祠堂一个尖尖的檐角，向上弯弯地翘起。瓦上生了几根青草，檐板已经腐朽苍黑，像一只伤痕累累的老凤，拖着长长的大翼，凝望着天空。檐下有麻雀叽叽喳喳地叫。

"渠是指麻雀。"

"不，是指屋檐。"

"檐和言同音，怕是要言和？"

"絮聒！檐和炎同音，双火为炎，是要用火攻。"

争了半天，最后还是服从有"话份"的。于是用火攻，又打了一仗。混战回来点人头，发现又少了几颗。

寨子里的狗，已经习惯牛角声了，一听到呜呜地吹起来，须毛就蓬勃地张扬竖立，纷纷挤出门缝，跳越石墙，身体拉成一条线，向号声射去，满怀希望地尾随着人影。坡上，路口，圳沟里，都可能出现尸体。它们撕咬着，咀嚼着，咬得骨头咯咯咯地脆响。一只只已经吃得肥大起来，眼睛都发红，在茅草中窜来窜去时，只见草动，动成一线，像条条草龙。龙头所到之处，都有血迹，还有丝丝块块，被它们叼得满处都是。有时你去灶房，无意中搬开一捆柴火，也许会突然发现柴弯里滚出一只陌生的手或脚来。

它们对人突然变得十分有兴趣了。有一群人在议事，或者有两个人吵架，都会引来狗。它们大大方方地露出尖牙，长长的舌头活泼得像一条飘带，一片水波，等待着什么结果发生。据说竹义家的阿公有次在树下打瞌睡，被狗误认成尸体，大咬了一口。

丙崽把一泡屎拉在椅子上了。

丙崽娘照例唤狗来舔："呵哩——呵哩——呵哩——"

狗来了，嗅一嗅屎又走了，似乎对屎屎已丧失了热情。它们来，是因为听到召唤，来敷衍一下，在主人面前不显得过分的趾高气扬，富贵不忘旧情。

于是寨子里屎多了，苍蝇多了，臭起来。

丙崽娘遇到竹义家的媳妇，缩缩鼻子："你身上怎么有股臭味?"

竹义家的瞪大眼："怪事! 是你身上臭。"

两人嗅了一阵，发现手是臭的，袖口是臭的，连棒槌和竹篮也有股怪味，这才恍然大悟。原来空气早就臭了。只说这些天，没人去出猪牛粪，地坪里一片片黑乎乎的，空气能不臭么?

丙崽娘的娘家那边是颇讲究清洁利索的，因此她一直有些与众不同的习惯。她带上草把和茶枯，把丙崽拉脏了的裤子和椅子，拿到溪边去擦洗，洗了两遍，还没有除掉臭味。她喘着气，翻着白眼，感到气虚。虽然以前吃过不少胞衣，可现在腹中的米粮实在太少了。猛地站起来，两眼一黑便歪歪地倒下去。

不知道是怎样爬回来的。没有被狗分了吃，就是万幸。她望着蚊帐上一片密密麻麻的苍蝇，伤心地号哭了一场："吾那娘老子哎，你做的好事呀! 你疼大姐，疼二姐，疼三姐，就是不疼吾呀，马桶脚盆都没有哇……"

丙崽怯怯地看着她，试探地敲了一下小铜锣，似乎想使她高兴。

她望着儿子，手心朝上地推了两把鼻涕，慈祥地点头："来，坐到娘面前来。"

"爸爸。"儿子稳稳地坐下了。

"对，你要去找你那个砍脑壳的鬼!"

她咬着牙关，两眼像两片孔雀毛，黑眼球往中间挤，眼球之外有一圈宽宽的白眼睑。当然是很可怕的，丙崽愣了。

"×吗吗。"他轻声试了一句。

"你要去找你爸爸，他叫德龙，淡眉毛，细脑壳，会唱些瘟歌。"

"×吗吗。"

"你记住，他兴许在辰州，兴许在岳州，有人视见过他的。"

"×吗吗。"

"你要告诉那个畜生，他害得吾娘崽好苦啊! 你天天被人打，吾天天被人欺，大户人家的哪个愿意朝我们看一眼? 要不是祠堂一份猫食，吾娘崽早就死了。其实死了还是福，比死还不如啊！你要一五一十都告诉那个畜生啊！"

"×吗吗。"

"你要杀了他！"

丙崽不吭声了，半边嘴唇跳了跳。

"吾晓得，你听懂了，听懂了的。你是娘的好崽。"丙崽娘笑了，眼中溢出了一滴清泪。

她挽着个菜篮子，一顿一顿地上山去了，再也没有回来。后来有各种传说，有的说她被蛇咬死了，有的说她被鸡尾寨的人杀了，还有的说她碰上岔路鬼，迷了路，摔到陡壁下去了……这些都无关紧要。尸身被狗吃了，却是可以基本肯定的。

丙崽一直等妈妈回来。太阳下山，石蛙呱呱地叫，门前小道上的脚步声也稀少了，还没有见到那张熟悉的面孔。好像有很多蚊子，咬得全身麻麻地直炸。小老头使劲地搔着，搔出了血，愤怒起来。他要报复那个人。走到家里去，把椅子推倒，把茶水泼在床上，又把柴灰灌到吊壶里。一块石头砸过去，铁锅也啪的一声裂开。他颠覆了一个世界。

一切都沉到黑暗中去了，屋外还是没有熟悉的脚步声。只有隔邻的那栋木屋里，传来麻脸裁缝断断续续的呻吟。

小老头在蚊虫的包围下睡了一觉，醒来后觉得肚子饿，踉踉跄跄地走。

月亮很圆，很白，浓浓的光雾，照得世界如同白昼，连对面山上每棵树，每一叶茅草，似乎也看得清楚。溪那边，哗哗响处有一片银光灼灼的流水，大块的银光中有几团黑影，像捅了几个洞，当然是雄踞溪水中的礁石。石蛙声已经停了，大概它们也睡了。但远处不知什么地方有密集的狗吠，像发生了什么事。

丙崽含着指头，在鸡坩前坐了一阵，想了想，走出了寨子。

妈妈曾带他出去接生，也许妈妈现在在那些地方。他要去找。

他在月光下的山道上走着，在笼罩大地的云雾之上走着，走得很自由，上身微微前倾，膝弯处悠悠地一晃一晃，像随时可能折断。不知过了多久，不知走了多远，他踢到了一个斗笠，又踢到了一个藤编的盾牌，空落落地响。他咕噜了几声，撒了泡尿，继续往前走。前面躺着一个人影，是女的，但丙崽从来没有见过。他摇了摇她的手，打她的耳光，扯她的头发，见她总是不能醒来。手触到了乳房，那肥大的东西似乎是可以吃的，小老头捧着它吸了几口，却没吸到任何东西，便扫兴地撒手了。但这个人的肢体很柔软，有弹性，小老头骑上腹去，仰了仰，压了压，瘦尖尖的屁股头感觉到十分舒服。

"爸爸。"他累了，靠着乳头，靠着这个很像妈妈的女人睡了。两人的脸都被月光照得如同白纸。还有耳环一闪。

那也是一个孩子的妈妈。

八

"爸爸。"

丙崽指着祠堂的檐角傻笑。

檐角确实没有什么奇怪，像伤痕累累的一只老凤。瓦是寨子里烧的，用山里的树，山里的泥，烧出这凤的羽毛。也许一片片羽毛太沉重了，它就飞不起来了，只能听着山里的斑鸠、鹧鸪、画眉、乌鸦，听着静静的早晨和夜晚，于是听老了。但它还是昂着头，盯着一颗星星或一朵云。它还想拖起整个屋顶腾空而去，像当年引导鸡头寨的祖先们一样，飞向一个美好的地方。

两个后生从祠堂里抬着大铁锅出来，见到丙崽，不禁有些奇怪。

"那不是丙崽吗?"

"渠还没死?"

"八字贱得好，死不到渠的头上。"

"兴怕是阎王老子忘记渠了。"

"这个小杂种，上次妈妈的一臭卦，险些把老子的命都'卦'去了。"

这些天，人们对丙崽已经不以为然。甚至觉得打冤的惨败，也是受了他的愚弄。鸡头寨的天灾人祸，也是沾了他的晦气。两个后生放下锅，见留在树下的一个斗笠，刚被丙崽坐得瘪瘪的，更冒火。其中一位大步闯上前来，甩了他一个耳光——根本没用什么气力，他就像一棵草倒了下去。另一位抽出尖刀顶住他的鼻尖，唾沫星又飞到他脸上："快！打自己的嘴巴，不打，老子收拾你祭刀！"

"敢！"身后冒出冷冰冰的声音，回头看，是铁青色的一张麻脸。

仲裁缝是最讲辈分的，伸出双指，点着两个后生的额头："渠是你们叔爹，岂能无礼？"

后生立刻想到了自己的地位，想到了仲裁缝还是丙崽的伯伯，立即避开裁缝的怒目交换了一个什么眼色，抬锅去了。

仲裁缝向家里走去，想了想，又回转身，对坐在地上的侄儿伸出巴掌："手！"

丙崽往后躲，眼睛不像是看他，而是看他头上的一棵树。脸皮紧张得直抽搐，半边上唇跳了跳，是试图压住恐惧的勉强一笑。好半天，才抬起小手。手太瘦，太冷，简直是只鸡爪子。仲裁缝抓住它，颤了一下，胸口有些发热。

他帮丙崽抹了抹脸，赶走头上几只苍蝇，扣好一个衣扣。这件衣不知是谁做的，他从来没给丙崽做过衣。

"跟吾走。"

"爸爸。"

"听话。"

"爸爸。"

"谁是你爸爸？"

"×吗吗。"

"畜生！"

……

他不再看他，牵着他，默默走下台阶。不知为什么，他突然想起自己做过的很多很多衣，长的，短的，胖的，瘦的，一件件向他飘来，像一个个无头鬼，在眼前乱晃。那天他看见鸡尾寨的一具尸体，上面的衣不就是他做的么？——他认得那针脚。想到这里，把丙崽的小爪又抓得更紧了："不要怕，吾就是你爸爸，跟吾走。"

山里有一种草，叫雀芋，很毒，传说鸟触即死，兽遇则僵。仲裁缝刚才已采来了几株，熬了半锅汁，寨里已无三日粮了，几头牛和青壮男女，要留下来做阳春，繁衍子孙，传接香火，老弱就不用留了吧。族谱上白纸黑字，列祖列宗们不也是这样干过吗？仲裁缝想起自己生不逢时，愧对先人，今日却总算殉了古道，也算是稍稍有了点安慰。

裁缝先给丙崽灌了半碗，才走出门去。从他家进寨子有一条石阶路，弯曲上升。两旁有石板垒成的矮墙，或厚重的木房墙缝中伸出些杂草、野花，逗引着蜻蜓或蜜蜂。有些准备盖房子的，在路边或跨路占了地基，立了些光溜溜的木柱和横梁。有时一占多年，并不急着行墙上瓦，让路人们坐了歇息。遇到什么事情，这些空梁上也要贴红，用来避邪。

裁缝知道哪家有老小残弱，提着瓦罐子，一户户送上门。老人们都在门槛边等着，像很有默契，一见到他就扶着门，或扶着拐棍迎出来，明白来意地点点头。

"时辰到了？"

"到了。收拾好了么？"

"收拾好了。"

元贵老倌请求："仲满，吾还想去铡把牛草。"

裁缝说："你去，不碍事的。"

老人颤颤抖抖地走了，铡完草，搓搓手，又颤颤抖抖地回来。接过瓷碗，喉头滚动了两下，就喝光了。胡须上还挂着几点水珠。

"仲满，你坐。"

"不坐了。今天天气好燥热。"

"嗯啦。"

另一位老人抱着一个小奶崽，给仲裁缝看了看，眼里旋着一圈泪。"仲满，你试试，兴许要给渠换件褂子？你连的那件，渠还没上过身。"

裁缝眨了一下眼皮，表示了赞同。

老人转身回屋去了，一会儿，让奶崽穿着新崭崭的褂子来了，长命锁也戴好了。枯瘦的手在新布上摸着，划出嚓嚓的响声。"这下就好了，这下就好了。"

他先给奶崽灌了，自己再一饮而尽。

罐子已经很轻了，仲裁缝想了想，记起最后一位——玉堂娭毑。这位老人总是坐在门前晒太阳，像一座门神。老得莫辨男女，指甲长长的，用无齿的牙龈艰难地勾留着口水，皮肤像一件宽大的衣衫。落在骨架上，架起的一条瘦腿，居然可以和下面那条腿同时踩着地。任何人上前问话，她都听不见，只是漠然地望你一眼。也许人们在很多地方，都看见过这种村寨所常有的活标志。

裁缝走到她正前面，她才感觉到身边有了人，混浊的眼帘里闪耀一丝微弱的光。她也明白什么，牙龈勾一勾口水，指指裁缝，又慢慢地指指自己。

裁缝知道她的意思，先磕了个头，再朝无牙的深深口腔里灌下黑水。

所有的这些老人都面对东方而坐。祖先是从那边来的，他们要回到那边去。那边，一片云海，波涛凝结不动，被太阳光照射的一边，雪白晶莹，镶嵌着阴暗的另一边。几座山头从云海中探出头来，好像太寂寞，互相打打招呼。一只金黄色的大蝴蝶从云海中飘来，像一闪一闪的火花。飘过永远也飞不完的青山绿岭，最后落在一头黑牯牛的背上——似乎是世界上最大的一只蝴蝶。

鸡尾寨的男人来了，还陆陆续续来了些妇女、儿童、狗。听说这边的人要"过山"，迁往其他地方，想来捡点什么有用的东西。昨天已办过赔礼酒席了，双方交清人头，又折刀为誓，永不报冤。

一座座木屋，已经烧毁，冒出淡淡的青烟，暴露出一些破瓦坛子或没有锅的灶台——贪婪的黑灶口，暴露出现在看来窄狭得难以叫人相信的屋基——人们原来活在这样小的圈子里吗？头缠白布的青壮男女们，脸黄得像一盏盏油灯，准备上路了，赶着牛，带上犁耙、棉花、锅盆、木鼓，错错落落，筐筐篓篓的。一个锈马灯壳子，也咣咣地晃在牛屁股上。

作为仪式，他们在一座座新坟前磕了头，抓起一把土包入衣襟，接着齐声"嘿哟喂"——开始唱"简"。

他们的祖先是姜凉，姜凉没有府方生得早，府方没有公牛生得早，公牛没有优耐生得早，优耐没有刑天生得早。他们原来住在东海边，子孙渐渐多了，家族渐渐大了，到处住满了人，没有晒席大一块空地。五家嫂共一个春房，六家姑共一担水桶。这怎么活得下去呢？没有晒席大一块空地啊，于是大家带上犁耙，在凤凰的引导下，坐上了枫木船和楠木船。

奶奶离东方兮队伍长，
公公离东方兮队伍长。
走走又走走兮高山头，
回头看家乡兮白云后。
行行又行行兮天坳口，
奶奶和公公兮真难受。
抬头望西方兮万重山，
越走路越远兮哪是头？
……

男女们都认真地唱，或者说是卖力地喊。声间不太整齐，很干，很直，很尖厉，没有颤音，一直喊得引颈塌腰，气绝了才留一个向下的小小滑音，落下音来，再接下一句。这种歌能使你联想到山中险壁，林间大竹，还有毫无必要那样粗重的门槛。这种水土才会渗出这种声音。

还加花，还加"嘿哟嘿"。当然是一首明亮灿烂的歌，像他们的眼睛，像女人的耳环和赤脚，像赤脚边笑眯眯的小花。毫无对战争和灾害的记叙，一丝血腥气也没有。

一丝也没有。

人影像一支牛帮，已经缩小成黑点，折入青青的山坳，向更深远的山林里去了。但牛铃声和歌声，还从绿色中淡淡地透出来。山冲显得静了很多，哗哗流水声显得突然膨胀了。溪边有很多石头，其中有几块比较特别，晶莹，平整，光滑，是女人们捣衣用过的。像几面暗暗的镜子，摄入万相光影却永远不再吐露出来。也许，当草木把这一片废墟覆盖之后，野物也会常来这里号叫。路经这里的猎手或客商，会发现这个山坳和别处的没有什么不同，只是溪边那几块青石有点奇异，似有些来历，藏着什么秘密的。

丙崽不知从什么地方冒出来了——他居然没有死，而且头上的脓疮也褪了红，结了壳。他赤条条地坐在一条墙基上，用树枝揽着半个瓦坛子里的水，揽起了一道道旋转的太阳光流。他听着远方的歌，方位不准地拍了一下巴掌，用很轻很轻的声音，咕哝着他从来不知道是什么模样的那个人：

"爸爸。"

他虽然瘦，肚脐眼倒足足有铜钱大，使旁边几个小娃崽很惊奇，很崇拜。他们瞥一瞥那个伟大的肚脐，友好地送给他几块石头，学着他的样，拍拍巴掌，纷纷喊起来：

"爸爸爸爸爸！"

一位妇女走过来，对另一位妇女说："这个装得湍水么？"于是，把丙崽面前那半坛子旋转的光流拿走了。

《人民文学》1985 年 6 期

北极村童话

迟子建

假如没有真纯，就没有童年。假如没有童年，就不会有成熟丰满的今天。

这是发生在十多年前，发生在七八岁柳芽般年龄的一个真实的故事。

一

大轮船拉笛了。起锚了。船身在慢吞吞地动了。

妈妈走了，还有姐姐和弟弟。我真想哭。妈妈真狠，把我一人留在这儿了。瞧她站在甲板上向我招手，还不时抬起胳膊蹭眼睛。她哭了。

留下我，刚走，就想了？真好玩。我不愿意看她，更不想跟她招手，让她走吧：

狠心的妈妈，我恨你！

记得有一次，妈妈边刷洗毛主席石膏像，边跟邻居王姨唠嗑。我只不过说一句："妈妈，给毛主席洗澡，怎么不打香胰子？"回答我的是一个火辣辣的嘴巴："看我不把你送姥姥家！"

还有一次，我听收音机，乱调一气。猛然，收到了一个很好听的曲子。我听迷了，妈妈和爸爸也都听迷了。后来，里面传出了："莫斯科广播电台，这次……"吓得妈妈啪地关了它，并飞速地拧了调谐钮，冲我道："乱捅！就该把你扔到姥姥家，总也别回来！"

于是，甩下了我这个淘气的、爱说的、不听妈妈话的孩子。好了，现在什么都可以说了。姥姥家里有大空房子，你可以说个痛快了。

船更远了。渐渐地，在我的眼里，它变成了一只小蝌蚪，在奔腾的江里跳着。

　　一手攥着石子，一手挥舞着柳条棍，在沙滩上玩了一会儿，我又想哭了。鬼知道，我为什么要哭。我使劲抽了一下鼻涕，仰头望着天。

　　天上缀满了云，雪白雪白的。它们有的像兔子蜷在那儿睡觉，有的像猫在捕捉老鼠，还有的像狗、像鱼。它们自由自在地游着、飘着。天真大！它能容得下那么多的云。云多好啊，它可以睡觉，可以奔跑，可以俯身看到树木花鸟，可以仰头望见星星月亮。对了，听爸爸说，云还可以化作雨、变成雪呢！

　　天热极了。嗓子要冒烟了。姥姥抹够了眼泪，在喊我了。

　　姥姥是小脚，一走一摇，像是扭秧歌。我不愿意和她一起走，便挣开她的手，向前跑，跑累了，再停下来。看着姥姥走路的那副样子，我忍不住喊："鸭子鸭子快快走，跩悠跩悠上高楼。高楼有个松树塔，一咬一半拉。"

　　这话可把她气坏了，她边追边喘着，喊着："骂姥姥，天打五雷轰！"我便又跑，摇晃着柳条棍，东捅捅，西戳戳，好不快活。

　　糟糕死了，我把蜂子窝给捅了。一个个小黑绒球向我扑来、压来。立刻，嘴肿了，脖子上，屁股上，都火辣辣地疼。

　　姥姥赶来了，急得直掉泪："看看，当妈的刚走，闺女在这就……咳！"见我哭得凶，她就吓唬我说，"快起来，要不天兵天将该来了。收拾了你，姥可不管。"

　　我害怕，抹干眼泪站起来，顺从地趴在姥姥背上。

　　一颠一颠地，走啊走啊。我累了，渐渐地睡了。等我睁开眼，迷茫中，我就看见了姥姥家的大木刻楞房子。

二

　　大木刻楞房子是新盖的，房梁上还拴着红布。姥姥说，那样可以避邪。房子大，进门是厨房，东西各一间屋。西屋门帘上钩着花，炕上有一床猩红色的缎子被，南窗下摆着一张黑漆桌子，上面放着镜子、香粉和雪花膏瓶。这是小姨的住处。我和姥姥住东屋。屋里一溜大炕。炕上油着蓝漆，光滑滑的。躺上去，忍不住要打几个滚。

晚间，我和姥姥睡一个被窝。她给我讲故事，净是鬼和神，可有意思呢！我爱听，听完了又害怕，便把身子缩在姥姥的胳肢窝下，死死地抓住她的肩膀。

尽管这样，我还是喜欢过晚上。左邻右舍的人挤在厨房里，卷着烟，呷着茶，天南海北地聊，我可以支着下巴听个够。

白天的日子就不一样了。姥爷打完更，喝了酒就去菜园；姥姥白天总不着闲，剁鸡食，采猪菜；小舅白天上学，学校离家路远，中午不回来；小姨到队里干活，中午回来，吃了饭就躺在炕上睡。我多么恨白天啊，恨这夏天的白天！

白天太长了，太热了，太让人气闷了。我想念家乡的伙伴。那时，多好啊。有一次，我们好几个人去偷母娘娘家的黄瓜。这个臭婆娘，坏着呢。人家的小鸡进了她家园子，就用石头给砸死，煺了毛，扔进油锅。她家的黄瓜刚做纽，黄花还没落呢，我们就一人装一兜，跑到小树林，吃个精光。然后再返回去，看母娘娘骂仗："哪个杂种，偷吃了你姑奶奶的黄瓜，让他不得好死！是男的，吃饭噎死；是女的，生孩子憋死！"

她跺着脚，叉着腰，唾沫星子四溅。

可这里呢？整个一条街，只有三个小孩：兰兰、小宝和我。

兰兰跟我同岁，长得比我好看多了：大眼睛，小嘴巴，就连那薄嘴唇，也是红鲜鲜的。她家穷，孩子多，妈妈常年有病。她总要在家看弟弟和妹妹，很少出来找我。我到她家，她妈又不高兴，指鸡骂狗的，说我招她偷懒了。

小宝是李奶奶四十岁时得的独苗。娇得了不得，六七岁了，撒尿还得用人把，动不动就像小姑娘一样哭。李奶奶不让他出来，怕他跌跟头摔了腿，又怕他不小心跌进井里。

他们都不出来，我就一个人玩，到菜园里捉蚂蚱、蝈蝈，把大个的留下来，装到小舅给我编的笼里，塞进倭瓜花给它吃。看腻了，就到房后去做泥人。

姥姥家房后有个小洼兜，一下雨便淤好多水，水泡得边缘的土黏黏的。我把它和面似的揉一堆，我每天可以做好几个泥人。我偷偷用姥爷的小木盒里的西瓜子，给泥人当眼睛；又把小姨的胭脂膏子，悄悄抹在了小泥人的嘴巴上。

听姥姥说，大舅那年回家，带回好几个大西瓜。吃完后，姥爷就把瓜子拾起来，装到那个盒子里。他平常从不动它，每逢家里来了客人，就要打开说："这是大儿抱回的西瓜，吐的子呢！"等到别人连连点头，啧啧夸赞，他才满足地小心翼翼地放好。那样子，就跟他喝酒时，慢慢地端起盅，轻轻地抿，生怕弄洒、喝漏了一样。

就在西瓜子少得不能再少的这一天，他跟人说说着话，冲我喊："灯子！听见了吗？灯子！把那个瓜子盒拿来！"

我吓得打了个干嗝，憋了好半天，直着眼说不出话。姥姥捶我的背，才顺过一口气来，委屈得我哇的一声哭起来。

"老丧门星！灌够了猫尿，"姥姥咬牙切齿地骂着，"高音喇叭似的，吓死人！"

我就势倒在姥姥怀里，故意大声号哭。

姥爷没趣，晃着身子站起来，对人家说："不看了，不看了。看也没用，没用哇。"他从姥姥怀中把我接过去，慢吞吞地走到菜园。

这是他第一次抱我啊。

三

暖洋洋的太阳，照得菜园泛着一层青光。柿子已经拉红丝了。

他把我放在地上，弯腰摘了个半青半红的，放在我手里。他以为我真的吓着了，摸着我的头发，说："灯子好，姥爷再不大声说话了。吃吧，等到大秋，红透了，都留给你。"

我茫然点点头，赶忙咬了一口。恰巧咬到青的那半上，涩得我直想吐，但最后还是把它吞了。

姥爷不知怎么了，这几天话特别多。小舅说，姥爷是想大舅了，大舅已经三年没回来了。

"爱吃西瓜吗？"他问我。

我慌忙点点头，想想不对，又赶忙摇摇头。他并没在意，只管说："你大舅那次回来，就带回了大西瓜。红瓤的黄瓤的都有。吃起来沙棱棱、甜丝丝的。"他醉了似的，眯着眼，惬意地有节奏地拍着腿。

"东头的'老苏联'，见过吗？"

"谁？"自从住到姥姥家，我还不曾到东头去过。

"咳，说这些做啥。不说了。"

他扔下我，竟自蹒跚着走了。

气得我把嘴巴噘到鼻孔上。

尽管如此，我还是跑到房后，把小泥人身上的西瓜子都抠出来，用淤水洗好，放到衣襟上搓干净，一粒一粒地摆在小木板上。

谢天谢地！姥爷几天不看盒子，也没有人到房后去。西瓜子不知不觉地干了。趁没人时，我把它们送了回去。

西瓜子的事总算平息了。姥爷又闭紧了嘴巴，不说一句话，阴着脸，闷闷地喝酒。

太无聊了。天气又闷又热，像捂在蒸笼里。除小姨外，其他人都蔫了似的。

小姨好高兴。她吃了饭，就梳那又光又黑的大辫子，往脸蛋上扑粉。打扮好了，就前后左右地照镜子。也不告诉家里人，就偷偷地溜了。小舅告诉我，小姨去找开拖拉机的张舅舅。

天旱了。小泥人被晒裂了身子，烫掉了胳膊。老母猪趴在圈里，一声不响地晒大肚皮，小鸡小鸭都猫到阴凉处。

尤其是傻子狗，晒得更可怜！

姥姥家的门前用铁链子拴着一只狗。它的毛黄黄的、茸茸的、长长的，风一吹，泛着金灿灿的光。它的个头大，腿又粗又壮，一跑起来，抖着满身毛，威风凛凛的。这样一条好狗，却被唤作"傻子"。

傻子可厉害呢。姥姥说，有一次，它把看地的大爷咬得腿肚子直蹿血，因此被揍了个半死，尾巴上的毛也被剪掉了许多，拿去给人家敷伤口。从那以后，它的脖子套上了锁链。

我怕这条狗，不敢接近它。只是远远地站着看，姥姥说，狗是不咬自家人的。可我还是怕，总觉得它的眼睛像冒着火。

天这么热，它也没精打采地趴在柞木障子下，长伸着舌头，呼呼直喘气。我试探着端盆凉水，慢慢地蹭近它。它似乎有要站起来的意思，可只是身子动了动，却没能成功。我把盆放到它旁边，轻轻地蹲下，胆突突地抚摸着它的毛。它得意了，仰着身，斜伸着腿，微闭着眼，缩着头。我便又使劲搓它，搔它，捶它。

它终于被我征服了！我有了新的伙伴。

四

新伙伴跟我是友好的。每天吃饭，姥姥都要蒸暄腾腾的馒头。吃饱了，我也要再拿一半，捏在手里，装作往嘴里塞着向外走，姥姥总要说："吃多少拿多少，糟蹋粮食可伤天害理哪。"我就说："我还没吃饱哪。"不管她怎样唠叨，就倏地跑出屋门，来到大门口。

傻子一见我，一骨碌挺身起来，斜伸着前腿，探着脑袋，狠劲晃着尾巴。我坐在地上，它立刻趴下，把前爪搭在我腿上。我把馒头塞进它嘴里，看着它大嚼大咽，心里禁不住涌起一种从未有过的自豪感和胜利感：傻子是我的！

晚饭后，屋里传出了洗碗的叮当声。姥爷叼着旱烟又蹲到菜园去了；小舅编笼子，好到大江去捕鱼；姥姥拎着猪食桶，一出门就嘎嘎嘎地叫着；我的任务是圈鸡。到仓库的袋子里抓一把小米，把它撒在纸箱里，小鸡就傻乎乎地跳进去，唧唧唧地点头啄着吃。遇到调皮的，站在纸箱边，探头探脑，我就得把它扑下去，蒙上纱布，把纸箱端到大厨房的南墙根。

做完这件事，我可以抱着傻子看天。傍晚的西边天才好看呢！

太阳沉下山了。天边飞着晚霞，深一块，浅一块的。它们有的大红，有的粉红，有的则金黄。那大红的像炉膛的火，粉红的像小猫的舌头，金黄的像大公鸡的尾巴。它们深的颜色变浅了，浅的更淡了，星星就眨着眼跳出来了。星星一跳出来，邻居家的猴姥就大着嗓门来聊天了。

猴姥讲故事最有一套。讲鬼神时，不是眯着眼乱哼哼，就是张着大嘴，捶胸顿足。这样，她常常要把烟头掉在裤子上。好在她的裤子脏得很厉害，铁皮似的，所以也不会烧出眼。

厨房里弥漫着呛人的黄烟味、汗泥味。我听累了，听烦了，就出来透口气。

夏天的夜晚凉爽极了。青蛙在江边不时地呱呱着。满天星星密布，空气真新鲜。傻子知道我出来了，就唔唔地叫着。我跑上去，搔它。

"傻子，你看，天上哪颗星星最亮？"我扳住它的脑袋，让它望天。它乖乖地仰着头。

我又问："傻子，你看哪颗星星像我？"它只管晃了一下身子。"大笨蛋！真是傻子！"我骂它，按它倒下，自己忍不住咯咯地笑。

"黑更半夜，在外面笑什么？快进来。"姥姥倚着门框喊我，我赶忙撒腿往回跑。回到屋里，猴姥那颠三倒四的故事快讲完了，我跳上炕去铺被，待我磨磨蹭蹭地做完，猴姥的大脚片子已经响在院中了。

姥姥一直把她送到大门口，闩上门，拉上窗帘，洗过脚，我们便上炕了。

我睡不着了。我在想姥爷，想那天他到大菜园里对我讲的话。我越想越奇，忍不住推醒姥姥，问她："'老苏联'是谁？"

"东头的。"

"是站在窗前就能望见的，那个种了好多毛嗑的人家吗？"

"嗯。快睡吧，明天还要早起呢。"

姥姥是要早起，姥爷打更回来，才早上五点多钟，她就要做好了饭。我不再问她，等她睡熟了，我从她怀里挣出来，拱出被窝，痛快地大喘了几口。我在想，东头那个大木刻楞房子，里面住的"老苏联"是什么样呢？

这一夜，我做了一个梦。梦见东头的大木刻楞房子里住着一个老太太，她站在黄灿灿的葵花下，抛给我好多好多的石子。她告诉我，这些都是黑龙江的石头。她还说，她要把这些石头磨得圆圆的，用锥子扎出眼，给我穿个项圈戴。

五

天大亮了，太阳升得老高。

院子里，飘着鱼腥气，小舅坐在木墩上挤鱼。鳞光一闪一闪的，像星星在跳。他挤完了，拌上盐，穿上铁丝，挂在墙上。

小鸡们蹦跳起来了。我把盆子当中肠子之类杂秽东西捞出来甩给它们，剩下的红浆浆的汤倒在猪槽里。然后，再把盆冲得干干净净。

这样做，小舅一高兴夸我，我可以就势要两条小鱼，给傻子吃。

吃了饭，各自忙各自的了。

我沿着干得裂了缝的田埂，向苞米地走去。姥姥家的苞米地紧挨着"老苏联"的菜园，现在，苞米已经吐出了棕红的缨子，我掰下一截甜秆，塞到嘴里嚼着，吃够了，向那个房子望去。满院子的向日葵，黄泥抹的墙上挂着一串鲜红的辣椒、一串雪白的大蒜和一把留作菜籽的香菜。

房门开着。在我记忆里，它似乎从来没开过。可它今天确确实实开了，不是梦吧？

走出来了，是一个高高的、瘦瘦的、穿着黑色长裙、扎着古铜色头巾的老奶奶！

她一步步地移过院子，推开园门，贴着豆角架过来了。

我站在苞米地，她站在那里，隔住我们的，是一排低矮的、倾斜的、已经朽了的柞木。

我的心打鼓似的咚咚直跳。

"小姑娘，小姑娘。"声音很慢，有些迟钝，"你怎么一个人在这儿啊？"

"我采猪食。"

"采什么菜啊？"

"灰菜、苋菜、车轱辘菜，还有钉锦儿、朱香芽！"

她咯咯干笑着，嘴不停地动，好像在嚼什么："采猪食，怎么不拿篮子呢？"

"我先采，放在这儿。中午舅舅来取。"

"几岁了？""七岁。""上学了吧？""没有。""愿意识字吗？""愿意！"

回答得干脆利索，我想她一定会满意的。

她把着柞木杆子，我也把着。我仰着头，她低着头，我们的眼光相交在一起。我分不清是不是梦，顺嘴说出来："你是老奶奶！我见过你。你不是答应给我穿个项圈戴吗？"

我用手在脖子周围比画着。她先是睁大了一下眼睛，随后拨着障子，伴着一阵咔嚓咔嚓的柞木杆倒下的脆响，她倾着身子过来了，死死地搂住我！

"是奶奶的孙女！是奶奶的孙女！"她的胳膊像把大钳子似的牢牢卡住我，我的脸被她亲得直发烧。可能她听到了我的哼哼声，她松开我，我终于可以大口地喘气了。

"奶奶，黑龙江的石头能磨圆吗？"

"能。能磨圆的。"她肯定地点点头。

"那就好了。"我放心地笑了。

不知不觉，我跟着她，穿过菜园，来到院子，走进屋门。

屋子不大，却很干净。墙粉刷得漂白。正房里，最引人注意的是一个黑色挂钟和钟下面的紫檀色桌子，桌子旁边是一把黑木椅。

她按我坐下，拿出冰糖，摘掉那条古铜色的三角巾，连连转了几个圈，对我说："吃吧，再给你烤毛嗑去。"

她到厨房去了。不一会儿，她用铁盘托着毛嗑出来了："吃吧，香，新烤的。"

她兴致勃勃地跳起舞来。

我看着她起舞，跳得又快又急，全不像姥姥，就连胸脯也是高高挺着。

"奶奶，你脚大吗？"

"大哟。"

"我姥姥怎么是小脚？走道像鸭子，一扭一扭的。你的脚怎么大？"

"长的呀。奶奶不缠脚。"

她翻出了扑克、跳棋、识字课本、陈年的蚕豆，满满地堆了一桌子。

她说她要教我识字、唱歌、剪窗花、做面人。她跟我说，上她这里来不要对别人讲。

当然，我全部同意了。

回家路上，我看着天也想笑，看着地也想笑。每一片白云，每一片绿叶，都那么亲切。我哼着歌，踩着发烫的土地，蹦蹦跳跳回来了。

傻子迎上来，我像奶奶搂我那样，死死搂住它，贴着它的耳朵，悄悄说："傻子，我告诉你一个秘密，你可不许对别人讲。"

六

午饭后，空气更加燥热、沉闷了。不一会儿，起风了。云变成了淡灰色，挤成一堆，抱成个铅灰色的大团。

风逝了。燕子呢喃而下。细细的雨丝像一根根银色的绣针，一股脑儿地扎向地面。

鸡整齐地排成一溜，哆嗦着翅膀，站在房檐下。傻子却得意地踏着爪，不停地用舌头舔那湿漉漉的毛。

姥姥高兴得磕了三个头，不住地叨叨着："没白求雨，可不，说来就来了呢。"她走到窗前，满心欢喜地瞅。她的眼眶里有水珠。莫非是雨扑打进去的？

我望望窗户：窗子关着，雨水顺着玻璃一道道地往下滴。那么，姥姥是兴奋得落泪了。

我搬了个小板凳，站在上面，把着窗台向外望：雨下得更大了、更急了，地上冒起好多水泡，像我踢毽子用的铜钱。

我在想东头的老奶奶。她现在做什么呢？

对了，她怎么就一个人呢？

我真想立刻就弄明白它。我想问姥姥，可一想起老奶奶的话，立刻打消了那个念头。

大雨停了。草丛中的蚂蚱蹦得欢，蝈蝈也叫得脆生了。傻子满足得直刨蹶子，小鸡们不停地刨着湿乎乎的土。

姥姥抱柴做饭了。厨房里传来烧火的噼啪声和嚓嚓的切菜声。姥爷从炕上爬起来，穿上长筒靴，拿着铁锹，跳到猪圈里起粪去了。

我穿上塑料凉鞋，向老奶奶那儿跑去。

山雀赶在我的前面蹦着。它们好像刚出窝，还不会高飞，只是贴着地面，吃力地抖动着稚嫩的翅膀。天东北角，扬出一条彩虹，像是一座五颜六色的桥。

我屏住气推开那扇门。我怕老奶奶睡觉。

是开门使屋里亮了，还是我不小心弄出了声？反正，她马上发现了我。

"噢，好大的雨，雨好大呀!"

她奔过来，蹲下身，拍着我的脸蛋。

"奶奶，你的裙子像喇叭花。"我扳着她的肩，对她说。

她努着嘴，紧眨了两下眼睛，端着肩站起来，慢慢转一圈，又突然蹲下，惊叫道："看对了，是像喇叭花! 聪明的乖乖!"

她抱起我，推开门，绕到房后，放我到地上。

这回轮到我惊叫了。野草中开着五颜六色的牵牛花。奶奶一种颜色掐了一朵，插在我头上。几只黄蜂嗡嗡着飞到头顶，吓得我一把抱住她。

"咋了? 咋了?"

"蜂子! 我怕蜂子!"

她笑着，抱起我，用手抚着我的脑门，边走边唱道："黄蜂好，黄蜂好，黄蜂不蜇我的小宝宝。给你花粉吃，给你好花粉，只要你不来，吓我的小宝宝。"

我笑了。见我笑了，她也笑得更厉害了。身子不住地抖着，我趁势滑下地，噔噔地跑进屋。

她端来一盘新煮的蚕豆，一颗颗地把皮剥掉，再把它一颗颗地送到我嘴里。那豆又香又软，我忘了回家。

"奶奶，你家怎么就你自己?"

她略微仰了下头，眼窝里有什么东西亮了一下，又没有了。她往嘴里塞着蚕豆皮，又慢慢吐出来，弄了一裙子。

我这样问，老奶奶怎么会不伤心呢? 我打算搂住她的脖子，就势撒个娇。不料，她笑着说了："不早了，看你姥等急了。是吃饭的时候了。"

"哎。"我答应着，站起来，磨磨蹭蹭地向门口走。推门时，忍不住回头看了她一眼。

"倒忘了问了，叫什么名儿啊?"沙哑的、夹着痰的、含糊不清的声音。

"迎灯。我的小名，妈妈说，生我的时候是正月十五，天刚擦黑，还没点冰灯呢，爸爸就给我起下了这个名。"

她又发出一阵骇人的笑声。吓人的老奶奶! 我一溜烟跑回家，死死地抱住傻子。

七

"跑哪儿去了？一天不着家！喊你姥爷吃饭。"姥姥把刷锅水倒进猪槽里，尖着嗓子招呼我。我放开傻子，木木地走向菜园。

姥爷光着大脚片子，裤腿挽到膝盖，两手相抱着坐在垄头。风吹来，菜园泛起一层青茵茵的光。姥爷的头发蓬蓬着，随风飘动，阴沉沉的脸上，两只眼睛定定地瞅着什么。

我捂着胸口，迈过昏黄的、摇荡着波纹的小水洼，立在他背后。他全然没有发觉。

"一年了，柱儿。没把你的……死讯，告诉你妈。不怪……我……你妈，她……会受不住哇……"

嘤嘤的泣声，他的身子向前倾着，头不住地低着、低着，一直低到膝盖。

彩虹走了。天空纯净得像一湾清水。

好久，他才抬起头，哆嗦着手，在衣袋里抠摸了好久，才见他捏出一个黑莹莹的东西来。

"西瓜子！"我惊叫道。

他浑身一抖，慢慢地转过身，放下裤脚，说："姥爷种西瓜。等结了果，给你吃。"他蹲起来，抠个坑，让我把西瓜子放下去。

"还赶趟吗？"我问他。

"赶趟。大秋就成了。"他抓起一捧土，细细地搓着，均匀地撒在坑里。

我和姥爷关上园门，走进屋子，姥姥在里面骂："老的老小的小，哪有一个不叫操心的！赶明儿告诉柱儿，再回来，可别给那老孽障买东西。弄点子西瓜子啊，今儿看，明儿摸，真比见着儿子还亲。"

我猛地冲进屋，揪住姥姥的衣襟："谁叫柱儿？"

"'柱儿'也是你能叫的吗？没大没小！"

"他是谁？"

"你大舅！"

柱儿是大舅，大舅怎么会死呢？不敢告诉柱儿他妈，柱儿他妈不就是姥姥吗?

"姥姥,你是柱儿他妈?"

"嗯,咳、咳。"她笑歪了身子,洒了一衣襟粥,"我不是柱儿他妈,谁是呢?生柱儿的时候,难产哟,差点没把命搭上。"她从贴墙的铁丝上拽下抹布,捣蒜般地扑弄着米粒。

"快吃!凉了!什么都好问!"小姨把碗推到我面前,狠狠地瞪我一眼。

"我不饿!我不吃!谁稀罕用你管,对象去吧!"

她摔下筷子,跑到西屋,门被砰的一声关上了。

自知闯了祸,我满心不自在地走出屋。

晚霞将要下去,天上变成了灰蓝色,远山被罩在一片水雾之中,显得空旷和迷离。

傻子迎着我走来。我无心理它,径自向前走着。它委屈地呜呜叫着,抗议般地跺着脚。

也不知走了多久,前面是江了。

啊,江,你迅疾地、不停地流,你不觉得累吗?真像个贪玩的野孩子,一躺到这儿,就忘记了吃饭、睡觉。

你已经变野了,不停地卷起一道道波浪、一簇簇水花。即使这样,你还觉得不过瘾,于是,就在自己的胸脯上切下一块块肉,甩到沙滩上,化成五颜六色的石子。

瞧你,是不是看我来了,又播撒出一片亮晶晶的碎光,吐出一朵朵白莹莹的莲花?哦,你点头了,不住地点头了。你这北极村的野孩子!

沙滩多好。又松又软。我怎么才第一次感觉到?五颜六色的石子,圆的、方的、长的,很多,很多。每一块都含有大地的体温,每一块都有着江水刻出的文字……

八

被小舅从江边抱回来的路上,我一直在哭。

天边钩着一弯淡淡的月牙,无数的星星像蜡烛的火苗,不住地跳着。

我的泪把小舅的领口全弄湿了。我羡慕江,甚至有些恨它。它洋洋洒洒，阴天，狂热地亲吻条条雨丝；晴天，悠闲地仰望浮游的云彩。

江啊，江，你一定知道奶奶为什么会那样骇人地笑，姥爷为什么会说出那样的话。可你为什么不告诉我呢？

青蛙在江边呱呱地叫了。开始只是零零稀稀的几声，听起来，好像带着铃铛的马车在飞奔。

星啊，星，满天都是。我是哪一颗呢？妈妈不是说过，生我的时候，梦见一颗星星扑到怀里了吗？

哦，太累了。我感到头发沉、胸闷极了。眼前模模糊糊的一片，身上冷得直哆嗦，好像谁给涂了一层冰。我把头无力地耷在小舅的肩膀上，就什么都不知道了。

九

累极了，累极了。

我的眼前是五颜六色的小星星，它们晃啊、摇啊，红了，全是红的了，像新媳妇的盖头，像大公鸡的鸡冠。不，又是紫的了，千万颗的小豆豆。粉的、绿的、白的……最后是满眼的金色，像火星飞迸。

我终于睁开了眼睛。

白的墙，映着明晃晃的阳光，更白了。

荷包蛋和葱花的香味扑鼻而来。姥姥的眼里含着泪，用搓板一样粗糙的手一遍遍地抚弄着我的额头。

"灯子，灯子，起来吃吧。"是姥爷的声音。我把着姥姥坐起来，接过碗。很快，两个鸡蛋进肚了。细细的面丝也吞进去了。

我觉得舒服、轻松了许多。放下碗，我就要出去。我知道，这是中午，自己睡了一宿零半天了。

"哪儿去？"姥姥拽住我的胳膊。

"去玩。"

"不中。刚要好，夜里发烧才吓人呢！"

"发烧？我都说啥了？"

"你说你变成了星，还说要变成江，又说有个奶奶给了个什么东西……多着呢。"

"我提没提柱儿的事?"

"见天儿叫柱儿,该是想你大舅了吧?"她说完,咳了一声,扯起前襟擦眼睛。姥爷急忙弓着背走开了。

没提柱儿就好。他是怎么死的?我不知道。只听小舅讲过。姥爷挨斗时,大舅抱不平,惹怒了公社书记,把他调到很远的一个地方去了。那年他才十七岁。他死在那个地方了吗?

姥爷多可怜,他死了儿子不敢大声哭,姥姥更可怜,她的儿子死了她都不知道,还当他活着,这究竟是怎么一回事啊?

"看看傻子去吧,它一大早就刨土,挣铁链子,疯了似的。"姥姥一边跪在炕上用小抹布来来回回地擦着炕,一边对我说。

我忘记回答,飞快地冲出屋。

果然,傻子在拼命地挣铁链子。它蹬着腿,冲刺般地一蹿,脖子上便勒出了一道深深的沟。没有挣脱,它嗷嗷地叫着,疯了似的又向前扑,铁链子被拉得绷直。

"傻子!"听到声音,它猛地一抖。它的腿由前倾变直了,铁链子也变松了。它迅速仰起头,望着我,烂泥似的瘫在新翻的泥土上。我跳过去,搂住它。它用舌头不停地舔我的手心。

"是不是我来晚了,你发脾气?你挣铁链子,是要找我去吧?"

我问它,它木然不动,毫无反应。等我站起来,要离开时,它又疯了似的又跳又叫。

"不走,我不走。"我揪住它的耳朵,按它到障子边。它明白似的点点头。

太阳由中天向西滑了,猪吃完食蜷着尾巴回圈了。现在,我得去看老奶奶了。

十

"黄蜂好,黄蜂好,黄蜂不蜇我的小宝宝。给你花粉吃,给你好花粉,只要你不来,吓我的小宝宝。"

老奶奶蹲在灶门前捅着火，努着嘴唱着。她的脸被火映得红光光的，深凹的蓝眼睛显得那样好看。

锅里咝咝地冒气了。白浆浆的米汤顺着锅沿淌下来，滴到她握火钩子的手上。她一惊，慌乱站起来，去掀那锅盖。我倚着门框，把小拇指含在嘴角。她放上碱，画圈儿似的用勺搅着粥。

"奶奶！"

她掉过身，把勺子扔到一边，扎煞着手，想要搂我。见我往后缩，她又垂下手，温和地说："来了。吃饭了吗？"

"吃了。荷包蛋。"我不由得咂了咂嘴。

"粥熟了，拌拌糖，再喝碗米汤。"

不等我回答，她径自从橱里拿出一只碗，用毛巾使劲擦蹭着。她把碗放到锅台上，从橱里的瓷罐里舀出满满一勺糖，磕到碗里，撇着米汤。

浮溜浮溜的一碗，黏稠稠的，啜一口，甘甜甘甜，像软软的胶皮糖。她捏着勺喂我。舀起一下，放到唇边，喵着嘴轻轻地一吹，再送到我面前。

喝完米汤，我就进屋了。

桌子上，堆着一摞小纸片。纸片上有画，也有字。奶奶吃完了，收拾停当了，搬来一把木椅，放到桌旁，与我对面坐下。

"认识吗？"她抽出四张卡片问我。

"鸡、虎、棍子、虫子。"

她笑了。捏着我的鼻子，说："不是棍子，是'棒'；不是虫子，是'虫'。"她点着字教我，她把字样的画片推到我面前，又从抽屉里抽出同样的四张，对我说："现在做游戏。虎吃鸡，鸡鹐虫，虫嗑棒，棒打虎。我出一张，你出一张。背着出，再一起翻过来，看谁赢，记住了？"

"虎吃鸡，鸡鹐虫，虫嗑棒，棒打虎。"我流利地重复一遍，故意把声音拉得长长的。我抽出一张老虎，用手心牢牢地按在桌子上，生怕她看见。

在我的印象中，老虎最厉害。谁能抵得过它？棒能打虎，老奶奶可千万不要出"棒"。万一她出"棒"怎么办，我的老虎不就没命了吗？

这样想着，我真想把它抽回来，再换上"虫"。让虫去嗑老奶奶的

"棒"。可她出的若是鸡呢？我的"虫"不也就完了么？

越想越着急。我的头都出汗了。

"奶奶查五个数，查到五时，一起翻。"

"一、二、三、四、五！"

我们一齐翻过来了。她押的是虫，我押的是虎。这怎么算呢？

"虎吃虫！"

"虫搔虎！虫蹦到老虎的屁股上，搔得它直叫唤。"

"才不是呢！虫子那么小，老虎一脚就能把它踩死！"

"瞎说！虫子灵巧，老虎可踩不着它。"她眨着眼睛，好像在气我。

"灵巧个屁吧。我见鸡要鸽它时，它吓得跟小耗子见猫似的。"不知不觉，我的泪流出来了。

她也淌了泪，是因为笑。

"下雨了，雨哗哗，哗哗的雨呀流不停。填满了鼻沟沟，浇湿了小脸蛋。"奶奶用手指弹着桌子，小鸡啄米似的点着头。

我止住了哭，也编派她："眍䁖眼，尖鼻子，长长的下巴肥肥的耳。白了毛还要穿裙子，开朵喇叭花呀，还是个臭黑的！"

她啧啧着嘴，搂着我笑了。我就把嘴贴到她耳朵旁，讲述我心中的秘密。

从这天起，我开始跟奶奶认字了。她每天教我五个，第二天去就考。若答不对，是绝对不准许吃蚕豆、嗑瓜子的。

太阳贴着山下去了，天色渐晚。猴姥的大脚片子又在院中响了。鬼和神的故事对我已经失去了魔力。她们在厨房里讲，我就躺在被垛上，望着房梁，默念着白天学过的字，用手指比画着："马、牛、羊、猪、狗……"

猪，猪字太难写了！怪不得猪那么讨人嫌，原来它的字也烦人哪。

"小舅！"

"干啥？"

"'猪'字怎么写？"

"犬犹儿加个'者'。"他一边说，一边用圆珠笔写在我的手心上，然后把笔往炕里一撇，晃晃荡荡地钻进厨房了。

神气什么？臭美！都那么大了，写个"猪"字也值得这么着？我想着，气得在"猪"字上打了一下。这一下，倒使我记住了它。

我四仰八叉躺着，望着房梁，听着猴姥的说话声，不由得想起了那天我跟姥姥说的话："姥姥，猴姥真埋汰。耳窝全是泥，大黄门牙也恶心人。"

"什么都说！可不能叫她听见伤心。她早先可不是这个样儿。"

"早先她干净？"

"是啊，光光溜溜的。别说虮子花，就连个灰星儿都不沾。"

"那她现在咋这样？"

"就打小日本鬼子军官逼她睡了一宿，死了几次没能成，她人呀，就成了这个样子。"

"睡觉怕啥？"

"那可是丢人的事呀。你现在不懂，大了就知道了。"

小日本在漠河采金，霸占侮辱了许多人。花骨朵没开，就被风劫落了。它埋在烂泥里，没有人再辨出它的颜色了。

十一

秋风起了。嫩嫩的苞米粒变硬了，豆角叶变黄了，柿子晒红了脸，沉甸甸的倭瓜坠折了枝蔓。房盖上，红一块、绿一块的，晒满了胡萝卜和豆角丝。

我帮姥姥把豆角子和豌豆子摘下来，穿上线，挂在房檐下。

小燕子练习飞了。它们飞累了，就歇在电线上。燕妈妈来来去去地给它们啄食。练硬了翅膀，它们就要跟妈妈回南方去了。燕子要回家去了。北方太寒冷，留不住它。可是，冬天过去，雪一化，春天就来了。春天一到，燕子又飞回来了。

我可不愿意走。我要走了，就难再回来了。我要在这儿，陪着奶奶度过这个寒冷漫长的冬天。我将能学会好多字，学会乘除法，学会剪窗花、做面人。有了希望，心中就舒坦多了。我变勤快了，帮着姥姥洗碗、剁鸡食、采猪菜。在做所有这些活的时候，我都在想：干完活就去奶奶那儿，快干、快干！

秋天过得太快了。土豆起完了，苞米叶子黄了、干巴了。蚂蚱越来越少，就连鸡也不爱下蛋了。早晨起来，还能望见白花花的霜。

姥姥到供销社买了每人两块的月饼，八月十五到了。家里提前圈鸡、喂猪、做饭。晚饭时，我只喝了小半碗粥。我要攒着肚子，吃月饼。整整一年没有见过它了。

我坐在大门口，盼啊，盼啊。夜幕低垂了，月亮在山坳里不停地拱啊，终于拱出了一点，金黄色的、细长的、像是棵豆芽的月亮边。

我乐得一蹦老高，飞快地跑去告诉他们。

姥姥麻利地搬出桌子，把它支在院子里，端上一盘月饼、一盘柿子。姥姥说这叫供月。秋天了，忙活了一年的人们都该歇歇了。收成了一年的东西，拿出来供供月，求得美满吉祥。我听完姥姥的话，不由得想起了在家过八月十五时，与小朋友一起看月亮，边嚼月饼边哼歌谣："蛤蟆蛤蟆气鼓，气到八月十五。杀猪、宰羊，气得蛤蟆直哭。"

我唱给姥姥听，她笑得直揉肚子。我想，别的地方过八月十五一定很热闹吧！杀猪、宰羊，搞得多隆重。我马上想到了老奶奶，谁陪她供月呢？

趁姥姥不注意，我摸块月饼，偷偷跑出去。

月亮全升起来了。它圆圆的大盘上，像是涂满了鸡蛋黄。我踩着零乱凋落的叶子，穿过苞米地，撞进院子，打开屋门。

老奶奶正用胳膊挂着脑门，坐在桌子旁。她见了我，又像疯了一样把我抱起来，抡了一个圈儿，亲得我透不过气来。

她从厨房里给我端来了月饼。那月饼是她自己做的。小小的、圆圆的，馅是青萝卜丝和白糖。月饼印着鱼和花的花纹。

我知道，奶奶只能自己做月饼。至于为什么，我好像明白，又好像不明白。我把自己的月饼给她，因为买的月饼馅里有花生和芝麻。她捏了一小块，尝了好久。

我们吃完月饼，就手拉手，唱起奶奶编的歌来："月亮升上来哟，宝宝他睡着了。奶奶拿起绣花针，缝啊、缝啊，缝出个小鹿活鲜鲜蹦。太阳出来哟嗨，宝宝他醒来了。奶奶打着哈欠哪，给宝宝穿上带小鹿的新衣裳哟！"

我唱着，晃着脑袋，觉得自己就是那歌中的宝宝。"出去看月亮吧。"唱累了，也跳累了，我想出去玩。她答应着，戴上三角巾，扯着我的手，来到院里。

月亮升高了。它的左右飘着几朵灰蓝色的云。月亮里面绰绰约约的，好像有雾、有烟。

她给我讲嫦娥奔月的故事。说是嫦娥偷吃了长生不老药，带着玉兔上月宫了。

我恨嫦娥。我想，她要是不偷吃那药，地上的人将会有许多长生不老的，包括奶奶。她的头发全白了，牙齿也脱落了。她老了。有一天她会死的。

我伤心得直想哭。

"听着大江的水声了么？"

"听到了。"

"跟奶奶去江边玩玩吧。"

"晚间去，不害怕？"

"怕啥，大月亮呢。"

我顺从地把她的胳膊拽在肩膀上，向大江走去。

哗哗的水声，又轻又急。晚秋的江面，冷清清的一片。月光泻在江面上，像播撒了许多金子，一跳一跳的。

她给我讲白夜。说是夏至时，在漠河，可以看到北极光。拿一片小玻璃碴，把它浸入水中，可以看到好多色彩。

她告诉我，她的家在江那边很远很远的地方，有绿草地，有很好看很好看的木刻楞房子。她说，她年轻时糊涂，跟着她爹稀里糊涂就走了，说着一个劲儿叹气。她还告诉我，她年轻时是一个很好看的人。还说，她有一个傻儿子，现在在山东，是她男人带走的。运动一到，那人胆小，扔下她一人，跑了。

她又唱歌了，又苦又涩的，唱的什么我听不懂。她说是她家乡的歌。在这晚秋的江面上，回荡着这样的声音，我打了个寒战。

她拾了好多石子，用裙子兜着。她说，她真的要给我做个漂亮的项圈。

望着大江，我忍不住淌泪了。我悄悄地淌，再偷偷地抹掉。我不愿意让奶奶看见。

十二

供月的桌子已经撤了。院子里泼了水，潮乎乎、湿润润的，看来，姥姥已经洗完了脚。我蹬着木墩闩好大门，定定神才进屋去。

姥姥并没睡。她盘着腿坐在炕上，好像跟谁生气了。

"野够了？她还放你回来了？怪不得呢，昨天观景（做梦）观到结婚唱戏的，可有热闹事了呢！

"也怪不得你妈嫌你淘气，怕惹事，可不就是个让人操心的孩子！

"愣站着干什么？抱屈呀？你小舅亲眼见你去的。还不上炕！"

我狠狠地瞪了舅舅一眼，脱了衣服，把它们扔在板凳上，跳上炕，扯过被子。

"睡、睡，应不应承错了？"

姥姥和我争扯着被，泪花花在眼里打转。

"供你吃，供你穿，可不供出了个小冤家！"

说着说着，声音变抽咽了，好像水流得很平稳，突然受到了阻碍似的。

我的心很难受。我光着脊梁躺到炕角贴墙的地方。想月亮。想星星。想大江。想菜园中的蚂蚱、蝴蝶、蜻蜓和蜜蜂。想牵牛花、蚕豆、梦中的项圈。想清淡淡的月牙。我真想变成其中的一种。

挂钟"嘀嗒嘀嗒"地响着，外面的月色多美。要是奶奶、姥爷、姥姥、小舅、猴姥和我一起围在桌子边，边讲故事边赏月，那该多甜人。可是，我知道，在我没有去奶奶家之前，通向她家的窄窄的小道，就是一具僵尸。现在，这具僵尸只有我一个人敢踩。

嗡嗡地叫，是蚊子。秋天的蚊子叮人可真凶。准是姥姥又先开灯、后关窗的。姥姥可真是的，连这么简单的先后次序都记不住。她好可怜，她的柱儿死了，可她不知道。

月亮是圆的。我想，在姥爷眼里，它不是圆的。它确确实实缺一块。姥爷在干什么呢？他一定在想柱儿。因为每逢年节，爸爸都要念叼死去的爷爷。也许姥爷正站在月下，手里捧着几粒西瓜子吧？应该刮一阵小风，吹落姥爷眼角的泪，吹起他的一头白发。那白头发向上一绺，拂动着，一定像团烟。让烟上天吧，化成袅袅的云。没了白发，姥爷会年轻的。

这样想着，我爬起来，去翻装瓜子的盒子。

盒子空空的，像一个饿急了眼的大肚罗汉，空着肚子，等待吞噬一切能吃的东西。

我小心地合上它，悄悄缩在姥姥身旁。

她哭倦了，她不舍得揍我，我一声不吭地躺下了。我把头伸在她胳肢窝下，抱着她的腰。

她的皮肤这么松，这么粗，一摸就触着骨头。她也老了。这么些人都老了，我更加相信自己在长大。

我老了会是什么样呢？

十三

中秋节过去了。天气越来越寒冷。霜花凝成了薄冰，嵌在低洼的土地上。

菜园一下子变得苍老了。枝残叶败，果坠花萎。蚂蚱不再蹦了，燕子也离开了北方。干巴巴的豆角架上，只零星盘挂着枯黄的叶片。

豆角丝晾干了，收进了仓房；胡萝卜未干透，把它请到炕头去了。

姥爷给小鸡垒了窝。它们的嫩翅膀受不了雪花和寒风的袭击。它们失去了奔跑和自觅食物的权利。它们将要伴着干菜叶，在闷葫芦一样的窝里，度过一个漫长的冬天。

傻子的窝是小舅垒的。用桦木杆支起个架子，苫上干草，再糊上黄泥，留个口儿。看上去，跟个躺倒的泥烟囱一样，别扭极了。

姥姥戴着老花镜，在炕上盘着腿，做起冬天的棉衣来。她给我安排了许多活：择线头、用弓子弹旧棉花、剥饭豆皮。尽管心中一百个不乐意，可我还是耐着性子做了。

难有出去的机会，走一步姥姥都要问。干完活，我就用小舅使剩的铅笔头默写奶奶教过的字。专门预备给猴姥的卷烟纸被我独吞了。

我开始琢磨画画。画奶奶家的烟囱、她房后的牵牛花和那个紫檀木桌子。纸上满是歪倒了的烟囱、没立体感的牵牛花、瘸了腿的桌子、呆若木鸡的燕子和尾巴跟兔子一样短的傻子。

尽管如此，我还是小心翼翼地把它们叠在一起，用一小块塑料布包好，藏在桦垛里。这样，它就不怕风吹、日晒、雨淋了。我打算要带这个去看奶奶。

这回，我可以更精心设计一幅画了。因为姥爷给了我一张玻璃窗那样大的硬纸，让我叠纸飞机玩。纸飞机我玩厌了，我决心在上面画一幅画，我最喜欢的。

趁姥姥去买粮的当儿，我一个人伏在炕上，飞快地动笔了。一个老奶奶，交叉着双手仰头望着天。她的长裙曳地，自然打着旋，像一朵盛开的牵牛花。她的脸上宽下窄，皱纹纵横，前探的下巴上的嘴紧紧地抿着。她望着天，好像在寻找什么，以至于三角巾就要从肩头滑下去了，她的头顶是一颗小星星。

铅笔的黑色总嫌淡，我从灶坑里扒出一块木炭，涂在裙子上。古铜色的三角巾用松树皮擦上了。星星，应该是金黄色的。绞尽脑汁，我猛然想起了豆油。豆油，黄乎乎，黏稠稠，滴上一滴，星星准会眨眼睛的！

我马上奔到厨房，从柜里取出豆油瓶，没等稳好神，就颤巍巍地倾斜了瓶子。

不好，手怎么这么抖，油被倒出了一多半，淹灭了星星，漫了"老奶奶"一脸。

整幅画都油污了。美丽的梦想将要成为现实，竟给人当头一棒。泪水，不住地往外涌。

就在我对着它哭泣不止的时候，猛然觉得辫子被谁揪住了，生疼生疼的。没等我反应过来，骂声就灌进了耳朵："败家子！我的小祖师爷呀，这点油省着吃、省着吃，倒叫你给泼了。什么不好玩，偏偏拿这个？"

我真该死，乖乖地站在墙边，我等待着一切。不抬头，也不看地，把眼眯着。

很幸运，什么也没发生。这大大出乎我意料。

画被烧了。我只好抱着傻子，蹲在障子边。"老奶奶"被烧了。她的小星星也没了。傻子用舌头舔着我脸上的泪，不时地拽得铁链子哗哗响。

十四

连绵几天的秋雨，更增添了寒冷和寂寞。色彩斑斓的远山被笼罩在蒙蒙的水雾之中，闪闪烁烁的，像个躲避挨打的孩子。

天色失却了以往的纯蓝，变得灰白、惨淡。做好棉衣，又腌了咸菜和酸菜，姥姥和小姨又忙着溜窗缝了。万事备齐，单等过冬。

我偷空去找了一次老奶奶。她瘦了许多。不用我解释，她猜到了一切。她很少跟我讲话，只是一边干巴巴地苦笑，一边哆嗦着手给我烤毛嗑。她的手燎起了火泡。我只能咬着嘴唇，扭过脸去。她催我回家，甚至于粗暴地把我推出门。

我走在冷得钻脚心的小路上，久久地望着那座房子。泪水模糊了视线。

秋风住了，秋雨息了。短暂的晴天后，又铺天盖地地压来一片更迅猛、寒冷的风。狂风过后，灰云压天，接着，黏黏的雪花飞舞在空中。冬天就这样准时地来了，穿着素洁的衣裳，带着一颗恬静安详的心。

树上结满了棉桃似的花，垄沟里积满了雪。傻子欢喜得狂吠着，搅得雪粉扑了它一脸。雪闷下了一天一宿。第二天清晨起来，太阳出来了。我的眼前是一片银白的世界。分不清哪是天，哪是地，只觉得像掉进了一团大气中，周围满是一色的洁白，尤其是当我仰头望天的时候，我想起了老奶奶讲过的故事。眼前立刻出现了那个卖火柴的小女孩。可怜的小女孩！奶奶在做什么呢？她在睡觉，还是已经起来看雪了？我真想变成卖火柴的小女孩，也捧着火柴盒，越过每一家门槛，在她的门前站定，深情地喊一声："卖火柴了！"

然而，一切都不可能。我握着铁锹，在院门口堆雪人。堆得高高的，胖胖的，洁白明艳。堆完了，就把舅舅的红钢笔水拿来，涂红嘴唇。眼睛用两块黑泥粘上。眉毛是难描的，我使用两小根弯弯的桦树条代替。

在第二场雪没到来之前，它将永远保持它安静的风韵。

炉子里吱吱啦啦地燃着桦木桦，火墙烧得直烫手。一进去，冷气立刻消散得无影无踪。

我使劲跺着脚上的雪。可是雪黏，它们全沾在鞋面上。我便用笤帚扫，可是那笤帚好像刚从热锅里捞出来，一扫雪就化了。于是，棉鞋就洇湿了好大一片。姥姥忍不住要叨叨：

"新穿的棉靰鞡，还抗这么造？再下雪时，可不许出去跑。热炕头都烙不住你。"

我也实在有些冷了，就脱了鞋，爬上炕，舒舒服服地倒下来。

窗外寒风刺耳地叫。猫冬了。我真正体会了"猫冬"的含义。一家人围在炕上，讲着讲着话就要打瞌睡。厨房里蒸汽弥漫，熬猪食的气味，呛得人头直晕。火墙上搭满了棉胶鞋和臭鞋垫，肮脏而别扭，没有比这更腻味的了。尤其是当我怀着心事的时候，看着什么都心烦。我时常跟姥姥顶嘴，时常跟小姨使气。

天无绝人之路。就在这万般无奈的情况下，我猛然有了一个新发现，而且这发现很快就使我有了新主意。

那一次我去仓房给鸡抓草籽，看见二层格的零碎东西间，有一个竹笼。我搬来板凳，又在板凳上加个木墩，好不容易爬上去，取下那个宝贝。

捕鸟，趴在雪地上，看着鸟围着笼子转。我可以把它放在苞米地里，这样，奶奶在窗里就可望见我了。

我把"滚笼"别上谷穗，兴高采烈地拎它回屋去。把捕鸟的事告诉姥姥。她有些不耐烦，对我说："逮去吧，逮去吧。下黑可别喊肚子疼，冰天雪地的。"

这一次，我痛快地答应了，而且抑制不住地笑了。

像是只自由的鸟，我又找到了飞翔的天地。

十五

苞米地一片洁白。枯黄干巴的叶子已被雪蒙在下面，只有零星的秆儿还戳在那儿，一动不动。

我把笼放在离我十多米远的地方，趴在松软的雪地上。

两个老人同时在注意我。一个是姥姥，一个是奶奶。她们都站在窗下。姥姥从东窗监视我，奶奶从南窗端详我。

如果捕到雀，我首先要侧过头，冲奶奶的方向甜甜地一笑。

捕鸟是很有乐趣的。"大家贼"很奸，它从不入笼。家雀也很鬼，它能站在旁边偷吃好些谷粒，而从容飞走。唯有那些灰黑的、红脑门的山雀，一来就会被擒住。

它们自然知道被擒住是件冤屈事。它们就蹦啊、扑啊，想冲出笼子。最后，有的连头都撞出血了。一看见这样，我就会想起套着锁链的傻子。不管我怎么喜欢它们，还是把笼门打开，让它们自由地飞走。

提着空笼子去，又提着空笼子回来。姥姥直嚷今年的山雀少。可我却觉得，在我的周围，飞翔着许多鸟。虽然见不着老奶奶，可我能望见窗前的黑影，望见烟囱上袅袅的炊烟。我相信奶奶还活着。

雪人被第二场暴风雪摧毁了。笼子还是空的。

转眼间，腊月到了。家里忙着过年，刷墙、蒸年干粮、买年画、宰猪。年干粮要蒸好多种。有花卷、豆包、糖三角、菜包、馒头。蒸馒头时，用模子扣花。把面和得硬硬的，塞到模子里，然后翻过来，用力一磕，面就平平稳稳地掉下来了。有鲤鱼的形状，也有荷花、小鱼、公鸡的形态，惟妙惟肖。

我每次都要跟着忙得满头大汗。

这是腊月二十三，过小年。这天要请小姨对象的父母来，会亲家。

一大早，小姨就把我喊起来，给我换上干净衣裳，把被子叠得整整齐齐，刀切似的。

二十三，送灶王爷，按风俗得包饺子。猴姥来帮着忙乎。等到太阳升高，玻璃窗上的霜花化成细密密的水珠的时候，菜码弄好了。

小姨的对象偕同父母上门了。他们带来了两个大包，全是给小姨的东西。姥姥乐得合不拢嘴。猴姥扯出花头巾在头上比画着，和她那黑红的脸庞一衬，简直跟个花脸蘑菇一样。

快要吃饭的时候，姥爷才回来。他的胡子上挂满了霜花。他不住地搓手，红着脸，看不出是高兴，还是不高兴。

大圆桌上摆满了菜。大家说说笑笑，互相谦让着就座了。姥姥抱着我，不时地往我碟子里夹菜。

我吃得很少。我感到这热闹很不协调。我想老奶奶，想吃蚕豆和毛嗑。我脱身下来，谎称吃饱了，溜到炕边去玩。见没有人注意，便一个人走出院子。

不知不觉，就走到了老奶奶的屋里。

我们搂在一起，把漫长时间积攒下的思恋、愁苦的情绪，化作汩汩泪水，交糅倾诉在一起。没有肉，我们包的素馅饺子。也许是极度兴奋的缘故吧，她两颊通红，不住地捶着胸口。

煮饺子了！我蹲在灶门前，念那首在家时爸爸教过的词："灶王爷，本姓张，骑着马，挎着枪。上天言好事，下地降吉祥。"

她默默地重复了后一句，闭了一下双眼，又睁开，朝我努着嘴笑了。

她跟我讲我捕鸟时趴在雪地的情形。她说我跟个小精灵似的。她还考了我学过的字，我获得了一个亲吻。

我告诉她，家里正在会亲家。当然，也讲了爸爸来信要我回去的事。

"回去？什么时候？"

"要我过了年就走。"

"过了年……就走吗？"

"我不走，可偏要我走。"我不肯直说，我留在这儿，是因为有她。

"不能坐船了。"她惆怅地说。

"坐大客。跟大闷罐似的。"

她无力地"咳"了一声。

这一天，我学会了一首歌："啊，似花还似非花，压弯了雪球花树的枝杈。啊，似梦还似非梦，使我把头垂下……"

我虽然不理解歌词的意思，却觉得那曲调很感染人，唱着唱着，不觉眼睛就潮湿了。

临走时，她把我用过的识字课本用红绸子系在一起，又给我梳了头。走出去好远，她又把我叫回来，亲手给我戴上那个梦中的项圈：它是由一条粉色丝带相缀成的。每块石子都拦腰紧紧地系一圈，石子与石子之间只有黄豆那样大的空隙。我觉得胸前沉甸甸的，脖子勒得生疼。好沉重啊。

左手拎着识字课本，右手托着项圈，我歪歪扭扭地跑回家，用雪把它们埋在夏季做泥人的地方。埋完，蹬上桦子垛，我见老奶奶还站在那儿，手里扬着古铜色的头巾。

十六

腊月二十八了。春节就要来临。家里忙得翻了天。姥姥赶着给我做新鞋，小舅在糊灯笼。我简直成了监督官，这儿瞅瞅，那儿转转。

"他李婶！他李婶！"突然猴姥风急风火地踹着门进来了，"东头的'老苏联'死了！"

她说得那样吓人，脸全变了色。

"咋?"姥姥吓得扎破了手指，血直往外淌。

"是老奶奶么，是穿黑裙子的老奶奶么?"

我急了。

"是。躺在炕上死的。一个人，孤零零的。唉，这几天，我见她的烟囱不冒烟，就犯寻思，偷着扒窗一看，可不就死了！"她落泪了。

怎么会呢，我的老奶奶怎么会死呢? 该死的猴姥，凭什么乱诅咒人?
"造谣精！大黄牙！黑耳窝！"我骂着，一脚踢开门跑出去。

奶奶一定在家等着我，一定。穿着长长的黑裙子，戴着古铜色三角巾，凹陷着蓝蓝的眼睛，紧抿着嘴巴。她说不定正在为我烤毛嗑、煮蚕豆呢。

"奶奶！奶奶！"我进了屋，站着。

奶奶静静地躺在那儿，睁着眼，一动不动。她的枕边散着许多卡片和毛嗑。她依然穿着黑裙子，古铜色的三角巾围在脖子上，头梳得很光、很利索的。她在睡觉、在睡觉，别喊她。奶奶剥蚕豆剥累了，让她歇一歇吧。我坐在板凳上，呆呆地想。

姥姥和猴姥是什么时候进来的，她们又是怎样把我弄回了家，我一无所知。我只是想睡，想毛嗑、蚕豆，想她的那双眼睛。

迷迷糊糊中，听姥姥和猴姥在说话。

"'老苏联'也上年纪了，倒属喜丧。可她死了连眼都闭不上，我揉了半天。你说怪不怪？"

这是猴姥的声音。

"死前没见着那男人和傻儿子，觉着不安生吧？"姥姥分明在掉眼泪了。

"八成是。死人想谁，谁就能让她的眼睛闭上，总不能让她睁着眼入土啊。"

老奶奶会是想那个山东男人么？我不信。奶奶心中只有我。我会让她的眼睛闭上的。可我不愿意。奶奶睁着眼睛多好看，闭了，就醒不过来了。我想这样说，可是觉得浑身没劲，就又睡过去了。

醒来的时候，我强睁着涩涩的眼睛呆呆地望着房梁。我觉得自己连翻身的力气都没有了。我咬紧牙爬起来，一步一摇晃晃悠悠地飘出屋子。太阳还未落山，雪地一片银白。一群雀儿飞过头顶，留下一片叽叽喳喳的叫声。

跑到老奶奶家门前，我拉开门，不由得浑身直打哆嗦。我想起了许许多多这样的时刻，奶奶笑着走过来迎接我，往我的嘴里塞着蚕豆。可现在，老奶奶为什么不过来呢？日头都要落山了，她还在睡，还要睡到什么时候呢？

我怔怔地挨到她面前。抻了一下像喇叭花一样的裙子，又腾地缩回手，蜂子蜇了似的直直盯着她的眼睛。

老奶奶不看我了，她的眼睛里没有一丝亮儿，她在看房梁。房梁上有什么呢？一只小蜘蛛从那里扯下一根丝，紧张地摇摆着。

门吱吱呀呀地开了，是姥姥轻轻地走来了。她默默地站了一会儿，扳住我的肩头，她好像要跟我说好多话，可过了半天，她才努个嘴："灯儿……合上老奶奶的眼睛，让她享福去吧。"

我忽然觉得，老奶奶这样睁着眼睛是让人害怕。我又想了想，走上前，轻轻地合上了她的眼睛。

她合着眼安详地睡了。满屋听不见一丝声响，蜘蛛怯怯地收回丝，一滚一滚地上房梁了。

夕阳的斜晖浓浓地抹在玻璃窗上，金黄金黄的。

十七

老奶奶永远地睡了。她的房子永远上了锁，烟囱也永远不会冒烟了。冬天，苦闷的冬天，我觉得自己一下子长大了几岁。

清明节的前一天，舅舅收到了一封信，是妈妈写来的。信上说：家里的人都很想我，有的时候都想哭了，让我尽快回去……

我也的确想离开这里了。

清明，是传说中的"鬼节"。这天，姥姥早早就起来煮了半锅鸡蛋，一个个地把它们捞到凉水盆里，然后再涂上红钢笔水。姥姥一条胳膊挽着篮子，一只手牵着我，向坟地走去。

时值初春，大江轰轰地跑着冰排，大地又拱出了嫩嫩的草芽。阳光明媚地照着山水田地。

姥姥领我来到一座老坟面前，摆上一碗菜，一碟鸡蛋，用石头压了几张纸钱。她跪下去，低低地说了几句什么。我知道，这是姥姥母亲的坟。

坟地的人很多，人们来来往往的，只听得见轻微的脚步声。我多么想给老奶奶的坟上供一点东西啊，因为老奶奶的面前没有一个亲人，我转过身，朝着坟地最边缘的、无碑的新坟走去。

坟边上长着一排小杉树。坟边，开满了金黄金黄的野花，一眼望去，好像老天撒下的星星。

走到那儿，定眼瞅坟时，我呆了：坟新薅了草，小馒头和红皮鸡蛋排列整齐地摊在坟头、坟顶，压着厚厚的纸钱。

我听见身后响起了脚步声。我回过头，是姥姥，她在望着我，也在望着奶奶的坟。她的脸绷得紧紧的，抽搐得像个干皱的核桃，忽然，核桃变大了，她那干巴巴的眼睛里有了莹莹的亮色，水汪汪地闪着。

我只觉得鼻子酸酸的，心里也像浮游着许多小蝌蚪。我抽抽咽咽地奔过去，紧紧地搂住姥姥……

十八

大轮船拉笛了，起锚了。船身在慢吞吞地动了。我背着打着补丁的黄帆布背兜，把着栏杆，默默地向岸上招手。

再见了，姥爷，让我永远为你保守心中的秘密吧，虽然你从不曾这样吩咐我。再见了，猴姥，不能从她的肚子里往外掏故事了。再见了，小舅，别忘了把傻子从锁链上解救出来。再见了，小姨，祝你顺利生个可爱的娃娃，给她纯真与活泼。再见了，北极村，我苦涩而清香的童年摇篮！

让自由之子——这曾经让我羡慕和感动得落了泪的黑龙江，连同我的思恋、我的梦幻、我的牵牛花、蚕豆、小泥人、项圈、课本、滚笼、星星、白云、晚霞、菜园，一起奔涌到新生活的彼岸吧！

船加速了。江水拍打着船舷，奏出一曲低沉而雄浑的乐曲，像奶奶教我唱过的那首歌："啊，似花还似非花，压弯了雪球花树的枝杈。啊，似梦还似非梦，使我把头垂下……"

我忍不住又往岸上望了一眼。

黄的！脖子上拖着铁链的狗，是傻子！它骏马般地穿过人流，掠过沙滩，又猛虎下山似的跃进江里。

它凫着水，踩出一道晶莹的浪花。它就要游到船边了。它分明听见了我的呼喊。它张了一下嘴，什么声音也没发出。它在下沉，就在这下沉的一瞬间，我望到了它那双眼睛：亮得出奇、亮得出奇，就像是两道电光！

它戴着沉重的锁链，带着仅仅因为咬了一个人而被终生束缚的怨恨，更带着它没有消泯的天质和对一个幼小孩子的忠诚，回到了黑龙江的怀抱。

我默默地摘下背兜，我要把五彩的项圈留给傻子。我掏着，翻着，竟然没有找到。怎么会没有呢？

我把五彩的项圈丢失了！

那美丽的、我心爱的东西，丢在北极村了！

我的眼前一阵晕眩：粉的、红的、金的、绿的、蓝的、紫的、灰的、白的，这不是水中的玻璃碴发出的光吗？

　　这不是北极光吗？这不是奶奶在中秋之夜讲过的北极光吗？它怎么提前出现了呢？它也该出现了！

《人民文学》1986年2期

鬈毛

陈建功

一

这个小妞儿骑着一辆橘红色的小轱辘自行车，飞快地从我的右边超过去，连个手势也不打，猛地向左一拐，后轱辘一下子横在我的车前。我可没料到这一手，慌忙把车把往左一闪，"咣——"前轱辘狠狠地撞在马路当中的隔离墩儿上。这一下撞得够狠，我都觉出后轱辘掀了一下，大概跟他娘的马失前蹄的感觉差不多。幸亏我还算利索，稳稳站到了地上。不过，车子还是歪倒在两腿中间了。放在车把前杂物筐里的那个微型放音机，被甩到了几米以外。

我拎起了车子，立体声耳机的引线和插头在下巴底下甩打着。那小妞儿回头看了一眼，停车下来了。她挺漂亮，说不定是演电影的，身材也倍儿棒。穿着一条地道的牛仔裤，奶白色的西服敞着扣儿，里面是印着洋文的蓝色套头衫。她尴尬地微笑着，一手扶着车把，另一只手扬起来，道歉似的挥了挥，推着车走过来。

我他娘的当时也不知怎么了，大概在这么一副脸蛋儿面前想显一显老爷们儿的大方，什么事儿也没发生似的，向她摆摆手，让她走了。

别以为往下该我走什么"桃花运"了。是不是我又在哪个舞会上碰到了她，要不就在什么夜大学里与她重逢。我才没心思扯这个淡呢。直到今天我也没再见她一面。之所以要从这儿说起，是因为这一下子太坑人啦，她倒好，脸一红，眼一闪，扬扬手，龇龇牙，骑上车，走了。说不定一路上还为有那么个小痞子向她献了殷勤而扬扬得意。我呢，往下你就知道了，活得那叫窝囊，全他娘的从这儿开始的。

我没想到那个放音机会被摔得那么惨。尽管被甩得挺远，可它好像是顺着地面出溜过去的，我戴的耳机的引线还拽了它一下。它落地的声音也不大，外面还套着皮套。等我把它捡回来打开一看，傻眼了，机器失灵了还不算，外壳上还裂开了好几个大口子。看来，即便送去修理，也很难恢复原状了。

这玩意儿是我从都都那儿借来的。

"你真土得掉渣儿了！就会听邓丽君、苏小明。听过格什温吗？"这兔崽子考上大学才仨月，居然也要在我面前充"高等华人"了。

我说，为了领教被他吹得天花乱坠的格什温，也为了领教同样让他得意扬扬的微型放音机，我得把它们一块儿借走。

"这是我爸爸刚刚送我的。"他显然为自己得意忘形招来的麻烦而后悔。

"放心！弄坏了，赔你！"我在他可怜巴巴的目光下戴上了耳机，又故意把他的宝贝放音机搁在自行车前的杂物筐里。格什温响起来了。"咣咣……咣咣……"破自行车在胡同小路上颤着，铁丝筐哆哆嗦嗦。回头看看这小子忍着心疼，还在装出一副满不在乎的样子，真他妈开心。

现在倒好，离我折腾他的时间也不过十几分钟，格什温的"美国人"还没在巴黎定下神儿来哪。别他妈开心啦，想办法，弄八十块钱，赔吧！

我推起车子，这才发现前轱辘的瓦圈被撞拧了，转起来七扭八歪的像个醉汉。我把它靠在隔离墩儿上，身子站到远一点儿的地方，平伸过一只手去攥着车把，屁股一拧，踹了它一脚。大概这姿势太像芭蕾演员扶着把杆儿练功了，在停车线后面等绿灯的人都笑起来。我看也没看他们，把前轱辘扭过来，打量了一眼，"咣"，又是一脚。这回总算可以推着走了。不过，要想骑上它，还是没门儿。好在离家不远了，就让它这么醉醺醺地在大马路上逛荡逛荡得嘞，这也算他娘的一个乐子呢。

瘸腿老马一样的自行车，在人行道上一扭一扭。西斜的阳光，把人和车的影子推成长长的一条，投到身前的路面上，一耸一耸，一摇一摆，"吱吱……吱吱……"前轱辘蹭在闸皮上，发出耗子似的尖叫。身旁人来车往，急急匆匆。正是下班的时间，北京的马路上，就跟他娘的临下雨之前蚂蚁出洞的架势差不多。

"……就你妈?！就你妈?！"自行车的队伍里，一个娘儿们在训她的爷们儿。蹬辆破车，赔着小心，和她保持着两尺距离的，是一个脸像苦瓜似的男人。

"噢——"等公共汽车的人们兔子一样东奔西窜，在汽车的门口挤成了大疙瘩。售票员故意把车门关关开开，吱吱放气，人们越发伸长了胳膊，拥来挤去，好像都淹在了河里，拼命争抢一根即将漂走的木头。

"嘿，瞧一瞧，看一看……"稍稍宽敞点儿的人行道上，"倒儿爷"们开始拿着竹竿，挑起连衣裙，招蜻蜓一样挥舞起来，"瞧一瞧，看一看，坦桑尼亚式鲁梅尼格式大岛茂菲利普娜塔莎玛莉亚花色繁多款式新颖您没到过坦桑尼亚您穿上这坦桑尼亚式您就到了坦桑尼亚啦您当不了大岛茂菲利普玛莉亚您穿上这大岛茂菲利普玛莉亚式您就盖了大岛茂菲利普玛莉亚娜塔什卡安东尼斯啦——"

……

你要是真的相信我在这中间逛荡能有点儿什么"乐儿"的话，那才叫冒傻气呢。

实话说吧，我和我们家老爷子干架已经有年头儿了。现在，我们之间简直就是"两伊战争"，停停打打，打打停停。

当然，这不挡吃，也不挡喝。即使一个小时之前我们吵得天昏地暗，一个小时之后，我也照样理直气壮地坐到饭桌前，吃他娘，喝他娘。说不定还更得拿出一副大碗筛酒、大块儿吃肉的神气。是你把我带到这个世界上来的，不管饭行吗？可是，要让我向他开口要八十块钱，那可有点儿"丢份儿"啦。

唉，这一路我就没断了发这个愁，我怎么能弄出八十块钱来？

"下个月，你想着上电视台报到去。"

中午的时候，我已经"栽"了一回了。

老太太正在厨房里指挥煎炒烹炸，客厅里只有我们两个人。这突如其来的一句，显然是对我说的。可他既没叫我的小名儿，也不叫我的大号儿，甚至连看都没看我一眼。他弓着背，探着身子，坐在沙发的前沿儿，十指交叉，胳膊支在大腿上，脚下那双做工精细的轻便布鞋的前掌一掀、一掀。他脸上什么表情也没有，目光始终停在劈开的双腿中间，好像他吩咐的不是我，而是他裤裆里的那个玩意儿。

我正倒在沙发里哗啦哗啦地翻报纸。我才不上赶着搭理他呢。磨磨蹭蹭看完了一段球讯，这才隔着报纸问他："干吗？"

"去当剧务。先算临时的，以后再转正。"

说真的，没考上大学，真他妈待腻了。我已经考了两次，看来，和那张文凭也绝了缘分，这时候要说这差使不招人动心，那是装孙子哪。大概就因为这个原因，我没像往常那样儿找碴儿噎他。我没说话，算是认可了。

可紧接着他就来劲儿了。

"不过，得管管自己那张嘴。电视台的人都认识我，别给我丢脸。"

我差点儿没跳起来，把这个"临时工"给他扔回去。可我还是忍了。细想起来，我也不能算个爷们儿，有种儿——玩儿蛋去！别说一个破临时工了，给个总统也不能受这个！

我不应该把老爷子想得太坏。他再不喜欢我，也是我爸爸。我得相信他是为了我着想的。不过，我敢说，他更为了他给我的"恩泽"而得意扬扬。在他的眼里，我不过是一条等着他"落实政策"的可怜虫。

"爸，给我八十块钱。"

我要是再求他这么一句，我可真成了不折不扣的可怜虫啦！

瘸马似的自行车，一拐，一拐。

太阳已经西沉了，天色还挺亮。今天也不知道是什么日子，路边的小妞儿净跟她们的相好撒娇使性儿。我已经看见他娘的不下三对儿了。拉她她不走，推她她晃悠。傻小子们一个个束手无策。我也不明白为什么心里偏偏要生出这种管闲事的念头——我几乎想走过去，一人给她一个耳刮子，把兔崽子扇到马路对面去。

过人行横道的时候，我又捅了个娄子。你说我怎么就这么倒霉！当然，我敢肯定，这是我的过错，因为我太一门儿心思算计着和老爷子之间的事情了。可是直到现在，我也没明白自己犯的是交通管理条例的哪一款、哪一条。

顺着人行横道的斑马线，都快走到马路中心的安全岛了，忽听一个懒洋洋的声音从交通岗楼顶上的大喇叭里传过来：

"那——辆——破——车——"

"那——辆——破——车——"

在北京的十字路口上，你听去吧，岗楼里发出的这种半睡半醒似的声音多啦，我哪儿知道是喊我哪！我又走了几步，那声音突然机关炮一样炸响了：

"说你哪说你哪说你哪……"

我站住了，抬头向四周望去。岂止是我，恐怕这远近百十米的司机、行人都吓了一跳，疑心喊的是自己。我和那些被吓得左顾右盼的人一样，愣头愣脑看了半天，总算明白了，他喊的原来是我。

"你活腻歪了！"他骂了一句，算是总结，那口气像在他们家厨房里训儿子。不过，有这么一句，别人总算踏实了。冤有头，债有主，没冤没仇的各奔前程。

"你才活腻歪了呢！"我都不知道哪儿来的这么大的火儿，梗起脖子回敬了一句。

我敢说，他不会听见我嘟囔了些什么，我们隔着几十米哪。事情大概坏在我的脖子上了——用警察们的说法儿，这叫"犯滋扭"（"滋"，要发第二声）。我还没有走到人行横道的那一头，他已经站在马路牙子上等着我了。

"姓名——"黑色的拉锁夹子被打开了。这小子比我大不了多少，不过那模样可真威风，穿着新换装的警服，戴着美式大檐儿帽。关键是颧骨上有不少壮疙瘩。

"姓名——"又问了一遍。

"卢森。"

"哪个'卢'？"

"呃——"还挺伤脑筋，"卢俊义的'卢'。"

"哪个'卢俊义'？"

"水泊梁山的卢俊义呀。"

他翻了我一眼，写上去了。他写成了"炉子"的"炉"。

"在哪儿上班哪？"

"在家。"

"嗬，你这'班儿'上得够舒坦啊!"他的嘴角撇了撇，"我看你也像在家'上班'的。"

身后已经围过人来了，呵呵笑着，看耍猴一样。

"家庭住址——"

"柳家铺小区，报社大院儿。"

"噢——"他打量着我，微微点头，"还是个书、香、门、第。"他一定很为找到了这么个词儿而得意，所以要高声大嗓、一字一顿的，演讲一般。他很帅地把夹子合上了，双手捏着，捂在裤裆上，腆起肚子，前后摇晃，"知道犯了什么错误吗?"

"不知道。"我不由自主地扭脸看了看刚刚走过去的斑马线，苦笑着说，"我……我好像没惹什么事儿吧。"

"照你的意思，是民警叫你叫错了？是吗?! 我们吃饱了撑的，没事儿找事儿，是吗?!"义正辞严。

"没有没有没有。我没那意思。绝对。没那意思，您……叫得很对。"

"那就说说吧，对在哪儿啊?"

这不拿我开涮呢嘛! 我默默地待了一会儿，咽了口唾沫，说："我不该跟您梗那下脖子。"

"哄——"周围的人都笑了。

本来，我才不愿意跟民警废话呢，该认的认，能过关就得了，废话多了有你的好吗?! 谁想到他跟我这儿来劲了，我也只好跟他贫一贫啦。还挺管用，这小子不再逼我回答那个混账问题了，他踮起脚尖，朝人群外看了一眼，好像是想看看马路上是不是还有人应该拉来"陪绑"。然后，他沉住了气，又捂着裤裆，腆着肚子摇晃起来。

"知道咱们国家什么形势吗?"

"形势大好。"我说。

"北京呢——""呢"字，一、二、三，拖得足有三拍长。

"形势大好。"我说。

"唔，你还挺明白。"他歪着脑袋，把围观的人扫了一圈，左脚一伸，稍息，"说说吧，你是什么行为?"

"害群之马。"我说。

"啧啧，到底是书、香、门、第！"他又高声大嗓地宣布了一遍。

"我爸在报社大院儿烧锅炉。"

"是吗?"他微笑了，"怪不得，我看你也像个烧锅炉的儿子。"

周围的人又笑起来。说实在的，我要是告诉他我是副总编的儿子，他得再高八度把他娘的"书、香、门、第"说上八遍。不过，我认一个烧锅炉的爸爸也没认出个好来。他算是找着个人把那点儿学问好好抖搂抖搂啦。他由"改革"扯到"打击刑事犯罪"，由"中日青年大联欢"扯到"清除精神污染"。"你他娘的总不会扯到越南进攻柬埔寨吧！"我一边点头，一边在心里暗暗骂起来。

"你笑什么?"

"您挺忙，"我说，"我们报社大院儿里净是报纸，别耽误您的工夫，让我回去自己学得啦。"

"知道自己需要学习就好。"他大概也累了，"那你就说说吧，认罚不认罚?"

"认罚。"我说，"您辛苦，收入也不高，罚点儿也是应该的。"

"我一分也落不着！全上缴国库！"他火了，"就你这种态度，还得给你上一课！"

"噢，误会了误会了，那，也好，支援四化。"

"行啦，别贫嘴啦！"看得出来，他有点儿想笑，可还在故意板着脸，"掏钱吧，两块。"

"两块? 不瞒您说，一块也没有哇！"我把衣兜裤兜翻给他看，愁眉苦脸地说，"得嘞师傅，我这辆车破点儿，您要不嫌弃，先扣下得啦！"

"得啦得啦，我下了岗还想早点儿回家呢！"他看着我那拧了麻花的前轱辘，忍不住笑了。他这一笑我就明白：两块钱省了。

"走吧走吧，下次再有胆儿犯横，想着带钱！"

"您圣明！"昨天晚上我刚在电视里看了《茶馆》，我觉得这句台词挺棒。

他瞪了我一眼，分开众人，爬回交通岗楼里去了。

我跟在他后面，探着脖子看了看岗楼里的电钟，把车子又支起来。

鬓毛

我骗腿儿坐在后货架上，撅起嘴吹了几声"啊朋友再见"。我吹得不响，长这么大了永远也吹不响，这可真让人垂头丧气。

"喂，怎么还不走?!""壮疙瘩"从岗楼里探出脑袋来，"不是让你走了吗?"

我故意看了看人行横道，苦起脸说："受了您这半天儿教育，咱们也得长进不是? 您得让我在这儿好好总结总结，看看自己到底错在哪儿啦!"

"嗬，倒是没白费我的唾沫啊!"他心满意足地把脑袋缩了回去。

我他娘的倒真有这个瘾!

其实，我是成心要在这儿磨蹭磨蹭。

今天晚上，老爷子好像要去参加一个什么宴会。这会儿，说不定还没有走。

二

碰上了我在柳家铺中学时的语文老师"馄饨侯"，我才忽然明白，这个时候，待在这个路口，实在是一件蠢事。

从这儿往东五百米，就是柳家铺中学。我在那儿上了两年高中，接着又上了一年高考补习班。我的同学全住在附近。沿学校的围墙向南拐，八百米左右，就是报社大院儿了。大院儿里的人，低头不见抬头见，熟人就更多了。正是下班时间，在这儿站着，没个清静，说不定什么时候对面就过来一位，你再腻烦这一套，也得跟他对着龇牙。

"卢森，怎么站在这儿? 你爸爸好吗?"

"馄饨侯"骑着车从学校的方向过来，大概是刚刚下班，还是穿着那件皱巴巴的绸衬衣，哆里哆嗦的凡尔丁长裤。

"弱不胜衣。什么叫'弱不胜衣'呢?"我一辈子也忘不了他站在讲台上，用瘦鳞鳞的手指揪起衬衣第三颗纽扣的样子，衬衣里面，仿佛只戳着一根竹竿，"这就叫'弱不胜衣'，明白了? 也可以说'骨瘦如柴''憔悴枯槁''病骨支离'，再老点儿，就可以说'鹤骨鸡肤'啦。当然喽，好听的也有——'仙风道骨'! ……"

他还是那个毛病，老远地，第一句话就是"你爸爸好吗？"，要不就是"你爸爸挺好的吧！"。

我真替他难过。

三年前，我从城里转学到柳家铺中学，他教我们班语文。当着那么多同学，老远走过来，他的第一句话就是这个。好像他跟我爸爸不是哥们儿也是师生。巴结我们家老爷子的嘴脸我见多啦，还没见过这么傻的，我真替他害臊。可是后来，当我们老爷子写了那篇混账文章以后，一听他提起老爷子，我只有替他难过的份儿啦。

"你们呀，一点儿也不知道争气，学好。大米白面吃着，读书呢？一肚子臭大粪！……我读书那会儿怎么读的？我告诉你们……"他从黑板的下槽里抓出一把粉笔末，唰啦唰啦地翻开书每隔几页往页缝儿里撒上一溜，"六一年那会儿，我在师院，饿得我呀，一天到晚凄凄惶惶的。弄了点儿炒面，就这么撒在书缝儿里，看几页，举起书，对着嘴，磕打磕打吃一口。有点儿好吃的，都得就着学问吃下去！……"

只要他来上课，课堂上就有笑声。这一段一段的"单口相声"，乐得我们一个个都要抽筋儿。

有一次上作文课。

"九十分钟。照这个题目写吧！我也写。明告诉你们，我搞点儿'自搂'，给人家写小人儿书的脚本。你们不少人也知道，当老师的嘛，家庭不富裕。有的下了班，老婆孩子齐上阵，糊火柴盒！我不用。作文学好了，至少有这点儿好处。写这一页，一碗馄饨。不是我瞧不起你们。就你们中间，比我出息的嘛，当然有。可能吃上这碗馄饨的嘛，也不多。争口气，写吧！……"

他姓侯，"馄饨侯"的外号就是这么来的。我们班同学里，"能人"多啦。可报社大院儿里的孩子，只有三个，都是报社迁来柳家铺后，转学来的。其余的净是家住柳家铺北里扛大个儿的、蹬三轮儿的后代。他们学习不行，嘎七杂八的事可懂得不少。我也就是这一次才知道王府井八面槽那儿有那么一个卖馄饨的老字号，叫"馄饨侯"。这帮王八蛋给我们的老师安上啦！

我长这么大干的顶浑蛋顶浑蛋的事，就是把"馄饨侯"之类的事情告诉了老爷子。那会儿，我还是个少见多怪的"小傻帽儿"，回到家里，没完没了地学舌。

"格调太低了。你们的老师，格调可太低了！"听了这些事情，老爷子非但没露过一次笑脸，反而总是沉着脸，皱着眉，说这一类庄严而伟大的废话。

我从来也不认为我们这位侯老师能当上什么李燕杰。他不过就是一个爱说点儿实话，爱开点儿玩笑，还有点儿可怜巴巴的"馄饨侯"就是了。所以，老爷子根本犯不着这么认真，把这件事写进他的文章。

那篇文章的题目好像叫他娘的什么《"师道"小议》，登在他们报纸的第二版右上角，还用花边儿给框了起来。开头就由"某位老师"的"馄饨故事"说起，然后就"由此想到我们的老师应该……"然后又"由此想到"古代的一个什么鸟人的一句什么"经师人师"的鸟话，然后就"教育事业是关系到育人育才的百年大计"，然后就"是不是值得每一位老师深思呢？"

这篇浑蛋文章整个儿把我给气晕了。老爷子的笔名叫"宋为"，班里的同学没有不知道的。本来，班里那些小痞子背地里没少了拿我们的"馄饨侯"开心，这会儿，倒全他娘的骂上我啦！

"鬈毛儿！"他们给我起了这么个外号，因为我的头发天生有点儿卷儿，"你丫挺的怎么这么不地道！你们老爷子装他妈什么孙子啊！"

"要是把你平常的胡扯八道整理整理送公安局，也够你狗日的一个反革命了！"

"假模假式的，还'深思'呢，没劲！"

……

我敢说，这帮兔崽子可逮着一个"臭"我的机会啦。活该，谁让你在大伙儿眼里一直是个牛气烘烘的总编的儿子呢。搬运工的儿子们、抹灰匠的儿子们也该挤对挤对你，撒撒气啦。再说，我们的老爷子也是真他娘的没劲！没劲透了！

最让我受不了的是，那天下午我又见到了"馄饨侯"。那是个星期一，算算我们倒是有两天没见面了，可我恨不能把脑袋扎裤裆里溜过去。可气的是，他老远就看见了我，还是那么和颜悦色，满面春风，"卢森，星期天上哪儿玩去啦？你爸爸挺好的吧！"

唉，可怜的"馄饨侯"，您饶了我行不？

……

"卢森，我还挺想你哪！"这会儿，我的"馄饨侯"老师从自行车上下来了，他很费劲儿似的把自行车搬上了人行道。他大概有点儿感冒，声音瓮声瓮气的，让人觉得充满了悲痛，"听说这次又没考取？"

他教的是毕业班。我上的是补习班。高考以后，我们没见过面。

"怎么搞的，是哪门儿没考好？"

他可真婆婆妈妈。这会儿还提出这个被一千个人提过两千次的问题。不过，我还是听得出来，这第两千零一次的提问是真诚的，不像好多人那样假惺惺。

"哪门儿都没考好。"

我懒得告诉他，考"政治"的那天早晨，我怎样和老爷子吵得一塌糊涂。一怒之下，我根本就没进考场。

"怎么能说是'敲门砖'？这是你一辈子受用不尽的东西！"

"是嘛！我只知道我背了八个大要点、八十个小要点、八百个小小要点。还'一辈子'呢，出了考场就忘掉一半。"

"就你这态度，政治就不能及格！"

"那好那好。那我还去费这个劲儿干吗?!"

……

"好好温温书，再考一年吧。""馄饨侯"伸过瘦嶙嶙的手，帮我按了按翘起的衣领。他的每一个动作都让我想起老爷子那篇鸟文章，让人觉得心里真不落忍。

他又想起了什么似的说："哦，对了，你们班的李国强，在闹市口卖牛羊肉哪，你们家缺羊肉，只管找他，挺仗义的。那个金喜儿，就在学校门口儿卖瓜。每回看见他，我都忘不了叮嘱两句：你可别学那伙小流氓，拿把刀子截人家老农的瓜车去……"顿了顿，他看着我，笑着叹了一口气，说，"你要是他们，也就罢了。现在虽说不讲'子承父业'了，可总不能让你也去卖牛羊肉吧。不能给你爸爸丢脸不是?! ……"

"您还别跟我提他。"我受不了了，要不是看在他的面子上，听见这种"子承父业"之类的陈词滥调，我早他娘的掉屁股走了，"他有我哥那么一个儿子就足够了，知足吧他。"

"怎么，你们爷儿俩还别扭着？"

"他有他的活法儿，我有我的活法儿。"说完，我找了个借口，推起我的车，走了。说真的，我真怕听他没完没了地说下去，跑不了又是那一套大大良民的处世之道，我早就听腻了。

要是"子承父业"就是让我去学他那种活法儿，我还真不如去卖牛羊肉或者去卖瓜哪。

自打"馄饨侯"事件以后，老爷子的那套活法儿就已经让我给总结了两个字——没劲！

就不用说他写的那些文章，作的那些报告了。说得倒挺冠冕堂皇，净是"共产主义"啦，"不计报酬"啦，我可知道，要是稿费开低了，讲课费给少了，他是个什么德行。

我要是再把那天偶然看到的，老爷子和那位年轻女记者谈话时发生的事说出来，你就会知道我们老爷子多没起色了。

那天他们坐在临窗那对紧靠着的小沙发上，那个小妞儿郑重其事地向他汇报工作，一只手搭在靠他一侧的沙发扶手上。当时我正在客厅里接电话，一眼瞥见了那只手。不知怎么，我的心里升起一种不祥的预感。我真怕老爷子干出什么可笑的事来。你说怎么就这么灵，我的电话还没有打完，老爷子果然把他那又肥又厚的大手放在人家那又细又白的小手上去啦！还往人家的手上一下一下地拍着，笑吟吟地说："不错，不错！小秦哪，干得不错。再努努力，革命工作很需要业务尖子脱颖而出嘛……"我几乎气挺了。没劲，连他妈沾点儿骚都这么没劲！有胆儿你另找个地方，搂着，抱着，亲嘴儿，上床，谁管你啦？干这种没劲的事，还他娘的忘不了嘴里念叨"革命"，更他妈没劲！

前天晚上，宣传部长来了，和老爷子研究什么"宣传要点"。研究了两个小时，宣传部长走了，老爷子和老太太接着"研究"开啦，不少于两个小时！研究什么？研究部长的脸子——对什么提法感兴趣啦，对什么栏目很冷淡啦，还真他娘的上瘾。

"我一辈子也不当官儿。"我站在客厅门口向他们宣布。

"你说什么?"他们莫名其妙地盯着我。

"当你们这号官儿也太难点儿啦。"我说。

"唉,森森,看看你! 真不该让你转学来柳家铺。看你学出了一副什么鬼样子!"每到这时候,老太太就这样抱怨。照她的意思,她的儿子是让柳家铺中学里那些野小子拐带坏了。

"怨不着人家。这是他们这一代人的时代病!"老爷子总是冷冷地反驳她。他对我早就彻底失望了,好像我只是他一个可悲的研究对象,他总要居高临下、高深莫测地总结个一二三。

我才不巴望着他对我抱什么希望呢。不过,我得承认,我还满不在乎,动不动就想寻开心的"鬼样子",确实至少有五十次险些把他气得背过气去。在他对我彻底失望之前,有一次,他偏要拉我一起去看什么"青年演讲比赛"。"青年导师"嘛,他也想给他的儿子"上一课"。可这叫他娘的什么"演讲"呀,"啊青春""啊理想""啊人生""啊幸福"……一色儿让人起鸡皮疙瘩的陈词滥调。叫"背报纸"差不多,叫"朗诵"也凑合。有什么话你就说,有什么屁你就放,磕磕绊绊都不要紧,演讲嘛。你他娘的一个劲儿"啊"什么呀!"你跟谁学的这么玩世不恭?!"他对我在台下撇嘴大为不满。你不满,我心里也不那么痛快。我受的罪过大了。你不明白我为什么"玩世不恭",我还不明白你干吗要为这些傻里傻气的演讲鼓掌、龇牙、磕头虫似的点头呢!……

每当到了这个时候,老爷子就几乎"背过气"去了。他开始一言不发,板着脸,眼睛直看前方,眼镜片上闪着冷光,胸脯却像皮老虎似的一掀一掀。说实在的,这时候我可真觉得过意不去了。甭管怎么说,老爷子养我一场不容易,年近花甲,又有冠心病,生起气来呼哧呼哧的,真"弯回去"了,可不是好玩儿的。不过,我得声明,我可没成心气他。这简直好像没什么办法。越在家里待着,不顺心的事越多,看着老爷子活得越没劲。憋不住的时候,你总得让我说两句,开开心吧? 连开开心的权利都没有,还有活头儿吗?

……

三

回到报社大院，天有点儿黑了。

大院门口的东侧，是报社的车队。从汽车库前面走过的时候，我特别留神了一下老爷子常坐的那辆奶白色的皇冠车。它已经开出去了。不过，老爷子离开的时间也不长，因为回到家属楼门口我发现，老太太还待在那里和别人闲聊。

老爷子离开报社去参加什么活动，老太太总是要亲自送出门来的。当然，我们家住在一层，说两句话就跟着出来了。可我知道，这要不是老太太过去当演员当出的"毛病"才怪呢。看着老爷子钻进那辆奶白色的皇冠车，要是这会儿能碰上个熟人，她更来劲儿啦。她会没完没了地跟人家瞎扯：老头儿下个月要去北欧访问了，可什么东西都没置办哪。老头子呀，血压又高了，人家说吃老玉米须子能降压，他死活不信，怎么说他好！……好像全中国的人都巴不得知道她的老头儿怎么吃，怎么喝，怎么拉，怎么撒。

我他娘的简直见不得我们家老太太和那些老娘儿们站到一块儿胡咧咧，就跟自从看见老爷子摸人家手以后，一见有小妞儿和老爷子坐在一块儿，立马心率过速一样。不过，今天我可一点儿没脾气——全他妈是那八十块钱闹的。憋了一路了，我也没憋出个更有味儿的屁来。看来，也只有趁老爷子不在，跟老太太伸手这一条道儿啦。

八十块钱对于我们家来说，是算不了什么的。老爷子和老太太的工资加起来就有三百多。老爷子发表的那些破文章，三天两头儿来钱。不定什么时候他又把它们剪剪贴贴，凑那么一本《和青年朋友谈人生》什么的，虽说在书店里搁臭了也没人买，千儿八百的稿费还是照拿的。再说，老太太也正巴不得有个机会为我掏腰包呢。和老爷子吵翻的时候，我老爱说："在这个家待着可真他妈的没劲，没劲，没劲透了！"大概为了让我收回这念头，她今天塞给我两张内部电影票，明天又塞给我几盒蜂乳。只要我能感到自己是老太太的"幸福家庭"的"幸福儿子"，别说掏八十块，掏八百也行。

"哎呀森森，你这是去哪儿啦？车子怎么摔成这个样子？"

老太太的眼睛还真尖，老远就看见我了，撇开一块儿闲扯的人们，嚷嚷着迎过来。这一惊一乍的架势可真让人受不了。

"人摔着没有？……"

"年轻人哪，可得当心！"

"现在街上的交通也真成问题。"

"我过十字路口，从来是下车推着走……"

真的假的呀？那帮老娘儿们也凑过来七嘴八舌地添乱。

我没理她们，推车进了楼门。老太太也紧跟着回来了。

"唉，别管车摔成什么样儿，没伤着你算便宜啦！"她帮我扶着自行车，好让我从横七竖八的自行车中间腾出地方来，"儿子，什么时候才能让妈妈省点儿心呀……"

听听，我都觉得，要是不张口跟她要这份儿钱，倒怪对不起她的啦。

可谁又敢保险，她不会借着这事，再把老爷子和我往一块儿扯？

"爸爸儿子喝点儿啤酒吧。"

今天中午，老爷子刚刚把电视台那个破差使"赏"给了我，她就举着炒勺，从厨房里跑出来。她腰间围着蓝色的蜡染围裙，站在客厅门口，笑眯眯地看着我们。

"爸爸"和"儿子"谁也没搭腔。

午饭端上来了：豆豉鲮鱼、烧排骨、西红柿汤。老太太简直和当年在舞台上跳芭蕾一样起劲儿：她不再问我们，拿过玻璃杯，倒好了啤酒，一杯、两杯，放在我们面前。连平常只会怯生生低头上菜的安徽小保姆小惠，都抬起了眼皮，奇怪她怎么这么欢实。

"来，为森森到电视台好好干，干杯！"

我他娘的几乎顶不住她这死乞白赖的生拉硬拽啦。可"爸爸"和"儿子"看着眼前的杯子，还是连摸都没摸。

在我和老爷子中间，老太太好像永远在扮演一个费力不讨好的角色。有时候，我真有点儿可怜她。别看在整个报社大院人的眼里，老太太永远是个活得滋润、性情随和的总编夫人，在我看来，她活得才叫窝囊呢。她心里怎么想的，我可不知道，不过，我知道老太太当年可是个露过脸的人物。在她认识老爷子之前，已经在好几出舞剧里演过主要角色了，她还去莫斯科学习过。当年当记者部主任的老爷子怎么擒住她的，那又不是我能知道的事啦，反正老太太因此就急急忙忙结了婚，先生我哥，改了行，心甘情愿地当夫人了。细想起来，她现在的活法儿也自有她的道理。当年和她一块儿的那些姐妹，后来不是成了大明星，就是当了舞蹈学院的副教授，老太太要是连个体面舒坦的日子都混不上，这辈子整个儿白活啦！

想到这一层，我也觉得自己好像是有点儿"不是东西"了——给电影票，照看；给蜂乳，照喝；八十块钱，照要。可我能规规矩矩地给老太太当他娘的"幸福家庭"的"幸福儿子"吗？扯淡！

"她有她的活法儿，我有我的活法儿！"

最后能让我心里踏踏实实的，又他妈是这句哪儿都用的废话。

跟老太太一起进了家门，我暗暗庆幸，幸好没在楼道里急急忙忙把要钱的事对她说出来——我哥回来了。他大概也就比我早回来一步，正在客厅里一边吃饭，一边看电视。茶几上摆着他吃了半截儿的饭菜。对面的电视机屏幕里，正在跳芭蕾舞，大白萝卜似的大腿抢来抢去。

"森森，留点儿神，别把鸡骨头弄到地毯上。"

老太太和小惠端着给我留的饭菜送到客厅里来，走过电视机前面的时候，"啪"，她随手把频道换了。

"……老程，改革需要你，四化需要你呀！"特写：一个大老爷们儿在号，鼻涕眼泪抹了一脸。

"啪"，又一下。

"马克思主义哲学最鲜明的两个特点是什么呢？……"又是那个穿中山装戴眼镜的副教授，面有菜色，听声音总让人觉得他只有半边肺。"看看，看看，党的知识分子政策不落实怎么行?！"我曾经指着他跟老爷子说。

"还是看芭蕾舞吧。"我哥说。

"啪"，频道又换回去，"大白萝卜"又抢起来。老太太回自己的卧室去了。

"妈要找什么节目？"

"不知道。"

其实，我太知道啦，老太太才不找什么节目呢，她是就见不得芭蕾舞。不要说上剧场看演出了，就是电视上的，她也受不了。这大概跟我考大学落榜那几天差不多，简直听不得人提起关于大学的事，哪怕电视上有一个镜头，心脏都"呼"的一下，跟他娘的被什么东西咬了一口似的。

唉，妈妈，我又开始替你难受啦。

"怎么着，买卖亏了还是赚了？"我接过小惠送来的碗筷，和我哥坐到一条长沙发上。

"有亏有赚。"他在龇着牙拖鸡腿上的一根筋。

"别蒙我啦。别人有亏有赚，我信。区委组织部办的公司能亏了？再说，那些顾问伯伯都是干什么吃的？"

"嗬，我还以为你就会跟老爷子骂骂咧咧呢，看来，你还挺门儿清啊！"他瞥了我一眼，龇牙一乐，"你还别生这份儿气，这年头，靠老爷子赚钱的人多啦，我算什么！"

他总算说了句实话。要说有时候我还能和他聊两句的话，也就因为他在我这儿还时不时有几句实话。

"见着老爷子了吗？"我问他。

"没有。我没事。"

"光蹭饭？"

"也不是。"他的下巴往酒柜那边一挑。我这才看见，那上面放着一盒新侨饭店定制的生日蛋糕。

我哥回来，跑不了就是两件事，要么就是买卖上有什么难处了，得求老爷子给办办；要么就是误了饭，回来"蹭"一顿。反正家里搁着个任劳任怨的小保姆，比回他自己那套小单元房里让老婆忙活强多了。这可不是我说的。这是他自己说的，他的脸皮厚了去啦。不过他今天还算例外，给老爷子送生日蛋糕来了。要说也不例外，他就这么会"来事儿"。老爷子放个屁，他都三孙子似的接着，时不时还来块生日蛋糕什么的，把老爷子哄得团团转。

"想干点儿什么事，不把老爷子哄转了行吗？中国还是老爷子们的天下。"这也是他对我说的。

我得承认，这又是实话。可惜我不想"干点儿什么事"，更没那个瘾在老爷子面前装王八蛋。不然，从我哥这儿倒能学到不少糊弄老爷子们的诀窍。

"用现今时髦点儿的说法吧，这么着，老爷子更得把你'扶上马，送一程'啦!"我又朝那盒花蛋糕看了一眼，笑着。

"我知道我在你眼里不是个东西。"我哥满不在乎地嘻嘻笑起来，"可你这一套也算不得什么英雄。中国人要是都像你，也早亡国啦。"

"没错儿。咱们俩都不是东西。"我说。

我们俩你看看我，我看看你，突然都笑了。我不知道他在笑的时候想到了什么，我只是觉得他笑得开心透了，只有厚颜无耻的人才能在这么一句话面前发出这样的笑。我虽然也在笑着，在他的笑声面前却感到一种自卑。因为一边笑着，一边觉得自己的鼻子里、嗓子眼儿里有一股热烘烘的、酸酸的东西漾上来。

他吃完饭就走了，我也正盼着他走。他一出门，我就到卧室找老太太要钱去了。

"啧啧啧，你呀你呀!"老太太的反应是预料之中的。她当然少不了拿出责怪的口气叨唠几句，可更多的的确是有点儿兴奋。不过，让人心里起急的是，接下来她开始东一句、西一句地和我闲扯，就是不开抽屉给我拿钱。我真疑心她是不是故意耗时间，等老爷子回来。

"妈，要是方便，快点儿把钱给我，我还打算今晚给都都送去哪。"我实在忍不住了，好在又找着了一个借口。

"瞧你!"她看了一眼挂钟，"再急，也得等明天早上上银行取吧?"

我没词儿了。明天? 八个明天都行! 可我他娘的早看出她要算计我什么啦。

"好吧。"想了想，我说，"那把存折给我，明天我自己去取算啦。"

老太太犹豫了一下，把存折找出来，递给了我。我回自己的房间去了。

老爷子是十点多钟回来的，皮鞋踩在地板上，"吱吱"响着。他接了个电话，又到盥洗间去洗澡。洗澡出来，老太太和他在客厅里嘀嘀咕咕。

本来，回到房间里，把存折放桌上，这心里已经踏实了。说实在的，甚至还有点儿得意。靠在被子垛上，看《风流女皇》看得挺上劲儿，这时候外面就传来老太太和老爷子嘀咕的声音。我简直不知道从哪儿冒出来了一种不妙的预感，飞快地把书扔到桌上，脱衣，铺被，关灯。

我的手拽着灯绳正要拉的时候，老爷子来了。我把手松开了。

老爷子穿着白底蓝条的睡衣睡裤，脚下趿拉着拖鞋，身子几乎把房间的门堵严了。他面无表情，手里捏着一沓钞票。

"森森，爸爸这儿正好有现钱！"在他身后，传过来老太太的声音。

"够吗?"

"够了。"

这回他倒没废话，趿拉着拖鞋，沙沙沙，走了。

"森森，这么晚了，就别给都都送去啦，明天再说吧!"

老太太笑眯眯地走进来，帮我抻抻床单，拿起《风流女皇》翻了翻，又帮我把灯绳拉了。临关门的时候，她又冲我说："好好睡吧。"

睡个屁，我到底让你给算计啦!

这倒还在其次。要命的是，我又一次在老爷子面前"栽"了。"栽"得可真他妈惨!

四

"森森，起床! 吃饭啦!"老太太在门外叫。

我早醒了。我睡的房间窗户朝东。现在，白色的窗帘一扑一掀，太阳光噼里啪啦地跳进来。窗外的脚步声、说话声，玻璃碴儿一样脆生生的。躺在床上，突然有一种躺在大马路边上的感觉。

我正蜷在毛巾被里胡思乱想。我要是把想的什么都说出来，那可太流氓啦。当然，这也没什么了不起，二十岁啦，"年轻人嘛"，老爷子爱说的半句话。啊前途、啊理想、啊四化、啊人生。你也得容忍一个小光棍儿望着对面阳台上晾挂的乳罩想入非非。

总的来说，我还是个"好孩子"。可这绝不是因为我见了小妞儿不动心。在我们那个高考补习班里，至少有三个小妞儿给我递过飞眼儿。我他娘的哪儿招她们喜欢啦? 其说不一。有的说，喜欢我有"幽默感"。有的说，喜欢我这鬈毛儿。也有一位，简直什么都喜欢。"卢森，你的作文写得可真好。我……我都有点儿崇拜你了！"杜小曦就这么说过。

她是一个挺有味儿的小妞儿。两条长腿又直又匀，爱穿宽宽松松的红色套头衫，茁实的小乳房在里面时隐时现。为了她这么一句，我几乎晕在她面前啦。可事情就坏在她"什么都喜欢"上面。"你爸爸这篇文章写得可真好！卢森，你准能当他的接班人。"这就开始让我反胃了。"卢森，你这一瘸一拐的架势都那么潇洒！"活见鬼，那几天，我正为扭伤了右脚龇牙咧嘴。高考的前一天晚上，上完辅导课回家，她好像特意藏在路边等我。她穿着一件淡黄色的套头衫，精致的小乳罩清晰地从里面显现出来。"卢森，亲我一下吧！把你的灵感给我一点儿吧！"走到一片阴影下面，她的声音绵软得让人腿杆子打晃。更是活见鬼了，我有什么"灵感"呀，"馄饨侯"叫起来当场读作文的不是我，正是她杜小曦！再说，想玩玩儿就玩玩儿，这和他娘的"灵感"有什么关系？本来我还有点儿情绪，全让她这么一个"灵感"给搅没啦。"哟！"我愁眉苦脸地说，"那我可不亲你了，我的灵感就那么点儿，挺少的。再给你点儿，我怎么办？""真傻假傻呀！"最后她哭着跑了。想起那情景，如今又怪让人遗憾的。我推着她的背往前走时，触着了她乳罩的挂钩，现在右手食指上好像还留着这感觉呢。不过我要是真的"啃"了她，再和她扯上什么"灵感"之类的混账话，那罪过说不定就受大啦。"我怎么能够把你比作夏天？你不单比他可爱，也比他温婉。"她会这样对我说。"你的甜爱，就是珍宝。我不屑把处境和帝王对调。"我得这样对她说。我就什么也甭干，整天揉着胸脯子，捏着嗓门子，跟她对着背莎士比亚吧。

唉，这些小妞中间，哪怕有一个不像杜小曦这样，我也早就不是"好孩子"啦。

"森森！"老太太又叫了。

"听见啦听见啦！"我懒洋洋地爬起来。

我们家吃饭都在过厅里。这过厅有一间房子那么大。除了饭桌以外，还可以摆下冰箱、食品柜和碗橱。小惠正站在食品柜前，往配餐面包上抹果酱，烤三明治。老爷子已经坐在饭桌前了，还是穿着那身白底蓝条的睡衣裤，一边看"大参考"，一边呷着牛奶。厨房里传出鸡蛋下油锅的"欻啦"声。炸荷包蛋老太太从来是要亲自动手的，她嫌小惠掌握不好火候。

我刚在饭桌前坐下，老太太就把一小碟一小碟的荷包蛋端出来了。

"一人两个，爸爸儿子别打架。"

咯咯的笑声。小碟子推到每个人面前。我却觉得这一点儿也不幽默。

"老头儿，今天总算没事儿吧？"

"呃……"

"呃什么？今天你是寿星老儿，午饭时淼淼和肖雁还回来呢。"肖雁是我哥的老婆。

"不会耽误午饭的。只是……团委有个同志上午来谈点儿工作。"

"淼淼，你今天也……"

"我还得给都都买放音机去哪。"

"那还用得了多长时间啊，回来的时候，上自由市场给我带捆葱回来。你可别像昨晚似的。我还等着葱使哪！"

老太太的心情好极了。当然，家里的气氛不坏嘛，"幸福的生活幸福的生活比哟比蜜甜喽……"

吃完早饭，我就骑着老太太那辆旧女车上百货大楼去了。花七十五块钱买下了那个混账的放音机，送到了都都家。都都这小子还一个劲儿装王八蛋——哎呀这是何苦坏了就坏了何必这么认真这可真不够哥们儿啦我真想骂你兔崽子啦干吗把这当回事呀……

"那好那好。也是。哥们儿一场，就别让你不好意思啦！"我故意把放音机装回书包里。

兔崽子嘴角倒还咧着，颧骨上的肉已经他娘的冻住啦。

"别装了，看你丫挺的这份儿难受劲儿！"我又把放音机拿了出来。

他骂了我一句，给我拿苹果去了。

"我得跟你打听个人。"放下苹果，他又跑去关上了通往堂屋的门。他们家老爷子正在那儿给一个小柜上油漆。

我已经猜到他要打听的是谁了。说实在的，我时不时到都都这儿来臭聊一会儿，好像也有从这儿听到点儿她的消息的愿望。她和他都考上了师范学院走读班，一个中文系，一个历史系。我就这么贱！谁让我的右手食指上还留着她脊梁背儿上那个小挂钩的感觉呢。

"你们班的杜小曦，怎么样？"

"挺好。瞧你小子削苹果的这个笨劲儿！"我说。

"你来你来。其实我在咱们学校就知道她啦，只是没说过话。这回上了一个大学，再说，我不是在作文比赛里得了个二等奖吗？她也得了个奖，表彰奖……"

"她就噘起嘴巴给你伸过去啦——啊！都都，我可真崇拜你，亲亲我，给我点儿灵感吧！"

"你是听谁说的？"都都的眼睛瞪圆了，"李伟这小子真不是东西，我只告诉了他一个人，不许他传的！"

"根本不是李伟说的。我猜的。"我嘻嘻笑着，"你作文二等奖，她表彰奖，再往下……这不是明摆的事儿嘛！"

这傻小子想了想，说："是得服你。"

"你小子艳福不浅。"我说，"拿着你的苹果。"

他接过苹果，一边嚼，一边想着什么。

"嘿，不瞒你说，我还是第一次啃一个小妞儿的脸蛋儿哪。我的牙关都磕磕绊绊地打冷战。"

"啊都都，我……我晕……她一准儿瘫在你怀里啦。"

"哎呀，你怎么说得这么准！好像你小子也干过这事儿一样。"

"她要是不晕，就是早被人啃过啦！"

都都的眼珠子都他娘的放出亮儿来了。

"走啦。"我把给自己削好的苹果塞到嘴里啃了一口，"我还得上自由市场给我妈买大葱去哪。"

"森森，森森，你再坐会儿，再坐会儿，我还得请教请教你，哪怕你吃完了苹果再走呢。"

我又坐了下来。

"你说，我们之间，我们之间还会怎么样？我……我怎么，怎么和她……"

"这他妈还用问。她说：'啊，你的眼睛像星星！'你就说：'啊，你的嘴唇像月亮！'你干这一套还不跟玩儿似的？再不行预备一本《莎士比亚十四行诗选》，够使的啦。"

他眯着眼睛，一下一下地晃着脑袋，跟他娘的晕在了一支曲子里一样。

这小子还没听够，送我出门的时候，也张罗着换鞋，找车钥匙。他一定要跟着我去买那捆大葱。

这一路就全是他娘的没完没了的"杜小曦"啦。我要是把杜小曦跟我来过的那一套告诉他，他准保得连人带车翻在马路上。可我才没这心思呢。"啊，我晕！"杜小曦就是跟一百个老爷们儿玩一百遍这一套，我管得着吗？不过，有时候我也觉得自己是有点儿怪，当年杜小曦求我啃她之前，我可挺迷过她一阵儿的。我的座位就在她的后面，我甚至时不时斜眼偷看她后脖颈上那淡淡的茸毛。可到了关键时刻，我他娘的一点儿情绪都没啦。现在呢，想到她倒在了别人的怀里，心里又有点儿不是滋味儿。

"……瞧一瞧，看一看，这小葱儿长得多聪明啊！""您哪儿找去？哪儿找去？这么便宜的大白萝卜，哪儿找去？！……""这是青口菜！您嫌老？您找嫩的去吧！""别掐！别掐！您一个一个给我掐了，我还怎么卖？"……听听自由市场里的吆喝声、讨价声、骂街声，都比听他娘的一口一个"杜小曦"中听多啦。

……

"听说她爸爸在报社当记者？"

"唔。"

"我老有点儿自卑。我爸是工人。我们家，底儿太潮。"都都提着那捆大葱，追着我，在人群里挤着。

"全看你自己能不能唬住她啦！"没法子，有时候还得没精打采地应付他一句。

"猪头肉！猪头肉！一块九一斤的猪头肉！不好吃不要钱的猪头肉！"

"口条，口条，酱口条！誉满全球的酱口条……"

"你说她够多少分？九十，有吗？……"

"敢情！你看她那两条腿！"

"嗨——嫩黄瓜，嫩黄瓜，一掐一股水儿的嫩黄瓜！"

"嗨—— 一把抓的小笋鸡儿啊，一把抓，一把抓，一块钱一只的小笋鸡儿！"

……

我们好不容易才挤到了一个松快地方。

"行啦，今儿一上午，整个儿给你兔崽子的'杜小曦'搭进去啦！"我把他手里的那捆大葱接过来。

"把你当成哥们儿，聊点儿私事嘛，"他看了我一眼，"瞧你这不耐烦劲儿，你他娘的一点儿也不替我高兴。"

我说："谁他妈替我生气呀？我的'杜小曦'还不知道在哪个丈母娘肚子里揣着哪。"

他一愣，看了我一眼，嘿嘿笑起来："别装可怜相。我可知道，不光你们班，就连我们班那些小妞儿，都公认你是一个真正的男子汉。"

"你别他妈骂我啦！"我可一会儿也没忘了昨天晚上在老爷子面前的那个德行，这会儿跟我提什么"男子汉"，可不跟他娘的骂我差不多。

"也是。"他想了想，叹了一口气，这假惺惺的样子可真让人讨厌，"你在事业上是得解决呀。男儿当立志。只要事业有了着落，就不愁没妞儿追你。"

瞧兔崽子这份德行！好像考上个破大学再加上那个二等奖，也算成了什么"事业"了，丫挺的就成了有一万个美人儿追着跑的英雄似的。

不过，如今我也确实就这么整个儿地完蛋啦，谁他娘的都有资格在我面前摆谱儿，跟都都这小子还生不起这份儿气。不信把杜小曦叫来试试，别看当年她上赶着求我"啃"一口，现在，她用眼皮子"夹"我一下就不错！

自由市场的围墙外面还像是市场。马路两边摆满了卖金鱼的、卖鱼虫儿的、卖马掌花肥的、卖耳挖勺的、卖竹衣架的……各式各样的小摊。蹬着平板三轮送货的"倒儿爷"们横冲直撞。老农们推着后货架上挎有两只大荆条筐的自行车，伏下身子，在马路当中晃晃荡荡。我和都都一起，顺着人流朝外走着。

"嘿，朝那边儿走，顺便看看倒腾摩托车的，怎么样？"

我知道那边有个摩托车交易市场，可不知道倒腾摩托车有什么好看的。不过，顺这条路拐上大街，好像倒清静一点儿。

"你可不知道，倒腾车倒是次要的。那儿成了老爷们儿抖威风的地方啦！"

都都说得不假。马路边的那片草坪上，早已不是两年前的景象了。那时候上面稀稀落落地停了几辆"嘉陵""铃木50""铃木80"，每辆车前都围着三三两两看热闹的人。现在倒好，一过来我就看出名堂了，这他娘的哪儿是买车卖车呀，这是比谁的车子棒，再比车子后面驮的那个妞儿哪！

草坪上横七竖八地停着一片红红绿绿的摩托车。男男女女们，除了我和都都这号看热闹的，也除了那些可怜巴巴地开着"幸福"啦、"嘉陵"啦，这会儿缩在一边没脸臭显的傻小子，一个个的神气不是像王子，就是像公主。"突突突突……""川崎125"开来了。"突突突突……""铃木AX100"开走了。搂着老爷们儿腰身，像风一样飘来飘去的，是一个个身材苗条、充满了弹性的小妞儿。

"嘿，这哥们儿又来啦，真够狂的！"

"'本田400'！小妞儿也镇啦！"

……

人群中卷过一片赞叹声，一辆黑亮亮的"本田400"轰轰轰轰地开过来，戴着雪白"飞翔"头盔的爷们儿把右脚往地上一支，穿着牛仔裤、天蓝色绸衫的小妞儿一撅屁股，来了一个体操动作：修长的双腿向后一甩，双脚一并，跳下车来。她戴着一副蝴蝶形茶镜，一条浅灰色的皮带活像美国大兵的子弹带，松松垮垮地耷拉在胯上，双手拇指扣在裤腰里，野味儿十足。看热闹的、玩儿摩托车的，狼似的盯着这辆"本田400"和这位小妞儿，眼珠子都他妈绿啦！

"听听，听听人家那辆的声音，轰轰的！您这辆可好，唧唧的。趁早儿换一辆。我跟您这么说吧，非'250'以上的不行！"看热闹的人中间，一位三十岁上下的"瘪脸儿"好像特别在行，拍着一辆"铃木100"，递一根烟给它的主人。

"哥们儿，怎么自己不弄一辆玩玩儿？"

"谁说不想呢，这就是老爷们儿的玩意儿嘛！可……您给我钱？"

"哄——"大伙儿全乐了。

"完了完了，那您老在这儿干看、干说，可太没劲了。"一个十五六岁的孩子不知好歹。

"兄弟，那你可错了。其实，你不也这儿干看着哪？"

看来，"瘪脸儿"爷们儿是想给这位小兄弟上一课了。

"看不看足球？"

"看呀。"

"完了，你怎么不进国家队踢呀？"

"……"

"爱不爱看……大草原上骑马？"

"凑合。"

"完了。你哪儿弄马去?!"

"……"

"看的是一种活法儿！爷们儿的活法儿！"他一伸手，"啪"的一声，打火机蹿起了火苗，他给"铃木100"递过去了。点上烟，斜楞了小孩儿一眼，拿着腔调说："兄弟，你见过的世界还小！"

这回轮到大伙儿给小孩儿"一大哄"了。

"听过车间主任训话没有？""瘪脸儿"更来劲了。

"瞧您说的。我是学生。"小孩子吧唧了一下嘴，摇头。

"每月月底，从会计那儿领四百二十大毛的滋味儿您就更没尝过啦。"

"……"

"要问你怎么跟老婆打埋伏，省出烟钱，您还是整个儿一个'傻乎乎'吧?!"

"废话。"

"完了完了，说你见过的世界还小不是？……活吧！"

"活吧"。不知道是冲谁说的，好像是冲小孩儿，又好像是冲他自己，因为那以后他长出了一口气，那眼神儿里满是悲哀。

其实我不喜欢摩托车，要是真有辆特棒的摩托车，我也没这个瘾——驮个小妞儿来臭显摆。不过，"瘪脸儿"感觉是一点儿没错的。这些骑士的活法儿可太刺激人啦，这比都都那神气活现的模样儿更令人垂头丧气。

"怎么样，来劲吧？"都都说。

"没什么带劲的。"

"再看一会儿。"

"再看，我更觉得自己白活啦！"

我拍了拍都都的后背，一个人走了。

我还得回家去送大葱。

在五颜六色的摩托车群里，推着一辆旧女车，车后驮着一捆大葱，算是把我的德行全散出来了。

当然，我的伤心才不在于这捆大葱呢。

要命的是，我忽然间发现，我的活法儿也不过是我给老爷子总结的那两个字——"没劲！"

五

客厅里有客人。老太太正在过厅里给老爷子的生日蛋糕插蜡烛。

"谁来了？"

"轻点儿。报社新调来的团委书记。"

"研究什么？五讲四美三热爱？三学二批一端正？"

"轻点儿不行？你呀，要是跟你爸说这些，又该把他惹火啦！"

通往客厅的门是那种对开的大玻璃门，在过厅里就可以看得见客厅里的一切。

老爷子坐在迎门的长沙发上，短而粗的手指夹着一支香烟。新来的团委书记是一个二十五六岁的大妞儿，穿着一身深灰色的西服套装，双腿并拢，身板儿笔直，稍稍向老爷子坐的方向扭着身子，坐在东侧一只单人沙发的前沿儿上。沙发扶手上搁着打开的笔记本。

"卢书记，除了不准留披肩发外出采访这一条以外，您还有什么指示吗？"

这声音好熟悉。我又朝玻璃里看了一眼。哟，怪不得，这不是上个月在人民大会堂的晚会上跟我跳过舞的那一位嘛！

"你多大了？"

那天她那模样儿可真浪，穿着一条紫红色的金丝绒长裙，领口开得很低，脖子上还挂着金项链。那天她梳的就是披肩发，好像是怕跳舞时弄乱了头发，所以又用一条暗红的发带从头顶上拢下来。跳舞的时候，她的头发上散着玉兰花香。后来我发现，那是那条发带上散出来的。

其实，我顶不喜欢这种慢悠悠的交谊舞了，它老使我觉得那么装模作样。要不是和我同去的几个小子"将"我，和我打赌，我他娘的才不去请她跳舞呢。一边跳着，我还一边跟那帮小子使眼色，不管怎么说，这支曲子完了，他们就得到冷饮室请我的客啦。

我们使眼色的时候，她一定发现了，不然她不会提出这么一个不太礼貌的问题。

"我？二十岁。"我说。

"哦——那你还是个孩子哪。"她咯咯笑着，腰肢一颤一颤。不过她很快就看出我有点儿恼火，说："可你的舞跳得这么好，很少见。"

她怎么找补也没用。这句混账话筒直让我恨不能扔下她就跑。至少当时我难受了老半天，玩儿的兴致全没了。我不记住她才怪！

现在，她那点儿浪劲儿都不知哪儿去啦，扎着暗红发带的披肩发梳成了盘头辫儿，正正经经地坐在我们家客厅里，和党组书记讨论"不准留披肩发外出采访"的问题。当个屁大的官儿也得有这一"功"，你不服还不行。

我也不知道从哪儿冒出了一股"恶作剧"的念头。推开客厅门，大模大样地进去了。我还故意冲着她，客客气气地点了点头，坐到屋子西侧的角落里，"咔咔咔"地拨电话。

老爷子瞪了我一眼，不过，他大概正好想去"方便方便"，起身出去了。

"在讨论'披肩发'的问题，是吗？"我把话筒挂了回去。

"是呀。"她看着我，那眼神似乎是努力在记忆中寻找什么。

"干脆，连舞会上的'披肩发'也给禁了算啦！"

"噢，是你呀！"她想起来了，脸上渐渐红起来，"真没想到！真没想到！"

"您这身衣服，比那天晚上的可差多啦，像个妇联的女干部。"

我故意粗声大嗓地说："发式也是。还是披肩发好看。"

"去去去！"她的脸更红了。

厕所的水箱响了。

"你的头发，也快成'披肩发'啦。"她看了看我，突然咯咯地笑起来。

老爷子推门回来了。

"你这种精神面貌可差点劲儿。"她瞟了他一眼，对我说，"你别腻烦我。其实，大人都是为了你好！"

天哪，她笃定是我们家老爷子最理想的接班人啦！

临近午饭的时候，老爷子送走了他的"接班人"，回到客厅里来。他又摆出了我早已熟悉的那副模样：弓着背，探着身子，两肘戳在大腿上，胸脯一起一伏。他打量着我，半天没言语。我在削苹果。看了他一眼，我猜到了他会干什么。

"如果你以为自己那个脑袋还挺美的话，以后最好回自己的房里美去。"

还是既不叫我的小名儿，也不称我的大名儿，连看也不看我一眼。还是什么表情也没有，吩咐着他的裤裆。

我他娘的早料到会有今天啦。当然，我倒没想到他的废话来得这么快，刚过了一宿，他就来劲儿啦。这还只是赏了我一个破临时工再加上八十块钱呢，再多点儿，你说，我还有活头儿吗？

这回我倒没怎么着。不过，我要是粗了脖子红了筋跟他嚷嚷，那才丢份儿呢。

"我这脑袋怎么了？"我胡噜了一下长发，从沙发上欠起身来，也弓起背，探着身子，也把两肘戳到大腿上，把拖鞋的前掌一掀一掀。我同样不看他，同样面无表情地说："我怎么长了这么个德行的脑袋，我还得问您哪。"

"我说的不是你那鬏儿。我说的是你头发的长度！"

"长度？长度怎么了？多长是革命的？多长又成反革命了？你们报纸上发过社论吗？"

他"呼"地站起身，出去了。

他走到客厅的门口，正赶上我哥和肖雁进门。

鬈毛

"爸爸，万寿无疆！万寿无疆！"肖雁和我哥真是天生一对儿，她一进门，管保能叫老爷子老太太眉开眼笑。当然，这一切都是嘻嘻哈哈中进行的，绝不会让人感到肉麻。

可今天肖雁算是撞上啦，老爷子正在气头儿上，整个儿白干！老爷子理都没理她，一扭身，回他的书房去了。

"爸爸怎么了？"

"不知道。"

她撂下挎包，立刻到厨房拜老太太去了。

"哼，要不是你又气老爷子了，砍我的脑袋。"我哥把西服挂到衣架上。

"没有没有没有。"我瞥他一眼，慢吞吞地告诉他，"他嫌我的头发长，我向他请示，让他给个尺寸。"

我哥看着我，长长地吹出一口气。他在我对面的沙发上坐下来。

"妈妈，熟了。您尝尝……"厨房里，传过来肖雁和老太太嘻嘻哈哈的声音。

"大生日的，你把老爷子气死，对你有什么好？！"我哥点上了一支烟。

"我根本没想气他。他自找的。"

他还是默默地抽着烟。

"我不跟你废话。我知道，废话对你早他妈没用啦。"

要说我哥比老爷子可聪明多了。他承认现实，所以我们永远不会急眼。和他谈话，我甚至不时会想起月坛公园见过的两个拳师。他们才不像《少林寺》的傻小子们那样，喊得乌烟瘴气，打得天昏地暗呢。他们不言不语，站得很近，你推来一把，我揉过去一下，有时还面露微笑。我知道他们俩谁都摸谁的底，可又谁也不服谁，所以在这推来揉去中渐渐地都有点儿乐在其中的味道了。

"你说得太对了。"我说，"所以，咱们家全指望你啦。你就好好伺候着老爷子万寿无疆吧，有搂钱的机会就搂钱，有搂官儿的机会就搂官儿。放心。我不眼馋，也不生气。"

"唔，你这话倒像个爷们儿说的。不过，你干的事就未准有这份儿志气啦。"他有点儿得意，"真有种儿，你什么也别靠老爷子呀。弄不好，咱们哥儿俩也就是五十步笑百步。"

"没错儿。"我笑了。我知道他会用这一套来嘲笑我的，"谁让爹妈给了我这么一副骨头呢。不过，明说吧，就那个破临时工，就那八十块钱，我后悔死啦。要是不'栽'这么一回，我也不知道自己活得这么没劲儿，不过，你放心，我这就换一种活法儿啦。"

他不再说了，靠到沙发背儿上，又抬起眼皮瞟了我一眼，那眼神儿里的轻蔑劲儿真让人受不了。

"你说得倒挺好。看来，还想再发愤一年，考个大学？"他把烟头儿拧进烟缸里。

"说不定。"我说。

"哼，你是读书的材料吗？"

"没准儿。"我说。

他又重新点上一支烟，抽了几口。

"说不定你还想当个满街嚷嚷'瞧一瞧，看一看'的倒儿爷吧？"

"你别以为不可能。"我还是微微笑着。

"你拉得下那个脸皮吗？"

"看吧。"我说。

……

如果不是他的轻蔑拱得我心里一阵一阵冒火，我也不至于在老爷子的生日喜宴上翻脸。"白斩鸡""香酥鸭""红烧鲤鱼""东坡肉"，"双沟大曲"、标着Ｖ·Ｓ·Ｏ·Ｐ的法国白兰地、五星啤酒……我还没那么浑蛋。

可是现在，我心里真他娘的受不了了。到了这个份儿上，我要是不找个正儿八经的地方把老爷子的"赏"扔回去，在他们面前，就永远甭想扬眉吐气地当个爷们儿。

"来，爸爸万寿无疆！"肖雁总算又找到一个机会发挥她的才华了。

"万——寿——无——疆！万——寿——无——疆！"我哥那两片红红的厚嘴唇无耻地咧着。

"妈妈永远健康！"甜甜的，再加上一点儿不知道是真是假的胆怯，地道的中国儿媳妇给婆婆的媚眼儿。

"永——远——健——康！永——远——健——康！"哥哥的喊声和老太太的笑。

"爸爸。"我站起来，满盛着白酒的酒杯递过去。

老爷子一怔，看了我一眼，迟迟疑疑地把面前的酒杯举起来。

"您的儿子要有点儿出息啦！"我说，"您把电视台的那个差使拿回去，还人家吧。哦，还有，昨儿晚上那八十块钱，我也还您……"

"森森，你胡说什么！"老太太截住了我的话头。

我没理她，一仰脖儿，把酒杯里的酒全灌到嗓子眼儿里，"可您也别再没完没了地把我当可怜虫，一会儿嫌我嘴臭，一会儿嫌我的头发长啦……"

说完了，我转身回到了自己房里。"咣——"撞上门，"咚——"倒到床上。这回，浑身上下真他娘的舒坦啦……

六

那家小饭馆到底是在哪儿呢？想得人脑仁儿疼。

它肯定不在我常走的几条路线上。比如从我家到都都家，或是到游泳场，这一路上有几家饭馆，我是闭着眼睛也说得上来的。

我找到了一张《北京交通图》。对着它，使劲儿回忆半个月以来走过的路线。我坐103路无轨电车到美术馆看过展览。不过那天可是个大晴天，根本不是那种阴沉沉的、随时要下雨的天气。我也坐过108路到和平里的二姨家玩儿，可顺着和平里、兴化路、蒋宅口……一站一站地想下来，也不觉得这条路上有我找的饭馆。我还到过哪儿呢？我没有记日记的习惯，要一次不漏地把半个月走过的地方都想起来，也太难点儿了。

于是，我又换了一招儿，大概还能回想起那饭馆的名字吧？那个招牌挺唬人，本色的大匾额，墨绿色的字。什么字来着？到了嘴边，说不出来了。反正当时一看那字我就乐了：门脸儿不大，口气不小。可到底是哪三个字呢？完蛋。死活也想不起来了。幸好家里有一本全市的《电话号码簿》，查到了"饭馆"一栏："一条龙羊肉馆""二龙路包子铺"

"三元里小吃店""四道口饭庄"……查了半天才恍然大悟，既然招牌挺新，又在招工作人员，肯定才开张不久，就算是安了电话，也来不及上《电话号码簿》呀。

我他娘的这辈子还没费过这份儿劲呢。

我已经先把家里存的报纸翻个底儿掉了——当然，都是趁他们午饭后到院子里照相时搬过来的。广告栏上，隔十天半个月的，才能查着一份"招聘启事"。不是招翻译，就是招记者；不是要"大专文凭"，就是要"本科学历"。这简直故意寒碜我哪。

我也想过是不是找人先借点儿钱。找谁？找亲戚，老爷子是不可能不知道的。再说，人家大概也不愿意掺和这种事，弄不好还他妈给我"上一课"。找同学？都都这号穷鬼就甭想了。"馄饨侯"告诉过我的那几位——卖肉的李国强啦，卖瓜的金喜啦，我跟人家也没这交情。

最后，我才想到了这家饭馆。

说来也荒唐。那家饭馆的"招聘启事"，是我在电车上看见的。我还没读完，电车开了，它就被甩到后面去了。它好像贴在饭馆的一扇门上。大意是说，本饭馆招聘工作人员，有愿应聘者，前来洽谈，条件面议。当时，我可没想到有那么一天，去给一家个体户当"店小二"。当然，就算现在我找到那家饭馆了，我也没打算这辈子吃这碗饭。干个十天二十天，弄到八十块钱，理直气壮地往老爷子面前一拍，出了这口气，拍屁股走人。

"招聘启事"已经是半个月前的事了。我也实在没当回事。现在，早把那地点忘得一干二净。我他娘的上哪儿，找谁"面议"去？

第二天起床的时候，迷迷瞪瞪听见窗外的新闻广播，说1984年国际马拉松赛，今天上午在北京工人体育场举行。我这才想起两周前去体育场看过一场球。噢——想起来啦，那家浑蛋饭馆，就在体育场东路！人的脑袋可真怪，不开窍的时候，能把你憋死。开了窍，什么都想起来啦。我立刻又想起它的名字叫"冠北楼"，没错儿，挺狂的一个名字，再说也实在不是什么"楼"，所以我当时才忍不住笑了起来。

我着实为我的发现傻乎乎地高兴了一会儿。胡乱抹了把脸，跑到了110路无轨电车站。今天等车的人还特多，都是去看马拉松的。挤上车，没多一会儿就出了一身臭汗，幸好下车没走多远，果然看见了"冠北楼"那威风十足的匾额。可走上近前一看，那张贴在门前的"启事"呢，早他娘的让"新添涮羊肉"五个大字盖上啦！

我在门前站了一会儿，不知道是再进去问问好呢，还是干脆一走了之。

"要问我爱你有多深，我爱你有几分……"棕色的对开门儿，门框上高挂着两个大音箱，嗲声嗲气地唱着。唱歌的妞儿大概让她爷们儿搂着唱哪，不然干吗老像是喘不上气来。初秋的阳光，晃得人睁不开眼睛。身后乒乒乓乓从电车上蹦下来的一群小哥们儿，吆三喝四地朝工人体育场那边走。"……我的情也纯，我的爱也真，月亮代表我的心……"曲子拖着哭腔，和那令人麻酥酥的声音一道儿，驴似的嚎。

我得承认，现在我想起肖雁的话来啦。

"唉！弟弟，你可真是个傻弟弟！"肖雁大概是我们老太太心中最合适的"说客"了。她永远让你觉得她是为你着想，"我要是你呀，老爷子的便宜，照占。他爱啰唆几句，从这个耳朵进来，那个耳朵出去不就行了？"

她探着脖子，闪着眼睛，两手的食指分别指着两侧的耳朵，这使我忽然想起幼儿园里哄过我的阿姨。

"老爷子的便宜可不是白占的。"我说，"至少，他得认为他到底还是我的老爷子。"

"他本来就是你的'老爷子'呀！"肖雁咯咯地笑起来。

"我就受不了他那'老爷子'劲儿！"

我吼得太凶了。她不笑了，半天没吭声儿。

"至少，你没必要把话说得那么绝。"临走的时候，她说，"工作啦、钱啦，除非你能捡个钱包，不然，弄八十块钱对于你来说，比开开心、逗逗乐、昏天黑地骂一通可难多啦！"

"我不会后悔的。"我说。

……

现在，我当然没有后悔，不过心里确实有点儿发毛。这个混账的"冠北楼"，也确实是我能想到的最后一招儿啦。

我正犹犹豫豫、胡思乱想的时候，马路上过来一辆平板三轮儿车，车上放着三个鼓鼓囊囊的大麻袋。蹬车的是个穿着棕色枪手服的黑脸汉子，乱蓬蓬的寸头，络腮胡子也挺重。特别引人注目的是那大腮帮子，好像能嚼得动铁。他在离我不远的地方下了车，想把三轮儿车推上人行道。车的前轱辘倒是上去了，后轱辘却卡在马路牙子上，他怎么也推不动。

"哥们儿，帮帮忙！"

我走了过去，"一、二、三！"在车后帮他推了一把。

"谢谢您嘞！"

他把三轮儿车停在"冠北楼"的门口。

"哥们儿，买卖是您的？"

"唔。"他把麻袋挪到板车的沿儿上。那里面装的都是木炭，黑末子漏了出来。

"听说你这儿要找个帮忙的？"

"是啊。"他从头到脚打量了我一通儿，"那可是八百年前的事了。"

"别逗了。顶多半个月。"我说。

"哥们儿是头一回出来弄钱花吧？"他递我一支烟，我摆摆手，他叼到了自己的嘴上，"你可不知道，这是什么年头儿？为一个差使，能打出活人脑子来。再说，别看到我这儿干累点儿，挣得不比高干少。谁他妈能把这便宜留到半个月以后，等你来捡？实话跟你说，没出半天儿，我就找着主儿啦。"

他扛起了麻袋，朝门口走去。一个挺漂亮的妞儿出来替他开门。

过了一会儿，他又回来了，挪第二个麻袋，拿起刚才塞在车把钢管里的半截香烟，抽了几口："看见没有？就是那个妞儿。不过，每月二百块钱可不好挣噢，没白天没黑夜地干。"他故意把"干"字说得很重，说完，又吸了一口烟，眯起眼睛，突然嘿嘿嘿笑起来，整个儿脑袋变成了一只七窍喷烟的香炉。

看着这紫茄子似的大腮帮子，我他娘的一个巴掌扇过去的心思都有。

"哥们儿，实在抱歉啦您哪，这儿可真没您的饭辙。"扛完了麻袋，他出来收拾三轮车，见我还没走，大概以为我还指望着他开恩，"其实，赚钱的路子野了去了，您可别在我这一棵树上吊死。"

"放心。现在，您请我，我也不干啦。您那'活儿'，老爷们儿干不了。"我微微一笑。

"没错儿!"他嘎嘎笑起来,"老爷们儿都得干大买卖,黄的、白的、黑的。"

"我还想好好活哪!"我还是笑着。这小子唬不了我。"黄的"是黄金,"白"的是银圆,"黑的"是烟土。我早从我们班同学那儿知道些"倒儿爷"的黑话了。

"没胆儿?""紫茄子"又咧开了。想起了什么似的,他从裤袋里摸出一张纸片来,"哥们儿,你要是真的没胆儿,也就配玩玩这个啦!"

这是一张印得很像邮票小型张的票子,我认得出来,这就是这场马拉松比赛的彩票。这两天,北京人为了能买到这么一张玩意儿,差点儿出人命。

"拿着,别不好意思!你帮我推了车,不报答报答你也不落忍不是?"他朝工人体育场那边看了一眼。那边,人们像蓄洪坝前的洪水,被拦在栅栏门前,人头乱拱,"跟你说,这半年来我的手气可不赖,这回,看看你有没有这个运气啦!"

"谢谢您嘞!"我接过了彩票,学着他刚才谢我的腔调还了他一句。然后,走到几步外的一个果皮箱前,"嘶啦嘶啦",把它撕个粉碎,"啪",朝果皮箱里一摔,头也不回就走了。

我的身后一点儿声音都没有。让兔崽子自己琢磨去吧。我知道他不是故意寒碜我的,不然我早把彩票的碎片儿摔他娘的脸上啦。不过,他这个德行已经够他妈流氓的了。你阔,你买得起婊子,跟你那婊子狂去。我要是个觍着脸求人家赏我的玩意儿,犯得着跑这儿来?躺在我们家沙发上,早他娘的就有人赏我啦!

我躲闪着那些直奔体育场去的人们,横穿过马路,到了110路电车站牌下面。这可真逗,过来一个瓦刀脸的小哥们儿,问我要不要彩票。

"多少钱一张?"我还咂摸着刚才在果皮箱前来的那一手,看着这小子手里也举着彩票,忽然觉得挺开心。

"四块。"他把价码儿抬高了三倍。

"你可真敢开牙!宰人宰得太狠啦!"

"您知道咱玩儿了多大命吗?"他装出一副委屈的样子,撇了撇嘴,

"说了也不怕您笑话，排了一宿的队，还挨了两警棍，现在想起来还哆嗦哪！要不是多了一张，四块？四十块我也不卖。弄不好，还就您这张，换了个大冰箱回去呢！"

"得了得了，我送你一张——那边，果皮箱那儿，我刚撕了一张。你捡回来，拼吧拼吧，能换回冰箱的，说不定是那一张！"我笑起来。

"嗬，真看不出，您还有这份儿谱儿哪。""瓦刀脸"沉了下来，他根本不顺着我指的方向往果皮箱那边看，架起两只胳膊，抱在胸前，上下打量着我，"您要是掏不起四块钱，您就明说，咱哥们儿各奔东西，谁也碍不着谁。犯不着跟我这儿穷狂——没劲！"

这可把我"将"在这儿了。就跟"紫茄子"赏我彩票时的架势一样。我要是不掏这四块钱，不真的让人看成"穷狂"了？说真的，我有点儿后悔，干吗偏跟这小子开这个心。我的口袋里倒是有四块八毛五——这是昨天买放音机剩下的钱。刚才买车票花了一毛五——让这小子再坑走四块，我可就剩几毛钱啦。不过再一想，倒也没什么可心疼的了。"大数"弄不来，算计这四块钱管蛋用！更何况今天是星期天，老爷子正在家，我刚才还发愁这么早回去干什么呢。

"你就甭费这心思算计我啦，不就是四块钱吗？"我一把从裤兜里把剩下的钱抓出来，又是票子又是钢镚儿，抓在手里还显得挺"派"。我从中间拣出四张一元的，递给了"瓦刀脸"。

"哥们儿，您这才算个爷们儿哪！"他把彩票递给我，摇头晃脑地走了。

"哥们儿真的过去瞧瞧去！我撕的那张，就在果皮箱那儿哪，骗你是孙子！"我可没忘了冲着他的背影喊一嗓子。

七

我的座位是2号看台12排22号。我的对奖号是008325。

要说我花这四块钱是奔着冰箱彩电去的，那可太冤枉人了。咱们不是被逼到那一步了，非拔这个"份儿"不可嘛！不是也为了找个地方，把这半天耗过去嘛！可是现在，当看清了自己的对奖号，又掺和在人流中间往工人体育场走的时候，我倒是有点儿巴望着自己能蒙上那么一下子了。我甚至想到了，真中了个冰箱彩电的，能不能当场出手换成钱。甭管怎么说，我的彩票比别人多掏了三块钱呢。再说，整个儿工人体育场，指望着中彩折钱急用的，大概也就他娘的我这么一位啦。

工人体育场我可太熟悉了。我可以算个足球迷。当然，我不算最高级的球迷。混到那份儿上，得知道国家队直到北京队每一个队员的老爹老妈兄弟姐妹家庭住址女友相貌。看球的时候你就听吧："祥福，走着！""尚斌，给呀！"听听，那关系至少都是迟尚斌、沈祥福的表弟。我也就凑凑合合算个球迷——看球绝不在电视前，非体育场不可。所以，一看看台号，我就知道我从东门入场正好。可是我到门口的时候，栅栏门已经关上了。组织马拉松赛的这帮家伙可真会算计——比赛开始前半小时关了大门，只能从西门入场，比赛开始后，干脆就不让入场了。要是不用这一招儿，我敢说，得有一大半儿人等到开彩的时候才露面儿哪。可这一招儿害苦了我了。我得从东门绕到西门，足足有三站远。入了西门，又到了体育场东边。走到看台上一看，观众们果然都满满当当、规规矩矩地坐好了。

"我操！哥们儿真沉得住气啊。"我的座位左边，一个小哥们儿在吃蛋卷。单眼皮绷着一对小眼珠子，怎么也掰扯不开似的"地包天"的下兜齿，好像老是龇着牙、瞪着眼惊讶一切。他爱说"我操"，这是北京的小痞子们大惊小怪时的惯用词。"我"，说成长长的一声"沃——"惊讶程度的大小，可以从"沃"的长短听出来。"我——操！您大概是全场最后一位啦。"

"哪儿呀！"我指了指身边还空着的一个位子。

"这是我媳妇的位子。她不来了，"我的右边，坐的是胖乎乎的三十出头儿的老爷们儿，从怀里拿出两张彩票来一晃，"我一人儿代表就成啦。"

"您看看人家，谁不是两口子一块儿来。您说，您要是真中了个大冰箱，一个人儿怎么抬回去？"后排有人跟他逗乐子。

"哥们儿，您这可错啦。我早打听好了，冰箱、彩电的，人家包给送上家门儿。"看来胖爷们儿也是个爱开心的人，"跟您说实话，我们家住的，窄巴点儿。所以，我跟我媳妇儿说了，你别去，你就在家归置归置，把搁冰箱的地方腾出来吧！"

大伙儿哈哈笑起来。和看球时一样，找个话茬儿，哈哈一笑，顿时都成了老熟人，接下来就可以凑一块儿"穷侃"了——四川人大概叫"龙门阵"，贵州人大概叫"吹牛"，北京人叫"穷侃"——"十亿人民九亿'侃'。"我也忘了是我们班哪个坏小子说的了。

"我——操！您还真盼着中个大冰箱哪？我他妈能中一双球鞋就知足！买彩票的时候，我新买的盖儿皮鞋都让人踩掉了一只，回头再找，您猜怎么着，好嘛，踩成鱼干儿啦！"

"你在哪儿买的？红桥吧？是乱！那罪过受大了！那帮小流氓真可气，乱挤！你没听见警察拿着警棍骂：'你们他妈的这么没起色，一张彩票把你们折腾成这个德行！'"

"我买彩票的时候，还见着俩瞎子去买哪。警察把他们领前头去了。"

"您别说，体委这招儿还真灵，连瞎子都来看马拉松啦！"

"可那帮小子们也不知道玩儿不玩儿'猫儿腻'。受这么大罪过倒另说，别把咱们给'涮'了。"

"未准敢吧。"

"那可没准儿，这年头儿谁管谁呀，我们家那边有个商店，也卖彩票。开了彩您猜怎么着？他娘的净他们自己中。"

"得了得了，您又外行了。我早打听好了，这回，由法律顾问处、各界代表还有国际友人当众抽彩。"

"我——操！还有'国际友人'？不就是'老外'吗？中国人都不信中国人了嘿！"

······

听这帮家伙这么"穷侃"，真是一件挺够味儿的事。他们说的全是实话，绝不假模假式地装孙子。不过，看一张彩票闹腾得他们这疯魔劲儿，也太惨点儿啦。

工人体育场是这次马拉松比赛的起点和终点。看着那些五颜六色的运动衣在草坪上凑成一片，又像一群扑扇着翅膀的蝴蝶，一耸一耸地从绿色的草坪上飞起来，又从体育场的东门飞出去，倒是把人们的注意力吸引过去了好一会儿。不过，接下来就是辽宁队和意大利队上场踢足球了，这可完蛋了。这日子里，谁还有心思看足球呀，再说还是女子足球。

"这帮小子，怎么还他妈不跑回来！""地包天"最先沉不住气了。

"真这会儿跑回来，那可太邪门儿啦。才出去个把钟头。你知道马拉松世界纪录是多少？我打听了，两小时八分五秒……"

"行，哥们儿这回露一手，我以为您只会打听电冰箱怎么往家运呢。"

"我——操！还得熬一个钟头哪！"

"美得你！等最后一名跑完了，再加上一个钟头也不行！"

"唉，这罪过，一点儿也不比买彩票受得少！"

我敢说，这会儿要是有人敢说抽彩停止了，这帮小子就敢把工人体育场给拆了。

两个小时以后，运动员们终于跑回来了，几乎全场观众——包括我身边的这帮哥们儿——全站了起来，有的还嗷嗷叫着，鼓了一通儿掌。要说他们全是憋得难受，等得心焦，为马上能开彩而鼓掌，也太损点儿了。因为当人们看清了跑在第三名的是个中国人以后，那掌声越发欢实起来。

"中国，加油！"

"曾朝学，加油！"

……

"我操！真他妈不易，咱们中国的哥们儿还跑了个第三名。""地包天"说。

"瞧你丫挺的这个志气！十亿中国人，就出了个第三名，还有什么牛的？"

"那也不易，人家吃什么长大的？牛奶面包巧克力。咱们吃什么长大的？窝头咸菜棒子面儿粥都有！"

"倒也是。看来，希望全搁咱儿子一辈儿身上啦。他们倒是从小牛奶面包巧克力填着哪！"

"去去去，别外行了，根本不在这儿！人家非洲那儿也出赛跑冠军。那地界儿，连棒子面儿粥都没有！"

……

接下来，就是争论非洲吃得上吃不上"棒子面儿粥"了。再接下来，也不知道怎么又扯到赞助比赛的"三得利公司"上来了。然后呢，又他娘的拉回到彩票上来啦。

"快抽彩呗，肚子饿嘞！"看台的最高处，不知是谁在那儿吆喝。

"哥们儿，我要是中不了彩，帮助抬我一把啊！"前排一个小哥们儿高声大嗓地吩咐他的同伴。

这可把大伙儿全逗乐了。他们前面坐着的一个妞儿，笑着回头瞟了一眼。

"啧啧啧，瞧你这点儿出息！"他的同伴也故意高声大嗓地回答他，"幸亏这儿没妞儿！有妞儿，人家可就不跟你啦！……"

那个妞儿这可不敢回头了。不过我可太知道她们了，她一准儿在偷偷抿嘴儿乐呢。

"观众同志们请注意，观众同志们请注意，'发展体育奖'马上就要开始抽奖了。现在广播注意事项，现在广播注意事项……"

本来闹哄哄的看台突然静了下来。

说真的，我是从来听不得什么"注意事项"的，特别是看球的时候，一会儿教给你"发展友谊是我们的愿望，讲究文明是首都人民应有的美德"，一会儿号召你"观众同志们，让我们为某某队的精彩表演鼓掌"，好像我们都是一群没妈的孩子，至少也是没妈跟来，她得替一会儿。不过今天的"注意事项"也不知是哪位高人写的，绝了——

"……同志们，同志们，您中奖以后，千万要沉着，不要激动，也不要声张，以免发生意外……

"……每个看台上都有民警和工作人员随时帮助你们，你们可以找他们，求得他们的帮助……"

播音员念得庄严、认真，像是读《人民日报》的社论。越是这样，越显得那么滑稽，跟他娘的第三次世界大战要在这儿爆发似的。

抽奖也不知道是不是在主席台上进行的。远远看见一群人在那里走来走去。过了一会儿，终于宣布中奖号码了：

"19904！"

体育场南面的灯光显示牌上，"19904"立即被打了出来。

几万人在一秒钟之内大概全他娘的昏过去啦，除了报号码的声音，除了民警走来走去的脚步声，什么声儿都没有。这会儿不管谁在哪个旮兑打个喷嚏放个屁，大概都会响彻二十四个看台。

"哥们儿，您还别这么大模大样儿的，就不怕人家给你抢了？""地包天"轻声轻气地捅了我一下。

"我对号码哪。"

"您看看，谁像您？"他往四周一指。

还真没人像我这么大大咧咧——双手抱着膝盖，彩票摊在腿上。人们都不看自己的彩票，瞪着眼睛只往灯光显示牌上看。原来一个个早把自己的彩票号码背得烂熟了。有几个年岁大点儿的呢，撩开衣襟，往内衣的胸兜儿里看，恨不能把脑袋扎进胳肢窝儿里去。我忍不住笑起来。

"63156！"

电光显示牌又是一闪。

"我——操！""地包天"这冷不丁儿的一嗓子，差点儿没吓死谁。

"中了？"

"唉，差一点儿，差一点儿。它……它怎么是'56'！我的是'65'！"

"兄弟，您别这么一惊一乍地吓人玩儿行不行？"胖爷们儿喘出了一口粗气，探过脑袋对"地包天"说，"我这儿够堵心的啦，别再让您给吓出病来。"

"堵心？堵去吧，您看看那个女的，人家可真的中啦！""地包天"往前一指，那边果然有个女的站了起来，"我——操！没跑儿，她中了嘿！"

"真的！有一位中的！"后边有人跟着嚷嚷。

"哥们儿，向她祝贺祝贺去呀！"不知是谁成心捣乱。

"谁？谁中了？""那个女的！""哪个？""那个那个！"……看台上，"呼啦"一声站起来了一大片。再他娘的没人管，过不了一分钟，那女的说不定还真得让起哄的人给劈啦。

"坐下！都坐下！……"民警们提着警棍，"腾腾腾"地冲过来。

"我没有！真的没中！"那个女的满脸通红，一边嚷嚷着，一边夹着一个孩子，跟着警察，分开众人，过街老鼠一样顺着台阶向上跑，"这死孩子！这死孩子！他……他非要撒尿！……"

疯了，都疯了，而且，一直疯到散场。

这回，谁也别看着人家警察有气啦，要没警察拎着电警棍镇唬着，还不得出人命？

"噢——"当灯光显示牌上把"五等奖"的中彩号显示出来以后，整个儿体育场看台上一片"噢"声，远远近近的，扬起了一团一团的碎纸片儿，没中彩的，撕了彩票解气哪，"唰——唰——"下雪一样。

"我操！它怎么就愣是'56'？真他妈冤！""地包天"还是为他的"65"难受。

"行啦行啦，知足吧你，你还沾点儿边儿哪。我这儿还两张——连点儿毛儿都不沾！"

……

夹在人群里，朝看台外挤着。"唰——""唰——"一团一团的碎纸片儿，还是没完没了地向天上扬。

"生这份儿气干吗？只当逛窑子啦。"

"别这么损嘿！大丈夫能伸能屈，能亏能赚！"

"现在要是立刻再开一场，还得爆满。我就得再买他十张八张的！"

……

我这四块钱花得值当不值当，连他娘的我自己都不知道。要说带劲，这一上午过得是够开心的，除了这儿，哪儿找这热闹看去？要说没劲，也真他妈没劲，倒不是因为没这份运气，一想起自己在看台上的模样儿就垂头丧气。我还不至于把脑袋扎进胳肢窝儿里去对奖号，可就这副德行——把彩票攥在手心儿里，时不时往里瞄两眼，巴望着能和显示牌上的数码撞上一个，这也够他娘的恶心的啦！

老爷子、我哥他们，要是知道那八十块钱闹腾得我走到这一步，非得笑折了裤腰带不可。

走出工体东门，门前空场上，停着一排排蓝白色相间的三轮摩托警车，不少人围在四周看热闹。

"让开！让开！……"三四个民警拥着一个老头儿走过来，让他坐进挎斗里。

"突突……突突……"摩托车发动了，警笛随之"呜呜"叫起来，车子从人们闪避开的通路中间冲出去。

"让开！让开！……"又有一个爷们儿被警察们拥了过来。

"哥们儿，都犯了什么事儿了？"我拍了拍一个看热闹的小哥们儿的肩膀。

"哪儿的话！这是中奖的。护送着领奖去！"

"哦——上哪儿？"

"不知道。"

"突突……突突……"摩托车又发动了，警灯又"呜呜"地转起来。

你没见着这辆警车里坐的这位哪，眼睛都有点儿发直了，哪像是去领奖呀，说是去蹲大狱也有人信。

八

在体育场的栅栏墙外面，我捡了一本书。这书大概挺有意思——《希特勒和爱娃》。我是很偶然地往那边看了一眼，发现在一株株塔松的后面，栅栏墙的水刷石基座上摆着这本书的。和这本书并排放着的，是一张报纸。看来，它们分别给两个人垫了屁股。翻开《希特勒和爱娃》的第一页，书的主人庄严地写着："我扑在书上，就像饥饿的人扑在面包上一样——高尔基。"兔崽子这辈子大概也没吃过几个面包，不然干吗对这块面包这么认真？不过，我猜后来他扑在他的小妞儿身上，又"像饥饿的人扑在面包上一样"了，结果，这块面包就顾不得了。

我站在塔松的树荫里翻了翻这本书，写得确实有点儿意思。

我忽然觉得丢书的傻小子把那句话写在扉页上也挺好。小光棍儿们翻几页，弄不好还真得像"饥饿的人扑在面包上"一样呢——除了高尔基会把鼻子气歪了以外，一切都挺合适。

我把书夹在胳肢窝儿里，走到停在体育场外的一辆平板三轮车前，从那个穿着脏大褂的老娘儿们那儿买了四两肉包子。说来也真他妈惨，开始我还没敢买，站在旁边看。看好几个人先买了，算计出这玩意儿是一块八一斤，这才从剩下的八毛五分钱里拿出了七毛二。老娘儿们见我没粮票，又加收了我八分钱。现在我他娘的可就剩五分钱啦。

我一边往前溜达，一边吃着带有一股烂大葱味儿的肉包子。这叫什么猪肉包子呀，那老娘儿们不知从哪儿捡了点儿烂葱叶儿，剁吧剁吧就给包进去了。不过这倒给了我一个主意。我们柳家铺菜站外面，烂大葱、蔫菠菜的多啦，我要是还想折腾折腾老爷子，办法倒有的是。扛两筐回家，剁吧！总编的儿子这回可要给老爷子争气啦，"第三产业"嘛，"广开就业门路"嘛！至于我会不会真的这么干得再说了，可想到我还能有好多这样的招儿——想让我们家客厅里四散着烂葱味儿，它就肯定有烂葱味儿；想让它散鱼腥味儿，它也肯定有鱼腥味儿——这又让我开心起来。

走到体育场南侧的栅栏墙边上，我发现这地方不错，树荫挺密挺浓，行道树外的马路上，来往的车辆也不多，还真是个看书的舒坦地方。我在栅栏墙的基座上坐下来。不是还想找个地方打发这一下午吗？就这儿得嘞！

东翻西翻，看完了这本《希特勒和爱娃》，太阳已经西沉了，我只好回家。

我拿最后的五分钱钢镚儿买了一张车票。上车前我还犹豫了一下，因为我知道靠五分钱的车票顶多也就能坐到东单，我想这还不如干脆不买。过去我们班那些小子净跟我吹，说他们都是"百日蹭车无事故"的"标兵"。我从来也没敢试一回，真他娘的让人逮住，那可太现眼啦。这回，没辙了，咱也尝尝蹭车的滋味儿吧。可是一上车，我还是乖乖儿地把最后一枚钢镚儿掏了出来。这辆110路无轨大概是从东大桥发的车，我上车的时候，车上只有稀稀落落的几个人，漂亮的售票小妞儿还看了我几眼，不知为什么，这不仅使我打消了蹭车的念头，而且我都有点儿遗憾没有足够的一毛五分钱递到她的面前啦。接过她递来的车票，我甚至还沉下了嗓子，假模假式地说了一声"谢谢"！我猜这大概都是那本《希特勒和爱娃》闹的。车到东单，我又规规矩矩地下了车，一站也没敢多"蹭"，尽管这儿离柳家铺还他娘的远着哪！

如果不是遇上了李薇，说不定我会一路溜溜达达，看看街景走回家去了，也说不定我会等一趟挤满人的车，"蹭"回去。可就当我在站牌下转悠、拿不定主意的时候，李薇来了。

"卢森！"她拎着黑色的琴盒，从一辆刚刚进站的电车上跳下来，"我可有半年没见着你啦。"

李薇比我大四岁，她爸爸过去是我们家老爷子的顶头上司，听说最近她结婚了。

"你忙啊。"我说。

"我真的忙。"

"我也没说你假忙啊。"

"你真贫。"她笑起来，"结婚能花几天呀，前前后后，也就是一个星期。我天天晚上得去演出，一散场就半夜啦……"

我挺爱看李薇的笑。她笑起来主要是眼睛好看。她一笑，眼睛就亮。她还特爱在我面前笑。"卢森，我可真爱听你胡说八道！"她笑出眼泪以后，总爱说这么一句。她考上音乐学院之前，老到我们家来玩儿。我妈妈有一把特棒的意大利小提琴，是我外公传给她的。"阿姨，拉您这把琴可真过瘾。"她也总爱说这么一句。老太太说过，几乎想认她做干女儿了，还想把小提琴送给她。可后来怕我姨和我舅舅不高兴，只好算了。每次到我家，她肯定要求老太太拿出那把提琴给她拉一拉。我才不管什么梅纽因不梅纽因呢，我只是觉得她拉得好，拉得挺棒，好几回听得我莫名其妙地流下了泪水，那时候我才十五六岁。我挺盼着老太太认她做干女儿，甚至觉得我哥要是和她结婚才合适呢。当然这都是傻小子的想法，现在才明白，这真是个混账念头，她要是真嫁给我哥，算是把她给糟蹋啦。

"怎么，又是去演出吗？"我指了指她手里的提琴盒。如果在以前，我应该叫她"李薇姐姐"的。不知为什么，半年不见，有点儿叫不出口了。

"演出。"她点了点头。

"在哪儿？"

"那边儿。"

"青艺剧场？"

她摇头。

"哦，儿童剧场。"

她又摇头，微微笑了。

那边儿不再有什么剧场了呀。

"东、单、菜、市、场!"一字一字地说完,她还是微微笑着看我,像是等着听我说些什么。

"别瞎说了。"我举手揉了揉鼻子,"我倒听说过对牛弹琴能让它们长膘,可我还没听说过给冻鱼冻肉来一段儿也长膘呢。"

"你还是那么逗。"她扑哧乐了,"人家菜市场办的音乐茶座。"

音乐茶座我知道,这一夏天,北京的音乐茶座都他妈臭街了。可菜市场也开起茶座来,这还是头一回听说。

"卖多少钱一张票?"

"五块吧。"

"疯了,真他娘的疯了。"我说,"不知道火葬场、骨灰堂办不办音乐茶座。"

"你就胡说八道吧!"

"嘿,那也保不齐,这年头儿什么邪事没有哇!就说火葬场吧,前几天我从八宝山路过,你知道往火葬场去的路口上立着一块什么标语牌?……"

"什么?"

"'有计划地控制人口'。"

李薇一边弯着腰笑,一边掏手绢,大概又笑出眼泪来了。

"唉,我怎么也想象不出来,和一扇一扇的冻牛冻羊冻猪、一个一个大猪头一块儿听《多瑙河圆舞曲》是什么滋味儿。再说,那地面上黑乎乎、油腻腻的,跳舞,脚板儿下面还不得拉黏儿呀?"

"没你说的这么惨啊。不信你也去看看。我带你进去,反正不用花钱。"

其实我已经饿了。肚子里装的净是烂葱,换谁也受不了。可我还真想跟着去见识见识,那乐子比起在体育场看抽彩来,说不定也不相上下呢。

一起朝前走的时候,我心里忽然觉得有点儿不是滋味儿。

"我可没想到你会来这儿演出。"我扭脸儿瞟了李薇一眼,她那昂头挺胸走路的姿态,吸引了不少来往行人的注意,"我一直以为,给茶座儿演出的,都是那些玩儿票的家伙。"

"可我们，堂堂的大乐团，失身份，是吗？"

"……有点儿。"

"算了算了，我们有什么身份？演员，也就是听起来唬人。要不，就是这身衣服，这个琴盒，走大街上挺招人。我们那五六十块钱工资，还不够个体户们一天挣的。"

"别哭穷啦，我不跟你借钱。"我知道她爸爸挣得一点儿也不比我们家老爷子少，再说，她那位公公还是将军呢，"至少，你还没惨到这一步，为了东单菜市场的几块钱外快，每天熬到半夜。"

她看了我一眼，笑了笑，没再说什么。

"我要是跟你细说，也没意思。你们男人才没心思听那些家长里短呢。"又往前走了一会儿，她突然站住了，"这么跟你说吧，有钱人的家里，不见得人人都有钱，更不见得人人都乐意去花那份儿钱。明白了？"

我没话说了。

看来，活得窝囊的，绝不仅仅是我一个。

东单菜市场里，已经够热闹的了。

我来这儿的次数不多，只记得春节时被派来买过一次笋干，大概是那时候在脚板子底下留下了一个黏糊糊的印象。这次却发现，在这儿办音乐茶座并不像我想象的那么糟，至少猪头猪脚都老老实实地缩到一块大苫布底下去了。脚底下的感觉当然跟人民大会堂没法儿比，倒也没有"拉黏儿"。头顶上挂着一串串彩灯，音箱里还放着基蒂尔比的那支《在波斯市场上》。"这曲子搁这儿放还真他娘的正合适。"我想。围着菜市场中央那个卖鱼卖虾的"回"字形瓷砖池子，摆了一圈一圈的圆桌，圆桌上还铺了塑料台布。不少桌子已经坐满了，大多是一对儿一对儿的，也有哥儿几个、姐儿几个一起来的。来这儿的人可真敢花钱，他们比赛似的往自己的桌上端啤酒、汽水、"可口可乐"和冷盘。奇怪的是，麦克风前面的一溜桌子，按说是最好的位置了，现在却只是稀稀落落地坐了一两个人，有的桌子干脆空着。这让人想起有时候剧场里留出的"首长席"。

"这是包座儿，"李薇说，"你就在这儿随便坐吧，他们不会每天都来的。"

我走到一张没人的桌子前，拉出椅子坐下。不知怎么了，周围的男男女女好像挨着个儿扭过脸来看我。过了一会儿我终于明白，原来他娘的把我也当成“包座儿”的阔主儿啦。

“包一个月至少得一百多。”一个小妞儿在悄悄嘀咕。

“哪儿打得住啊！你算吧，一天五块，三十天就是一百五。”另一个小妞儿的声音。

“得了得了，别外行了，包座儿就便宜多啦！”陪她们来的一个小哥们儿显然腻烦这个话题。

“烧包！再便宜管蛋用！能天天来吗？包子有馅儿不在褶儿上！”另一个小哥们儿简直有点儿怒气冲冲了。

“那劲头儿就是不一样。甭管早晚，来了就得有人家的座儿，还得是正儿八经的好座儿。看，又来了一对儿。看人家！看人家！……”

“就是！人家可不像咱们这么受罪：头没梳完，脸没洗完，就催得像是火上房了——‘快他妈走哇，去晚了可没座儿啦！’……”

像是成心要拱那两个小哥们儿的火儿，两个小妞儿你一言，我一语，最后搂到一块儿，哧哧地笑起来。

你要是以为我还挺乐意坐在这儿充“大料豆”，那可错了。口袋里有个十块八块的嘛，倒还差不多。到小卖部那边端个冷盘，拎瓶啤酒过来，也可以人五人六地装装洋蒜。可我他娘的镚子儿没有哇！更让人受不了的是，没过一会儿，我的桌前来了一个小妞儿。这小妞儿长得倒一般，不过，她的发型得把全场的妞儿们都给镇个一溜跟头。我也说不出这叫什么发型，只见那乌黑油亮的头发打着旋儿，一耸一耸就上去了，到了顶儿上，又像无数曲曲弯弯的溪水，“哗”地流下来。如果她穿的不是兔毛套裙，而是露膀子的晚礼服的话，我敢说，那模样和普希金的老婆差不离。我家有本《普希金传》，书我没看过，普希金老婆的照片，我可仔细琢磨过。我倒不觉得她美在哪儿，不过，她也是，那头发闹得人糊里糊涂的。这位小妞儿走到桌前，看了我一眼，就在我的对面拉出了两把椅子。然后她又到小卖部去了，来来回回好几趟，烧鸡、酱牛肉、松花蛋、啤酒、汽水……摆了一桌。她坐下来，把小挎包“啪”地甩到另一张椅子上，像是完成了一件多么艰巨的任务。她倒了一杯“可口可乐”，慢慢地喝起来。看那样子，她在等她的爷们儿。

这简直是到我鼻子底下寒碜我来啦！

我扭过身子，把臂弯儿搭在桌沿儿上，手指头随着音箱里正放的《轻骑兵序曲》一弹一弹的。我故意不看她，可他娘的肚子和腮帮子不争气呀。肚子咕噜咕噜地叫起来，腮帮子也开始流口水。越是怕它叫，它还越叫，越是想着别咽口水，口水还越是往外流。我后悔透了，干吗偏听了李薇的，坐在这么个倒霉地方。早知这样，缩到哪个旮旯儿待着不好？

"卢森！"李薇一手提着她的提琴，一手端了杯橘子水，兴冲冲地给我送了过来，"喝吧，这是给演员预备的。喝完了自己去打，就是那个白搪瓷桶。"

她倒大大方方，没事儿似的。我知道自己的脸肯定红了。接过橘子水，偷偷瞥了对面那个小妞儿一眼。她也正斜着眼睛瞟我，抿嘴儿乐呢，我他娘的就差没晕过去了。

九

乐队奏起轻松的小曲子。《小夜曲》啦，《睡美人》啦，包座儿的人三三两两地来了。

人哪，有钱的和没钱的就是不一样，钱多的和钱少的又不一个样儿。这帮包座儿的小子们就跟成心要抖这份儿威风似的，磨磨蹭蹭到这个时候才露脸儿。看他们那派头儿，说他们"气焰嚣张"一点儿也不冤枉。穿西服的、穿猎装的，旁若无人，目不斜视，胳膊上挎的小妞儿一个比一个水灵。一进场，跟那些早到的"包座儿"们"哥们儿姐们儿"地招呼一通儿，嘻嘻哈哈，逗闷子起哄。这儿好像成了为他们开的专场晚会。

"噢——"他们突然异口同声地欢呼起来。

原来是一个穿着雪白曳地纱裙的小妞儿出来演唱了。

"来个甜的！"

"来个香的！"

"来个软的！"

"来个嫩的！"

"包座儿"们较着劲儿地吆喝。临时买票入场的人们也跟着"嗷嗷"、鼓掌、吹口哨。不跟着折腾折腾，大概觉得对不起那五块钱。

我要是那个唱歌的，早他娘的把麦克风当手榴弹扔出去啦。

"抽风！"旁边的桌上，刚才怒气冲冲骂"烧包"的小哥们儿，又赌起气来。

"要的就是这个劲儿！你还戳不住这个份儿呢！"看来他的小妞儿今晚成心跟他过不去。

"有什么用啊！有什么用啊！"另一个小哥们儿替老爷们儿帮腔。

"图个痛快！平常老是'瞧一瞧，看一看'，这三孙子还没当够啊？有钱了，就得拔个'头份儿'！像你们?!"

"像我们怎么了？"

"顶没起色的就是你们啦！"

两个小妞儿又搂到一块儿，哧哧笑了个够。

两个小哥们儿屁也没再放一个，又蔫头耷脑地喝他们的去了。

"《美酒加咖啡》！唱《美酒加咖啡》！"

"《橄榄树》！《橄榄树》！"

……

"包座儿"们吃喝得更上劲了。

我真为这个唱歌的小妞儿难受，当然也包括坐在那儿"锯"着小提琴的李薇。在他娘的这么讨厌的吃喝声、口哨声里，还得强作笑脸——"谢谢。谢谢。"这跟卖唱也差不了多少。那个小妞把话筒摘了下来，攥在手里，故作潇洒地迈着碎步，娇声娇气地唱起了那支顶顶没劲的《美酒加咖啡》。我没想到，她怎么还能装出一副自得其乐的样子。她把麦克风凑到嘴边，唱得寻死觅活。我却觉得她更像是一边溜溜达达，一边啃着一块烤白薯。

不过，我比他们也强不到哪儿去。我为他们难受——还不知道谁为我难受哪。

你想吧，咱们好歹也算个爷们儿，端着一杯"蹭"来的橘子水，一点儿一点儿地在同桌那个小妞儿的眼皮子底下抿着。不端起杯子抿两口吧，总觉得自己像个木头木脑的"傻帽儿"，可还不敢动真的，真喝光了它，再跑到那个白搪瓷桶前接，没完没了地白喝，让她看见了，我的

"出息"就更大啦。

不知怎么了，越是不愿意在这小妞儿面前出丑，就越是不由自主地想端起杯子来抿。抿得再少，也架不住一次接一次。没多长时间，杯子就见底儿了。我还不能拔腿就走——李薇正在那儿伴奏，我倒不讲究打招呼告别这一套，可我得从她那儿拿几毛钱。现在，乘公共汽车的高峰已经过去了，连蹭车的机会都耽误了。

"您不喝点儿别的吗?""普希金的老婆"看着我，微微笑着，漫不经心地挪了挪面前的啤酒瓶。

"我只爱喝橘子水。"我翻了翻眼皮，又向她龇了龇牙，"再说，我也该走了。"

我为自己直到这会儿还充"大料豆"感到好笑。其实，我猜这小妞儿早把我的尴尬样儿看够了。想来也真惨，甭管怎么说，今天上午我还能在"紫茄子""瓦刀脸"面前镇唬一气呢，现在，连他娘的一个小妞儿都可以出来可怜我啦!

"噢——"不知为了什么，"包座儿"们又哄了起来。

这帮小子这股子臭狂劲儿，从一开始就拱得我心头一阵儿一阵儿冒火。我得承认，这多半是因为他们叫我越发觉得自己活得太惨了点儿的缘故。你想吧，今儿这一整天，为了去弄那八十块钱，我可就差没吐血了。也不知道这帮小子那钱都怎么挣的，好像全他娘的遍地捡来的一样。八十块钱，还不够他们在这儿订一个座儿的哪。搁谁身上也得憋一肚子气。不过，好像我也生不起这份儿气。人家有钱，人家愿花。人家拿钱打水漂儿，你管得着？再说，隔桌那个小妞儿说的倒是这么回事儿，这帮"倒儿爷""板儿爷"们活得也不易，就甭说今儿得哈着工商检查员，明儿得拍着卫生检查员了，对哪个买主儿不得龇龇牙呀？也就剩这么个地方能耗耗财、拔拔份儿啦。他们需要这么一溜包座儿，我呢，需要八十块钱，往老爷子面前一拍。说实在的，这心劲儿大概还都差不多呢。

可他们到底还是有这份儿钱，订得起这个座儿，到底还是有这么个地方显显他们活得那么带劲儿。我呢，比起他们，确实惨了去啦!

……

李薇仍然坐在乐队席上，扛着她的提琴，没完没了地"锯"着。

这时候，对面小妞儿等了好半天的爷们儿来了。

我可万万没想到，来的是他娘的"盖儿爷"！

"卢森！"

"蔡新宝！"

他没叫我"髦毛儿"，我也没叫他"盖儿爷"。要是在两年前，我们早一个比一个上劲儿地叫起外号了。不过，人家现在也确实不能说是"盖儿爷"了。他穿着一身深灰色的西装，领带嘛，俗一点儿，屎黄色儿的，上面还绣着一条花里胡哨的龙。可他的脑袋是真争气了—— 一丝不乱的偏分头。

"这可太巧啦！""盖儿爷"惊讶地看了看他的小妞儿，又看了看我。他还是老毛病—— 一说话就挤眼睛，"陆小梅，这就是我老跟你提的，我们班的小文豪卢森啊！他爸爸是报社的副总编，就是那个叫……叫宋为的。前天报上还登了他爸爸的名儿了哪！"

他的嗓门儿可真大，像是恨不能让全场都知道。

"哦——"小妞儿抿嘴儿笑，冲我点头。一看那神情我就知道，"盖儿爷"这小子没少在人家面前瞎吹，从我吹到我们家老爷子。

其实，我们家老爷子那些文章，他大概一篇也没看过。甚至连那篇拿"馄饨侯"开刀，几乎惹翻了全班同学的《"师道"小议》，说不定他也没看过。当然，即使他看了，也跟着一块儿把我"臭"个够，完了也碍不着他跟人家继续吹牛，说他跟报社总编宋为的儿子在一个班，混得还挺哥们儿。

有他这种毛病的人，在我们班还有好几个。这倒都不愧是"馄饨侯"的学生。不过，即便是今天，我也不觉得他们惹人讨厌。并不是因为我还拿他娘的这个"儿子"当回事儿，而是因为我知道，他们吹吹牛，也就是为了在别人面前挺挺腰杆儿就是啦。

比如这位"盖儿爷"蔡新宝，听人说，他老爹犯过什么事儿，给发配到大西北去了。他妈跟他爸离了婚，又改了嫁，很小就把他扔给了他爷爷。他爷爷是个老剃头匠。蔡新宝的脑袋当然是从来不进理发店的，他的发型就永远是老剃头匠给剃的"盖儿头"了。直到高中二年级，蔡新宝圆溜溜的脑瓜子上，还像是扣着一个黑漆漆的锅盖。光这个脑袋就不知招来那些女生多少嘀嘀咕咕、嘻嘻哈哈了。蔡新宝还整个儿一个傻乎乎。有一回他甚至不自量力，给班里的一个妞儿写了封情书。那个妞儿挨了奸似的把情书撕得粉粉碎，"瞧丫挺的那个'盖儿'！"听说她还对别的妞儿骂了起来。大概蔡新宝这才发现，自己整个儿让这个"盖儿"给糟蹋啦。从这以后，他留起了分头。可"盖儿爷"的外号，是无论如何也抹不掉了。

在同学们眼里，特别是在那些妞儿的眼里，我的运道和"盖儿爷"正相反。原因嘛，不说谁都知道。倒也不光因为我的鬈毛。说实话，能让小妞儿们多瞥两眼，倒是挺开心的事。可有时候我能凭直觉感到，她们净他娘的故意把我和"盖儿爷"摆一块儿，拿人家穷开心。有一次我和"盖儿爷"一起打乒乓球，那帮妞儿不知咬着耳朵说了些什么，看看我，看看他，捂着肚子，笑个没完。这可太他妈不把人当人啦！我就是打这儿开始，死看不上我们班那些妞儿。大概这也是我和"盖儿爷"后来混得确实挺哥们儿的原因。

"嘿，别干看着，给我哥们儿拿双筷子去呀！"

看得出来，"盖儿爷"见了我格外高兴，一会儿吩咐他的小妞儿去添酒菜，一会儿又让她给点烟，支使得她团团转。

"哥们儿，没想到能在这儿碰上你。真有缘啊！""盖儿爷"举起了啤酒杯。

"你是不是搬家了？怎么在柳家铺北里总没见着你？"

"唔。搬东单这儿来了。三间换两间。"

"铺面房？噢，你开买卖了？发财了吧？"

"发什么财呀！"他点着一支烟，笑了笑，"喝呀，完了自己倒。先当了一年'倒儿爷'，弄点儿钱开了个理发铺子。凭手艺吃饭呗。'丽美发廊'。不远。出门儿奔南，再向西拐。"

"哦——"我怎么就忘了，这是人家的家传啊，难怪他那个妞儿往这儿一坐，那发型就镇了一片，"行。有你爷爷给你坐镇，你就干吧，现在这比他娘的'倒儿爷'，还来钱哪！"

他瞥了我一眼，一下一下地点头。他好像有点儿什么事想告诉我，话到了嘴边，却又咽了回去。拿过一只空碗扣在桌上，专心地把烟灰往碗底上蹭着。

"嘿，瞧我，刚才就想问你，一打岔儿，就忘啦。"他忽然抬起头，看着我，眼睛又开始挤上了，"一见你，我差点儿以为自己看错人了。说实在的，我这心里还在纳闷儿着哪。你跑这儿干什么来了？这儿，不是你来的地方啊！"

"那哪儿是我去的地方？"

"你要想玩儿玩儿，哪儿不能去啊。人民大会堂，民族饭店。让老爷子给弄张票，还不是一个电话的事儿？那才是你们去的地界儿哪。可你……明跟你说吧，来这儿找找乐子的，全是咱这号的。但凡有点儿权、有点儿势的人就不来这儿，人都嫌这儿丢份儿！你可是邪门儿的一个！"

"盖儿爷"到底还是"盖儿爷"。直到现在，他还死心塌地在我面前认尿。我没理他，不言不语地在一边儿剥鸡蛋，闷头闷脑地喝酒。这时候，他的小妞儿被另外一桌上的熟人叫走了。

"既然问到这儿了，我也正好有件事儿，不知你能不能帮上忙。"我说。

"求我？"他的眼睛挤得更凶了。

"是啊。"

"什么事？"

"帮咱找个路子。咱也想挣俩钱儿。"

"你……该不是，该不是成心骂我吧？"他疑惑地盯着我，老半天没言声，终于忍不住嘿嘿笑起来，"你用得着求我找路子？你们家老爷子什么路子没有哇！……再说，你挣什么钱！老爷子还养不活你？再吃一年闲饭，明年考上个大学，一辈子都齐啦！你还要出来挣钱？求我？别逗啦！……"

"我可是正正经经跟你说的。"

他不笑了。

"这么跟你说吧，"我咽了咽唾沫，抬头看了看还在那儿"锯"琴的李薇，"老爷子有钱，不见得我也有钱，更不见得我乐意去花那份儿钱。老爷子有路子，也不见得我乐意去走那条路子。明白了？"

"什么什么什么?"

我又说了一遍。

"不明白。"他挤了好几下眼睛,想了半天,还是苦笑着摇头,"老爷子有钱,你干吗不花?有路子,你干吗不走?我这一辈子,还就恨没赶上你那么一个老爷子哪。"

要跟这小子说通这件事可真他娘的费劲!

"再说明白点儿,我跟老爷子闹翻啦。"

"嗨,再闹翻,他也是你老爷子不是?""盖儿爷"满不在乎地一摆手,"来来来,喝酒喝酒。这下儿我倒明白点儿了。是不是跟老爷子闹翻了,又等着钱花?"

"差不离儿。"

"这好办。"他一招手,从西服里面的胸兜里摸出一沓票子来,拍在桌上,"这一百,拿着!够不够?要不再来一百?不管怎么说,咱哥们儿也不能让你到店里当伙计呀。那可太不地道了。再说,你也不是干活儿的材料啊!"

"你还是把钱收起来吧。"我说,"白花你的钱,我可不干。"

"我说'鬈毛儿',你他娘的怎么这么'轴'啊?这不就是互相帮忙嘛!你还能跟老爷子掰一辈子了?指不定哪天,我还得求着你,指望你们老爷子给咱们撑撑腰呢!"

"那你还甭指望。这么说,你更得把这钱收回去啦。"

"盖儿爷"挺起腰,靠到椅背上,举起交叉的双掌,向上画了一个弧,把双掌扣在后脑勺儿上,臂弯儿像两只三角形的翅膀,随着音乐声一扇一扇。

"我就缺八十块钱。你能帮忙找点活儿,我自己挣。没活儿,就算了。"

"你过去不这样。"他迷迷瞪瞪地看着我,像看一个怪物。

他又点着了一支烟,一言不发地抽着。他拱起嘴,舌尖在嘴唇中间像蛇芯子似的一闪一闪,青烟一缕一缕地飘出来。他还时不时抬起眼皮瞟我一眼。这小子还真挺仗义,他一定在想着能让我干点儿什么,好让我收下他的钱。

"你的头发可真不赖。"冷不丁儿的,他来了这么一句。

"怎么，要我给你那个发廊当模特儿去？"这倒也他娘的算个活儿。不过，话一出口，我心里已经有点儿不是滋味儿了。

"哪能让你受这委屈呀！"他笑了起来，又想了想，说，"这么得了，一百块钱，你先拿去，算我帮了你个忙。你呢，也不白要，也帮我一点儿忙，行不？"

"行啊。什么活儿？"

"有个地方，还非得找个人替我去一趟不可。你要是能去，那可太好啦！"

"什么地方？"

"正好，你的头发也该理理了，明儿就去我爷爷那个剃头铺理一回吧。回来跟我说说老头儿怎么样了。别让他知道是我让你去的就成。"

"怎么……你爷爷的剃头铺？"

"老头儿没跟我住一块儿。落实私房，辘轳把儿胡同口上的那间小破房还他了。他回那儿开他的铺子去了。"

"这干吗？爷儿俩还开了两个店？"

"没法儿说！""盖儿爷"苦笑着摇摇头，"按说老爷子这一辈子也不容易，我把他养起来不齐了？可他非要干呀！让他跟我一块儿干吧，也不行，老得听他的。他就会剃三毛钱一位的大秃瓢儿，四毛钱一位的小平头儿，女活儿一点儿不会，还充内行。这还赚钱哪？连粥都喝不上！"

没想到这小子跟他爷爷也闹得这么僵，各开各的店不说，连去照一面的胆儿都没有了。不过，他是得找个人去看看。他是他爷爷带大的。

"好吧，我去。"我说，"光干这点儿活儿可赚不来一百块，还要干点儿什么？"

"你回来再说吧。"他不以为意地摆摆手。

"你爷爷不会把我也推成个'盖儿爷'吧？"我胡噜胡噜自己的脑袋，嘻嘻笑起来。

"那倒不至于，你又不是小孩儿。""盖儿爷"也乐了，"老头子手艺还是挺棒的。再说，哪儿不满意了，我的'丽美发廊'，还给你'保修'哪。"

"你刚才说的，那剃头铺子在哪儿?"

他告诉我，在辘轳把儿胡同1号。

"你顺着老头子点儿。夸夸他的手艺。用好话填他几句。""盖儿爷"一边使劲儿挤着眼睛，一边想着还有什么可叮嘱的。看得出，他有点儿不放心，可又不太好意思吩咐得过多，"记着，千万别把我'卖'出去就行啦!"

……

十

说真的，我挺感激这位"盖儿爷"。

也就是遇见了他，我才张得开口求他帮这个忙。要是他也和别的"包座儿"们一样，吆三喝四地臭狂，我才不能跌这个份儿呢。话又说回来，也就是他，才又掏钱又装着哄我，换个别人，就我这副"大爷"劲儿，还想找挣钱的门道哪，玩儿蛋去吧。我得承认，"盖儿爷"哄得我挺舒坦，接下他这一百块钱，还不让人觉得丢份儿。"你跑这儿干什么来了? 这儿，不是你来的地方啊。""求我? 你该……该不是骂我吧?""哪能让你受这委屈呀!"……回家的路上，我不止一次想到他那可怜巴巴的模样，忍不住想笑。

可是，我仍然觉得心里的什么地方总有点儿别扭，好像丢了件什么重要的东西，却又想不起来，没着没落的。其实什么也没丢。一百块钱揣得好好的，就连那本捡来的《希特勒和爱娃》，也还装在裤兜儿里。渐渐地我才明白，这别扭劲儿说不定也正是"盖儿爷"那副呆头呆脑、可怜巴巴的模样儿招来的。这模样儿一下子使我想起他在柳家铺中学时的倒霉样儿。有一次，我给他一张人民大会堂春节联欢晚会的票，他足足美了一天。而如今，不管他怎么继续在我面前认尿，不管他怎么用"互相帮忙"来哄我，我他娘的也明摆着成了这小子花一百块钱雇来的"小厮"啦。

我一点儿也不怀疑"盖儿爷"对我的真诚，他连半点盛气凌人、志得意满的神色都没露。可事情就是这么一回事。我还没傻到连这个火候都看不出来。还真的让我哥说着了，从小爹妈给了这么一张脸皮，想到自己怎么就成了个"打短工"的，而且还是给"盖儿爷"打"短工"，心里还真他娘的不是味儿呢。

这把我弄到了钱以后心里升起的那一点点得意冲得一干二净。

回到了家，老爷子正在客厅里看报纸，这倒是把八十块钱拍还他的机会。可我哪儿还有这份心思。我一声没吭，进了自己的房间。我把钱扔进了抽屉里。

第二天早上，我还是到辘轳把儿胡同去了。

不知是昨天夜里还是今天清晨下过一场雨，现在天空还是灰蒙蒙的，太阳被融化成惨白惨白的一片，路面湿漉漉。行道树下，落着薄薄一层枯黄的叶子。

那家剃头铺子就在珠市口大街拐进辘轳把儿胡同的把角儿处。按照"盖儿爷"说的路线，坐20路汽车在珠市口下车，沿大街照直走，果然一眼就可以看见胡同口上那两间窗玻璃、门玻璃上写满了"理发"红漆大字的小破房了。窗台下，戳着一只孤零零的煤球炉子，半死不活的样子，看不出是不是还生着。暗红色的小门歪歪扭扭，我琢磨着它一开一关时，整间屋子都得颤悠。门把手周围黑乎乎一层油垢，刮下来称称，不够二两，我死去。要是以前，让我钻进这儿来理发，您宰了我得啦！

走到门口，我犹豫了一下。因为我听见里面怎么还有人唱戏。

> ……
> 将酒宴摆置在聚义厅上，
> 我与同众贤弟叙一叙衷肠。
> 窦尔敦在绿林谁不尊仰？
> 河间府为寨主除暴安良。
> 黄三太老匹夫自夸自量，
> 指金镖借银两压豪强……

我对京戏一窍不通。不过，我们家老爷子爱听，所以我也还能听懂几句。特别是听他唱"窦尔敦""黄三太"什么的，跑不了是《连环套》

鬈毛

《盗御马》呗。从半敞的小门往里看去，屋里很暗，中间摆着一把也不知哪个朝代的理发椅子。这椅子全是木料，敦敦实实，大概使到猴年马月也还是这副样子。椅子旁站着一个驼了背的老头儿。这老头儿又矮又瘦，眼睛眍䁖了，腮帮子也瘪了，身上挂着一条皱巴巴油腻腻的白围裙。没错儿，这肯定就是"盖儿爷"他爷爷啦。戏不是他唱的。他拿了块抹布，没完没了地在理发椅子的前前后后擦来抹去。唱戏的人在窗户底下坐着，从外面只能看见一个剃得油光光的大秃瓢儿在得意扬扬地晃着。屋里指不定哪个旮旯里还坐着另一位，因为当"秃瓢儿"唱完了以后，另外还有一个声音和剃头匠你一言、我一语地捧起场来。

"够味儿啊。"剃头匠的瘪腮帮子吧唧了两下，跟真的把这点儿"味儿"咂摸进去了似的。

"老喽！没底气喽！""秃瓢儿"还挺谦虚。

"您客气！"声音里夹着咕噜咕噜的痰声。就凭这，那一位恐怕也是七十岁都打不住的主儿，"谁不知道你们辘轳把儿胡同的'双绝'呀，一是蔡大哥的剃头手艺，一是您忠祥大哥的二黄。今儿我算没白来。头也剃了，唱也听了，'双绝'，全啦……"

"您可别这么说。我这两嗓子，跟蔡师傅可没法儿比。我这是玩儿票，人家是正经的手艺！"

"手艺？"剃头匠"哼"了一声。他继续拎着抹布，找他的椅子缝儿，"您就别提什么'手艺'啦。也就是你们老哥儿几个拿我当回事儿。去别处，没人给你们掏耳朵底子、剪鼻毛呀……"

老头儿们一起"咯咯"地笑了。

我拉开门。剃头匠上下打量了我一眼，说了声"来啦"，又打量了我一通儿。他不再看我，和老头儿们交换了一道疑惑的目光，他们又接着聊起来。

"我看，您就别为您的手艺生气啦。"那位叫"忠祥大哥"的红脸老头儿一副乐呵呵的开通样儿，"再说，我可听文化站的人说了，明年正月，要在地坛开庙会了。白塔寺的'茶汤李'都预备好他的大铜壶啦。您就预备着您的剃头挑子吧，说不定还请您出山哪！……"

"别逗了。没人请我！茶汤儿有人喝，大串儿的糖葫芦有人吃。这年头儿，谁还上庙会剃头去?"

"不管怎么说，您还时不时有个仨亲的、俩近的，就认您这一路手艺，非得求您给剃剃不可呢。我的手艺呢? 我的手艺哪儿使去? 这会儿，北京还有抬棺材出殡的吗?"

敢情这位"忠祥大哥"是抬棺材的!

"实话，实话。"一说话就痰喘的老头儿坐在一个小板凳儿上，背靠着一根立柱，立柱上挂着两条油亮油亮的蹭刀布。他脸上的肉耷拉着，脑袋呢，一样的锃亮，"您不是够花了吗? 孙子也给钱不是? 您就拿您的手艺当个玩意儿得啦。有老哥们儿来了，剃一个。剃完了，扯扯淡，听一段儿，乐和乐和，还落个闲在呢!"

"对对对，闲在我可不怕。待着谁还有个够呀?"剃头匠无可奈何地点点头。他悄没声儿地收拾了一会儿推子剪子，又看了我一眼，嘟嘟囔囔地说:"可有的事儿也真让人看着有气。您说，我那孙子，弄了个门面，摆上两瓶冷烫水儿，贴上一张美人头，就开上什么'发廊'了。他那两下子，别人不知道，我还不知道吗? 也邪了门儿了，这人还上赶着奔他那儿去。烫个脑袋您猜他要多少? 十二块! 好嘛，我剃了一辈子头了，打死我也不敢这么干呀!"

老头儿们又"嘎嘎"地笑起来。

在一旁听听他们闲扯，倒也挺开心。所以，我才不打断他们呢。不过"盖儿爷"说得不假，要是每天跟着这位剃头匠当好孙子，给老头儿们掏耳朵、剪鼻毛、剃大秃瓢儿，听他们唱"窦尔敦""黄三太"，那是让人受不了。看来，我要是不来，今天这一上午就是这俩主顾啦。大概平常是没有什么年轻人来坐那把敦敦实实的椅子的，不然，他们怎么根本不拿我当回事，也不问问我是不是要推头。他们一准儿把我当成路过这儿看热闹的啦! 想到这些，老头儿们的笑声里，倒好像更透着一种冷清凄凉的味道了。

我还是不跟他们搭腔。在一旁等着，听着。

"小伙子，不是来剃头的吧?""盖儿爷"他爷爷终于发现我有点儿怪了。

"可不是来剃头的!"

"您? ——"

"我怎么了?"

"哟,慢待了,慢待了!"他慌里慌张地拿过一条白单子,往理发椅子上"啪啪"地抽着。一边把我往椅子上让,一边还是像看什么怪物似的打量我。

"您看我面熟?"

"不不不。来,您往下坐点儿,再往下坐点儿。"他把单子围在我的身前,"您推分头? 大点儿小点儿? ……像您这一辈儿人,到这儿剃头的,可有日子没见啦。嘿嘿,少见就多怪不是?"

我说:"萝卜青菜,各有所爱。您还别老自觉着冷清了。手艺搁在这儿哪。要不,大老远的,怎么就知道了您的铺子? 怎么就奔您来了?"

反正"盖儿爷"也嘱咐了,咱挣着那份儿钱哪,就拣他娘的好听的,足给他招呼吧!

"您听听,您听听! 我骗没骗您?"抬棺材出身的那位"忠祥大哥"先来劲了,"艺不压身! 有认主儿!"

"实话,实话。"那口痰还在另一位的嗓子眼里咕噜着。

"盖儿爷"他爷爷没言语,脸上也没反应。可你得看他捏小梳子的那只手,手背上虽说爬满了青筋,这会儿,手指却像个花旦一样张成了兰花形。右手呢,袖口捋得高高的,胳膊弯儿也举得高高的,悬着腕子捏着那把推子。"嚓嚓嚓嚓嚓……嚓嚓嚓嚓嚓……"他探着脖子,不错眼珠地盯着我的头发梢儿。这姿态就像个大书法家在那儿运腕行笔,作擘窠大书。

"啧啧啧,您瞧,从这镜子里看您这姿势,比看电影还带劲!"我也够坏的,越是这时候,越想成心跟老头儿开逗。

"您过奖。我能多活十年。"老头儿终于绷不住劲儿了,晃了晃脑袋,吧唧了几下嘴,又咧开来,露出一个黑洞,发出呵呵的笑声。

"盖儿爷"算是没找错人,哄哄这老头儿还不跟玩儿似的? 几句好话就把他揉搓得像只脱骨扒鸡了。对我来说,这事儿嘛,干着也还有点儿意思——解闷儿呀。把老头儿逗开了牙,坐这儿就听吧。他从民国三十年怎么从宝坻老家进京当学徒说起,"学来这点子手艺可不易。我住的那地界儿,虱子多得能把人抬起来!"说到他的"剃头挑子",他索性撇下我，回到里屋捣腾了好一会儿，真的把他的剃头挑子给我捣腾出来啦，"不容易呀小伙子，不信您挑挑看，这么沉的一挑儿家伙儿，寒冬天儿，三伏天儿，走街串巷……"我越是时不时给他一句"敢情""没错儿"，哼哼哈哈地顺杆儿爬，他就越上劲，还一点儿也听不出来我在跟他逗。

其实，他这手艺呀，怎么说呢，味儿事儿！至少现在，让他理这个发我罪过受大啦。也不知道是因为他眼神儿不济了呢，还是因为这次总算逮着一个毛儿多点儿的脑袋了，有心理得好一点儿，露一手，反正他抱着我的脑袋，跟他娘的抱着一个象牙球在那儿刻差不多。"嚓嚓嚓"，剪了一茬儿，"嚓嚓嚓"，又剪了一茬儿，东找补一剪子，西找补一剪子，剪得我满脑袋头发楂子。他还有支气管哮喘，呼哧呼哧，我觉得自己的耳朵就跟贴在一个大风箱上一样。

要说我多么腻烦他，那倒没有。我只是觉得好笑。再说，跟老头儿这一通儿穷逗，我还真长了不少嘎七杂八的见识呢。我算是明白为什么老说"剃头挑子一头儿热"了，原来这"一头儿"，是个烧洗头水的小炉子。我又知道了戳在炉子边上的木棍叫"将军杆"，是清兵入关时，"留头不留发，留发不留头"，挂脑袋用的！我还知道了过去来剃头的人都得自个儿端着那个小笸箩，好接剃下来的头发，免得让人踩了，给自己找倒霉……

你还别说，我这个脑袋还真他娘的挺值钱。老头儿抱着它，足足摩挲了半个钟头。他总算把剪子放下来了，又把它按在一盆温水里涮了涮，拿过那只铝壳的大吹风机给我吹风。要说老头儿全是老剃头匠那一套，倒也不对，人家到底有这么一个吹风机呢。"呼——呼——"他那只手在我的头发上将来将去，这手刚刚在水里泡了一会儿，所以手指头像一根根鼓胀的胡萝卜。这使我忽然间想起了在自由市场上见过的那个捏面人儿的老头儿。经他这么三将两将，我真的像一个面人儿似的被"捏"出来啦。"行嘞，您还是少劳这个神吧！"我心里暗暗发笑。他还没罢手，我已经发誓，一出门就得把这脑袋给胡噜了，不然，这也太他娘的像个"傻青儿"啦。

老头儿关上吹风机，解开我胸前的布单子，"啪啪"一抖，歪着脑袋朝镜子里左右端详。看那眼神儿，我还真成了他这辈子捏得最漂亮的一个面人儿。

"怎么样?"他像只缩脖鹦鹉似的把脑袋一抖。

"那还用说吗?您的手艺——誉满全球!"

我可没想到,逗他这么一句,又把麻烦招来啦。

"取取耳吗?"

这意思好像是问我是不是挖挖"耳底子"。这可挺悬——就他那哆哆嗦嗦的样儿,他要是往我的耳膜上捅那么一下子,那我可完了。

"朝阳取耳!"嗓子眼儿里老转着一口痰的老头儿先替他吹了,"小伙子,这还不取?!我可是奔着蔡师傅这一手儿来的。"

"不够交情,我可不敢给您取。您要是上卫生局奏我一本呢?"剃头匠眯起眼睛,笑着对他的老主顾说。

照这意思,老头儿这还算是给我面子呢。得啦,您不就是高兴了,想在我这儿露一手儿吗?也该着我倒霉,谁让我把您那点儿得意劲儿煽起来了呢?取吧。

老头儿把理发椅子挪到窗边,让我坐好,然后,揪着我的耳朵找窗户外面透过来的亮光。敢情就他娘的这么"朝阳取耳"啊!他拿过一把三棱刮刀似的玩意儿,探在我的耳朵眼儿里转来转去。

"哎哟,您这干吗?旋耳朵?"

"傻小子!我得先用铰刀把耳朵里的毛铰净!嘿嘿……"他那黑洞洞的嘴巴里扑出一团热气,喷在我脸上。

先是铰,再是掏,最后用一把毛茸茸的"耳洗子"把耳朵眼儿刷干净。我这耳朵也真他娘的给他作脸,让他掏出了一大堆。两个捧臭脚的老家伙又像欣赏珍珠玛瑙一样,盯着这堆耳屎,"啧啧"了半天。

"瞧您刚才犹犹豫豫的,还不想掏呢!"剃头匠背着手,弓着背,在屋里来回走着。不知这是休息,还是成心等着我们把他的"战果"欣赏个够。

"蔡师傅,有句话不知该问不该问。"那位"忠祥大哥"说,"您年轻那会儿,当然是没有拿不起来的活计了。可这会儿,不知有的活计还干得了干不了……"

"您说的是'放睡'?那是咱的饭辙。"蔡老头儿不当回事儿地笑了笑,"有什么干不了的!您没看我每天都揉搓那两个保定铁球?"

"嘿，那可真够意思了啊！"

"够意思！我也早想问您哪，可看您也呼哧带喘的了，就没敢开口……"

这回的麻烦可不是我招的了，我他娘的连"放睡"是什么都不知道哪，可这麻烦还是落我身上了。其实，拿这俩老头儿中间的任何一位练一练，他都得美得屁颠儿屁颠儿的。瞧他们那个巴望劲儿。可这蔡老头儿大概对我的光临格外高兴，所以他特别问我乐意不乐意"放放睡"。

"敢情！"我也豁出去了，跟他逗闷子逗到底了。我装得和真的一样，"您没问问，我奔什么来了呀！"

"哦？您哪儿疼？"他的眼皮子耷拉下来。

"哪儿都疼。"

他扯过一把小板凳，让我坐了下来。又搬过来一只高点儿的方凳，坐到了我的背后。抬起一只脚蹬在我坐的小板凳上。"靠过来！"话音没落，他已经拉着我靠在他的腿上了。这叫他娘的什么"放睡"呀，就是晃胳膊捏膀子！哎哟哎哟哎哟，这老头儿手劲儿还真大。

"不使点儿劲儿，病能好吗？"老头儿得意一笑，眯起眼睛，像在专心听着我骨节儿的声音。他一会儿揪着我的胳膊没完没了地抡圈儿，一会儿又把这胳膊抓起来，一屈一弹。"小伙子，放心！闪腰岔气，落枕抻筋，包好！"

"好家伙！我还以为您没这气力了哪！"

"现今的大理发馆里，可见不着您这一手儿喽！"

"年轻的干不了哇，您不信问问蔡师傅，他孙子干得了吗？"

"他？他见都没见过！"

……

"怎么样？松快了没有？"

把我浑身上下捏捏捶捶了一大通儿，他总算松开我，站了起来，长长出了一口气。

"松快了！松快了！松快多啦！"

我赶快站了起来，咧着嘴向他点头。我出的那口气一点儿也不比他短。

"谢谢您啦，真是太谢谢您啦！"

"您还别客气！今儿我是高兴了。不是我夸您，这年头，遇上个知好知歹的年轻人还真难得哪……"

没错儿，全北京也没第二个人像我这么"知好知歹"了，心甘情愿把您这点儿"绝活儿"全领教一遍。理了个"傻青儿"脑袋还不说，本来我他娘的哪儿也不疼，让您这么一通儿捶打，骨头架子都差不离儿酥了。不"难得"怎么着！

"您笑什么？"

我真该向他宣布：要不是你们家"盖儿爷"让我来哄哄您，我才不受这份儿洋罪呢！——假如真的来这么一下子，那可太逗了，老头子还不得当场"弯"回去！

当然，我不会真的这么干。甚至连老头儿左瞄右瞄理出的"傻青儿"脑袋，我也没按原来想的给胡噜了。因为我脑子里突然冒出了一个念头儿——我得留着它，让"盖儿爷"看看，他爷爷把咱哥们儿糟蹋成了什么模样儿。

我立刻坐上20路汽车，奔东单去了。

十一

"盖儿爷"那家"丽美发廊"在东单很是显眼。在遇见"盖儿爷"之前，我对它已经有很深的印象了。它在东单路口的西北侧。不知为什么，这一侧的地势比长安街的路面高出一截，所以，常从长安街过的人很容易就发现，这儿昨天刚变出个什么"江苏商店"，今天又多出了一个"金房子"服务中心。"丽美发廊"也属于这突然"多"出的花样儿中的一个。

"发廊"的门面倒不大，顶多也就四五米宽，可装修得还挺洋——门窗框架是一水儿银灰色的铝合金。茶色的大玻璃门两边，是直落地面的玻璃窗。一边，高高低低地摆着粉红色、浅黄色、乳白色……各色各样的冷烫精、护发素、乌发乳、定型水；一边，是使着飞眼儿的、露着膀子的、拧着脖子的……一个比一个"浪"的小妞儿们留着各种发型的照片。透过橱窗和玻璃门，可以发现发廊里面的墙上全是镜子，这使它更添了几分豪华。柔和的灯光，音箱里发出的迷迷瞪瞪的歌声，进进出出的因为漂亮而傲气十足的小妞儿们，时不时飘过来的香味儿……你还别说，我不止一次从这儿走过，有时候想起了西苑饭店新楼的酒吧，有时候想到了电视广告里飘飘悠悠、哆哆嗦嗦地占满画面的披肩发，有时候还勾起了一点儿挺流氓的想入非非。比如它为什么偏叫"发廊"？名称本身似乎就有那么一种莫名其妙的挑逗味儿，就甭说那些小妞儿们的大照片了。就说那些粉红的、浅黄的、奶白的"蜜"们、"霜"们、"露"们，看一眼，好像也和见了妇女用品商店橱窗里那些越做越招人胡思乱想的乳罩们、连裤袜们一样，心里有一种难以形容的感觉呢。不过，我可一次也没想到，这样一家"发廊"会和"盖儿爷"——总是可怜巴巴地挤眼睛的剃头匠的孙子——有什么关系。

临近"丽美发廊"时，我的心情变得很坏，刚才在辘轳把儿胡同和蔡老头儿逗闷子落下的那一点点开心劲儿，早没影儿了。倒不是因为刚才在公共汽车上，这个"傻青儿"脑袋招得好几个小妞儿偷偷地抿嘴儿调脸儿。尽管这也挺让人恼火，可这就跟浑身上下让老头儿捏得骨酥肉麻后的感觉一样，品品这种哭笑不得的滋味儿，也挺有意思。有时候，人是很难解释得清楚自己为什么忽然就烦躁起来的。这回我却知道，和昨天晚上回家时一样，全是因为当了"盖儿爷"的"短工"的缘故。比起昨天来，今天是真的给人家干上了。干的结果，是真的当上了名副其实的"傻青儿"——比当年的"盖儿爷"强不了多少的"傻青儿"。所以，比起昨天来，更他娘的觉出了一种实实在在的屈辱啦。

我推开发廊的茶色玻璃门，"盖儿爷"正在里面忙着。昨天在音乐茶座上见到的那个小妞儿，也穿着一件白大褂，走来走去地忙活。我用手指在玻璃门上弹了几下，他扭过脸，朝我扬了扬手，随后走了出来。

"去过了？"他看着我的脑袋，嘻嘻笑起来，然后有点儿后悔地摇摇头，说，"忘了叮嘱你一句，让老头儿少推点儿，留大点儿呀。现在，底下推得太干净，想找补都难了。"

我说："行了行了老板，用不着您可怜我。不是让我去哄哄老头儿吗？哄完啦，老头儿活得挺好，您就放心吧！"

"卢森，你可真够哥们儿！"他没听出我话里有气，还在嘻嘻笑着，"老头儿提起我了没有？气儿还挺大吧？"

"没气儿啦。我他娘的一个劲儿给他上好听的。他觉得自己的手艺誉满全球，美着哪！"

"对！就是这路子！老头儿我可太清楚了。鬈毛儿，真有你的！"

"行了行了老板，"我苦笑了一声，"您还别夸，我倒要谢谢您呢，什么'朝阳取耳''剃头放睡'的，老头子搂着我的脑袋，像是搂着个宝贝蛋，把那点儿绝活儿全给我用上啦，他还只要我三毛钱，多给他死活不收。咱落个省了钱，还享了福，他娘的福分不浅呢！您哪，还有什么活儿，快吩咐得啦。"

"盖儿爷"的眼睛又开始一挤一挤的了。

"哥们儿，你今儿是怎么了？左一声'老板'，右一声'老板'，叫得人怪难受的。"他迟迟疑疑地看着我，"咱哥们儿可没有花一百块钱雇你干活儿的意思。你要是这么说，可就见外啦。"

倒也是。可我他娘的这火儿都不知道找谁撒去！

"您是没这意思，没这意思。"我说。

好半天，我们俩谁也没说话。

"昨天晚上我就说了，缺钱花，拿去。哥们儿不乘人之危。再说，你也不是干活儿的材料。你不干呀，非拿个要自己挣这份儿钱的架势。说实在的，老同学了，你放得卜架子，我还拉不下这张脸呢，哪儿能真把你当雇来的小工儿使唤！"盖儿爷"把一包"万宝路"凑到嘴边，从里面叼出一支来，眯着眼睛，慢慢地抽着，"咱哥们儿没对不住你的地方呀，可你倒好……"

他越说，我也越觉得自己是有点儿不算个东西了。白送你钱吧，你不干；给你找点儿活儿吧，你又干不来。也真够难为这兔崽子的了。这哪儿是我给人家干活儿哪，纯粹是人家伺候着我哪。

想到这些，心里的火儿倒好像压下去点儿了。

"你他娘的怎么这么多心！我刚才说啦，你没那意思，我也没什么不痛快的。"我一扬手把他嘴里叼的烟摘下来，叼到自己嘴里，"别废话了，派活儿派活儿！"

"你他妈的回家待着去吧，没活儿！"他又嘻嘻地把嘴咧开了。

"那你说，今儿这一趟，值多少吧。剩下的钱，还你！"

"值一百！回家待着去吧！"

"哦，变着法儿'赏'我啊！"我冷笑了，"等着，我回家拿去，钱还没动哪，全还你！"

"我操你姥姥！你丫挺的怎么还这么'轴'啊?!""盖儿爷"一副哭不得、笑不得的模样儿，眉头皱着，眼睛挤着，嘴巴咧着，"我还没受过这份儿罪哪。都说挣钱不容易，谁想到往外扔钱也这么难。比他娘的养活孩子都难！"

他长长地呼出了一口气，又从那包"万宝路"里叼出一支。

"你要是偏要较真儿，那也行。"他看着我，想了想，说，"活儿嘛，还是这个。每月帮我拿一百块钱，上邮局去，寄给老头子。然后，去辘轳把儿胡同理一回发，哄哄他。报酬嘛，每月二十块吧，你再去四次，行不？说定了，你他妈也别老觉得我是成心'赏'你啦！"

我看着他，没说什么。那个小妞儿从发廊里出来，催他回去。他弹了弹烟灰，朝我点点头，把手向天上一扬，做了个告别的手势，匆匆忙忙钻回那间玻璃房子里去了。

我站在"丽美发廊"的门口，老半天没运过气来。逛了半天强，却落下了这么一个结果——合着我成了兔崽子每月给他爷爷送去的那盒点心啦！他还觉得挺照顾我的自尊心了呢！

这盒"点心"当的，我还他娘的一点儿没脾气——再拽着"盖儿爷"，说我干不了吧，他非得以为我得了精神病不可。真的每月就这么去挣"二十块钱"？今天去这么一回，我还只是因为当了"盖儿爷"的"短工"，脸上有点儿挂不住，别的我还没怎么多想。要是真的每月专职就是赔着笑脸，去哄老头子，这就跟"盖儿爷"他们家养的婊子差不了哪儿去啦。

……

我顺着脚下的水泥路，朝公共汽车站的方向走着。

我是一个命里注定的可怜虫。

今天是星期一，街上的人还是这么多。这儿靠近王府井。谁他妈都比我活得滋润。

一个小妞儿，穿着高统小马靴，挎着个亮晶晶的小皮包，小屁股一扭，一扭。一对老夫老妻，一人一根拐棍儿，四只脚板子，在路面上一蹭，一蹭。枯落的杨叶，还夹杂着几片冰棍儿纸，可怜巴巴地蜷在马路牙子下面，挤在树根窝窝儿里，窸窸窣窣地响着。

我助跑了两步，摆出马拉多纳罚点球的姿势，甩开右脚，"啪"，朝一块冰棍儿纸踢去。膝盖抻得生疼，我却只是蹭着了它小小的一个角。"金房子"服务中心门口那个推冰棍儿车的老太太，咧着鲇鱼一样的嘴巴，无声地笑起来。

"你这玩世不恭的态度真让人讨厌！"老爷子如果在边儿上，他又得这么说了。

"森森，你什么时候才能学学你爸爸，认认真真地做人啊！"老太太也少不了当应声虫。

这年头儿，不管活得是不是真的那么庄严、那么伟大、那么认真，大概都得拿出那么一点子认认真真的神气。

其实，依我看，像我们老爷子这样的，倒未必活得认真。别看我这副德行，我比他活得可认真多啦。他娘的甚至太认真了，不然我也不会闹得这么惨。但凡有那么一点儿不认真，我也早他娘的像我哥似的，在老爷子面前装王八蛋啦。至少，我犯不着为八十块钱拍这个胸脯。犯不着拍了胸脯还真的要去争这口气。犯不着非得撕了那张彩票，也犯不着非得买下那张彩票。犯不着在人家"盖儿爷"面前充好汉。当然，也犯不着觉得每月去一次辘轳把儿胡同哄哄老头子有什么不好……

我得承认，顺着这路子想下来，有那么一小会儿，我算是他娘的想开了。折腾了好几天，原来全是我自己跟自己过不去！其实，除了昨天中午在体育场外面吃的那顿烂葱包子以外，我哪天在家里也没少吃。我倒真拿拍了胸脯当回事儿呢，那八十块钱，不给了又怎么着？不要说老爷子不可能追着我要，即使他借着这事开口笑话我，我给他龇龇牙，他又有什么办法！不是说我"玩世不恭"吗？来真的，就这个！"盖儿爷"那一百块钱呢，照拿。不拿白不拿。这小子发的财还少啊？有便宜不占，王八蛋！让我给他爷爷当"点心匣子"？玩儿蛋去！我才不伺候呢！……不是嫌我活得"不认真"吗？这回，我可真的要当一个彻头彻尾、彻里彻外、死皮赖脸的浑蛋啦！

这念头让我舒坦透了，松快透了。我发现我这几天整个儿在干傻事。我甚至奇怪自己干吗要没完没了地算计，那笔钱是拍给老爷子，还是扔还"盖儿爷"。最妙不过的法子是：替我自己也买个放音机呀。想到这些，我有点儿庆幸昨晚没把其中的八十块拍还老爷子了。

回到家，打开我的抽屉，取出了那一百块钱，揣在兜儿里去王府井，我还非买那种放音机不可！哪怕出了百货大楼的门儿就摔成八瓣儿了呢，也出了这几天憋在我心头的这口窝囊气啦。

这可真巧，出楼门的时候，看见了我们家老爷子。

"砰"，他甩上了那辆"皇冠"的车门，抱着一堆文件、材料，朝我这边走来。

想躲开，已经来不及了。

一抬头，他看见了我。

"森森，你妈在家吗？"

这可少见，真是太少见啦。他居然叫起了我的小名儿——森森，他的眼神儿不再像以往那样，斜楞楞地懒得瞥我，反而温柔得像一只老山羊，还没完没了地盯着我。

"森森，别走别走，先回来一下，先回来一下。"他用空出的那只手扳我的肩膀，简直是搂着我回到家里的。

他把我按在那条长沙发上，微笑着从皮包里拿出一小听雀巢咖啡，说这是外宾刚送他的，我要是爱喝，尽管拿去。这可真他娘的让人奇怪透了。他这股子热乎劲儿，总不会只是为了送我一听咖啡吧？想变一变"思想工作"的方法了，怀柔怀柔？我爱答不理地任他在那儿跟我套近乎。我拿起那听咖啡，看那上面的说明。

"你的头发是在哪儿理的？不错。这精神状态就对头啦！"

噢，怪不得他这么热乎，怪不得他老盯着我看，原来是为了我的头发。他以为我这头发是为了他剃的哪。

"其实，你们这一代人本质是好的。"他开始发表"社论"，"……火气嘛，大一点。我也是从年轻的时候过来的，谁没有一点儿火气？没有火气了，还叫年轻人吗？……"

我翻了他一眼，突然想笑。我绷起嘴唇，磕头虫似的点头。我想起

鬈毛 　　　　　　　　　　　　　　　　　　　　　　　　　335

了他在演讲比赛的主席台上点头的样子，我想试试学得像不像。他点头不像一般人那样是"点"头，他"点头"不如说是探着脖子在"招下巴"，一下一下的，显得那么"深思熟虑"。

我这一"点头"，他更来劲儿啦。

"就说你的头发吧。前天批评了你，你还想不通嘛。当然，我也有缺点，态度急躁。不过，火气一下去，你还是能分清是非美丑的嘛，这就证明……"

本来，我只是觉得好笑，这乐趣大概和上午哄那位蔡老头儿时的感觉差不多。可是，看着他这神气活现的劲头儿，我可笑不出来了。这些日子憋在心里的那股火儿，又"呼"地冒起来。

"行啦行啦行啦，您别这儿没完没了啦……"我站起来，到他对面的一个小沙发上坐下，从兜儿里摸出那沓钞票，一张一张地数着。我把八张十元的票子捻成了一个扇形，搁在茶几上，"我可真纳闷儿，您干吗老跟我这头发过不去？您瞧，这是八十块钱，给您搁这儿啦。前天，我已经说过了，往后，脑袋，是我的脑袋；头发，是我的头发。我是梳大辫儿还是剃秃瓢儿，您都免开尊口吧……"

他一声没吭，坐在那儿发呆。

"您呀，整个儿的，'猴吃麻花儿——满拧'！"我胡噜了几下脑袋，笑嘻嘻地说，"我要是一五一十地告诉您，我怎么就剃了这么个脑袋，那得另找工夫，得等我高兴了。反正这么跟您说吧，至少，这和您那些废话没有一点儿关系！"

说完，我就走了。看来，我还是当不了彻头彻尾、彻里彻外、死皮赖脸的浑蛋。

我还是活得太认真。尽管这个世界上说不定只有我一个人这么看。

唉，那么，"盖儿爷"那儿呢？下个月还去不去辘轳把儿胡同1号剃脑袋了？

明儿再说吧。

《北京文学》1986年3期

1934年的逃亡

苏 童

我的父亲也许是个哑巴胎。他的沉默寡言使我家笼罩着一层灰蒙蒙的雾障足有半个世纪，这半个世纪里我出世成长蓬勃衰老。父亲的枫杨树人的精血之气在我身上延续，我也许是个哑巴胎。我也沉默寡言。我属虎，十九岁那年我离家来到都市，回想昔日少年时光，我多么像一只虎崽伏在父亲的屋檐下，通体幽亮发蓝，窥视家中随日月飘浮越飘越浓的雾障，雾障下生活的是我们家族残存的八位亲人。

去年冬天我站在城市的某盏路灯下研究自己的影子。我意识到这将成为一种习惯在我身上滋生蔓延。城市的灯光往往是雪白宁静的。我发现我的影子很蛮横很古怪地在水泥人行道上洇开来，像一片风中芦苇，我当时被影子追踪着，双臂前扑，扶住了那盏高压氖灯的金属灯柱。回头又研究地上的影子，我看见自己在深夜的城市里画下了一个逃亡者的像。

一种与生俱来的惶乱使我抱头逃窜。我像父亲。我一路奔跑经过夜色迷离的城市，父亲的影子在后面呼啸着追踪我，那是一种超于物态的静力的追踪。我懂得，我的那次奔跑是一种逃亡。

我特别注重这类奇特的体验总与回忆有关。我回忆起从前有许多个黄昏，父亲站在我的铁床前，一只手抚摸着我的脸，一只手按在他苍老的脑门上，回过头去凝视地上那个变幻的人影，就这样许多年过去我长到二十六岁。

你们是我的好朋友。我告诉你们了，我是我父亲的儿子，我不叫苏童。我有许多父亲遗传的习惯在城市里展开，就像一面白色丧旗插在你们前面。我喜欢研究自己的影子。去年冬天我和你们一起喝了白酒后打翻一瓶红墨水，在墙上画下了我的八位亲人。我还写了一首诗想夹在少年时代留下的历史书里。那是一首胡言乱语口齿不清的自白诗。诗中幻想了我的家族从前的辉煌岁月，幻想了横亘于这条血脉的黑红灾难线。有许多种开始和结尾交替出现。最后我痛哭失声，我把红墨水拼命地往纸上抹，抹得那首诗无法再辨别字迹。我记得最先的几句写得异常艰难：

> 我的枫杨树老家沉没多年
> 我们逃亡到此
> 便是流浪的黑鱼
> 回归的路途永远迷失

你现在去推开我父亲的家门，只会看见父亲还有我的母亲，我的另外六位亲人不在家。他们还在外面像黑鱼一般涉泥流浪。他们还没有抵达那幢木楼房子。

我父亲喜欢干草。他的身上一年四季散发着醇厚坚实的干草清香。他的皮肤褶皱深处生长那种干草清香。街上人在春秋两季总看见他担着两筐干草从郊外回来，晃晃悠悠逃入我家大门。那些黄褐色松软可爱的干草被码成堆存放在堂屋和我住过的小房间里，父亲经常躺在草堆上面，高声咒骂我的瘦小的母亲。

我无法解释一个人对干草的依恋，正如同无法解释天理人伦。追溯我的血缘，我们家族的故居也许就有过这种干草，我的八位亲人也许都在故居的干草堆上投胎问世，带来这种特殊的记忆。父亲面对干草堆可以把自己变作巫师。他抓起一把干草在夕阳的余晖下凝视着便闻见已故的亲人的气息。

祖母蒋氏、祖父陈宝年、老大狗崽、小女人环子从干草的形象中脱颖而出。

但是我无缘见到那些亲人。我说过父亲也许是个哑巴胎。

当我想知道我们全是人类生育繁衍大链环上的某个环节时，我内心充满甜蜜的忧伤，我想探究我的血流之源，我曾经纠缠着母亲打听先人的故事。但是我母亲不知道，她不是枫杨树乡村的人。她说："你去问他吧，等他喝酒的时候。"我父亲醉酒后异常安静，他往往在醉酒后跟母亲同床。在那样的夜晚父亲的微红的目光悠远而神秘，他伸出胳膊箍住我的母亲，充满酒气的嘴唇贴着我的耳朵，慢慢吐出那些亲人的名字：祖母蒋氏、祖父陈宝年、老大狗崽、小女人环子。他还反反复复地说："一九三四年。你知道吗？"后来他又大声告诉我，一九三四年是个灾年。

一九三四年。

你知道吗？

一九三四年是个灾年。

有一段时间我的历史书上标满了一九三四这个年份。一九三四年迸发出强壮的紫色光芒圈住我的思绪。那是不复存在的遥远的年代，对于我也是一棵古树的年轮，我可以端坐其上，重温一九三四年的人间沧桑。我端坐其上，首先会看见我的祖母蒋氏浮出历史。

蒋氏干瘦细长的双脚钉在一片清冷浑浊的水稻田里一动不动。那是关于初春和农妇的画面。蒋氏满面泥垢，双颧突出，垂下头去听腹中胎儿的声音。她觉得自己像一座荒山，被男人砍伐后种上一棵又一棵儿女树。她听见胎儿的声音仿佛是风吹动她，吹动一座荒山。

在我的枫杨树老家，春日来得很早，原白色的阳光随丘陵地带曲折流淌，一点点地温暖了水田里的一群长工。祖母蒋氏是财东陈文治家独特的女长工。女长工终日泡在陈文治家绵延十几里的水田中，插下了起码一万株稻秧。她时刻感觉到东北坡地黑砖楼的存在，她的后背有一小片被染黑的阳光起伏跌宕。站立在远处黑砖楼上的人影就是陈文治。他从一架日本望远镜里望见了蒋氏。蒋氏在那年初春就穿着红布圆肚兜，后面露出男人般瘦精精的背脊。背脊上有一种持久的温暖的雾霭散起来，远景模糊，陈文治不停地用衣袖擦拭望远镜镜片。女长工动作奇丽，凭借她的长胳膊长腿把秧子天马行空般插，插得赏心悦目。陈文治惊叹于蒋氏的做田功夫，整整一个上午，他都在黑砖楼上窥视蒋氏的一举一动，苍白的刀条脸上漾满了痴迷的神色。正午过后蒋氏绰出水田，她将布褂胡乱披上肩背，手持两把滴水的秧子，在长工群中甩搭甩搭地走，她的红布兜有力地鼓起，即使是在望远镜里，财东陈文治也看出来蒋氏怀孕了。

我祖上的女人都极善生养。一九三四年祖母蒋氏又一次怀孕了。我父亲正渴望出世，而我伏在历史的另一侧洞口朝他们张望。这就是人类的锁链披挂在我身上的形式。

　　我对于枫杨树乡村早年生活的想象中，总是矗立着那座黑砖楼。黑砖楼是否存在并无意义，重要的是它已经成为一种沉默的象征，伴随祖母蒋氏出现，或者说黑砖楼只是祖母蒋氏给我的一块布景，诱发我的瑰丽的想象力。

　　所有见过蒋氏的陈姓遗老都告诉我，她是一个丑女人。她没有那种红布圆肚兜，她没有农妇顶起红布圆肚兜的乳房。

　　祖父陈宝年十八岁娶了蒋家圩这个长脚女人。他们拜天地结亲是在正月初三。枫杨树人聚集在陈家祠堂喝了三大锅猪油赤豆菜粥。陈宝年也围着铁锅喝，在他焦灼难耐的等待中，一顶红竹轿徐徐而来。陈宝年满脸猩红，摔掉粥碗欢呼："陈宝年的鸡巴有地方住啰！"所以祖母蒋氏是在枫杨树人的一阵大笑声中走出红竹轿的。蒋氏也听见了陈宝年的欢呼。陈宝年牵着蒋氏僵硬汗湿的手朝祠堂里走，他发现那个被红布帕蒙住脸的蒋家圩女人高过自己一头，目光下滑最后落在蒋氏的脚上，那双穿绣鞋的脚硕大结实，呈八字形茫然踩踏陈家宗祠。陈宝年心中长出一棵灰暗的狗尾巴草，他在祖宗像前跪拜天地的时候，不时蜷起尖锐的五指，狠掐女人伸给他的手。陈宝年做这事的时候神色平淡，侧耳细听女人的声音。

　　女人只是在喉咙深处发出含糊的呻吟，同时陈宝年从她身上嗅见了一种牲灵的腥味。

　　这是六十年前我的家族史中的一幕，至今犹应回味。传说祖父陈宝年是婚后七日离家去城里谋生的。陈宝年的肩上圈着两匹上好的青竹篾，摇摇晃晃走过黎明时分的枫杨树乡村。一路上他大肆吞咽口袋里那堆煮鸡蛋，直吃到马桥镇上。

　　镇上一群开早市的各色手工匠人看见陈宝年急匆匆赶路，青布长裤大门洞开，露出里面印迹斑斑的花布裤头，一副不要脸的样子。有人喊："陈宝年把你的大门关上。"陈宝年说狗捉老鼠多管闲事大门敞开进出方便。他把鸡蛋壳扔到人家头上，风风火火走过马桥镇。自此马桥镇人提起陈宝年就会重温他留下的民间创作。

闩起门过的七天是昏天黑地的。第七天门打开，婚后的蒋家圩女人站在门口朝枫杨树村子泼了一木盆水。枫杨树女人们随后胡蜂般拥进我家祖屋，围绕蒋氏嗡嗡乱叫。她们看见朝南的窗子被狗日的陈宝年用木板钉死了。我家祖屋阴暗潮湿。蒋氏坐到床沿上，眼睛很亮地睥视众人。她身上的牲灵味道充溢了整座房子。她惧怕谈话，很莽撞地把一件竹器夹在双膝间酝酿干活。女人们看清楚那竹器是陈宝年编的竹老婆，大乳房的竹老婆原来是睡在床角的，蒋氏突然对众人笑了笑，咬住厚嘴唇，从竹老婆头上抽了一根篾条来，越抽越长，竹老婆的脑袋慢慢地颓落掉在地上。蒋氏的十指瘦筋有力，干活麻利，从一开始就给枫杨树人留下了深刻印象。

"你男人是好竹匠。好竹匠肥裤腰，腰里铜板到处掉。"枫杨树的女人都是这样对蒋氏说的。

蒋氏坐在床上回忆陈宝年这个好竹匠。他的手被竹刀磨成竹刀，触摸时她忍着那种割裂的疼痛，她心里想她就是一捆竹篾被陈宝年搬来砍砍弄弄的。枫杨树的狗女人们，你们知不知道陈宝年还是个小仙人会给女人算命？他说枫杨树女人十年后要死光杀绝，他从蒋家圩娶来的女人将是颗灾星照耀枫杨树的历史。

陈宝年没有读过《麻衣神相》。他对女人的相貌有着惊人的尖利的敏感，来源于某种神秘的启示和生活经验。从前他每路遇圆脸肥臀的女人就眼泛红潮穷追不舍，兴尽方归。陈宝年娶亲后的第一夜月光如水泻进我家祖屋，他骑在蒋氏身上俯视她的脸，不停地唉声叹气。他的竹刀手砍伐着蒋氏沉睡的面容。她的高耸的双颧被陈宝年的竹刀手磨出了血丝。

蒋氏总是疼醒，陈宝年的手压在脸上像个沉重的符咒沁入她身心深处。她拼命想把他翻下去，但陈宝年端坐不动，有如巫师渐入魔境。她看见这男人的瞳仁很深，深处一片乱云翻卷成海。男人低沉地对她说：

"你是灾星。"

那七个深夜陈宝年重复着他的预言。

我曾经到过长江下游的旧日竹器城，沿着颓败的老城城墙寻访陈记竹器店的遗址。这个城市如今早已没有竹篾满天满地的清香和丝丝缕缕的乡村气息。我背驮红色帆布包站在城墙的阴影里，目光犹如垂曳而下的野葛藤缠绕着麻石路面和行人。你们白发苍苍的老人，有谁见过我的祖父陈宝年吗？

祖父陈宝年就是在竹器城里听说了蒋氏八次怀孕的消息。去乡下收竹篾的小伙计告诉陈宝年，你老婆又有了，肚子这么大了。陈宝年牙疼似的吸了一口气问，到底多大了？小伙计指着隔壁麻油铺子说，有榨油锅那么大。陈宝年说，八个月吧？小伙计说到底几个月要问你自己，你回去扫荡一下就弹无虚发，一把百发百中的驳壳枪。陈宝年终于怪笑一声，感叹着咕噜着那狗女人血气真旺哪。

我设想陈宝年在刹那间为女人和生育惶惑过。他的竹器作坊被蒋氏的女性血光照亮了，挂在墙上吊在梁上堆在地上的竹椅竹席竹篮竹匾一齐耸动，传导女人和婴儿浑厚的呼唤撞击他的神经。陈宝年唯一目睹过的老大狗崽的分娩情景是否会重现眼前？我的祖母蒋氏曾经是位原始的毫无经验的母亲。她仰卧在祖屋金黄的干草堆上，苍黄的脸上一片肃穆，双手紧紧抓握一把干草。陈宝年倚在门边，他看着蒋氏手里的干草被捏出了黄色水滴，觉得浑身虚颤不止，精气空空荡荡，而蒋氏的眼睛里跳动着一团火苗，那火苗在整个分娩过程中自始至终地燃烧，直到老大狗崽哇哇坠入干草堆。这景象仿佛江边落日一样庄严生动。陈宝年亲眼见到陈家几代人赡养的家鼠从各个屋角跳出来，围着一堆血腥的干草欢歌起舞，他的女人面带微笑，崇敬地向神秘的家鼠致意。

一九三四年我的祖父陈宝年一直在这座城市里吃喝嫖赌，潜心发迹，没有回过我的枫杨树老家。我在一条破陋的百年小巷里找到陈记竹器店的遗址时夜幕降临了，旧日的昏黄街灯重新照亮一个枫杨树人，我茫然四顾，那座木楼肯定已经沉入历史深处，我是不是还能找到祖父陈宝年在半个世纪前浪荡竹器城的足迹？

在我的已故亲人中，陈家老大狗崽以一个拾粪少年的形象站立在我们家史里引人注目。狗崽的光辉在一九三四年突放异彩。这年他十五岁，四肢却像蒋氏般的修长，他的长相类似聪明伶俐的猿猴。

枫杨树老家人性好养狗。狗群寂寞的时候成群结队野游，在七歪八斜的村道上排泄乌黑发亮的狗粪。老大狗崽终日挎着竹箕追逐狗群，忙于回收狗粪。狗粪即使躲在数里以外的草丛中，也逃脱不了狗崽锐利的眼睛和灵敏的嗅觉。

这是从一九三四年开始的。祖母蒋氏对狗崽说，你拾满一竹箕狗粪去找有田人家，一竹箕狗粪可以换两个铜板，他们才喜欢用狗粪肥田呢。攒够了铜板娘给你买双胶鞋穿，到了冬天你的小脚板就可以暖暖和和了。狗崽怜惜地凝视了会儿自己的小光脚，抬头对推磨碾糠的娘笑着。娘的视线穿在深深的磨孔里，随碾下的麸糠痛苦地翻滚着。狗崽闻见那些黄黄黑黑的麸糠散发出一种冷淡的香味。那双温暖的胶鞋在他的幻觉中突然放大，他一阵欣喜把身子吊在娘的石磨上，大喊一声，"让我多买一双胶鞋回家！"蒋氏看着儿子像一只陀螺在磨盘上旋转，推磨的手却着魔似的停不下来。在眩惑中蒋氏拍打儿子的屁股，喃喃地说："你去拾狗粪，拾了狗粪才有胶鞋穿。""等开冬下了雪还去拾吗？"狗崽问。"去。下了雪地上白，狗粪一眼就能看见。"

对一双胶鞋的幻想使狗崽的一九三四年过得忙碌而又充实。他对祖母蒋氏进行了一次反叛。卖狗粪得到的铜板没有交给蒋氏而放进一只木匣子里。狗崽将木匣子掩人耳目地藏进墙洞里，赶走了一群神秘的家鼠。有时候睡到半夜狗崽从草铺上站起来，踮足越过左右横陈的家人身子去观察那只木匣子。在黑暗中狗崽的小脸迷离动人，他忍不住地搅动那堆铜板，铜板沉静地琅琅作响。情深时狗崽会像老人一样长叹一声，浮想联翩。一匣子的铜板以澄黄色的光芒照亮这个乡村少年。

回顾我家历史，一九三四年的灾难也降临到老大狗崽的头上。那只木匣子在某个早晨突然失踪了。狗崽的指甲在墙洞里抠烂抠破后变成了一条小疯狗。他把几个年幼的弟妹捆成一团麻花，挥起竹鞭拷打他们追逼木匣的下落。我家祖屋里一片小儿女的哭喊，惊动了整个村子。祖母蒋氏闻讯从地里赶回来，看到了狗崽拷打弟妹的残酷壮举。狗崽暴戾野性的眼神使蒋氏浑身颤抖。那就是陈宝年塞在她怀里的一个咒符吗？蒋氏顿时联想到人的种气掺满了恶行。有如日月运转衔接自然。她斜倚在门上环视她的儿女，又一次怀疑自己是树，身怀空巢，在八面风雨中飘摇。

木匣子丢失后我家笼罩着一片伤心阴郁的气氛。狗崽终日坐在屋角的干草堆里监察着他的这个家。他似乎听到那匣铜板在祖屋某个隐秘之处琅琅作响。他怀疑家人藏起了木匣子。有几次蒋氏感觉到儿子的目光扫过来，执拗地停留在她困倦的脸上，仿佛有一把芒刺刺痛了蒋氏。

"你不去拾狗粪了吗？"

"不。"

"你是非要那胶鞋对吗？"蒋氏突然扑过去揪住了狗崽的头发说，"你过来你摸摸娘肚里七个月的弟弟娘不要他了省下钱给你买胶鞋你把拳头攥紧来朝娘肚子上狠狠地打狠狠地打呀。"

狗崽的手触到了蒋氏悬崖般常年隆起的腹部。他看见娘的脸激动得红润发紫朝他俯冲下来，她露出难得的笑容拉住他的手说狗崽打呀打掉弟弟娘给你买胶鞋穿。这种近乎原始的诱惑使狗崽跳起来，他呜呜哭着朝娘坚硬丰盈的腹部连打三拳，蒋氏闭起眼睛，从她的女性腹腔深处发出三声凄怆的共鸣。

被狗崽击打的胎儿就是我的父亲。

我后来听说了狗崽的木匣子的下落，禁不住为这辉煌的奇闻黯然伤神。我听说一九三五年南方的洪水泛滥成灾。我的枫杨树故乡被淹为一片荒墟。祖母蒋氏划着竹筏逃亡时，看见家屋地基里突然浮出那只木匣子，七八只半死不活的老鼠护送那只匣子游向水天深处。蒋氏认得那只匣子那些老鼠。她奇怪陈家的古老家鼠竟然力大无比，曾把狗崽的铜板运送到地基深处。她想那些铜板在水下一定是绿锈斑斑了，即使潜入水底捞起来也闻不到狗崽和狗粪的味道了。那些水中的家鼠要把残存的木匣子送到哪里去呢？

我对父亲说过，我敬仰我家祖屋的神奇的家鼠。我也喜欢十五岁的拾狗粪的伯父狗崽。

父亲这辈子对他在娘腹中遭受的三拳念念不忘。他也许一直仇恨已故的兄长狗崽。从一九三四年一月到十月，我父亲和土地下的竹笋一样负重成长，跃跃欲试跳出母腹。时值四季的轮回和飞跃，枫杨树四百亩早稻田由绿转黄。到秋天枫杨树乡村的背景一片金黄，旋卷着一九三四年的植物熏风，气味复杂，耐人咀嚼。

枫杨树老家这个秋季充满倒错的伦理至今是个谜。那是乡村的收获季节。鸡在凌晨啼叫，猪在深夜拱圈。从前的枫杨树人十月里全村无房事但这个秋季却是个谜。可能就是那种风吹动了枫杨树网状的情欲。割稻的男女为什么频频弃镰而去都飘进稻浪里无影无踪啊你说到底是从哪里吹来的这种风？

祖母蒋氏拖着沉重的身子在这阵风中发呆。她听见稻浪深处传来的男女之声充满了快乐的生命力在她和胎儿周围大肆喧嚣。她的一只手轻柔地抚摸着腹中胎儿，另一只手攥成拳头顶住了嘴唇，干涩的哭声倏地从她指缝间蹿出去像芝麻开花节节高，令听者毛骨悚然。他们说我祖母蒋氏哭起来胜过坟地上的女鬼，饱含着神秘悲伤的寓意。

背景还是枫杨树东北部黄褐色的土坡和土坡上的黑砖楼。祖母蒋氏和父亲就这样站在五十多年前的历史画面上。

收割季节里陈文治精神亢奋，每天吞食大量白面，胜似一只仙鹤神游他的六百亩水稻田，陈文治在他的黑砖楼上远眺秋景，那只日本望远镜始终追逐着祖母蒋氏，在十月的熏风丽日下，他窥见了蒋氏分娩父亲的整个过程。映在玻璃镜片里的蒋氏像一头老母鹿行踪诡秘。她被大片大片的稻浪前推后拥，浑身金黄耀眼，朝田埂上的陈年干草垛寻去。后来她就悄无声息地仰卧在那垛干草上，将披挂下来的蓬乱头发噙在嘴里，眸子痛楚得烧成两盏小太阳。那是熏风丽日的十月。陈文治第一次目睹了女人的分娩。蒋氏干瘦发黑的胴体在诞生生命的前后变得丰硕美丽，像一株被日光放大的野菊花尽情燃烧。

父亲坠入干草的刹那间血光冲天，弥漫了枫杨树乡村的秋天。他的强劲奔波的啼哭声震落了陈文治手中的望远镜，黑砖楼上随之出现一阵骚动。望远镜的玻璃镜片碎裂后，陈文治渐渐软瘫在楼顶，他的神情衰弱而绝望，下人赶来扶拥他时发现那白锦缎裤子亮晶晶地湿了一片。

我意识到陈文治这人物是一个古怪的人精不断地攀在我的家族史的茎茎叶叶上。枫杨树半村姓陈，陈家族谱记载了我家和陈文治的微薄的血缘关系。陈文治和陈宝年的父亲是五代上的叔伯兄弟还是六代上的叔侄关系并非重要，重要的是陈文治家十九世纪便以富庶闻名方圆多里，而我家世代居于茅屋下面饥寒交迫。祖父陈宝年曾经把他妹妹凤子跟陈文治换了十亩水田。我想枫杨树本土的人伦就是这样经世代沧桑侵蚀几经沉浮的。那个凤子仿佛一片美丽绝伦的叶子掉下我们家枝繁叶茂的老树，化成淤泥。据说那是我祖上最漂亮的女人，她给陈文治家当了两年小妾，生下三名男婴，先后被陈文治家埋在竹园里。有人见过那三名被活埋的男婴，他们长相又可爱又畸形，头颅异常柔软，毛发金黄浓密却都不会哭。消息走漏后整个枫杨树乡村震惊了多日。他们听见凤子在陈家竹园里时断时续地哀哭，后来她便开始发疯地摇撼每一棵竹子，借深夜的月光破坏苍茫一片的陈家竹园。那时候陈宝年十七岁还没娶亲，他站在竹园外的石磨上冻得瑟瑟发抖，他一直拼命跺着脚朝他妹妹叫喊凤子你别毁竹子你千万别毁陈家的竹子。他不敢跑到凤子跟前去拦，只是站在石磨上忍着春寒喊凤子亲妹妹别毁竹子啦哥哥是猪是狗良心掉到尿泡里了你不要再毁竹子呀。他们兄妹俩的奇怪对峙以凤子暴死结束。凤子摇着竹子慢慢地就倒在竹园里了，死得蹊跷。记得她遗容是酱紫色的，像一瓣落叶夹在我家史册中令人惦念。五十多年前枫杨树乡亲曾经想跟着陈宝年把凤子棺木抬入陈文治家，陈宝年只是把脸埋在白幔里无休止地呜咽，他说："用不着了，我知道她活不过今年，怎么死也是死。我给她卜卦了。不怨陈文治，也不怪我，凤子就是死里无生的命。"五十多年后我把姑祖母凤子作为家史中一点紫色光斑来捕捉，凤子就是一只美丽的萤火虫匆匆飞过我面前，我又怎能捕捉到她的紫色光亮呢？凤子的特殊生育区别于祖母蒋氏，我想起那三个葬身在竹园下面的畸形男婴，想起我学过的遗传和生育理论，有一种设想和猜疑使我目光呆滞，无法深入探究我的家史。

我需要陈文治的再次浮出。

枫杨树老家的陈氏大家族中唯有陈文治家是财主，也只有陈文治家祖孙数代性格怪异，各有奇癖，他们的寿数几乎雷同，只活得到四十坎上。枫杨树人认为陈文治和他的先辈早夭是耽于酒色的报应。他们几乎垄断了近两百年枫杨树乡村的美女。那些女人进入陈家黑幽幽的五层深院仿佛美丽的野虻子悲伤而绝情地叮在陈文治们的身上。她们吸吮了其阴郁而霉烂的精血后也失却了往日的芳颜，后来她们挤在后院的柴房里劈柈子或者烧饭，脸上永久地贴上陈文治家小妾的标志：一颗黑红色的梅花痣。

间或有一个刺梅花痣的女人被赶出陈家，在马桥镇一带流浪，她会发出那种苍凉的笑容勾引镇上的手工艺人。而镇上人见到刺梅花痣的女人便会朝她围过来，问及陈家人近来的生死，问及一只神秘的白玉瓷罐。

我需要给你们描述陈文治家的白玉瓷罐。

我没有也不可能见到那只白玉瓷罐。但我现在看见一九三四年的陈文治家了看见客厅长案上放着那只白玉瓷罐。瓷罐里装着枫杨树人所关心的绝药。老家的地方野史《沧海志史》对绝药做了如下记载：

"家宝不示。疑山东巫师炼少子少女精血而制。壮阳健肾抑或延年益寿不详。"

即使是脸上刺梅花痣的女人也无法解释陈家绝药，她们只是猜想瓷罐里的绝药快要见底了。这一年夏末初秋陈文治像热锅上的蚂蚁在村里仓皇乱窜，他甩开了下人独自在人家房前屋后张望，还从晾衣架上偷走了好多花花绿绿的裤衩塞进怀里，回家关起门专心致志地研究，那堆裤衩中有一条是我家老大狗崽的，狗崽找不见裤衩以为是风吹走了。他就把家里的一块蓝印花包袱布围在腰际，离家去拾狗粪。

狗崽挎着竹箕一路寻找狗粪，来到了陈文治的黑砖楼下。

他不知道黑砖楼上有人在注意他。猛然听见陈文治的管家在楼上喊："狗崽狗崽，到这儿来干点活，你要什么给什么。"狗崽抬起头看着那黑漆漆的楼想了想，"是去推磨吗？""就是推磨。来吧。"管家笑着说。"真的要什么给什么吗？"狗崽说完就把狗粪筐扔了跑进陈文治家。

这事情是在陈家后院谷仓里发生的。那座谷仓硕大无比，在午后的阳光下蒸发着香味。狗崽被管家拽进去，一下子就晕眩起来，他从来没见过这么多的生谷粒。他隐约见到村里还有几个男孩女孩焦渴地坐在谷堆上，咯嘣咯嘣嚼咽着大把生谷粒。

"磨呢？磨在哪里？"

管家拍拍狗崽的头顶，怪模怪样地歪了歪嘴，说："在那儿呢，你不推磨磨推你。"

狗崽被推进谷仓深处。哪儿有石磨？只有陈文治正襟危坐在红木太师椅上，他的浑身上下斑斑点点撒着金黄的谷屑，双膝间夹着一只白玉瓷罐。陈文治极其慈爱地朝狗崽微笑，他看见狗崽的小脸巧夺天工地融合了陈宝年和蒋氏的性格棱角显得愚朴而可爱。陈文治问狗崽："你娘这几天怎么不下地呢？"

"我娘又要生孩子了。"

"你娘……"陈文治弓着身子突然挨过来解狗崽遮羞的包袱布。狗崽尖叫着跳起来，这时他看清了那只滚在地上的白玉瓷罐，瓷罐里有什么浑浊的气味古怪的液体流了出来。狗崽闻到那气味禁不住想吐，他蹲下身子两只手护住蓝花包袱布，感觉到陈文治的瘦骨嶙峋的手正在抽动他的腰际。狗崽面对枫杨树最大人物的怪诞举动六神无主，欲哭无泪。

"你要干什么你要干什么？"

狗崽身上凝结的狗粪味这一刻像雾一般弥漫。他闻到了自己身上的浓烈的狗粪味。狗崽双目圆睁，在陈文治的手下野草般颤动。当他萌芽时期的精液以泉涌速度冲到陈文治手心里又被滴进白玉瓷罐后，狗崽哇哇大哭起来，一边哭一边语无伦次地叫喊：

"我不是狗我要胶鞋给我胶胶胶胶胶鞋。"

我家老大狗崽后来果真抱着双新胶鞋出了陈文治家门。

他回到土坡上，看见傍晚时分的紫色阳光照耀着他的狗粪筐，村子一片炊烟，出没于西北坡地的野狗群撕咬成一堆，吠叫不止。狗崽抱着那双新胶鞋在坡上跌跌撞撞地跑，他闻见自己身上的狗粪味越来越浓他开始惧怕狗粪味了。

这天夜里祖母蒋氏一路呼唤狗崽来到荒凉的坟地上，她看见儿子仰卧在一块辣蓼草丛中，怀抱一双枫杨树鲜见的黑色胶鞋。狗崽睡着了，眼皮受惊似的颤动不已，小脸上的表情在梦中瞬息万变。狗崽的身上除了狗粪味又增添了新鲜精液的气味。蒋氏惶惑地抱起狗崽，俯视儿子发现他已经很苍老。那双黑胶鞋被儿子紧紧抱在胸前，仿佛一颗灾星陨落在祖母蒋氏的家庭里。

一九三四年枫杨树乡村向四面八方的城市输送二万株毛竹的消息曾登在上海的《申报》上。也就是这一年，竹匠营生在我老家像三月笋尖般地疯长一气。起码有一半男人舍了田里的活计，抓起大头竹刀赚大钱。咻啦咻啦劈篾条的声音在枫杨树各家各户回荡，而陈文治的三百亩水田长上了稗草。

我的枫杨树老家湮没在一片焦躁异常的气氛中。

这场骚动的起因始于我祖父陈宝年在城里的发迹。去城里运竹子的人回来说，陈宝年发横财了，陈宝年做的竹榻竹席竹筐甚至小竹篮小竹凳现在都卖好价钱，城里人都认陈记竹器铺的牌子。陈宝年盖了栋木楼。陈宝年左手右手都戴上金戒指到堂子里去吸白面睡女人临走就他妈的摘下金戒指朝床上扔哪。

祖母蒋氏听说这消息倒比别人晚。她曾经嘴唇白白地到处找人打听，她说，你们知道陈宝年到底赚了多少钱够买三百亩地吗？人们都怀着阴暗心理乜斜这个又脏又瘦的女人，一言不发。蒋氏发了会儿呆，又问，够买二百亩地吗？有人突然对着蒋氏窃笑，猛不丁回答，陈宝年说啦他有多少钱花多少钱一个铜板也不给你。

"那一百亩地总是能买的。"祖母蒋氏自言自语地说。她嘘了口气，双手沿着干瘪的胸部向下滑，停留在高高凸起的腹部。她的手指触摸到我父亲的脑袋后便绞合在一起，极其温柔地托着那腹中胎儿。"陈宝年那狗日的。"蒋氏的嘴唇哆嗦着，她低首回想，陶醉在云一样流动变幻的思绪中。人们发现蒋氏枯槁的神情这时候又美丽又愚蠢。

其实我设想到了蒋氏这时候是一个半疯半痴的女人。蒋氏到处追踪进城见过陈宝年的男人，目光炽烈地扫射他们的口袋裤腰。"陈宝年的钱呢？"她嘴角嚅动着，双手摊开，幽灵般在那些男人四周晃来荡去，男人们挥手驱赶蒋氏时胸中也燃烧起某种忧伤的火焰。

直到父亲落生，蒋氏也没有收到城里捎来的钱。竹匠们渐渐踩着陈宝年的脚后跟拥到城里去了。一九三四年是枫杨树竹匠们逃亡的年代，据说到这年年底，枫杨树人创始的竹器作坊已经遍及长江下游的各个城市了。

我想枫杨树的那条黄泥大路可能由此诞生。祖母蒋氏亲眼目睹了这条路由细变宽从荒凉到繁忙的过程。她在这年秋天手持圆镰守望在路边，漫无目地研究那些离家远行者。这一年有一百三十九个新老竹匠挑着行李从黄泥大道上经过，离开了他们的枫杨树老家。这一年蒋氏记忆力超群出众，她几乎记住了他们每一个人的音容笑貌。从此黄泥大路像一条巨蟒盘缠在祖母蒋氏对老家的回忆中。

黄泥大路也从此伸入我的家史中。我的家族中人和枫杨树乡亲密集蚁行，无数双赤脚踩踏着先祖之地，向陌生的城市方向匆匆流离。几十年后我隐约听到那阵叛逆性的脚步声穿透了历史，我茫然失神。老家的女人们你们为什么无法留住男人同生同死呢？女人不该像我祖母蒋氏一样沉浮在苦海深处，枫杨树不该成为女性的村庄啊。

第一百三十九个竹匠是陈玉金。祖母蒋氏记得陈玉金是最后一个。她当时正在路边。陈玉金和他女人一前一后沿着黄泥大路疯跑。陈玉金的脖子上套了一圈竹篾，腰间插着竹刀逃，玉金的女人披头散发光着脚追。玉金的女人发出了一阵古怪的秋风般的呼啸声极善奔跑。她擒住了男人。然后蒋氏看见了陈玉金夫妻在路上争夺那把竹刀的大搏斗。蒋氏听到陈玉金女人沙哑的雷雨般的倾诉声。她说你这糊涂虫到城里谁给你做饭谁给你洗衣谁给你操你不要我还要呢你放手我砍了你手指让你到城里做竹器。那对夫妻争夺一把竹刀的早晨漫长得令人窒息。男的满脸晦气，女的忧愤满腔。祖母蒋氏崇敬地观望着黄泥大道上的这幕情景，心中潮湿得难耐，她挎起草篮准备回家时听见陈玉金一声困兽咆哮，蒋氏回过头目击了陈玉金挥起竹刀砍杀女人的细节。寒光四溅中，有猩红的血火焰般蹿起来，斑驳迷离。陈玉金女人年轻壮美的身体迸发出巨响仆倒在黄泥大路上。

那天早晨黄泥大路上的血是如何洇成一朵莲花形状的呢？陈玉金女人崩裂的血气弥漫在初秋的雾霭中，微微发甜。

我祖母蒋氏跳上大路，举起圆镰跨过一片血泊，追逐杀妻逃去的陈玉金。一条黄泥大道在蒋氏脚下倾覆着下陷着，她怒目圆睁，踉踉跄跄跑着，她追杀陈玉金的喊声其实是属于我们家的，田里人听到的是陈宝年的名字：

"陈宝年……杀人精……抓住陈宝年……"

我知道一百三十九个枫杨树竹匠都顺流越过大江进入南方那些繁荣的城镇。就是这一百三十九个竹匠点燃了竹器业的火捻子在南方城市里开辟了崭新的手工业。枫杨树人的竹器作坊水漫沙滩渐渐掀起了浪头。一九三四年我祖父陈宝年的陈记竹器店在城里蜚声一时。

我听说陈记竹器店荟萃了三教九流地痞流氓无赖中的佼佼者，具有同任何天灾人祸抗争的实力。那黑色竹匠聚集到陈宝年麾下，个个思维敏捷身手矫健一如入海蛟龙。陈宝年爱他们爱得要命，他依稀觉得自己拾起一堆肮脏的杂木劈柴，点点火，那火焰就蹿起来使他无畏寒冷和寂寞。陈宝年在城里混到一九三四年已经成为一名手艺精巧处世圆通的业主。

他的铺子做了许多又热烈又邪门的生意，他的竹器经十八名徒子之手，全都沾上了辉煌的邪气，在竹器市场上锐不可当。

我研究陈记竹器铺的发迹史时被那十八名徒子的黑影深深诱惑了。我曾经在陈记竹器铺的遗址附近遍访一名绰号小瞎子的老人。他早在三年前死于火中。街坊们说小瞎子死时老态龙钟，他的小屋里堆满了多年的竹器，有天深夜那一屋子竹器突然就烧起来了，小瞎子被半米高的竹骸竹灰埋住像一具古老的木乃伊。他是陈记竹器铺最后的光荣。

关于我祖父和小瞎子的交往留下了许多轶闻供我参考。

据说小瞎子出身奇苦，是城南妓院的弃婴。他怎么长大的连自己也搞不清。他用独眼盯着人时你会发现他左眼球里刻着一朵黯淡的血花。小瞎子常常带着光荣和梦想回忆那朵血花的由来。五岁那年他和一条狗争抢人家楼檐上掉下来的腊肉，他先把腊肉咬在了嘴里，但狗仇恨的爪刺伸入了他的眼睛深处。后来他坐在自己的破黄包车上结识了陈宝年。他又谈起了狗和血花的往事，陈宝年听得怅然若失。对狗的相通的回忆把他们拧在一起，陈宝年每每从城南堂子出来就上了小瞎子的黄包车，他们在小红灯的闪烁灼灼中回忆了许多狗和人生的故事。后来小瞎子卖掉他的破黄包车，扛着一箱烧酒投奔陈记竹器铺拜师学艺。他很快就成为陈宝年第一心腹徒子，他在我们家族史的边缘像一棵野酸梅孤独地开放。

一九三四年八月陈记竹器店抢劫三条运粮船的壮举就是小瞎子和陈宝年策划的。这年逢粮荒，饥馑遍蔽城市乡村。但是谁也不知道生意兴隆财源丰盛的陈记竹器店为什么要抢三船糙米。我考察陈宝年和小瞎子的生平，估计这源于他们食不果腹的童年时代的粮食梦。对粮食有与生俱来的哄抢欲望你就可能在一九三四年跟随陈记竹器铺跳到粮船上去。你们会像一百多名来自农村的竹匠一样夹着粮袋潜伏在码头上等待三更月落时分。你们看见抢粮的领导者小瞎子第一个跳上粮船，口衔一把锥形竹刀，独眼血花鲜亮夺目，他将一只巨大的粮袋疯狂挥舞，你们也会呜啦跳起来拥上粮船。在一刻钟内掏光所有的糙米，把船民推进河中让他号啕大哭。这事情发生在半个世纪前的茫茫世事中，显得真实可信。我相信那不过是某种社会变故的信号，散发出或亮或暗的光晕。据说在抢粮事件后城里自然形成了竹匠帮。他们众星捧月环绕陈宝年的竹器铺，其标志就是小巧而尖利的锥形竹刀。

值得纪念的就是这种锥形竹刀，在抢劫粮船的前夜，小瞎子借月光创造了它。状如匕首，可穿孔悬系于腰上，可随手塞进裤裆口袋。小瞎子挑选了我们老家的干竹削制了这种暗器，他把刀亮给陈宝年看，"这玩意好不好，我给伙计们每人削一把。在这世上混到头就是一把刀吧。"我祖父陈宝年一下子就爱上了锥形竹刀。从此他的后半辈就一直拥抱着尖利精巧的锥形竹刀。陈宝年，陈宝年，你腰佩锥形竹刀混迹在城市里都想到了世界的尽头吗？

乡下的狗崽有一天被一个外乡人喊到村口竹林里。那人是到枫杨树收竹子的。他对狗崽说陈宝年给他捎来了东西。在竹林里外乡人庄严地把一把锥形竹刀交给狗崽。

"你爹捎给你的。"那人说。

"给我？我娘呢？"狗崽问。

"捎给你的，你爹让你挂着它。"那人说。

狗崽接过刀的时候触摸了刀上古怪而富有刺激的城市气息。他似乎从竹刀纤薄的锋刃上看见了陈宝年的面容，模模糊糊但力度感很强。竹刀很轻，通体发着淡绿的光泽，狗崽在太阳地里端详着这神秘之物，把刀子往自己手心里刺了两下，他听见了血液被压迫的噼扑轻响，一种刺伤感使狗崽呜哇地喊了一声，随后他便对着竹林笑了。他怕别人看见，把刀藏在狗粪筐里掩人耳目地带回家。

这个夜晚狗崽在月光下凝望着他父亲的锥形竹刀，久久不眠。农村少年狗崽愚拙的想象被竹刀充分唤起沿着老屋的泥地汹涌澎湃。他想着那竹匠集居的城市，想象那里的房子大姑娘洋车杂货和父亲的店铺嘴里不时吐出兴奋的呻吟。祖母蒋氏终于惊醒。她爬上狗崽的草铺，将充满柴烟味的手摸索着狗崽的额头。她感觉到儿子像一只发烧的小狗软绵绵地往她的双乳下拱。儿子的眼睛亮晶晶地睁大着，有两点古怪的锥形光亮闪灼。

"娘，我要去城里跟爹当竹匠。"

"好狗崽你额头真烫。"

"娘，我要去城里当竹匠。"

"好狗崽你别说胡话吓着亲娘你才十五岁手拿不起大头篾刀你还没娶老婆生孩子怎么能城里去城里那鬼地方好人去了黑心窝坏人去了脚底流脓头顶生疮你让陈宝年在城里烂了那把狗不吃猫不舔的臭骨头狗崽可不想往城里去。"蒋氏克制着浓郁的睡意絮絮叨叨，她抬手从墙上摘下一把晒干的薄荷叶蘸上唾液贴在狗崽额上，重新将狗崽塞入棉絮里，又熟睡过去。

其实这是我家历史的一个灾变之夜。我家祖屋的无数家鼠在这夜警惕地睁大了红色眼睛，吱吱乱叫几乎应和了狗崽的每一声呻吟。黑暗中的茅草屋被一种深沉的节奏所摇撼。狗崽光裸的身子不断冒出灼热的雾气探出被窝，他听见了鼠叫，他专注地寻觅着家鼠们却不见其影，但悸动不息的心已经和家鼠们进行了交流。在家鼠突然间平静的一瞬，狗崽像梦游者一样从草铺上站起来，熟稔地拎起屋角的狗粪筐打开柴门。

一条夜奔之路洒满秋天醇厚的月光。

一条夜奔之路向一九三四年的纵深处化入。

狗崽光着脚耸起肩膀在枫杨树的黄泥大道上匆匆奔走，四处萤火流曳，枯草与树叶在夜风里低空飞行，黑黝黝无限伸展的稻田回旋着神秘潜流，浮起狗崽轻盈的身子像浮起一条逃亡的小鱼。月光和水一齐漂流。狗崽回首遥望他的枫杨树村子正白惨惨地浸泡在九月之夜里，没有狗叫，狗也许听惯了狗崽的脚步。村庄阒寂一片，凝固忧郁，唯有许多茅草在各家房顶上迎风飘拂，像娘的头发一样飘拂着，他依稀想见娘和一群弟妹正挤在家中大铺上，无梦地酣睡，充满灰菜味的鼻息在家里流通交融，狗崽突然放慢脚步像狼一样哭号几声，又戛然而止。这一夜他在黄泥大道上发现了多得神奇的狗粪堆。狗粪堆星罗棋布地掠过他的泪眼。狗崽就一边赶路一边拾狗粪，包在他脱下的小布褂里，走到马桥镇时，小布褂已经快被撑破了。狗崽的手一松，布包掉落在马桥桥头上，他没有再回头朝狗粪张望。

第二天早晨我祖母蒋氏一推门就看见了石阶上狗崽留下的黑胶鞋。秋霜初降，黑胶鞋蒙上了盐末似的晶体，鞋下一摊水渍。从我家门前到黄泥大路留下了狗崽的脚印，逶迤起伏，心事重重，十根脚趾印很像十颗悲伤的蚕豆。蒋氏披头散发地沿脚印呼唤狗崽，一直到马桥镇。有人指给她看桥头上的那包狗粪，蒋氏抓起冰冷的狗粪号啕大哭。她把狗粪扔到了围观者的身上，独自往回走。一路上她看见无数堆狗粪向她投来美丽的黑光。她越哭狗粪的黑光越美丽，后来她开始躲闪，闻到那气味就呕吐不止。

我会背诵一名陌生的南方诗人的诗。那首诗如歌如泣地感动我。去年父亲病重之际我曾经背对着他的病床给他讲了父亲和儿子的故事，在病房的药水味里诗歌最有魅力。

父亲和我
我们并肩走着秋雨稍歇和前一阵雨像隔了多年时光我们走在雨和雨的间歇里肩头清晰地靠在一起却没有一句要说的话我们刚从屋子里出来所以没有一句要说的话这是长久生活在一起造成的滴水的声音像折下一枝细枝条父亲和我都怀着难言的恩情安详地走着

我父亲听明白了。他耳朵一直很灵敏。看着我的背影他突然朗朗一笑，我回过头从父亲苍老的脸上发现了陈姓子孙生命初期的特有表情：透明度很高的欢乐和雨积云一样的忧患。在医院雪白的病房里我见到了婴儿时的父亲，我清晰地听见诗中所写的历史雨滴折下细枝条的声音。这一天父亲大声对我说话逃离了哑巴状态。我凝视他就像凝视婴儿一样就是这样的我祈祷父亲的复活。

父亲的降生是否生不逢时呢？抑或是伯父狗崽的拳头把父亲早早赶出了母腹。父亲带着六块紫青色胎记出世，一头钻入一九三四年的灾难之中。

一九三四年枫杨树周围方圆七百里的乡村霍乱流行，乡景黯淡。父亲在祖传的颜色发黑的竹编摇篮里感觉到了空气中的灾菌。他的双臂总是朝半空抓捏不止啼哭声惊心动魄。祖传的摇篮盛载了父亲后便像古老的二胡凄惶地叫唤，一家人在那种声音中都变得焦躁易怒，儿女围绕那只摇篮爆发了无数战争。祖母蒋氏的产后生活昏天黑地。她在水塘里洗干净所有染上脏血的衣服，端着大木盆俯视她的小儿子，她发现了婴儿的脸上跳动着不规则的神秘阴影，出世第八天父亲开始拒绝蒋氏的哺乳。祖母蒋氏惶惶不可终日，她的沉重的乳房被抓划得伤痕累累，她怀疑自己的奶汁染上横行乡里的瘟疫变成哑奶了。蒋氏灵机一动将奶汁挤在一只大海碗里喂给草狗吃。然后她捧着碗跟着那条草狗一直来到村外。渐渐地她发现狗的脑袋耷拉下来了狗倒在河塘边。那是财东陈文治家的护羊狗，毛色金黄茸软。陈家的狗竭力地用嘴接触河塘水却怎么也够不着。蒋氏听见狗绝望而狂乱的低吠声深受刺激。她砸碎大海碗，慌慌张张扣上一直敞开的衣襟，一路飞奔逃离那条垂死的狗。她隐约觉到自己哺育过八个儿女的双乳已经修炼成精，结满仇恨和破坏因子如今重如金石势不可当了。她忽而又怀疑是自己的双乳向枫杨树乡村播撒了这场瘟疫。

　　祖母蒋氏夜里梦见自己裂变成传说中的灾女浑身喷射毒瘴，一路哀歌，飘飘欲仙，浪游整个枫杨树乡村。那个梦持续了很长时间，蒋氏在梦中又哭又笑死去活来。孩子们都被惊醒，在黑暗中端坐在草铺上分析他们的母亲。蒋氏喜欢做梦。蒋氏不愿醒来。孩子们知道不知道？

　　父亲的摇篮有一夜变得安静了，其时婴儿小脸赤红，脉息细若游丝，他的最后一声啼哭唤来了祖母蒋氏。蒋氏的双眼恍惚而又清亮，仍然在梦中。她托起婴儿灼热的身体像一阵轻风卷出我们家屋。梦中母子在晚稻田里轻盈疾奔。这一夜枫杨树老家的上空星月皎洁，空气中挤满胶状下滴的夜露。

　　夜露清凉甜润，滴进焦渴饥饿的婴儿口中。我父亲贪婪地吸吮不停。他的岌岌可危的生命也被那几千滴夜露洗涤一新，重新爆出青枝绿叶。

　　我父亲一直认为：半个多世纪前祖母蒋氏发明了用夜露哺育婴儿的奇迹。这永远是奇迹，即使是在我家族的苍茫神奇的历史长卷中也称得上奇迹。这奇迹使父亲得以啜饮乡村的自然精髓度过灾年。

1934年的逃亡　　　　　　　　　　　　　　　　　　　　　355

后代们沿着父亲的生命线可以看见一九三四年的乌黑的年晕。我的众多枫杨树乡亲未能逃脱瘟疫一如稗草伏地。暴死的幽灵潜入枫杨树的土地深处呦呦狂鸣。天地间阴惨惨黑沉沉，生灵鬼魅浑然一体，仿佛巨大的浮萍群在死水里挣扎漂流，随风而去。祖母蒋氏的五个小儿女在三天时间里加入了亡灵的队伍。

那是我祖上亲人的第一批死亡。

他们一字排在大草铺上，五张小脸经霍乱病菌烧灼后变得漆黑如炭。他们的眼睛都如同昨日一样淡漠地睁着凝视母亲。蒋氏在我家祖屋里焚香一夜，袅袅升腾的香烟把五个死孩子熏出了古朴的清香。蒋氏抱膝坐在地上，为她的儿女守灵。她听见有一口大钟在冥冥中敲了整整一夜召唤她的儿女。

等到第二天太阳出来香烟从屋里散去后蒋氏开始了殡葬。她把五个死孩子一个一个抱到一辆牛车上，男孩前仆女孩仰卧，脸上覆盖着碧绿的香粽叶。蒋氏把父亲缠绑在背上就拉着牛车出发了。

我家的送葬牛车迟滞地在黄泥大道上前行。黄泥大道上从头至尾散开了几十支送葬队伍，丧号昏天黑地响起来，震动一九三四年。女人们高亢的丧歌四起，其中有我祖母蒋氏独特的一支。她的丧歌里多处出现了送郎调的节拍，显得古怪而富有底蕴。蒋氏拉着牛车找了很长很长时间，一直找不到合适的坟地。她惊奇地发现黄泥大道两侧几乎成了坟茔的山脉，没有空地了，无数新坟就像狗粪堆一样在枫杨树乡村诞生。

后来牛车停在某个大水塘边。蒋氏倚靠在牛背上茫然四顾。她不知道是怎么走出浩荡的送葬人流的，大水塘墨绿地沉默，塘边野草萋萋没有人迹。她听见远远传来的丧号声若有若无地在各个方向萦绕，乡村沉浸在这种声音里显得无边无际。晨风吹乱我祖母蒋氏的思绪，她的眼睛里渐渐浮满虚无的暗火。她抓住牛缰慢慢地拽拉朝水塘走去。赤脚踩在水塘的淤泥里，有一种冰凉的刺激使蒋氏嗷嗷叫了一声。她开始把她的死孩子一个一个地往水里抱，五个孩子沉入水底后水面上出现了连绵不绝的彩色水泡。蒋氏凝视着那水泡双脚渐渐滑向水塘深处。这时缠在蒋氏背上的父亲突然哭了，那哭声仿佛来自天堂打动了祖母蒋氏。半身入水的蒋氏回过头问父亲："你怎么啦，怎么啦？"婴儿父亲眼望苍天粗犷豪放地啼哭不止。蒋氏忽地瘫坐在水里，她猛烈地揪着自己的头发朝南方呼号：陈宝年陈宝年你快回来吧。

陈宝年在远离枫杨树八百里的城市中，怀抱猫一样的小女人环子凝望竹器铺外面的街道，外面是一九三四年的城市。

我的祖父陈宝年回味着他的梦。他梦见五只竹篮从房梁上掉下来，蹦蹦跳跳扑向他在他怀里燃烧。他被烧醒了。

他不想回家。他远离瘟疫远离一九三四年的灾难。

我听说瘟疫流行期间老家出现了一名黑衣巫师。他在马桥镇上摆下摊子祛邪镇魔。从四面八方前来请仙的人群络绎不绝。祖母蒋氏背着父亲去镇上亲眼目睹了黑衣巫师的风采。

她看见一个身穿黑袍的北方汉子站在鬼头大刀和黄表纸间，觉得眼前一亮，浑身振奋。她在人群里拼命往前挤，挤掉了脚上的一只草鞋。她放开嗓子朝黑衣巫师喊：

"灾星，灾星在哪里？"

蒋氏的沙哑的声音淹没在嘈杂的人声中。那天数千枫杨树人向黑衣巫师磕拜求神，希望他指点流行乡里的瘟疫之源。

巫师边唱边跳，舞动古铜色的鬼头大刀，刀起刀落。最后飞落在地上。蒋氏看见那刀尖渗出了血，指着黄泥大道的西南方向。你们看啊。人群一起踮足而立，遥望西南方向。只见远处的一片土坡蒸腾着乳白的氤氲。景物模糊绰约。唯有一栋黑砖楼如同巨兽蹲伏着，窥伺马桥镇上的这一群人。

黑衣巫师的话倾倒了马桥镇：

西南有邪泉藏在玉罐里玉罐若不空灾病不见底

我的枫杨树乡亲骚动了。他们忧伤而悲愤地凝视西南方的黑砖楼，这一刻神奇的巫术使他们恍然觉悟，男女老少的眼睛都看见了从黑砖楼上腾起的瘟疫细菌，紫色的细菌虫正向枫杨树四周强劲地扑袭。他们知道邪泉四溢是瘟疫之源。

陈文治陈文治陈文治
陈文治陈文治

　　祖母蒋氏在虚空中见到了被巫术放大的白玉瓷罐。她似乎听见了邪泉在玉罐里沸腾的响声。所有枫杨树人对陈文治的玉罐都只闻其声未见其物，是神秘的黑衣巫师让他们领略了玉罐的奇光异彩。这天祖母蒋氏和大彻大悟的乡亲们一起嚼烂了财东陈文治的名字。

　　枫杨树两千灾民火烧陈文治家谷场的序幕就是这样拉开的。事发后黑衣巫师悄然失踪，没人知道他去往何处了。在他摆摊的地方，一件汗迹斑斑的黑袍挂在老槐树上随风飘荡。

　　此后多年祖母蒋氏喜欢对人回味那场百年难遇的大火。

　　她记得谷场上堆着九垛谷穗子。火烧起来的时候谷场上金光灿烂，喷发出浓郁的香味。那谷香熏得人眼流泪不止。死光了妻儿老小的陈立春在火光中发疯，他在九垛火山里穿梭蛇行。一边抹着满颊泪水一边模仿仙姑跳大神。众人一齐为陈立春欢呼踩脚。陈文治的黑砖楼惶恐万分。陈家人挤在楼上呼天抢地痛不欲生。陈文治干瘦如柴的身子在两名丫环的扶持下如同暴风雨中的苍鹭，纹丝不动。那只日本望远镜已经碎裂了，他觑起眼睛仍然看不清谷场上的人脸。"我怎么看不清那是谁那是谁？"纵火者在陈文治眼里江水般地波动，他们把谷场搅成一片刺目的红色。后来陈文治在纵火者中看到了一个背驮孩子的女人。那女人浑身赤亮形似火神，她挤过男人们的缝隙爬到谷子垛上，用一根松油绳点燃了最后一垛谷子。

　　"我也点了一垛谷子。我也放火的。"祖母蒋氏日后对人说。她怀念那个匆匆离去的黑衣巫师。她认定是一场大火烧掉了一九三四年的瘟疫。

　　当我十八岁那年在家中阁楼苦读毛泽东经典著作时，我把《湖南农民运动考察报告》与枫杨树乡亲火烧陈家谷场联系起来了。我遥望一九三四年化为火神的祖母蒋氏，我认为祖母蒋氏革了财东陈文治的命，以后将成为我家历史上的光辉一页。我也同祖母蒋氏一样，怀念那个神秘的伟大的黑衣巫师。他是谁？他现在在哪里呢？

　　枫杨树老家闻名一时的死人塘在瘟疫流行后诞生了。

死人塘在离我家祖屋三里远的地方。那儿原先是个芦蒿塘，狗崽八岁时养的一群白鹅曾经在塘中生活嬉戏。考证死人塘的由来时我很心酸。枫杨树老人都说最先投入塘中的是祖母蒋氏的五个死孩子。他们还记得蒋氏和牛车留在塘边的辙印是那么深那么持久不消。后来的送葬人就是踩着那辙印去的。

埋进塘中的有十八个流浪在枫杨树一带的手工匠人。那是死不瞑目的亡灵，他们裸身合仆于水面上下，一片青色斑斓触目惊心使酸甜的死亡之气冲天而起。据说死人塘边的马齿苋因而长得异常茂盛，成为枫杨树乡亲挖野菜的好地方。

每天早晨马齿苋摇动露珠，枫杨树的女人们手挎竹篮朝塘边飞奔而来。她们沿着塘岸开始了争夺野菜的战斗。瘟疫和粮荒使女人们变得凶恶暴虐。她们几乎每天在死人塘边争吵殴斗。我的祖母蒋氏曾经挥舞一把圆镰砍伤了好几个乡亲，她的额角也留下了一条锯齿般的伤疤。这条伤疤以后在她的生命长河里一直放射独特的感受之光，创造祖母蒋氏的世界观。我设想一九三四年枫杨树女人们都蜕变成母兽，但多年以后她们会不会集结在村头晒太阳，温和而苍老，遥想一九三四年？她们脸上的伤疤将像纪念章一样感人肺腑，使枫杨树的后代们对老祖母肃然起敬。

我似乎看见祖母蒋氏背驮年幼的父亲奔走在一九三四年的苦风瘴雨中，额角上的锯齿形伤疤熠熠发亮。我的眼前经常闪现关于祖母和死人塘和马齿苋的画面，但我无法想见死人塘边祖母经历的奇谲痛苦。

我的祖母你怎么来到死人塘边凝望死尸沉思默想的呢？

乌黑的死水掩埋了你的小儿女和十八个流浪匠人。塘边的野菜已被人与狗吞食一空。你闻到塘里甜腥的死亡气息打着幸福的寒噤。那天是深秋的日子，你听见天边滚动着隐隐的闷雷。你的破竹篮放在地上惊悸地颤动着预见灾难降临。祖母蒋氏其实是在等雨。等雨下来死人塘边的马齿苋棵棵重新蹿出来。那顶奇怪的红轿子就是这时候出现在田埂上的。红轿子飞鸟般地朝死人塘俯冲过来。四个抬轿人脸相陌生面带笑意。他们放下轿子走到祖母蒋氏身边，轻捷熟练地托起她。

"上轿吧你这个丑女人。"蒋氏惊叫着在四个男人的手掌上挣扎，她喊："你们是人还是鬼？"四个男人笑起来把蒋氏拎着像拎起一捆干柴塞入红轿子。

轿子里黑红黑红的。她觉得自己撞到了一个僵硬潮湿的身体上。轿子里飞舞着霉烂的灰尘和男人衰弱的鼻息声，蒋氏仰起脸看见陈文治。陈文治蜡黄的脸上有一丝红晕疯狂舞蹈，陈文治小心翼翼地扶住蒋氏木板似的双肩说："陈宝年不会回来了你跟我吧。"蒋氏尖叫着用手托住陈文治双颊，不让那颗沉重的头颅向她乳房上垂落。她听见陈文治的心在绵软干瘪的胸膛中摇摆着，有气无力一如风中树叶。她的沾满泥浆的十指指尖深深扎进陈文治的皮肉里激起一阵野猫似的鸣叫。陈文治的黑血汩汩流到蒋氏手上，他喃喃地说："你跟我去吧我在你脸上也刺朵梅花痣。"一顶红轿子拼命地摇呀晃呀，虚弱的祖母蒋氏渐渐沉入黑雾红浪中昏厥过去。轿外的四个汉子听见一种苍凉的声音：

"我要等下雨我要挖野菜啦。"

她恍惚知道自己被投入了水中，但睁不开眼睛。被蹂躏过的身子像一根鹅毛漂浮起来。她又听见了天边的闷雷声，雨怎么还不下呢？临近黄昏时她睁开眼睛。她发现自己睡在死人塘里。四周散发的死者腐臭浓烈地粘在她半裸的身体上。那些熟悉或陌生的死者以古怪多变的姿态纠集在脚边，他们酱紫色的胴体迎着深秋夕阳熠熠闪光。有一群老鼠在死人塘里穿梭来往，仓皇地跳过她的胸前。蒋氏木然地爬起来越过一具又一具行将糜烂的死尸。她想雨怎么还不下呢？雨大概不会下了因为太阳在黄昏时出现了。稀薄而锐利的夕光泻入野地刺痛了她的眼睛。蒋氏举起泥手捂住了脸。她一点也不怕死人塘里的死者，她想她自己已变成一个女鬼了。

爬上塘岸蒋氏看见她的破竹篮里装了一袋什么东西。打开一看她便向天呜呜哭喊了一声，那是一袋雪白雪白的粳米。

她手伸进米袋抓起一把塞进嘴里，性急地嚼咽起来。她对自己说这是老天给我的，一路走一路笑抱着破竹篮飞奔回家。

我发现了死人塘与祖母蒋氏结下的不解之缘，也就相信了横亘于我们家族命运的死亡阴影。死亡是一大片墨蓝的弧形屋顶，从枫杨树老家到南方小城覆盖祖母蒋氏的亲人。

有一颗巨大的灾星追逐我的家族，使我扼腕神伤。

陈家老大狗崽于一九三四年农历十月初九抵达城里。他光着脚走了九百里路，满面污垢长发垂肩站在祖父陈宝年的竹器铺前。

竹匠们看见一个乞丐模样的少年把头伸进大门颤颤巍巍的，汗臭和狗粪味涌进竹器铺。他把一只手伸向竹匠们，他们以为是讨钱，但少年紧握的拳头摊开了，那手心里躺着一把锥形竹刀。

"我找我爹。"狗崽说。说完他扶住门框降了下去。他的嘴角疲惫地开裂，无法猜度是要笑还是要哭。他扶住门框撒出一泡尿，尿水呈红色冲进陈记竹器店，在竹匠们脚下汩汩流淌。

日后狗崽记得这天是小瞎子先冲上来抱起了他。小瞎子闻着他身上的气味不停地怪叫着，狗崽松弛地偎在小瞎子的怀抱里，透过泪眼凝视小瞎子，小瞎子的独眼神采飞扬以一朵神秘悠远的血花诱惑了狗崽。狗崽张开双臂勾住小瞎子的脖子长嘘一声，然后就沉沉睡去。

他们说狗崽初到竹器店睡了整整两天两夜。第三天陈宝年抱起他在棉被上摔了三回才醒来。狗崽醒过来第一句话问得古怪，"我的狗粪筐呢？"他在小阁楼上摸索一番，又问陈宝年，"我娘呢，我娘在哪里？"陈宝年愣了愣，然后他捆了狗崽一记耳光，说："怎么还没醒？"狗崽捂住脸打量他的父亲。他来到了城市。他的城市生活这样开始了。

陈宝年没让狗崽学竹匠。他拉着狗崽让他见识了城里的米缸又从米缸里拿出一只竹箕交给狗崽："狗崽你每天淘十箕米做大锅饭煮得要干城里吃饭随便吃的。你不准再偷我的竹刀，等你混到十八岁爹把十一件竹器绝活全传你。你要是偷这偷那的爹会天天揍你揍到十八岁。"

狗崽坐在竹器店后门守着一口熬饭的大铁锅。他的手里总是抓着一根发黄的竹篾，胡思乱想，目光呆滞，身上挂着陈宝年的油布围腰。一九三四年秋天的城市蒙着白茫茫的雾气，人和房屋和烟囱离狗崽咫尺之遥却又缥缈。狗崽手中的竹篾被折成一段一段的掉在竹器店后门。他看见一个女的站在对面麻油店的台阶上朝这儿张望。她穿着亮闪闪的蓝旗袍，两条手臂光裸着叉腰站着。你分不清她是女人还是女孩，她很小又很丰满，她的表情很风骚但又很稚气。这是小女人环子在我家史中的初次出现。她必然出现在狗崽面前，两人之间隔着城市湿漉漉的街道和一口巨大的生铁锅。我想这就是一种具体的历史含义，小女人环子注定将成为我们家族的特殊来客，与我们发生永恒的联系。

"你是陈宝年的狗崽子吗？"

"你娘又怀上了吗？"小女人环子突然穿越了街道绕过大铁锅，蓝旗袍下旋起熏风花香在我的画面里开始活动。她的白鞋子正踩踏在地上那片竹篾上，吱呀呀轻柔地响着。狗崽凝神望着地上的白鞋子和碎竹篾，他的血液以枫杨树乡村的形式在腹部以下左冲右突，他捂住粗布裤头另一只手去扳动环子的白鞋。

"你别把竹篾踩碎了别把竹篾踩碎了。"

"你娘，她又怀上了吗？"环子挪动了她的白鞋，把手放在狗崽刺猬般的头顶上。狗崽的十五岁的身体在环子的手掌下草一样地颤动。狗崽在那只手掌下分辨了世界上的女人。他闭起眼睛在环子的诱发下想起乡下的母亲。狗崽说："我娘又怀上了快生了。"他的眼前隆起了我祖母蒋氏的腹部，那个被他拳头打过的腹部将要诞生又一个毛茸茸的婴儿。狗崽颤索着目光探究环子蓝布覆盖的腹部，他觉得那里柔软可亲深藏了一朵美丽的花。环子有没有怀孕呢？

狗崽进入城市生活正当我祖父陈宝年的竹器业飞黄腾达之时。每天有无数竹器堆积如山，被大板车运往河码头和火车站。狗崽从后门的大锅前溜过作坊，双手紧抓窗棂观赏那些竹器车。他看见陈宝年像鱼一样在门前竹器山周围游动，脸上掠过竹子淡绿的颜色。透过窗棂陈宝年呈现了被切割状态。

狗崽发现他的粗短的腿脚和发达的上肢是熟悉的枫杨树人，而陈宝年的黑脸膛已经被城市变了形，显得英气勃发略带一点男人的倦怠。狗崽发现他爹是一只烟囱在城里升起来了，娘一点也看不见烟囱啊。

我所见到的老竹匠们至今还为狗崽偷竹刀的事情所感动。他们说那小狗崽一见竹刀眼睛就发光，他对陈宝年祖传的大头竹刀喜欢得疯迷了。他偷了无数次竹刀都让陈宝年夺回去了，老竹匠们老是想起陈家父子为那把竹刀四处追逐的场面。那时候陈宝年变得出乎寻常的暴怒凶残，他把夺回的大头竹刀背过来，用木柄敲着狗崽的脸部。敲击的时候陈宝年眼里闪出我们家族男性特有的暴虐火光，侧耳倾听狗崽皮肉骨骼的碎裂声。他们说奇怪的是狗崽，他怎么会不怕竹刀柄，他靠着墙壁僵硬地站着迎接陈宝年，脸打青了连语都不捂一下。没见过这样的父子……

你说狗崽为什么老要偷那把大头竹刀，你再说说陈宝年为什么怕大头竹刀丢失呢？

我从来没见过那把祖传的大头竹刀。我不知道。我只是想到了枫杨树人血液中竹的因子，我的祖父陈宝年和伯父狗崽假如都是一竿竹子，他们的情感假如都是一竿竹子，一切都超越了我们的思想。我无须进入前辈留下的空白地带也可以谱写我的家史。我也将化为一竿竹子。

我只是喜欢那个竹子一样的伯父狗崽。我幻想在旧日竹器城里看到陈记竹器铺的小阁楼，那里曾经住着狗崽和他的朋友小瞎子。阁楼的窗子在黑夜中会发出微弱的红光，红光来自他们的眼睛。你仰望阁楼时心有所动，你看见在人的头顶上还有人，他们在不复存在的阁楼上窥视我们，他们悬在一九三四年的虚空中。

这座阁楼，透过小窗狗崽对陈宝年的作坊一目了然。他的脸终日肿胀溃烂着，在阁楼的幽暗里像一朵不安的红罂粟。

他凭窗守望入夜的竹器作坊。他等待着麻油店的小女人环子的到来。环子到来，她总是把白鞋子拎在手里，赤脚走过阁楼下面的竹器堆，她像一只怀春的母猫轻捷地跳过满地的竹器，推开我祖父陈宝年的房门。环子一推门我家历史就涌入一道斑驳的光。我的伯父狗崽被那道光灼伤，他把受伤的脸贴在冰冷的竹片墙上摩擦。疼痛。"娘呢，娘在哪里？"狗崽凝望着陈宝年的房门他听见了环子的猫叫声湿润地流出房门浮起竹器作坊。这声音不是祖母蒋氏的她和陈宝年裸身盘缠在老屋草铺上时狗崽知道她像枯树一样沉默。这声音渐渐上涨浮起了狗崽的阁楼。狗崽漂浮起来。他的双手滚水一样在粗布裤裆里沸腾。"娘啊，娘在哪里？"狗崽的身子蛇一样躁动缩成一团，他的结满伤疤的脸扭曲着最后吐出童贞之气。

我现在知道了这座阁楼。阁楼上还住着狗崽的朋友小瞎子。我另外构想过狗崽狂暴手淫的成因。也许我的构想才是真实的。我的面前浮现出小瞎子独眼里的暗红色血花。我家祖辈世代难逃奇怪的性的诱惑。我想狗崽是在那朵血花的照耀下模仿了他的朋友小瞎子。反正老竹匠们回忆一九三四年的竹器店阁楼上到处留下了黄的白的精液痕迹。

我必须一再地把小瞎子推入我的构想中。他是一个模糊的黑点缀在我们家族伸入城市的枝干上，使我好奇而又迷惘。

我的祖父陈宝年和伯父狗崽一度都被他吸引甚至延续到我，我在旧日竹器城寻访小瞎子时几乎走遍了每一个老竹匠的家门。我听说他焚火而死的消息时失魂落魄。我对那些老竹匠们说我真想看看那只独眼啊。

继续构想。狗崽那年偷看陈宝年和小女人环子交媾的罪恶是否为小瞎子怂恿的悲剧呢。狗崽爬到他爹的房门上朝里窥望，他看见了竹片床上的父亲和小女人环子的两条白皙的小腿，他们的头顶上挂着那把祖传的大头竹刀。小瞎子说你就看个稀奇千万别喊。但是狗崽趴在门板上突然尖厉地喊起来：

"环子，换换换换换啊！"狗崽喊着从门上跌下来。他被陈宝年揪进了房里。他面对赤身裸体脸色苍白的陈宝年一点不怕，但看见站在竹床上穿蓝旗袍的环子时眼睛里滴下灼热的泪来。环子扣上蓝旗袍时说："狗崽你这个狗崽呀！"后来狗崽被陈宝年吊在房梁上吊了一夜，他面无痛苦之色，他只是看了看阁楼的窗子。小瞎子就在阁楼上关怀着被缚的狗崽。

小瞎子训练了狗崽十五岁的情欲。他对狗崽的影响已经到了出神入化的地步。我尝试着概括那种独特的影响和教育，发现那就是一条黑色的人生曲线。

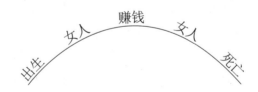

这条黑曲线缠在狗崽身上尤其强劲，他过早地悬在"女人"这个轨迹点上腾空了。传说狗崽就是这样得了伤寒。一九三四年的冬天狗崽病卧在小阁楼上数着从头上脱落的一根根黑发。头发上仍然残存着枫杨树狗粪的味道。他把那些头发理成一缕穿进小瞎子发明的锥形竹刀的孔眼里，于是那把带头发缨子的锥形竹刀在小阁楼上喷发了伤寒的气息。我祖父陈宝年登上小阁楼总闻得见这种古怪的气息。他把手伸进狗崽肮脏而温暖的被窝测量儿子的生命力，不由得思绪茫茫浮想联翩。在狗崽身上重现了从前的陈宝年。陈宝年抚摸着狗崽日渐光秃的前额说："狗崽你病得不轻，你还想要爹的大头竹刀吗？"狗崽在被窝里沉默不语。陈宝年又说："你想要什么？"狗崽突然哽咽起来，他的身子在棉被下痛苦地耸动，"我快死了……我要女人……我要环子！"

陈宝年扬起巴掌又放下了。他看见儿子的脸上已经开始跳动死亡火焰。他垂着头逃离小阁楼时还听见狗崽沙哑的喊声我要环子换换换。

这年冬天竹匠们经常看见小瞎子背驮重病的狗崽去屋外晒太阳。他俩穿过一座竹器坊撞开后门，坐在一起晒太阳。正午时分麻油店的小女人环子经常在街上晾晒衣裳。一根竹竿上飘动着美丽可爱的环子的各种衣裳。城市也化作蓝旗袍淅淅沥沥洒下环子的水滴。小女人环子圆月般的脸露出蓝旗袍之外顾盼生风，她咯咯笑着朝他们抖动湿漉漉的蓝旗袍。环子知道竹器店后门坐着两个有病的男人。（我听说小瞎子从十八岁到四十岁一直患有淋病。）她就把她的雨滴风骚地甩给他们。

我对于一九三四年冬天是多么陌生。我对这年冬天活动在家史中的那些先辈毫无描绘的把握。听说祖父陈宝年也背着狗崽去晒过太阳。那么他就和狗崽一起凝望小女人环子晒衣裳了。这三个人隔着蓝旗袍互相凝望该是什么样的情景，一九三四年冬天的太阳照耀这三个人该是什么样的情景，我知道吗？

而结局却是我知道的。我知道陈宝年最后对儿子说："狗崽我给你环子，你别死。我要把环子送到乡下去了。你只要活下去环子就是你的媳妇了。"陈宝年就是在竹器店后门对狗崽说的。这天下午狗崽已经奄奄一息。陈宝年坐在门口，烧了一锅温水，然后把狗崽抱住用锅里的温水洗他的头。陈宝年一遍遍地给狗崽擦美丽牌香皂，使狗崽头上的狗粪味消失殆尽，发出城市的香味。我还知道这天下午小女人环子站在她的晾衣竿后面绞扭湿漉漉的蓝旗袍，街上留下一摊淡蓝色的积水。

这么多年来我父亲白天黑夜敞开着我家的木板门，他总是认为我们的亲人正在流浪途中，他敞开着门似乎就是为了迎接亲人的抵达。家中的干草后来分成了六垛。他说那最小的一垛是给早夭的哥哥狗崽的，因为他从来没见过哥哥狗崽但狗崽的幽魂躺到我家来会不会长得硕大无比呢，父亲说人死后比活着要大得多。父亲去年进医院之前就在家里分草垛，他对我们说最大的草垛是属于祖母蒋氏和祖父陈宝年的。

我在边上看着父亲给已故的亲人分草垛，分到第六垛时他很犹豫，他捧着那垛干草不知道往哪里放。

"这是给谁的？"我说。

"换换。"父亲说，"环子的干草放在哪儿呢？"

"放在祖父的旁边吧。"我说。

"不。"父亲望着环子的干草。后来他走进他的房间去了。

我看见父亲把环子的干草塞到了他的床底下。

环子这个小女人如今在哪里？我家的干草一样在等待她的到达。她是一个城里女人。她为什么进入了我的枫杨树人的家史？我和父亲都无法诠释。我忘不了的是这垛复杂的干草的意义。你能说得清这垛干草为什么会藏到我父亲的床底下吗？

枫杨树的老人们告诉我环子是在一个下雪的傍晚出现在马桥镇的。她的娇小的身子被城里流行的蓝衣裳包得厚厚实实，快乐地跺踏着泥地上的积雪。有一个男人和环子在一起。

那男人戴着狗皮帽和女人的围巾深藏起脸部，只露出一双散淡的眼睛。有人从男人走路的步态上认出他是陈宝年。

这是枫杨树竹匠中最为隐秘的回乡。明明有好多人看见陈宝年和环子坐在一辆独轮车上往家赶，后来却发现回乡的陈宝年在黄昏中消失了。

我祖母蒋氏站在门口看着小女人踩着雪走向陈家祖屋。

环子的蓝旗袍在雪地上泛出强烈的蓝光，刺疼了蒋氏的眼睛。

两个女人在五十年前初次谈话的声音现在清晰地传入我耳中。

"你是谁？"

"我是陈宝年的女人。"

"我是陈宝年的女人，你到底是谁？"

"你这么说我不知道自己是谁了。我怀孕了，是陈宝年的孩子。他把我赶到这里来生。我不想来他就把我骗来了。"

"你有三个月了我一眼就看出来了。"

"你今年生过了吗我带来好多小孩衣裳给你一点吧。"

"我不要你的小孩衣裳你把陈宝年的钱带来了吗？"

"带来了好多钱这些钱上都盖着陈宝年的红印呢你看看。"

"我知道他的钱都盖红印的他今年没给过我钱秋天死了五个孩子了。"

"你让我进屋吧我都快冻死了陈宝年他不想回来。"

"进屋不进屋其实都一样冷是他让你来乡下生孩子的吗?"

(我同时听到了陈宝年在祖屋后面踏雪的脚步声陈宝年也在听吗?)

环子踏进我家首先看见六股野艾草绳从墙上垂下来缓缓燃烧着,家里缭绕着清苦的草灰味。环子指着草绳说:"那是什么?"

"招魂绳。人死了活着的要给死人招魂你不懂吗?"

"死了六个儿女吗?"

"陈宝年也死了。"蒋氏凝视着草绳半晌走到屋角的摇篮边抱起她的婴儿,她微笑着对环子说,"只活了一个,其他人都死了。"

活着的婴儿就是我父亲。当小女人环子朝他俯下脸来时城市的气味随之抚摸了他的小脸蛋。婴儿翕动着嘴唇欲哭未哭,一刹那间又绽开了最初的笑容。父亲就是在环子带来的城市气味中学会笑的。他的小手渐渐举起来触摸环子的脸,环子的母性被充分唤醒,她尖叫着颤抖着张开嘴咬住了婴儿的小手,含糊不清地说:"我多爱孩子我做梦梦见生了个男孩就像你小宝宝啊。"

追忆祖母蒋氏和小女人环子在同一屋顶下的生活是我谱写家史的一个难题。我的五代先祖之后从没有一夫多妻的现象,但是枫杨树乡亲告诉我那两个女人确实在一起度过了一九三四年的冬天。环子的蓝衣裳常洗常晒,在我家祖屋上空飘扬。

他们说怀孕的环子抱着婴儿时期的父亲在枫杨树乡村小路上走,她的蓝棉袍下的腹部已经很重了。环子是一个很爱小孩的城里女人,她还爱村里东一只西一条的家狗野狗,经常把嘴里嚼着的口香糖扔给狗吃。你不知道环子抱着孩子怀着孩子想到哪里去,她总是在出太阳的时间里徜徉在村子里,走过男人身边时丢下妖媚的笑。你们看见她渐渐走进幽深的竹园,一边轻拍着婴儿唱歌,一边惶惑地环视冬天的枫杨树乡村。环子出现在竹园里时,路遇她的乡亲都发现环子酷似我死去的姑祖母凤子。她们两个被竹叶掩映的表情神态有惊人的相似之处。

环子和凤子是我家中最美丽的两个女人。可惜她们没有留下一张照片，我无法判断她们是否那么相似。她们都是我祖父陈宝年羽翼下的丹凤鸟。一个是陈宝年的亲妹妹，另一个本不是我的族中亲人，她是我祖父陈宝年的女邻居是城里麻油店的老板娘她到底是不是姑祖母凤子的姐妹鸟？我的祖父陈宝年你要的到底是哪只鸟？这一切后代们已无从知晓。

我很想潜入祖母蒋氏乱石密布的心田去研究她给环子做的酸菜汤。环子在我家等待分娩的冬天里，从我祖母蒋氏手里接过了一碗又一碗酸菜汤，一饮而尽。环子咂着嘴唇对蒋氏说："我太爱喝这汤了。我现在只能喝这汤了。"蒋氏端着碗凝视环子渐渐隆起的腹部，目光有点呆滞，她不断地重复着说："冬天了，地里野菜也没了，只有做酸菜汤给你吃。"

酸菜腌在一口大缸里。环子想吃时就把手伸进乌黑的盐水里捞酸菜，抓在手里吃。有一天环子抓了一把酸菜突然再也咽不下去了，她的眼睛里沁出泪来，猛地把酸菜摔在地上跺脚哭喊起来，"这家里为什么只有酸菜酸菜啊。"

祖母蒋氏走过来捡起那把酸菜放回大缸里，她威严地对环子说："冬天了，只有酸菜给你吃。你要是不爱吃也不能往地上扔。"

"钱呢，陈宝年的钱呢？"环子说，"给我吃点别的吧。"

"陈宝年的钱没了。我给陈宝年买了两亩地。陈家死的人太多连坟地也没有。人不吃菜能活下去，没有坟地就没有活头了。"

环子在祖母蒋氏古铜般的目光中抱住自己的哭泣的脸。

她感觉到脸上的肌肤已经变黄变粗糙了，这是陈宝年的老家给予她的惩罚。哭泣的环子第一次想到她这一生的悲剧走向。

她轻轻喊着陈宝年陈宝年你这个坏蛋，重又走向腌酸菜的大缸。她绝望地抓起一把酸菜往嘴里塞，杏眼圆睁嚼咽那把酸菜直到腹中一阵强烈的反胃。哇哇巨响。环子从她的生命深处开始呕吐，吐出一条酸苦的黑色小溪，溅上她的美丽的蓝棉袍。

我知道环子到马桥镇上卖戒指换猪肉的事就发生在那回呕吐之后。据说那是祖父送给她的一只金方戒，她毫无怜惜之意地把它扔在肉铺柜台上，抓起猪肉离开马桥镇。那是镇上人第二次看见城里的小女人环子。

都说她瘦得像只猫走起路来仿佛撑不住怀孕三个月的身子。她提着那块猪肉走在横贯枫杨树的黄泥大道上，路遇年轻男人时仍然不忘她城里女人的媚眼，我已经多次描摹过黄泥大道上紧接着长出一块石头，那块石头几乎是怀有杀机地绊了环子一下，环子惊叫着怀孕的身体像倒木一样飞了出去。那块猪肉也飞出去了。环子的这声惊叫响彻暮日下的黄泥大道，悲凉而悠远。在这一瞬间她似乎意识到从天而降的灾难指向她的腹中胎儿，她倒在荒凉的稻田里，双手捂紧了腹部，但还是迎来了腹部的巨大的疼痛感。她明确无误地感觉了腹中小生命的流失。她突如其来地变成一个空心女人。环子坐在地上虚弱而尖厉地哭叫着，她看着自己的身子底下荡漾开一潭红波。她拼命掬起流散的血水，看见一个长着陈家方脸膛的孩子在她手掌上停留了短暂一瞬，然后轻捷地飞往枫杨树的天空，只是一股青烟。

流产后的小女人环子埋在我家的草铺上呜咽了三天三夜。环子不吃不喝，三天三夜里失却了往日的容颜。我祖母蒋氏照例把酸菜汤端给环子，站在边上观察痛苦的城里女人。

环子枯槁的目光投在酸菜汤里一石激起千层浪。她似乎从乌黑的汤里发现了不寻常的气味，她觉得腹中的胎儿就是在酸菜汤的浇灌下渐渐流产的。猛然如梦初醒：

"大姐，你在酸菜汤里放了什么？"

"盐。怀孩子的要多吃盐。"

"大姐，你在酸菜汤里放了什么把我孩子打掉了？"

"你别说疯话。我知道你到镇上割肉摔掉了孩子。"

环子爬下草铺死死拽住了祖母蒋氏的手，仰望蒋氏不动声色的脸。环子摇晃着蒋氏喊："摔一跤摔不掉三个月的孩子，你到底给我吃什么了你为什么要算计我的孩子啊？"

我祖母蒋氏终于勃然发怒，她把环子推到了草铺上然后又扑上去揪住环子的头发，你这条城里的母狗你这个贱货你凭什么到我家来给陈宝年狗日的生孩子。蒋氏的灰暗的眼睛一半是流泪的另一半却燃起博大的仇恨火焰。她在同环子厮打的过程中断断续续地告诉环子：我不能让你把孩子生下来……我有六个孩子生下来长大了都死了……死在娘胎里比生下来好……我在酸菜汤里放了脏东西，我不告诉你是什么脏东西……你不知道我多么恨你们……

其实这些场面的描写我是应该回避的。我不安地把祖母蒋氏的形象涂抹到这一步但面对一九三四年的家史我别无选择。我怀念环子的未出生的胎儿，如果他（她）能在我的枫杨树老家出生，我的家族中便多了一个亲人，我和父亲便多了一份思念和等待，千古风流的陈家血脉也将伸出一条支流，那样我的家史是否会更增添丰富的底蕴呢？

环子的消失如同她的出现给我家中留下了一道难愈的伤疤，这伤疤将一直溃烂到发酵漫漫无期，我们将忍痛舔平这道伤疤。

环子离家时掳走了摇篮里的父亲。她带着陈家的婴儿从枫杨树乡村消失了，她明显地把父亲作为一种补偿带走了。女人也许都这样，失去什么补偿什么。没有人看见那个掳走陈家婴儿的城里女人，难道环子凭借她的母爱长出了一双翅膀吗？

我祖母蒋氏追踪环子和父亲追了一个冬天。她的足迹延伸到长江边才停止。那是她第一次见到长江。一九三四年冬天的江水浩浩荡荡恍若洪荒时期的开世之流。江水经千年沉淀的浊黄色像钢铁般的势大力沉，撞击着一位乡村妇女的心扉。蒋氏拎着她穿破的第八双草鞋沿江岸踯躅，乱发随风飘舞，情感旋入江水仿佛枯叶飘零。她向茫茫大江抛入她的第八双草鞋就回头了。祖母蒋氏心中的世界边缘就是这条大江。

她无法逾越这条大江。

我需要你们关注祖母蒋氏的回程以了解她的人生归宿。

她走过一九三四年漫漫的冬天，走过五百里的城镇乡村，路上已经脱胎换骨。枫杨树人记得蒋氏回来已经是年末了。马桥镇上人家都挂了纸红灯迎接一九三五年。蒋氏两手空空地走过那些红灯，疲惫的脸上有红影子闪闪烁烁的。她身上脚上穿的都是男人的棉衣和鞋子，腰间束了一根草绳。认识蒋氏的人问："追到孩子了吗？"蒋氏倚着墙竟然朝他们微笑起来，"没有，他们过江了。""过了江就不追了吗？""他们到城里去了，我追不上了。"

祖母蒋氏在一九三五年的前夕走回去，面带微笑渐渐走出我的漫长家史。她后来站在枫杨树西北坡地上，朝财东陈文治的黑砖楼张望。这时有一群狗从各个角落跑来，围着蒋氏嗅闻她身上的陌生气息，冬天已过枫杨树的狗已经不认识蒋氏了。蒋氏挥挥手赶走那群狗，然后她站在坡地上开始朝黑砖楼高喊陈文治的名字。

陈文治被蒋氏喊到楼上，他和蒋氏在夜色中遥遥相望，看见那个女人站在坡地上像一棵竹子摇落纷繁的枝叶。陈文治预感到这棵竹子会在一九三四年底逃亡，植入他的手心。

"我没有了——你还要我吗——你就用那顶红轿子来抬我吧——"

陈文治家的铁门在蒋氏的喊声中嘎嘎地打开，陈文治领着三个强壮的身份不明的女人抬着一顶红轿子出来，缓缓移向月光下的蒋氏。那支抬轿队伍是历史上鲜见的，但是我祖母蒋氏确实是坐着这顶红轿子进入陈文治家的。

就这样我得把祖母蒋氏从家史中渐渐抹去。我父亲对我说他直到现在还不知道她叫什么名字。他关于母亲的许多记忆也是不确切的，因为一九三四年他还是个婴儿。

但是我们家准备了一垛最大的干草，迎接陈文治家的女人蒋氏再度抵达这里。父亲说她总会到来的。

祖母蒋氏和小女人环子星月辉映养育了我的父亲，她们都是我的家史里浮现的最出色的母亲形象。她们或者就是两块不同的陨石，在一九三四年碰撞，撞出的幽蓝火花就是父亲就是我就是我们的儿子孙子。

我们一家现在居住的城市就是当年小女人环子逃亡的终点，这座城市距离我的枫杨树老家有九百里路。我从十七八岁起就喜欢对这座城市的朋友说："我是外乡人。"

我讲述的其实就是逃亡的故事。逃亡就是这样早早地发生了，逃亡就是这样早早地开始了。你等待这个故事的结束时还可以记住我祖父陈宝年的死因。

附：关于陈宝年之死的一条秘闻

一九三四年农历十二月十八夜，陈宝年从城南妓院出来，有人躲在一座木楼顶上向陈宝年倾倒了三盆凉水。陈宝年被袭击后朝他的店铺拼命奔跑，他想跑出一身汗来，但是回到竹器店时浑身结满了冰，就此落下暗病。年底丧命，死前紧握祖传的大头竹刀。陈记竹器店主就此易人。现店主是小瞎子。城南的妓院中漏出消息说，倒那三盆凉水的人就是小瞎子。

　　我想以祖父陈宝年的死亡给我的家族史献上一只硕大的花篮。我马上将提起这只花篮走出去，从深夜的街道走过，走过你们的窗户。你们如果打开窗户，会看到我的影子投在这座城市里，飘飘荡荡。
　　谁能说出来那是个什么影子？

《收获》1987年5期

敬告作者

为了保护有关作者的合法权益，我社曾多方联系本套书所涉及作者以便洽谈版权事宜。但遗憾的是，由于种种原因，截至本书付梓，仍未能与少数作者取得联系。现谨对尚未取得联系的作者表示歉意，并请有关作者或著作权人见书后，尽快致函作家出版社，以便及时奉寄样书和稿酬。

通信单位：作家出版社有限公司

通信地址：北京市朝阳区农展馆南里10号

邮政编码：100125

联系电话（传真）：010-65925260

图书在版编目（CIP）数据

新中国文学经典丛书·精选本 中篇小说（卷四）/
孟繁华主编 . — 北京：作家出版社，2023.3
ISBN 978-7-5212-2185-5

Ⅰ . ①新… Ⅱ . ①孟… Ⅲ . ①中国文学 – 当代文学 –
作品综合集 ②中篇小说 – 小说集 – 中国 – 当代 Ⅳ . ①I217.1
②I247.5

中国版本图书馆CIP数据核字（2023）第020043号

新中国文学经典丛书·精选本 中篇小说（卷四）

总 策 划：吴义勤 路英勇
主 编：孟繁华
出版统筹：汉 睿
责任编辑：翟婧婧
装帧设计：天行云翼·宋晓亮
出版发行：作家出版社有限公司
社 址：北京农展馆南里10号 **邮 编：**100125
电话传真：86-10-65067186（发行中心及邮购部）
 86-10-65004079（总编室）
E-mail:zuojia@zuojia.net.cn
http://www.zuojiachubanshe.com
印 刷：唐山嘉德印刷有限公司
成品尺寸：152×230
字 数：355千
印 张：24
版 次：2023年3月第1版
印 次：2023年3月第1次印刷
ISBN 978-7-5212-2185-5
定 价：60.00元